Avant de se consacrer à l'écriture, **Louise Fein** a entamé une carrière dans le secteur bancaire et le droit. Elle vit aujourd'hui dans le Surrey avec son mari et ses enfants. À travers *La Fille du Reich*, roman inspiré par l'histoire de sa famille, elle veut donner à réfléchir sur les similitudes alarmantes entre le début des années 1930 et aujourd'hui.

CE LIVRE EST ÉGALEMENT DISPONIBLE
AU FORMAT NUMÉRIQUE

www.editions-hauteville.fr

Louise Fein

LA FILLE DU REICH

Traduit de l'anglais (Grande-Bretagne) par Barbara Versini

Hauteville

Hauteville est un label des éditions Bragelonne

Titre original : *People Like Us*

Publié pour la première fois en Grande-Bretagne, en 2020, par Head of Zeus Ltd.

ISBN : 978-2-38122-031-4

Bragelonne – Hauteville
60-62, rue d'Hauteville – 75010 Paris

E-mail : info@editions-hauteville.fr
Site Internet : www.editions-hauteville.fr

À mes formidables parents, toujours prêts à me soutenir.

« Ceux qui ne sont pas capables de tirer
des leçons de l'histoire sont condamnés à la répéter. »

Winston Churchill

Prologue

Leipzig

Été 1929

La surface du lac est lisse comme de la soie. L'eau clapote doucement autour des piliers de la jetée. Je sens sous mes pieds nus le bois noueux des planches chauffées par le soleil. Sur la berge, mon frère Karl se contorsionne pour enfiler un short de bain derrière la serviette que maman tient pour lui.

— Attention, Hetty, hurle-t-il. Le lac est profond à cet endroit.

— Oui, Karl, je fais attention. Je veux regarder les poissons, c'est tout.

J'avance tout au bout de la jetée et m'accroupis pour scruter l'eau, les doigts de pied recroquevillés au bord de la dernière planche. On ne voit pas le fond du lac. Il n'a d'ailleurs peut-être pas de fond. Si ça se trouve, cette masse vert sombre continue jusqu'au centre de la Terre. Et là, des monstres féroces attendent, tapis dans l'ombre.

Walter nage dans ma direction, puis s'arrête pour flotter sur le dos, avec ses orteils blancs qui pointent vers le ciel. Il se redresse, me sourit en repoussant une mèche de cheveux trempée qui lui barre le visage. Walter est l'ami de Karl. Tous les deux, ils ont pris des leçons de natation. J'aimerais bien en prendre aussi pour nager comme un poisson. Au lieu de ça, je patauge là où j'ai pied, à me tordre les chevilles sur des pierres coupantes et à déraper sur des herbes gluantes.

Depuis mon perchoir, je continue à observer Walter qui s'aventure un peu plus loin dans le lac. Il disparaît de ma vue, derrière l'un des piliers en bois de la jetée. En me penchant pour essayer de le voir, je perds l'équilibre et bascule en avant. J'avance instinctivement les mains, mais elles n'agrippent que le vide.

Je tombe !

Mon ventre heurte la surface du lac et elle est dure comme de la pierre. L'eau glacée m'arrache un cri. J'en avale un peu. Elle a un goût infect.

— Au secours ! dis-je faiblement.

Je me débats pour ne pas couler.

— AU SECOURS !

Cette fois, j'ai réussi à crier, mais l'onde se referme en tourbillon au-dessus de moi. Les monstres du lac sont en train de m'aspirer dans leur tanière, tout au fond de ce vert sombre.

Gagnée par la panique, je bats frénétiquement des pieds pour tenter de remonter. Je parviens à prendre une goulée d'air. Au loin, des voix se font entendre. Je me débats sauvagement, mais ça ne suffit pas et de nouveau je suis emportée vers le fond, comme aspirée. Les voix s'éloignent. Je voudrais hurler, mais cette eau poisseuse, lourde et écœurante, envahit mes poumons. Je me noie.

Les ténèbres se replient sur moi.

Soudain, une main agrippe mon maillot, me griffant le dos au passage. On me tire violemment vers le haut, je refais surface. On me soutient, je crache et je tousse. Je tousse tellement que j'ai l'impression que je vais vomir mes tripes. La lumière blanche du soleil m'aveugle. L'air qui s'engouffre dans mes poumons m'arrache un râle. De l'eau sort par mon nez. À la force de ses jambes, mon sauveur nous maintient tous les deux à flot en ahanant et en haletant sous l'effort. Il me fait pivoter pour me placer sur le dos et me soutient par le menton. Je sens à présent son corps musculeux sous le mien.

— Laisse-toi aller, tu ne risques plus rien maintenant, murmure une voix à mon oreille.

Walter.

— Je vais te ramener sur la berge.

J'essaie de ne pas bouger, mais du liquide me rentre dans les oreilles et je m'agite malgré moi, tandis qu'il progresse sur le dos par à-coups, visiblement à bout de souffle. J'entends confusément des pleurs et des cris tout proches. Mais je n'ai plus peur. Le corps puissant de Walter me rassure. Quand je sens qu'il s'écarte de moi, je m'accroche désespérément à lui. Nos jambes entremêlées heurtent ensemble le fond du lac.

— Tout va bien, tu as pied, dit-il.

La boue s'insinue entre mes orteils quand je foule le sol. Je tremble tant que mes jambes se dérobent sous moi. Heureusement, Walter continue à me soutenir et je me laisse aller contre lui. La toux m'a irrité la gorge. De l'eau coule encore de mon nez.

Maman vient en courant à notre rencontre, tout habillée, sans se soucier de mouiller sa jupe. Elle me soulève et me serre dans ses bras. Ensemble, nous rejoignons la rive en titubant. Là, elle m'enveloppe dans une serviette pour me réchauffer.

— Hetty ! Est-ce que ça va ?

Karl est là, lui aussi. Il me tapote le dos et scrute mon visage.

— Je t'avais dit de faire attention !

— Oh, ma pauvre chérie…

Maman se laisse tomber à terre en m'entraînant avec elle et me berce comme si j'étais un bébé, pas une grande fille de sept ans. L'oreille contre sa poitrine, j'entends sa respiration précipitée.

Walter nous observe en silence, tout dégoulinant. Maman se tourne vers lui.

— Tu lui as sauvé la vie, Walter. Grâce à Dieu, tu es un excellent nageur. Si tu n'étais pas intervenu aussi rapidement...

Elle se met à pleurer.

— Ce n'est rien, répond Walter en détournant précipitamment le regard.

— Je dirai à ta mère combien tu as été courageux.

— Ce n'est pas la peine. Vraiment.

Il attrape sa serviette et entreprend de s'essuyer.

Maman sèche ses larmes et m'aide à m'habiller. J'ai les sinus et la gorge à vif, comme si j'avais avalé du béton.

— Il faudrait que Hetty prenne des leçons de natation, déclare Karl en rompant le silence.

Maman acquiesce en reniflant.

Elle s'active, étend la couverture et sort nos affaires de pique-nique. J'ai cessé peu à peu de trembler et tente une bouchée de crêpe aux framboises, avec une gorgée de lait à même la gourde.

Je trouve enfin le courage de regarder Walter. Ses cheveux blonds et ondulés sont trempés aux pointes et secs sur le crâne. Il est en train de parler à Karl, mais soudain il se retourne pour me regarder et un sourire illumine son visage.

Il a un regard bleu, doux et chaleureux.

Plus tard ce soir-là, maman vient me border dans le petit lit calé contre le mur de la chambre que je partage avec Karl.

— Bonne nuit, ma chérie, murmure-t-elle en m'embrassant sur le front. Tu te sens bien, c'est sûr ?

— Oui, maman.

— Tant mieux.

Elle me sourit et m'ébouriffe les cheveux, puis elle éteint la lumière et sort en fermant doucement la porte derrière elle.

Je garde les yeux ouverts. Dans la pénombre, je distingue vaguement la silhouette de l'armoire adossée au mur et celle du lit vide sous la fenêtre. Quand Karl est avec moi, je n'ai pas peur des ombres. Mais ce soir, dès que mes paupières se ferment, je me retrouve dans le lac, avec cette eau qui m'entraîne dans ses noires profondeurs, qui submerge mes poumons, qui m'étouffe. Mon cœur s'emballe, j'ouvre les yeux. *Ne t'endors pas. Ne t'endors pas. Ne t'endors pas.*

Heureusement, la porte ne tarde pas à grincer.

— Karl ?

— Hetty ? Tu ne dors pas ?

— J'y arrive pas.

— Je m'en doutais. Écoute… J'ai un cadeau pour toi. Je vais te le donner ce soir. C'était pour ton anniversaire, mais ça ne fait rien. Je t'achèterai un autre cadeau.

Il allume la lampe. Aveuglée par la lumière, je bats des paupières.

Il farfouille un instant sous son lit et en ressort un sac en papier brun de forme rectangulaire.

— Tiens, dit-il en le déposant sur mes couvertures, tandis que je m'assieds.

Il s'installe sur le bord du matelas, le front plissé, le visage crispé, un regard coupable sous sa frange noire.

— Je n'ai pas eu le temps de venir à ton secours, Petite Souris, murmure-t-il. J'étais trop loin.

Je sais qu'il est sincère, je le lis dans son âme quand il me regarde droit dans les yeux. L'inquiétude lui dilate les pupilles. Elles sont sombres. Énormes. À l'intérieur, il pleure, comme moi. J'acquiesce, pour lui montrer que je comprends.

— Heureusement, Walter n'était pas loin. Et c'est ton meilleur ami.

Je regarde le sac en papier. Il est volumineux pour mes petites mains.

— Ouvre-le, me presse Karl.

Le papier bruisse quand je le déplie. Je glisse une main à l'intérieur, mes doigts rencontrent la dure couverture d'un livre. C'est un carnet, un grand carnet pour écrire son journal intime, comme les adultes. La couverture est décorée d'un patchwork de formes géométriques déclinant plusieurs tons de brun, d'orange et de bleu. À l'intérieur, le papier est blanc crème.

— C'est beau, murmuré-je. Merci, Karl.

— Tu as oublié quelque chose, répond Karl en souriant.

En effet, je trouve au fond du sac un stylo à plume bleu et argenté.

— Tu pourras raconter tes petits secrets. Ou bien écrire une de ces histoires invraisemblables sorties tout droit de ton imagination débridée, ajoute Karl en me dévisageant.

— D'accord, j'essaierai d'écrire de belles histoires. Mais elles ne parleront pas de noyade, ajouté-je en souriant, pour lui montrer que j'ai surmonté le choc.

Je repose ma tête sur l'oreiller. Oui, j'ai surmonté le choc. Mais je me sens différente.

Walter m'a sauvé la vie.

Et ça change tout.

Première partie

7 août 1933

— *La Métamorphose* ! s'exclame le professeur Kreitz. C'est le titre de ce livre.

Il agite les pages du livre en question, d'un geste théâtral.

— Quelqu'un peut-il me donner le sens du mot « métamorphose » ?

Il est appuyé sur son bureau, les manches de sa chemise retroussées jusqu'aux coudes. Depuis nos bancs de bois, nous demeurons tous silencieux.

Fini pour moi les poussiéreuses écoles populaires. J'ai onze ans et je viens d'être admise dans un prestigieux collège. Après la longue interruption des vacances d'été, la petite cour de parpaings noirs de mon école primaire avec ses élèves pauvres et mal habillés n'est plus qu'un lointain souvenir. Notre collège, une académie, est un beau bâtiment avec de hautes voûtes et de longs couloirs où tout résonne. Au centre, il y a le grand hall avec un plafond aux poutres apparentes, sous un toit rouge mansardé. Ici, les professeurs sont plus réputés, plus intelligents, plus stricts. On entre après une série d'épreuves. J'ai obtenu de meilleures notes que Karl il y a trois ans, mais j'ai quand même peur de ne pas être à la hauteur.

— « Transformation » ? lance une voix tout au fond de la classe.

Je me retourne. La réponse est venue d'une fille aux cheveux noirs et crépus, un peu comme les miens.

— Votre nom, s'il vous plaît ? demande le professeur Kreitz, en levant brusquement la tête de son livre.

Ses yeux globuleux me font penser à ceux d'une grenouille.

— Freda Federmann, répond la fille d'une voix assurée.

— C'est très bien, Freda, s'enthousiasme le professeur. Transformation. Renaissance. Conversion. Du grec *metamórphōsis* qui signifie « transformation ».

Il se met à faire les cent pas.

— L'étude des cultures grecque et romaine vous apprendra l'essentiel de ce que nous avons à savoir sur la condition humaine, poursuit-il.

— Freda Federmann, c'est une sale Juive.

Quelqu'un du rang derrière moi vient de murmurer ça à son voisin et je suis sûre que le professeur a entendu, mais il choisit de ne pas relever et continue à déambuler dans la classe, en attrapant un livre au passage.

Il a les épaules étroites et de la bedaine. Un pan de sa chemise est sorti de son pantalon, sa cravate pendouille de travers. Mais cet établissement, réputé pour son enseignement classique, ne l'a pas recruté sur son allure, mais pour ses connaissances et son intelligence supérieure.

— Franz Kafka est un auteur brillant et plein d'humour, murmure-t-il d'un ton déférent, le regard au plafond, comme s'il espérait apercevoir Kafka perché sur les chevrons. Écoutez ça…

Il tourne fébrilement les pages pour trouver celle qu'il cherche – sans prendre la peine d'écarter les mèches de cheveux qui lui retombent devant les yeux –, puis il reprend lentement sa déambulation en lisant d'un ton inspiré l'histoire de Gregor, vendeur ambulant qui se réveille un beau matin métamorphosé en un « monstrueux insecte ».

Les étroites fenêtres rectangulaires ménagées en hauteur sur les murs de la classe laissent entrer la lumière du dehors. Au-dessus du tableau, un grand portrait d'Adolf Hitler nous contemple. Le professeur Kreitz module sa voix pour faire vivre le texte : elle monte et elle descend, elle s'estompe puis résonne. Je l'écoute, les yeux rivés au portrait, lequel semble soudain s'animer. Le Führer a toujours le regard fixe, mais je suis sûre que ses lèvres ont remué, ou plutôt tressailli, comme s'il allait se mettre à sourire et sortir de son cadre en s'exclamant : « Ha, ha, ha, quelle bonne blague, je vous observe depuis le début. »

Évidemment, il ne se produit rien de la sorte, mais mon cœur bat tout de même la chamade. Karl dit que j'ai une imagination débordante. Il a raison.

Le professeur Kreitz poursuit sa lecture. J'évite à présent de poser mon regard sur le portrait d'Hitler et étudie plutôt la fille assise à côté de moi. Elle est grande et élégante, avec de longs cheveux auburn séparés en deux nattes bien lisses. Son visage est si parfait, avec un teint si pur, qu'il mériterait d'être sculpté dans du marbre. Le menton fier, elle suit des yeux la déambulation du professeur Kreitz. Puis, sentant sans doute le poids de mon regard, elle se tourne vers moi et me fixe de ses beaux yeux verts.

— Hello, murmure-t-elle. Je m'appelle Erna Bäcker.

Un bref sourire étire ses lèvres.

— Hetty Heinrich, lui retourné-je, soudain douloureusement consciente de mes cheveux noirs trop frisés, de mes yeux trop grands, de mes joues trop rondes.

Erna Bäcker est tout simplement la créature la plus envoûtante que j'aie jamais vue de ma vie.

Un coup frappé à la porte interrompt le professeur Kreitz dans sa lecture. Un homme grand et mince, portant gilet et nœud papillon, entre dans la classe.

— Herr Hofmann…, salue respectueusement le professeur Kreitz.

— *Heil* Hitler, lance Herr Hofmann à la cantonade.

— *Heil* Hitler, répondons-nous en chœur.

— Herr…

Le professeur Kreitz s'éclaircit la voix.

— Ravi que vous nous rendiez visite, Herr Hofmann.

Herr Hofmann s'avance pour se placer face à nous.

— Bienvenue dans notre belle académie, déclare-t-il, tout sourires. Pour arriver jusqu'ici, vous avez déjà fourni des efforts. Mais ce n'est que le début. Durant le laps de temps que vous passerez dans cette école, à condition de travailler dur et de vous comporter de manière exemplaire, vous deviendrez des êtres exceptionnels. Et cela ne vaut pas que pour les garçons. Mesdemoiselles, vous êtes tout autant concernées. Avec le temps, vous formerez l'élite de notre nouveau grand Reich. Je suis sûr que vous donnerez à vos parents et à cette école des raisons d'être fiers de vous. Bonne chance à tous.

Je lui rends son sourire. Mon rêve, c'est de devenir doctoresse, de préférence une grande doctoresse de renommée internationale. Me retrouver ici, dans cette académie, c'est un pas vers la réalisation de mon ambition. Je vais devoir donner le maximum dans toutes les matières. Tout le temps.

Herr Hofmann se tourne vers le professeur Kreitz.

— Qu'étudiez-vous ce matin ?

Le professeur Kreitz lui montre sans un mot la couverture de *La Métamorphose.*

Une expression horrifiée passe sur le visage de Herr Hofmann.

— Professeur, avez-vous perdu la tête ?

Kreitz hausse les épaules.

— C'est un texte magnifique, Herr Hofmann. Et parfait pour introduire les thèmes que nous étudierons cette année : le symbolisme, la métaphore, l'absurdité de la vie…

— Nous en discuterons plus tard, déclare Herr Hofmann d'un ton sec. En attendant, comme vous le savez bien, ce texte n'est pas un objet d'étude acceptable. La prochaine fois, vous choisirez un auteur *germanique* convenable. Bonne journée, les enfants.

Et il sort précipitamment de la pièce, en claquant bruyamment la porte derrière lui.

Le professeur Kreitz semble se tasser sur lui-même.

Il retourne vers son bureau et glisse d'une main tremblante *La Métamorphose* dans son cartable. Puis il s'humecte les lèvres et nous regarde, comme s'il ne savait pas comment enchaîner. Des bavardages s'élèvent çà et là dans la classe, mais il ne fait rien pour les arrêter.

De nouveau, il me fait penser à une grenouille, mais cette fois à une grenouille aplatie qui se serait fait écraser en essayant de traverser la route.

Tomas m'attend à la sortie du lycée. Maigre, avec de longues jambes, il est nonchalamment adossé au tronc d'un grand arbre de Nordplatz. Il me repère aussitôt et vient droit sur moi avec un sourire en coin. Impossible de lui échapper.

— Alors, c'est comment l'académie ? demande-t-il en jetant un coup d'œil par-dessus son épaule aux bâtiments de l'école.

Nous nous retrouvons derrière un groupe d'élèves plus âgés qui traversent en devisant bruyamment la place herbeuse en direction de Gohlis.

— C'est un collège. Avec un meilleur niveau que les autres… Des règles plus strictes. C'est tout.

Tomas prend un air mélancolique. Il serait évidemment admis dans cette académie, si seulement ses parents avaient les moyens d'en payer les frais de scolarité. Il est suffisamment intelligent pour réussir les tests de sélection.

— Ça fait drôle, que tu ne vives plus dans notre quartier, dit-il. Il paraît vide, ajoute-t-il après une pause.

— Je ne suis pas loin.

— Oui, c'est vrai.

Il semble essoufflé, sans doute parce que nous marchons, et s'arrête avant de traverser Kirchplatzstrasse.

— C'est comment, ton nouveau chez-toi ?

— Attends de voir, réponds-je en riant. Après l'appartement, tu n'en croiras pas tes yeux... Allez, viens...

Je me mets à courir, prise d'une soudaine excitation.

Notre grande maison de Fritzschestrasse a un toit pointu et deux cheminées dressées vers le ciel comme deux gros doigts. Il y a quatre étages de fenêtres. On pourrait prendre un étage chacun.

— C'est la plus grande maison de la rue, halète Tomas en contemplant d'un air admiratif l'élégante construction de briques rouges à colombages noirs.

Ses cheveux roux sont tout ébouriffés et les verres mal essuyés de ses lunettes écaille de tortue lui font de gros yeux d'insecte. Il fronce le nez, visiblement impressionné par la taille du bâtiment.

Je me rengorge.

— Et derrière, il y a un jardin ? demande Tomas.

— Bien sûr ! Et là, c'est ma chambre...

Je désigne une fenêtre au premier étage, avec un balcon donnant sur un énorme vieux cerisier dont les branches débordent sur le trottoir, par-dessus la grille. Depuis ma banquette de fenêtre, j'ai pratiquement vue jusqu'à l'endroit où notre rue s'incurve sur la droite, pas loin de là où habite Walter. Il passe d'ailleurs régulièrement devant chez nous.

— Ça doit être immense, à l'intérieur.

Tomas presse son visage entre les barreaux de la grille de fer.

— Je parie qu'il y a deux escaliers. Et une cave. Peut-être même un donjon avec des ossements de prisonniers !

— Ne dis pas n'importe quoi.

— Je peux entrer ? demande-t-il.

Je lui lance un regard de biais. Cela ne fait que quelques semaines, mais il me semble que c'était dans une autre vie que nous jouions ensemble dans la rue derrière l'immeuble où nous habitions. J'ai perdu le contact avec l'ancien moi qui donnait des coups de pied dans un ballon et se laissait glisser sur le talus boueux pour voir les trains entrer et sortir de la gare.

— Pas aujourd'hui, m'entends-je dire. Désolée. Peut-être une autre fois.

Et je me dirige vers la massive porte de fer. Elle s'ouvre en grinçant. Le bruit sourd qu'elle fait en se refermant au nez de Tomas me procure une certaine satisfaction.

Dans le grand hall d'entrée où tout résonne, je dépose mon cartable sur le parquet et m'arrête un instant pour regarder autour de moi, exactement là où maman s'est arrêtée le jour de notre arrivée, en juin, quand nous avons franchi pour la première fois le seuil de la maison.

— Je vais devoir engager une cuisinière et une bonne à plein temps, avait-elle commenté d'un air songeur.

Il me semble encore sentir les effluves de son parfum, *Vol de Nuit*.

— Je ne pourrais pas gérer seule une aussi grande maison, avait-elle ajouté, une main sur le cœur.

Papa était là aussi, dissimulant sa fierté derrière une attitude faussement détachée.

— J'en connais plus d'un à Leipzig qui avait des vues sur cette maison, avait-il répondu en m'ébouriffant gentiment les cheveux.

— Je l'adore, avais-je dit, en souriant à son visage bouffi.

— Qui aurait cru ça, hein, mon petit lapin ? Qui aurait même osé en rêver ?

Il avait soulevé un carton et s'était dirigé vers une porte qu'il avait poussée du pied.

— Mon bureau, avait-il lancé d'une voix triomphante, avant de disparaître à l'intérieur.

— Je peux choisir ma chambre ? avait demandé Karl, les yeux brillants à l'idée d'avoir enfin sa chambre à lui.

— Pourquoi pas ? avait répondu maman.

Tandis qu'il grimpait l'escalier, elle avait entrepris l'inventaire des meubles et objets d'art abandonnés par ceux qui habitaient là avant nous. Je l'avais suivie.

Je n'oublierai jamais mon émerveillement quand j'ai découvert notre salle à manger rouge et or, le petit salon avec le piano à queue où le soleil fait des taches de lumière sur le tapis l'après-midi, la pièce bleu pâle que nous occupons le matin, avec un gramophone dans un coin, la véranda avec ses meubles en rotin et ses plantes exubérantes. C'est immense. Notre ancien appartement n'occuperait même pas tout le hall d'entrée.

Une bouffée de joie fait gonfler ma poitrine comme un ballon de baudruche. Je traverse le hall en courant, m'engouffre dans le couloir dallé de pierre, passe devant la cuisine, puis devant la buanderie, direction le jardin. Dehors brille un soleil éclatant. Notre jardin est en forme de triangle, bordé de parterres de fleurs, avec un carré d'herbe au milieu et un grand chêne tout au fond. Ici, il n'y a pas de ligne de chemin de fer comme derrière notre ancien appartement, et je ne vais pas regretter les trains de nuit qui faisaient trembler mon lit.

Dans le vieux chêne qui est tout au fond se cache un cadeau du ciel – papa ne serait pas content que je pense que ça vient du ciel, il ne veut plus qu'on aille à l'église, il dit que ça nous détourne de buts plus importants et que ça déplaît à Herr Himmler. Mais je sais ce que je dis : le bon Dieu a voulu me donner une cabane dans les arbres parce que je la mérite. Une vraie cabane. En bois. Avec un toit et des murs. On y accède par une étroite échelle de corde qui pend d'une trappe ménagée dans son plancher.

Quand Tomas va voir *ça*, il va être fou de jalousie. Rien que de penser à sa tête, je ne peux pas m'empêcher de rire tout haut.

17 septembre 1933

Lovée dans les confortables coussins de ma banquette de fenêtre, je surveille Fritzschestrasse. Ou plutôt je guette Walter, qui vient souvent rendre visite à Karl. J'espère le voir approcher de son pas nonchalant, les mains dans les poches de son pantalon court. Malheureusement, pas de Walter à l'horizon, la rue reste désespérément vide. Et tout à coup, j'aperçois à travers les branches du cerisier un vieux couple qui sort de la belle maison blanche d'en face. Il est accompagné d'un chien noir aux longs poils ébouriffés, avec une langue pendante qui donne l'impression qu'il sourit. Ça fait longtemps que je réclame un chien à maman. Dans l'appartement, on n'avait pas de place, mais aujourd'hui elle ne pourra plus me le refuser. Je me mets aussitôt à sa recherche.

Bertha est dans la cuisine, en train d'essuyer ses mains pleines de farine à son tablier.

— Votre mère avait la migraine, m'explique-t-elle. Elle est allée s'allonger.

— Mais comment peut-on avoir envie de se coucher en plein milieu de la journée ? protesté-je.

— Moi ça ne me dérangerait pas, renifle Bertha en se remettant à malaxer une grosse boule de pâte. Je peux faire quelque chose pour vous ?

— Je voulais lui demander si on pouvait avoir un chien. Dans une grande maison comme la nôtre, il faut un chien.

— Je vois… Vous attendrez que votre mère se lève pour avoir votre réponse. Mais à mon avis, elle ne voudra pas de chien.

Elle cesse de malaxer et écrase la boule sur la planche. Les muscles de ses avant-bras se tendent sous sa peau marbrée.

— Je peux aller la réveiller pour le lui demander ?

— Non, Fräulein Herta, je vous le déconseille.

Je soupire et sors me promener dans la rue. Le vieux couple est un peu plus loin, en train de traverser. Je le rattrape.

— Bonjour. Est-ce que je peux caresser votre chien ? Je m'appelle Hetty. J'habite dans la grande maison en face de la vôtre.

Le monsieur porte un costume marron et une cravate, ainsi qu'un borsalino posé bien droit sur sa tête. La femme, petite et menue, a mis un manteau en dépit de la température clémente. Elle jette un regard interrogateur du côté de son mari.

Il se racle la gorge et déclare d'une voix douce :

— Ce n'est qu'une enfant, Ruth.

Il se tourne vers moi.

— Bien sûr, que tu peux le caresser. Il s'appelle Flocke. Et moi je suis Herr Goldschmidt.

Flocke agite si fort la queue que tout son corps ondule et se tortille.

— Tu m'as l'air d'un gentil chien, toi…

Comme je m'accroupis pour me mettre à sa hauteur, il pose ses deux pattes de devant sur mes genoux et tente de me lécher l'oreille. Ça me fait rire.

— Je pourrais l'emmener promener au parc, des fois, à votre place ? dis-je en levant les yeux vers les Goldschmidt.

Ils sont très vieux, ils ne peuvent sûrement pas courir avec Flocke.

— Je sais m'occuper des chiens. Je ne le perdrai pas, ni rien.

Je me redresse, en prenant un air sérieux et responsable.

Cette fois, Fräulein Goldschmidt me répond :

— Tu ne peux pas t'occuper de notre chien.

Le ton est dur et acerbe, comme si elle venait d'avaler une potion amère.

— Après ce qui est arrivé, je ne le permettrai pas.

Je recule d'un pas. Elle n'aime peut-être pas les enfants.

— Viens, Ruth. Pas la peine de faire des histoires. Partons.

Herr Goldschmidt tire sa femme par le bras, mais elle ne bouge pas d'un millimètre et ses yeux noirs ne sont plus que deux fentes. On dirait des yeux de serpent.

— Ton père, lâche-t-elle d'un ton mauvais. Il les a mis dehors. Avec des charges fabriquées de toutes pièces. Et cette campagne mensongère dans son journal. C'était criminel… Rien que des mensonges et des calomnies…

— Ruth ! S'il te plaît !

Herr Goldschmidt lui secoue le bras, mais rien ne peut l'arrêter, elle tremble de rage et continue à me cracher son venin.

— Les Drucker étaient des gens bien. Qui avaient réussi. Mais la réussite, ça fait des jaloux, des envieux. Surtout parmi les petites gens. Et maintenant il se pavane comme un seigneur, dans sa maison volée…

— Ruth ! l'interrompt Herr Goldschmidt d'une voix dure.

Il se tourne vers moi.

— Je suis désolé que ma femme te parle comme ça… Elle n'est pas elle-même aujourd'hui…

Mais je suis maintenant persuadée d'avoir rencontré une sorcière, aussi je prends la fuite à toute vitesse pour ne pas être atteinte par son crachat empoisonné. Je ne m'arrête qu'une fois à l'intérieur, derrière la grille en fer forgé de notre maison. Mon cœur cogne dans ma poitrine, comme les sabots d'un cheval lancé au galop.

Dans le hall d'entrée, je tombe nez à nez avec une jeune femme boudinée dans un tailleur marron. Elle a des joues potelées, un nez retroussé et les lèvres les plus épaisses que j'aie jamais vues. Ses cheveux sont de la couleur d'un sac en papier, coiffés en deux tresses enroulées sur son crâne, tellement serrées que ça tire sur ses oreilles, lesquelles sont écarlates. Elle me jette un regard étonné.

— Bonjour, dit-elle d'une voix aimable. Je suis Fräulein Müller. Vous devez être Herta.

Papa, grand comme un ours et très élégant dans son uniforme de SS, émerge de son bureau. Il tend à Fräulein Müller plusieurs chemises contenant des documents.

— Bonjour, mon petit lapin, me dit-il. J'ai bien peur de devoir te quitter pendant quelques jours. Je dois aller à Berlin, pour régler des affaires.

Il me serre contre lui, en pressant ma tête contre son cœur. Je sens contre ma joue la boucle dure de la sangle qui lui barre le torse.

— Où est ta mère ? Hélène, Hélène !

Sa poitrine fait caisse de résonnance.

— Franz !

Maman revient du jardin, un bouquet de fleurs dans une main, des ciseaux dans l'autre. Elle porte un chapeau de paille à large bord et une robe ample. Karl la suit de près.

— Comment se fait-il que tu sois déjà rentré ? demande-t-elle à papa d'un ton surpris.

— Ah ! te voilà, Hélène ! s'exclame-t-il. Je te présente Hilda Müller, ma nouvelle secrétaire.

La jeune femme sourit et salue maman d'un signe de tête.

— Je ne rentre pas, poursuit papa. Je suis venu chercher des documents pour aller à Berlin. C'est urgent. Encore des problèmes avec les communistes.

Il soupire.

— Mais je dois aussi terminer mon éditorial hebdomadaire pour le *Leipziger* cet après-midi, parce que je dois le remettre ce soir dernier délai. Fräulein Müller va m'accompagner pour m'aider à organiser tout ça.

Il se tait brusquement et passe une main lasse sur son visage en se frottant les yeux du bout des doigts. Mon pauvre papa est épuisé, avec ses deux emplois.

— Tu vas rester chez grand-mère Annamaria ? demande Karl.

— Pas si je peux l'éviter, répond distraitement papa. Enfin, je veux dire que j'aurais aimé séjourner chez elle, se corrige-t-il sur un ton d'excuse. Mais je vais être trop occupé.

Il se tourne vers maman.

— Je t'appelle ce soir, promet-il en lui prenant les mains et en l'embrassant sur la joue. Au revoir, mon petit lapin, ajoute-t-il à mon intention. Sois gentille avec ta mère.

— Oui papa.

Je lève les yeux vers lui. Il a des cheveux blonds gominés en arrière, mon papa. Je cherche dans ses yeux clairs une marque d'affection. Je veux qu'il lise dans les miens que je vais être bien sage, comme promis. Mais il a déjà l'esprit ailleurs et consulte sa montre.

— Nous devons y aller, dit-il en s'adressant à Karl. C'est toi l'homme de la maison, prends soin de ta sœur et de ta mère.

Depuis le pas de la porte, nous regardons papa et sa secrétaire monter dans la rutilante voiture noire qui les attend. Fräulein Müller porte une jupe étroite qui remonte presque à mi-cuisse quand elle grimpe sur la banquette arrière. Son derrière est aussi large que rond et elle se dandine comme une oie.

— Maman, dis-je une fois qu'ils sont partis. Les Goldschmidt, qui habitent en face, disent que papa a volé notre maison. Mais comment on peut voler une maison, maman ?

Maman fait volte-face et me dévisage.

— Ils ont dit *quoi* ? Mais pourquoi leur as-tu parlé ?

— Ils ont un chien. Je voulais caresser leur chien. Est-ce que je pourrais avoir un chien, maintenant qu'on habite ici ?

— Tu ne devrais pas parler à des gens comme eux.

— Mais je voulais seulement caresser leur chien.

— Ce sont des *Juifs*, Hetty.

Le mot me déclenche un frisson dans le dos. Comment aurais-je pu le savoir ? Karl fronce le nez et déclare :

— Tous des sales porcs, les Juifs.

— Ils n'ont rien de mieux à faire que de répandre des calomnies, ajoute maman d'une voix ferme.

Je la regarde mettre de l'eau dans un vase et y arranger son bouquet.

— C'est ce que font ces gens-là. Tu ne dois plus leur adresser la parole, tu as compris ? C'est très important. Nous traversons une période troublée. C'est pour ça que papa travaille pour les SS, en plus de son emploi au journal. Ils doivent protéger Hitler et écarter tous ceux qui cherchent à s'opposer à lui. Choisis bien tes amis, Hetty. Ne fréquente que de bons Allemands comme nous. Tu comprends ?

— Oui, maman.

Elle retourne faire du jardinage et je lui emboîte le pas. Dehors, nous avons de belles fleurs. Notre jardin est calme et paisible. Mais de l'autre côté des grilles qui l'entourent, le mal est là, qui guette. Rien que d'y penser, j'en ai la chair de poule. Avec un grand chien de garde qui patrouillerait dans notre jardin, je me sentirais beaucoup plus en sécurité.

8 octobre 1933

On frappe à la porte d'entrée.

— Qui ça peut bien être, un dimanche matin à cette heure ? demande maman en plissant le front. Va voir, Hetty.

Grande et élancée, vêtue de mousseline pêche, elle descend l'escalier d'un pas leste et cale derrière son oreille une mèche de cheveux échappée de la torsade noire de son chignon.

Sur le seuil, je découvre Walter, les mains dans les poches. En le voyant, j'ouvre tout à fait le battant et gonfle la poitrine pour avoir l'air plus grande.

Quand Walter était encore un petit garçon, il ressemblait à l'un de ces chérubins blonds et potelés qui flottent parmi les nuages dans les tableaux représentant Marie et l'Enfant Jésus. Mais à présent il a quatorze ans et, même s'il a gardé ses belles boucles blondes et ses yeux bleus, il n'est plus du tout potelé, plutôt long et maigre. Il ne ressemble plus à un chérubin, mais à un cheval qui n'aurait pas terminé sa croissance. Il n'est plus un enfant, mais pas encore un homme.

— Karl ! appelle maman.

Elle reste là, la main crispée sur le bouton de bois lisse de l'extrémité de la rampe, comme si elle avait peur de tomber.

— Bonjour, Fräulein Heinrich, dit poliment Walter en franchissant le seuil. Je viens voir si Karl pourrait…

— Monte, l'interrompt Karl, dont le visage souriant apparaît en haut de l'escalier. On va discuter dans ma chambre.

— Bonjour Walter, dis-je, tandis qu'il se penche pour défaire ses lacets.

Il ne me répond pas. Je suis transparente. Mais j'insiste.

— Ça te dirait, d'aller dans la cabane dans les arbres ?

Mais il grimpe déjà l'escalier pour rejoindre Karl.

Papa sort de son bureau et les regarde disparaître à l'étage, mains sur les hanches. Il n'a pas l'air content.

— Encore *celui-là*, marmonne-t-il en se tournant vers maman. Tu n'as rien dit à Karl, n'est-ce pas ?

— Franz, je t'en prie, soupire maman en prenant un air abattu. Tu ne vas pas recommencer…

— Ce n'est pas parce qu'il a sauvé la vie de…

Papa me jette un regard de biais et je sais qu'il fait allusion à la fois où j'ai failli me noyer.

— Je n'aime pas ça, conclut-il en se détournant.

La porte de son bureau claque derrière lui.

Maman et moi restons seules dans le couloir. Nous nous regardons. Les doigts invisibles de la peur grimpent le long de mon dos.

— Qu'est-ce que papa n'aime pas ? murmuré-je.

Maman soupire.

— Va te passer de l'eau sur le visage et te laver les mains. Aujourd'hui, on fait une visite au foyer des vétérans.

— Mais…

— On ne restera qu'une heure ou deux. Et ça te fera du bien.

— Je suis vraiment obligée ?

— Oui, dit-elle d'un ton ferme. C'est très salutaire de consacrer un peu de son temps à la communauté et cela nous rapproche de notre Führer. Il est très important d'être solidaires.

— Je préférerais jouer avec Karl et Walter.

— Les jeunes demoiselles doivent apprendre le sens du mot « obéissance », répond sèchement maman.

Le ventre noué, je grimpe les marches quatre à quatre.

Le foyer des vétérans est situé sur Hallische Strasse, bien en retrait de la chaussée. Le bâtiment, vieux de plusieurs centaines d'années, a été autrefois un hôpital, mais il est devenu une « Maison pour les Héros » et accueille les courageux soldats qui ont combattu pendant la Grande Guerre. Il est doté d'un agréable jardin et d'une grande terrasse sur le côté, où j'aperçois quelques fauteuils roulants bien alignés, tournés vers la pelouse et les parterres de fleurs. Les occupants des fauteuils sont tellement immobiles qu'on pourrait presque croire qu'ils sont morts.

Je monte les marches du perron derrière maman, elle sonne à la porte. Nous sommes accueillies par une infirmière à l'uniforme impeccable qui nous fait entrer dans un hall sentant la cire et l'eau de Javel. Elle se présente comme Lisel. Des mèches de cheveux blonds s'échappent de sa coiffe blanche.

— *Heil* Hitler, lance-t-elle d'un ton enthousiaste. C'est une joie de vous revoir, Frau Heinrich.

— *Heil* Hitler, répond maman. Voici ma fille, Herta.

— C'est tellement gentil à vous de nous rendre visite. Nos résidents vous apprécient énormément.

Nous lui emboîtons le pas dans un couloir obscur. Elle nous fait passer devant une sorte de dortoir, auquel je ne peux m'empêcher de jeter un coup d'œil : il contient huit petits lits de fer, aux draps bien tirés. Ceux qui y dorment, nous explique Lisel, se trouvent en ce moment dans la salle de séjour. Je m'efforce de ne pas respirer trop profondément, car je détecte derrière l'eau de Javel une entêtante odeur d'urine et une autre, encore plus désagréable.

— … Certains de nos héros de guerre n'ont pas de famille pour s'occuper d'eux, explique Lisel. C'est pourquoi nous leur proposons ici un cadre décent et confortable.

— Ils le méritent bien, dis-je en acquiesçant.

— C'est le moins que l'on puisse dire. Mais nous manquons d'argent pour…

— J'ai prévu un déjeuner pour collecter des fonds, l'interrompt maman avec enthousiasme. Et mon mari pourrait évoquer vos difficultés de financement dans le *Leipziger*.

Lisel sourit.

— Nous avons vraiment de la chance d'avoir pour protectrice une femme comme votre mère qui œuvre sans relâche pour le bien commun, commente-t-elle en s'adressant à moi.

Je jette un coup d'œil étonné du côté de maman. Jusqu'à présent, elle n'était pour moi qu'une maman. Je découvre aujourd'hui qu'elle est aussi une autre femme. Par exemple une protectrice qui œuvre pour le bien commun.

Dans le salon, nous trouvons trois vétérans installés dans des fauteuils roulants en bois et en osier disposés en demi-cercle. J'ai du mal à détacher mon regard de l'un d'eux, une gueule cassée. Je sais que je ne devrais pas le dévisager, mais c'est plus fort que moi : il lui manque la moitié du visage et l'autre moitié n'est qu'un amas de chair. À peu près à l'endroit où devrait se trouver sa bouche, il ne reste qu'un petit trou. Il n'a presque plus de joue, il lui manque un œil et l'autre émerge courageusement de sa chair flétrie, blanc et vitreux. L'ensemble évoque une carcasse de poulet à moitié mangée.

Mon estomac se soulève, je crois que je vais vomir… Heureusement, maman me presse fort le bras et je parviens à me contrôler en inspirant profondément. Si je veux être doctoresse plus tard, je n'ai pas le droit de faire ma chochotte. Tout de même, je me concentre sur les deux autres soldats. L'un est cul-de-jatte et l'autre a perdu un bras et la moitié d'une jambe. Ils sont beaucoup moins impressionnants que leur camarade.

Dans cette pièce lugubre, au milieu de ce déballage de monstres, maman me paraît soudain d'une beauté exceptionnelle. Avec ses yeux pétillants, son sourire radieux et sa robe pêche, elle emplit la pièce d'une présence lumineuse. Les trois soldats sont visiblement sous le charme.

On nous sert des gâteaux et du thé au citron. Lisel fait boire du thé à l'un des mutilés au moyen d'une paille plantée dans le trou qui lui tient lieu de bouche. Quand elle la retire, une rigole coule sur l'amas de peau marbrée qui remplace son menton et goutte sur sa chemise. Lisel l'essuie patiemment, puis vient s'asseoir près de moi.

— Qu'est-ce qui leur est arrivé ? demandé-je tout bas.

— Ils ont été blessés lors de bombardements. Mais il y a pire que ces trois-là, vous savez.

Elle se tait un instant, puis commente en soupirant :

— C'est une chose terrible, la guerre.

— C'est vrai que c'est affreux. Je n'y avais jamais réfléchi.

— Et pourquoi y auriez-vous réfléchi ? Vous n'êtes qu'une enfant. Une autre fois, vous pourriez peut-être rester un peu plus longtemps pour faire la lecture à nos pensionnaires ? Votre mère dit que vous êtes très intelligente. Ils seraient ravis d'avoir une jolie jeune fille pour égayer cet endroit.

Je jette un regard étonné du côté de maman, qui m'adresse en retour un sourire complice. Ainsi, elle me trouve intelligente... Le compliment me fait rougir de plaisir et de fierté.

— Bien sûr, réponds-je avec sincérité. Ce serait avec grand plaisir.

L'infirmière me tapote le genou, puis se lève pour essuyer le visage de l'homme à la gueule cassée et le faire boire à nouveau.

Plus tard, Lisel nous raccompagne à la porte et nous prenons congé en la saluant de la main. Une fois dehors, l'air me paraît frais et délicieux. Je respire à fond, en refrénant l'envie de prendre mes jambes à mon cou.

— C'est affreux, ce qui est arrivé à ces soldats, maman.

— Et encore, ceux-là ont de la chance, ils sont bien soignés.

Nous marchons lentement, en savourant le soleil de cette fin d'après-midi. Après ce que j'ai vu, j'ai une conscience anormalement aiguë de la beauté de ce qui m'entoure. Tout me paraît infiniment précieux. Il me semble que je n'ai jamais autant apprécié la splendeur du feuillage des arbres, la pureté du chant des oiseaux, la chance d'avoir quatre membres. Plus que jamais, j'ai la conviction que ma vocation est de devenir chirurgienne. Je veux aider les malades, les blessés, ceux qui souffrent. Je vais travailler encore plus dur à l'école pour être sûre d'y parvenir.

Mon Dieu, faites qu'il n'y ait plus de guerre. Protégez-nous. Protégez papa, maman, Karl et moi.

— Il n'y aura pas une autre guerre, maman, n'est-ce pas ?

— Espérons que non. Nous avons de la chance d'avoir Hitler, car c'est un homme pacifique qui veut la paix en Europe. Malheureusement, on ne peut pas en dire autant des autres pays. Il n'y a qu'à voir ce qu'ils nous ont fait à la fin de la dernière guerre. Les réparations économiques qu'ils nous imposent sont scandaleuses. Maintenant, en plus des éclopés, nous avons les chômeurs et la pauvreté. C'est de la provocation. Ils veulent qu'on souffre, sans relâche, jusqu'à ce qu'on n'en puisse plus et qu'on décide de se battre pour obtenir ce qui nous revient de droit.

— Mais *qui* veut ça, maman ?

— Nos ennemis, Hetty. Et ils sont nombreux…

La peur me donne la chair de poule. C'est comme si des petits doigts rampaient lentement sur ma peau.

— Oui, mais c'est *qui*, nos ennemis ?

Elle me presse la main.

— Oh, ils peuvent prendre des tas de visages différents. Mais derrière, il y a toujours les Juifs. Les Juifs veulent conquérir le monde pour leur profit. Mais ne t'inquiète pas, ma chérie, ajoute-t-elle d'un ton enjoué. Avec Hitler à la tête de notre nouvelle Allemagne, nous n'avons rien à craindre. Ceux qui cherchent à nous faire du mal vont bientôt trembler dans leurs bottes !

11 octobre 1933

— Désolée, pas aujourd'hui, réponds-je à Freda.

Pas question de faire équipe avec une Juive au cours de gymnastique. Son air déçu éveille ma culpabilité, mais je m'empresse de chercher du regard une autre fille sans partenaire. Gerda me fait « non » de la tête et attrape la main d'Ava, au cas où je n'aurais pas compris le message.

— Hé, tu voudrais bien être ma partenaire ?

Je me retourne et il y a Erna, longue et fine dans sa tunique blanche de gymnastique, un demi-sourire sur les lèvres.

— D'accord.

Je joue la nonchalance, mais mon pouls bat dans mes tympans quand nous nous plaçons côte à côte. Il ne faut pas qu'Erna sache où j'habitais avant. Il ne faut pas qu'elle sache que je n'avais qu'un seul ami dans mon ancienne école : Tomas. Notre famille est en train de grimper dans l'échelle sociale. C'est *ça* qu'elle doit savoir.

— Mesdemoiselles !

Fräulein Sauber tape dans ses mains pour attirer notre attention.

— Écoutez attentivement et suivez bien mes consignes. Je vois que vos groupes de deux sont constitués, donc vous allez pouvoir commencer. Pour chacun, l'une de vous travaille les enchaînements de base que nous avons appris la semaine dernière, pendant que l'autre la corrige. Ensuite vous intervertissez les rôles. Pensez à lever bien haut les bras et ne vous concentrez pas que sur le maniement du bâton. Le placement des jambes et des pieds, c'est très important aussi. Voilà. À présent, dispersez-vous pour travailler tranquillement.

Erna et moi, nous choisissons l'arrière du bâtiment, à côté de l'escalier.

—Pour commencer...

Une lueur espiègle brille dans les yeux d'Erna.

—... montrez-moi l'hélice avec votre bâton et surtout pensez à le lever bien haut et à tendre vos pointes de pied à fond.

Son imitation de la voix de crécelle de Fräulein Sauber est si parfaite que j'éclate de rire, tout en obéissant à ses ordres. Elle se déhanche et virevolte avec moi, agite son bâton, me montre comment tendre les pointes de pied. En temps normal, j'aurais peur d'être surprise à me moquer de la revêche Fräulein Sauber, mais avec Erna je n'ai peur de rien.

Pendant ce temps, Freda s'entraîne dans le coin le plus reculé de la cour, sans partenaire, tristement. Je refoule le sentiment de pitié qu'elle m'inspire. Il ne faut pas la plaindre, car elle ne le mérite pas. Elle est notre ennemie. Je m'arrange pour ne plus la regarder.

—Un, deux, trois... *Heil!*

Erna passe son bâton sur sa lèvre supérieure et lève le bras droit en guise de salut.

—Erna...

Son audace me fait frémir, mais je ris à en avoir mal aux joues.

—Mesdemoiselles...

Je prends une voix grave pour imiter le professeur Kreitz, pousse mon ventre en avant et ouvre grand les bras.

—Écoutez bien ce que je dis de cet auteur que vous ne devez surtout pas étudier! Il est génial, brillant, mais censuré.

Erna pouffe et ça me fait chaud au cœur, autant qu'un bol de chocolat chaud. Tout me semble soudainement possible, à ma portée. Je n'ai qu'à tendre la main et me servir.

Malheureusement, c'est déjà la fin du cours et il faut rentrer en classe.

Cette fois, je me glisse sur le même banc qu'Erna. C'est l'heure d'étudier la vie du Führer. Nous y consacrons un moment tous les jours, entre deux cours. D'après Frau Schmidt, nous apprendrons beaucoup de ce grand homme qu'est Adolf Hitler en nous intéressant à ce qu'il a vécu, en prenant exemple sur son courage et sa force d'âme. Frau Schmidt a presque les larmes aux yeux quand elle évoque les épreuves qu'il a traversées. Une fois que nous saurons tout de lui, nous assure-t-elle, nous l'aimerons et l'admirerons autant qu'elle. Ensuite nous chantons.

Tout en beuglant avec les autres le *Horst Wessel Lied*[1], je regarde par la fenêtre. C'est en ce moment la récréation des classes de lycée et je ne tarde pas à repérer Karl, au centre de la cour et d'un groupe de copains, qui rit de bon cœur. Ensuite je cherche Walter. Comme très souvent, il est seul sur un banc, sa tête blonde penchée sur un livre, les jambes croisées, avec un pied qui se balance paresseusement d'avant en arrière. Il n'est pas comme Karl et les autres garçons, toujours à essayer de se faire remarquer ou à chercher l'affrontement. Il préfère la compagnie des livres. Je l'observe un instant, le cœur enflé d'un étrange sentiment, à la fois agréable et douloureux.

Quand nous avons fini de chanter vient le moment du remerciement :

Führer, mon Führer que Dieu m'a donné.
Protège et conserve longtemps ma vie.

1. De 1930 à 1945, hymne officiel des SA, puis du parti national-socialiste des travailleurs allemands. (*NdT*)

Tu as sauvé l'Allemagne des abîmes de la détresse.
C'est à toi que je dois mon pain de chaque jour.
Demeure longtemps près de moi, ne m'abandonne pas.
Führer, mon Führer, ma foi, ma lumière !
Gloire à mon Führer !

Maman est sortie pour une collecte de fonds quand Karl et moi rentrons de l'école sous un déluge. C'est Bertha qui nous accueille. Elle est en train de mettre le couvert pour quatre à la grande table de chêne, dans la cuisine au sol dallé.

—Allez d'abord vous sécher, dit-elle. Ensuite vous mangerez avec Ingrid et moi.

Je grimpe l'escalier sans un mot. Avant, dans notre appartement, on avait une vie très différente. Papa travaillait déjà beaucoup, mais il y avait au moins notre petite équipe de trois. On mangeait toujours ensemble. Karl et moi, on dormait dans la même chambre, on faisait les courses avec maman et on l'aidait à préparer les repas. Elle nous chantait des chansons françaises et nous racontait des histoires de son enfance en France, avant qu'elle ne s'installe en Allemagne. Elle avait beaucoup plus de travail à l'époque car nous n'avions ni cuisinière ni bonne, mais bizarrement elle avait plus de temps à nous consacrer. Maintenant, elle court dans tous les sens pour ses œuvres de charité et pour rendre visite à des amis, nous laissant souvent aux soins de Bertha. Parfois, j'ai l'impression qu'elle a tendance à oublier notre existence.

J'allume le poste de radio à transistor tout neuf que papa m'a offert et que j'ai installé sur mon bureau. Ils rediffusent le discours prononcé hier soir par le docteur Gross, l'un des chefs du département de la politique raciale du parti nazi. Karl et moi, nous l'avons religieusement écouté avant le dîner.

« … La science nous enseigne que l'hérédité est plus déterminante que l'environnement… »

Je retire ma jupe et mon chemisier trempés.

« … après notre mort, nos enfants et les enfants de nos enfants porteront encore en eux notre héritage génétique. Quand on comprend cela, on prend conscience du grand fleuve de sang qui coule en nous, venu du fond des âges, et qui fait de nous le peuple allemand. Chaque génération est une vague qui enfle, puis se retire, pour laisser place à la suivante. En tant qu'individu, chacun de nous n'est qu'une minuscule goutte. Nous ne nous considérons donc pas comme le centre du monde, car… »

Je choisis un chemisier, un pull et une jupe propres.

« … comprendre cela incite à la modestie. Contrairement à ceux qui s'imaginent qu'ils doivent tout à eux-mêmes, nous avons conscience de ce que nous devons à l'héritage charrié par notre sang allemand. Nous avons le devoir d'en être les gardiens et de le transmettre tel que nous l'avons reçu… »

Je coupe la radio. La suite, je la connais. Il va parler de la hiérarchie des races et expliquer que ce n'est pas en éduquant un Noir qu'on le mettra au niveau d'un Nordique de race supérieure. À l'écouter, je sens la force du précieux sang allemand qui coule en moi – un sang totalement pur, au moins du côté de papa.

Bertha nous sert des bols de goulasch fumant, avec une grosse boule de pain à chacun. Nous venons juste de les finir quand la tête de Walter apparaît à la porte. Il a les cheveux trempés.

— Ah ! s'exclame Bertha en souriant. Walter, vous arrivez à point nommé pour une part de tarte aux quetsches. Vous avez senti l'odeur ou quoi ? Entrez… Ne restez pas à hésiter sur le pas de la porte, le réprimande-t-elle en ramassant nos bols.

Il s'assied à côté de Karl. Je lisse mes cheveux et me redresse.

— Tu as fait ta dissertation d'histoire ? demande-t-il à Karl.

— Non, gémit celui-ci. Je vais devoir m'y coller ce soir. Qu'est-ce que c'est, déjà, le sujet ?

— « Peut-on établir un parallèle entre l'héroïsme contemporain du peuple allemand et celui de l'époque médiévale glorifié par *La Chanson des Nibelungen* » ?

Il mord dans sa part de tarte.

— C'est délicieux, Bertha.

Bertha rougit et le remercie d'un signe de tête. J'aime quand Walter nous rend visite. Et j'aimerais bien aussi qu'Erna vienne un jour. Je nous imagine tous les quatre – Walter, Karl, Erna et moi –, assis autour de cette table, parfaitement à l'aise. Nous parlerions à bâtons rompus de l'école et de nos camarades de classe. Je raconterais une anecdote amusante et les autres m'écouteraient en souriant et en opinant de la tête.

— Tu viens ou pas ?

— Hmm ?

— Je te demande si tu veux venir avec nous dans la cabane ?

Walter me regarde avec impatience.

— J'ai des caramels Reisen, ajoute-t-il en agitant un sac en papier dans ma direction.

Je saute comme un ressort de ma chaise et m'empresse de rattraper les garçons qui filent déjà dans le petit couloir donnant sur le jardin de derrière. Il ne pleut plus, mais ça sent fort la terre. Ils grimpent les premiers à l'étroite échelle. Ensuite c'est à mon tour. Les barreaux glissent un peu, mais je les tiens fermement. Arrivée au niveau du plancher calé entre le tronc et une grosse branche de l'arbre, je passe d'abord le buste à travers la trappe, puis roule sur le côté en ramenant mes jambes. Comme la manœuvre fait remonter un peu trop ma jupe, je m'empresse de la tirer sur mes cuisses. Mais Walter ne regardait pas. Il s'intéresse à la vue depuis la fenêtre.

— Qu'est-ce qu'on est haut ! commente-t-il en se tournant vers nous.

Il sourit.

— Est-ce qu'un kangourou peut sauter plus haut qu'une maison ?

Karl lève les yeux au ciel.

— Encore une de tes blagues nulles.

— Non, un kangourou ne peut pas sauter plus haut qu'une maison, réponds-je en pensant au toit de notre maison, qui est si haut.

— Eh bien oui ! s'exclame Walter. Il peut, parce qu'une maison ne saute pas.

Karl pousse un gémissement, mais je ris de bon cœur et Walter me remercie d'un clin d'œil avant de se tourner de nouveau vers la fenêtre.

— On voit jusqu'à Rosental et aussi… Aïe.

Il retire précipitamment sa main du rebord et la secoue.

Un blessé. C'est pour moi !

— Fais voir, dis-je en examinant son doigt.

La ligne sombre d'une écharde se découpe en diagonale dans la pulpe de son index. Elle est trop profonde pour être retirée sans l'outil adéquat.

— Je vais chercher ma pince à épiler.

En descendant l'échelle, j'entends le rire de Karl.

— Méfie-toi, elle serait capable de t'amputer. Figure-toi qu'elle ambitionne de devenir chirurgienne.

Je vais chercher mon kit de soins dans ma chambre. À l'époque où nous vivions dans l'appartement voisin de celui de Tomas, je déambulais souvent dans les rues avec lui, en emportant ce kit en bandoulière dans un sac, à la recherche de créatures blessées à soigner. Parmi mes patients, j'ai eu un chien errant que Tomas immobilisait pour moi (il s'est fait mordre une fois ou deux), pendant que je traitais ses plaques de gale avec du borax ; puis le chat du voisin, dont j'ai bandé la queue blessée, sans tenir compte de ses miaulements furieux. J'ai également tenté de recoller la patte d'un faucheux, mais l'opération a échoué et il est mort.

De retour à la cabane dans les arbres, je retire délicatement l'écharde du doigt de Walter avec ma pince à épiler. Ensuite je presse la plaie pour la faire saigner et m'assurer qu'il n'y reste aucun éclat de bois. En la tamponnant avec de l'iode, je lui recommande de bien se laver les mains pendant quelques jours, pour éviter l'infection.

Karl a étendu une couverture par terre et nous observe, paresseusement allongé au sol, appuyé sur un coude.

— Elle lit même des livres de médecine, commente-t-il en me regardant. Barbants comme tout.

— Ils ne sont pas barbants.

— Peu importe, soupire Karl. De toute façon, tu sais bien qu'une femme ne peut pas être médecin.

— Ce n'est pas vrai.

— Demande à papa, si tu ne me crois pas. Que ça te plaise ou non, Hetty, tu es une fille. Aussi, un conseil : tu devrais commencer à te conduire comme une fille.

Le ton n'est pas du tout agressif, mais cette remarque me met quand même en rage et je range mon flacon d'iode dans ma mallette en fulminant intérieurement. Je sens sur moi le regard des garçons tandis que je boucle ses lanières avec des gestes brusques. *« Une femme ne peut pas être médecin »*. Est-ce que c'est vrai ? Karl ne se doute pas du gouffre que cette déclaration a ouvert en moi.

— En tout cas, merci de vos soins, docteure Heinrich, déclare Walter en rompant le silence. Moi je trouve ça plutôt bien, de croire à ses rêves.

Ces paroles me font l'effet d'un onguent sur une blessure. Il m'adresse un clin d'œil pour la seconde fois.

— En attendant, tout travail mérite salaire, poursuit-il en fourrageant dans son sac en papier pour en sortir un gros bout de caramel. Le plus gros, rien que pour toi, petite Hetty.

Il me tend une grosse boule dorée et poisseuse, avec un grand sourire qui me donne un coup au cœur.

— Merci, dis-je.

Je vais m'asseoir dos au mur pour déguster mon caramel et l'enfourne tout entier dans ma bouche. Il est vraiment dur et énorme. Il fait une grosse bosse à l'intérieur de ma joue. En tentant de le mâcher, je laisse échapper un filet de salive, que je m'empresse d'essuyer du revers de ma manche.

— Quelle délicatesse ! ricane Karl.

— Tiens, prends-en un deuxième, s'il te reste de la place, propose Walter en riant aussi.

Je deviens écarlate et secoue la tête.

— Hourra ! s'exclame Karl. On a trouvé le moyen de la faire taire. Félicitations, Walter !

Un nœud se forme dans ma gorge. Je ne veux surtout pas qu'ils me voient pleurer, aussi je me lève et descends l'échelle.

Leurs rires qui me poursuivent jusqu'à la maison font voler en éclats toutes les belles visions de mon brillant avenir.

10 février 1934

Augustusplatz est bondée et on l'a transformée en plateau de cinéma. Depuis la tribune réservée aux dignitaires locaux et à leurs familles, j'ai l'impression d'être une vedette attendant que la caméra tourne.

Il fait froid, je rajuste mon étole de fourrure autour de mon cou.

De puissants projecteurs inondent la place d'une lumière aveuglante. D'immenses drapeaux à l'effigie de la croix gammée flottent depuis les grands bâtiments qui nous entourent. Sous notre tribune, les hommes d'une équipe de tournage attendent le moment de filmer en fumant près de leurs trépieds et de leurs caméras. Les plus frileux battent de la semelle en resserrant autour d'eux les pans de leur manteau. De la foule compacte se détachent des petits drapeaux qui s'agitent au-dessus des visages blafards.

Maman me presse la main.

— C'est au tour de Karl, souffle-t-elle.

Karl s'avance, en uniforme, l'air grave. Il saisit le drapeau de la main gauche et pointe l'autre main vers le ciel, trois doigts tendus comme une flèche. Le menton haut, il regarde devant lui sans ciller.

— Adolf Hitler, déclame-t-il d'une voix assurée. Tu es notre grand Führer. Ton nom fait trembler l'ennemi. Ton Troisième Reich vient, ta volonté seule fait loi sur Terre. Laisse-nous entendre ta voix chaque jour, imprime ta volonté en nous, car nous t'obéirons aveuglément, au prix de notre vie s'il le faut. Gloire à toi ! *Heil* Hitler.

Ma gorge se noue et un courant chaud venu du plus profond de mon âme se répand en moi. Karl, le meilleur de tous les frères, mon beau Karl aux cheveux et aux yeux noirs, est désormais officiellement membre des Jeunesses hitlériennes. Il appartient à Hitler.

On lui remet son poignard, il retourne dans les rangs de sa section. Le garçon suivant s'avance et récite à son tour le serment. Après le passage du dernier, ils quittent tous la scène au pas, pour rejoindre les autres groupes massés devant la foule.

L'équipe de tournage commence à s'agiter et se met à vérifier le réglage des caméras. Un homme monte sur scène pour tester l'unique micro installé au centre. On entend un fort crépitement, qui semble sorti de nulle part. Tout le monde attend le clou de la cérémonie.

L'attente se prolonge. Un peu trop. J'ai les doigts gelés. J'essaie de les remuer, de frapper dans mes mains, de souffler dessus, mais ça ne marche pas. Pour les pieds, c'est encore pire.

Enfin, les musiciens entament une fanfare de Franz Liszt. Un grand silence tombe sur la foule. Mille têtes se tournent en même temps, presque comme une seule.

Quand j'aperçois enfin la Mercedes noire à toit ouvrant qui s'avance lentement à l'autre bout de la place, j'en oublie le froid qui m'engourdit et mon siège trop dur. C'est *lui.* C'est vraiment *lui.* Le plus grand de tous les hommes, le nouveau père de mon frère.

La voiture s'arrête devant notre tribune et le Führer en sort. Quand il monte l'escalier, il passe si près de moi que je pourrais presque le toucher. Papa l'applaudit à tout rompre, un grand sourire aux lèvres. Hitler est un petit homme vif, extrêmement séduisant. Il porte un costume marron et un brassard avec la croix gammée. Il a des cheveux très noirs, comme les miens, qu'il coiffe élégamment sur le côté.

Durant quelques instants, il se contente de toiser la foule. Puis il lève le poing vers le ciel et s'en frappe la poitrine. La foule se déchaîne en criant « *Seig Heil! Seig Heil! Seig Heil!* », jusqu'à ce qu'il lève les deux mains pour lui intimer le silence. Aussitôt, tout le monde se tait. Il n'a pas eu à dire un mot.

— *Heil*, ma jeunesse allemande! commence-t-il. Notre volonté commune est de fonder un Reich qui doit durer mille ans. Réjouissons-nous d'avoir un bel avenir devant nous.

Maman agrippe si fort ma main qu'elle me fait mal. Elle semble très émue. Le Führer s'arrête et regarde autour de lui. Ses yeux, d'un bleu océan profond, balaient le petit groupe de personnalités de la tribune. Puis ils s'arrêtent sur moi.

J'en ai le souffle coupé. Le vertige.

— En toi, ma jeunesse, poursuit-il en me regardant fixement, il ne doit y avoir aucune faiblesse. Je veux une jeunesse violente, impérieuse, intrépide et cruelle. Une jeunesse qui fera trembler le monde. Qui saura supporter la douleur. Je ne veux en elle rien de faible ni de tendre.

Pourquoi s'adresse-t-il directement à moi ? Je n'entends plus ce qu'il dit à cause de ce truc qui vrombit à mes oreilles. J'ai aussi un brouillard devant les yeux. Je regarde ses lèvres qui remuent, ses mains qui gesticulent ; cette petite mèche de cheveux qui lui retombe sur le front.

Puis il m'abandonne pour contempler les milliers de personnes à nos pieds, mais ce regard qu'il a posé sur moi, ce *lien*, a chauffé mon âme à blanc. Il m'a remarquée.

Il a vu que j'étais un être à part, destiné à faire de grandes choses.

— C'est ainsi que je créerai le Nouvel Ordre, déclare-t-il à présent en projetant une fontaine de postillons, tandis que son corps semble vibrer de la force de ses paroles. C'est ainsi que nous irons vers la victoire !

Son discours déferle sur la place en une vague tonitruante. Il parle d'un avenir merveilleux, où il n'y aura plus de pauvres, plus de classes sociales, rien qu'une seule grande nation unifiée que le monde entier nous enviera.

— Une nation que tu gouverneras un jour, jeunesse de l'Allemagne, ajoute-t-il en montrant du doigt les garçons des Jeunesses hitlériennes.

Il a un charisme fou. On a envie de l'écouter, de le croire, de le servir. Quand il achève enfin son discours, j'ai les yeux pleins de larmes.

Nous, les Allemands, nous formons un peuple uni.

Contre le monde entier.

Je flotte. Au-dessus de la tribune et de la foule. Au-dessus d'Augustusplatz et de la grande ville de Leipzig. Au-dessus de l'Allemagne. De plus en plus haut, jusqu'à voir la planète Terre telle que Dieu la voit, en orbite dans l'espace, à travers le temps, tournant autour du soleil avec les autres planètes. Et là, au centre de tout ce système, notre pays, ce pays béni, avec ses épaisses forêts, ses riches terres agricoles et ses lacs regorgeant de poissons. Ses usines, ses mines de charbon, son armée. Je vois aussi son peuple de bons et honnêtes travailleurs, opprimé depuis trop longtemps, mais qui se rebiffe enfin. Un peuple prêt à reprendre ce qui lui appartient de droit. Une grande puissance, une force à laquelle on ne résiste pas. Pas plus qu'à celle de la gravité.

Les musiciens se remettent à jouer, mais cette fois le rythme du tambour rappelle celui d'une ancienne danse guerrière. Il bat et palpite à travers mon corps tandis que notre grand Führer quitte la place, debout dans sa voiture, tel un empereur romain défilant dans son char pour fêter la victoire. Derrière lui marche une armée de porteurs de flambeaux. Les lumières de la place sont maintenant tamisées et les flammes forment une rivière de feu qui coule au centre d'Augustusplatz.

Maman et moi revenons du centre-ville à pied dans la nuit sombre et glaciale. Papa a dû retourner au bureau, Karl est resté avec son unité des Jeunesses hitlériennes.

— Quand est-ce que je pourrai rejoindre les Jeunesses hitlériennes, maman ?

Sous la lumière des réverbères, mon souffle est dense comme de la fumée. La cérémonie a marqué mon âme au fer rouge. Je sens qu'*Il* m'a appelée et que je dois répondre à cet appel. *Il* m'a réservé un rôle *à part* dans le grand et glorieux avenir de l'Allemagne.

— Ne sois pas ridicule, voyons. Dans les Jeunesses hitlériennes, il n'y a que des garçons.

— Mais pour les filles de mon âge, il y a la *Jungmädelbund.*

— Ton père ne veut pas que tu y entres.

— Pourquoi ?

— Parce qu'il pense que les filles doivent se concentrer sur les tâches domestiques.

— Les tâches domestiques, ça ne me plaît pas. Je veux camper, jouer à des jeux, chanter des chansons, faire des marches. Tout ce que Karl fera bientôt. Et j'ai déjà douze ans.

— Pour papa, ton âge serait une raison supplémentaire de t'abstenir.

— Mais ce n'est pas juste ! Toutes mes amies entrent dans la *Jungmädelbund.* De quoi je vais avoir l'air, si je suis la seule à ne pas y aller ?

— N'exagère pas, proteste maman.

Mais elle rentre un peu la tête dans les épaules.

— Ton père n'est pas le seul à penser que les Jeunesses hitlériennes ne conviennent pas aux filles. Herr Himmler lui-même est contre. Il trouve ridicule qu'une fille défile en uniforme et porte un sac à dos. Il dit même que ça le dégoûte. Hetty, arrête de traîner les pieds comme ça…

Je traîne les pieds, parce que je boude. Je ne dis plus un mot durant tout le reste du trajet.

Tu ne pourras pas m'en empêcher. Je trouverai un moyen.

À la maison, je file directement dans ma chambre. Mais une fois au lit, bien qu'épuisée et endolorie de fatigue, je n'arrive pas à trouver le sommeil. J'entends Karl rentrer et la voix étouffée de maman qui l'accueille.

« Mon chéri ! On est fiers de toi… Le meilleur des garçons… Tu iras loin dans la vie, je le sais… »

J'entends ensuite claquer la porte de Karl et le pas léger de maman qui grimpe l'escalier. Un lourd silence tombe alors sur la maison, mais je ne parviens toujours pas à m'endormir. Mon lit est bientôt un désordre insupportable de draps et de couvertures emmêlés. N'y tenant plus, je vais m'installer sur ma banquette de fenêtre et m'enveloppe dans un châle, le regard tourné vers la rue sombre et déserte.

Tout est calme et immobile, les branches du cerisier se détachent contre le ciel nocturne. Quelques nuages vaporeux glissent devant la lune. Apaisée par le spectacle tranquille de la nuit, je m'adosse au coffrage de bois et me retourne pour contempler dans l'obscurité le portrait d'Hitler au-dessus de ma cheminée. Quand maman déblatère sur nos ennemis, ça me fait peur, mais lui, il me donne du courage. Que je rejoigne ou non les Jeunesses hitlériennes, je suis certaine d'avoir un rôle à jouer dans ce nouveau Reich. Lui, ça lui est égal que je sois une fille et personne ne pourra m'empêcher de le servir – ni maman, ni papa, ni Karl.

Jusqu'à aujourd'hui je me croyais vraiment destinée à devenir médecin, mais Karl a peut-être raison… Je repense à la cérémonie, quand le Führer m'a regardée dans les yeux en s'adressant *directement à moi*. Et soudain je sais. Je sais ce que je dois faire.

Je me lève pour aller chercher dans ma bibliothèque le journal intime que Karl m'a offert le jour où j'ai failli me noyer, puis retourne m'installer sur ma banquette pour écrire, à la lueur de la lune.

> *Mon Führer, je promets de vous consacrer ma vie. Dites-moi ce que vous attendez de moi. À compter d'aujourd'hui, je ne penserai plus qu'à vous servir. Vous serez fier de me compter parmi vos enfants...*

Je me réveille en sursaut, les jambes repliées sous moi, totalement ankylosées. Le châle a glissé de mes épaules, je suis glacée jusqu'aux os. Le doux ronronnement d'un moteur s'élève de la rue en contrebas. Je regarde par la fenêtre. Papa !

Il sort de la voiture et ma première impulsion est de cogner aux carreaux pour attirer son attention. Mais au dernier moment, j'hésite. S'il voit que je ne dors pas, il va se fâcher.

Il fait le tour de la voiture et ouvre la portière. Une silhouette sort de l'habitacle – une femme, le visage dissimulé par le large rebord d'un chapeau. Ils font ensemble quelques pas sur le trottoir et s'arrêtent, pile sous un réverbère. Papa se tourne alors vers la femme, la prend par la taille et l'attire lentement contre lui. Elle lève la tête vers lui et là, dans le faisceau de lumière projeté par le réverbère, je reconnais nettement le visage pâle et rond de Hilda Müller. Elle ferme les yeux et entrouvre ses lèvres trop épaisses et trop rouges. Et ensuite papa, *mon* papa, se penche pour embrasser ces affreuses lèvres. Il s'ensuit un long baiser qui n'en finit plus.

Collée à la fenêtre, je ne peux détacher mon regard de la scène. Quand le baiser s'interrompt enfin, Fräulein Müller remonte dans la voiture, qui repart aussitôt. Papa la regarde s'éloigner, les mains dans les poches. Puis il se dirige vers la maison, et le portail de fer se referme en grinçant derrière lui.

Le lendemain matin, je suis réveillée par la lumière du jour – j'ai oublié de fermer mes volets hier soir avant de me recoucher. J'ai atrocement mal à la tête, mais je descends quand même prendre mon petit déjeuner. Apparemment, les autres ont déjà terminé et maman est sortie. Ça me laissera le temps de réfléchir à cette importante question : dois-je lui raconter ce que j'ai vu ? Cette pensée me remplit d'horreur. En attendant, je me laisse gâter par Bertha qui me prépare un lait chaud et sort pour moi du placard une assiette avec des saucisses et du pain.

— Bonjour, la dormeuse, lance Karl en entrant dans la cuisine.

— Je dois te parler de quelque chose, lui murmuré-je quand Bertha s'éloigne vers l'évier. Rien qu'à toi.

— D'accord, répond-il en haussant un sourcil. On va dans notre cabane dans les arbres ?

Nous nous installons par terre avec le pain et les saucisses, une couverture sur les épaules. En dépit du froid, je me sens bien avec mon grand frère, dans notre petit nid secret.

— Est-ce que je dois le dire à maman ? demandé-je, après avoir raconté ce que j'ai vu.

Il secoue la tête.

— Tu as sûrement rêvé, Hetty. Encore un coup de ton imagination.

— Non Karl. J'étais parfaitement réveillée. Je te dis que je les ai vus. C'était horrible.

— C'est grotesque. On était en plein milieu de la nuit. Tu t'es endormie sur ta banquette de fenêtre et tu as fait un cauchemar. Tu imagines, papa en train d'embrasser Fräulein Müller ? Elle ressemble à une génisse avec son gros derrière.

Il se met à rire.

— Meuh ! conclut-il en gonflant les joues et en faisant les gros yeux.

Il a peut-être raison. J'ai dû rêver. J'imagine le corps d'une grosse vache tachetée, surmonté du visage poupon de Fräulein Müller, avec ses tresses à la place des oreilles.

— Meuh, dis-je en riant.

— Meuh, Herr Heinrich, un petit baiser ?

Karl rit et retrousse sa lèvre comme une vache en train de ruminer.

Cette fois, je ris tellement fort que j'en pleure. Karl me plante son coude dans les côtes.

— Tu vois bien que c'est totalement grotesque, commente-t-il.

La tête blonde d'Ingrid apparaît au pied de l'arbre.

— Walter Keller est là et il voudrait vous voir, Karl, crie-t-elle.

Les sabots d'un cheval de course lancé au galop résonnent dans ma poitrine.

Karl plisse le front. Je m'attends à ce qu'il repousse la couverture de ses épaules et descende l'échelle, mettant ainsi fin à notre petite discussion privée. Mais il ne bouge pas.

— Dites-lui que je ne suis pas là, crie-t-il à Ingrid.

Devant mon air étonné, il explique :

— Je dois sortir bientôt pour retrouver des camarades de ma section.

Puis il se jette sur moi et me renverse sur le sol poussiéreux de la cabane en me chatouillant les aisselles.

— Arrête ! Je ne joue plus, Karl !

— Tu ne joues plus ?

— J'ai plus envie. Et je veux savoir pourquoi tu as renvoyé Walter.

Il me donne une petite tape sur l'épaule.

— Qu'est-ce que ça peut te faire ? demande-t-il d'un ton bougon. C'était mon ami, pas le tien. J'ai d'autres amis, c'est tout. Je n'ai plus besoin de Walter.

Il se lève et se glisse par la trappe pour descendre l'échelle.

— À plus tard, Petite Souris.

En dépit du froid, je reste un long moment assise au bord de la trappe, les pieds dans le vide, à essayer de comprendre pourquoi Karl a refusé de voir Walter.

Comment est-ce possible ? Est-ce que ça veut dire qu'il ne viendra plus à la maison ?

Karl a tort. Ce n'est pas parce qu'on a de nouveaux amis qu'on doit abandonner les anciens. Les amis, c'est précieux. Autant que des joyaux. Je vais faire en sorte de ne pas renier les miens.

11 février 1934

Les rues grises de Leipzig disparaissent sous une épaisse couche de givre. Les branches du cerisier semblent habillées de sucre blanc. On se croirait dans le décor de la Terre des Bonbons, dans *Casse-Noisette et le Roi des souris.*

C'est le premier jour des vacances scolaires d'hiver et Tomas est passé me chercher. Il n'est pas assez couvert et bat la semelle devant la porte pour tenter de se réchauffer. Il a les lèvres bleues.

— Viens jouer dehors avec moi, insiste-t-il. Je te vois à peine, en ce moment.

Il fronce le nez et remonte ses lunettes.

— C'est que j'ai beaucoup de travail dans mon nouveau collège, réponds-je en m'accrochant au chambranle de la porte.

Il a des yeux globuleux de hibou, trop grands pour son petit visage. Je n'ai aucune envie de quitter ma maison bien chauffée, et d'autant moins que Bertha est en train de préparer des étoiles de Noël. Une odeur de sucre chaud et de cannelle s'échappe de la cuisine.

— On pourrait faire un bonhomme de neige à Rosental.

La buée formée par son haleine s'élève et tournoie au-dessus de sa tête. Je pense à la façon dont Karl a renvoyé Walter l'autre fois. Je me suis promis de ne pas rejeter mes vieux amis.

— D'accord, j'arrive.

Quand il sourit, ses yeux deviennent minuscules et on ne voit presque plus ses pupilles.

J'enfile mes bottes et mon manteau. En prenant mes gants, je me dis que Tomas n'en a pas. Il est toujours aussi pauvre qu'avant et traîne avec lui une vague odeur de moisi, une sorte d'aura de sueur, de crasse et de misère. Mais nous aussi, nous étions pauvres, autrefois. Je ne peux pas lui reprocher ça. J'attrape une deuxième paire de gants et un bonnet de laine.

— Tiens, ça te sera utile, dis-je en les lui tendant. Tu peux les garder.

Il les accepte sans se faire prier et commence par frictionner ses doigts avec la laine.

— Merci, Hetty, murmure-t-il en baissant les yeux.

Il enfile son bonnet en couvrant bien ses oreilles, puis les gants.

— Je suis aussi chaud qu'une patate chaude, à présent, déclare-t-il en frappant ses mains l'une contre l'autre, avec un sourire timide.

Des flocons de neige tombent d'un ciel de granit bas et lourd. Nous traversons Pfaffendorfer Strasse en direction du parc. Sur la tempe de Tomas, je remarque une ecchymose verdâtre. On dirait une pomme qui aurait pris un choc. Je me demande si c'est marron et pourri à l'intérieur – comme une pomme.

— Mon père a perdu son emploi, déclare-t-il brusquement, comme nous foulons une portion de neige fraîche et totalement vierge.

— Oh mon pauvre… Il en a trouvé un autre ?

— Il ne trouve rien. Il n'y a plus de travail.

Il s'amuse à faire glisser sa main gantée le long d'une rambarde enneigée. Ça fait un monticule qui grossit, grossit, grossit… puis tombe tout au bout.

— On a dû déménager chez mon oncle, au-dessus de son atelier de cordonnier, sur Hallische Strasse. On ne pouvait plus payer le loyer de notre ancien appartement, alors on nous a mis dehors.

— Il pourrait rejoindre les Sections d'Assaut, dis-je en me souvenant que papa a récemment mentionné à table une grande campagne de recrutement dans les SA. Les chemises brunes ont besoin de renforts, ajouté-je sur un ton de confidence.

Tomas s'étrangle, de rire autant que d'indignation.

— Il préférerait nous voir crever de faim, plutôt que rejoindre les SA. Jamais il ne se mêlera à ces voyous.

Il a craché le mot « voyous » d'un ton méprisant.

— Même s'ils ont un uniforme et des armes, comme de véritables soldats.

Il prend un air mélancolique. On dirait qu'il les envie d'être armés.

Papa a aussi évoqué avec maman un problème avec les SA, il me semble... *« Il y a des conflits avec Röhm... Deux millions d'hommes affamés... Hors de contrôle. Il va falloir régler le problème... »*

Je regrette à présent de ne pas avoir écouté plus attentivement.

— Et ta mère, elle pense qu'il devrait faire quoi ?

— N'importe quoi, du moment qu'il ramène à manger. Et pour le moment, ce n'est pas le cas. Il reste affalé toute la journée, comme un bon à rien, ajoute-t-il en soupirant.

Nous franchissons les hauts piliers de pierre marquant l'entrée du parc Rosental. Nous avons à présent devant nous une étendue de neige dont la blancheur immaculée fait presque mal aux yeux.

— Et en usine, il ne peut pas trouver un emploi ?

Tomas secoue la tête.

— Puisque je te dis qu'il n'y a pas de travail. Vous avez vraiment de la chance d'être... Dis donc, il y a une sacrée couche de neige...

Il s'aventure hors du chemin, dans l'étendue vierge, et s'enfonce jusqu'en haut de ses bottes. Je le rejoins et nous faisons une bataille de boules de neige, en riant comme des fous car nous ne cessons de trébucher et de tomber.

Soudain, nous entendons siffler l'air et une énorme boule de neige éclate contre la nuque de Tomas, avec une telle force qu'il en a le souffle coupé. Il est en train de reprendre sa respiration et de se débarrasser des débris glacés qui ont glissé à l'intérieur de son manteau, quand il en reçoit une deuxième, cette fois à la tête.

— Aïe ! crie-t-il en se frictionnant le crâne.

Quatre garçons surgissent alors de derrière les buissons en poussant des hurlements de triomphe et se mettent à nous bombarder. Je reconnais les frères Brandt de notre école primaire. Ce n'est vraiment pas de chance d'être tombés sur eux. Ils ont toujours détesté Tomas.

Ils parviennent à former un cercle autour de lui, en m'empêchant d'approcher. L'un d'eux lui envoie de la neige en visant les genoux maigres que laisse voir sa culotte courte. La colère me noue le ventre. Ils sont quatre contre un. Ce n'est pas équitable.

— Pauvre petit Tom, déclare Ernst Brandt. Son papa ne le laisse pas rejoindre les Jeunesses hitlériennes.

Il rit.

— Parce que s'il y allait, il n'y survivrait pas. Il serait battu à mort pour avoir mouillé son lit.

Les autres se mettent à rire.

— Je ne mouille pas mon lit, espèce d'imbécile, déclare Tomas en poussant Ernst de l'épaule pour tenter de se faufiler hors du cercle.

Ernst se jette aussitôt sur lui, tandis que ses trois frères l'encouragent en criant. Il est deux fois plus grand que Tomas. J'en ai marre des brutes qui s'en prennent à lui parce qu'il est maigre et fluet. Dans notre ancien immeuble, il se faisait souvent attaquer par d'autres garçons. Une fois, un crétin l'a frappé et réduit en bouillie, sans raison, juste pour le plaisir.

Je ne peux plus laisser faire ça. C'est intolérable.

Je fonce sur Ernst et plante mes ongles sous son menton, là où la peau est bien fine. Il tombe, en entraînant Tomas avec lui, et nous voilà tous les trois au sol, moi sur Ernst. Celui-ci tente de me repousser, mais je le griffe sauvagement au visage.

— ARRÊTEZ TOUT DE SUITE !

Une voix de femme, furieuse, autoritaire ; des mains agrippent mes épaules pour me séparer d'Ernst. On me fait faire volte-face. Bertha se dresse devant moi, les joues tachetées de pourpre, les yeux hors de la tête.

— Fräulein Herta, vous devriez avoir honte ! Se battre avec des garçons comme un chien ! Que penserait votre mère ?

Elle souffle autant de vapeur que la grande bouilloire noire de la cuisinière.

Ernst et Tomas démêlent leurs membres et se relèvent lentement, couverts de neige. Les trois autres frères Brandt restent immobiles, bouche bée, à regarder Bertha.

Elle pose les yeux sur Ernst et pousse un cri en découvrant l'état de son visage. Je l'ai sérieusement égratigné. J'ai du sang sous les ongles, ce doit être le sien. Tomas farfouille dans la neige et finit par trouver ses lunettes cassées, qu'il remet en place, de travers.

— Regardez le visage de ce garçon ! s'exclame Bertha.

— C'est lui qui a commencé, Bertha.

Je parle au ralenti, comme si le froid et le choc m'empêchaient d'articuler.

— Il a attaqué Tomas. Moi, j'ai juste essayé de l'aider. Et les trois autres…

Je montre du doigt les frères d'Ernst.

— Ils encourageaient Ernst à se battre. Ils allaient s'y mettre aussi… Quatre contre un… Ce n'était pas juste.

Bertha se tourne vers Tomas.

— Est-ce vrai ? demande-t-elle sèchement.

Tomas hoche la tête, les yeux baissés.

Ernst tamponne sa joue ensanglantée avec son mouchoir et ne dit rien.

— Bon, bon, marmonne Bertha. Vous ne devriez pas vous battre avec une fille, poursuit-elle en dévisageant tour à tour les quatre Brandt. Disparaissez de ma vue, avant que je ne vous donne la fessée que vous méritez.

Ils s'éloignent, Ernst en tête, les épaules bien droites et le menton fier.

— Pauvre minable qui a besoin d'une fille pour se défendre, lâche-t-il à Tomas en passant devant lui.

Et sur ce, il crache dans la neige.

Bertha le regarde partir, les bras croisés sur sa poitrine. Puis elle se tourne vers moi et son visage s'adoucit.

— C'était courageux, Fräulein, de défendre un ami, déclare-t-elle. Mais quand même, je ne vous félicite pas. Une jeune fille ne doit pas se battre, c'est tout ce que j'ai à dire. Et maintenant, on rentre.

Tomas prend avec nous la direction de Fritzschestrasse. Ensuite, il continuera son chemin pour rejoindre le petit appartement qu'il habite désormais au-dessus de la boutique de son oncle, dans Hallische Strasse. Nous n'avons plus grand-chose en commun, mais il reste mon ami, parce que je suis quelqu'un de fidèle.

— Merci, marmonne-t-il quand nous atteignons le portail de ma maison.

— C'est rien.

— On se voit demain ?

— Peut-être… Au revoir, Tomas.

— Au revoir, Hetty.

Je grimpe les marches du perron deux à deux et ferme précipitamment la porte d'entrée derrière moi. Puis je reste longuement adossée au battant. Je suis sûre que Tomas est encore derrière la grille à regarder la porte par laquelle je viens de disparaître.

En espérant que je vais revenir.

20 avril 1934

À peine ai-je ouvert les yeux que mon regard se pose sur le portrait du Führer. C'est aujourd'hui son anniversaire.

Je me lève pour aller ouvrir les volets intérieurs et laisser entrer le soleil matinal. Notre cerisier est en pleine floraison, tellement chargé de grappes de fleurs roses qu'il ressemble à une grosse barbe à papa. J'ouvre ensuite grand la fenêtre pour entendre le chant des oiseaux et vais me remettre au lit, afin de profiter encore un peu de la tiédeur des couvertures. Là, bien calée contre mon oreiller, je regarde Hitler droit dans les yeux. Du haut de son portrait au-dessus de la cheminée, face à mon lit, il me toise.

Un coup frappé à la porte me fait sursauter.

— Dépêche-toi, Hetty, crie Karl. Tu vas être en retard à l'école.

— Je suis presque habillée, j'arrive ! réponds-je en quittant mon lit à regret.

En bas, tout le monde est déjà en train de petit-déjeuner. La radio diffuse les nouvelles du matin.

« … Hermann Göring transfère aujourd'hui l'administration de la police secrète d'État, la Gestapo, au Reichsführer Heinrich Himmler… »

Maman lève vers papa un regard interrogateur.

— Tu étais au courant ?

Il hausse les sourcils et cesse de mastiquer pour écouter.

« … En Autriche, quatre-vingt-un opposants au gouvernement ont été incarcérés à Wöllersdorf… »

Le présentateur a changé de sujet et papa se fiche de savoir combien d'opposants ont été incarcérés en Autriche. Il éteint la radio.

— Il n'y avait rien dans le point de presse de Goebbels ce matin, répond-il enfin. Le secret était bien gardé.

Je me sers une tasse de lait chaud, ainsi qu'une assiette de salami et de pain de seigle, puis vais m'asseoir à côté de maman.

— En tout cas, ça promet d'être intéressant, poursuit papa. Je me demande ce que va faire Göring…

Il consulte sa montre.

— Je suis en retard, il faut que j'y aille. Si je veux couvrir ça et avoir un scoop pour demain, je dois envoyer tout de suite un journaliste à Berlin.

Il se renverse sur le dossier de sa chaise.

— Crois-moi, Hélène, c'est une bonne nouvelle, parce que c'est le chaos. Il faut faire régner l'ordre dans ce pays. Himmler et Heydrich vont enfin mettre au pas les conspirateurs juifs et ces voyous de communistes. Ils vont éliminer les citoyens allemands qui refusent de participer à l'édification de notre grand Reich.

Il s'essuie la bouche avec sa serviette et repousse sa chaise.

— Je dois y aller.

Avant de sortir, il embrasse maman et m'ébouriffe les cheveux.

— Qu'est-ce qu'il a voulu dire ? demande Karl après son départ. De quel chaos parlait-il ?

Je regarde par la fenêtre. Fritzschestrasse est toujours aussi calme et paisible, on ne dirait pas que c'est le chaos… Les problèmes dont parle papa, c'est sans doute à Berlin, Halle ou Munich. J'espère que notre vieux quartier de Gohlis sera épargné.

— Des troubles créés par ceux qui vivent dans la misère, Karl, répond maman, le front plissé. Même si la situation s'améliore depuis qu'Hitler est au pouvoir, il y a encore énormément de chômeurs. Les hommes affamés et oisifs finissent toujours par se révolter. Pire, ils se laissent séduire par les mensonges et les promesses de nos ennemis. Ils s'en prennent à Hitler en oubliant qu'il a hérité d'une situation catastrophique impossible à régler d'un claquement de doigts. Notre Führer est un grand homme, le seul à pouvoir tirer notre pays de l'ornière, mais certains ne s'en rendent pas compte et veulent se débarrasser de lui.

Je baisse les yeux vers mon assiette. Elle est pleine. Dans cette maison, nous avons à manger. Nous ne faisons pas partie des affamés. *Merci Hitler.*

— Est-ce que papa est en danger ? demandé-je.

Je sais vaguement qu'en tant que SS il a le devoir de protéger Hitler et le Parti. Je l'imagine, affrontant d'affreux voyous dans les rues de Leipzig. Seul contre tous. Comme Tomas l'autre jour.

— Bien sûr que non, s'empresse de me rassurer maman. Mais il a un rôle important à jouer à travers le *Leipziger.* C'est à lui d'informer les citoyens de cette ville et de leur montrer où se trouve la vérité.

— Mais où il va, quand il met son uniforme SS ? Qu'est-ce qu'il fait ?

Maman sourit.

— C'est un officier supérieur, Hetty, dit-elle en riant. Ne t'inquiète pas, il a l'air d'un soldat, mais il ne met pas sa vie en danger. Il est chargé de l'organisation, il commande. Et maintenant, assez parlé, vous deux. Vous allez être en retard à l'école et je dois rendre visite à mes vétérans de guerre.

Je finis de boire mon lait et rejoins Karl dans le couloir pour mettre mon manteau et attraper mon cartable.

— Au revoir, maman, dis-je en embrassant ma mère.

— Allez viens, drôle de Petite Souris, appelle Karl en me tenant la porte d'entrée. Et n'aie pas peur. Tant que je suis là pour te protéger, tu n'as rien à craindre.

À la fin des cours, j'attends Erna près de la sortie. Les élèves passent devant moi par petits groupes et parmi eux Walter, seul, comme d'habitude. Je tente d'intercepter son regard, mais il garde la tête baissée et ne me voit pas. Une vague de nostalgie me submerge. Je voudrais lui taper sur l'épaule et lui demander ce qui s'est passé entre Karl et lui. Mais le temps que je me décide, il s'est déjà éloigné.

Une fois dehors avec Erna, je m'aperçois avec horreur que Tomas est venu m'attendre. Erna me donne un coup de coude quand il s'avance vers nous.

— Qui c'est ? demande-t-elle avec un petit rire. Ton chéri ?

— Ne sois pas ridicule, réponds-je tout bas, pour qu'il n'entende pas. C'est Tomas. De mon ancienne école.

Au milieu des élèves de l'académie, son allure détonne. Il fait débraillé et mal dégrossi, on dirait une vieille pièce de voiture toute rouillée à côté de pièces neuves. Je n'ai qu'une envie : prendre mes jambes à mon cou. Mais c'est trop tard.

— Bonjour Tomas, de l'ancienne école de Hetty, lance Erna avec un sourire narquois, tandis que je demeure en retrait.

— Bonjour, répond Tomas d'un ton hésitant en me lançant un regard gêné.

Il remonte ses affreuses lunettes sur son nez. Une de ses narines se met à couler et il sort sa langue pour lécher la morve.

Erna se tourne vers moi et passe son cartable en bandoulière en m'adressant un léger signe de la main.

— À demain, Hetty, dit-elle.

Puis elle m'abandonne avec Tomas. Je prends aussitôt le chemin de la maison, à grands pas, avec le vague espoir de le semer, mais il trottine pour rester à ma hauteur.

— Comment vas-tu ? demande-t-il.

— Bien. Et toi ?

Il hausse les épaules d'un air résigné. Je me souviens brusquement que son père est sans travail et une vague de pitié me submerge.

— Ton père a trouvé un travail ?

— Non.

— Il a essayé la police ? Ou le Parti ?

— Il préférerait mourir.

— Mais c'est idiot. Pourquoi ?

— Parce qu'il est communiste et qu'il hait les nazis.

Je m'arrête net. Nous sommes face à face, dans la brise printanière qui ébouriffe nos cheveux, avec ces mots terribles suspendus entre nous.

— Je ne te crois pas. Tu inventes.

— Je n'invente rien.

Nous nous remettons à marcher – Tomas en traînant les pieds à cause de ses chaussures trop grandes.

— Il a des réunions dans l'appartement de mon oncle avec un Polonais, Bajek. Et aussi avec d'autres hommes avec lesquels il travaillait à l'usine. Je les ai écoutés l'autre jour à travers la porte.

— Et qu'est-ce qu'ils ont dit ? murmuré-je tout bas en m'approchant de lui.

— Ils ont parlé de tas de gens qui ont eu des problèmes avec des membres du parti national-socialiste. Ils ont dit que les nazis harcelaient les opposants au régime et essayaient de les empêcher de se réunir. Tu parles… Leurs réunions sont interdites, mais ils les font quand même. C'est surtout Bajek qui parlait. C'est lui le plus important.

— Les communistes sont des traîtres, sifflé-je.

— Je sais, répond-il tout bas.

Nous avons étudié la jeunesse d'Hitler à l'école. Son désir d'être artiste. Ses problèmes avec ses parents. Il a dû surmonter des épreuves, mais, sans elles, il n'en serait pas là aujourd'hui. Dans les années 1920, quand il a été jugé pour haute trahison et emprisonné, il a beaucoup souffert. Mais l'adversité n'a fait que le rendre plus fort. Il s'est battu pour le peuple allemand et il a réussi ce que tout le monde jugeait impossible. Nous devons prendre exemple sur lui et lutter pour ce en quoi nous croyons, au péril de nos vies s'il le faut. Son visage flotte devant moi. *Aide-moi, Hitler.* Il a l'air grave et solennel, mais soudain son œil bleu cligne. *Mon enfant,* dit-il d'une voix ferme et tonitruante. *Tu dois faire ce qui est juste. Ton devoir est de montrer le chemin. Dis à Tomas que moi aussi, j'ai dû me révolter contre mes parents. Ne montre aucune faiblesse, Herta. Tu dois agir sans peur. Toujours.*

La vision s'estompe. J'ai la chair de poule. Voilà donc ce qu'Il attend de moi. Pas que je fasse des études de médecine, mais que je montre à d'autres le droit chemin. Je revois les silhouettes estropiées des vétérans de la Grande Guerre mutilés par nos ennemis. Et soudain, je ne doute plus.

—Je t'invite à la maison, Tomas. Ça ne dérangera pas mes parents. Tu pourras déjeuner et rester tout l'après-midi si tu veux.

—C'est vrai ?

Ses yeux brillent.

—Oui, c'est vrai.

Nous sommes presque arrivés chez moi, quand j'aperçois sur le trottoir, venant dans notre direction, un vieil homme appuyé à une canne, donnant le bras à une femme. Ils viennent de Berggartenstrasse et il me semble les reconnaître. Mon cœur fait un bond quand je vois le chien Flocke qui trottine docilement à leurs côtés, noir comme l'ébène. C'est bien eux.

Je les montre du doigt et chuchote à Tomas.

—Ce sont des Juifs.

Il regarde autour de lui et fronce le nez de dégoût.

—Ah bon! s'exclame-t-il avec une drôle de lueur dans le regard. Attends. Tu vas voir.

Dès que nous arrivons à portée de voix, il lance:

—Houlà, ça sent drôlement mauvais, dans le coin!

Les Goldschmidt s'arrêtent et nous regardent approcher sans un mot.

—Dis quelque chose, me murmure Tomas en me poussant du coude.

J'ouvre la bouche pour parler mais aucun mot n'en sort. J'ai soudain pitié des Goldschmidt. Ils semblent si vieux et si fragiles.

—Vas-y, m'exhorte Tomas. Montre-leur qui est le plus fort.

Il crache dans leur direction. Une boule blanche atterrit sur le trottoir entre eux et nous. C'est dégoûtant. Ça me soulève l'estomac.

Tomas me pousse de nouveau du coude et cette fois je parviens à articuler:

—Ça sent le porc.

Mais ma voix est à peine un murmure.

—Plus fort, insiste Tomas.

Nous ne sommes plus qu'à quelques mètres d'eux. Je n'ai pas oublié à quel point Fräulein Goldschmidt a été méchante. Elle m'a grondée. Elle n'a pas voulu que je promène Flocke. Je n'ai pas à avoir pitié d'elle. Par contre, j'évite de regarder Herr Goldschmidt.

—Du porc juif, dis-je, d'une voix plus ferme.

Fräulein Goldschmidt se met à trembler et Tomas rit. Ça me donne du courage.

—C'est l'odeur du porc juif et c'est vraiment écœurant. Ce n'est pas agréable de vivre avec des porcs.

Du moment que j'évite le regard des Goldschmidt, les mots me viennent plus facilement. Ils coulent aisément hors de moi, je les vomis, je crache toute ma rancœur.

— Les porcs sont faits pour vivre dans des porcheries. Pas dans des maisons.

Je me sens comme ivre. Tomas et moi éclatons de rire et traversons la rue en courant.

Mais j'ai le temps de voir l'expression blessée de Herr Goldschmidt ; la main de sa femme qui tremble sur son bras. Et ça me procure une sensation désagréable dans le ventre.

Comment pourras-tu montrer le droit chemin si tu ne crois pas en toi ? La voix d'Hitler résonne dans mon crâne. Je me redresse de toute ma hauteur. Il a raison. J'ai une mission importante à mener à bien et je n'ai pas le droit de faiblir.

Nous voilà tous les deux, Tomas et moi, épaule contre épaule dans le bureau de papa. Je lui presse la main pour l'encourager. Il est muet comme une carpe.

C'est la première fois qu'il entre dans cette pièce et j'imagine qu'il est impressionné par le plateau recouvert de cuir du bureau, par le grand fauteuil de papa, par les étagères chargées de dossiers et de papiers officiels. Et surtout par papa, avec ses cheveux blonds lissés en arrière, massif et imposant dans son uniforme noir.

— Eh bien, qu'aviez-vous à me dire, tous les deux ?

Papa hausse l'un de ses sourcils blonds et nous toise par-dessus ses lunettes de lecture en demi-lune. Une odeur âcre de tabac froid et de whisky plane dans la pièce.

Tomas est toujours frappé de mutisme. J'ai peur qu'il ait changé d'avis. Ou que papa ne finisse par s'impatienter et par nous mettre dehors.

Tu n'as pas le droit d'être faible. « Une jeunesse qui fera trembler le monde. »

— Papa…

Je parle un peu trop fort.

— Tu te souviens de Tomas ? Il a quelque chose à signaler, mais il ne sait pas trop à qui s'adresser, alors j'ai pensé que ça t'intéresserait peut-être de l'entendre.

Papa repose son stylo et s'adosse à son fauteuil.

— Eh bien parle, mon garçon.

Après s'être raclé la gorge, Tomas recouvre enfin la voix.

— C'est… à propos de mon père. Et de son ami polonais, Bajek. Je crois que c'est un communiste.

Papa se redresse, visiblement intéressé. Tomas me regarde. Je l'encourage d'un signe de tête.

— Et qu'est-ce qui te fait croire ça, mon garçon ?

— Je l'ai entendu le dire. Et il a converti mon père. Et puis j'ai trouvé des prospectus à la maison…

— Quel genre de prospectus ? demande aussitôt papa.

— De propagande.

Je souris à Tomas. Il s'en sort vraiment très bien.

— Il a de longues discussions avec mon père et d'autres hommes. Ils disent qu'Hitler est un criminel et que le peuple finira bien par s'en apercevoir. Ils parlent des camarades qui sont d'accord avec eux pour résister au Führer.

— Tu pourrais citer des noms ? demande papa.

— Euh, oui, je crois. Quelques-uns.

Tomas se dandine d'un pied sur l'autre.

— Parfois, mon père croit que je suis dehors en train de jouer avec mes frères, mais je reviens en cachette pour écouter. Je l'entends parler avec les autres de victoire des travailleurs, de révolution, des erreurs des riches et de trucs comme ça. Mais j'ai pas tout retenu…

— Ce n'est pas grave, le rassure papa.

Il pousse vers lui une feuille de papier et lui tend un stylo.

— Écris-moi les noms dont tu te souviens.

Nous regardons Tomas inscrire plusieurs noms. Il s'arrête, réfléchit un instant et en rajoute d'autres.

Il lève ensuite les yeux vers papa.

— C'est tout.

Papa se lève de son fauteuil et contourne le bureau pour venir lui serrer la main.

— Tu as fait le bon choix, mon garçon. Tu seras récompensé. Quel est ton grade, dans les Jeunesses hitlériennes ?

— Mes parents ne veulent pas que j'y entre, répond Tomas, tête baissée, visiblement honteux.

— Quoi ? Mais il faut remédier tout de suite à ça !

Pauvre Tomas ! Il est suffisamment humilié comme ça, papa devrait se montrer un peu plus délicat. Je lui fais les gros yeux, mais il ne me prête aucune attention.

— Je vais m'en occuper. Tu aimerais devenir porte-étendard ? C'est un grand honneur, que tu viens de mériter avec cette démarche prouvant que tu es un vrai fils de l'Allemagne. Ce que tu as fait est très courageux. Mais pour l'instant, pas un mot à tes parents, d'accord ? Laisse-nous gérer ça. On s'occupe de tout. Tu es un bon garçon.

— Qu'est-ce qui va se passer pour mon père ? demande Tomas d'une voix hésitante. Il va être arrêté ?

— Bien sûr que non. Tu ne devrais pas croire les rumeurs. On va mettre ton père en détention protégée, pour sa sécurité. Tu sais ce que ça veut dire ?

Tomas secoue la tête.

— Eh bien, on va l'emmener, pour le *protéger* de nos ennemis qui cherchent à l'embrigader. Tu lui as rendu service, Tomas. Et continue à défendre l'Allemagne en restant vigilant et en signalant les agissements louches, même s'ils te paraissent insignifiants. C'est ton devoir d'en parler. À moi ou à tes supérieurs des Jeunesses hitlériennes.

Papa retourne s'asseoir.

— Tu peux y aller, maintenant. Ne t'en fais pas, je vais m'occuper personnellement de ton père. Mais pas un mot, n'oublie pas. C'est très important.

Papa se tourne vers moi et m'adresse un clin d'œil en souriant.

— Bien joué, Herta. Tu grandis, mon petit lapin. Je suis fier de toi.

Je savoure le compliment. Après ça, peut-être qu'il va changer d'avis à propos des *Jungmädel* et me laisser y entrer.

— Bien… J'ai des coups de fil à passer. Tomas, ce serait mieux que tu restes un peu avec Herta. Tu peux déjeuner avec nous.

Je souris au visage pâle et crispé de Tomas. Il va enfin rejoindre les Jeunesses hitlériennes et son père sera protégé du communisme, une des incarnations du mal. Peut-être même que la Gestapo lui trouvera un emploi.

Ça s'est encore mieux passé que je ne l'avais imaginé.

19 août 1934

— Regarde ! s'exclame Erna en montrant du doigt l'enclos des singes. Ils sont là, on a de la chance !

Nous avons déposé nos vélos près d'un banc du parc Rosental. De là, nous avons vue sur une partie du zoo et plus précisément sur un enclos de singes gris aux gueules aplaties. Ils sont nombreux, perchés sur de hauts poteaux de bois. L'un d'eux descend jusqu'à une plate-forme jonchée de morceaux de fruits. Il attrape un bout de pomme et retourne sur son poteau pour manger tranquillement, tandis qu'autour de lui ses compagnons poussent des cris aigus et sc chamaillent.

Devant nous, des enfants jouent au soleil sur l'herbe grasse du mois d'août, des chiens courent en faisant des bonds. Je sors de mon sac deux parts de tarte aux framboises enveloppées dans du papier brun et en offre une à Erna. Nous nous asseyons et mangeons en silence, tout en observant les singes.

Accroupis à l'écart du groupe, deux individus se toilettent, chacun fouillant méticuleusement le pelage de l'autre. De temps en temps, l'un d'eux s'interrompt pour porter à sa bouche ce qu'il vient de trouver, sans doute une puce ou un pou.

— Tu imagines, si les gens faisaient ça, pouffe Erna en les regardant d'un air dégoûté.

Elle me pousse du coude.

— Par exemple, tu te vois en train de faire ça à ton amoureux, quand tu en auras un…

Je manque de recracher ma bouchée de tarte.

— Erna, arrête ! J'ai pas d'amoureux.

Elle se retourne pour me regarder, une lueur taquine dans les yeux.

— Tu as peut-être déjà quelqu'un en tête, me dit-elle en me donnant encore un coup de coude.

— Ne sois pas ridicule. On n'a que douze ans.

— J'en ai presque treize. Mais bon… Et Karl, ton frère ? ajoute-t-elle avec un regard en coin.

— Quoi Karl ?

— Il est beau. Il doit avoir une amoureuse.

— Karl ?

Je ris, mais, au fond, ça me déplaît que Karl puisse avoir une amoureuse. Et encore plus qu'Erna trouve ça normal. Aussi, j'en rajoute un peu.

— Il pense à peine à se laver et ne change presque jamais de pantalon ou de veste.

Je lèche avec application la confiture qui a coulé sur mon pouce.

— Karl ne s'intéresse pas aux filles, mais aux batailles célèbres, aux avions, au football, poursuis-je en montrant un doigt par centre d'intérêt.

Erna détourne le regard vers les singes et fait mine de les observer. J'étudie son profil. L'arête délicate de son nez. Ses pommettes hautes. Sa peau douce et laiteuse. Elle est scandaleusement belle…

Mais, comme je l'ai dit, Karl ne s'intéresse pas aux filles.

Erna laisse échapper un long soupir et fait une petite boule avec l'emballage de papier de sa tarte.

— J'ai parlé de toi à mon père, dit-elle en tripotant la boule. Il n'aime pas trop que je sois amie avec toi.

— Pourquoi ?

— Ce n'est pas toi qu'il n'aime pas, ajoute-t-elle précipitamment. C'est ton père.

— « Mon père » ? Mais il ne le connaît pas !

— Je sais qu'on ne doit pas critiquer ses parents…

Elle aplatit sa boule de papier et la lisse avec application.

— Il a tort, je le sais. Et moi j'ai eu raison de te choisir comme amie. Tu seras toujours ma meilleure amie, pas vrai, Hetty ?

C'est un moment parfait. Jamais le soleil n'a été aussi chaud et lumineux. Jamais le chant des oiseaux ne m'a paru aussi enchanteur. Jamais les singes ne se sont montrés aussi joyeux et espiègles.

Je prends un air dégagé, comme si j'étais habituée à ce qu'une fille comme Erna se déclare ma meilleure amie.

— Bien sûr, dis-je.

Je reprends mon souffle.

— Pour toujours.

Nous demeurons un instant immobiles, dans un silence satisfait.

— Mais qu'est-ce que ton père n'aime pas, chez le mien ?

— Bah, n'y pense plus, ça n'a aucune importance.

— Quand même, il ne devrait pas juger quelqu'un qu'il ne connaît pas.

Ça me fait bizarre de penser que des gens parlent de papa dans leur salon.

Erna prend une inspiration.

— C'est en rapport avec le journal et la manière dont il l'a repris, dit-elle précipitamment. Mais je pense qu'il se trompe.

Le visage fripé de cette vieille chouette de Fräulein Goldschmidt apparaît devant mes yeux. *« Ton père… Il les a mis dehors… rien que des mensonges et des calomnies… »*

« De la jalousie. » C'est ce que papa a dit.

— Ce sont des mensonges et des ragots. Les gens sont jaloux du succès de mon père, c'est tout.

Je cherche le regard d'Erna. Elle l'évite.

— Oui. Ça doit être ça.

Elle creuse un trou dans le gravier avec le bout de sa chaussure.

— Mon père est un vieux fou. Il a tort de croire tout ce qu'on lui raconte.

— Il devrait faire attention.

Les singes ont mangé presque tous les fruits et jouent maintenant à se poursuivre d'un poteau à l'autre. Le couple qui se toilettait s'éloigne et disparaît dans l'enceinte couverte.

— Je vais rejoindre la *Jungmädel,* déclare soudain Erna. Et toi ?

— Mon père ne veut pas. Il pense que les Jeunesses hitlériennes doivent être réservées aux garçons.

— Mais toutes les autres filles vont y aller. Tu ne peux pas lui faire changer d'avis ?

— Tu ne le connais pas. Une fois qu'il a pris une décision, il n'en change pas.

Erna va peut-être trouver une autre meilleure amie dans la *Jungmädel.* Je scrute l'immense étendue de pelouse du parc Rosental et les bois au loin. Le soleil est soudainement trop chaud et son éclat me fait mal aux yeux. Ça cogne au niveau de mes tempes. Je sens venir la migraine.

Erna pose doucement sa main sur mon bras et me regarde avec de grands yeux suppliants. Presque apeurés.

— S'il te plaît, ne répète pas à ton père ce que le mien a dit, d'accord ? murmure-t-elle.

— Bien sûr que non.

— Je peux te faire confiance, Hetty, n'est-ce pas ?

— Erna…

Je plonge mon regard dans ses beaux yeux félins.

— Tu es ma meilleure amie. Tu peux me faire entièrement confiance. Je te le jure.

10 septembre 1934

— Tu es au courant qu'ils ont remplacé le professeur Kreitz ? murmure Erna.

— Depuis quand ?

— Vendredi. Et il n'est pas le seul.

Elle désigne d'un signe de tête les enseignants alignés face à nous dans le grand hall principal où l'on nous a réunis. Elle a raison. Il y a parmi eux plus d'un nouveau visage.

— Silence ! gronde la voix de Herr Hofmann. Je vous présente votre nouveau professeur de sciences. Herr Metzger, la parole est à vous.

Un jeune homme mince en costume marron et nœud papillon s'avance sur le devant de la scène. Il a un visage luisant et encore poupon, avec de vilains boutons d'acné sur le menton. Il ne doit pas être beaucoup plus âgé que Karl.

Il tire sur un cordon pour déployer une grande bannière proclamant en grosses lettres noires :

Garde ton sang pur,
Il n'est pas seulement le tien.
Il te vient de milliers d'ancêtres
Et tout le futur en dépend.
Il est ta vie éternelle.

— Grâce à l'eugénisme, la merveilleuse science de la race et des gènes, l'humanité est à l'aube d'une nouvelle ère, commence Herr Metzger d'une voix douce et sirupeuse. Nous sommes maintenant capables d'évoluer vers une race supérieure, sans criminels, délivrée des maladies héréditaires et de la folie. C'est l'essence même du progrès scientifique.

Les planches grincent alors qu'il va et vient devant nous. Ses cheveux blonds sont coiffés en arrière et gominés. Ses yeux bleus pétillent.

— Le résultat ? Un peuple composé des meilleurs : les plus adaptés, les plus courageux, les plus beaux, les plus intelligents et les plus robustes. La quintessence de la théorie de Darwin. Un peuple qui sera supérieur à tous égards et étendra son influence à travers le monde. Pour le bien de tous. C'est la vision qui soutient les recherches de la science. Qui ne rêverait pas d'un tel monde ?

Il s'arrête et observe nos visages. Je me redresse sur mon banc et serre bien mes genoux.

— Il est plutôt beau gosse, non, tu ne trouves pas ? me chuchote Erna à l'oreille.

— Chut.

— D'accord, mademoiselle la fayotte, pouffe-t-elle.

Je lui envoie un coup de coude dans les côtes.

Herr Metzger parle maintenant démographie. Les handicapés, les fous, les épileptiques et les faibles d'esprit sont beaucoup trop nombreux et coûtent cher à la communauté. Il nous explique également les différentes races, leur place sur l'échelle de Darwin – les Nordiques tout en haut, les Juifs tout en bas. Les Français, heureusement, ne sont pas trop loin des Allemands. Par chance, maman est originaire d'une région proche de Paris : la population du sud de la France, souillée par les Nord-Africains, est devenue impure.

Il fait chaud dans le hall et Herr Metzger enlève sa veste. À côté de moi, Erna glousse, ravie de le voir en chemise.

— Il est vital que les Aryens ne se reproduisent qu'entre eux. Le mélange avec des races inférieures entraînerait la chute de la civilisation occidentale, tout comme cela s'est produit autrefois pour les civilisations antiques de la Grèce et de Rome. En ce qui concerne les personnes porteuses de maladies héréditaires, il faut absolument les stériliser. On ne peut bien sûr pas leur reprocher d'être malades, mais on ne peut pas les laisser transmettre leurs… *affections* aux générations futures. Pour le bien de toute l'humanité, nous devons tenir compte de cette évidence.

Je pense à toutes les fois où j'entends la voix d'Hitler s'adresser à moi dans ma tête. Il paraît que ceux qui entendent des voix ont l'esprit dérangé… Et si j'étais porteuse d'une sorte de folie héréditaire ? J'ai soudain les aisselles trempées de sueur et le dos moite.

Est-ce que ça fait mal, la stérilisation ? Je regarde le portrait d'Hitler dominant le grand mur derrière les professeurs.

Est-ce que je suis folle ?

« Mais non, Herta. Je t'ai choisie. »

Mais je suis une fille !

« J'ai besoin de filles, Herta. Les garçons se battront pour gagner la guerre, mais les filles deviendront des mères. Et les mères doivent être honorées. Vénérées. Sans elles, nous ne pourrons pas réussir. »

La sueur perle à mon front. Je jette un coup d'œil à Erna mais elle n'a pas remarqué mon malaise, elle est trop occupée à regarder Herr Metzger qui va et vient devant notre banc en faisant claquer ses talons. Le silence dans la salle est angoissant. Pas un bruissement, pas un tressaillement.

Herr Metzger consulte une note qu'il tire de sa poche.

— Freda Federmann, Walter Keller. Pouvez-vous venir, s'il vous plaît ?

Walter Keller.

Le temps ralentit.

Derrière moi, Freda s'extirpe de son banc. Quant à Walter, il est assis beaucoup plus loin, vers le fond, et doit enjamber les genoux de ses camarades de classe pour rejoindre l'allée. Karl est sur la même rangée que lui. Son visage arbore une expression impénétrable.

Walter remonte lentement l'allée centrale vers Herr Metzger. Il porte un costume sombre et une cravate. Il a de l'allure. En traversant les rayons de soleil obliques qui entrent par les hautes fenêtres de la salle, il agite des particules de poussière qui s'élèvent et tourbillonnent dans son sillage, avant de retomber doucement.

Herr Metzger s'intéresse pour l'instant à Freda. Il tient dans sa main un objet, une sorte d'instrument, mais je n'arrive pas à voir quoi.

— Voici une Juive, dit-il dans un souffle.

Un frisson parcourt la salle. Je ne m'attendais pas à cette accusation publique. J'en ai la chair de poule.

— Observez ses cheveux noirs et crépus, poursuit-il d'une voix doucereuse.

Tels des serpents, les mots semblent glisser de sa bouche pour venir ramper parmi nous. Il se penche sur Freda comme si elle était un spécimen de zoo. On dirait qu'ils sont seuls tous les deux, qu'il a oublié notre présence.

Il ne regarde toujours pas Walter, qui vient de les rejoindre. Mais pourquoi l'a-t-il appelé en même temps qu'une Juive ? Je n'y comprends rien.

— C'est affreux, ce qu'il fait, murmure Erna.

— Mais pourquoi avoir appelé Walter ?

Erna secoue la tête sans répondre.

Herr Metzger avance une main devant le visage de Freda. À présent, je reconnais l'instrument : c'est un pied à coulisse.

— Voyez ces yeux trop rapprochés, dit-il. Signe évident d'une nature intelligente, mais sournoise.

Personne n'émet un son. J'ai un goût amer dans la bouche.

— Regardez maintenant ce nez trop grand et bosselé. Remarquez qu'il a la forme d'un neuf à l'envers. Un nez juif, tout à fait caractéristique.

Herr Metzger déplace lentement le pied à coulisse autour du visage de Freda, tout en continuant à la décrire. Elle a les lèvres trop minces. Les oreilles trop décollées. Les cheveux trop rêches. Des larmes commencent à couler silencieusement sur les joues de Freda. Elle tremble. Une goutte, puis deux, tombent au sol.

Walter se rapproche d'elle. Je comprends soudain pourquoi Herr Metzger l'a fait venir : pour illustrer le contraste entre le type aryen et le type juif. Elle est brune aux yeux noirs et lui blond aux yeux bleus, ils forment un couple très mal assorti.

Walter prend la main de Freda dans la sienne, mais Herr Metzger intervient pour les séparer avec l'extrémité de son pied à coulisse, sans les toucher.

— Maintenant, voyez ce corps frêle et trop petit, poursuit-il en postillonnant sur le visage de Freda. Le Juif n'est pas bâti pour le sport et se distingue par ses maigres performances. Il est paresseux de nature.

Puis il recule d'un pas pour montrer les pieds de Freda.

— Ces chaussures cachent de grands pieds plats et laids. Raisons pour lesquelles cette Juive est pataude et ne court pas vite.

Ne supportant plus l'expression accablée du visage de Freda, je baisse les yeux vers mes mains croisées sur mes genoux.

— Il va continuer encore longtemps ? murmure Erna, comme pour elle-même. C'est bon, on a compris…

Ça bouge de nouveau sur l'estrade et je ne peux m'empêcher de regarder. Herr Metzger fait volte-face et saisit Walter par l'épaule en secouant la tête. Avec une moue de dégoût, il le tapote, comme on le ferait avec une pièce de bœuf suspendue dans une boucherie.

—Ce Juif a derrière lui des milliers d'années de ruse et de trahison, gronde-t-il. Il ne voit que son intérêt. Il n'hésiterait pas à marcher sur les autres pour avancer. Il est pourri de l'intérieur. C'est un tricheur et…

La pièce vacille. Un millier d'aiguilles me piquent la nuque. *Ce n'est pas possible.*

—Non! crié-je, en m'étranglant à moitié.

Ça m'a échappé.

Quelques têtes se tournent vers moi, puis reviennent vers l'estrade.

Je voudrais hurler à ce professeur qu'il se trompe, mais je ne peux pas. Je voudrais fuir très loin, le plus loin possible, mais je reste sur mon banc, totalement paralysée. De plus, il se produit en ce moment sur l'estrade quelque chose de tout à fait inattendu.

Herr Metzger, lui, met quelques secondes à se rendre compte de ce qu'il se passe, car il est trop occupé à molester Walter. Puis, sans doute alerté par l'odeur, il baisse les yeux vers le plancher et reste interdit en voyant le filet d'urine qui coule le long des jambes de Freda. Elle a les chaussettes trempées et une petite flaque s'est formée autour de ses chaussures. Des ricanements et des rires éclatent derrière moi.

—Oh non! s'exclame Erna à voix haute.

Herr Metzger vient de remarquer que Freda a éclaboussé l'ourlet de son pantalon et ses chaussures. Il lâche l'épaule de Walter comme s'il venait de toucher un charbon ardent.

—Sortez, murmure-t-il d'une voix que la rage fait trembler. Et ne revenez plus. Ni l'un ni l'autre.

Walter passe son bras autour des épaules secouées de sanglots de Freda et l'entraîne vers la sortie. Elle avance en titubant et laisse derrière elle les empreintes humides de ses pas. La porte s'ouvre. Ils sont partis.

Tout demeure immobile un instant, puis Herr Hofmann se lève.

— Cher Herr Metzger…

Il murmure quelques mots à Herr Metzger et celui-ci s'éclipse sans même nous saluer.

— Vous deux…

Le directeur désigne deux filles à une extrémité du premier rang.

— … allez chercher une serpillière et un seau pour nettoyer. Les autres, retournez en classe. Le divertissement est terminé.

Je quitte le hall comme dans un rêve, complètement sonnée. Mon cerveau refuse d'accepter ce que je viens de voir. Comment Walter pourrait-il être juif ? Le merveilleux Walter, le garçon qui m'a sauvé la vie ; lui, un sale Juif puant ? Je ne peux pas y croire. C'est une erreur. Il ne ressemble en rien à un Juif. Mais ensuite, je me souviens des paroles de papa… *« Encore ce garçon… »* Et de son expression mécontente chaque fois que Walter venait chez nous.

Arrivée devant la porte de ma classe, j'hésite, tandis que les autres entrent en échangeant des commentaires surexcités. Un peu plus loin sur ma droite, la grande porte donnant sur l'extérieur est restée entrouverte. C'est sûrement Walter et Freda qui ne l'ont pas refermée derrière eux. Elle laisse passer un fin rai de lumière qui perce les ténèbres du couloir.

— Hetty…

C'est la voix d'Erna ; elle me semble lointaine.

— Hetty !

Elle a un air grave.

— N'y va pas, Herta… Tu aurais des ennuis et…

Mais je n'entends plus. Je pense aux mains puissantes de Walter qui me sauvent de la gueule des monstres du lac, je revois ses yeux bleus, son sourire chaleureux… Et soudain je me mets à courir dans le couloir, vers la lumière du dehors.

C'est seulement après avoir traversé la pente herbeuse de Nordplatz que je les aperçois, à l'angle de l'église.

— Walter !

Il est en train de parler à Freda. Elle sanglote encore. Il lui presse la main.

— WALTER !

Ils se retournent comme un seul homme et restent bouche bée en me voyant.

Je m'arrête devant eux, à bout de souffle.

Qu'est-ce que je fais ici ?

— Je veux juste que tu saches…

Freda a les yeux rouges et gonflés. Il y a des taches sombres sur sa jupe et ses collants, là où c'est mouillé. De près, elle pue.

Je contemple le visage de Walter. Les larmes me montent aux yeux. Comment peut-il être juif ? Pourquoi ne m'en suis-je pas doutée ? Je comprends maintenant pourquoi Karl ne l'invite plus chez nous.

— Retourne au collège, Hetty, me dit-il d'une voix morne. Tu ne devrais pas être ici.

— Je m'en fiche, réponds-je. Et je me fiche aussi que tu sois juif. Tu es quand même mon ami. Pour toujours.

Et, sans lui laisser le temps de répondre, je fais volte-face et repars vers l'école.

Hitler essaie de se manifester, mais je ferme mon esprit à sa voix.

La promesse que je viens de prononcer, je ne peux plus la reprendre. Elle flotte librement dans l'air vif de Nordplatz.

Deuxième partie

31 mai 1937

Je me force à ouvrir les yeux, doucement, un à la fois. Après avoir roulé sur le dos, j'étire prudemment les jambes. Mon pied heurte une masse ferme et tiède.

— Kuschi.

Je souris à la petite boule noire blottie au fond de mon lit.

— Qu'est-ce que tu fais là ? Si maman te voit…

Le chien lève la tête et agite sa queue, qui frappe le couvre-lit. Puis il bâille et se rendort.

— Petit insolent, dis-je en riant.

Son poil est doux sous mes doigts. Il n'est pas censé dormir dans ma chambre, il a dû s'échapper de la cuisine quand Ingrid est descendue ce matin.

— Tu m'aimes, pas vrai mon Kuschi ?

Il respire paisiblement. Ce n'est plus l'animal traumatisé que j'ai trouvé dans la rue l'année dernière.

A-t-il seulement des souvenirs de son ancienne vie ?

— Flocke, murmuré-je doucement.

Il ouvre les yeux. Oui, il se souvient au moins qu'il s'appelait Flocke.

— Il serait temps que tu t'habitues à ton nouveau nom. Allez viens, allons prendre notre petit déjeuner.

Je me lave et m'habille. La porte de Karl est fermée quand je passe dans le couloir. Il n'est pas levé.

Fait exceptionnel, papa est encore dans la salle à manger, en train de petit-déjeuner. Ces temps-ci, je ne le vois pas beaucoup, car ses devoirs de SS empiètent maintenant sur ses nuits, en plus de dévorer ses jours. Maman est avec lui. Il lui tient la main en dessinant lentement des cercles sur sa peau avec son pouce. Il se penche vers elle pour lui parler et elle rejette la tête en arrière en riant, avec ses longs cheveux qui ondulent dans son dos. Comme j'hésite sur le seuil, le plancher craque.

Papa lève les yeux et lâche la main de maman comme si je venais de surprendre une scène indécente.

— Ah, bonjour jeune demoiselle…

Il attrape la grande cafetière, dont le col long et gracieux ressemble à un cou de girafe.

— C'est le premier jour des vacances, si je ne m'abuse.

Il m'adresse un clin d'œil.

— J'espère que tu as prévu de saines occupations.

— Oui, papa. J'ai beaucoup d'engagements avec la *Bund Deutscher Mädel*, la Ligue des jeunes filles allemandes. En plus du camp d'été, bien sûr. Je dois aussi voir mes amies et puis j'aide maman, tu sais bien…

Il marmonne dans sa barbe et me regarde étaler du fromage frais blanc et crémeux sur une tranche noire de pain de seigle.

— Tu aurais pu travailler dans une ferme, comme la fille des Käfer, ceux qui habitent au bout de la rue, suggère-t-il.

— Franz ! s'exclame maman. Tu déraisonnes ? Ces fermes accueillent aussi des garçons des Jeunesses hitlériennes et la moitié des filles reviennent enceintes. C'est une très mauvaise idée.

—Ne t'en fais pas, maman. Je ne passerai certainement pas mon été à travailler dans une ferme. C'est sans doute très utile et très louable, mais le camp d'été me suffit amplement. Je préfère rester ici avec toi et faire des visites au foyer des vétérans.

Papa rit et hoche la tête.

—Je peux te dire que les soldats t'adorent, Hetty, déclare maman.

Puis elle se tourne vers papa.

—Toi aussi, Franz, tu devrais penser à prendre des vacances. Tu travailles trop dur.

Il lui serre tendrement la main.

—Rien ne me ferait plus plaisir que de vous emmener quelque part, toi et les enfants, Hélène, mais pour l'instant c'est impossible. Il y a trop de tensions, je ne peux pas abandonner le journal.

—De quelles tensions parles-tu? demande maman en allumant une cigarette.

Elle s'adosse à sa chaise et incline un peu la tête, signe qu'elle est tout ouïe.

—Nous avons trop d'étrangers à Leipzig, déclare papa. Il faut absolument faire quelque chose. Ils prennent les emplois, les maisons et la nourriture des Allemands. Ils apportent leurs mauvaises mœurs…

Il agite la main.

—… leurs mauvaises habitudes… Ils sentent mauvais. Et…

Il me jette un regard de biais.

—*Et bien pire…*

Il s'agite sur son siège.

—Et puis il y a cette menace de guerre imminente. Regarde ce qui se passe en Espagne! Ce matin, nous avons essuyé des bombardements en représailles de l'attaque de notre croiseur. Je crains une escalade de la violence.

Maman fait tomber sa cendre sur le plateau.

— Tu crois *vraiment* qu'on va vers une guerre ? Encore ?

Elle secoue la tête, les lèvres pincées.

— L'Angleterre a un nouveau Premier ministre, répond papa. Mais je n'en attends pas grand-chose. On ne voit pas pourquoi il se préoccuperait des intérêts allemands. Il va suivre les autres dirigeants européens. Il paraît qu'il est faible et influençable. Enfin, on verra bien…

Maman souffle sa fumée de mon côté. J'agite la main pour la disperser.

« *Guerre.* » Quelques lettres seulement, pour nommer une chose immense et terrible. Je pense à Karl qui projette de rejoindre la nouvelle force aérienne. Ça m'effraie.

— Si on en arrive là, Hélène, je suis convaincu que la victoire sera rapide et décisive. Quant à moi, je dois me concentrer sur *cette* ville.

Il fronce les sourcils.

— Si nous restons fidèles à nos principes, un bel avenir s'ouvre devant nous. Nous ne pouvons pas être complaisants. Je dois utiliser le *Leipziger* pour faire avancer notre cause.

— Comment ? demandé-je.

— Un journal est une arme puissante, mon petit lapin. Goebbels nous donne le ton avec ses communiqués de presse quotidiens et ensuite c'est à nous de façonner l'opinion des masses. Nous devons inciter les gens à respecter nos valeurs et à faire passer l'intérêt supérieur de la patrie avant le leur.

Je mastique rêveusement mon pain et mon fromage. À l'école, nous étudions *Mein Kampf*. Tout le monde sait que les Juifs ont poignardé notre armée dans le dos à la fin de la dernière guerre. Maintenant, grâce au dernier livre de Fink, *Le Problème juif dans l'enseignement*, je suis capable d'identifier un Juif à ses traits. Quand j'en vois un, je traverse la rue, comme tout le monde, et je ne le regarde surtout pas dans les yeux.

— Franz, tout ça ne doit pas t'empêcher de prendre quelques jours de vacances pour aller à la plage. De plus, tu es le patron. Il doit bien y avoir des gens capables de faire tourner le journal quand tu n'es pas là.

Papa hausse les épaules.

— Ça fait seulement deux semaines que j'ai nommé Josef Heiden au poste de rédacteur en chef. Je peux difficilement partir en l'abandonnant maintenant... Et j'ai aussi de plus en plus d'obligations avec les SS.

Il marque une pause.

— Si Karl n'avait pas décidé de piloter des planeurs cet été, j'aurais pu le faire travailler avec moi au *Leipziger.* Il serait vraiment un atout. C'est mon fils, je pourrais lui confier plus tard certaines tâches de confiance que je peux difficilement déléguer.

— Si tu pouvais le convaincre de travailler avec toi cet été, avant qu'il ne parte, soupire maman. J'aimerais tant qu'il renonce à voler. Ça me rend malade d'angoisse, qu'il pilote un avion.

Papa secoue la tête.

— Il va entrer dans la Luftwaffe, tout est réglé et le stage de planeur est une expérience de vol indispensable. C'est ce qu'il veut, nous n'y pouvons rien. Plus tard, il viendra au *Leipziger*, j'en suis certain. Mais c'est presque un homme, Hélène. Il ressent le besoin de trouver son propre chemin. Il veut participer au grand Reich. Je trouve ça normal et très sain.

Il vide sa tasse de café.

— Moi aussi je veux participer au grand Reich, papa. Je pourrais travailler cet été au journal. J'apprends vite...

Papa me regarde en plissant ses yeux clairs. Dans la vive lumière du soleil, il a le teint terreux, une mine de papier mâché.

— C'est très gentil à toi de le proposer, répond-il lentement. Mais ta place est ici, avec maman. Aide-la dans ses bonnes œuvres. Et tu dois aussi apprendre à gérer une maison. C'est plus important pour toi que de comprendre le fonctionnement interne d'un journal.

— Mais papa…

Il repousse sa chaise en la faisant grincer au sol. La discussion est terminée.

— Je dois aller travailler, à présent.

Il vient déposer un baiser sur le sommet de mon crâne et embrasse la joue de maman du bout des lèvres. Elle le suit quand même hors de la pièce et croise Karl qui entre, pas rasé, les yeux encore gonflés de sommeil.

— Bonjour, Petite Souris, me lance-t-il en se laissant lourdement tomber sur la chaise en face de la mienne. J'ai raté quelque chose ?

— Non, pas vraiment.

Je soupire.

— Toujours la sempiternelle discussion. Papa voudrait que tu travailles au journal et maman ne veut pas que tu rejoignes la Luftwaffe.

Karl prend une tartine de pain et y étale du beurre. Il place ensuite deux couches de saucisse de foie sur le dessus, en fredonnant tout bas un petit air.

— Qu'est-ce qui te rend si joyeux ?

Je nous sers du thé, place une rondelle de citron dans chaque tasse, plus deux sucres dans la mienne.

— J'ai toutes les raisons d'être joyeux.

Il m'adresse un grand sourire et prend une grosse bouchée de pain et de saucisse, en mâchant vigoureusement.

— Plus d'école. Et dans quelques semaines je pars pour la Luftwaffe.

— Tu es pressé à ce point de quitter la maison ?

J'essaie d'imaginer la vie sans Karl. Sa place vide à la table du dîner. Le silence sans son pas qui craque sur le parquet. Plus de *nous*.

— Tu vas beaucoup me manquer.

— Bien sûr que je vais te manquer. Et toi aussi tu vas me manquer, Petite Souris, mais…

— Tu pourrais arrêter de m'appeler comme ça ?

— Quoi ? Petite Souris ?

— Oui.

— Non.

— Petit con.

— Je vais dire à maman que tu as dit un gros mot, menace-t-il en imitant ma voix.

Nous rions tous les deux.

— Sérieusement, Karl, pourquoi tu veux partir ? Papa pourrait te faire entrer dans les SS et tu dirigerais un jour le *Leipziger*. Tu ferais un grand journaliste. Tu as du charme et du charisme, ça te serait très utile pour les interviews…

Il se penche vers moi, les yeux brillants, le visage animé.

— Hetty, il n'y a rien de plus exaltant que de piloter un avion. La Luftwaffe fera l'envie et l'admiration du monde entier. Et moi, j'assiste à sa naissance. Pourquoi tu voudrais que j'aille m'ennuyer chez les SS, franchement ? Je respecte totalement papa et son travail, mais je ne pourrais pas vivre sans voler. C'est une sensation unique. Et après tous ces étés à piloter des planeurs, j'ai vraiment pris goût à la décharge d'adrénaline que procure le vol – ou plutôt je ne peux plus m'en passer.

— Mais c'est très dangereux !

— On croirait entendre maman. C'est une sensation forte, voilà tout. Nos avions sont les plus performants du monde. Face à notre Luftwaffe, les autres nations verront vite qu'elles ne font pas le poids. Peut-être qu'un jour, je te ferai voler, Petite Souris. Tu adorerais ça.

Je le regarde manger. Il repousse d'une main ses cheveux en arrière. Son biceps se gonfle sous sa manche de chemise. Je ne m'en étais pas rendu compte, mais il est devenu un homme. Il veut sa liberté, il a besoin de trouver sa voie, loin de la présence autoritaire de papa et de la sollicitude empressée de maman. Peut-être loin d'une petite sœur encombrante, aussi… L'espace d'un instant, cette pensée est presque une douleur physique et je comprends ce que ressent maman.

—Allez, Hetty, fais-moi un sourire, dit Karl avec un visage sérieux et plein de gentillesse. On va profiter à fond de ces dernières vacances d'été ensemble, d'accord ? On va bien s'amuser, je te le promets.

25 juillet 1937

Pas un nuage dans le ciel bleu azur. Une alouette plane au-dessus de moi, minuscule point noir devant le soleil. Son chant cristallin, à la fois doux et puissant, est plein d'une joie communicative.

Les herbes hautes accrochent l'ourlet de ma jupe et je dois la soulever un peu pour avancer plus vite, en prenant soin d'éviter les chardons et les orties. Kuschi court devant moi, apparaissant et disparaissant comme un dauphin au milieu des vagues – heureusement, il remue la végétation et sa queue dépasse de temps en temps, ce qui me permet de savoir où il est.

— On va au bord de la rivière, mon Kuschi, lui crié-je. Ce sera plus facile de marcher.

Une fois sur la rive, je m'arrête pour reprendre mon souffle. Il n'est pas encore 7 heures, mais les rayons du soleil sont déjà chauds et annoncent une journée caniculaire. Nous suivons un chemin qui serpente à travers une vaste zone de jardins ouvriers, parallèlement à l'Ester blanche, la rivière qui traverse Leipzig. Je prends le temps d'admirer au passage les arbres fruitiers, les rangées de choux, les tuteurs de haricots et de plants de tomates. Quelque part au loin, un moteur démarre, suivi d'un bruit métallique de machinerie.

— Hetty ? Bon sang… C'est bien toi ?

Je sursaute.

Un jeune homme de taille moyenne sort de derrière un prunier. Il est plutôt élégant, habillé d'un pantalon noir et d'une chemise blanche, avec une silhouette athlétique. Un panier de femme chargé de fruits et de légumes est pendu à son bras. Sous son chapeau à large bord, son visage est dans l'ombre.

— Oui… c'est vraiment toi ! s'exclame-t-il.

Kuschi, qui était jusque-là occupé à renifler les odeurs un peu plus loin, se précipite vers l'inconnu en aboyant furieusement. Celui-ci retire alors son chapeau, révélant une masse de boucles blondes. Il jette autour de lui des regards inquiets.

— Sage, ordonne-t-il à Kuschi en tenant son chapeau devant lui comme un bouclier. Tais-toi, on va t'entendre !

Maintenant que je vois ses cheveux, je le reconnais. Il a changé, mais pas complètement. J'ai devant moi le portrait délicat et achevé d'une esquisse que j'ai bien connue.

— Walter ?

Je suis de nouveau la petite fille de onze ans qui levait des yeux pleins d'adoration vers le copain de son frère et aurait fait n'importe quoi pour qu'il la remarque.

Il s'approche, une lueur d'hésitation dans le regard, un soupçon de sourire sur les lèvres. Cela fait plus de trois ans que nous ne nous sommes pas vus. Depuis *ce terrible jour.*

— Vite, dit-il. Il vaut mieux filer. Quelqu'un a peut-être entendu le chien.

Il couvre son panier de sa main libre et pique un sprint en direction de la grille des jardins.

— Mais pourquoi ? Les chiens sont interdits, ici ?

Il s'arrête et se tourne à demi vers moi.

— Il vaut mieux ne pas attendre pour le savoir, rétorque-t-il.

Puis il se remet à courir.

Je m'efforce de le suivre, et ce n'est pas facile avec Kuschi qui tente de me mordiller les chevilles et ne cesse de me passer entre les jambes, tout excité par ce nouveau jeu de course-poursuite. J'arrive quand même à franchir le portail sans trébucher et cours sans m'arrêter jusqu'à la rangée d'arbres où le terrain forme un talus. Derrière, il y a le chemin qui longe la rivière. De là, on peut voir la ruelle peu fréquentée de la rive d'en face et un peu plus loin le vieux pont en dos d'âne qui donne dans Trachenbergstrasse, rue qui rejoint Hallische Strasse, que je prends pour rentrer chez nous. Nous choisissons de suivre la rivière, pour nous éloigner des jardins et de la ruelle. Kuschi, quant à lui, décide de sauter dans l'eau.

Walter glisse son panier au creux de son coude et me contemple avec des yeux rieurs.

— Waouh, s'exclame-t-il. La petite Hetty est devenue une femme…

Sous ce regard, quelque chose remue dans mon ventre et je sens le rouge me monter aux joues. Je détourne les yeux.

— Et toi, tu es devenu un homme.

Et tu es juif.

Des pensées confuses tourbillonnent dans mon crâne, mais je ne parviens pas à les formuler clairement. Walter a dû remarquer ma gêne. Il ne dit plus rien.

Kuschi bondit hors de l'eau, s'ébroue sur la rive et vient frotter son corps trempé contre mon mollet. Je pousse un cri, en secouant l'ourlet de ma jupe.

— C'est un très beau chien, fait remarquer Walter.

Il s'accroupit pour flatter le flanc dégoulinant de Kuschi et reçoit pour remerciement de vigoureux coups de queue en pleine figure. Puis, comme il détourne le visage et lui présente son oreille, Kuschi se met à la lécher avec enthousiasme, comme s'il lui trouvait bon goût.

— Il est spécial, ce chien, commente Walter en riant.

Je ne devrais pas être avec un Juif.

Mais c'est Walter.

J'ai la bouche sèche. Je m'humecte les lèvres.

— C'était le chien des Goldschmidt, marmonné-je. Ils habitaient en face de chez nous... Ils ont quitté leur maison du jour au lendemain, en abandonnant leur chien. Je l'ai trouvé dans la neige, transi de froid et affamé.

Papa ne voulait pas d'un chien de Juifs dans la maison et j'ai dû négocier. Il a fini par céder, à condition que je lui trouve un autre nom que Flocke, que je lui donne un bain et que je le traite contre les puces.

— Comment peut-on être cruel au point d'abandonner un animal dans la rue en plein hiver ?

Walter caresse le chien sans répondre.

Et soudain, quelque chose s'ouvre en moi, brutalement, comme un ressort qui lâche. Des sentiments enfouis depuis longtemps remontent à la surface. Les mots me viennent spontanément.

— Qu'est-ce qui t'est arrivé, Walter ? Je veux dire... Tu es allé où, après ce fameux jour ?

Il me lance un regard en biais et agite une main vers la rive.

— On pourrait parler un petit moment ? demande-t-il en s'asseyant. J'ai tellement de choses à te raconter.

Tu ne dois pas parler avec un Juif.

C'est la voix d'Hitler. Ou celle de Herr Metzger. Ou celle de papa. J'ai de plus en plus de mal à les distinguer les unes des autres. Elles se mélangent. Je scrute au loin du côté de la ruelle déserte, de la rive herbeuse, de la rivière, des jardins ouvriers. Il n'y a personne, mais si un promeneur venait ?

Walter attend toujours ma réponse et j'observe sans un mot le visage plein d'espoir qu'il lève vers moi. Il est du même âge que mon frère Karl – dix-huit ans, presque dix-neuf – et a maintenant une ossature d'homme et l'ombre d'une barbe. Mais il a gardé la douceur de son regard bleu. La mèche dérangée par le vent qui lui retombe sur le front lui donne un air juvénile et attendrissant. Je devrais refuser, passer sa laisse à Kuschi, rentrer. Mais une force invisible me pousse à m'asseoir sur la rive. Près de ce Juif auquel je n'ai pas le droit de parler. Je m'écarte un peu de lui et ramène mes genoux contre ma poitrine, les bras autour de mes tibias.

— Ce que tu as fait ce jour-là, ce que tu as dit..., murmure-t-il d'une voix douce. C'était très courageux. Et généreux.

— J'ai eu de gros ennuis pour être sortie de l'école sans autorisation, mais j'avais vraiment envie de te dire ça, parce que je le pensais, réponds-je, les yeux baissés vers mes genoux, comme si c'était à eux que je m'adressais.

À présent, je suis plus âgée. Plus raisonnable. Au cours des trois années qui se sont écoulées depuis ce jour, j'ai pris conscience de la menace que représente la race juive. Je comprends maintenant le personnage, la *substance* du Juif. Mais ça, je ne le lui dis pas.

— Je sais. Et je n'ai jamais eu l'occasion de te remercier.

— Inutile de me remercier.

Un bruit dans la ruelle ; des roues de vélo. Je serre dans mon poing la laisse de Kuschi. Le bruit s'éloigne.

— Bien sûr que si, Hetty. C'était courageux, de quitter l'école pour dire quelques mots à deux parias. D'autant plus que ton frère Karl avait déjà coupé les ponts avec moi. C'était vraiment...

Il prend une longue inspiration.

— Ça voulait dire beaucoup.

Je hausse les épaules. Je n'étais qu'une enfant, j'ai agi sans réfléchir, sans avoir pleinement conscience de la signification de mon acte. En fait, je n'arrivais pas à accepter que Walter soit juif. Mais il l'est. Bel et bien.

— Surtout quand on sait de quelle famille tu viens, insiste Walter. Ça ne doit pas être facile à vivre pour toi. De ne pas partager leurs opinions.

Nos regards se croisent et de nouveau quelque chose remue dans mon ventre. C'est comme si de l'électricité courait dans mes veines.

— C'est toujours le cas, n'est-ce pas ? dit-il posément. Tu ne penses pas comme eux ?

Ses yeux me fascinent, je hoche la tête.

Herta Heinrich. N'oublie pas qui tu es. Ceux qui servent Adolf Hitler servent l'Allemagne. Ceux qui servent l'Allemagne servent Dieu.

Je détourne le regard. Mes mains tremblent.

— Qu'est-ce que tu as fait, ensuite ? demandé-je, poussée par la curiosité. On ne vous a plus jamais revus, toi et Freda.

Walter soupire et arrache quelques brins d'herbe qu'il lâche ensuite par terre en ouvrant les doigts.

— Ma famille a dû déménager. Quelqu'un a écrit « Dehors les Juifs » sur notre porte d'entrée et le propriétaire a exigé qu'on parte. Il avait peur que des gens cassent ses vitres. De toute façon, il avait augmenté le loyer et on ne pouvait plus le payer. On ne peut pas dire que ce soit florissant, côté travail, pour mon père.

— Il est avocat, c'est bien ça ?

Je n'ai vu qu'une fois Herr Keller. C'était un homme petit et maigre, du moins comparé à papa, qui s'exprimait bien et lisait beaucoup. « *Totalement inutile.* » Je me rappelle que papa avait dit ça, mais je ne sais pas s'il parlait de la lecture ou du métier d'avocat. En tout cas, Walter m'avait fait de la peine parce qu'il avait des parents silencieux et pas de frères et sœurs. J'avais compris pourquoi il passait autant de temps chez nous.

— Il *était* avocat, me corrige Walter. On l'a exclu du barreau en 1933. Depuis, il travaille avec mon oncle Josef qui est dans l'import-export et a un entrepôt de fourrures dans le Brühl. Je les aide, parce que je n'ai rien trouvé d'autre, mais la société ne marche plus très bien. Personne ne veut acheter ou vendre à un Juif. Les banques refusent de nous prêter de l'argent. Nous ne fonctionnons plus que sur une partie de l'activité d'exportation. Ce n'est pas facile.

—Après avoir quitté l'académie, tu es allé dans quel collège ? Et ensuite, dans quelle université ?

Les questions se bousculent.

—Dans quelle « université » ?

Il rit et secoue la tête.

—Il n'y a pas moyen de faire des études pour quelqu'un comme moi, Hetty. Je suis allé dans une école juive – Ephraim Carlebach – jusqu'en terminale. Freda aussi et elle y est encore. En tant que Juif, je n'ai pas été autorisé à passer le baccalauréat, donc je n'ai aucun diplôme. Je vis avec mes parents dans la maison de ma grand-mère sur Hindenburgstrasse, avec Josef, sa femme, et leurs trois enfants. C'est une grande maison, ma grand-mère en est propriétaire, nous n'avons rien à payer. Ça permet d'économiser trois loyers.

Je tourne la tête vers lui et le dévisage en pensant aux illustrations du livre de Fink. Walter ne présente aucune des caractéristiques physiques décrites par Fink. Si je le croisais dans la rue, je ne changerais pas de trottoir. Les boucles de ses cheveux blonds frôlent le col entrouvert de sa chemise blanche. La peau de son cou est d'une blancheur laiteuse. Il a de longues jambes, qu'il tient en ce moment croisées au niveau des chevilles. N'empêche, autrefois je le voyais presque comme un membre de la famille, mais maintenant je le considère comme un étranger.

Parce qu'il est différent.

Parce qu'il est juif.

Je le trouve repoussant. Et pourtant étrangement attirant.

Le silence s'éternise entre nous, de plus en plus gênant et lourd de sens. Mon regard s'arrête sur le panier posé à ses pieds.

— Vous avez un jardin ? demandé-je en désignant du menton les fruits et légumes qu'il contient.

Voilà au moins un sujet de conversation sans danger.

Il secoue la tête et prend un air penaud.

— La vie n'est pas simple pour nous, tu sais. On nous empêche de travailler, alors on a du mal à gagner de quoi s'acheter à manger.

— Tu veux dire que tu as volé le contenu de ce panier ?

— J'ai pris ce dont nous avions besoin pour ne pas mourir de faim et je me suis servi un peu dans chaque jardin. Ça ne se remarquera même pas.

— Mais... les propriétaires des jardins se donnent du mal pour planter et ce sont des ouvriers modestes. Comment peux-tu t'arroger le droit de te servir chez eux ?

— Je ne m'arroge aucun droit, répond-il sèchement. Il se trouve qu'on ne me laisse pas le choix.

Il inspire, comme s'il voulait prendre son élan pour en dire plus. Mais il se ravise et se tait.

Voilà donc ce qu'il est devenu. À la première difficulté, il s'est transformé en voleur. Fidèle à sa nature. L'allure est trompeuse. Mais le sang et la race ne mentent pas.

Je ne devrais pas être ici.

Je sens le poids de son regard. J'ai la gorge nouée. L'image d'un voyou au nez crochu et aux cheveux crépus violant une innocente jeune fille me traverse l'esprit.

— C'était bien de te voir, mais on m'attend pour le petit déjeuner, dis-je.

Je me lève précipitamment.

— Viens Kuschi, on rentre à la maison.

— Reste un peu, Hetty, s'il te plaît.

Avec ses boucles qui lui retombent sur le front et ses yeux de la couleur d'une mer tropicale, il est beau, désespéré, tragique.

Tellement touchant. Tellement loin des affreuses descriptions du Juif qu'on lit régulièrement dans *Der Stürmer*.

Je me rassieds et Kuschi vient aussitôt presser son corps chaud et humide contre mes jambes.

— Ça me déplaît que tu me prennes pour un voleur, commence Walter. La vérité, c'est que la vie dans ce pays est devenue pratiquement impossible pour nous. Je voudrais pouvoir quitter l'Allemagne, comme tant d'autres l'ont fait.

Il contemple d'un air rêveur les arbres de l'autre rive.

— Mais mon père ne veut pas en entendre parler. Il refuse d'abandonner à Hitler tout ce que notre famille a construit en travaillant dur.

Je le regarde attentivement. Drôle de manière de voir les choses. Il me semble que ce sont les Juifs qui ont tout pris aux Allemands.

— J'ai envoyé des lettres partout en Europe pour essayer de trouver une place d'apprenti, ou un travail quelconque, poursuit Walter. Mais rien. Les Juifs ne sont plus les bienvenus nulle part.

Tout le monde parle de se débarrasser des Juifs parce qu'ils sont fourbes et voleurs, mais je n'ai jamais entendu personne parler de l'endroit où ils pourraient aller. À part en Palestine. Je contemple le panier, cherchant quelque chose à répondre. Il faudra bien pourtant qu'ils aillent quelque part. Je n'avais jamais réfléchi au problème. Ça paraît insoluble.

— C'est vrai que votre situation n'est pas facile, Walter. Mais ce n'est pas une raison pour voler.

— Hetty…

Il effleure ma main ; le contact de sa peau sur la mienne est électrique. Il me regarde droit dans les yeux.

— La boulangerie refuse de nous vendre du pain. Le marchand de légumes nous refuse l'entrée de son magasin. Tu n'as jamais remarqué les panneaux « INTERDIT AUX JUIFS » sur les devantures ? Ils acceptent les chiens, mais ils ne veulent pas de nous. Je ne te raconte pas tout ça pour t'apitoyer, mais pour t'obliger à regarder la réalité en face. La vérité, c'est que dans un tel contexte, on arrive tout juste à survivre et on est parfois obligés de voler.

— Mais… il y a des magasins juifs. Là, vous pouvez entrer, non ?

— La plupart des magasins juifs ont changé de propriétaire ou ont été fermés. Sans compter qu'en y allant, je risque d'être attaqué par ces voyous des SA.

Il serre les dents, ses yeux lancent des éclairs, il devient écarlate.

— Et tu oses me reprocher d'avoir volé quelques légumes ? ricane-t-il d'un ton amer.

Sa colère me fait l'effet d'un coup de poing dans le ventre et je m'écarte instinctivement de lui.

— Je suis désolé.

Il tend les mains vers moi.

— Pardon, Hetty, je… Tu comprends, je ne veux pas que tu aies une mauvaise opinion de moi.

Et soudain, je retrouve le Walter qui m'a sauvé la vie, spontané et sincère. Ce n'est pas contre moi qu'il est en colère, mais contre ce qui lui arrive.

— Il faut espérer que tout cela aura une fin et que les choses redeviendront… normales, ajoute-t-il avec une grimace.

Est-ce que c'est vraiment si mal que ça de voler quelques légumes quand on vous empêche d'en acheter ? murmure en moi une petite voix.

Je la fais taire.

— Il faut vraiment que j'y aille, maintenant, dis-je après un silence embarrassant.

Il commence à faire chaud. À côté de moi, Kuschi respire la gueule ouverte, langue pendante.

— Bien sûr…

Walter jette un coup d'œil autour de lui, puis regarde son panier.

— Moi aussi, je dois y aller. Ce panier n'est pas discret.

Nous retournons vers le pont en dos d'âne où nos chemins se séparent. Je vais traverser la rivière pour entrer dans Gohlis. Walter prendra à droite vers Hindenburgstrasse, là où habite sa grand-mère.

— Comment va Karl ? demande-t-il soudain. Il a dû avoir son bac, à présent. Je suppose qu'il va entrer à l'université ?

— Oui, il vient d'avoir son bac. Mais il a choisi de s'engager dans la Luftwaffe.

J'ai du mal à cacher ma fierté.

— Il veut piloter ? Il s'en sortira très bien, je n'en doute pas.

— Il a déjà pratiqué le planeur dans les unités volantes, les *Flieger HitlerJugend*, où on a remarqué ses aptitudes. C'est pour ça qu'il a pu entrer dans la Luftwaffe.

— Tu te souviens quand on jouait aux cow-boys et aux Indiens, Hetty ? On se disputait toujours pour savoir qui aurait le pistolet et qui l'arc et les flèches.

Il secoue la tête et sourit d'un air rêveur.

— Oui… J'étais votre squaw-médecin. Je vous frottais les pieds et je soignais vos blessures de guerre. Et après je vous faisais des tartes à la boue pour le dîner !

— Des tartes absolument délicieuses, commente-t-il en riant.

Nous sommes arrivés au pont. Il ouvre la bouche pour dire quelque chose, puis la referme. Nous nous regardons, je me dandine d'un pied sur l'autre. Le silence s'éternise. Sans lâcher mon regard, Walter me secoue solennellement la main en guise d'au revoir. Le contact de sa peau me procure un frisson interdit. Je voudrais ne jamais lâcher cette main.

— Eh bien, ça m'a fait très plaisir de te voir, dit-il.

Il retire sa main.

— C'est dommage que la situation nous empêche de… Je te souhaite bonne chance, en tout cas. Au revoir, Hetty.

Il sourit et m'adresse un dernier petit signe amical avant de se détourner. Puis il enfonce son chapeau sur sa tête et s'éloigne.

Il n'a pas fait trois pas que je le rappelle.

— Attends ! Quand est-ce que je te reverrai ?

Je me mords la lèvre inférieure, mais trop tard, ça m'a échappé. Walter s'arrête et se retourne.

— Tu veux vraiment me revoir ?

— Uniquement si tu en as envie aussi. Je sais que ce n'est probablement pas une bonne idée.

— Tu peux le répéter ?

— Oui, je sais, on ne devrait pas…

— C'est le moins qu'on puisse dire.

Il s'adosse à la rambarde de pierre du pont, une jambe croisée devant l'autre, une main dans la poche.

— Ce serait très dangereux. Surtout pour moi. Un ignoble Juif surpris avec une belle jeune femme allemande ? J'en connais un qui a osé approcher la fille d'un inspecteur des impôts : il a été traîné hors de chez lui et roué de coups.

« Une belle jeune femme. »

Il me trouve vraiment belle ?

— Mais tu mérites qu'on prenne ce risque pour toi, poursuit-il avec un large sourire. Que dirais-tu de dimanche prochain, ici, près du pont, à 7 heures ?

— Je serai dans un camp d'été avec la *Bund Deutscher Mädel*, la Ligue des jeunes filles. Mes parents étaient contre, mais la participation aux Jeunesses hitlériennes est devenue obligatoire depuis le mois de décembre pour tous les enfants aryens. Alors maintenant j'y suis inscrite.

— Dans deux semaines alors ?

— Dans deux semaines, oui.

— Mais pas un mot à quiconque.

Walter me menace de l'index, le visage sérieux.

Je hoche la tête et traverse à grands pas le petit pont, vers la ville qui s'éveille lentement.

— Viens, Kuschi.

Je me retourne pour vérifier que Kuschi me suit et observe un instant Walter qui s'éloigne, le dos bien droit, son panier au bras. Il jette un coup d'œil par-dessus son épaule et me sourit. Mon cœur a un raté. Je me sens incroyablement légère. Une sensation qui perdure durant tout le trajet jusqu'à Fritzschestrasse.

3 août 1937

Le pas d'Erna crisse derrière moi sur le chemin rocailleux.

— Quel paysage grandiose ! s'exclame-t-elle.

Son visage est luisant de transpiration, mais ses nattes sont toujours bien lisses, tout comme son uniforme.

Le chemin encombré de rochers se dresse devant nous, impitoyable. Moi aussi je le trouvais grandiose, ce paysage de collines bavaroises, mais, après plusieurs heures de marche en pleine canicule, il m'émeut beaucoup moins. Je sens l'odeur rance de ma propre sueur. De temps en temps, je m'essuie la nuque avec un mouchoir et décolle les mèches poisseuses échappées de mes tresses – enfin, de ce qui fut mes tresses.

Aucune envie de m'extasier sur quoi que ce soit. Je préfère me plaindre :

— J'ai les pieds en compote. Chaussures neuves. J'aurais dû les porter avant la marche.

Chaque pas m'arrache une grimace.

— La douleur forge le caractère.

— Il était suffisamment forgé sans ampoules, merci bien.

Je suis au bord des larmes, elles me piquent déjà les yeux. Erna jette un coup d'œil derrière nous. Heureusement, personne ne nous suit de près et mon moment de faiblesse n'a pas eu de témoin.

—Allez, Hett, on n'est sûrement pas loin de notre point de chute. Encore un petit effort et on pourra planter notre tente. N'oublie pas qu'Hitler veut des filles fortes et résistantes pour notre grand Reich.

—Une fois là-haut, je vais m'allonger. Pas question de planter une tente.

—Tu es drôle, Hett, rit Erna.

—Je ne plaisante pas! Mes chaussures m'arrachent la peau des talons à chaque pas!

—Allez, espèce de vieille grincheuse, prends au moins l'air joyeux! Fräulein Ackermann nous attend en haut. Si tu lui fais un beau sourire, tu auras peut-être droit à un badge...

Elle a pris la tête et je marche dans son sillage sur l'étroit chemin, les yeux rivés à son large dos. J'ai la bouche atrocement sèche, je suis sûre que mon haleine est aussi âcre que mon humeur. Sentant probablement qu'il est urgent de me remonter le moral, Erna entonne de sa voix nette et claire une chanson de marche du *Wanderlied der Jugend*.

Quand nous marchons côte à côte
En chantant de vieux chants
Qui résonnent dans les forêts,
Nous sentons qu'ils sont tout proches
Ces temps nouveaux que nous attendions.

Les paroles et la mélodie me redonnent du courage. Portée par le rythme, je parviens à reprendre une marche plus vaillante.

Verts bouleaux et vertes graines,
Voyez la vieille Mère Nature qui sème à pleines mains,
Avec un geste de supplication pour que l'homme devienne sien.

Après une dernière pente particulièrement raide, nous arrivons enfin au bout de notre montée, le souffle court, le dos trempé de sueur.

— Félicitations, vous deux.

Fräulein Ackermann nous accueille en souriant.

— Vous aurez bientôt droit à une belle récompense. Un indice : ça rafraîchit et ça mouille.

— Une cascade ! s'exclame Erna.

Nous abandonnons Fräulein Ackermann, qui reste à son poste pour attendre les retardataires.

Notre camp est installé sur une large crête plate et rocailleuse qui redescend vers un grand trou d'eau, lequel, Erna avait raison, est alimenté par une cascade.

Le reste du groupe arrive au compte-gouttes. Quand tout le monde est là, nous choisissons la partie la plus plate pour planter les tentes – après avoir enlevé les grosses pierres. Ensuite il faut encore creuser les latrines et aller chercher l'eau pour le repas.

— Vous devez être résistantes, solides, indépendantes. Notre Führer veut des filles dignes d'engendrer et d'élever une race de seigneurs.

Le travail terminé, Fräulein Ackermann nous a rassemblées. Nous sommes sales et épuisées, mais son discours nous galvanise.

— N'oubliez jamais les grandes vertus de la *BDM* : pureté, propreté, chasteté, obéissance et respect, conclut-elle. Et maintenant, allez piquer une tête dans la cascade, vous l'avez bien mérité.

Les grandes vertus, elle ne cesse de nous en parler. Une bonne Allemande doit être solide, robuste, soucieuse de son hygiène, modeste et réservée, s'effacer devant les hommes et les soutenir. Elle ne pose pas de questions, ne se plaint jamais et agit d'abord dans l'intérêt de la communauté. Ses désirs et ses besoins passent en dernier.

Son devoir est de servir le Führer, l'Allemagne et son mari – dans cet ordre. Les garçons apprennent à gouverner et à être des meneurs, les femmes apprennent à obéir. En tant que femme, on attend beaucoup de moi et je n'ai pas droit à la parole.

Malgré moi, j'ai la sensation qu'on me prive peu à peu de tout ce qui fait l'essence de mon être.

Nous allons prendre une serviette de bain et dévalons la pente rocheuse en direction de la chute d'eau.

Faire son devoir, c'est se sacrifier pour la communauté, privilégier l'intérêt général plutôt que les désirs égoïstes.

Encore la voix du Führer. Il a élu domicile dans mon esprit et il voit tout – mes peurs, mes espoirs, mes rêves. D'habitude, ça ne me dérange pas. Mais depuis dimanche dernier, j'ai des pensées à lui cacher.

— Regarde un peu ça, Hetty, s'extasie Erna. On est vraiment au sommet du monde.

Tout autour de nous, ce ne sont que montagnes brumeuses et vallées verdoyantes. La surface d'un lac brille quelques centaines de mètres en contrebas. Au-dessus, des rochers escarpés s'élancent vers le ciel. De fines bandes de nuages blancs flottent paresseusement dans le ciel d'un bleu presque transparent.

C'est le pays des dieux. À contempler un tel paysage, on se sent purifié. Je ne peux qu'approuver :

— Oui, Erna. C'est sublime.

— Allons nager, maintenant, dit-elle.

Tandis qu'elle se dirige vers le bassin, je contemple ses tresses auburn aux reflets dorés, son long dos, ses larges épaules. C'est un soleil, un astre lumineux qui attire ceux qui l'approchent. Moi, je vis dans son ombre. Je ne suis qu'une petite planète entraînée dans son orbite. Je pourrais être envieuse de son pouvoir, mais, au contraire, je l'admire. Et je l'aime. Parce qu'elle est meilleure que moi. Plus honnête. Plus intègre. Plus pure. C'est une vraie fille du Reich.

J'aimerais pouvoir lui demander conseil à propos de Walter. Dans quatre jours, je dois le retrouver sur le petit pont de pierre… *Dois-je y aller ou pas ?*

« Un ignoble Juif surpris avec une belle jeune femme allemande… »

Je revois sa bouche articuler ces mots. La moue de ses lèvres. Ses yeux qui me sondent.

J'ai promis de me taire et je n'ai pas le droit de parler de Walter à Erna, même si je meurs d'envie de lui faire savoir qu'un garçon s'intéresse à moi. Pour une fois. D'habitude, c'est elle qu'ils remarquent. Et Walter n'est pas n'importe quel garçon. Il est beau. Il est courageux, viril. Il pourrait parfaitement incarner l'idéal aryen.

S'il n'était pas juif.

Parfois, je me prends à rêver qu'il ne l'est pas et que j'ai le droit de le fréquenter. J'imagine alors nos deux silhouettes dans un halo de lumière, comme dans un film. Nous échangeons un regard intense, puis nos lèvres se joignent. « Hetty, j'ai besoin de toi, me murmure-t-il. Je n'avais encore jamais ressenti ça pour personne. » Ses mains se posent sur ma taille, puis glissent plus bas, insensiblement. « Walter, non, arrête… Je ne suis pas ce genre de fille. » Et bien sûr, il arrête aussitôt, parce qu'il m'aime, mais…

— Hetty ! Qu'est-ce que tu attends ? Elle est fraîche, ça fait du bien !

Erna est dans l'eau. Ses cheveux éclaboussés par la cascade sont à présent plus lisses et plus foncés.

— J'arrive !

Je commence par me débarrasser de mes chaussures de marche et me tortille pour faire descendre ma jupe. Les autres filles sont déjà en sous-vêtements et courent à l'eau en poussant des hurlements de joie, puis des cris aigus parce que c'est froid. Je scrute du regard le fond du trou. *Allez. Vas-y. Tu sais nager.* Je retire mon foulard, déboutonne ma chemise imbibée de sueur, enlève mes chaussettes. Ensuite je plie soigneusement toutes mes affaires et les pose sur un rocher. *Tu n'as aucune raison d'avoir peur.*

Je reste un instant à hésiter. Frêle, exposée aux regards. La chaleur du rocher de granit sous mes pieds me rappelle celle de cette jetée chauffée par le soleil, des années auparavant. La terreur m'envahit, mes jambes commencent à trembler. Il ne faut pas que les autres voient que j'ai peur. Je ferme les yeux et me jette à l'eau, en visant le milieu du bassin.

Le choc de l'eau glacée me coupe le souffle, comme autrefois, et je descends tout au fond. Luttant contre la panique, je me déplie et bats frénétiquement des jambes pour remonter, avec l'impression que des mains m'attrapent pour me tirer vers le haut, loin des fonds troubles et menaçants.

J'émerge à la lumière en prenant d'énormes goulées d'air.

— Pousse-toi, s'il te plaît ! hurle quelqu'un au-dessus de moi. Je vais sauter !

Je lève les yeux. Erna et trois autres filles ont grimpé sur un rocher et attendent que je libère la place. Je m'écarte. Elles s'élancent ensemble et disparaissent dans l'eau. Durant quelques secondes, il ne reste plus d'elles qu'un tourbillon bouillonnant. Puis elles réapparaissent, hors d'haleine. Elles rient. Elles n'ont pas peur. J'ai honte de moi.

Je m'étends sur le dos et me laisse flotter, les yeux perdus dans le ciel bleu azur, en m'efforçant d'oublier que je n'ai pas pied. L'eau clapote autour de ma tête et me rentre dans les oreilles. Sa fraîcheur soulage mes muscles endoloris, mais je serais quand même mieux dans une baignoire. Ou dans une vasque d'eau de source. Avec Walter, qui viendrait vers moi. Il me prendrait dans ses bras, je serais nue et…

Stop ! Mais d'où me viennent ces idées perverses ? *Donnez-moi la force, mon Führer, de bannir ce mal de mon esprit.* Mon cœur bat la chamade.

« La personnification du diable comme symbole de tout ce qui est mal prend la forme du Juif. » Ces mots de *Mein Kampf* résonnent dans mon esprit. *En me protégeant des Juifs, je me bats pour l'œuvre du Seigneur.*

Mais ce n'est pas facile de se protéger. De repousser les images sales et dépravées qui m'assaillent régulièrement.

J'essaie de me concentrer sur les nuages blancs qui dérivent au-dessus de moi. Un mouvement au loin attire mon attention. Trois minuscules silhouettes noires en forme de « V » traversent le ciel à grande vitesse. Des avions de chasse. Ils vont peut-être bombarder l'Espagne. Au milieu de ces paisibles montagnes, c'est difficile d'imaginer qu'il y a là-bas une guerre. Ou de croire à cette autre guerre, à laquelle papa a fait plusieurs fois allusion. Ici, en Allemagne. Et aussi dans le monde entier. Une guerre qui réparerait les torts du traité de Versailles et rendrait à notre nation la place qu'elle mérite. Une guerre pour écraser les ambitions des Juifs.

— Erna, j'ai quelque chose d'urgent à te dire. C'est personnel.

Je jette un coup d'œil aux filles qui pataugent autour de nous.

— D'accord, mais sortons d'abord de l'eau, répond Erna. Je ne sais pas toi, mais je gèle.

Nous nous séchons, puis nous rhabillons aussitôt, car le soleil commence à décliner et il ne fait plus très chaud.

— Je t'écoute, Hett, dit Erna. J'ai bien vu que ça n'allait pas, aujourd'hui. Qu'est-ce qui te tracasse ?

Je jette un coup d'œil autour de nous pour vérifier que personne ne peut nous entendre. La plupart des filles sont encore dans l'eau. Les autres ont fait comme nous, elles se sont habillées et remontent déjà vers le camp. C'est le moment ou jamais.

— Eh bien, je…

Mais soudain je pense que j'ai promis à Walter de garder le secret. Dans la *BDM*, Erna est chef de section. En tant que telle,

elle a le devoir de signaler ma rencontre avec Walter. Elle a beau être mon amie, elle prend son rôle très au sérieux. Pour elle, Walter n'est qu'un sale Juif.

Un ennemi.

— Tu *quoi ?* s'impatiente-t-elle.

— Euh… En fait, ça n'a plus d'importance… C'est… Non… J'ai changé d'avis.

Elle étend sur un rocher sa serviette, sa combinaison et sa culotte.

— Très bien. Comme tu voudras.

Elle semble blessée par mon silence, qu'elle interprète comme de la méfiance.

— Si tu changes *encore* d'avis, tu sais où me trouver. Je vais superviser la préparation du repas.

Et sur ce, elle retourne vers le campement sans m'attendre.

Donnez-moi la force, mon Führer, de résister à la tentation. Je vous demande pardon pour mes pensées de dépravée. Montrez-moi le chemin et je le suivrai. Où qu'il me mène.

Je n'irai pas au rendez-vous de dimanche avec Walter. L'union avec un Juif est contraire aux lois et aux principes de notre grand pays. Si l'on nous surprenait ensemble, Walter et moi, il risquerait d'être envoyé dans un de ces camps de concentration qui font tellement peur, ou pire, il pourrait se retrouver face à un peloton d'exécution. De plus, je veux rester dans le droit chemin, être pure et honnête. Walter m'inspire des pensées impures qui me dégoûtent et dont je ne veux plus.

Plus tard dans la soirée, nous nous réunissons autour d'un feu de camp pour chanter. J'y mets toute mon ardeur, laissant la musique envahir mon âme, fermant mon esprit à tout ce qui n'est pas elle, concentrée uniquement sur la mélodie et les paroles. Quand nous arrivons au dernier chant, je me sens comme purifiée.

Propre et neuve. Pleine d'une énergie nouvelle. Je veux être une personne meilleure. Je ne veux plus céder à des moments de faiblesse comme tout à l'heure, quand je me suis plainte d'avoir mal aux pieds.

Rassemblés sous notre fier drapeau
Nous ne formons plus qu'un.
Plus personne n'est seul.
Nous voilà prêts à servir Dieu et le Führer
À nous battre pour défendre la pureté de notre sang
Forts de notre foi, heureux du travail accompli par chacun.
Nous voulons n'être qu'un : Allemagne, tiens-toi prête,
Car c'est dans ta lumière que brillera notre gloire.

7 août 1937

Erna habite au dernier étage d'un immeuble, tout près de Kirchplatz, un appartement pas très grand, mais aéré et lumineux.

— Je suis tellement contente que tu sois venue !

Elle me prend par la main pour m'entraîner dans l'escalier menant à une petite chambre en soupente, percée de quatre lucarnes qui se profilent sous l'avant-toit. Je jette un coup d'œil à la vue panoramique sur la cime des arbres, les toits et les cheminées de Leipzig.

Elle se laisse tomber sur son lit et se hisse sur un coude. Ses cheveux châtains retombent d'un côté comme un rideau. Elle sourit. Elle est rayonnante.

— Je suis amoureuse, Hett ! m'annonce-t-elle en rougissant. Follement. Je ne l'ai dit à personne, mais à toi, il fallait que je le dise.

— Et qui est le chanceux qui a su te séduire ?

L'image dérangeante des yeux bleus de Walter me traverse l'esprit. Mon cœur s'accélère.

— Il s'appelle Kurt. Il habite à l'autre bout de Leipzig. Il est très beau. Très bien élevé. Et riche, en plus de ça.

—Bigre… C'est le garçon idéal. Il n'aurait pas des copains, par hasard ?

Erna rit.

—Peut-être. Mais n'en parle à personne. S'il te plaît. Personne ne doit savoir.

—Pourquoi ça ? Quel est le problème ?

—Mes parents piqueraient une crise. Ils sont plutôt vieux jeu et je n'ai que quinze ans. Ils n'approuveraient pas que je traîne toute seule avec un garçon. Et il est plus âgé que moi : il a dix-huit ans.

Elle soupire.

—Mais je suis folle de joie, Hetty. C'est la meilleure chose qui me soit jamais arrivée.

Vraiment. Il me semble au contraire qu'il t'arrive souvent des bonnes choses, Erna.

Quand elle ne trouve plus rien à dire sur ce Kurt tellement parfait, nous allons dans le salon informer son père, un homme au crâne rond et lisse comme un galet, que nous sortons rejoindre des amis en ville. Il boit une tasse de café en lisant son journal – pas le *Leipziger*, mais un quotidien national, le *Völkischer Beobachter*. Je note qu'Erna choisit de ne pas mentionner que les amis en question sont des garçons des Jeunesses hitlériennes. Pourtant ce ne sont vraiment que des amis, rien de plus. La première page du journal est consacrée aux fêtes du sept centième anniversaire de la ville de Berlin. Des photos du défilé et de la parade de la puissante armée allemande occupent la moitié de la page. Il ne lève pas les yeux.

—Écoute ça, Erna, pouffe-t-il en passant une main sur la peau luisante de son crâne.

Il lit tout haut un article de la rubrique sportive parlant d'une équipe anglaise du Worcestershire en déplacement à Berlin pour un match de cricket.

— « L'équipe anglaise affirme que les Allemands ont été antisportifs. » Ils se plaignent du jeu des Allemands, commente-t-il, le front plissé. Mais ce qui se passe à Berlin, ça ne les dérange pas.

— Papa, murmure Erna. Tu ne devrais pas dire des choses pareilles.

Il ne tient aucun compte de sa remarque et continue à commenter son article en tenant le journal déplié au-dessus de son gros ventre. Je crois bien qu'il ne m'a pas vue.

— Ils ont fait venir cette équipe en espérant s'acheter les faveurs du gouvernement anglais en échange d'une partie de cricket, d'une bière et une prostituée berlinoise ? Mais vraiment, la folie de nos dirigeants défie la raison…

Ces paroles sont tellement choquantes que je me fige sur le seuil de la porte.

— *Papa !* tente à nouveau Erna.

Mais Herr Bäcker est lancé.

— D'un autre côté, quand on met à la tête d'un pays une bande de ratés et d'alcooliques, aussi bêtes que méchants, il ne faut pas s'attendre à des miracles.

Complètement paniquée, Erna fait les gros yeux à son père, mais celui-ci ne m'a toujours pas vue.

— Papa, il ne faut pas… Arrête, s'il te plaît.

— Ces maudits nazis, ce foutu Hitler, hurle Herr Bäcker d'un ton féroce, en s'adressant au journal dont il secoue furieusement les pages.

— Papa !

La voix d'Erna claque comme un fouet dans la pièce. Enfin, il lève les yeux du journal et reste bouche bée en me découvrant devant lui, dans mon uniforme de la *BDM*.

— Tu ne dois pas dire des choses comme ça, répète Erna plus doucement.

Elle me désigne du menton.

— Tu te souviens de mon ami, Hetty ?

— Euh, euh…

Il s'éclaircit la voix et replie lentement son journal.

— Je…

Il a un petit rire nerveux et plisse les yeux pour me regarder, comme s'il y voyait flou.

— Vous êtes une amie de classe d'Erna, c'est ça ?

— Oui, Herr Bäcker, réponds-je doucement.

Mais mon cœur bat très fort et je suis en sueur.

Qui est cet homme qui se permet de parler ainsi ? L'ennemi peut donc aussi avoir ce visage ? Il n'est pas forcément un bolchevique, ni un riche conspirateur juif au nez crochu et aux petits yeux de cochon. J'ai devant moi un homme de classe moyenne, sans aucun signe particulier. Le père de ma meilleure amie. Dans combien d'autres maisons, derrière les portes closes, trouve-t-on des gens qui parlent et se comportent ainsi ? Comment faire pour lutter contre les traîtres déguisés en patriotes ?

— Hmm… Eh bien, toutes mes excuses, Helga. Parfois, mes paroles dépassent ma pensée.

— Hetty, le corrige Erna. Hetty Heinrich.

— Hetty Heinrich, répète-t-il lentement, les sourcils froncés.

Sa main se crispe sur le journal.

— Oubliez ce que je viens de dire, Hetty. Je suis simplement… Je ne pense pas à mal, n'est-ce pas, Erna ?

— Non, papa, murmure Erna d'une voix honteuse.

Il s'ensuit un silence gênant durant lequel Herr Bäcker lisse son journal.

— On sort, papa. Je serai de retour pour le déjeuner, avant la réunion de la *BDM* de cet après-midi, promet Erna en me poussant hors de la pièce.

Dehors, dans la rue, je remarque sa pâleur et son air angoissé.

— Mon père ne pense pas vraiment ce qu'il dit. C'est un vieil imbécile qui raconte n'importe quoi.

L'air est frais et piquant. Nous marchons lentement et en rythme. Talon orteils. Talon orteils. Sur le trottoir, nos semelles de caoutchouc ne font aucun bruit.

— C'est bon, Erna, je ne te demande pas d'explication.

« ... *La folie de nos dirigeants. Ces maudits nazis, ce foutu Hitler.* »

Je ne cesse de tourner et retourner ces phrases dans ma tête. Erna a-t-elle grandi en écoutant ce discours ? Pourquoi ne m'en a-t-elle jamais parlé ?

— Ce n'est qu'un vieil imbécile, crie-t-elle.

Je m'arrête net. Elle a le visage rouge et bouffi. De colère. Ou d'humiliation. Peut-être les deux. En tout cas, je ne l'ai encore jamais entendue traiter quelqu'un de vieil imbécile. Et surtout pas son père. Pauvre Erna.

— Écoute, Hetty.

Elle se tourne vers moi, suppliante...

— Je sais qu'il est de ton devoir... enfin, de notre devoir... de signaler ce genre de propos et tout ça, mais...

Erna-la-parfaite me demande de passer sous silence les scandaleuses divagations de son père ! Je pense à Tomas et à la force morale qu'il lui a fallu pour dénoncer les agissements du sien. Si Erna n'a pas le courage de parler, je devrais peut-être m'en charger. Ça ne me coûterait pas grand-chose. Papa serait content de moi. Je l'imagine en train de dire à Karl et à maman que je suis une véritable fille du Reich. Mais l'idée de perdre à jamais l'amitié d'Erna tempère mon enthousiasme. Sans elle, ma vie serait triste et dénuée de sens.

Je pose une main sur son bras.

— Je ne dirai pas un mot.

— Il ne le pense pas vraiment...

— Je ne parlerai à personne des opinions de ton père, ajouté-je en lui pressant le bras.

Son visage se détend et elle m'adresse un bref sourire.

Nous marchons en silence jusqu'à l'arrêt de tram et n'abordons plus le sujet. Mais quelque chose a changé dans notre relation. Je sais désormais que ma meilleure amie me cache des choses. Son père est un traître à Hitler et elle le protège. Elle n'a pas un cœur noble et sans tache comme je le croyais. À présent, je ne me sens plus écrasée par sa perfection. Elle ne vaut pas mieux que moi. Elle non plus ne parvient pas à atteindre la pureté exigée par notre Führer. Elle cache sa laideur au lieu de l'affronter.

Pardonnez-moi, mon Führer. Je sais que je devrais dénoncer le père d'Erna, mais elle est mon amie et je ne peux pas lui faire de mal.

Les yeux bleu vif du Führer fixent un instant les miens pour sonder mon âme. Il me comprend. Il voit bien que mes intentions sont pures.

Ne t'en fais pas, me répond-il. *Le père d'Erna ne compte pas. J'ai des ennemis plus importants à combattre. Ensemble, nous y arriverons.*

Nous rejoignons Tomas et trois de ses amis des Jeunesses hitlériennes au *Coffe Baum* sur *Kleine Fleischergasse.* Comme le temps est encore doux, ils se sont déjà attablés en terrasse. De nombreux passants se promènent le long de l'étroite rue pavée. Une serveuse nous apporte un plateau avec de l'eau, des pots de café et de lait chaud, du sucre.

Erna est assise à côté de moi. Elle demeure silencieuse, légèrement en retrait. Je sens qu'à présent elle dépend de moi. Du fait que je me taise ou pas. *Wissen ist macht.* Savoir c'est pouvoir. C'est une sensation nouvelle. Les rôles sont inversés. Aujourd'hui, pour la première fois, c'est moi qui parle beaucoup et qui ris. Et c'est *ma* compagnie que les garçons ont l'air d'apprécier.

—J'ai commencé mon service du travail dans une usine de machines-outils, annonce Tomas d'un ton traînant. Ça ne fait que deux semaines et je me fais déjà vraiment chier… Pardon pour mon langage, ajoute-t-il en me regardant. Mais c'est vrai, j'ai à peine posé les yeux sur un outil. Depuis quatorze jours consécutifs, je balaie par terre. Encore trois ans et on me laissera partir pour faire mes deux ans de service militaire dans la Wehrmacht. Vraiment, j'ai hâte. J'espère simplement que la guerre ne sera pas terminée d'ici là. Mais avec le bol que j'ai, ça pourrait bien être le cas.

Comme tous les garçons, il rêve de se distinguer en se battant pour l'Allemagne.

— Ça ne peut pas être aussi terrible que tu le dis. Tu ne vas quand même pas balayer par terre pendant trois ans. Ce ne serait plus un apprentissage.

Je préfère ne pas relever sa grossièreté, bien que je sois choquée. Il travaille avec des ouvriers, des gens peu éduqués, c'est sans doute normal qu'il se mette à parler comme eux.

— Non, c'est sûr. On m'a mis tout en bas de l'échelle pour me donner l'impression de progresser. Je suis au fond de la cuvette des toilettes, bientôt j'atteindrai le rebord. Mais je ne compte pas travailler dans cette usine toute ma vie. J'ai de l'ambition. Je ferai mieux dans la Wehrmacht.

— Tu es au courant pour le professeur Kreitz ? me demande soudain Erna.

— Non, réponds-je en secouant la tête. Je n'ai pas entendu parler de lui depuis un certain temps. C'était notre vieux professeur de littérature, expliqué-je aux garçons. Il a été renvoyé, il y a longtemps. Ces cours étaient drôles et intéressants. Des profs comme lui, il n'y en a plus.

— Il s'est suicidé, lâche précipitamment Erna. Il s'est pendu.

Elle referme sa main sur son cou, avec une grimace censée représenter Herr Kreitz au bout d'une corde.

— Mais c'est affreux ! Pourquoi a-t-il fait ça ?

Je le revois. Les cheveux en bataille. Plein d'enthousiasme. J'ai du mal à l'imaginer en train de se suicider.

— Il n'arrivait pas à trouver du travail et il commençait à crever de faim. En plus, il avait les SS sur le dos, à cause de ses opinions politiques *suspectes.*

Il y a de la gêne dans son regard.

— C'est triste, réponds-je prudemment. Je l'aimais bien.

Hermann, un garçon au teint cireux et au visage grêlé, hausse les épaules.

— J'ai entendu dire que certains se suicident plutôt que de tomber entre les mains des SS. Surtout parmi les Juifs. Apparemment, ils considèrent qu'il vaut mieux affronter la mort que les SS. Ça en dit long.

Il boit une gorgée d'eau, tout en me regardant avec insistance. Un silence gêné s'installe.

— Les SS ont une mission à accomplir, grommelle Tomas d'un ton rogue. On n'a pas le droit de les juger et on doit les aider. Je crois que je suis bien placé pour en parler.

— Désolé, je ne voulais pas t'offenser, s'excuse Hermann.

— D'ailleurs, pourquoi s'inquiéter du suicide des Juifs et des bons à rien, poursuit Tomas. Au contraire, ça nous arrange. Ça fait autant de porcs en moins à gérer.

Il regarde l'horloge sur le mur du grand bâtiment d'en face.

— On doit y aller si on ne veut pas être en retard à la réunion de notre section.

Les autres garçons approuvent et ils se lèvent tous en faisant racler leur chaise.

Les yeux de Tomas s'attardent sur moi un peu plus longtemps que nécessaire, puis il s'éloigne avec les autres vers l'arrêt de tram Markt. Pauvre Tomas, il a grandi, mais il est toujours aussi maigre et dégingandé, très loin de l'idéal aryen. Mais il m'a rappelée à l'ordre quand j'ai eu l'air choquée par le suicide du professeur Kreitz. Sans doute est-ce pour m'aider à rester dans le droit chemin, comme je l'ai fait pour lui autrefois.

— Tomas semble beaucoup s'intéresser à toi, commente Erna. Belle prise, dis donc !

Elle rit de bon cœur.

— C'est ton amoureux secret ? Avoue…

Elle me donne un coup de coude, mais ça ne me fait pas rire.

— Moi aussi, je dois y aller, dis-je en me levant, toute rougissante. Je dois déjeuner chez moi avant la réunion de cet après-midi. Désolée Erna, je n'ai pas le temps de rentrer à pied. Je vais prendre un tram.

Et je m'éclipse, en luttant contre un sentiment de malaise dont j'ai du mal à identifier la cause. En vérité, j'ai pas mal de bonnes raisons d'être contrariée : le départ imminent de Karl, ce que j'ai découvert sur le père d'Erna, le suicide du professeur Kreitz. On peut ajouter à ça les taquineries d'Erna au sujet de Tomas. Et aussi… le fait que j'ai décidé de ne pas aller au rendez-vous avec Walter demain matin.

Mais peut-être suis-je simplement à cran à cause de la canicule.

Le wagon est bondé, rempli d'ouvriers en salopette et tout transpirants, qui rentrent chez eux. Probablement des travailleurs de nuit venant des usines et des entrepôts de Plagwitz et Lindenau. Ils traversent le centre-ville pour se rendre à la gare principale. Je me trouve un petit espace libre près de la porte. Malheureusement, j'ai sous mon nez l'aisselle d'un homme gras et poilu qui tient son bras en l'air pour s'accrocher à l'une des poignées en cuir du plafond.

— Mademoiselle ! appelle une voix au fond du wagon. Il y a un siège libre à côté de moi, près d'une fenêtre, si vous voulez.

— Non merci, je n'ai que quelques stations, réponds-je poliment.

Il fait très jeune, il a l'air crasseux, et il me dévore des yeux.

— Très bien, comme vous voudrez, répond-il d'un ton qui laisse percer la déception, voire l'agacement.

Il a cet accent saccadé de Berlin qui écorche les oreilles, comparé à notre accent saxon, plus léger et plus doux. En ce moment, on entend de plus en plus à Leipzig les intonations dures du parler prussien. Comme papa l'a récemment écrit dans le *Leipziger*, la richesse de Leipzig, son industrie en plein essor et la perspective d'un bon travail attirent tout un tas de gens qui apportent une moralité douteuse, la délinquance, des maladies.

J'aurais peut-être mieux fait de rentrer à pied.

— Les filles ne sont plus ce qu'elles étaient, commente à voix haute le jeune homme en s'adressant à l'un de ses camarades debout dans l'allée. Toutes pleines de leur importance, parce qu'elles portent des uniformes. Des filles en uniforme ? Bah ! C'est *ridicule.*

L'autre me regarde. Je baisse les yeux, gênée, en me sentant devenir rouge comme une tomate. Ma jupe bleue de la *BDM* se balance quand le tram prend un virage. Ça fait rire les deux hommes.

— Tu sais ce que ça veut dire, *BDM* ? demande un troisième. Bonnes Dévergondées et Mutines.

Comment osent-ils ?

— Ben je veux bien que tu te dévergondes avec moi, ma jolie, ricane le premier, celui à l'accent berlinois.

Ils éclatent tous de rire.

— Ah bon ? renchérit un quatrième. Je croyais que c'était Bombées Des Mamelles.

Cette fois, c'est la moitié du wagon qui ricane. Je suis en sueur, brûlante d'indignation, mais tant que le tram roule, je suis condamnée à supporter ces grossiers personnages. Aussi, je me tourne résolument vers la fenêtre, tout en calculant mentalement combien de temps il me reste avant le prochain arrêt. Une chance : je suis tout à côté de la porte et n'aurai aucun mal à sortir. Est-ce que les collègues de Tomas ressemblent à ces hommes ? Pourvu qu'il ne devienne pas comme eux.

— Les filles ont bien changé. Hier soir par exemple… je vois un groupe de filles dans un bar. Que des filles. Pas un seul garçon pour les accompagner. J'offre gentiment un verre à celle qui me plaisait bien. Elle me rit au nez ! Tout ça parce qu'elle portait un uniforme. Et les autres aussi se sont moquées de moi ! Pfff ! Mais pour qui elles se prennent ? Pour des dames ? Sans blague ! Ce sont des truies, toutes autant qu'elles sont.

J'ai reconnu la voix du jeune à l'accent berlinois.

— Hé, me crie-t-il, tu devrais te chercher un mari, ma petite, au lieu de te pavaner dans ce ridicule uniforme nazi.

Je meurs d'envie de lui répondre un truc bien senti qui le remettrait à sa place. Par exemple : « Je ne voudrais pas de toi comme mari, même si tu étais le dernier homme sur Terre. » Mais je n'ose pas. Je me contente de regarder mes pieds, en priant pour que le tram aille plus vite, parce que j'ai hâte de descendre.

— Eh…

Le gros poilu qui m'inflige l'odeur de ses aisselles intervient pour prendre ma défense :

— Faites attention à ce que vous dites, marmonne-t-il d'un ton bourru. Et laissez cette petite demoiselle tranquille. Ce n'est qu'une gamine.

Il se retourne et incline vers moi sa grosse tête ronde. Il sent la bière et la cigarette.

— Ça va, ma petite ?

J'acquiesce, exagérément reconnaissante à cet homme-singe d'avoir pris ma défense. Le tram ralentit. Nous approchons de la station.

— Je descends à la prochaine, lui dis-je tout bas pour que les autres n'entendent pas. Je vous remercie.

Je saute dès que le tram s'arrête en faisant crisser ses freins, soulagée de constater qu'aucun des ouvriers ne manifeste l'intention de me suivre. Après l'atmosphère rance de bière et de sueur masculine du wagon, l'air frais me paraît délicieux. J'ai les jambes en coton et m'arrête un instant, appuyée aux barres métalliques du portique de la station.

En levant les yeux, je découvre de l'autre côté de la rue un petit cimetière juif. Apparemment, des pierres tombales ont été saccagées. Sur l'une, quelqu'un a écrit « Porc juif », une autre est en morceaux, une troisième déclame « Un bon Juif est un Juif mort » et celle d'à côté « Faire couler le sang des Juifs : le seul moyen de résoudre le problème juif ». J'en ai des frissons dans la nuque.

Je pense aux rumeurs concernant la conspiration juive. On ne sait pas ce qu'ils nous préparent, ni pour quand. Parce qu'ils agissent en secret, sournoisement, par l'intermédiaire de gouvernements étrangers. En déclenchant des mouvements révolutionnaires et en encourageant l'agitation politique. En divisant et en déstabilisant. En accédant au pouvoir dans toutes les sphères de la nation. Une goutte de sueur coule le long de ma colonne vertébrale. Hitler va nous mener à la victoire. Il le faut.

Je m'empresse de m'éloigner de l'atmosphère néfaste de ces pierres tombales.

Mais soudain, le visage de Walter apparaît devant moi. Je vois ses boucles blondes. Ses yeux bleus si chaleureux. Son sourire. Comparé aux grosses brutes du tram qui ont l'audace de se prétendre allemands, c'est un être plein de délicatesse…

Walter n'est pas un Juif comme les autres. C'est certain.

Il ne trempe pas dans la conspiration juive internationale.

Il n'a ni le nez crochu ni un regard sournois.

Il est gentil. Il est beau. Il est drôle.

Peut-être qu'il n'est pas complètement juif et qu'il ne le sait pas lui-même. Il doit avoir du sang aryen. Ça expliquerait son physique.

Soudain, mon esprit de rébellion prend le dessus.

J'entre dans Fritzschestrasse d'un pas décidé. Demain, j'irai à notre rendez-vous sur le petit pont de pierre. Une dernière fois. Pour lui faire mes adieux et lui expliquer qu'on ne peut pas se fréquenter. Personne ne le saura, je ne risque rien.

Ce serait grossier de lui poser un lapin.

Et il se trouve qu'on m'a appris les bonnes manières.

8 août 1937

Je suis perchée sur un rocher haut et étroit. Derrière moi, une prairie d'herbes luxuriantes et de fleurs sauvages. Devant moi, une pente rocheuse plantée de pins donnant sur une vallée vert émeraude. Et au fond de cette vallée, la bande sinueuse d'une rivière argentée qui scintille au soleil.

Une minuscule silhouette se tient sur la rive et agite les deux bras pour me faire signe de descendre.

Walter.

La brise décoiffe mes cheveux, le soleil me chauffe le visage. Il y a dans l'air comme une odeur de liberté qui me donne le vertige. Je ferme les yeux et me penche en avant. Encore, encore, jusqu'au moment où je bascule et me mets à tomber, d'abord lentement, puis de plus en plus vite. L'air souffle et rugit autour de moi. On dirait que je vole, je me sens bien, je n'ai pas peur. Puis soudain, l'angoisse m'étreint. J'ouvre les yeux et Karl est là, dans un planeur. Il vient vers moi, il me barre la route…

Réveillée en sursaut, je me hisse sur un coude pour regarder l'horloge de la cheminée : il n'est que 5 h 35 ! Je retombe sur l'oreiller, encore empreinte des sensations vivaces de mon rêve. C'est ce rendez-vous avec Walter qui me perturbe. Au fond, je peux encore changer d'avis, rien ne m'oblige à y aller.

J'ai en tout cas le sentiment que plus rien ne sera comme avant si je le revois. Ce serait sûrement plus simple de ne pas bouger de mon lit et de l'oublier.

Ne t'égare pas sur le chemin du mal. Sois docile. Sacrifie ton intérêt à celui de la communauté. C'est ce qu'Il devrait me dire. Sauf qu'Il reste muet. Je redresse un peu mes oreillers et m'y adosse, pour scruter dans la pénombre son portrait au-dessus de la cheminée. Toujours rien.

Aucune voix ne se manifeste. Dois-je interpréter ce silence comme une permission ? Je ne demande qu'à le croire. Après tout, je ne vais rien faire de mal, juste me promener avec un vieil ami.

Bien entendu, je suis très en avance. Beaucoup trop. Walter risque d'en déduire que j'avais hâte de le voir. Je compte sur ma jupe bien sage, mon chemisier boutonné jusqu'en haut et mon pull informe pour le convaincre que je ne m'intéresse pas à lui.

Je lance un bâton à Kuschi. Il le ramène, le laisse tomber à mes pieds et gémit pour que je recommence. Cette fois, je l'envoie dans la rivière et il se jette à l'eau sans hésiter, nageant à contre-courant pour l'attraper. Ce chien n'a peur de rien. Comme je l'envie !

Un bruit sur la route : une pierre roule sur le bitume, sans doute heurtée par une chaussure.

C'est lui. Remontant l'allée, les mains dans les poches, le chapeau enfoncé sur le crâne. Quand il me voit, il me sourit.

Ça me fait comme des papillons dans le ventre.

— Tu es venue, dit-il.

— Toi aussi.

Il rit, je ris. Et soudain tout change. Une sorte de plénitude m'envahit. L'air est plus doux ; les arbres et les haies plus verts, la lumière plus vive sur la route et le pont. Tout s'apaise et se mêle en une étrange harmonie, comme les couleurs d'un tableau.

— Marchons un peu, dit-il.

Nous prenons le chemin qui longe la rivière et traversons un petit bois. À travers l'enchevêtrement dense des branches d'arbres, nous apercevons les toits de quelques maisons éparpillées à la lisière de la ville. Puis la rivière poursuit sa course au milieu de larges terres agricoles vallonnées. Chaque pas qui nous éloigne de Leipzig fait grandir en moi un merveilleux sentiment de liberté.

— C'était comment, le camp d'été ? demande-t-il.

— C'était pas mal.

Je marque un temps de pause, ne sachant pas trop ce que je peux révéler de la *BDM* à quelqu'un comme lui. À un ennemi potentiel du Reich. Nous continuons à marcher, au même rythme.

— Tu n'as pas l'air d'avoir beaucoup apprécié, dit-il en riant. Mais ça ne m'étonne pas de toi.

Il se trompe, mais je décide de ne pas le corriger.

— Pourquoi, ça ne t'étonne pas ?

— Parce que tu as toujours été différente. Dans le bon sens, je veux dire. Comme ce jour où tu es sortie du lycée pour nous rattraper, Freda et moi…

Il déglutit, comme s'il était ému.

— C'était il y a longtemps, Walter, dis-je doucement. J'ai changé.

Il poursuit, comme s'il n'avait pas entendu.

— J'ai toujours admiré ton indépendance d'esprit, ton énergie, ta détermination. Tu voulais devenir médecin, tu étais intelligente, tu te posais des tas de questions. Tu n'étais pas du genre à suivre aveuglément les règles.

Il marque une pause.

— Ni à te laisser duper par une rhétorique bien ficelée.

Je lui jette un regard. Ses paroles me font chaud au cœur. Jamais personne ne m'a parlé avec autant de franchise. Avec lui, des défauts comme l'indépendance d'esprit et la tendance à contester les règles passeraient presque pour des qualités.

— C'est bizarre que tu me dises ça, Walter. Parce que tu ne t'es jamais intéressé à moi.

— Qu'est-ce qui te fait croire ça ?

— Tu remarquais à peine mon existence.

Il secoue la tête et sourit.

— Vous vous trompez lourdement, mademoiselle Herta, dit-il en m'adressant un clin d'œil. Je remarquais un certain nombre de choses. Bien plus que votre existence.

Je me sens rougir.

— Tu voudrais faire quoi, après ton bac ? demande-t-il, changeant de sujet.

— J'aimerais étudier à l'université.

Je soupire.

— Mais de nos jours, c'est très dur pour une fille d'y accéder et il me faudrait en plus l'autorisation de mon père, lequel ne veut pas en entendre parler. J'ai fini par comprendre que les études de médecine, ce n'était pas pour les filles. Je regrette de ne pas être un garçon…

— Je me réjouis que tu sois plutôt une fille.

Je sens ses yeux sur moi et rougis de plus belle.

— Mais je suis sûr que tu ferais un excellent médecin, ajoute-t-il.

— Qu'est-ce que tu en sais ? La dernière fois que tu m'as vue, j'avais douze ans.

Les mises en garde de Herr Metzger me traversent l'esprit. Walter me couvre de compliments. Est-ce pour se faire bien voir ? Et si oui, dans quel but ?

— Les gens ne changent pas, répond-il. Au fond de toi, tu es toujours la même, j'en suis sûr. Tu veux savoir ce que j'appréciais le plus en toi ? demande-t-il avec un sourire en coin.

— Oui. Qu'est-ce que c'était ?

— Le fait que tu ries à *toutes* mes blagues. Même aux plus nulles, ce qui n'est pas peu dire. Avec ça, tu as eu droit à une place spéciale dans mon cœur.

Je souris.

— Et tu racontes toujours des blagues nulles ?

— Bien sûr !

Il incline la tête sur le côté et me regarde.

— As-tu entendu parler du chien qui pourchassait les gens à vélo ?

Je secoue la tête.

— Eh bien, ils ont dû lui confisquer son vélo pour qu'il s'arrête, dit-il d'un air solennel.

Je ne peux m'empêcher de rire.

— Oh, là… Je vois qu'en effet ça ne s'est pas beaucoup amélioré. Et est-ce que toi, tu es toujours le même ?

— Absolument.

— Ah bon ? Alors tu te mets toujours en sous-vêtements devant les filles avant de plonger dans un lac ? Et tu te mets en colère et tu tapes du pied quand tu es l'Indien et pas le cow-boy ?

— Mais certainement. Et qu'avez-vous à redire à ça, mademoiselle Herta ?

Il me donne une petite tape sur le bras.

— Tout le monde sait qu'il vaut mieux être le cow-boy que l'Indien : on a plus de chances de s'en tirer avec un fusil qu'avec un arc et des flèches. Et pour le reste… La fille qui pourrait me voir en sous-vêtements serait une sacrée chanceuse.

Comme je deviens écarlate, je me mets à courir pour qu'il ne voie pas mon visage, tout en lui lançant par-dessus mon épaule :

— Le premier arrivé au grand arbre !

Kuschi démarre aussitôt avec des aboiements excités et me dépasse ventre à terre. Mais celui que je voudrais battre, c'est Walter.

Malheureusement, j'ai beau courir le plus vite possible, j'entends son pas qui se rapproche. Il termine évidemment avec plusieurs longueurs d'avance sur moi : je me suis fatiguée pour rien.

Il m'attend près de l'arbre, les mains sur les hanches, haletant.

— Je crois me souvenir que tu as toujours perdu à ce petit jeu avec moi, commente-t-il avec un clin d'œil quand je le rejoins enfin.

— Apparemment, personne ne t'a appris qu'on pouvait être galant et laisser gagner une fille !

— Si je t'avais laissée gagner par galanterie, tu n'aurais pas été contente.

Il a raison, aussi je ne nie pas, mais je ne confirme pas non plus. C'est comme si j'avais de nouveau onze ans. Je passe devant lui sans m'arrêter. Il me rattrape en riant.

— Tu vois ? dit-il. Tu viens de me prouver que j'avais raison de dire que les gens ne changent pas. Ou si peu.

Pour toute réponse, je lui donne une petite tape et nous nous mettons à rire, sans trop savoir pourquoi. Je ne suis pas vexée d'avoir perdu. C'est lui le garçon, après tout.

Nous continuons à longer le fleuve, lequel traverse à présent un champ de blés mûrs et dorés. Kuschi s'y enfonce, à la poursuite de quelque animal. Il disparaît, puis ressort un peu plus loin sur le chemin, la langue pendante.

La ville est loin derrière nous. Il n'y a personne en vue, nous sommes seuls. Je suis totalement sous le charme de Walter. Être avec lui me semble naturel, même si j'ai vaguement peur. C'est un peu comme si je me trouvais en compagnie d'un tigre : il a l'air dompté, mais je sais qu'il a le pouvoir de me détruire – ne serait-ce que par la fascination qu'il exerce sur moi.

— Est-ce que c'est vrai cette histoire de conspiration juive internationale pour conquérir le monde ? demandé-je prudemment.

— S'il y en a une, je n'en fais pas partie. Ni personne de ma connaissance.

Je m'amuse intérieurement de ma propre naïveté. Évidemment, s'il y en a une, il ne me le dira pas.

— Sérieusement, Hetty, tu ne crois quand même pas à ces mensonges ? demande-t-il en me regardant avec des yeux horrifiés.

Je prends le temps de réfléchir à ce que je vais répondre. Walter est un Juif et je dois me méfier des gens de sa race.

— Nous avons beaucoup souffert, nous, les Allemands. Le traité de Versailles nous a imposé des conditions très dures qui ont eu des conséquences désastreuses pour notre pays.

— Tu dis « nous, les Allemands », comme si tu ne me considérais pas comme un Allemand, commente Walter en arrachant un brin de blé qu'il réduit aussitôt en pièces. Figure-toi que je suis allemand moi aussi, et rien qu'allemand. Plus allemand que toi, même.

— Comment ça, plus allemand que moi ?

— Ta mère est française, tandis que ma famille vit en Allemagne depuis des générations, explique-t-il d'un ton fervent. J'ai toujours été fier d'être allemand. Mon père a été décoré de la croix de fer pour sa bravoure durant la guerre, en combattant pour l'Allemagne. Et comment on l'a remercié ? On l'a déchu de sa citoyenneté et on l'a privé de son gagne-pain ! Et pareil pour sa famille. Nous sommes devenus des étrangers dans notre propre pays et…

Il s'arrête net, les sourcils froncés.

— Dis donc, ton père, pendant la guerre, il a été décoré pour sa bravoure ?

— Non. Il s'est battu avec courage, mais la médaille, il n'y a pas eu droit. C'est injuste.

— Vraiment ? N'empêche que maintenant tout va bien pour lui. Tandis que mon père a perdu sa société et a vu sa vie totalement chamboulée. Mets-toi cinq minutes à notre place et essaie d'imaginer ce que ça fait, de savoir que ton propre pays ne veut plus de toi. D'être un citoyen allemand dévoué, mais de n'avoir nulle part où aller.

Satan est rusé et sait trouver les mots pour convaincre. Tu ne dois pas croire tout ce qu'il raconte.

— Qu'est-ce que c'est que cette histoire de « déchu de sa citoyenneté » et « privé de son gagne-pain » ? Tu dis n'importe quoi...

J'imagine la colère de papa face à un tel discours.

Walter prend une profonde inspiration.

— Ils nous ont confisqué nos passeports, Hetty. Si on veut quitter le pays, on doit payer ce qu'ils appellent « une taxe à l'émigration ».

— « Une taxe à l'émigration » ?

— Oui. Et crois-moi, elle est exorbitante. Et il faudrait leur laisser presque tout ce que nous possédons.

Walter s'exprime lentement, patiemment, comme s'il s'adressait à un enfant à qui on doit tout expliquer.

— Pour commencer, on devrait abandonner notre maison et nos objets de valeur, alors que c'est tout ce qu'il nous reste. L'État nous a saignés en calculant les impôts de notre société sur notre chiffre d'affaires de 1930, alors qu'il était dix à vingt fois plus élevé que celui d'aujourd'hui. On ne peut pas emprunter aux banques, car elles ne prêtent plus aux Juifs, ou alors avec des taux d'intérêt dissuasifs. Les gens n'achètent plus chez nous, à part quelques clients fidèles, pour la plupart étrangers. Les nazis nous poussent à la faillite. Si mon père et mon oncle ont tenu le coup ces dernières années, c'est uniquement parce qu'ils refusent de baisser les bras et de s'avouer vaincus.

— Il me semble que tu analyses la situation d'un point de vue uniquement personnel, me surprends-je à dire. Les nazis ont sauvé la nation. Tu as oublié l'état désastreux dans lequel était notre pays après la guerre. C'est injuste de blâmer le Parti alors que les Juifs sont responsables des conditions scandaleuses du traité de paix qui a causé tous nos malheurs…

— Tu crois vraiment que les Juifs sont responsables de ce traité ?

Son visage est rouge de colère. Il est fâché. J'ai réveillé le tigre.

— D'après le Führer, reprend-il, les Juifs seraient derrière la tyrannie du capitalisme ET derrière celle du communisme, poursuit-il. Deux idéologies opposées. Comment est-ce possible ? Pose-toi des questions, Hetty. Les Juifs seraient responsables de tout ? C'est un peu trop simple de nous mettre sur le dos tout ce qui ne va pas, mais les gens le croient parce que ça les arrange, parce qu'ils en profitent. Ta famille comme les autres.

Ses paroles me blessent profondément. Je ne sais plus où me mettre. Il est injuste. *Ma famille* n'est pas responsable des déboires financiers de *la sienne.*

— Ce n'est pas la faute de mon père, tout ce qui vous arrive. Tu es comme les autres, tu es jaloux de son succès.

Il s'arrête de marcher et me dévisage.

— Tu n'es pas au courant, n'est-ce pas ?

— Au courant de quoi ?

— De la manière dont vous avez eu votre maison.

— Qu'est-ce que ça veut dire ? Quel rapport avec ce dont tu me parles ?

« Et maintenant il se pavane comme un seigneur, dans sa maison volée. »

Ce n'était pas comme ça que j'avais imaginé ma promenade avec Walter.

— Tu n'es vraiment au courant de rien ? insiste-t-il.

— Au courant de quoi ? hurlé-je. Si tu sais quelque chose, dis-le. Comment peux-tu me reprocher d'ignorer ce que l'on ne m'a pas dit ?

— Désolé… Je croyais que…

— S'il te plaît, dis-le-moi, répété-je, plus calmement.

Wissen ist macht. Savoir c'est pouvoir.

Nous nous remettons à marcher côte à côte, le long du chemin poussiéreux.

Il prend une profonde inspiration.

— Les propriétaires de la maison dans laquelle vous vivez actuellement étaient juifs. Mes parents les connaissaient, même s'ils ne les fréquentaient pas vraiment. Herr Drucker était le patron de ton père, le *Leipziger* lui appartenait. Mais les nationaux-socialistes ne voulaient pas d'un Juif à la tête d'un journal. Donc, un certain nombre de personnes, notamment ton père et le maire de la ville, ont monté un dossier contre lui en l'accusant de corruption, d'évasion fiscale… Ce genre de choses. Tout était faux bien sûr. Devant les tribunaux, l'affaire a été jugée par Fuchs, un soutien notoire du parti nazi. Bien entendu, il a déclaré Herr Drucker coupable.

— Ce sont de très graves accusations, Walter. Pourquoi je te croirais sur parole ?

J'ai envie de pleurer.

— Rien ne t'oblige à me croire, mais c'est pourtant la vérité. Une vérité pénible à entendre, je te l'accorde.

Il me regarde droit dans les yeux, une expression impassible sur le visage. Il semble sincère. Mais ça ne prouve pas qu'il ait raison. Il est peut-être mal renseigné.

Je contemple l'étendue dorée du champ de blé et songe au jour où nous avons emménagé. La maison était remplie de meubles luxueux et d'objets d'art. Il y avait même de la vaisselle – verres en cristal et couverts en argent. Comme avec un puzzle dont on place peu à peu les pièces, un tableau d'ensemble commence à émerger. Quelqu'un qui déménage dans des circonstances normales ne laisse pas tant d'objets de valeur derrière lui…

— Et où sont les Drucker, maintenant ?

— Aucune idée. Je suppose qu'ils ont quitté l'Allemagne.

— Comment tu sais tout ça ?

— C'est mon père qui m'en a parlé. Je me souviens parfaitement du jour où il m'a raconté ce qui était arrivé aux Drucker. C'est la première fois que j'ai eu peur. Et honte.

— « Honte » ?

— Oui, honte. Parce que j'ai compris que je ne pourrais pas rejoindre les Jeunesses hitlériennes comme mes camarades de classe, parce que mon propre pays me rejetait. Je n'acceptais pas d'être exclu.

Quand je le regarde dans les yeux, j'ai envie de lui faire confiance. Mais dès que je me détourne, ma raison reprend le dessus, je refuse de croire ce qu'il dit. Tout mon être s'en défend. J'ai la poitrine dans un étau. Je veux qu'il s'arrête de parler.

— C'est une version tronquée de la vérité, Walter. Mon père a travaillé dur pour en arriver là où il en est. Ce n'est pas un criminel. Tu te trompes. On t'a menti.

— Jamais je ne me serais permis de te rapporter des faits aussi graves si je n'étais pas certain de leur véracité, Hetty. Je n'ai rien à gagner et tout à perdre, en te racontant ça. Réfléchis un peu…

L'eau de la rivière coule paisiblement devant nous.

— Tu sais mieux que personne que ceux qui osent critiquer les autorités finissent dans les camps de concentration, poursuit Walter. Sans le moindre procès et pour une période indéterminée. Il paraît que la vie dans les camps est terrible. On fait travailler les prisonniers de force. Il y a des exécutions. Ceux qui tentent de s'enfuir sont abattus. Les SS ont récemment ouvert un nouveau camp pas très loin – près de Weimar. Alors franchement, pourquoi je prendrais le risque de te parler de tout ça si je n'étais pas certain de ce que j'avance ? Je sais bien qu'il te suffirait d'un mot à ton père pour m'envoyer à Weimar.

— Walter… Je ne ferais jamais une chose pareille, dis-je dans un souffle. De plus, je ne sais rien de ces camps. Papa parle rarement de ces choses-là en famille.

Kuschi sort du champ de blé et vient fourrer son museau dans ma paume. Je lui gratte les oreilles. Il repart comme une flèche et disparaît de nouveau dans la masse des épis que le vent fait doucement onduler.

— Mais si tu savais depuis le début, pour notre maison, pourquoi es-tu resté ami avec Karl ? Tu étais tout le temps fourré chez nous…

Il soupire.

— Parce que j'étais un imbécile. Et d'ailleurs, je venais chez vous en cachette de mes parents. S'ils l'avaient su, ils auraient été furieux. Mais moi, j'avais honte d'être juif. Je ne l'avais dit à personne, pas même à Karl. Et vu mon physique, personne ne s'en doutait. Je voulais être un bon patriote, tu comprends, comme tous les garçons que je fréquentais. Mais ensuite nous avons eu l'âge d'entrer dans les Jeunesses hitlériennes. Quand je ne me suis pas inscrit, Karl a compris. Du jour au lendemain, il a coupé les ponts avec moi. Sans explication.

Il presse les lèvres l'une contre l'autre et shoote dans un caillou imaginaire.

— Mais je n'avais pas besoin d'explication.

Nous marchons un moment en silence. Je pense à cette grande maison, dont j'ai toujours été tellement fière. Et à papa. À papa qui m'appelle « mon petit lapin » et qui m'aime. À papa qui nous parle *souvent* de sa réussite. Qui ne cesse de répéter qu'un travail honnête est toujours récompensé et que l'Allemagne deviendra une grande nation quand elle se sera débarrassée des Juifs – cette race égoïste et malhonnête – et des étrangers de race inférieure.

Et il se serait installé dans une maison volée ? Comment est-ce possible ?

Walter regarde sa montre.

— On devrait rentrer, dit-il. Ce n'est pas que j'en aie envie, mais…

Nous sommes arrivés au bout du champ et notre chemin serpente maintenant dans les bois sombres.

— Oui, tu as raison.

Nous faisons demi-tour et revenons sur nos pas. Kuschi trottine devant nous. De longues tiges de blé coincées dans son collier s'agitent quand il court et ça lui donne une allure comique. Nous nous moquons de lui. Il n'y a plus entre nous la moindre tension. L'air est de nouveau paisible, empli du chant des oiseaux et de l'odeur à la fois douce et puissante de cette fin d'été.

Une fois de retour au pont, nous nous tournons l'un vers l'autre. Je caresse machinalement la surface rugueuse de la rambarde de pierre.

— Bien. Je crois que c'est là que nos chemins se séparent, dit-il. C'était bien de te revoir.

— Oui, c'est dommage que…

J'ose enfin regarder son visage.

Ses beaux yeux bleus.

Le monde bascule. Insensiblement.

— Serrons-nous la main, en espérant que nous pourrons être de nouveau amis. Plus tard…

Je lutte contre l'envie de me rapprocher de lui et de respirer son odeur. Se serrer la main me semble bien formel.

— Walter, murmuré-je, les yeux baissés vers mes pieds et les siens qui se font face sur le chemin de terre. J'ignore ce que tu penses vraiment de moi… Je sais que c'est fou et dangereux, qu'il ne faut pas, mais… On ne pourrait pas se rencontrer ici de temps en temps ? On ne fait rien de mal, n'est-ce pas ?

— Hetty…

Son regard est tendre et chaleureux. Je m'y sens chez moi.

— Ce serait notre secret. Je n'ai pas parlé de notre rencontre. Je me rends compte que c'est encore plus risqué pour toi que pour moi et je ne le dirai jamais à personne. S'il te plaît, Walter… Pourquoi pas ?

Il détourne le regard et secoue la tête.

Il y a un long silence.

Puis il se décide.

— Crois-moi, j'aimerais pouvoir te dire oui. Depuis notre rencontre il y a deux semaines, je n'ai pensé qu'à toi. Mais je ne vois pas comment on pourrait se fréquenter. Bon sang, Hetty, ton père est un officier SS de haut rang ! Je ne peux pas te laisser prendre des risques. Quant à moi, si on nous surprenait, je serais foutu. Il vaut mieux s'arrêter là, avant que ça ne devienne trop difficile de… de se séparer.

Il aurait tout aussi bien pu me planter un poignard dans le cœur.

Il prend de nouveau ma main, et, cette fois, l'effleure légèrement du bout des lèvres.

Un geste délicat.

Totalement vieux jeu.

Et qui lui ressemble tant…

— Comme tu voudras, dis-je en lui retirant ma main. Mais au cas où tu changerais d'avis, sache qu'à partir d'aujourd'hui j'emmènerai Kuschi tous les matins ici, y compris en hiver.

Il me regarde avec des yeux tristes.

— Au revoir, Hetty, répond-il seulement.

Je fais volte-face et traverse le pont sans regarder en arrière, en emportant la trace brûlante des lèvres de Walter sur ma main. Le chemin du retour me semble triste et morne. Seule la présence joyeuse de Kuschi me réconforte un peu.

8 septembre 1937

J'aimerais tant parler à quelqu'un de ce qui m'arrive. Mais je ne peux pas. C'est trop dangereux, ça doit rester secret. Il faut absolument que je m'occupe l'esprit pour ne pas être tentée d'aller me confier à Erna. Je scrute mon étagère de livres, en face de ma banquette de fenêtre. En plus de mes manuels scolaires, il y a *Mein Kampf*, bien sûr. Le *Volkstänze Lieder*, mon recueil de chants de la *BDM*. Le *Volk ohne Raum* [1], ce pavé de Hans Grimm que je n'ai pas encore eu le courage de lire parce qu'il fait plus de mille pages. Son message est pourtant simple et il aurait pu le faire tenir en moitié moins de pages : le peuple allemand a perdu trop de territoires avec le traité de Versailles, notre grande nation doit reconstruire un empire pour survivre. J'ai aussi un recueil de poésies d'Agnes Miegel et plusieurs numéros de *Die Frau*, le magazine féminin de maman.

Aucune de ces lectures ne me tente. En revanche, il y a aussi sur mon étagère le carnet que Karl m'a offert le jour où j'ai failli me noyer. Un journal intime, c'est exactement ce qu'il me faut

1. Littéralement : « peuple sans territoire », titre repris comme slogan par le peuple allemand privé de son empire colonial par le traité de Versailles. (*NdT*)

en ce moment. Je ne l'ai utilisé qu'une fois, pour mon serment de fidélité à Hitler, et c'est avec une pensée attendrie pour la petite fille d'alors que je relis ma déclaration passionnée. L'espace d'un instant, je suis vaguement tentée d'arracher la page. Et puis non…

Je me contente de la tourner.

Nous n'avons pas pu rester loin l'un de l'autre. Le premier dimanche tu n'étais pas là, mais celui d'après j'ai aperçu de loin ta silhouette près du pont. J'ai d'abord cru à un mirage, mais non, c'était bien toi, en chair et en os. Dimanche dernier, je me suis levée plus tôt pour préparer en cachette un petit déjeuner pique-nique que nous avons pris dans les champs. Il faisait chaud. Nous nous sommes allongés parmi les balles de foin fraîchement coupé qui sentaient bon, seuls, à l'abri des regards, oublieux de tout, et surtout de nos soucis. Nous avons parlé, longuement, à bâtons rompus, en évitant les sujets politiques. J'ai été surprise de constater que nous avions beaucoup en commun – nous aimons tous les deux les asperges, la choucroute, la saucisse crue et fumée. Ça m'a vraiment étonnée que tu manges du porc, mais tu m'as expliqué que ta famille n'était pas pratiquante. Comme la mienne, en fait. Tout le monde dit que les Juifs ne peuvent pas être allemands. Maintenant, je n'en suis plus si sûre. C'est vrai, au fond, que tu es plus allemand que moi. Jusqu'à présent, je n'avais entendu qu'un seul son de cloche, mais quand tu me parles de vos difficultés et des restrictions qu'on vous impose, forcément, je me pose des questions…

J'ai découvert que tu étais très cultivé, beaucoup plus que moi. Tu cites des poètes, tu connais des tas de philosophes (pas seulement allemands). Tu as beaucoup lu, sur tous les sujets. Tu m'as parlé de Klee et de Kokoschka, de Kafka et de Tomas Mann. Tout cela est nouveau et fascinant pour moi.

Quand on a eu fini de manger, tu as plié ta veste pour t'en faire un oreiller et tu t'es allongé, les bras croisés sur la poitrine. Je t'ai regardé dormir. J'ai observé le mouvement tranquille de ta respiration, tes paupières closes, la lumière du soleil qui jouait sur ta peau. J'aurais pu passer la journée ainsi, mais tu t'es réveillé en sursaut, inquiet de l'heure qu'il était. Et ensuite nous sommes rentrés.

— Fräulein Herta ?

On frappe à ma porte. Ingrid.

Je referme mon journal et le glisse précipitamment sous un coussin de ma banquette de fenêtre.

— Entrez, dis-je, en me tournant vers les carreaux, comme si j'étais simplement en train de regarder dehors.

Elle ouvre la porte et reste sur le seuil, avec ce drôle de regard qui me met mal à l'aise. Un regard presque insolent. Jamais elle n'oserait toiser mes parents de la sorte. Ni même Karl. Je me demande si elle sent que je lui cache quelque chose. Elle me fait penser à une vipère – à cause de son visage allongé, de ses yeux perçants, et du tic nerveux qui l'oblige à sortir de temps en temps la langue pour s'humecter les lèvres.

— Oui, Ingrid. Qu'y a-t-il ?

— Vous n'avez pas vu l'heure ? Il faut descendre dîner. Votre mère s'inquiète.

— Je n'ai pas entendu le gong, réponds-je sans bouger de mon siège. Dites à maman que je descends dans cinq minutes, je dois d'abord faire un brin de toilette.

— Comme vous voudrez, répond-elle sèchement avant de quitter la pièce.

Je vais cacher le journal sous mon matelas, en prenant soin de le pousser bien au milieu. Vu les secrets que je lui confie, il ne faudrait pas que quelqu'un le trouve.

Après le dîner, Karl se rend en ville à une soirée dansante organisée par sa section des Jeunesses hitlériennes. Je passe avec mes parents dans le salon. Maman boit un café et papa sirote son cognac.

Je m'assieds à une extrémité du canapé, loin du fauteuil de papa. Il est en train de fumer un cigare. La fumée s'élève en volutes sous la lampe et forme peu à peu un fin nuage qui envahit toute la pièce en répandant une écœurante odeur sucrée. Ça me pique les narines et l'arrière-gorge.

—Je lance une nouvelle chronique dans le *Leipziger*, annonce-t-il en allongeant ses jambes, renversé dans son fauteuil, le ventre proéminent. Ça va s'appeler « La Croisade morale du *Leipziger* », ajoute-t-il avec un large geste du bras. Hitler cherche à agrandir notre nation, il n'est pas question de laisser l'ennemi en profiter pour pervertir notre mode de vie.

—Il était temps en effet que quelqu'un s'inquiète de ça, murmure maman.

—Qui est-ce qui pervertit notre mode de vie, papa ?

Je pense aux grossiers personnages dans le tram, mais mieux vaut ne pas mentionner cette anecdote devant mes parents, car ils seraient capables d'en déduire que je ne dois plus sortir seule en ville.

—Certains artistes, commente maman. Les prostituées, la littérature licencieuse. Il ne faut pas croire que c'est limité à Berlin.

—Oui, mais nous, à Leipzig, on n'a pas ce problème.

—Bien sûr que si, rétorque papa. Il y a un mépris flagrant de la loi. La police locale sait ce qui se passe, mais ne fait rien pour y remédier. Elle se contente d'envoyer des rapports aux responsables du Parti ou à la municipalité. Tout ce petit monde s'échange des lettres, ils discutent, ils discutent, mais ils ne se mettent pas d'accord pour agir, donc rien n'est fait.

— Et qu'en pense Herr Schultz, le maire ? demande maman.

— Il pense comme moi qu'il est temps de passer à l'action, répond papa. On envisage quelque chose de *radical.*

— Mais contre quoi ? demandé-je.

Il souffle sa fumée de cigare.

— Contre le recul des valeurs morales, explique-t-il en soufflant un nuage de fumée. Leipzig est maintenant la quatrième ville d'Allemagne. C'est une métropole tentaculaire qui attire des travailleurs venus de tout le pays. Nous avons dépassé le quota acceptable de Polonais, de Russes, de Slaves, de Juifs. Ils piétinent ouvertement nos lois, corrompent nos jeunes filles, boivent comme des trous. Cette semaine, un Juif a été surpris dans une piscine de la ville.

— Et c'est si grave que ça ?

La question m'a échappé. Papa et maman me jettent un regard ulcéré. Je me tasse contre les coussins et retiens mon souffle. Le sourire de Walter. Ses yeux. « Sale Juif ». Est-il vraiment un sale Juif ? Est-ce que tout le monde penserait que je suis pervertie, maintenant que je le fréquente ? Pourquoi interdit-on aux Juifs de nager dans la même piscine que nous, de se promener dans nos parcs ?

— Nous voulons que Leipzig continue à être une ville sûre, pour que tu puisses te déplacer seule.

Papa agite son verre dans ma direction.

— Nous t'avons toujours accordé une grande liberté. Peut-être trop. Tu vas promener ton chien dans Rosental…

— Mais je ne risque rien là-bas, papa.

— Herta, m'interrompt-il en me jetant un regard sévère. Sais-tu combien de Juifs vivent encore dans ce quartier ?

Je secoue la tête.

— *Deux mille* ! Rien que dans Gohlis. Avec leurs voix fortes et leurs sales coutumes. Malgré tous nos efforts pour les éliminer, ils s'incrustent. Comme de la vermine.

J'ai envie de lui crier qu'ils ne m'ont jamais fait de mal. Que pas une seule fois je n'ai été approchée. Que je n'ai croisé que des gens vaquant tranquillement à leurs occupations.

— Comment pourrait-on être totalement rassurés sur ta sécurité ? poursuit papa. Nos compatriotes de Berlin ont réussi à interdire *leurs* parcs aux Juifs, il n'y a aucune raison pour que nous n'obtenions pas la même chose. Après tout…

Il bombe le torse et se montre du doigt.

— J'ai mis un terme à la mainmise des Juifs sur la presse, alors que c'était beaucoup plus difficile. Donc je peux certainement les faire sortir de nos parcs et m'assurer que la police fait son devoir.

Tu as aussi volé leur maison.

Cette maison.

— Que vas-tu faire exactement ? demande maman, la tête inclinée de côté.

— Tenir une chronique hebdomadaire dans le *Leipziger* pour rappeler les lois. Le mieux serait d'aborder une loi par semaine, par exemple. J'inviterai les lecteurs à nous écrire pour signaler… les comportements déplacés et les problèmes sur lesquels les autorités ferment les yeux. Par exemple, ça…

Il tapote son journal pour montrer un titre : « Des Juifs perturbent un quartier paisible de Leipzig avec des cérémonies religieuses dans un lavoir abandonné ! »

— J'encouragerai tout bon Allemand à être vigilant et à dénoncer la corruption et les comportements anti-Allemands. Nos journalistes mèneront une enquête à chaque signalement.

Il sourit.

— J'en ai déjà parlé à Otto Schultz et l'idée lui a paru excellente. Il nous invite à prendre un verre mercredi soir, Hélène. Avec des responsables du Parti venus de toute la Saxe.

— C'est une excellente nouvelle, Franz.

— Le journal va être submergé de lettres, assure papa en s'animant. Surtout des lettres de femmes, j'en suis sûr. Ha, les femmes et leur jalousie mesquine ! Si tu voyais celles qu'on nous envoie spontanément, alors qu'on n'a encore rien demandé. La plupart contiennent au moins une part de vérité, mais certaines sont de la pure calomnie. Enquêter occupera sainement mes journalistes et leur donnera du travail.

Il me vient à l'esprit que papa pourrait recevoir un jour une lettre nous dénonçant, Walter et moi. J'en ai le ventre noué.

— À propos, Franz, commence maman en prenant la cafetière pour se resservir. De mon côté, j'ai un projet dont je voudrais te parler. Si tu pouvais demander à Otto Schultz d'intervenir...

Comme elle l'interroge du regard, il hoche la tête pour l'encourager à poursuivre.

— J'ai parlé avec l'Union des mères de Leipzig et il se trouve qu'il y a en ce moment beaucoup d'orphelins en Allemagne. Des enfants abandonnés par des mères célibataires, mais de bons Aryens ; en général la progéniture de celles qui ont fauté avec des garçons des Jeunesses hitlériennes pendant les camps d'été.

Elle agite la main.

— Ils sont de race et de sang purs et ils pourraient devenir de bons Allemands, à condition de recevoir l'éducation qui convient.

Elle s'arrête pour reprendre son souffle.

— D'autres villes créent en ce moment des orphelinats d'État pour eux. Munich par exemple. C'est pour ça que j'ai pensé à fonder un foyer pour les enfants du Führer, ici, à Leipzig. On pourrait aussi ajouter une école, supervisée par les SS, qui s'assureraient que tout est fait dans les règles de l'art. Qu'en penses-tu, Franz ?

Ses yeux brillent d'excitation.

— La maison de repos pour les vétérans n'a plus vraiment besoin de moi pour fonctionner, j'aimerais m'investir dans un nouveau projet. Quoi de mieux que les enfants ? Après tout, ils sont l'avenir du Reich.

Papa approuve d'un signe de tête.

— C'est une bonne idée. Bien sûr, il faudra vérifier la pureté raciale de tes orphelins. J'en parlerai à Shultz mercredi…

Je refuse d'en entendre davantage. Je voudrais être dans mon lit, dans le noir, et oublier tout ça. Je veux être seule et libre de penser à Walter. Uniquement à lui.

19 septembre 1937

J'attends sur le pont dans la lumière grise de l'aube. Il pleut sans discontinuer et nous ne tardons pas à être trempés, Kuschi et moi. Je remonte le col de mon imperméable et serre ma ceinture. Kuschi me regarde d'un air maussade, la tête basse, la queue entre les pattes. Il n'aime pas la pluie et aurait préféré que je le laisse dormir dans son panier.

— Désolée, dis-je en lui grattant la tête. Mais tu es ma couverture.

Il me donne un coup de langue sur la main, sans grand enthousiasme.

Le temps que Walter arrive, je suis gelée et Kuschi aussi. Walter m'embrasse doucement sur la joue et écarte les mèches de cheveux humides qui me retombent devant les yeux.

— Vous avez l'air pitoyables, tous les deux, commente-t-il.

— On l'est moins maintenant que tu es là.

Quand il sourit, tous mes doutes s'envolent et je n'ai plus peur qu'on nous surprenne.

— Trouvons un abri, dit-il. Tu as besoin de te réchauffer.

Il réfléchit, les sourcils froncés.

— Il y a une vieille grange à foin de l'autre côté du champ de blé. On pourrait s'y réfugier. À l'heure qu'il est, on est sûrs d'y être seuls. Surtout par un temps pareil.

J'ai un petit rire gêné à l'idée que Walter veuille me réchauffer et ça m'est brusquement égal d'être trempée jusqu'aux os. Mais qu'est-ce qu'il a de tellement spécial pour que je me sente aussi légère en sa présence ? Je ne me savais pas capable de tant de frivolité et d'insouciance.

Nous prenons le chemin qui longe le fleuve. La lumière matinale de plus en plus vive nous révèle peu à peu un paysage d'arbres et de champs que nous découvrons à travers le filtre scintillant de la pluie. J'ai envie de chanter.

Nous atteignons la grange. Walter pousse la porte, mais j'hésite à entrer. À l'intérieur, il fait sombre, ça sent le moisi et l'humidité. Il me semble distinguer des balles de foin séché dans un coin, derrière des machines agricoles rouillées.

— Hetty, je n'ai pas l'intention de… d'abuser de toi, si c'est ce qui t'inquiète, dit doucement Walter. Je pensais que ça serait bien pour s'abriter de la pluie, mais on n'est pas obligés d'entrer si ça te met mal à l'aise.

— Oh…

Je baisse les yeux vers mes chaussures, honteuse qu'il puisse penser que je puisse penser…

— J'ai confiance en toi.

— D'accord.

Je lui emboîte le pas à l'intérieur. *« Abuser de toi. »* C'est comme ça qu'on dit. Et si j'avais envie, justement, qu'il abuse de moi ? Est-ce que c'est normal, de penser sans arrêt à nos deux corps enlacés ? Je ne suis pas censée en avoir envie. Pas comme un garçon, en tout cas.

Walter grimpe sur une balle de foin et y étend son manteau. Puis il se penche vers moi en souriant et me tend la main pour m'aider à grimper. Au pied de notre balle, Kuschi se met à gémir.

— Allez viens, le chien…, l'encourage Walter en tapotant le foin.

Kuschi nous rejoint en quelques bonds et se blottit contre sa hanche gauche. Je m'installe à sa droite. Il me prend par la taille, en m'attirant fermement contre lui.

— Détends-toi, murmure-t-il.

Il sourit, je le sens.

— Tu as assez chaud ?

— Oui, réponds-je en posant ma tête sur son épaule.

Après un instant de silence, il déclare :

— Jamais je n'aurais pensé me sentir au paradis dans une vieille grange délabrée et humide, assis sur un tas de foin. Mais c'est pourtant le cas. Parce que je suis avec toi.

Je ris.

— Ne te moque pas de moi.

— C'est vrai. Avec toi, j'oublie qui je suis.

— C'est-à-dire ?

Le silence s'installe. On n'entend plus que le bruit de nos respirations à l'unisson.

— Je ne sais pas par où commencer, dit-il enfin.

Je lui prends la main.

— Commence par le début.

— Notre appartement d'autrefois me manque, murmure-t-il. C'était chez moi.

La première fois que je suis allée chez Walter, c'était peu après l'épisode malheureux du lac. Comparé à notre minable appartement, où la puanteur des toilettes du palier était si forte qu'on la sentait depuis la rue, celui de Walter m'avait fait l'effet d'un palais. Derrière la belle façade blanche de son immeuble, il vivait dans un luxe que je ne pouvais même pas imaginer à l'époque.

Il était enfant unique, destiné à faire de longues études. Il s'était lié d'amitié avec Karl, parce qu'ils étaient les deux meilleurs élèves de leur classe. Mais si papa n'avait pas autant progressé au journal, il n'aurait sans doute jamais eu les moyens de payer à Karl les frais de scolarité d'une académie. La belle amitié de Karl et Walter se serait arrêtée à la fin de l'école primaire.

Pour en revenir à ma première visite chez Walter, je dois dire que l'atmosphère m'avait paru chaleureuse et accueillante. Je revois encore Frau Keller, petite et jolie, avec ses yeux bleu clair, ses cheveux blonds coupés juste au-dessus des épaules, ses boucles soignées, sa coiffure à la mode. Dans le salon, j'étais restée sagement perchée sur mon fauteuil, impressionnée par la hauteur du plafond et par les beaux objets fragiles qui m'entouraient. Frau Keller avait même une bonne, qui nous avait servi de la limonade et des biscuits au citron sur un plateau à fleurs. Je revois aussi Frau Keller au piano, ses doigts qui dansent sur les touches, son rire. Et je me souviens encore de la joyeuse mélodie qu'elle avait choisie. Elle m'avait demandé si je voulais appuyer sur les touches, mais j'étais bien trop timide et j'avais enfoui mon visage dans la poitrine de maman. Ensuite, Walter avait invité Karl dans sa chambre et je les avais suivis. Je me souviens des étagères de livres ; du lit bien fait ; des meubles anciens et de la grande horloge qui sonnait les heures et dont le tic-tac résonnait dans le silence du grand couloir.

— J'apprécie beaucoup ma grand-mère, mon oncle et sa famille, poursuit Walter. Mais plus personne n'a d'intimité et c'est très dur. Pour joindre les deux bouts, nous avons dû prendre des locataires – c'est notre seul revenu, en fait, car la société de mon oncle ne fait plus rentrer d'argent. Alors maintenant, je partage une petite chambre avec mes trois cousins. Ce sont des enfants, ils sont bruyants et parfois ils me dérangent. Ce n'est pas leur faute, mais c'est pénible. Ma grand-mère est tout le temps stressée à cause des locataires, qu'il ne faut surtout pas mécontenter. De plus, on ne connaît jamais vraiment les opinions de ceux qui séjournent chez nous. La plupart sont des gens bien, mais il suffirait qu'une personne décide de déposer une plainte officielle… On n'ose plus parler librement à la maison. Parfois, la tension est insupportable.

— En effet, tout ça doit être pesant.

— Mon père n'est plus que l'ombre de lui-même. Il a vieilli, il a baissé les bras. Parfois, je lui en veux pour ça. Et aussi de ne pas nous avoir fait sortir du pays quand c'était encore possible.

— Et pourquoi ça ne serait plus possible ? Partez ailleurs, là où la vie sera plus facile.

Son visage se ferme. L'espace d'un instant, j'ai l'impression qu'il va se mettre à pleurer. Mais il se reprend.

— C'est trop tard. Aucun pays n'accepte plus les Juifs. Tout le monde prétend en avoir trop. Sans compter qu'on n'a plus les moyens de payer la taxe sur l'émigration. Pour récupérer nos passeports, il faudrait aussi donner une grosse somme d'argent, que nous n'avons pas. Donc… même si on obtenait un visa d'entrée quelque part…

— Je vois… Et ta mère ? Comment elle vit la situation ?

— C'est elle la plus forte des deux, à présent. Mon père a lâché, mais elle continue à se battre. Tout comme ma grand-mère. Sans elles…

Il renifle.

— Je ne sais pas où nous serions. Toute la famille continue d'espérer et prie pour que ça s'arrange. Mais c'est la politique de l'autruche. Ils feraient mieux de regarder la réalité en face. Ça ne va faire qu'empirer.

— Empirer ? Mais ce que tu me décris est déjà affreux, Walter, dis-je en pressant sa main qui est posée près de la mienne. Comment ça pourrait empirer ?

— On nous interdit de plus en plus d'endroits. On parle même de cantonner les Juifs à un quartier de la ville, dans quelques bâtiments – comme les pestiférés du Moyen Âge.

Il ricane.

—Certains se demandent comment nous avons pu en arriver là en seulement quelques années. Mais la réponse est simple : nous avons laissé faire. On a tout accepté sans rien dire. Personne n'a été assez courageux pour s'exprimer. Pour se révolter et se battre.

Je ne réponds pas car il n'y a rien à répondre. J'écoute la pluie qui martèle à présent le toit de la grange, tout en pensant aux commentaires de papa à propos des Juifs de Gohlis : il a dit qu'ils s'incrustaient, comme des nuisibles. Je sens monter en moi la colère. Ce sont des *êtres humains*, comme nous. Pas des rats.

—J'ai des amis qui sont partis à Londres ou à New York, poursuit Walter. Quand ils m'écrivent, ils me parlent de leurs projets d'avenir. Moi, ici, je n'ai aucun avenir…

Il se tourne vers moi, soudain tendu.

—Oh, Hetty… J'aimerais tellement embarquer demain avec toi sur un paquebot à destination de New York. Si seulement c'était possible !

—Et qu'est-ce qu'on ferait, à New York ? murmuré-je.

—On vivrait dans un gratte-ciel de deux ou trois cents mètres de haut, répond-il en levant le bras bien haut pour mimer la hauteur du bâtiment. Avec une vue sur Central Park. Ou sur Broadway. Je travaillerais dans un vrai bureau, pas dans un vieil entrepôt crasseux.

Il marque une pause.

—On irait au restaurant et au cinéma, au théâtre, à la bibliothèque. *Ensemble.* Rien n'est interdit, là-bas. On peut acheter n'importe quel livre, écouter n'importe quelle musique, regarder n'importe quel film. On peut choisir son métier, qu'on soit juif ou pas, noir ou blanc.

—C'est vrai ?

—Oui, c'est vrai.

—Donc je pourrais être médecin. Ils ont des femmes médecins ?

— Probablement. Certainement.

— Et tu ferais des études supérieures ?

— Oui. Et le plus beau, dans tout ça, c'est qu'on serait ensemble, au vu et au su de tout le monde, sans avoir à nous cacher dans de vieilles granges à foin.

Nous sourions tous les deux à cette perspective.

Il existe un pays où je pourrais devenir médecin.

Mais j'ai abandonné ce rêve il y a des années.

La porte de la grange a grincé. Nous sursautons. C'est une fausse alerte. Nous sommes seuls, avec la pluie et le vent pour compagnons. Nous échangeons un sourire.

J'essaie d'imaginer ce que cela serait, de vivre à New York. Évidemment, la description de Walter est alléchante. Mais, d'un autre côté, n'est-ce pas aussi un peu… effrayant ? Si chacun est libre de faire tout ce qu'il veut, comment impose-t-on la loi et l'ordre ? Comment empêche-t-on les criminels de semer le chaos ?

Il me semble que Walter n'en peut plus de vivre quasiment cloîtré avec les membres de sa famille. Il est trop à l'écart de la vie, en marge de la société. Je dois lui montrer que l'Allemagne ne va pas aussi mal qu'il le pense. C'est un pays dynamique et en pleine croissance. Ce n'est pas forcément mieux ailleurs. Quant à Adolf Hitler, c'est vrai qu'il déteste les Juifs et à peu près tous les étrangers, mais il défend les intérêts de l'Allemagne. Il fait aussi de *bonnes choses.*

— On ne peut pas aller à New York, dis-je lentement. Mais si on veut se sentir un peu plus libres, on pourrait prendre un train et aller quelque part où on ne risque pas de rencontrer des connaissances.

Il me regarde fixement et ça me met mal à l'aise. Peut-être qu'il n'a pas du tout envie de se promener en ville avec moi. Ou alors il considère que c'est trop risqué. Il demeure un instant silencieux, comme s'il réfléchissait.

— Tu as raison, Hetty. J'adore nos balades dans la campagne, mais ce serait sympa de faire autre chose. J'en ai marre de me cacher. Pourquoi on ne ferait pas une sortie dans Leipzig ?

— Je ne pensais pas à Leipzig, Walter. On pourrait croiser une connaissance.

— C'est quand même assez peu probable. Surtout en ce moment. Avec la grande foire, il y a environ deux cent mille visiteurs en ville. Tous ceux que je connais travaillent de près ou de loin pour cette foire.

— Et ceux que je connais évitent le centre-ville parce qu'il est bondé en ce moment…

— Tu vois bien !

— C'est vrai que le risque est faible, mais il existe.

Une telle expédition me paraît bien téméraire, mais je ne suis pas sûre de pouvoir résister au regard suppliant de Walter.

— J'ai une idée précise en tête, poursuit-il timidement. Une surprise. Dis oui, s'il te plaît. Personne ne fera attention à nous. Pourquoi voudrais-tu que les gens pensent qu'un Juif oserait se montrer en public avec une Allemande ?

Je secoue la tête.

— Non… Il ne vaut mieux pas.

— Écoute. On ira seulement dans les endroits où tu ne risques pas de rencontrer des gens de ton entourage. C'est promis. Et ça nous changera des promenades dans les champs.

Il me sourit.

— Je ne te le proposerais pas si je pensais qu'il y avait le moindre danger, insiste-t-il. J'ai bien le droit d'emmener ma copine s'amuser un peu en ville si ça me fait plaisir.

« Ma copine. »

— On pourrait y aller samedi prochain, m'entends-je répondre.

Tu n'as pas cours ?

— Je ne vais presque plus en cours le samedi. La priorité est donnée aux activités de la *BDM*. Samedi prochain, ce sera une randonnée, mais il y a six cents participantes et, comme je ne suis pas chef de groupe, mon absence ne gênera personne. Erna dira que j'ai un problème au pied.

— C'est parfait. Donc, plus rien ne nous empêche de sortir en ville.

Il hoche la tête.

— C'est aussi une façon pour moi de me révolter. Modestement. Mais ça fait du bien. Vraiment.

Il me pousse du coude.

— Je peux te raconter une blague ?

— D'accord, soupiré-je.

— Elle est un peu subversive, alors il ne faudra pas la répéter à ton père, d'accord ?

— Bien sûr que non !

— Deux hommes se rencontrent : « Ravi de voir que tu as été libéré, dit le premier. C'était comment, le camp de concentration ? » « Super, répond le second. Petit déjeuner au lit, café ou chocolat au choix, et pour le déjeuner, soupe, viande et dessert. L'après-midi, on jouait à des jeux de société et ensuite on nous servait du café et des gâteaux. Puis c'était la sieste et un film après le dîner. » Le premier est stupéfait : « C'est drôlement bien, dis donc. Mais quand même, c'est bizarre… Quand j'ai posé la question à Meyer, qui y avait séjourné un temps, il a raconté une histoire différente. » Le second hoche la tête d'un air grave : « Ah, c'est donc pour ça qu'il y est retourné ! »

Walter me regarde avec un grand sourire.

— Et tu trouves ça drôle ? demandé-je.

— Eh bien oui, répond-il en haussant les épaules. Mais il faut un peu de temps pour s'habituer à l'humour juif.

Il me serre contre lui et me chatouille les côtes. À présent, nous rions tous les deux. Prenant sans doute notre agitation pour le signal du départ, Kuschi pousse des jappements excités en bondissant autour de nous.

20 septembre 1937

Dans le couloir, deux valises attendent, alignées côte à côte. C'est venu vite. Trop vite.

Karl apparaît en haut de l'escalier. Il porte un long manteau gris ceinturé à la taille, une cravate bien nouée. J'aperçois un bout de l'aigle nazi sur un insigne. Du rouge. Il me sourit. Ses yeux marron brillent sous sa casquette de la Luftwaffe.

C'est terrible de penser qu'il s'en va.

Les *Rhapsodies hongroises* de Liszt s'échappent du salon. Maman essaie d'égayer l'atmosphère. Elle a mis le volume au maximum.

Karl descend l'escalier en courant, un doigt sur les lèvres.

— Ne gâche pas ma surprise, Petite Souris, dit-il avec un clin d'œil. Je vais l'épater.

Ingrid nous rejoint dans le couloir et contemple Karl d'un air éperdu d'admiration.

— Maman ! appelle-t-il par-dessus la musique. Je suis rentré des cours.

Notre mère apparaît dans l'embrasure de la porte, mince et belle, comme toujours. Aujourd'hui, elle est en vert émeraude et a mis ce rouge à lèvres soutenu qu'elle n'oserait pas porter hors de la maison. De longues boucles scintillent à ses oreilles, assorties à son pendentif en diamant.

— Comme tu es belle, maman ! lui dis-je.

Mais elle ne m'a pas entendue. Je ne pense pas non plus qu'elle m'ait vue. Elle n'a d'yeux que pour Karl et reste figée, une main sur la bouche, les yeux pleins de larmes. Il fait un pas vers elle. Elle lui ouvre les bras et laisse échapper un sanglot.

Plus tard, après le retour de papa, nous dînons tous les quatre dans un silence ponctué de temps à autre du tintement d'un couteau contre la porcelaine fine, ou de celui d'un verre que l'on pose sur la table. Bertha a préparé le plat préféré de Karl : du poulet frit aux oignons et des pommes de terre rôties.

Je n'arrive pas à croire que c'est notre dernier repas en famille. Maintenant, les déjeuners et les dîners se feront sans Karl. Je ne le verrai plus à l'académie. La maison va me paraître bien vide et trop grande.

Notre maison volée...

Les murs semblent pencher vers moi, sombres et oppressants. Est-ce que Karl est au courant ? Est-ce que ça le dérangerait ? Après tout, il n'a pas hésité à tourner le dos à son plus vieil ami, sous prétexte qu'il était juif. Mais peut-être qu'il n'a pas eu le choix. On l'a *forcé* à abandonner Walter.

Je triture du bout de ma fourchette mon poulet et mes pommes de terre. L'odeur du gras me donne la nausée. Je pousse les pommes de terre sur le côté et glisse discrètement un morceau de poulet à Kuschi, lequel est couché près de ma chaise. En guise de remerciement, il remue sa queue, qui frappe le sol. Je caresse doucement le poil doux de son crâne.

— Herta ?

La voix de papa déchire le silence.

— J'espère que tu n'es pas en train de donner à manger à ce chien sous la table.

— Non, je me grattais la jambe.

Je lance un regard suppliant à Karl, lequel se tourne aussitôt vers papa. Il doit faire diversion d'urgence, un rôle qu'il connaît sur le bout des doigts.

— Dans combien de temps ils me laisseront piloter, d'après toi ? demande-t-il à papa.

— Je ne sais pas du tout comment fonctionne la Luftwaffe, mais il est certain que tu vas partir de l'échelon le plus bas. Au début, ils vont te tester et t'endurcir. Jusqu'à présent, tu as mené une vie de privilégié. Il faut d'abord qu'ils fassent de toi un homme.

— Tu exagères ! J'ai déjà fait mes preuves dans les Jeunesses hitlériennes. On n'accède pas au grade de chef de peloton en étant mou et tire-au-flanc.

Papa acquiesce et se renverse sur sa chaise, tout en essuyant son assiette avec un morceau de pain. Puis il attrape la clochette de table et sonne.

— Exact, mais crois-moi, mon garçon, tu n'as encore rien vu. Les Jeunesses hitlériennes, ce sont des enfants qui jouent aux soldats. Là, ce sera pour de bon. Il y aura bientôt une guerre, c'est certain. Il va falloir être inflexible. Plus que tu ne peux l'imaginer. Toute autre attitude conduirait à la défaite. Or nous ne pouvons pas nous permettre de perdre.

Il prend un cure-dent dans le pot au centre de la table.

Comme Ingrid entre dans la pièce, nous nous taisons. Maman attend qu'elle ait fini de ramasser les assiettes et qu'elle sorte, pour rompre le silence avec une fausse gaieté dans la voix.

— Ne décourageons pas ce garçon avant même qu'il ait commencé.

— Je ne suis pas découragé, rétorque Karl en défiant notre père du regard. Je suis un homme, papa. Et je suis bien plus fort que tu ne le crois. Tu seras fier de moi, tu verras.

Papa grommelle. Karl se tasse un peu.

— Moi aussi, je veux me rendre utile, intervins-je. Karl, tu te souviens que je voulais être médecin, quand j'étais petite ?

Karl hoche la tête et sourit.

— Eh bien, s'il va vraiment y avoir une guerre, nous aurons besoin de médecins pour soigner les blessés.

Ils me regardent tous, à présent. Maman, papa et Karl. Ma voix faiblit, mais je poursuis.

— Je pourrais peut-être aller étudier la médecine à l'étranger ?

Mon père pince les lèvres, ma mère hausse les sourcils. Personne ne dit mot.

— Il y a des pays où les femmes peuvent étudier la médecine, et j'ai de bonnes notes, alors...

— Ne sois pas ridicule, Herta, m'interrompt maman d'un ton moqueur. Il n'en est absolument pas question.

— Ce que Hetty veut dire..., tente Karl.

— Mais pourquoi ?

J'ai du mal à contenir ma colère et ma frustration.

— Moi aussi, j'ai envie d'accomplir quelque chose qui compte et...

— Ce qui compte...

La voix sèche de mon père me réduit au silence.

— ... c'est que tu apprennes enfin à te taire et à savoir où est ta place. Ma fille ne travaillera pas et elle n'ira pas seule à l'étranger. On te trouvera un mari convenable, mais tu dois d'abord apprendre à tenir ta langue, sinon aucun homme ne voudra de toi.

— Mais...

— Hetty...

Maman me lance un regard d'avertissement.

L'atmosphère devient tout à coup très lourde dans la pièce. J'ai du mal à respirer. Peut-être que je devrais m'enfuir avec Walter. Hors de cette maison étouffante où Karl ne vivra plus. Loin de mon père, de sa Croisade morale et de ses grandes mains grasses qui broient en moi tout élan de vie.

—Portons un toast! dit papa.

Il élève son verre. Sous la lumière du lustre, le vin rouge a la couleur du sang.

—À Karl et au début de sa carrière dans la Luftwaffe.

—À Karl et à la Luftwaffe, renchérit maman.

Et ils boivent, en couvant du regard leur fils chéri.

Plus tard, Karl sort en annonçant qu'il va faire ses adieux à un copain. Maman le soupçonne d'avoir en secret une petite amie, mais elle se trompe. Si Karl avait une amoureuse, je le saurais. Lui et moi, on se dit tout, depuis toujours.

Enfin presque...

Je monte me réfugier sur ma banquette de fenêtre pour attendre son retour – avec mon journal sur les genoux. Je griffonne un cœur rouge fendu en deux, brisé par la solitude. Mais je n'arrive pas à écrire. La conversation du dîner a fait grande impression sur moi et je ne peux m'empêcher d'y repenser. Il y a un gouffre entre le monde dont rêve Walter et celui que je *sais* être réel.

Oh mon Führer, donnez-moi la force de distinguer ce qui est juste de ce qui est faux. Le bien du mal. Aidez-moi, je vous en prie.

L'individualisme est la posture des sots et des lâches, martèle sa voix dans mon crâne. C'est un choix qui mène à la ruine. Tout le monde doit obéir aux ordres. J'ai été un simple soldat pendant six ans et je n'ai jamais discuté un ordre. Chacun d'entre nous doit accepter de lutter pour les intérêts de la communauté. Si tu penses d'abord à l'Allemagne et si tu gardes une âme pure, tu sauras quoi faire.

Je me tourne vers son portrait. D'habitude, le simple fait de le contempler m'apaise et me rassure. Mais aujourd'hui ça ne marche pas. C'est comme si une parcelle de mon âme s'était détachée pour prendre son envol avec Walter et refusait désormais de se soumettre.

Quand Karl revient, au bout de plusieurs heures, je vais aussitôt le rejoindre discrètement dans sa chambre. Il part demain matin à l'aube, j'ai besoin de profiter une dernière fois de notre complicité. Il sent la bière. Je ne savais pas qu'il en buvait et je me demande depuis quand… Allongée sur son lit, je le regarde rassembler les affaires personnelles qu'il range dans une petite mallette – son blaireau et son rasoir, son réveil, des livres, de quoi écrire.

Quand il a terminé, il vient me rejoindre sur le lit.

—Il me semble que je n'oublie rien, soupire-t-il. Tu vas me manquer, Petite Souris.

—Toi aussi, tu vas me manquer. Prends bien soin de toi, surtout.

—T'en fais pas pour moi, mon petit cœur. Ce serait plutôt à moi de me faire du souci pour toi.

Il me plante son coude dans les côtes pour me taquiner.

—Est-ce que ce sera vraiment aussi terrible que le dit papa, la luftwaffe ? Ils vont vraiment chercher à t'endurcir ?

Je ne veux pas que Karl s'endurcisse. Je veux qu'il reste tel qu'il est. Doux. Protecteur. Gentiment taquin. Tout ce que doit être un grand frère. J'ai peur de ce qu'il pourrait devenir.

—Bien sûr que non. Tu connais papa. Pour lui, tout le monde est « un mou » ou « un tendre », et du temps de sa jeunesse, « pendant la guerre, c'était autre chose ».

—Tu dois avoir raison. Espérons que tes supérieurs de la Luftwaffe ne seront pas comme papa, alors.

—Ah non, pitié !

Karl lève les yeux au ciel en riant.

Son haleine chargée de bière me dégoûte un peu. Il me tapote la main.

— Tu ne devrais pas aller te coucher ?

— Je n'ai pas sommeil. Karl… Je peux te demander quelque chose ?

Je déglutis.

— Je t'écoute.

— Est-ce qu'il t'arrive de penser à Walter Keller ? Est-ce qu'il te manque parfois ?

Il se fige.

— Non ! Quelle idée saugrenue ! Pourquoi je devrais penser à lui ?

— Vous étiez tellement proches. Inséparables. Ce n'est pas possible que…

— C'était il y a des années. Je n'étais qu'un enfant et je ne me doutais pas qu'il était…

Sa voix s'éteint. Il se tord les mains.

— … juif ? dis-je en finissant sa phrase à sa place. Est-ce vraiment si important ? Qu'il en soit un ?

— Tu plaisantes, n'est-ce pas ?

Il pose sur moi un regard méfiant.

— Qu'est-ce qui te prend ? Pourquoi tu me parles de Walter, tout à coup ?

Il se lève et se dirige vers sa mallette. Il la soulève, la repose. Puis il va se poster devant la fenêtre, dos à moi.

— Est-ce que tu l'as vu, Hetty ?

— Non !

— Dans ce cas, pourquoi ces questions ?

— Je me demandais, c'est tout.

J'ai autre chose à aborder.

— Je voulais te parler aussi de notre maison. Il paraît que… Enfin, c'est une rumeur… Est-ce que tu sais comment papa l'a eue ?

Il se tourne vers moi, les bras croisés.

— Quelle rumeur ? Avec qui en as-tu parlé ?

— Avec personne.

— Ne mens pas. Si tu as entendu une rumeur, c'est que tu en as parlé avec quelqu'un.

— Non, je t'assure. J'ai entendu des élèves en parler au lycée.

— Quoi ? Et qu'est-ce qu'ils disaient ?

Il revient vers le lit et s'assied à côté de moi.

— Un truc à propos du Juif qui vivait ici avant nous. L'ancien directeur du *Leipziger*. Papa l'aurait traîné en justice sur la base de fausses accusations et ensuite il lui aurait pris son poste et sa maison. C'est vrai, Karl ?

Le visage de Karl se détend.

— Oh, ce n'est que ça… Encore ces vieux ragots.

Il rit.

— C'est vrai qu'une famille juive vivait ici et qu'il y a eu un procès. Les accusations n'étaient pas fausses, mais les Juifs ont l'habitude de colporter ce genre de rumeurs, je ne suis pas surpris. On leur a retiré tous les postes importants, c'est normal qu'ils le prennent mal. On les a démasqués, alors ils se vengent. Et de la manière la plus lâche possible : par la calomnie. Tu ne vas quand même pas croire toutes ces bêtises, Petite Souris ?

Présenté comme ça… Il y a apparemment deux versions très différentes de l'affaire. Le problème est de savoir laquelle est la vraie.

— N'encombre plus ta jolie petite tête avec ces bêtises, poursuit Karl en me tapotant gentiment la main. Franchement, ça n'en vaut pas la peine. Et la prochaine fois, ne te gêne pas pour rappeler leur devoir aux colporteurs de ragots, d'accord ?

— Oui, tu as probablement raison. Bon, je crois que je vais quand même aller me coucher, maintenant.

Je lui souris. Il y a désormais mon secret entre nous. Ce n'est qu'un léger voile, mais il suffit à nous séparer.

— À demain matin, mon petit cœur, dit-il.

Je le laisse en pensant que c'est sa dernière nuit dans sa chambre d'adolescent.

De retour dans la mienne, j'éteins la lumière et me mets au lit, vaguement inquiète : j'espère ne pas en avoir trop dit avec Karl. Prise d'un frisson, je remonte les couvertures sous mon menton.

Mais je m'inquiète sûrement pour rien. Karl n'a aucune raison de se méfier de moi.

25 septembre 1937

Walter a réussi à me convaincre de monter dans un tram qui nous emmène au centre-ville. Nous sommes sur un banc de bois à côté de la porte. Je sens sa cuisse contre la mienne. Les Reichsmarks économisés depuis mon anniversaire pèsent dans la poche de ma jupe. Il passe un bras autour de mes épaules. Je me fige. N'est-ce pas un peu trop osé ? Je risque un regard vers les passagers du wagon, mais ils semblent perdus dans leurs pensées et ne nous prêtent aucune attention.

Quand nous en avons parlé dans la grange, cette sortie en ville me semblait envisageable. Mais, maintenant que nous y sommes, je suis morte de peur.

— Comme tu es belle, me murmure Walter.

Une vague de chaleur me traverse des pieds à la tête. Son souffle me chatouille l'oreille.

Comme la vieille dame assise derrière nous émet un claquement de langue désapprobateur, je m'écarte vivement de Walter. Mon cœur bat si fort que j'en ai la nausée.

— Détends-toi, dit-il en m'attirant de nouveau à lui.

Cette fois, la dame soupire ostensiblement.

Il se penche vers moi pour murmurer à mon oreille :

— Il faut que tu participes. Montre que tu apprécies. Sinon elle va trouver notre couple bizarre.

Il parle si bas que c'est à peine si j'ai entendu ce qu'il a dit.

Je déglutis, puis me tourne vers lui pour le regarder, en me forçant à sourire. Sa tête est si près de la mienne que nos lèvres vont finir par se… La vieille dame tape avec sa canne contre la barre métallique du dossier de notre siège. Nous sursautons. Walter rit.

— Les jeunes d'aujourd'hui ne savent plus ce qu'est la bienséance, déclare la vieille à son voisin.

Intérieurement, c'est la panique. Mais qu'est-ce qui nous a pris de venir ici ? Walter regarde par la fenêtre du tram en fredonnant. L'une de ses mains marque le rythme sur sa cuisse. Il semble parfaitement détendu. Mais je sens son autre main, celle qui tient la mienne, moite de sueur. Je dois essayer de me comporter normalement, comme lui. C'est ce qui était entendu. Une jeune fille portant l'uniforme de la *BDM* et un beau jeune homme blond : notre couple ne devrait pas éveiller le moindre soupçon.

Nous descendons du tram dans Hindenburgstrasse, non loin du monument de la Bataille des nations. Ici, il y a un monde fou, je me sens noyée dans la foule, moins exposée. L'immense bâtiment qui abrite la foire se dresse devant nous, décoré d'une ribambelle de drapeaux de toutes les nations, flanqué de hauts mâts au sommet desquels la croix gammée flotte dans la brise. C'est une belle journée, aussi la place grouille de visiteurs. On a installé des tables et des chaises à l'extérieur et les serveurs vêtus de longs tabliers blancs passent d'un client à l'autre avec des plateaux chargés de chopes de bière, de bretzels et de saucisses.

Dès que le tram s'est éloigné, Walter me prend le bras.

— Hetty, détends-toi. Fais comme si on avait l'habitude de sortir ensemble en ville, c'est le meilleur moyen de ne pas attirer l'attention. Après tout, nous avons bien le droit de nous promener ensemble comme tout le monde, non ?

Il a la mâchoire crispée, une expression féroce sur le visage.

— Oui, on a le droit, bien sûr. Je… je ne pensais pas que je serais nerveuse à ce point. Comment fais-tu pour être aussi calme ?

— Je…

Il déglutit, avec difficulté. J'ai l'impression qu'il va se mettre à pleurer.

— Je suis dans *ma* ville, avec *ma* copine, et je n'ai pas à me cacher. J'ai passé suffisamment de temps à me terrer comme un rat et à me lamenter sur mon sort. Aujourd'hui, pour la première fois depuis longtemps, j'ai l'impression de me révolter et de réclamer mon dû. Quand tu es avec moi, Hetty, je me sens fort, prêt à défier le monde… Tout ça, c'est grâce à toi…

Les gens s'agitent dans tous les sens, mais, là où nous nous tenons, c'est le calme et le silence. Il n'y a que lui et moi, ses doigts crispés sur mes bras, comme si nous étions invisibles dans cette foule, protégés, dans une oasis de paix.

Les battements affolés de mon cœur se calment un peu.

— Tu as raison, ça va bien se passer, dis-je en acquiesçant.

Il me lâche et sourit.

— Bien sûr que ça va bien se passer. J'ai faim, allons manger.

Je balaie la place du regard. Toutes les tables sont occupées.

— On ne va jamais trouver une place pour manger ici.

— Tu as raison, soupire Walter. On dirait que les deux cent mille visiteurs de la foire ont eu la même idée que nous. Viens, allons dans un endroit plus calme.

Nous prenons vers le sud, à contre-courant de la foule. Nous passons devant les imposants bâtiments du nouveau gouvernement, puis devant le tribunal. Dès que possible, nous bifurquons dans de petites ruelles plus calmes. Elles sont aussi plus pauvres et me rappellent la rue que j'habitais autrefois. Des enfants jouent dehors, certains pieds nus. Une vieille femme assise sur un tabouret épluche des pois sur le seuil de sa maison. Un vendeur ambulant fait du porte-à-porte en poussant une brouette chargée d'ustensiles de cuisine qui n'intéressent personne. Des chiens maigres et galeux reniflent les caniveaux.

— Je crois que c'est le moment de raconter une petite blague pour détendre l'atmosphère, déclare Walter.

Il jette un coup d'œil derrière nous et baisse la voix pour vérifier que personne ne nous écoute.

— Hitler visite un asile de fous et passe en revue les malades que l'on a fait aligner en son honneur. L'un d'eux ne le salue pas quand il passe devant lui. « Pourquoi ne saluez-vous pas, comme les autres ? » aboie-t-il. « *Mein Führer*, répond l'homme, c'est parce que je ne suis pas un fou ! Je suis infirmier ! »

Je pouffe discrètement.

— Walter, vraiment, tu ne devrais pas raconter des trucs pareils dans la rue, dis-je. Si quelqu'un t'entend, tu risques le camp de concentration.

— L'humour est parfois le seul moyen de supporter l'horreur, proteste-t-il.

Nous bifurquons dans une rue plus large et plus fréquentée. Sur le trottoir d'en face, il y a un grand magasin. *Salamander's*, annonce la devanture.

— Il y a peut-être un café, là-dedans ? dis-je.

Nous poussons les portes pivotantes. Près de l'entrée, un panneau avec la liste des rayons mentionne un café au rez-de-chaussée. Une hôtesse d'accueil nous indique la bonne direction. Tandis que nous traversons le rayon linge de maison, au milieu des tapis et des rideaux, je m'efforce d'ignorer la sensation grandissante que quelqu'un nous suit.

— Hetty ? s'inquiète Walter en scrutant mon visage. Tu te sens bien ?

— Oui, réponds-je.

Mais je ne peux pas m'empêcher de regarder par-dessus mon épaule.

— Tu es sûre ?

— Absolument.

Je me force à sourire.

— Tant mieux, dit Walter.

Il prend ma main et la presse dans la sienne. Sa peau est chaude et douce.

Les tables du café sont couvertes de nappes en lin rouge et les murs décorés de joyeuses peintures. À une extrémité se trouve le comptoir, avec une vitrine de gâteaux et de pâtisseries. Il reste quelques tables libres, nous choisissons la plus proche de la fenêtre.

Je commande une soupe de pommes de terre au lard et Walter la *goulasch*.

— Alors, petite demoiselle, demande-t-il à voix basse quand le serveur s'est éloigné. As-tu hâte de découvrir ce que nous allons faire de notre journée en ville ?

Il se penche par-dessus la table et sourit en me regardant droit dans les yeux. J'en oublie mes craintes. Que peut-il bien avoir en tête ? J'ai tout à coup le cerveau en ébullition. Je nous imagine, allongés sur son manteau, sous un arbre, en train de nous embrasser. Ou bien en train de faire du lèche-vitrine, bras dessus bras dessous, riant et plaisantant. Mais peut-être qu'il a prévu de visiter un musée, ou même la foire. Ce sera de toute façon une journée avec lui et, quoi qu'il me propose, je suis partante.

— Où veux-tu m'emmener ? demandé-je en lui souriant en retour.

— Tu verras. On va d'abord aller chercher ton cadeau. Tu vas l'adorer, j'en suis sûr.

Il se frotte les mains d'un air satisfait.

Le serveur revient avec nos boissons : deux verres de jus de pomme frais. Il y a du monde autour de nous, mais nos voisins sont trop absorbés dans leurs conversations pour nous remarquer. Walter m'observe d'un air amusé par-dessus le bord de son verre.

— Alors dis-moi… C'est quoi, ce cadeau ?

— Une surprise, répond-il avec un clin d'œil. Tu vas devoir patienter.

Le serveur apporte maintenant ma soupe, la *goulasch* et les crêpes de pommes de terre de Walter. La soupe est délicieusement salée, légèrement piquante, avec des morceaux de bacon et de saucisse. Nous mangeons en silence.

Comme j'ai terminé avant Walter, je passe les autres clients en revue : une famille plutôt bruyante, deux amoureux qui se regardent dans les yeux, une mère et sa fille qui bavardent à la table voisine de la nôtre… Mes yeux s'arrêtent sur elles… La plus âgée me rappelle vaguement quelqu'un. Il me semble reconnaître une amie de maman, une femme qui s'occupe avec elle d'œuvres de charité. Je ne voudrais pas qu'elle me remarque…

— On peut partir, Walter ? Demandons l'addition.

Je lui tends discrètement une poignée de pièces qu'il accepte d'un air peiné. Il a honte, probablement.

— Merci, marmonne-t-il.

— Dépêche-toi, insisté-je.

— Tu es sûre que ça va ?

Il me jette un regard inquiet et fait signe au serveur.

— Oui, ça va très bien, réponds-je en me forçant à sourire. J'ai simplement hâte de découvrir la suite de ton programme.

Les deux femmes secouent la tête et gesticulent, comme si elles se disputaient. Tant mieux, comme ça elles ne s'intéressent pas à notre table.

Dès que Walter a réglé le serveur, nous sortons. Une fois dans les étroites rues pavées de la vieille ville, je respire à nouveau. Cette sortie est une folie, une terrible imprudence. Je regrette les champs et les bois, là où personne ne peut nous voir. Mais Walter m'entraîne à présent vers un boulevard extérieur, là où se dressaient autrefois les murs de la vieille ville. L'air est frais, mais le soleil baigne le paysage urbain d'une belle lumière d'automne, chaude et dorée.

— Je t'ai déjà dit que tu étais très belle ?

Il pourrait quand même parler moins fort…

— Souvent, réponds-je en lui donnant le bras.

Nous traversons les lignes de tram et une large avenue. Il m'entraîne ensuite dans Gottschedstrasse, une petite artère latérale bordée de grands immeubles et de quelques magasins avec des auvents surplombant le trottoir. Nous nous arrêtons au coin de la rue, devant un bâtiment qui ressemble à une église, haut de trois étages. Au-dessus de l'imposante porte de fer de l'entrée, des fenêtres sont éclairées.

— Qu'est-ce que…

Je m'arrête net. Sur le mur, près de la porte, je viens de remarquer l'étoile de David.

— C'est la synagogue du quartier, explique Walter.

J'ai un mouvement de recul.

— Qu'est-ce qu'on vient faire ici ?

— Ne t'inquiète pas, répond-il en souriant. Je ne vais pas te demander d'entrer. Mais ton cadeau est là-dedans.

— Mais, Walter… Non… Ce n'est pas une bonne idée.

— Pourquoi ? Attends de voir de quoi il s'agit.

« Pourquoi ? » J'aurais un million de bonnes raisons à lui exposer, mais je suis tellement sous le choc que je ne trouve pas les mots. Je scrute la rue dans tous les sens, totalement paniquée à l'idée d'être surprise devant une *synagogue* par quelqu'un que je connais.

— Walter…

— Attends ici, m'interrompt-il. Je n'en ai pas pour longtemps, je t'assure.

Une expression exaltée sur le visage, il grimpe en courant les quatre marches menant à la porte et tambourine contre le battant, tout en se retournant pour me sourire. Je me colle au mur du bâtiment d'en face. Quelques secondes plus tard, on vient lui ouvrir et il disparaît à l'intérieur.

Je reste là, les yeux rivés à la porte. Que se passe-t-il derrière cette masse de fer ? Est-ce vraiment un repaire de Satan ou bien tout simplement le lieu de culte d'une religion qui m'effraie parce que je ne la connais pas ? Un pouls bat dans mon crâne. Les secondes me paraissent aussi longues que des minutes. L'attente est insupportable. Je ne cesse de surveiller la rue. Je voudrais fuir, mais mes pieds pèsent des tonnes.

Un homme en manteau et chapeau apparaît soudain au coin du trottoir. Je panique. Que dois-je faire ? J'ai l'air louche, plantée là, tétanisée, en face de *cet* endroit. Il faut que je bouge. Je me repousse du mur et me mets lentement à avancer sur le trottoir en direction de l'homme, puis traverse la rue tête baissée au moment où j'arrive à sa hauteur. Après quelques pas, je me risque à regarder en arrière. Il est parti, je peux retourner vers la synagogue. Enfin, Walter réapparaît.

— Désolé ! Le rabbin avait quelque chose à me dire et… Tiens…

Il descend les marches vers moi en souriant et me glisse un livre dans les mains.

— Tu avais adoré *La Métamorphose*, si je m'en souviens bien. C'est pour ça que j'ai pensé que tu aimerais lire ça.

Je regarde la couverture marbrée de couleur marron, légèrement cornée sur les bords – Franz Kafka, *Contemplation.*

— C'est une édition rare, annonce Walter avec des accents de fierté dans la voix. Une première édition.

— Mais Walter… Tu te rends compte de ce qui se passerait si quelqu'un le trouvait dans ma chambre ? Ou si on me surprenait à le lire ? Je ne peux pas rapporter ce livre à la maison. De plus, s'il est précieux, j'ai peur de le perdre.

Je le lui tends en le tenant du bout des doigts, comme si j'avais à la main un bâton de dynamite prêt à exploser.

— S'il te plaît, reprends-le, murmuré-je.

— Hetty, je t'en prie ! J'ai dû raconter un gros mensonge au rabbin pour l'obtenir… J'ai dit que c'était pour un parent alité qui avait besoin de distraction. Je croyais que ça te ferait plaisir… Tu aimais lire, non ? On ne trouve plus de livres comme celui-là.

— Évidemment, puisqu'ils sont interdits, Walter.

— Eh bien oui, ce livre est interdit. Et alors ? Il a échappé à la destruction, c'est une chance, il faut en profiter.

— Écoute, Walter, je sais que tu veux me faire plaisir, mais…

Il a l'air tellement déçu que je sens mollir ma résolution.

— Bon, d'accord…, soupiré-je.

Je serre le livre contre mon cœur, puis le range dans ma poche.

— Pardon… Je ne voulais pas me montrer ingrate.

Je lui prends la main. J'ai hâte de m'éloigner de cette synagogue.

— Je ferai attention à ton livre, Walter, promis. Tu es vraiment adorable avec moi.

— Je décrocherais la lune, pour toi, dit-il d'une voix émue.

Il me fait reculer jusqu'au mur de l'immeuble le plus proche et me prend par la taille. Puis il se penche sur moi pour m'embrasser. Pour de bon. Lentement. Tendrement. C'est notre premier véritable baiser. Peu à peu, tout s'efface et j'oublie tout ce qui n'est pas lui.

Installée sur ma banquette de fenêtre, je contemple le Kafka que je tiens dans mes mains. *Contemplation*. Vais-je vraiment oser le lire ? Je pourrais survoler vaguement le texte et ensuite le rendre à Walter en disant que j'ai adoré. Il ne peut pas comprendre. S'il se doutait des angoisses que me déclenche la possession de ce livre interdit, il ne m'aurait pas imposé un tel fardeau.

Comme on frappe à la porte, je m'empresse de dissimuler derrière mon dos l'objet du délit. C'est Ingrid. Elle reste un instant sur le seuil, comme si elle cherchait quelque chose. Ses yeux dardent de tous côtés ; elle a les joues légèrement rouges.

— Je viens allumer le feu maintenant, annonce-t-elle. Comme ça, vous n'aurez pas froid quand vous vous changerez pour le dîner…

Elle s'agenouille devant la cheminée et ramasse les cendres de la veille, qu'elle met dans un seau.

— Votre mère m'a dit que je n'aurais bientôt plus à faire ça, annonce-t-elle joyeusement.

— Ah bon ?

— Herr Heinrich a commandé une chaudière à eau qui chauffera toute la maison, explique-t-elle. C'est nouveau. Évidemment, il faut avoir les moyens.

Elle pose le seau et déchire des feuilles de papier journal qu'elle roule en boule, avant de les disposer sur la grille du foyer.

— Vous imaginez ! Il y aura un chauffage dans chaque pièce de la maison. Sauf dans les chambres des domestiques, probablement.

— Il fait beaucoup plus froid dans cette maison que dans notre ancien appartement, dis-je, le regard perdu vers les branches presque nues du cerisier que je distingue dans la pénombre.

Ingrid empile maintenant du bois d'allumage sur son papier journal.

— Vous avez peut-être froid dans cette grande maison, mais votre cœur est bien au chaud.

— Pardon ?

Elle arrange le bois, penchée sur le foyer. Ses vertèbres forment une crête osseuse sous sa robe noire.

— L'amour réchauffe le cœur, c'est bien connu…

Une main glacée se referme sur ma poitrine.

— Je ne vois pas de quoi vous parlez…

Elle se redresse, la bouche déformée par un rictus qui est le contraire d'un sourire.

— N'est-ce pas vous que j'ai vue cet après-midi chez *Salamander's* en compagnie d'un beau jeune homme ?

Une seconde passe. Deux.

— Vous faites erreur, dis-je en la regardant droit dans les yeux. Je n'étais pas chez *Salamander's* cet après-midi. Qu'est-ce que je serais allée faire là-bas ?

— C'est bizarre, marmonne-t-elle en fronçant les sourcils. J'aurais pourtant juré que c'était vous.

— Eh bien ce n'était pas moi, vous avez confondu avec quelqu'un d'autre. J'avais autrefois dans ma classe une fille qui me ressemblait énormément. Elle s'appelait Freda. On avait les mêmes cheveux. C'est peut-être elle, que vous avez vue.

Ma main se crispe sur le livre. Ingrid se retourne vers la cheminée. Elle frotte une allumette, protège la flamme de sa main et l'approche des boules de papier.

J'essaie de respirer, mais l'étau qui pèse sur ma poitrine m'en empêche.

— Cet après-midi, je faisais une marche dans la campagne avec la *BDM*, dis-je.

Je sens bien que ça sonne faux.

Ingrid se replace sur ses talons et regarde les flammes gagner le papier et le petit bois. Le feu crépite. Il a pris.

Elle se relève, ramasse son matériel et son seau.

— Alors j'ai dû me tromper, Fräulein. C'est idiot ! N'hésitez pas à sonner si le feu s'éteint. Ce soir le vent souffle fort et j'ai eu du mal avec la cheminée du rez-de-chaussée.

— C'est entendu, merci.

Nous échangeons un sourire, mais le sien est glacial.

Elle quitte la pièce, me laissant seule avec mes pensées. Terrifiée, je réfléchis à ce qu'elle a pu voir chez *Salamander's*. Rien d'extraordinaire. Mais a-t-elle reconnu Walter ? Cela fait des années qu'il n'est pas venu à la maison et il a beaucoup changé. De plus, même si elle l'a reconnu, elle ignore peut-être qu'il est juif. J'essaie de me souvenir si nous en avons parlé à la maison devant elle… Et puis, soudain, il me vient à l'esprit que si elle nous a vus chez *Salamander's*, elle a peut-être décidé de nous suivre… jusqu'à la synagogue. Et ensuite, elle a peut-être vu qu'on s'embrassait. Voilà. C'est pour ça qu'elle a parlé d'amour. Je me lève et fais les cent pas dans la pièce. Elle va revenir à la charge avec ses questions. Ou en parler à maman. Je regrette à présent de ne pas lui avoir avoué que j'étais avec un amoureux, histoire d'apaiser sa curiosité. À présent, il est trop tard. Je dois m'en tenir à ma première version : elle se trompe, ce n'était pas moi. Ce sera sa parole contre la mienne. Je m'empresse d'aller glisser le livre sous mon matelas, à côté du journal.

Récemment, Herr Metzger nous a parlé de la promulgation de la loi de 1935 pour la protection du sang allemand. Une loi qui doit empêcher notre sang d'être contaminé par la bactérie du Juif. Avant que le Führer ne prenne le pouvoir en 1933, le peuple allemand était gravement malade. Mais la gangrène qui pourrissait son corps, comme son esprit, est sur le point d'être guérie. Nous redevenons sains, racialement purs. Les relations entre les Juifs et les Allemands sont sévèrement punies. La souillure raciale est considérée comme un crime odieux.

Walter… Qu'avons-nous fait ?

10 octobre 1937

J'ai une atroce migraine. Un gros serpent noir s'est glissé à l'intérieur de mon crâne, il presse et tord mon cerveau, c'est une douleur à hurler. Ça dure depuis ce matin et ça ne fait qu'empirer. J'ai fait savoir que je ne descendrai pas déjeuner et que je reste au lit.

Ce matin, comme tous les dimanches, j'avais rendez-vous avec Walter sur le pont, mais je n'ai pas osé y aller. C'est la faute d'Ingrid, de ses allusions, de ses questions insidieuses. J'ai ruminé toute la nuit.

Walter doit être à présent en train de rentrer chez lui, dans Hindenburgstrasse. Il se demande pourquoi je ne suis pas venue. Il s'inquiète pour moi. Ou bien il pense que je ne veux plus le voir à cause de notre sortie en ville qui m'a fait trop peur. Peut-être qu'il croit que je ne viendrai plus à nos rendez-vous et qu'il ne sera pas sur le pont la semaine prochaine. Je ne cesse de m'agiter dans mon lit. De temps en temps, je m'assoupis, puis me réveille en sursaut.

Foutue migraine. Foutue Ingrid.

Tout de même, au bout de quelques heures, mon mal de tête n'étant plus qu'une douleur sourde, je descends au rez-de-chaussée. Maman se trouve dans le petit salon. Dans les jours qui ont suivi le départ de Karl, elle était distraite, absente, comme s'il avait emporté avec lui une partie d'elle. J'avoue m'être inquiétée pour son intégrité mentale.

Mais à présent, pour combler le vide qu'il a laissé derrière lui, elle se jette à corps perdu dans les formalités pour la création de son orphelinat. Installée devant son secrétaire, elle gratte nerveusement des lettres adressées au Parti, au maire, aux journaux. Elle a allumé la nouvelle radio installée par papa près du gramophone et la voix qui s'en échappe ne parle pas allemand, mais débite à grande vitesse des phrases d'une langue étrangère que je ne comprends pas. Elle a mis une station française : cela lui arrive de temps en temps, quand papa n'est pas là. Elle écoute alors avec un petit sourire, la tête inclinée, comme en ce moment. Je traverse la pièce à grands pas pour éteindre la radio.

— Pourquoi tu as fait ça ? s'offusque-t-elle.

J'ai visiblement interrompu un agréable rêve éveillé.

— Si papa te surprend à écouter une radio française, il sera furieux.

— Il ne rentre pas de Berlin avant ce soir, soupire-t-elle. Il travaille même le dimanche.

Elle cambre le dos et étire ses bras derrière elle, comme quelqu'un qui est resté trop longtemps penché sur un bureau.

— Et Ingrid ? Elle est là ?

Je jette un coup d'œil inquiet du côté de la porte. J'ai tout le temps l'impression qu'Ingrid m'espionne, à présent.

— Je lui ai donné sa journée, répond maman. Pourquoi cette question ?

Je soupire de soulagement. Pour le moment, le livre interdit est en sécurité sous mon matelas.

— On pourrait faire quelque chose ensemble, maman. Ça nous ferait du bien de prendre l'air.

Elle contemple les lettres sur son bureau.

— J'ai du courrier à finir… Plus tard, peut-être.

J'ai droit à une ébauche de sourire.

— C'est un énorme travail, de mettre tout ça en place. Et ça demande une tonne de paperasse. Notamment pour trouver les enfants.

— Comment ça, trouver les enfants ? Vous allez recueillir des orphelins, c'est simple, non ?

— J'aurais dû dire trouver les *bons* enfants. Il s'agit de faire le tri entre ceux que nous voulons et… les autres. Ils élaborent des tests psychologiques et des critères morphologiques pour évaluer la pureté raciale des candidats. C'est assez strict – soixante-deux critères en tout à vérifier pour chaque enfant. Ça demande de la rigueur. De plus, ça nous oblige à ratisser large pour être sûrs de faire le plein.

— Et que se passe-t-il quand un enfant ne répond pas aux critères ?

Elle me jette un regard distrait.

— Eh bien, il… il va ailleurs. Oh ! s'exclame-t-elle soudain en reposant son stylo. J'allais oublier… Un jeune homme est passé te voir, ce matin tôt. Je lui ai dit qu'à cette heure-ci le dimanche tu promenais habituellement le chien, mais qu'aujourd'hui tu n'étais pas bien.

— Quel garçon ? demandé-je dans un souffle.

Walter est passé ! Sans doute parce qu'il ne m'a pas trouvée sur le pont. Il a pris un gros risque… C'est tout de même étrange.

— Tu sais, ce garçon si gentil, ton vieil ami de l'école primaire… J'ai oublié son nom. Celui qui est très pauvre, ajoute-t-elle en agitant la main.

— Ah, tu veux dire Tomas…

Mon cœur se serre. *Bien sûr*, que Walter n'est pas venu me chercher jusqu'ici.

— C'est ça. Tomas. Que lui est-il arrivé après… cette horrible affaire ?

— Tu parles de l'arrestation de son père ? Eh bien, sa mère s'est retrouvée seule avec sept enfants. Ils vivent dans Plagwitz, maintenant. Tomas a dû quitter l'école et trouver un travail. Mais, à présent, il a un contrat d'apprentissage.

Elle émet un claquement de langue méprisant.

— Bon, au moins, il était présentable. On voit qu'il a de quoi se laver et de quoi manger. Autrefois, si je me souviens bien, il avait toujours l'air mal nourri.

Ce n'était pas Walter. Seulement Tomas. Cruelle déception.

Le stylo de maman se remet à gratter le papier. Je vais m'affaler sur le canapé, les jambes repliées sous moi.

— Maman… Est-ce que Karl te manque beaucoup ?

Elle soupire.

— Je crois que mon bras droit me manquerait moins, répond-elle d'un ton nostalgique. La maison est trop calme sans lui. Et tellement vide.

Elle me sourit.

— Dieu merci, il me reste ma fille chérie.

Cet aveu de tendresse inattendu me réchauffe de l'intérieur, comme une soupe par une journée glaciale. Je retrouve un peu la mère que j'ai connue quand on vivait encore dans notre petit appartement. Quand elle n'était pas accaparée par ses œuvres de charité, quand sa vie ne gravitait pas autour de la planète papa, quand elle était autre chose pour moi qu'une présence lointaine et intermittente.

— Mais c'est comme ça, reprend-elle. C'est la vie. Nous éduquons nos fils pour qu'ils prennent leur envol. C'est normal.

— Et les filles ?

— Les filles ne nous quittent jamais vraiment, dit-elle en riant. Elles vont s'installer dans la maison de leur mari, bien sûr, mais elles nous confient régulièrement leurs enfants et prennent soin de nous quand nous sommes vieux.

— Mais si j'avais envie de m'installer ailleurs, dans une autre ville ? D'y travailler ? Ou bien si j'épousais un homme qui vivrait très loin de chez mes parents, comme toi ?

— Cela n'arrivera pas. D'ailleurs, pourquoi le voudrais-tu ? demande-t-elle, le front plissé.

— J'aimerais voyager. Faire quelque chose de plus intéressant et de plus important que me marier et avoir des enfants.

Elle me lance un regard sévère.

— Qu'est-ce qui peut être plus important pour une femme que de se marier et d'avoir des enfants ? De plus, tu sais très bien que papa tient à ce que tu renonces à travailler. Ce n'est pas convenable pour une fille comme toi d'avoir un emploi, encore moins de voyager.

— C'est ce que tu veux pour moi, maman ? Tu veux que je me marie jeune et que je te donne beaucoup de petits-enfants ?

— J'aimerais que tu sois heureuse, Hetty, murmure-t-elle, le regard perdu vers la pelouse jonchée de feuilles mortes. Mais ce que je pense, ce que tu penses, ce que tu désires… ça n'a pas d'importance. Tu dois avant tout accomplir ton devoir. Comme nous toutes. D'abord, en obéissant au Führer. Puis en obéissant à ton père et un jour à ton futur mari. Tu as presque seize ans, je ne devrais pas être obligée de t'expliquer ça.

Elle continue à regarder par la fenêtre et j'étudie son profil. Toujours posée, distinguée, élégante, impeccable, irréprochable. Mais elle ne dit jamais ce qu'elle pense vraiment. J'ai du mal à imaginer qu'elle puisse avoir des opinions différentes de celles de papa – comme si elle n'était pas une personne à part entière.

Que cache-t-elle derrière cette façade trop lisse ? Comment trouver la faille dans son armure et faire apparaître enfin la véritable maman ?

— Tu es une gentille fille, Hetty.

Elle se détourne de la fenêtre pour me regarder de nouveau.

— Tu es intelligente et réfléchie, mais il te reste beaucoup à apprendre. Tu ne connais encore rien à la vie. Il faut absolument que tu contrôles ta nature impétueuse et cette manie que tu as de dire tout ce qui te passe par la tête. De nos jours, ce ne sont pas des qualités chez une femme. Mais… ma chère maman t'aurait appréciée.

Elle sourit en pensant à sa mère, ma grand-mère Fabienne, qui est morte.

— Parle-moi de ton enfance en France, maman. Quand tu étais petite, avec Fabienne.

Elle secoue la tête.

— Une autre fois, Hetty. Je suis vraiment très occupée.

Elle se penche de nouveau sur ses lettres. Notre conversation est terminée.

Papa téléphone pour annoncer qu'il prendra le train de 16 heures et arrivera à Leipzig un peu après 17 h 30. Puis c'est un coup de fil de Tomas, qui me demande si je me sens mieux et si j'ai envie d'aller au cinéma avec lui.

Pas vraiment. Pas maintenant.

Je décide de me rendre à la gare centrale pour accueillir mon père à la descente du train.

Aux abords de la gare, les trottoirs grouillants de monde m'obligent à marcher plus lentement que prévu et, quand j'arrive enfin dans le hall principal, le train en provenance de Berlin est déjà affiché sur le panneau des arrivées depuis cinq minutes. J'essaie de repérer la silhouette de papa dans la foule, mais il y a vraiment trop de voyageurs.

Découragée, je renonce à lui faire la surprise et me fraie un chemin à l'extérieur, avec l'intention d'aller me promener dans le centre-ville. Mon lacet s'est défait, je m'arrête un instant devant les magasins *Breuninger* pour le renouer. La mode de cet hiver est déjà en vitrine. Les couleurs sont plutôt ternes, dans les gris et bleu marine, mais le style des vêtements me plaît – rien que des lignes simples et très pures, des tailles marquées, des ceintures.

Et tout à coup, au moment où je me redresse, je reconnais mon père un peu plus loin sur le trottoir. Il est tourné dans ma direction. Il sourit. Il rit, même. Il a un visage détendu et heureux, libéré des soucis qui l'assombrissent habituellement – c'est surprenant, il en est presque méconnaissable. Il ne m'a pas vue : il parle avec une femme qui me tourne le dos et dont je ne vois pas le visage. Peu importe. Je m'apprête à appeler « Papa ! », mais le cri reste coincé dans ma gorge car il vient de se pencher vers la femme. Il la prend dans ses bras et ils restent là, l'un contre l'autre, front contre front.

Instinctivement, je recule contre la vitrine. Tout se brouille. Les sons ambiants s'estompent. Je baigne à présent dans un vague brouhaha et ne vois plus que le couple. Et aussi… une petite fille que je n'avais pas remarquée jusque-là, calée sur la hanche de la femme. Elle doit avoir deux ou trois ans, elle a d'immenses yeux bleus et un visage angélique encadré d'une masse de boucles blondes, souples comme du fil de soie.

Papa dit quelque chose à la femme, puis il s'adresse à la petite et la prend dans ses bras en riant. C'est bizarre. Les jeunes enfants ne l'ont jamais intéressé. Je ne crois pas me souvenir qu'il m'ait déjà fait un câlin.

La petite enroule ses petits bras potelés autour de son cou et lui chuchote quelque chose à l'oreille en riant. Elle semble très en confiance. Comme si elle le connaissait bien.

Et soudain dans un terrible moment de lucidité, je comprends tout. Tout ce qu'il y a à comprendre. Je porte la main à ma bouche pour étouffer un cri.

La femme me tourne toujours le dos, mais je n'ai pas besoin de voir son visage pour savoir qui elle est. Elle porte une jupe noire moulante et ses fesses rebondies la trahissent.

Voilà donc pourquoi Fräulein Müller a brusquement cessé de travailler pour papa il y a un peu plus de trois ans. Elle était enceinte de lui – il l'a remplacée par une secrétaire plus âgée, la cinquantaine, avec des lunettes et un chignon gris.

Mon père a eu une petite fille avec Fräulein Müller. J'ai un haut-le-cœur. Je ravale la bile qui me monte à la gorge.

Non, non, non !

Ce spectacle est insupportable.

Je prends la fuite dans la direction opposée au trio.

La foule est dense, des étrangers pressent leur corps contre le mien. Ils sentent mauvais. Je manque d'air. On me serre de plus en plus. J'étouffe. Il faut que je quitte ce trottoir. Je me fraie un chemin vers la chaussée en jouant des coudes, mais là, il y a les voitures, je suis cernée, ma présence déclenche un concert de klaxons. J'esquive un cheval, un homme à vélo m'insulte au passage. Les bâtiments penchent vers moi. Mais je ne vois que les grands yeux de la petite fille qui me fixent et la façon dont elle s'est blottie contre papa. Je ne peux pas rentrer chez moi. Comment le pourrais-je ? Maman va être malade d'inquiétude et papa furieux que je ne sois pas là pour le dîner, mais je m'en fiche. Après ce que je viens de voir, jamais je ne pourrai me présenter devant papa et le regarder dans les yeux.

Mais il y a maman !

Pauvre, pauvre maman.

Est-ce qu'elle est au courant ?

Est-ce que je dois le lui dire ?

Je déambule longtemps sans but dans les rues, sans savoir où aller ni quoi faire. Je traverse plusieurs quartiers, je passe devant des églises, des magasins, des écoles, des immeubles. La nuit est tombée, je remarque brusquement qu'il fait noir et que les lampadaires sont allumés. J'ai totalement perdu la notion du temps. Je ne pense plus qu'à une chose : au bonheur de papa tenant dans ses bras cette petite fille.

Puis finalement, sans doute parce que je suis épuisée émotionnellement et physiquement, je sèche mes larmes et reprends le chemin de la maison.

— Où diable étais-tu passée ?

Maman m'accueille en pleurant, avec des yeux rouges et gonflés.

— J'ai rencontré une amie. On est allées chez elle. J'ai complètement oublié l'heure.

— Mais qu'est-ce que tu as dans le crâne ?

À présent, elle hurle et se tord les mains de désespoir.

— Disparaître comme ça ! Par les temps qui courent.

Qu'est-ce que je peux lui dire ? Il n'y a de toute façon pas de mots pour décrire ce que j'ai vu.

Mes yeux se posent avec dégoût sur le visage de papa. Il a la peau flasque et marbrée, des petits yeux de cochon.

— On t'a toujours permis d'aller et venir librement dans cette ville avec tes amies, dit-il sèchement. Mais si elles ont une mauvaise influence sur toi ou que tu files un mauvais coton, on va serrer la vis. Sur-le-champ. Tu n'auras plus le droit de traîner ou tu veux avec les unes et les autres. C'est un avertissement, mademoiselle.

Je te hais. J'espère que tu le lis dans mon regard.

L'image de la jolie petite fille aux boucles blondes est gravée dans mon esprit. *Ma sœur !* Le mot sonne bizarrement, comme s'il appartenait à une langue étrangère.

— Pardon, papa.

— Tu mériterais une correction, pour avoir causé tant d'inquiétude à ta mère, poursuit-il. Disparais. Va dans ta chambre. Je ne veux pas te voir de la soirée.

Avec plaisir. Moi non plus, je ne veux pas te voir. Tu me donnes la nausée. Si *moi*, je mérite une correction pour avoir causé du souci à maman, qu'est-ce que tu mérites, *toi*, pour ce que tu nous as fait ?

J'obéis sans un mot et monte l'escalier en silence. Dans ma chambre, je sors tout de suite mon journal de sa cachette.

Je ne peux pas dire à maman ce que j'ai vu. Ça la détruirait. Ça détruirait tout. Il ne faut pas qu'elle sache. Jamais. J'aimerais tant que Karl soit là pour me confier à lui. Il poserait sur moi un regard protecteur et me murmurerait : « Ne t'inquiète pas, Petite Souris. Je vais régler ça avec papa. » Mais il est à des centaines de kilomètres et ne peut pas m'aider.

Walter me prend dans ses bras et me murmure à l'oreille que tout peut s'arranger. « Quitte tes parents, répète-t-il avec insistance. Viens vivre en Amérique avec moi. » Je quitte la maison pour toujours, en uniforme de la Luftwaffe. Maman refuse de me dire au revoir, papa est content de se débarrasser de moi. Je me retourne pour jeter un dernier regard à ma famille et je le vois, mon père, assis sur le canapé, qui fait sauter sur ses genoux cette petite fille blonde qui ressemble à un chérubin. Elle seule semble prêter attention à mon départ et me fixe avec une lueur de victoire dans ses yeux bleus au regard froid.

Je me réveille en sursaut. La vision de papa et de la petite s'évanouit. Je suis transie de froid, assise sur mon lit, avec mon journal ouvert à mes pieds. J'ai la tête qui tourne, tant je suis épuisée. Un pouls vaguement douloureux bat à mes tempes. Je ramasse le journal, le ferme et le remets dans sa cachette. Puis je me glisse dans mon lit, sans même prendre la peine de me changer.

Mais maintenant, impossible de me rendormir. La nuit pénètre lentement dans ma chambre. L'obscurité s'étend, puis se contracte. J'ai sur l'estomac un poids qui pèse comme une pierre

– le poids de la pitié que m'inspire maman, celui du dégoût que j'éprouve pour papa. Et pendant ce temps, les murs de la maison battent et palpitent au rythme de mon cœur.

12 octobre 1937

Assise au fond de la classe, j'écoute Frau Schmidt nous lire des passages de *Mein Kampf*. La moitié des enseignants de l'école ayant été licenciés pour avoir proposé à leurs élèves des auteurs non germaniques, elle fait du zèle. *Mein Kampf*, on l'a déjà étudié avec elle l'année dernière. Et cette année, on reprend tout depuis le début. La première fois, j'avais trouvé que ça traînait un peu en longueur, mais cette deuxième lecture est tout simplement soporifique. Malheureusement, on ne peut pas y couper. Il faut tout reprendre, chapitre après chapitre. C'est d'un ennui mortel.

Heureusement, Frau Schmidt ne se donne plus la peine de commenter le texte ou de répondre à nos questions. Elle se contente de lire, en sélectionnant les passages les plus intéressants.

« Si l'on se souvient de combien de péchés le Juif s'est, au cours des siècles, rendu coupable à l'égard de la masse, comment il l'a toujours impitoyablement exploitée et pressurée, si l'on considère en outre combien le peuple a pour ces raisons appris peu à peu à le haïr et a fini par voir dans sa présence un châtiment que le ciel inflige aux autres peuples, on comprendra à quel point ce changement doit être dur pour le Juif. »

Elle enchaîne les phrases sur un ton monocorde, comme si elle était seule. Elle ne cherche même pas à savoir si nous écoutons.

« Le jeune Juif aux cheveux noirs épie, pendant des heures, le visage illuminé d'une joie satanique, la jeune fille inconsciente du danger qu'il projette de séduire, en souillant son sang et en la retirant du sein de son propre peuple. Par tous les moyens, il cherche à ruiner les bases sur lesquelles repose la race du peuple qu'il veut subjuguer. »

Chaque fois qu'elle prononce le mot « Juif », je vois passer devant mes yeux le beau visage de Walter.

Est-ce que Satan est vraiment caché derrière ce visage ?

Je lève la main. Frau Schmidt me fait signe de parler.

— Et quand un Juif n'a pas les cheveux noirs, madame ?

Tout le monde se retourne pour me regarder et une sorte de frémissement parcourt la classe.

— Je ne suis pas certaine de comprendre votre question, Herta, dit-elle en ôtant ses lunettes.

— Quand le Juif a les cheveux blonds et ne ressemble pas du tout à un Juif, bien qu'il en soit un ?

Elle reste interdite, ne sachant que répondre, visiblement déconcertée.

— Admettons qu'il ressemble à un Aryen, insisté-je. Qu'il se comporte comme un Aryen. Qu'il soit bien éduqué, courtois et courageux. Qu'il croie comme nous en l'Allemagne ? Est-il toujours un danger ?

Plus un bruit dans la classe. Trente paires d'yeux me fixent.

— C'est une drôle de question que vous posez là, Fräulein.

Frau Schmidt est devenue écarlate. Le ton de sa voix trahit un stress intense.

— D'ailleurs, je suis sûre que vous connaissez la réponse, poursuit-elle. Quelle que soit son apparence, un Juif est un Juif. À l'intérieur, il garde toutes les caractéristiques du Juif, peu importe l'enveloppe. Blond ou brun, en tant que Juif, il est de sang inférieur, il a l'esprit perverti et il est d'un individualisme forcené.

Elle s'agrippe à son bureau avec tant de force qu'elle en a les articulations blanches.

— J'espère avoir correctement répondu à votre question, Herta, ajoute-t-elle en remettant ses lunettes.

Elle pense que j'essaie de la tester. Elle sait qui est mon père et elle a peur que je la dénonce. De nos jours, un professeur a plus à craindre d'un élève que l'inverse.

— Oui, c'était très clair, merci.

Erna me donne un coup de coude dans les côtes.

— Où voulais-tu en venir, avec cette question ? demande-t-elle.

Je hausse les épaules, parce que je ne le sais pas moi-même.

Après l'école, de retour à la maison, je me réfugie dans ma chambre et sors mon journal de sa cachette. Il n'y a qu'à lui que je parle sans retenue. Il est mon unique véritable ami. Je n'ai confiance qu'en lui.

Oh, Karl, comme tu me manques ! Sans toi, tout est différent. Sans ta présence joyeuse et chaleureuse, la maison semble figée, prise dans la glace, et c'est comme si un grand froid s'était abattu sur nous. Quand le plancher craque trop fort, ou qu'un courant d'air soulève un rideau, je crois que c'est toi qui entres dans la pièce. Mais ensuite je vois que non. Que je suis toujours aussi seule et malheureuse. Parfois je pense que les fantômes des précédents occupants de la maison cherchent à se manifester. Ou bien c'est leur chagrin, piégé entre ses murs, qui répand le malheur dans nos vies. Je t'en prie, reviens vite.

Le téléphone sonne dans le couloir.

— Veux-tu venir au cinéma, voir *Opération Michael* ?

C'est Tomas, mais je ne l'entends pas très bien. Il y a de la friture sur la ligne.

— Je ne suis pas vraiment d'humeur, Tomas.

— S'il te plaît, Hetty, viens. J'ai déjà demandé à Erna et elle a dit oui. C'est un film de guerre, ajoute-t-il, comme si cette précision était censée me convaincre.

Au fond, n'importe quel film fera l'affaire pour m'aider à oublier la petite fille blonde et cette répugnante voleuse de mari ; et aussi Walter ; et le livre de Kafka caché sous mon matelas, que je n'ai pas touché.

Erna et Tomas m'attendent devant le cinéma. Je les aperçois depuis l'arrêt de tram.

— Dépêche-toi, espèce d'escargot ! me crie Erna en me faisant des grands signes. Ça commence dans cinq minutes.

Nous nous installons dans la rangée du milieu, moi entre Tomas et Erna. Les lampes s'éteignent, le silence se fait peu à peu. Au-dessus de nos têtes, les volutes de fumée de cigarette tourbillonnent dans le faisceau de lumière blanche du projecteur.

On entend le ronron du moteur : les informations vont commencer, je me cale confortablement dans mon fauteuil. Tomas penche légèrement vers moi et pose son bras sur l'accoudoir de velours que nous partageons. J'en ai vaguement conscience, mais n'y prête pas vraiment attention. À l'écran, ils passent le film de propagande sur le rassemblement du parti nazi à Nuremberg. Le visage de Tomas est tout proche du mien et incliné vers moi, de telle sorte qu'en tournant à peine la tête je vois les soldats à travers les verres grossissants de ses lunettes – ils m'apparaissent alors bizarrement déformés.

— C'est impressionnant, tous ces soldats, me chuchote Tomas, la bouche pratiquement collée à mon oreille. On se demande comment il reste encore des civils en Allemagne.

Comme il me souffle son haleine chaude et moite au visage, je m'écarte de lui. On nous montre à présent de grandes mines de charbon et de minerai, des usines tentaculaires produisant des voitures, des vêtements, des appareils électroniques et ménagers étincelants. La puissance de l'Allemagne. Le progrès inexorable du peuple allemand. L'Allemagne, proclame le narrateur, fait l'envie de toutes les nations. Il y a des images d'une foule en liesse à perte de vue et celles d'un Hitler souriant, le menton fier, clamant au monde entier qu'il ne veut que la paix en Europe. Puis le bruit de cent mille bottes en marche. *La paix ?* Je pense aux vétérans du foyer des soldats. Il y a à présent des chars, des canons, les avions de la Luftwaffe qui volent en formation. Ça me fait un coup au cœur parce que je pense à Karl. Enfin viennent le patin à roulettes, la danse folklorique et un feu d'artifice. Quand c'est fini, des applaudissements et des acclamations éclatent parmi le public. Des gens crient « *Heil Hitler* ».

Tomas sourit dans la pénombre, visiblement ému par l'enthousiasme général :

— J'espère que la guerre ne sera pas finie avant que j'aie eu le temps d'y jouer un rôle, murmure-t-il en se rapprochant de nouveau de moi.

— Mais pourquoi tout le monde est persuadé qu'il va y avoir une guerre, alors qu'Hitler assure ne vouloir que la paix ? chuchoté-je.

— Parce qu'il faut montrer à tous ces salauds de quoi nous sommes faits !

Tomas désigne d'un vague geste de la main l'écran à présent vierge.

— Si Hitler veut faire respecter l'Allemagne, il n'aura pas d'autre choix que la guerre. C'est le seul moyen pour que nous puissions vivre en paix dans des conditions décentes. Tu n'es pas d'accord ?

Il me jette un regard en biais.

— Le Führer sait sûrement ce qu'il fait, réponds-je en pensant à Karl, tellement vulnérable là-haut, dans sa boîte de métal.

— Bien sûr qu'il le sait. C'est le chef suprême. Dieu parmi les hommes. Il sait exactement où il va, ne t'en fais pas pour ça.

— Espérons qu'il est meilleur stratège de guerre qu'écrivain, dis-je tout bas pour ne pas être entendue de nos voisins.

Ma blague fait rire Tomas. L'écran s'illumine à nouveau.

Après les scènes de Nuremberg, le film semble bien terne et j'ai du mal à m'y intéresser. Mon esprit vagabonde. Papa est-il avec son autre fille ? Peut-être qu'il lui chatouille le ventre pour la faire rire en ce moment même. Peut-être qu'il sourit à la mère de cette enfant et qu'il lui caresse la joue en la remerciant de lui avoir donné une petite fille aussi mignonne. La bile me monte à la gorge. Le cinéma ne me protège pas de mes obsessions. Partout où je vais, je suis hantée par cette vision de papa avec sa deuxième famille. Il n'y a pas d'échappatoire. Pas de répit. Comme je m'agite sur mon siège, je remarque que Tomas a pris ma main dans la sienne et la lui retire doucement.

Mais ensuite je pense à Walter. J'aurais tant voulu que ce soit lui qui me prenne la main.

Mais il n'aurait pas pu entrer dans ce cinéma.

Quand nous sortons, il fait déjà nuit. Nous nous asseyons sur un banc en face de l'église Saint-Thomas. Les voix claires et aiguës d'une chorale de jeunes garçons parviennent jusqu'à nous.

— Mon père est mort, annonce soudain Tomas d'un ton sévère et monocorde, brisant ainsi le paisible silence qui régnait entre nous.

J'ai l'impression d'avoir été frappée par la foudre.

— Qu'est-ce qui lui est arrivé ? demande Erna dans un souffle.

— Il est tombé d'une fenêtre de la prison, répond Tomas d'une voix blanche, sans la moindre trace d'émotion. Il était en train de faire les carreaux, au quatrième étage. Il a dû trop se pencher.

— C'est affreux ! s'exclame Erna. Je suis vraiment désolée.

— Eh bien pas moi, rétorque Tomas. C'était un vrai boulet. Il n'avait pas fait la guerre. Il était communiste et antinazi. En vérité, c'était un traître et il n'a eu que ce qu'il méritait.

Il est écarlate et ses lunettes ont encore glissé au milieu de son nez.

Erna le dévisage, les yeux écarquillés, sous le choc.

— Tu ne te réjouis quand même pas de la mort de ton père !

— Non, bien sûr que je ne m'en réjouis pas. Mais il a cherché les ennuis. C'était un égoïste et nous avons tous souffert à cause de lui. Il n'a jamais rapporté un salaire décent à la maison. Par sa faute, on vit maintenant dans un taudis à Plagwitz et ma pauvre maman doit jouer le rôle du père et celui de la mère. Elle travaille comme un homme dans une putain d'usine, on mange mal, on vit dans un quartier pollué par les fumées industrielles. Tu n'as pas connu mon père, Erna, et tu ne sais pas ce qu'il nous a fait vivre. Hetty me comprend, elle. Pas vrai, Hetty ? On est mieux sans lui, c'est tout.

Gênée, je m'agite sur le banc. Si je n'avais pas incité Tomas à dénoncer son père auprès de papa, quelqu'un d'autre s'en serait chargé tôt ou tard. Et là, sans doute que toute la famille aurait payé le prix fort. Alors en fait, je leur ai rendu service.

— On a fait ce qu'il fallait, Tomas, dis-je doucement. Ça a été dur pour toi, mais tu t'es comporté en héros, dans cette affaire.

Le regard d'Erna passe de Tomas à moi et inversement. Plusieurs fois.

— Oui, c'est vrai, dit-elle enfin. Mais j'ai entendu dire que certains décès en prison ne sont pas tout à fait accidentels. Il y a des rumeurs, d'horribles rumeurs, sur ce qui se passe dans ces camps de prisonniers.

Walter m'en a déjà parlé. J'en ai marre d'entendre ça. Elle ne va pas s'y mettre aussi !

— Quel genre de rumeurs ? demandé-je d'un ton agacé.

On dirait qu'Erna est influencée par la rhétorique de son père. La parfaite Erna serait-elle de moins en moins parfaite ? Ai-je commis une erreur en ne parlant pas à papa des opinions de Herr Bäcker ?

Le visage d'Erna s'assombrit. Puis elle fronce les sourcils et ajoute :

— Bien sûr, les criminels méritent d'aller dans les camps… Mais on y envoie aussi des gens en détention *préventive*, en raison de leurs opinions politiques. Et quand la date de leur libération arrive, on trouve un prétexte pour la repousser… Certains sont tués en tentant de s'évader. D'autres meurent mystérieusement.

— Qui t'a raconté ça ?

Elle secoue la tête et ne répond pas. Je crois qu'elle se rend compte qu'elle est allée trop loin.

— Erna, tu ne devrais pas prêter l'oreille à ce genre de rumeurs, tu le sais, dis-je en la regardant durement.

— C'est difficile de faire la part des choses entre la vérité et les rumeurs, répond-elle prudemment. Mais il me semble que la famille de Tomas devrait demander à en savoir plus sur cet accident plutôt louche.

— Et ça changerait quoi, Erna ? Ne rends pas les choses encore plus difficiles pour Tomas.

— Ce n'est rien, Hetty, intervient Tomas, les sourcils froncés. Je suis au courant de ces rumeurs, Erna ne m'apprend rien. Tu ne dois pas croire tout ce que tu entends, Erna. Les ennemis du Reich racontent n'importe quoi pour déstabiliser le régime.

Erna demeure un instant silencieuse.

— Toutes mes condoléances, Tomas, soupire-t-elle enfin.

Nous demeurons de nouveau silencieux, perdus dans nos pensées. Je nous revois, Tomas et moi, le jour où nous sommes entrés dans le bureau de papa. Il me semble que c'était dans une autre vie.

À travers les branches d'un platane, une lumière colorée filtre des vitraux de l'église Saint-Thomas. Les voix de la chorale, douces comme du miel, entament un impressionnant crescendo. Puis elles se taisent brusquement et le silence tombe sur la place.

Erna et moi prenons congé de Tomas. Nous rentrons ensemble, main dans la main, à la lueur des lampadaires. Nous avons oublié notre désaccord sur les camps. Il se met à pleuvoir, d'abord doucement, puis plus fort. Une dense odeur de terre emplit l'air. Les voitures roulent dans les flaques d'eau, l'asphalte trempé reflète la lumière des réverbères.

— Je voudrais tant que tout redevienne comme avant, dis-je soudain.

Je pense à la vie simple d'autrefois. Quand on n'était pas obligés de faire attention à ce qu'on disait ; quand la famille de Walter n'avait pas à se terrer. Quand je ne savais pas que papa avait une autre fille.

Erna demeure un instant pensive.

— Donc, tu ne trouves pas qu'on a devant nous un avenir resplendissant ? demande-t-elle.

— Non, pas vraiment. Pas en ce moment, en tout cas.

Je n'ose pas lui en dire plus. J'ai été un peu trop agressive quand nous avons parlé du père de Tomas. Est-ce qu'elle se méfie de moi, à présent ?

— On a pourtant pas mal de réjouissances en perspective, poursuit-elle d'une voix faussement enjouée. Le concert au Gewandhaus. Le bal de la *BDM*. Et peut-être un baiser avec un bel officier de la Wehrmacht…

Elle me pousse du coude.

— Qu'est-ce qu'on pourrait rêver de mieux ?

Je ne peux pas m'empêcher de sourire, malgré la profonde tristesse qui m'habite depuis peu.

— Franchement, Hett, qu'est-ce qui te tracasse ?

— Rien... Je suppose que Karl me manque, c'est tout.
— C'est normal... Comment ça se passe pour lui?
— Très bien... Du moins je crois... Il ne m'écrit pas beaucoup.
— Je suis sûre que tu as hâte de le voir.
— Oui, mais je ne sais pas quand il reviendra à la maison.
— Il revient à Noël, non? C'est ce qu'il a dit et...
Elle s'arrête au milieu de sa phrase.
— Qu'est-ce que tu en sais?
— Rien, mais... Je pense qu'il va rentrer à cette période, non?
Le rythme de ses pas a ralenti et elle a rougi, ça se voit même dans la pénombre.
— Tu viens de dire: « Noël, *c'est ce qu'il a dit.* »
Je m'arrête de marcher pour mieux réfléchir. Les bruits de la rue me parviennent de très loin, comme étouffés. Je me rends soudain compte que c'était évident et que j'étais dans le déni.
— Hetty...
— Tu sais que Karl va rentrer à Noël, alors que nous, sa famille, on n'est pas encore au courant, dis-je d'un ton acerbe, plein d'ironie mordante. Comment est-ce possible?
Une vague de dégoût me soulève le cœur. Je vais vomir. Il pleut toujours autant. Ma veste est tellement trempée que je commence à avoir les épaules mouillées. J'ai les cheveux dégoulinants d'eau.
— Karl me l'a écrit, avoue-t-elle dans un souffle.
— Donc Karl t'a écrit. Combien de lettres, depuis son départ?
— Je ne sais pas trop.
— J'ai reçu trois lettres de lui. Et toi, Erna? Plus de trois, ou moins de trois?
— Plus de trois, bredouille-t-elle. Je suis vraiment désolée, Hett. Je savais que j'aurais dû te le dire. Karl pensait que tu serais contrariée, alors j'ai gardé le silence. J'ai eu tort de l'écouter, je m'en rends compte à présent.
— Ne t'avise pas de rejeter la faute sur lui.

Nous nous défions du regard dans la pénombre, à travers un rideau de pluie.

— Je ne rejette pas la faute sur lui, je…

— Pourquoi vous m'avez caché ça ? Je croyais qu'on se disait tout. Karl est mon frère. Tu es ma meilleure amie…

— J'allais te le dire, je t'assure. Mais je n'ai pas trouvé le bon moment.

— C'est minable, Erna. Tu es une lâche.

Karl n'a jamais eu de secrets pour moi. Je suis sûre que c'est elle qui l'a convaincu de me tenir à l'écart. Ils ont dû bien rire de moi. Ma soi-disant meilleure amie m'a éloignée de mon frère.

— Donc, tu es sa petite amie.

J'essaie de parler calmement, d'un ton neutre.

— Oui.

Avec cette réponse, elle achève de me planter un poignard dans le cœur. Karl est à moi. Je suis sa Petite Souris. Il ne m'a rien dit. Elle ne m'a rien dit. Ils m'ont exclue. Ils ne veulent pas de moi dans leur relation.

— Depuis combien de temps ?

— Pas très longtemps. Quelques mois, c'est tout.

— Quelques mois ! Et tu n'as pas trouvé le bon moment pour me le dire ? Et ce Kurt, c'était une invention, n'est-ce pas ? Quand je pense que tu m'as suppliée de ne pas parler de lui à tes parents. Tu t'es bien fichue de moi, Erna ! Je vois que notre amitié ne vaut pas grand-chose pour toi. En fait, tu t'es servie de moi pour approcher Karl ?

Ma bouche déverse un flot d'amertume. Une pluie de crachats et de colère.

Papa. Karl. Erna.

Ça fait trois personnes qui comptaient dans ma vie et qui m'ont trahie.

— Je te demande pardon, gémit Erna.

Ses cheveux trempés collent à son crâne. Elle a le visage luisant de pluie.

— Ne le prends pas comme ça. On allait te le dire, mais au début, on ne savait pas si ça allait durer… Après le camp d'été c'est devenu sérieux, mais je n'ai pas trouvé le moment pour…

— Par contre, tu as trouvé le moment pour me parler d'un petit ami imaginaire. Pourquoi, Erna ? Pourquoi ne pas m'avoir dit tout simplement la vérité ?

— Je ne sais pas. C'était idiot. Ça ne me faisait pas plaisir de te mentir, Hetty, je t'assure. Mais j'avais trop peur que ça remette en question notre amitié…

— Parce que maintenant elle n'est pas remise en question ?

Elle se tasse sur elle-même, visiblement accablée. Je lui fais mal et ça me fait du bien. Sur elle, je peux facilement déverser ma colère. Sur papa je n'ose pas, et Karl n'est pas là. Mais la parfaite Erna, si douce et gentille… C'est facile de l'atteindre. Aussi je ne me gêne pas.

Toi aussi tu lui as caché des choses.

C'est différent. Si je ne parle pas de Walter, c'est pour le protéger. Je mens uniquement par nécessité. On ne peut pas comparer.

— Va-t'en, Erna, dis-je enfin. Laisse-moi tranquille. Je vous déteste tous les deux. Mais toi encore plus que lui. Tu n'es qu'une sale menteuse.

Je me détourne et me mets à courir sous la pluie. J'ai mal à la poitrine, je suis trempée jusqu'aux os, je suis bouleversée. Dans ma tête, les voix se déchaînent.

Tu es mal placée pour juger Erna. Amoureuse d'un Juif. Fille d'un père infidèle qui a une famille cachée.

Qu'est-ce qui t'a pris de te défouler comme ça sur elle ? Tu viens de perdre ta meilleure amie. Pauvre idiote !

14 octobre 1937

Pour mon malheur, je fréquente le même lycée qu'Erna et nous sommes dans la même section de la *BDM*. Donc je ne cesse de la croiser. Elle me fait ses yeux de chien battu, mais je ne cède pas. Non seulement je ne suis pas près de lui pardonner, mais j'ai décidé de me venger d'elle. En dénonçant son père. Plus j'y réfléchis, plus ça me semble une bonne idée. Je fais taire mes scrupules : elle l'a bien mérité pour m'avoir trahie. De plus, cet acte patriotique, qui me ferait sans aucun doute remonter dans l'estime de mon père, me servirait d'assurance au cas où Ingrid s'aviserait de lui parler de Walter. Si cela se produit, j'ai l'intention de nier. On me croira plus facilement si j'ai montré par ailleurs un grand élan patriotique.

Demain, nous avons un grand rassemblement des Jeunesses hitlériennes à Leipzig. Le Führer sera là. Dénoncer le père d'Erna va me purifier et je me sentirai mieux pour me présenter devant lui.

Papa est à la maison. Il travaille dans son bureau. Je colle mon oreille au battant de sa porte. Pas un bruit.

— Entrez, répond-il quand je frappe doucement.

— Je pourrais te dire un mot, papa ? Ce ne sera pas long.

Mon père cumule deux fonctions importantes et deux familles, il n'a certainement pas beaucoup de temps à me consacrer. Par ailleurs, il a l'air vraiment épuisé.

— Mais certainement, petite demoiselle.

Il m'accueille en souriant et me désigne un fauteuil, tout en écrasant sa cigarette dans un cendrier rempli de mégots. En dépit de la fenêtre ouverte, l'air saturé de fumée me pique la gorge.

— Tu as un problème ? demande-t-il.

J'observe son visage poupon et ses yeux clairs tellement familiers. J'ai envie de hurler : « Oui, j'ai un problème. Mon problème, c'est toi. C'est ta dégoûtante Fräulein Müller et cette petite fille. C'est elle, maintenant, ton petit lapin ? »

Mais bien sûr, il n'en est pas question. De plus, je ne suis pas là pour ça.

— Un problème, non… Je dirais plutôt une contrariété.

Une fois de plus, je me répète que parler du père d'Erna va me purifier et me remettre sur le droit chemin du devoir et de l'altruisme. Mon âme gangrenée est rongée par une pourriture qui coule dans mes veines et colonise jusqu'à la moelle de mes os. Elle a besoin d'être sauvée.

Je m'éclaircis la voix.

— Il s'agit de mon amie Erna et de son père.

Les mots coulent avec aisance.

— Continue.

— C'est…

Soudain, une ombre flotte devant moi. Celle du père de Tomas, tombant d'une haute fenêtre de la prison. On ne saura jamais si c'était un accident.

— Je t'en prie, Herta, n'aie pas peur de me parler. J'aurai toujours du temps pour toi, si tu as des choses importantes à me dire. Sache que tu peux te confier à moi. Herr Himmler et notre Führer bien-aimé ont besoin de filles sérieuses et raisonnables comme toi.

Il m'adresse à nouveau un sourire chaleureux et encourageant.

À présent, c'est l'image de Walter qui s'interpose entre mon devoir et moi.

« Ce foutu Hitler. » Les mots de Herr Bäcker résonnent dans mon esprit.

— J'ai entendu...

— Qu'est-ce que tu as entendu, mon petit lapin ?

— J'ai entendu dire...

Les yeux verts en amande d'Erna passent devant moi. *« Tu peux me faire entièrement confiance, Erna. »* Je déglutis. Papa me fixe du regard, attendant que je me décide à parler.

Je suis soudain assaillie par des images de mon amitié avec Erna : elle et moi dans la cour de récréation de notre lycée ; parlant sans fin, allongées sur son lit ; marchant côte à côte, lors d'une randonnée de la *BDM* ; partageant nos espoirs et nos rêves les plus secrets ; blotties l'une contre l'autre dans notre tente pendant un camp d'été.

Et de nouveau Walter. Mon beau Walter. Mon Juif à moi, qui n'est pas comme les autres.

Papa commence à s'impatienter. Il lâche son stylo sur le papier posé devant lui et grommelle.

— Tu as entendu quoi ? insiste-t-il.

Je me redresse sur mon siège. *Une promesse est une promesse. Erna m'a trahie, mais je ne peux pas lui faire ça.*

— Ils n'arrivent pas à obtenir des billets au premier rang pour la fête annuelle des Jeunesses hitlériennes.

Une goutte de sueur coule sur mon front.

— Herr Bäcker a une grande admiration pour notre Führer et... Ils seraient fous de joie si tu pouvais, en faisant jouer tes connaissances, leur obtenir...

Le visage de papa s'est détendu.

— C'est tout ? s'esclaffe-t-il.

C'est assez grotesque, j'en conviens, mais je n'ai pas trouvé mieux.

— Alors, ce serait possible ?

— Non, Herta. Je ne peux pas obtenir ça pour tes amis. Le premier rang est réservé aux hommes importants du Parti et à leurs familles.

— C'est dommage…

— Tu dis qu'il a une grande admiration pour le Führer, hein ? Et aussi sa fille, Erna, n'est-ce pas ? J'ai eu de très bons échos sur elle. Je sais que c'est ta grande amie, aussi j'ai demandé à ton frère s'il la connaissait. D'après lui, elle est très estimée dans les cercles des Jeunesses hitlériennes. C'est bien que tu fréquentes des filles comme elle. Je peux essayer de leur avoir une invitation pour la soirée. Écris-moi leurs noms, je vais voir ce que je peux faire.

— Merci papa. Ils t'en seront vraiment reconnaissants.

— D'accord, d'accord. Mais je ne t'ai rien promis. Tu avais autre chose à me dire ?

— Non. Rien.

— Alors laisse-moi travailler. J'ai des problèmes urgents à régler.

Il agite la main pour me congédier et se replonge dans sa paperasse. Je regarde fixement le dessus de son crâne tandis qu'il se penche sur la lettre qu'il est en train d'écrire. Il prend son stylo. La plume gratte le papier.

Tu es une ratée, Herta Heinrich. Un minable ver de terre. Tu as pris des engagements envers moi, tu t'en souviens ? Est-ce que tu les respectes ? Non. Tu fais passer tes petits intérêts mesquins avant ta Patrie.

J'ai une douleur dans le bas-ventre. C'est la pourriture qui est toujours là. Et je ne connais qu'un seul moyen de m'en débarrasser correctement, pour de bon, même si je le redoute.

Maman est en déplacement à Burghausen pour visiter un orphelinat et une école dirigés par des SS. Elle veut s'en inspirer pour sa propre institution. Papa va probablement passer la journée derrière la porte close de son bureau. Je me sens vraiment très seule. L'absence de Karl me pèse plus que jamais.

Pour tromper mon ennui, je décide d'aller passer un moment dans la véranda qui donne sur le jardin. Dehors, les couleurs de l'été ont disparu. Notre chêne a perdu ses feuilles et on voit d'ici la cabane dans laquelle je jouais enfant. Je pense à Erna. Nous n'avons plus échangé un mot depuis notre dispute. Je devrais aller la voir, m'excuser auprès d'elle, lui parler de Walter. Mais je ne peux pas, le courage me manque. Machinalement, je ramasse le *Leipziger* qui traîne sur la table et le feuillette pour en lire les gros titres.

« TOURNÉE ALLEMANDE DU DUC ET DE LA DUCHESSE DE WINDSOR »

« LA NOUVELLE COMPAGNIE AUTOMOBILE VOLKSWAGEN CONSTRUIT LA VOITURE DU PEUPLE ! »

« UNE DÉLÉGATION BRITANNIQUE VISITE LEIPZIG POUR S'INSPIRER DE L'EFFICACITÉ ET DE L'ÉTENDUE DE SON RÉSEAU ROUTIER. »

Et soudain :

« UNE CÉLÈBRE ACTRICE ALLEMANDE EMPRISONNÉE POUR AVOIR FRÉQUENTÉ UN JUIF »

Évidemment, ce sujet retient mon attention.

Dora Heck, célèbre actrice très appréciée du public allemand, vient d'être condamnée pour crime racial. Les femmes ayant des relations sexuelles avec les Juifs sont le plus souvent victimes de viol, mais, dans le cas de Fräulein Heck, un informateur anonyme a permis à la Gestapo d'établir qu'elle était consentante et qu'elle retrouvait son amant à l'étranger – récemment à Londres, lors d'un voyage effectué pour la promotion d'un film. Interpellée dès son retour en Allemagne, elle a été jugée et reconnue coupable. Avant d'être envoyée en prison, elle a dû défiler dans le centre-ville avec la tête rasée, afin de servir d'exemple...

Quelle horreur ! Je lâche le journal sur la table comme s'il m'avait mordue. Je n'ai pas eu de relations sexuelles avec Walter, nous avons seulement échangé un baiser. Est-ce que ça compte ? Oui, certainement. Plus que jamais, j'ai conscience des risques que nous courons tous les deux. Que se passerait-il si papa apprenait notre relation ? Si Ingrid me dénonçait à la Gestapo ?

Il faut vraiment que je parle à Walter le plus vite possible.

Mes parents attendent dans le couloir la voiture qui doit venir les chercher. Ils sont en tenue de soirée. Maman est revenue enchantée de sa visite de l'orphelinat et me montre un livre au titre explicite : *Comment éduquer son enfant en bon Allemand – un guide pour les mères modernes.*

— C'est plein de conseils pour élever des enfants dignes de notre grand Reich et je compte m'en inspirer pour l'éducation de mes orphelins, explique-t-elle. Ne nous attends pas, Hetty. Nous dînons avec le juge Fuchs et ensuite nous allons à l'opéra.

Après avoir enfilé gants, chapeaux, étoles de fourrure et chaussures d'extérieur, ils disparaissent en laissant derrière eux des effluves de l'eau de toilette âcre de papa et du parfum fleuri de maman.

Je vais chercher sous mon matelas le livre interdit. Un Kafka... Autrefois, je l'aurais dévoré. Je caresse timidement sa couverture et l'ouvre lentement. Mais quand je tente de lire les premières phrases, les mots deviennent flous et se bousculent sur la page. Cet objet est l'incarnation de mes pensées antipatriotiques et je dois m'en débarrasser au plus vite. Je le referme et le glisse dans ma poche.

Kuschi me servira d'alibi pour sortir, comme très souvent. En approchant de la cuisine, j'entends la voix d'Ingrid.

—Je l'ai vu de mes yeux, Bertha, je te jure que c'est vrai! dit-elle d'un ton indigné.

Bertha lui répond tout bas en marmonnant, comme si elle craignait d'être entendue – par moi, puisqu'il n'y a que moi à la maison.

—Mais il faut faire quelque chose, proteste Ingrid. Il me semble que...

Quand j'entre dans la pièce, elle s'arrête net, sans finir sa phrase.

—Il faut faire quelque chose à propos de quoi? demandé-je.

Elle est assise à la table, les pieds sur une chaise, une tasse à la main. Bertha est devant l'évier, en train de laver des pommes de terre.

—Pardon, dit Ingrid en ôtant lentement ses pieds de la chaise, comme pour montrer qu'elle ne me craint pas.

—Que disiez-vous, Ingrid? Vous pouvez parler devant moi, vous savez.

Elle devient écarlate et se tourne vers Bertha pour quémander de l'aide, mais celle-ci hausse les épaules et se concentre sur ses pommes de terre.

—Je parlais de ragots stupides que j'ai entendus ce matin chez le poissonnier, Fräulein. Tout le monde surveille tout le monde, en ce moment. On ne sait jamais qui va dénoncer qui. Il suffit que quelqu'un vous en veuille… Et quand on n'a rien fait de mal, ce n'est pas toujours facile à prouver.

Comme je me sens rougir, je m'empresse d'aller décrocher la laisse de Kuschi à l'autre bout de la cuisine et la lui passe, en tournant le dos à Ingrid, pour lui dissimuler mon visage. Mes mains tremblent.

— Celui qui respecte la loi n'a pas à s'inquiéter des ragots, dis-je enfin en me redressant. Seuls ceux qui ont quelque chose à cacher ont des raisons d'avoir peur. Je sors le chien. Je ne sais pas quand je reviendrai.

— Maintenant ? s'étonne Ingrid. Dans le noir ?

— Fräulein, je ne suis pas sûre que votre père approuverait, proteste Bertha.

— Je vais faire un tour dans les rues bien éclairées de Gholis, dis-je fermement. Dans ce quartier tranquille, rien ne peut m'arriver.

C'est quand même un peu fort que je doive me justifier auprès d'une cuisinière et d'une bonne pour sortir de chez moi.

Je marche vite. Comme attirée par un aimant invisible, je vais vers lui. Je veux être là où il est. Fouler les mêmes trottoirs que lui. Respirer l'air qu'il respire. J'ai mal, à l'idée de ce que je dois faire. Les ongles de Kuschi cliquettent en rythme sur le trottoir.

Nous traversons le petit pont de pierre. Sous mes pieds, la rivière coule lentement. Je m'arrête un instant pour me pencher par-dessus la rambarde. L'eau tourbillonne autour des vieilles arches du pont et une odeur d'humidité monte jusqu'à moi. L'espace d'un instant, prise d'un vertige, je me sens comme attirée par les profondeurs de la rivière. Mais je me ressaisis et m'empresse de traverser le pont, pour retrouver l'animation et l'éclairage des artères principales.

L'extrémité nord de Hindenburgstrasse est une large avenue très fréquentée, bordée d'arbres et d'imposants bâtiments. Je passe devant une série de commerces : une épicerie, un café, une boucherie. À cette heure-ci, tout est fermé sauf le café. Au bout de la rue, un fleuriste et son employé en tablier défont les étalages et rentrent la marchandise.

— C'est malheureusement tout ce que je peux vous donner ce soir, lance le fleuriste à un client qui se trouve dans la boutique. Demain, j'aurai peut-être d'autres invendus. Revenez à l'heure de la fermeture.

Il s'écarte de la porte pour laisser passer le client, lequel sort, son chapeau enfoncé sur le crâne, avec à la main un bouquet de lilas enveloppé dans du papier brun qu'il cale sous son bras en s'éloignant à grands pas.

Tout se fige autour de moi.

Le trottoir vacille.

C'est impossible.

— Walter ?

Il se retourne et me regarde, les yeux écarquillés. Je pense à Ingrid, à la Gestapo. Je crois que si je le pouvais, je m'enfuirais. Mais je suis tétanisée.

— Hetty… Mais comment… comment tu as fait pour me trouver ?

Il semble hésitant, presque méfiant.

— En fait, je ne pensais pas te voir…

— Ah bon ?

— Je veux dire… Je suis venue jusque dans ton quartier dans l'espoir de te rencontrer, mais je n'y croyais pas.

Il y a de la gêne entre nous. Il recule lentement, pour s'adosser au mur.

— Pourquoi tu n'étais pas là dimanche ? demande-t-il au bout d'un moment.

Il m'en veut. Je comprends son accueil distant.

— Parce qu'il s'est passé quelque chose chez moi qui…

Je m'arrête net. Sur cette artère principale, nous sommes trop exposés.

— Il n'y aurait pas un endroit où on pourrait parler plus tranquillement ? J'ai quelque chose d'important à te dire.

Je n'ai pas oublié ma résolution. Mais en présence de Walter, je ne sais pas pourquoi, toutes mes certitudes se désagrègent.

Il hoche la tête et s'écarte du mur.

— Je connais un endroit tranquille. Le café de famille de mon amie Lena… C'est une personne de confiance, ajoute-t-il en se détournant et en se mettant à marcher.

Je le rattrape. Il quitte l'artère principale pour s'engager dans les petites rues et nous finissons par échouer dans une ruelle assez pauvre, où les maisons ont l'air délabré. Au coin il y a un café, plutôt miteux lui aussi. La clochette tinte quand Walter pousse la porte. Après avoir attaché Kuschi à un lampadaire, j'entre derrière lui.

Assis à l'une des tables, un unique client fume, le visage dissimulé derrière un journal. Derrière le bar, il y a une jeune femme dont la peau mate trahit des origines raciales inférieures. Walter me fait signe de venir m'asseoir en face de lui.

— Bonsoir, Lena, dit-il en souriant à la jeune fille. Tu nous sers deux thés, s'il te plaît ?

— Tout de suite, répond-elle en s'affairant derrière le comptoir.

Walter jette un regard du côté de l'homme au journal, puis se penche par-dessus la table.

— Explique-moi pourquoi tu n'es pas venue dimanche, dit-il d'un ton radouci.

— Je soupçonnais quelqu'un de mon entourage de nous avoir vus chez *Salamander's*. Maintenant, j'en suis sûre.

— Et qui est ce quelqu'un ?

En dépit de son ton calme, je vois bien qu'il est inquiet.

— Ingrid. Notre bonne.

— Merde.

— Comme tu dis.

Nous nous dévisageons par-dessus la table.

— Je ne pense pas qu'elle se souvienne de toi. Et même si c'est le cas, elle ne sait probablement pas que tu es…

Je n'ose pas prononcer le mot.

Je pense à ma résolution. *Dis-le. Dis-le maintenant.*

— En fait, Walter…

Je prends une grande inspiration.

— Je crois qu'on ne devrait plus se voir.

Son visage se décompose. Je détourne le regard et presse mes mains l'une contre l'autre sur mes genoux. *Ne flanche pas.*

Je lui parle de l'article du *Leipziger* et de l'actrice.

Il ne dit rien et ronge nerveusement les cuticules de l'ongle de son pouce.

— C'est trop dangereux pour nous deux, conclus-je.

Je sors le Kafka et le lui tends.

— Et je regrette, mais je ne peux vraiment pas lire ça.

— Hetty…

Il tire le livre de son côté de la table, puis le fait disparaître dans la poche de sa veste. À présent, il me regarde en silence. Il y a tant de chagrin dans ses yeux. J'effleure sa main du bout des doigts. On ne se verra plus le dimanche matin. Je ne sentirai plus cette main dans la mienne. Ni ses lèvres. Ni son odeur. Soudain, je me sens accablée, très seule. La trahison de papa, celle d'Erna et de Karl… Tout s'accumule.

Comme Lena s'approche de la table avec un plateau, je lâche précipitamment la main de Walter. Elle pose les tasses et la théière devant nous, me lance un regard de biais avec ses yeux noirs, puis se retranche de nouveau derrière le comptoir. Là, elle s'occupe à le polir, mais je sens bien que son attention reste focalisée sur le coin de la salle où nous nous tenons.

Walter remarque que je la fixe.

— Tu peux lui faire entièrement confiance, assure-t-il. Elle n'en parlera à personne.

Je me détends un peu et reviens aussitôt à la charge.

— Walter… il faut que tu saches que ce n'est pas de gaieté de cœur…

Il me dévisage, puis me verse du thé sans un mot.

C'est un geste tout simple, mais il m'émeut car je n'ai jamais vu mon père servir du thé à ma mère. J'observe les mains de Walter en action. Elles sont fermes, puissantes. Et pourtant douces.

Je bois une gorgée et rencontre son regard par-dessus le bord de ma tasse.

Il détourne les yeux, les muscles de sa mâchoire tressaillent.

— Tu sais, on nous a tellement pris et…

Sa voix se brise.

— Quand on a commencé à se voir, j'ai cru avoir renoué avec le bonheur, poursuit-il. Je me suis dit : « Je peux tomber amoureux de qui je veux et je me fiche des nazis. Comment osent-ils te considérer comme inférieur, avec leurs lois infâmes ? Comment peuvent-ils décréter que tu n'es pas assez bien pour elle, si elle veut de toi ? »

Il s'adosse à sa chaise.

— Mais au bout du compte, on dirait bien qu'ils ont gagné.

— Je suis désolée, murmuré-je.

Il se tasse sur sa chaise, totalement abattu. Comme s'il avait perdu toute combativité. Je cherche quelque chose à dire, pour briser le silence.

— J'ai découvert que papa avait une maîtresse, dis-je brusquement. Ils ont un enfant ensemble. Une petite fille.

Walter pose sa tasse.

— C'est pas vrai ? Mais c'est horrible !

— Je les ai vus ensemble.

Il allonge le bras pour caresser ma main du bout des doigts, à peine.

— Ces salauds du parti nazi ont tous des maîtresses, commente-t-il.

Ses mots me font l'effet d'un coup de poing dans le ventre. Quelque chose en moi se révolte.

— Quel rapport avec le fait qu'il soit nazi ? N'oublie pas, Walter Keller, que moi aussi, je suis nazie.

Une créature étrangère contrôle mon esprit et c'est elle qui parle en ce moment.

Walter s'adosse de nouveau à sa chaise. Ses yeux fouillent les miens. Je me tasse sur mon siège.

— Je ne comprends pas, murmure-t-il. Tu es de quel côté ?

— De quel côté ? Ce n'est pas une question de côté. Je suis de notre côté. Du tien. En fait… Je ne sais pas.

Je balaie la salle du regard. L'homme est parti en laissant le journal plié sur la table. Personne d'autre n'est entré.

— Aujourd'hui je suis allée dans le bureau de papa. Je voulais lui parler du père d'Erna qui dit des horreurs sur Hitler et le parti nazi. Histoire de lui montrer que j'étais une fille loyale et aussi de nous protéger d'Ingrid, si jamais elle avait de quoi nous dénoncer et décidait de le faire.

— Hetty ! Mais c'est affreux ! Ne te sers pas de moi comme excuse pour un acte aussi méprisable.

— Chuuuut, Walter.

Il regarde autour de lui. Lena est toujours seule derrière le comptoir et il n'y a pas d'autres clients que nous deux.

— Non, je ne me sers pas de toi comme excuse, murmuré-je en me penchant vers lui. Mais je tenais à t'en parler.

Je me mets à transpirer. J'étais venue pour mettre un terme à ma relation avec Walter, pas pour lui faire des confidences et me disputer avec lui. Qui suis-je exactement ? Une nazie qui fraie avec les Juifs ? C'est possible ça ? Ai-je de la sympathie pour Walter, ou pour *tous* les Juifs ? Un pouls bat à mes tempes.

— Je ne comprends pas, dit-il.

Il fait une drôle de tête.

— Tu veux me voir, tu sors avec moi, mais tu prends la défense des nazis. Est-ce que je me serais trompé sur ton compte, Hetty ?

Il a un regard brûlant.

— Tu vas parler aussi de mes opinions à ton père ?

— Bien sûr que non !

— Comment pourrais-je en être sûr ? Pourquoi tu ferais une exception pour moi ?

Je suis en feu.

— Tu ne comprends rien. Je veux simplement être totalement honnête avec toi.

Je pose ma main sur la sienne, mais il la retire.

— Je ne suis pas d'accord avec Hitler sur tout. Mais, quand on y réfléchit, il dit aussi des choses bien : faire passer les intérêts de la nation avant ses petits intérêts personnels, faire disparaître les classes sociales, faire régner la loi et l'ordre, éradiquer la maladie et les troubles mentaux, utiliser la science pour améliorer la race humaine. Comment pourrait-on être contre tout cela ? En outre, il est le premier dirigeant politique à reconnaître l'importance des femmes : à considérer qu'être mère et femme au foyer est un rôle de premier ordre.

— Mais ce ne sont que des mots, Hetty. Des paroles manipulatrices, trompeuses, fourbes. Regarde plutôt ce qu'il fait. À quoi ça mène. N'écoute pas le poison qu'il distille. Réfléchis. C'est trop simpliste !

Je ne sais pas, ai-je envie de lui hurler. *Je ne sais plus rien !*

— Pense plutôt à ce qui se passe dans la réalité, insiste Walter. La peur, la délation, la méfiance généralisée, la restriction des libertés. On ne peut plus parler, penser, ni même *ressentir* librement.

Hitler veut tout contrôler. Il insulte « les masses » en considérant qu'elles sont composées d'individus incapables de réfléchir. Il ne voit qu'un seul moyen de gouverner : écraser, forcer, diviser, dicter. Quant aux femmes ! Oh, il les vénère à sa façon. Selon lui, elles joueront un rôle crucial dans son Reich de mille ans, sauf que ce rôle sera réduit à celui de mère et de femme au foyer. Il n'est pas question pour elles de se servir de leur intelligence. C'est même mieux si elles n'en ont pas. Tu es intelligente, Hetty, et tu es un esprit libre. Ça ne te dérange pas de gâcher ton potentiel en te mettant au service des hommes ?

—Arrête.

Ma tête est brûlante. Le marteau qui cogne à mes tempes résonne maintenant comme un tonnerre.

—Arrête, je ne veux plus entendre ça, dis-je. Je préfère m'en aller...

Il me prend les mains.

—Imagine ce que ce serait de vivre dans un pays libre. Un pays où personne ne te surveillerait pour savoir si tu n'as pas des pensées anti-allemandes. Où tu pourrais dire tout ce que tu veux.

—Ce serait le chaos, rétorqué-je avec véhémence. Il y aurait de la violence et des bagarres de rue, des tas de voyous, comme avant l'arrivée du Führer...

La sonnette de la porte tinte, un couple âgé entre. Nous nous taisons, soudain sur nos gardes. Lena arrive de l'arrière-salle.

—Bonsoir, Lena, ma chère, dit la dame à lunettes en enlevant son chapeau. On vient ici pour manger une part de *strudel* aux pommes, s'il t'en reste.

—Bien sûr, installez-vous, répond Lena en nous jetant un rapide coup d'œil.

Walter nous ressert du thé. Je bois une gorgée, mais c'est tiède.

—Ce ne serait pas forcément le chaos, dit-il tout bas. Et tout le monde, juif ou pas, pourrait choisir son avenir. Tu pourrais être scientifique. Avocate. Docteur. Tu pourrais être amie avec qui tu voudrais. Épouser qui tu voudrais.

Son discours est aussi séduisant que celui d'Hitler. Pourtant, il est très différent. Je me sens comme un papillon ballotté par le vent.

— Je n'ai jamais vécu loin d'ici. Je n'ai aucune idée de ce que ce serait. Et toi ?

— Non.

Il secoue la tête et s'affaisse sur son siège.

Lena s'approche de notre table.

— Vous voulez autre chose ?

— Non. Tout va bien, Lena, merci, répond Walter sans me quitter du regard.

Je plonge à nouveau dans ses magnifiques yeux qui me plaisent tant. Ils sont irrésistibles, mais je dois leur résister ; m'éloigner avant de tomber irrémédiablement amoureuse.

— Je devrais m'en aller, dis-je en repoussant ma tasse au centre de la table.

J'essaie de voir Walter pour ce qu'il est : un Juif qui tente de me séduire.

— D'accord, répond-il seulement, en passant une main dans ses cheveux en bataille.

— Je ne viendrai probablement pas dimanche. Je pense que c'est mieux.

— Oui, répète-t-il en évitant mon regard. Tu as raison, c'est sûrement mieux.

— Et pour ta gouverne, murmuré-je en repoussant ma chaise, je n'ai pas dénoncé Herr Bäcker à mon père. Je n'en ai pas eu le courage.

3 novembre 1937

Avant de me coucher, je griffonne quelques mots sur les pages de mon journal :

On ne se reverra sans doute jamais, mais ça me déplaît que tu penses du mal de moi. Franchement, je me demande bien pourquoi je m'en inquiète, car je vaux cent fois mieux que toi. Tu n'es qu'un Juif borné qui ne voit les choses que de son point de vue. Mais à la manière sournoise des Juifs, tu as réussi à me pervertir et à ébranler un certain nombre de mes certitudes. Avant, j'étais heureuse. Je savais distinguer le bien du mal. Maintenant, tout est confus, brouillé. Je voudrais te haïr pour ça, Walter Keller. Mais je ne peux pas. J'ai beau savoir que rien n'est possible entre nous, je ne cesse de penser à toi. Je me demande parfois si je ne suis pas amoureuse de toi. Est-ce que c'est ça, l'amour ?

En arrivant à la réunion de la *BDM* dans l'après-midi, je repère aussitôt Erna, occupée à enrouler des bandages. Elle me voit aussi et s'empresse de détourner les yeux. Je vais devoir faire le premier pas.

— Bonjour, Erna. Comment vas-tu ?

Elle me jette un regard timide. Je la trouve pâle et triste.

— Oh, Hett…

Elle regarde autour d'elle, en baissant la voix.

— Tu m'as beaucoup manqué. Tu ne m'en veux plus ?

— Si *moi*, je ne t'en veux plus ?

— Je regrette vraiment de ne t'avoir rien dit, pour Karl et moi.

— Oh, Erna. C'est moi qui devrais m'excuser. Ma réaction était exagérée. Je me suis conduite comme une idiote…

Elle secoue la tête, les yeux humides de larmes.

— Je n'aurais pas dû te mentir. Je suis une mauvaise copine.

Quand je pense que j'étais à deux doigts de dénoncer son père. J'en frémis d'horreur.

Erna place son rouleau de bandage dans la boîte à pansements et ferme le couvercle. Elle s'essuie les yeux avec des mains tremblantes.

Je contemple en silence les grosses larmes qui roulent sur ses joues de porcelaine.

— Erna… Ce n'est pas grave… Personne n'est parfait.

Elle laisse échapper un rire sans joie et se mouche bruyamment.

— Ce n'est pas vrai, Hetty…

Elle remet son mouchoir dans sa poche.

— Tu n'es pas loin de la perfection.

— Moi ? protesté-je d'une voix étranglée. J'en suis très loin au contraire.

— Pas du tout.

Elle me sonde de ses yeux verts.

— Tu ne fais jamais rien de mal. Tu es intelligente, jolie et courageuse. Tu défends tes amis même quand ils ont tort. Tout le monde t'adore. Je ne mérite pas une amie comme toi.

— Oh, Erna, si seulement tu savais. Je ne suis pas telle que tu me vois…

— Que veux-tu dire par là ?

— Si je t'en parle, tu dois me jurer…

— Bien sûr, je le jure !

Mais la salle est en train de se remplir. Il y a trop d'oreilles indiscrètes autour de nous. Je meurs d'envie de lui parler de Walter, mais ici c'est trop risqué. De plus, comme je ne vais plus le revoir, au fond, ça n'a pas d'importance. Un jour peut-être, plus tard, quand je ne souffrirai plus, on pourra rire toutes les deux de ma rencontre avec un Juif.

— Pas ici, dis-je enfin. Pas encore. Pas tout de suite.

— Hett…

Fräulein Ackermann apparaît dans l'embrasure de la porte et les bavardages cessent.

— *Heil Hitler*, lancent en chœur les filles.

— *Heil Hitler*, répond-elle avec un grand sourire, en ouvrant sa trousse de secours.

Le dimanche suivant, je me réveille avant l'aube. La maison soupire au rythme de ses occupants endormis. Je ne vais pas retrouver Walter aujourd'hui, alors pourquoi suis-je allongée les yeux ouverts, totalement réveillée ? Je me tourne et me retourne dans mon lit, mais impossible de me rendormir. Autant me lever et aller promener le chien, dans ce cas.

Je traverse sans bruit la maison froide et silencieuse pour aller chercher Kuschi, enfile un manteau, un chapeau et des gants, puis franchis la porte du jardin dans l'obscurité. C'est Kuschi qui décide de la direction à prendre, celle de la rivière, en tirant sur sa laisse. J'essaie d'abord de l'entraîner de l'autre côté, mais je finis par céder. De toute façon, Walter ne sera pas là.

Quand j'arrive au niveau du pont, le ciel commence à peine à s'éclaircir à l'est. Je m'arrête pour me pencher par-dessus la rambarde de pierre, comme je l'ai fait tant de fois auparavant, et admire le spectacle de l'eau sombre qui coule sous les arcades. Soudain, je sursaute. J'ai senti une présence. Une silhouette apparaît sur le chemin, un peu plus loin. À mes pieds, Kuschi s'agite. Sa queue bat contre mes jambes.

Walter me rejoint sur le pont quelques instants plus tard, dans son grand manteau, les épaules voûtées. L'eau qui dévale furieusement couvre le bruit de ses pas. Nous nous dévisageons dans la faible lumière du matin.

— Je pensais que tu ne viendrais pas, dis-je.

— Ah oui ? Alors qu'est-ce que tu fais ici, Herta ? ironise-t-il.

Son assurance a quelque chose d'irritant.

— Je promène mon chien.

— C'est vrai qu'il n'y a pas d'autre endroit pour promener son chien dans Leipzig.

— J'aime cet endroit, je ne vois pas pourquoi je m'interdirais d'y venir. Et toi ? Qu'est-ce que tu fais ici ?

— Je suis venu pour te voir.

Il se penche lui aussi par-dessus la rambarde, tout près de moi. Je voudrais qu'il passe son bras autour de mes épaules. Mais il ne le fait pas.

— Et tu étais sûr que je viendrais ?

— Pas vraiment… Disons que j'en avais fortement l'intuition.

Il se tourne vers moi, un sourire suffisant sur les lèvres.

— Mais pour qui tu te prends, Walter Keller ? Comment peux-tu être certain que j'ai envie de passer mon temps avec toi ?

Il secoue la tête et regarde de nouveau la rivière.

— Je n'en étais pas certain, répond-il. J'ai tenté ma chance. Et je suis content de te trouver ici. Je ne vais pas le nier : tu me plais, j'apprécie ta compagnie – et plus que ça, même. Malgré tout ce qui nous sépare et malgré les risques que ça comporte de te fréquenter. Mais si tu me dis en me regardant droit dans les yeux que tu ne veux plus me voir, alors je m'en irai et je ne t'importunerai plus.

Il se tourne complètement vers moi, pour attendre mon verdict. À présent il fait presque jour et je distingue nettement les traits de son visage. Je me redresse de toute ma hauteur et prépare ma réponse : « Laisse-moi tranquille. Je n'ai pas besoin de toi. Notre relation me met en danger. Tu dois sortir de ma vie. »

Donnez-moi la force, mon Führer.

Nous sommes tout près l'un de l'autre et nous nous regardons en silence. L'eau tourbillonne sous nos pieds.

— Tu ne peux pas le dire, n'est-ce pas ? murmure-t-il.

Encore ce soupçon d'ironie.

Mon cœur brûle. J'ai envie de le frapper, de lui marteler le torse de mes poings. Mais j'ai aussi envie de me réfugier tout contre lui.

Alors je ne bouge pas.

Il se penche vers moi. Ses lèvres effleurent les miennes, tièdes, légères comme un souffle. Je me fige. C'est un choc. L'air qui m'entoure se contracte. Puis il m'embrasse pour de bon. Sa langue écarte mes lèvres et il m'attire à lui. Je me laisse faire, docile, totalement perdue dans l'instant.

Je m'étais pourtant promis de lui résister.

Dans un sursaut de lucidité, je trouve la force de m'écarter de lui.

— Je suis désolé, murmure Walter. Je n'aurais pas dû.

— Non. Tu n'aurais pas dû.

— Je ne veux pas que tu penses que…

— J'aime quand tu m'embrasses, mais il ne faut pas…

— Pourquoi ? Profitons l'un de l'autre, tant que c'est possible. On ne sait pas ce qui nous attend.

Il me prend les deux mains.

— Je ne veux ni ne peux résister à l'envie d'être avec toi. Si on partait ensemble ? On vivrait dans le péché…

Je ris, tout en me demandant s'il plaisante ou s'il est sérieux.

— Il fait presque jour, commente-t-il soudain en regardant autour de lui. Les gens ne vont pas tarder à sortir et à circuler dans le coin. Marchons…

Nous quittons le pont et prenons le chemin qui longe la rivière. Comme il est très étroit au début, nous commençons par avancer l'un derrière l'autre. Quand il s'élargit, Walter se place à ma hauteur et me prend la main. Nos rythmes s'accordent aussitôt. On dirait que nous marchons ensemble depuis mille ans.

— Je suis désolée, pour l'autre jour, dis-je. Je ne veux pas me disputer avec toi, ni que tu penses du mal de moi. Ce n'est pas simple de se faire une opinion à propos… de tout ce qui se passe.

— Moi aussi, je suis désolé. La vie est dure en ce moment, pour moi comme pour tous les Juifs de ce pays, mais ça ne me donne pas le droit de déverser mes angoisses sur toi. Tu n'es pas responsable de ce qui nous arrive. Et je tiens à ce que tu saches que je ne penserai jamais du mal de toi.

Nous demeurons un instant silencieux.

— Tu te souviens du jour où tu es tombée dans le lac ? demande-t-il soudain.

— Le jour où tu m'as sauvé la vie, tu veux dire. Comment pourrais-je l'oublier ?

— Tu étais vraiment gamine, dit-il en riant. On ne se souvient pas toujours de tout.

— J'ai failli mourir, c'est quelque chose qu'on n'oublie pas. Et on n'oublie pas non plus son sauveur, Walter.

— Moi, en tout cas, je me souviens de ce moment comme si c'était hier, pour l'avoir souvent revécu.

— Comment ça ?

Il détourne le regard, visiblement gêné.

— J'en ai longtemps rêvé la nuit. Je faisais des cauchemars dans lesquels je n'arrivais pas à te sauver. Je plongeais, mais je ne te trouvais pas. Et si je te trouvais, tu m'échappais des mains et je te regardais disparaître dans les profondeurs du lac, la main tendue vers moi.

— Mais quelle horreur ! Tu n'en as jamais parlé…

Il sourit.

— Je n'allais pas te raconter ces rêves idiots… Je t'en parle aujourd'hui parce que ça montre que tu comptais déjà beaucoup pour moi.

Je m'agrippe à sa taille et le serre très fort.

— Et moi qui croyais que tu ne remarquais pas ma présence.

Un profond sentiment de paix plane dans les airs.

— Tu avais raison, l'autre jour…, dis-je en soupirant. À propos de Herr Bäcker et des dénonciations.

Il me serre contre lui.

— Ça m'a beaucoup choqué quand tu as parlé de le dénoncer, mais j'aurais dû me douter que tu en étais incapable. Je crois qu'au fond de moi je le savais, en fait.

Devant nous, Kuschi se met à courir après la forme noire d'un lapin qui passe comme une flèche entre les arbres. Je pense au père de Tomas.

J'en étais capable. Autrefois…

Laquelle des deux Herta est la vraie ? Celle qui dénonce ou celle qui protège ? Comment savoir ?

Les arbres commencent à se raréfier. Nous atteignons à présent la lisière des champs. Un rayon de soleil parvient à percer le feuillage et illumine furtivement le visage de Walter. Je vois que ses yeux brillent. Lui aussi est heureux d'être là, avec moi, tout simplement.

Si seulement nous pouvions être seuls au monde. Comme Adam et Ève. Pour tout recommencer.

— Tu crois vraiment qu'on pourrait ? demandé-je sur un coup de tête.

— Qu'on pourrait quoi ?

— S'enfuir ensemble.

Il rit.

— On irait où ?

— À Paris ou à New York. En Suisse. Peu importe en fait, du moment qu'on est tous les deux et qu'on n'a plus besoin de se cacher.

— On prendrait une chambre dans un hôtel de luxe.

— Ou dans une pension confortable.

— Ou bien on louerait un appartement chic sur les Champs-Élysées.

— Je t'apporterais le petit déjeuner au lit et ensuite j'irais vendre mes poèmes d'amour pour faire fortune.

Nous rions de bon cœur tous les deux.

— Il faudrait emmener Kuschi, dis-je après une pause. Je ne me vois pas partir sans lui.

— Bien sûr. Pourquoi pas ? Tu crois qu'il parle français ?

Je lui donne un coup de coude dans les côtes et il m'entoure de ses bras.

— Si on s'enfuyait ensemble, Hetty Heinrich, je ne te quitterais plus jamais. Pas une seule minute.

Quand nous nous séparons sur le pont, je pense à consulter ma montre et constate qu'il est déjà presque 10 heures. Zut ! Je cours avec Kuschi jusqu'à Fritzschestrasse. Une silhouette attend devant la grille de notre maison, sous les branches du cerisier. Une longue silhouette dégingandée, tout en bras et en jambes. Tomas. Qu'est-ce qu'il fait ici ?

Son visage s'illumine quand il me voit.

— Ah ! Te voilà enfin. Je savais que tu sortais ton chien le dimanche matin et je t'attendais pour t'accompagner, mais apparemment c'est raté. On pourrait faire quand même une petite sortie. Ou remettre à un autre dimanche.

J'observe sa pomme d'Adam qui monte et descend quand il déglutit.

— Une autre fois, plutôt. J'ai déjà fait une longue promenade aujourd'hui.

— Tu es rouge, fait-il posément remarquer en me dévisageant.

— J'ai couru parce que j'étais en retard, réponds-je précipitamment. Je vais me faire gronder si je ne rentre pas tout de suite.

— Je vois… Mais je peux revenir plus tard pour t'inviter dans un café ? On ne marcherait pas beaucoup. Ce serait juste pour parler et passer un moment…

— Une autre fois, Tomas. Aujourd'hui, ça tombe vraiment mal. La semaine prochaine peut-être ?

Je n'attends pas sa réponse, pousse le portail en tirant sur la laisse de Kuschi et monte précipitamment les marches du perron, sans me retourner. Mais je sens sur moi le poids de son regard. Jusqu'à ce que je disparaisse à l'intérieur.

Il y a deux faces, peut-être plus, à chacune de nos pensées. À chacun de nos actes. En général, nous ne voulons en voir qu'une. Mais toi, Walter, tu m'as ouvert les yeux. Grâce à toi, j'ai vu que le monde était différent de ce que je croyais, de ce qu'on m'avait appris. Je sais que tu plaisantes, quand tu parles de fuir avec moi, mais je ne peux pas m'empêcher de rêver d'une vie avec toi. Tu m'as demandé un jour d'imaginer ce que je ferais si j'étais dans un pays où on me laisserait libre de choisir un métier. Depuis, j'y pense souvent. J'imagine une ville, ailleurs, et c'est comme si j'y étais. J'imagine les rues, les maisons, les gens. Et surtout, je m'imagine avec toi, Walter. Là où personne ne saurait que tu es juif parce que personne ne s'en soucierait. Là où personne ne serait choqué qu'on marche main dans la main dans la rue, qu'on s'installe à la même table, qu'on aille ensemble au cinéma, qu'on danse ensemble. Là où notre amour ne dérangerait personne. Serait-ce vraiment si mal? Je m'imagine vivre avec toi, comme ta femme. C'est à la fois merveilleux et terrifiant. Malheureusement, ça n'arrivera pas. Je me contente de l'écrire dans ce journal, là où personne ne peut le lire à part moi.

19 décembre 1937

Les mains calées dans les poches fourrées de mon manteau, je file à grands pas vers notre petit pont. On est tout près du jour le plus court de l'année et il fait encore sombre. Le vent glacé dérange mes cheveux et me fouette le visage.

Il est là, assis sur le muret, à grelotter de froid. Quand je le rejoins, il me prend dans ses bras en m'enveloppant dans les pans de son manteau et attend que je cesse de trembler de froid pour m'embrasser.

—J'admirais le lever du soleil, dit-il enfin en désignant le ciel rougeoyant derrière lui.

Son visage est si proche du mien que je sens son haleine à la menthe poivrée.

—Mais c'est encore mieux de t'admirer, toi, ajoute-t-il.

À mes pieds, Kuschi gémit pour protester. Je n'ai pas détaché sa laisse.

—Laisse-le gambader seul, plaide Walter. Il a besoin de vivre sa vie de chien. Et moi j'ai besoin de te serrer dans mes bras.

Une fois libéré, Kuschi file sur le chemin qui longe la rivière en agitant la queue. Un chien a des joies simples.

Si seulement les humains pouvaient en dire autant.

Nous nous installons sur la rive, hanche contre hanche, agrippés l'un à l'autre. Le champ de blé devant nous est une terre sombre et mise à nue par l'hiver. Ses sillons gelés attendent que le soleil du printemps les réchauffe et ranime la vie en sommeil dans leurs entrailles. Au-delà du champ, la forêt n'est plus qu'une suite de minces squelettes de hêtres à perte de vue. De temps en temps, Kuschi émerge d'un sillon, puis disparaît à nouveau.

Walter se penche sur moi pour m'embrasser. J'oublie Kuschi. J'oublie la tristesse du paysage.

Il n'y a plus que son corps contre le mien. La doublure lisse et douce de son manteau qui effleure le dos de mes mains. Je suis perdue dans sa caresse.

Un bruit de toux m'arrache à mon ravissement.

— Qu'est-ce que c'était ? chuchoté-je.

— Quoi ?

— J'ai entendu un bruit.

La peur me tétanise.

Walter regarde par-dessus son épaule. Autour de nous, rien n'a bougé.

— Je n'ai pas entendu, dit-il en se retournant vers moi.

Je scrute le paysage. La pente herbeuse de la berge. Le chemin désert. Les rangées d'arbres. Nous retenons notre souffle.

Crac. Le bruit caractéristique d'une brindille écrasée par un pied. Puis du mouvement sur la rive.

Kuschi sort du champ en aboyant furieusement et disparaît de l'autre côté de la rivière.

Walter a les yeux exorbités.

— Qui est là ? crie-t-il.

Pas de réponse. Pas d'aboiements. Rien que le bruit tout proche de l'eau qui coule et celui des quelques feuilles mortes encore accrochées à la cime des arbres qui bruissent dans le vent.

— Reste ici, chuchoté-je.

La gorge nouée, je grimpe la pente pour voir l'autre rive. En face, il y a l'allée. Et dans cette allée, un grand personnage dégingandé vêtu d'une veste sombre, le col relevé, qui s'éloigne à vive allure. Kuschi tourne en rond autour de lui, pour l'inviter à jouer. Il le connaît.

La bile me monte à la gorge.

— Va-t'en, stupide chien bâtard.

La silhouette se penche et repousse brutalement Kuschi, lequel revient aussitôt à la charge, croyant sans doute à un nouveau jeu. En se redressant, le jeune homme jette un regard derrière lui. Nos yeux se rencontrent.

— Tomas, appelé-je d'une voix rauque.

Mais il ne m'entend pas.

Il insulte encore Kuschi et lui donne un coup de pied. Puis il se détourne et se met à courir, avec les pans de sa veste flottant autour de lui.

Je trébuche et redescends sur la rive, où Walter m'attend en faisant les cent pas.

— C'était Tomas. Il nous a vus…

Le visage de Walter est pâle et défait.

— On est fichus. Tous les deux.

— Non, ne t'en fais pas. Jamais Tomas ne…

J'ai besoin de m'en convaincre moi-même, autant que d'en convaincre Walter.

— Je ne sais pas ce qu'ils te feraient. Mais moi, Hetty, je serais condamné, c'est sûr.

— Tu exagères, dis-je.

J'essaie d'avoir l'air confiante, mais j'ai la gorge nouée.

— Je n'exagère pas, non, rétorque-t-il, la mâchoire crispée.

Il fait demi-tour et prend la direction du pont. Au bout de quelques pas, il se tourne vers moi.

— Tu devrais savoir mieux que quiconque ce qui arrive aux Juifs qui osent sortir avec des Allemandes. Ne fais pas l'innocente.

— Walter, attends…

Il marche tellement vite que je dois presque courir pour rester à sa hauteur.

Nous sommes à présent sur le pont. Il a le visage crispé, la peur dans le regard.

— Je suis désolé, Hetty. J'ai été vraiment stupide. J'aurais dû me montrer plus prudent. Je dois rentrer à la maison. Pour réfléchir.

— Essaie de ne pas trop t'inquiéter, je t'en prie. Je parlerai à Tomas, c'est un ami. On n'aura pas de problèmes, tu verras.

J'essaie d'appeler Kuschi qui traîne derrière nous, la queue entre les jambes, déçu de rentrer déjà. Mais je n'ai plus de voix.

N'importe qui aurait pu nous surprendre. Pourquoi a-t-il fallu que ce soit justement Tomas ? Ce n'est vraiment pas de chance.

Après avoir déposé Kuschi à la maison, je grimpe dans un des trams rouge et jaune qui vont au centre-ville. Au niveau du palais de justice, je change pour aller à l'est, dans les quartiers industriels de Plagwitz où m'attend un paysage triste et sale d'immeubles sordides, ponctué çà et là d'un carré de pelouse ou d'un arbre malingre. Le tout dominé par les cheminées en briques rouges et les hauts toits de solides bâtiments industriels.

En descendant du tram, je sors un plan de la ville sur lequel j'ai pris soin de griffonner l'adresse de Tomas dans un coin, tout en haut. Il n'habite pas loin de la station et j'arrive bientôt devant son immeuble, tout près de Karl-Heine-Strasse, en face d'une usine à deux étages dont le portail est gardé par des SA. Un camion est en train d'en sortir et les soldats abaissent une barrière dès qu'il est passé.

Je contemple un instant la façade de l'immeuble. Sous chaque petite fenêtre carrée pend un drapeau arborant la croix gammée. Pour la première fois, ces insignes noir, blanc et rouge qui flottent doucement dans la brise me font presque l'effet d'une menace.

Je m'empresse d'entrer dans l'immeuble et pénètre dans un hall terne et morne.

Le concierge, un vieil homme ratatiné à l'œil laiteux, m'indique le troisième étage, appartement onze. La cage d'escalier sent l'urine et la fumée de cigarette. Je monte lentement les marches.

Devant la porte numéro onze, j'hésite un instant. Un reste de peinture rouge écaillée s'accroche encore par endroits au bois sombre du battant. Je ferme mon poing et frappe résolument.

J'attends. Le silence me semble soudain très pesant.

Enfin, la porte s'entrouvre sur le visage d'un jeune garçon qui me dévisage avec curiosité.

— Tomas est là ?

La tête du garçon disparaît et la porte s'ouvre cette fois en grand. Tomas est sur le seuil. Derrière lui, j'entrevois une pièce faiblement éclairée et une ribambelle d'enfants et d'adolescents qui me regardent avec de grands yeux interrogateurs – ses frères et sœurs, sûrement. Il sort dans le couloir, en refermant le battant derrière lui.

Il dégage une telle colère rentrée que j'ai l'impression qu'il irradie de chaleur.

— Tomas… Je peux t'expliquer. C'est possible de parler ?

Il hausse les épaules et me fixe du regard.

— S'il te plaît.

— Il n'y a rien à expliquer. J'ai vu de mes propres yeux ce qu'il y avait à voir.

Il croise les bras sur sa poitrine.

— Je vous ai observés un certain temps.

Le couloir dégage une odeur franchement nauséabonde.

— Est-ce qu'on pourrait aller ailleurs pour parler ? supplié-je. On n'est pas tranquilles, ici.

J'ai peur des oreilles indiscrètes.

Tomas se détourne sans un mot et commence à descendre l'escalier. Je lui emboîte le pas. Dans ma tête, les images se bousculent. Sa main sur la mienne au cinéma ; ses grands yeux de hibou qui me regardent à travers ses lunettes bombées ; ses appels téléphoniques à la maison ; sa douce et inébranlable amitié. Tomas connaît mes habitudes. Il sait pour mes promenades matinales avec Kuschi le dimanche. C'était vraiment stupide et naïf de ma part de ne pas en avoir tenu compte.

Dans la rue, il se dirige vers l'arrêt de tramway. Un camion passe près de nous en rugissant, un groupe de femmes sort de l'usine en bavardant, puis se disperse dans la rue. Elles rentrent chez elles après avoir fait leur quart.

Il faut que je dise quelque chose. N'importe quoi.

Soudain, il se tourne vers moi. Les verres de ses lunettes amplifient l'éclat furieux de ses yeux noisette.

— Qu'est-ce que tu fiches, Hetty ? Je croyais... Et puis merde. Peu importe ce que je croyais.

Il se remet à marcher, encore plus vite, les épaules encore plus voûtées.

Nous passons à présent devant un immeuble particulièrement sordide. Je remarque au rez-de-chaussée une fenêtre au carreau cassé, avec un rideau en filet sale et effiloché qui flotte misérablement dans la brise. Tomas marche devant moi sans se retourner. Je dois trottiner pour suivre ses longues foulées.

— Ne dis pas « peu importe », Tomas. Ça compte, ce que tu penses. Walter est un très vieil ami de mon frère. Rien de plus. Il n'y a rien de sérieux entre nous et jamais je...

— Je sais parfaitement qui est Walter. Et je sais aussi que tu as perdu la tête.

— Je ne voulais pas que...

— Tu avais l'air d'apprécier, Hetty, crache-t-il d'un ton mauvais. J'ai vu la merveilleuse Hetty embrasser un sale Juif. Tu me dégoûtes. Comment peux-tu être tombée aussi bas ?

L'espace d'un instant, je crois qu'il va me frapper, mais il laisse finalement retomber ses poings. Je recule d'un pas et essuie mon front trempé de sueur.

Sois courageuse.

— Tu en as parlé à… quelqu'un ?

Il se contente de me toiser d'un air hostile, les joues brûlantes.

— Qu'est-ce que tu comptes faire ? insisté-je.

— C'est tout ce qui t'intéresse ? explose-t-il. Tu n'as toujours pas compris ?

Il donne un coup de pied dans une poubelle calée contre le mur, avec une telle force qu'elle valdingue bruyamment au milieu de la rue, tandis que son couvercle roule sur le trottoir.

— Ne t'approche plus de moi, Hetty Heinrich. Va-t'en et prie pour que je ne revoie plus jamais ton visage. Tu n'as aucune idée de ce que tu as fait. Aucune…

Et il se met à courir, au beau milieu de la chaussée, esquivant une voiture et un vélo, avant de disparaître au coin de la rue.

Je me laisse glisser contre le mur de briques, par terre, dans la poussière et la saleté du trottoir. Qu'est-ce qui m'arrive ? Tomas a raison. Je me suis écartée du droit chemin et voilà où j'en suis. Mais il est trop tard, maintenant. Je ne peux pas revenir en arrière. Je suis condamnée. Walter est condamné. Je laisse enfin venir mes larmes.

Après tout, fuir l'Allemagne ne serait peut-être pas une si mauvaise idée.

20 décembre 1937

Je fouille dans mon tiroir pour chercher des bas, l'esprit ailleurs, à moitié sonnée à cause du manque de sommeil. Je dois trouver le moyen d'informer rapidement Walter du résultat désastreux de mon entretien avec Tomas. J'envisage même d'aller au café pour demander à Lena de me donner son adresse.

On frappe à ma porte.

— Oui ? Maman, c'est toi ?

Ingrid passe sa tête par le battant entrebâillé.

— J'ai un message pour vous, annonce-t-elle en me tendant une petite enveloppe cachetée.

— Merci, Ingrid.

Je prends l'enveloppe d'un air dégagé et la pose négligemment sur ma table de chevet. Comme si j'avais l'habitude de recevoir des messages à 7 heures du matin. Comme si je n'étais pas morte de curiosité.

Mais Ingrid ne s'en va pas et regarde fixement l'enveloppe.

— Celui qui l'a apporté attend. Il paraît que vous allez répondre tout de suite.

Elle me dévisage avec insistance, la tête légèrement inclinée.

Comme je me sens rougir, je lui tourne le dos.

— D'accord. Dans ce cas je ferais bien de le lire, dis-je d'un ton léger, en ouvrant l'enveloppe avec des doigts tremblants.

Je prends soin de me placer de manière à lui cacher ce qui est écrit.

Mon amour,

Je suis totalement désespéré et il fallait absolument que je te contacte. J'espère que cela n'aggravera pas la situation de ton côté. Je regrette de m'être mis en colère contre toi hier. C'est parce que j'avais peur, bien sûr, mais j'ai été beaucoup trop dur et je te demande pardon. Je suis inquiet pour nous deux. Comment s'est passée ta rencontre avec ton ami ? J'aimerais te voir demain dans un endroit sûr pour décider de la conduite à tenir. J'ai pensé à la gare. Pourrais-tu y être à 6 heures du matin ? Cela nous laisserait du temps. On pourrait sauter dans un train et s'éloigner de la ville pour parler plus tranquillement. Fais-moi savoir si c'est possible.

Avec tout mon amour,

W.

P.-S. : Tu peux faire confiance à celui qui t'apporte cette lettre – c'est le fils de Lena.

Je froisse le papier en boule et le fourre dans la poche de ma robe de chambre.

— Je vais répondre, Ingrid. Attendez un instant.

Je griffonne à la hâte :

Mon amour,

J'ai essayé de parler à mon ami, mais il semble décidé à agir et je crains le pire pour nous deux. Bien sûr que je te pardonne.

Tu avais le droit d'avoir peur et d'être en colère. Et je suis d'accord pour te retrouver demain à la gare, à 6 heures.

En attendant, je t'embrasse.

Je ferme soigneusement l'enveloppe, puis inscris « Lena » dessus, avant de la tendre à Ingrid. Elle la prend en la palpant nerveusement, comme si elle avait le pouvoir de déchiffrer le message du bout de ses doigts – clairement, elle voudrait bien savoir ce qui se trame.

— C'est pour une camarade de classe, dis-je.

Je n'aime pas du tout la lueur qui passe dans son regard.

— C'est bien ce que je pensais, Fräulein Herta, répond-elle. Je vais tout de suite l'apporter au garçon qui attend en bas.

Elle quitte la pièce avec un petit sourire ironique qu'elle ne cherche même pas à dissimuler.

Après son départ, je fixe un instant le battant, puis, prise d'un accès de paranoïa, je me précipite à la fenêtre : y avait-il vraiment quelqu'un qui attendait une réponse ? Mais oui… Quelques instants plus tard, la silhouette d'un jeune garçon brun d'une douzaine d'années passe sous le cerisier et sort sur le trottoir. Il tient dans sa main mon enveloppe. Mais cela ne suffit pas à me libérer de l'angoisse qui me noue le ventre.

— Hello, tout le monde, vous êtes là ? appelle la voix de Karl depuis le couloir. Je suis de retour.

Mon journal est ouvert sur le sol. Mon stylo à plume a fait une tache d'encre sur le tapis. J'ai dû m'assoupir.

Je descends précipitamment de ma banquette de fenêtre, glisse mon journal sous le matelas et me précipite dans l'escalier, juste derrière maman qui m'a devancée.

— Je faisais ma sieste ! s'excuse-t-elle en lissant sa robe. Comme c'est bien de t'avoir enfin, Karl ! À présent, nous allons pouvoir fêter Noël… Je ne sais pas où est ton père, il avait une course à faire… Mais c'est égal, tu es là.

Elle lui adresse un grand sourire et ils s'embrassent.

— Petite Souris ! s'exclame ensuite Karl en venant vers moi. C'est bon de te revoir. Qu'est-il arrivé à tes cheveux ?

Il les ébouriffe et rit.

— Oh ça va… Je m'étais endormie, alors je suis décoiffée.

— Maman aussi dormait, mais elle est plus présentable…

— Karl…

— C'est bon, je te taquine… Tu es toujours aussi belle. Bon, je boirais bien un petit verre.

Il enlève son manteau et le lance sur le portemanteau.

— Ingrid ? Vous pourriez me servir une mousse ?

Nous le suivons dans le petit salon où un bon feu brûle dans la cheminée. Pendant qu'il boit lentement sa bière, je reste blottie près de lui sur le canapé, à l'écouter parler de sa vie dans la Luftwaffe.

— Le Hauptmann Winkler est terrifiant. Parfois, il fait des descentes dans les piaules à 5 heures du matin. En quelques secondes, nous devons faire notre lit au carré et être prêts à voler, avec des bottes reluisantes et un uniforme impeccable. Il hurle des ordres et nous bombarde de questions techniques sur les Junker et les Messerschmitt, sur la météo, sur des points complexes de pilotage ou sur les stratégies de combat, alors qu'il sait très bien qu'on est encore à moitié endormis…

— En somme, c'est un sadique, dis-je.

— Heureusement, j'ai quelques bons copains – Kunz, Wolfy et Greg. On se soutient mutuellement. Il vaut mieux se sentir épaulé quand on est sous les ordres du Hauptmann Winkler.

Il termine sa bière, sourit à maman et tend sa chope à Ingrid pour qu'elle la remplisse.

Je ne tarde pas à somnoler à moitié, enveloppée par la douce tiédeur du feu et par la voix de Karl qui glisse à présent sur moi sans vraiment m'atteindre. De temps à autre, je repense à Tomas et mon ventre se noue. En ce moment même, il est peut-être en train de parler à papa.

Herr Heinrich, j'ai des raisons de croire que votre fille entretient une relation coupable avec un Juif…

— Hetty ?

— Oui ?

Karl me dévisage.

— Je te demandais si tu avais envie de sortir boire un verre avec moi ce soir. Je te présenterais Stefan, Frank et Claus. Il y aura aussi Erna. On pourrait passer par le marché de Noël. Qu'est-ce que tu en dis ?

— Désolée, je n'avais pas entendu… Oui, bien sûr, ce serait vraiment bien, Karl.

— Bon.

Il s'étire et se lève.

— Je dois défaire mes valises et me laver.

Maman et moi échangeons un sourire dès qu'il a quitté la pièce. C'est vraiment bon de l'avoir à la maison, mais sa présence ne suffit pas à ôter de mon cou les doigts de la peur qui menacent de m'étrangler.

Plus tard, j'entre dans la chambre de Karl et le trouve allongé sur son lit, une bouteille de bière entamée à la main.

Je m'assieds au bord de son matelas, il décale ses pieds pour me faire de la place.

— Alors, c'est comment la Luftwaffe ? Et je veux la vraie version, pas la version filtrée pour maman. C'est vraiment ce dont tu rêvais ?

— Oh, Hetty, c'est… Eh bien, oui et non. Voler, c'est merveilleux. Juste moi et ma machine, là-haut…

Il désigne le ciel nocturne par la fenêtre.

— C'est la puissance à l'état brut. Je commande, elle obéit. Et elle répond, tu peux me croire ! La vitesse, les manœuvres, tout ça est grisant. À côté, le planeur était un jeu d'enfant, même si je me rends compte que ça m'a beaucoup appris sur le vent, les courants, la météo, les lois de la physique.

— Et sinon, au quotidien ?

Il déglutit.

— C'est dur. J'ai fait mes années de lycée dans une école d'élite, donc ma hiérarchie est persuadée que je me crois supérieur. Aussi, je suis toujours le premier à être puni et…

Il s'arrête, sa lèvre tremble un peu.

— Karl…

— Ne t'inquiète pas, ça va, je suis capable d'encaisser. Surtout maintenant que j'ai de bons camarades qui me soutiennent et me protègent. Et puis la semaine dernière, le Hauptmann Winkler m'a pris à part pour me dire que j'étais doué comme pilote. Il faut juste que je lui prouve que je suis un soldat comme un autre. C'est tout. Je m'y emploie. Ça va bien se passer.

À l'expression de son visage, il est évident qu'il en bave, même s'il ne l'avoue qu'à demi-mot.

— Tu es bien sûr que ça va ? demandé-je en lui effleurant le genou.

— Certain, répond-il fermement. Mais raconte-moi plutôt ce qui s'est passé à la maison en mon absence. Je veux tout savoir, ajoute-t-il en souriant.

J'aimerais pouvoir lui parler de Walter et de Tomas. Lui demander conseil. Autrefois je n'aurais pas hésité, mais à présent quelque chose me retient. De plus, j'aurais des scrupules à l'encombrer de mes problèmes. On dirait qu'il a assez des siens…

— Allez, je t'écoute…, insiste-t-il. Pour commencer, on pourrait parler d'Erna. Quand tu as su pour nous deux, tu n'as pas apprécié qu'on t'ait fait des cachotteries.

— Je suis désolée, dis-je en remontant mes genoux contre ma poitrine. Je me suis vraiment comportée comme une petite sotte.

Je scrute son visage, pour savoir s'il m'en veut, mais il me sourit et me donne une petite tape sur les genoux.

— Erna était désespérée. Elle pensait t'avoir perdue comme amie.

— Je me sens tellement bête.

— Comme d'habitude, tu as crié d'abord et tu as réfléchi après… Je t'assure qu'on n'a pas voulu te faire de mal. C'était… compliqué. Au début, on voulait que ça reste secret parce que c'était tout nouveau et qu'on avait peur que ça ne dure pas. Ensuite, quand c'est devenu sérieux, je ne voulais pas risquer que papa et maman l'apprennent et en parlent aux parents d'Erna. Ils ne l'auraient pas autorisée à avoir un petit ami. On ne voulait pas te blesser ni t'exclure…

— J'ai fini par comprendre, ne t'en fais pas.

— Vous êtes réconciliées, alors ?

— Oui.

— Tant mieux. Je suis content. Je suis vraiment amoureux d'elle, tu sais.

— C'est bien.

J'évite son regard. J'aimerais tant pouvoir parler de Walter aussi librement qu'il parle d'Erna.

— Hetty ?

— Oui…

— Il y a autre chose, n'est-ce pas ? Je te connais trop bien. Tu ne peux rien me cacher, Petite Souris.

Je t'ai pourtant caché quelque chose. Et pas n'importe quoi.

Je soupire et lui parle de mon autre sujet de préoccupation : papa, Fräulein Muller, la petite fille. Il m'écoute calmement, le visage solennel.

Quand j'ai fini, il demeure silencieux quelques instants, le regard perdu vers la fenêtre. Puis il secoue la tête et déclare lentement :

— Tu as vu papa qui rencontrait cette femme dans la rue et embrassait une petite fille. Peut-être qu'il s'est montré affectueux parce qu'il ne l'avait pas vue depuis longtemps. Ils ont très bien pu se croiser par hasard.

— J'ai bien senti que ce n'était pas ça. Je le sais.

— Tu ne sais rien du tout. Tu as vu quelque chose et tu l'as interprété.

— Il y a des années, je t'ai dit qu'ils s'étaient embrassés sur le trottoir devant la maison et tu m'as convaincue que j'avais rêvé. Mais cette fois je n'en démordrai pas. Et j'avais raison aussi la première fois. Ce que j'ai vu devant la gare le prouve.

— Ça prouve surtout que tu as toujours une imagination débordante.

— Karl…

J'ai envie de le gifler. Il ne veut jamais prendre ma parole en compte.

— D'accord, soupire-t-il. Admettons que tu aies raison. Que tu n'aies pas mal interprété ce que tu as vu. Papa a une maîtresse. Tu parles d'une affaire ! C'est le cas de beaucoup d'hommes. Surtout quand ils ont des postes importants. Himmler le premier. C'est la vie. Les hommes qui réussissent ont des maîtresses. Papa ne quittera jamais maman. Donc, où est le problème ?

Cette déclaration me laisse sans voix. Je le contemple, bouche ouverte. Il trouve normal que papa ait une maîtresse et une fille cachée ?

— Comment peux-tu dire ça ?

Je m'en étrangle à moitié.

— Et si c'était un petit garçon, que j'avais vu avec papa ? Ça ne te gênerait pas de penser qu'il a un autre fils ?

Je prends une grande respiration.

— Il en a d'ailleurs peut-être déjà un. Alors ? Ton avis sur le sujet ?

— Tu dis n'importe quoi, Hetty. Ça frise le délire.

— C'est ton point de vue.

— Bon sang, Hetty, mais qu'est-ce qui t'arrive ?

Il boit une longue rasade de bière.

— Ce qui m'arrive, à *moi* ? C'est plutôt à *toi* qu'il faudrait poser la question, Karl.

— Je ne veux plus écouter ces absurdités, Hetty, dit-il en se levant brusquement.

— Tu préfères nier que papa trompe maman ?

— Il est temps de se préparer à sortir, déclare-t-il en ignorant ma question. Tu peux toujours venir, si tu veux.

Et sur ce, il quitte la pièce.

Je fixe la porte un long moment, les yeux pleins de larmes. Pourquoi est-il aussi dur avec moi ? Aussi froid. Ce n'est pas le Karl que je connais. J'avais peur que la vie dans la Luftwaffe le change. Eh bien il a changé. Je n'ai plus de frère. Plus personne vers qui me tourner.

Papa a sa maîtresse et son nouvel enfant. Karl a Erna. J'ai Walter, bien sûr, mais on ne peut se voir qu'en cachette. Maman est tellement impliquée dans son nouveau projet d'orphelinat-école que je ne la vois presque plus. Et quand elle est là, elle fait de la paperasse. De toute façon, ce n'est pas à elle que je pourrais parler de mes problèmes.

Jamais je ne me suis sentie aussi seule et malheureuse.

21 décembre 1937

Je me lève bien avant l'aube, quand tout le monde dort encore. Je fourre dans un sac à dos de quoi me changer et mon imperméable, puis je descends au rez-de-chaussée sur la pointe des pieds, en chaussettes, mes chaussures à la main.

Kuschi, qui dort dans la cuisine, ouvre un œil et remue mollement la queue quand j'allume la lumière.

— Rendors-toi, mon chéri Kuschi, dis-je en lui grattant l'encolure.

Je prends un peu de monnaie dans le bocal de l'argent du ménage réservé à Bertha et le glisse dans le sac à dos, en espérant qu'elle ne tient pas un compte trop précis de ses dépenses. Puis je sors du pain de la boîte à pain et coupe quelques tranches, de quoi faire mes sandwichs.

La porte grince. Bien sûr, Ingrid a décidé ce matin de se lever plus tôt que d'habitude ! Je me retourne pour la saluer, en préparant mentalement une explication, sauf que sur le seuil ce n'est pas Ingrid, mais Karl, les cheveux ébouriffés, dans ses vêtements de la veille. Même à distance, il pue la fumée et l'alcool.

Il s'appuie au chambranle de la porte en faisant une drôle de moue.

— Tu penses aller où, à cette heure matinale ?

La voix est pâteuse, mais le ton est ferme et accusateur.

L'esprit en ébullition, je me détourne et entreprends de beurrer mon pain comme si de rien n'était.

— Je prépare des sandwichs pour la *BDM*. Et toi, tu viens d'où ?

— Ça ne te regarde pas.

— Tu n'étais pas avec Erna hier soir ?

— Je l'ai ramenée tôt chez elle pour que ses parents ne s'inquiètent pas. Ensuite, je suis allé boire encore quelques verres avec des amis.

— Quelques verres ? Tu as bu comme un trou, oui !

Je ricane.

— Que penserait Erna si elle te voyait en ce moment ?

Je coupe des tranches de fromage et les mets sur le pain.

Karl vient vers moi en titubant et s'accoude au comptoir.

— Elle ne penserait rien. Elle m'aime, que ça te plaise ou non.

De près, je vois qu'il a le regard trouble et les yeux injectés de sang.

— Tu devrais aller te coucher et essayer de dormir un peu avant que maman ne se rende compte que tu es rentré complètement soûl. Que dirait ton Hauptmann Winkler s'il te voyait dans cet état ? Tu ne ferais sûrement pas long feu dans la Luftwaffe.

— Mais qu'est-ce que tu en sais ? rétorque-t-il d'un ton moqueur. Tu ne sais rien sur rien. Tu as toujours vécu comme une princesse, protégée par moi. Et tu me remercies comment ? En m'écrasant de ton mépris. Tu me méprises. Tu nous méprises.

— Mais qu'est-ce que tu racontes ? Va te coucher Karl, tu es ivre.

— Je n'irai nulle part tant que tu ne m'auras pas dit ce que tu caches.

— Je ne cache rien.

— Pas même un amoureux secret ?

— Qui t'a raconté ça ?

— C'est secondaire. Ce qui me tracasse, moi, c'est pourquoi tu me le caches, cet amoureux. J'ai toujours été ton complice, je t'ai souvent couverte, tu es au courant pour Erna. Si tu as un amoureux, pourquoi faire des secrets ?

— Il n'y a pas de secrets. Et pas d'amoureux.

Il se dirige vers l'évier et boit plusieurs verres d'eau d'affilée.

— Pas très convaincante, ta réponse, Petite Souris. Je veux savoir ce qui se passe.

Il tire une chaise de sous la table et s'y installe posément.

— J'ai toute la matinée, vois-tu. Je ne suis pas pressé.

Il n'est peut-être pas aussi ivre que je le pensais. Que sait-il exactement ? J'emballe les sandwichs dans du papier journal. Ce qui est certain, c'est que la méfiance s'est installée entre nous.

— Quoi qu'on t'ait raconté, Karl, c'est faux. Je n'ai pas d'amoureux. Demande à qui tu veux. À Erna, à maman, à papa...

Je range mes sandwichs dans le sac à dos.

— Si tu t'imagines que tu vas filer tranquillement avec tes sandwichs..., ricane-t-il d'une voix traînante. Et tu ne m'as toujours pas dit pourquoi tu faisais des sandwichs à 5 heures du matin.

— Oui, je te l'ai dit. C'est pour la *BDM*. Pour... pour les fêtes de Noël. Pour les nécessiteux. J'étais réveillée et je n'arrivais pas à me rendormir, alors j'ai décidé de préparer très tôt mes sandwichs.

— Pour les nécessiteux... Tiens donc. Des sandwichs enveloppés dans du papier journal pour le Noël des nécessiteux ? Tu parles d'un geste ! Ne me prends pas pour un idiot.

Il s'étire, bras en l'air, puis croise ses mains derrière sa tête.

— Tu sais quoi ? Je ne parlerai pas à papa de tes rendez-vous du dimanche avec l'amoureux transi, à condition que tu me fasses une promesse.

Quelque chose explose dans ma poitrine. Il sait. Salaud de Tomas !

Je fais mine de me débattre avec la fermeture de mon sac à dos, pour cacher mon visage à Karl. Je ne veux pas qu'il voie que je pleure.

— Je t'écoute.

— Laisse-le tomber et ne le revois plus. Sinon je n'aurai pas le choix. Et je ne te protégerai plus, tu peux me croire.

Comme je ne réponds pas, il insiste :

— J'ai mes espions, je saurai si tu as tenu parole.

J'essuie mes larmes, prends une grande respiration et me redresse.

— Je n'allais nulle part, ce matin, Karl. Et je ne sais pas de quoi tu parles. Je n'ai pas d'amoureux et aucune intention d'en avoir un. Je ne me marierai jamais. Un jour, je deviendrai médecin, tu verras, et je partirai très loin d'ici. Pour l'instant, je retourne dans ma chambre et tu ferais bien d'aller te cacher dans la tienne. Il vaudrait mieux que personne ne te voie dans cet état.

Comme je passe devant lui, il me retient par le bras.

— Pourquoi prendre un tel risque ? demande-t-il d'un ton suppliant, comme s'il était brusquement redevenu lucide. Ne joue pas avec le feu, Petite Souris. Tu fraies avec le diable… ça finira par un désastre.

Je dégage mon bras d'un coup sec et quitte la cuisine sans un mot.

Une fois dans ma chambre, je me jette en larmes sur mon lit, totalement désespérée. Walter va m'attendre pour rien à la gare. Notre journée est fichue.

Et ce n'est pas le pire : nous voir devient de plus en plus risqué. Il est en danger.

Il faut que je lui fasse passer un message.

Je me lève pour aller prendre du papier et un stylo dans le tiroir de mon bureau.

Lena,

Je sais que nous nous connaissons à peine, mais j'espère que cela ne vous empêchera pas de me considérer comme une amie. J'ai besoin d'aide et ne sais vers qui me tourner. Notre ami commun est en grand danger. Je n'ose pas aller le voir moi-même, de peur d'aggraver sa situation. Je vous serais donc extrêmement reconnaissante de l'avertir que j'ai eu avec un membre de ma famille une altercation qui m'a empêchée d'aller à notre rendez-vous de ce matin. Dites-lui bien que je ne peux pas prendre le risque de le revoir pour l'instant, mais qu'il compte beaucoup pour moi.

Avec toute ma reconnaissance,
Herta.

29 janvier 1938

Recroquevillé dans son vieux manteau élimé, Tomas souffle sur ses mains pour tenter de les réchauffer. Le sol est encore couvert de neige. On a l'impression que l'hiver n'en finira jamais.

— Tu n'as pas de gants ?

La peau marbrée de ses doigts est d'une inquiétante couleur violacée.

Il évite mon regard.

— C'est idiot, je les ai oubliés dans le tram. Je n'avais pas les idées claires, tu sais, en venant te voir.

— Bon… Tomas… Viens, on va te trouver des gants.

Je soupire.

— Je te les offre. Il me semble que je te dois bien ça. Tu as fait l'effort de venir jusqu'ici, alors que rien ne t'y obligeait.

Je l'entraîne vers les magasins *Breuninger*, tout en me demandant comment je vais m'y prendre pour le convaincre de se taire – percer la barrière de son crâne, atteindre son esprit buté. Tomas est un enfant d'Hitler et cela lui interdit d'ignorer ce qu'il a surpris entre Walter et moi.

Je sais par Lena que Walter a reçu mon message. Je n'ose plus le contacter, même si de mon côté c'est le calme plat. À la maison, rien n'a bougé depuis ma discussion avec Karl dans la cuisine. J'avais préparé un discours pour me justifier, au cas où papa m'aurait interrogée, mais ça n'a pas été le cas. On dirait que Karl a tenu parole : il sait que je ne sors plus le dimanche matin, donc il se tait. Il est reparti dans la Luftwaffe et j'ai déjà reçu une lettre de lui – bienveillante et riche en anecdotes, mais distante, pour qui sait lire entre les lignes.

Je m'arrête devant le plan du magasin pour lire tout haut :

— Vêtements hommes, deuxième étage.

Nous empruntons l'ascenseur. Au comptoir des gants, Tomas essaie tous les modèles que lui présente le vendeur.

— Je crois que je prendrai ceux-là, dit-il enfin, en montrant du doigt une paire de mitaines en cuir doublées de peau de mouton.

C'est l'article le plus cher, mais je ne bronche pas et demande au vendeur de le mettre sur le compte de papa. Je dirai que je me suis fait ce cadeau pour mon anniversaire. Personne n'y trouvera rien à redire, car j'ai justement fêté mes seize ans la semaine dernière.

— À présent, déclare Tomas en brandissant victorieusement ses gants quand nous sortons dans la rue, tu dois accepter que je t'offre un café pour te remercier.

— Avec plaisir, j'en serais ravie.

Nous choisissons un coin à l'écart dans un café près de Nikolaistrasse, et nous asseyons l'un en face de l'autre à une petite table de bois. Tomas attend la serveuse sans un mot, son long buste penché sur le plateau, en tapotant un rythme du bout des doigts.

Le café finit par arriver. Il est chaud, mais trop amer. J'y ajoute deux morceaux de sucre et touille en souriant à Tomas. Je ne sais par où commencer. Je dois bien choisir mes mots.

— Je te pardonne, dit-il soudainement, en cherchant enfin mon regard.

— Qu'est-ce que tu as dit ?

— Si tu ne me mens pas et que tu ne revois plus ce gros con, je te pardonne.

Il se redresse et s'adosse à sa chaise, comme s'il venait d'être libéré d'un grand poids, mais sa mâchoire reste crispée et il continue d'agiter nerveusement les doigts.

— Je ne l'ai plus revu, assuré-je en me penchant vers lui, comme pour souligner ma déclaration. Et je ne le verrai plus. Je te l'ai déjà dit et je suis sincère. Je regrette ce que j'ai fait, Tomas, tu sais. Et je regrette aussi de t'avoir fait du mal.

Je pose ma main sur la sienne et la sens tressaillir comme un poisson hors de l'eau.

Son visage se ferme et devient presque grimaçant.

— J'ai vécu un enfer, Hetty. J'avais l'impression d'être en enfer. J'ai cru devenir fou. Mais ensuite, j'ai compris. Ce n'était pas ta faute. Il t'a pervertie, je le vois clairement.

Son front se couvre peu à peu de transpiration.

— Il t'a piégée. Il t'a manipulée pour que tu tombes amoureuse de lui. C'est ce qu'ils font, ces ordures.

— Tomas...

Je m'efforce de contenir ma colère. Cette haine contre Walter, c'est insupportable. J'ai envie de répondre que c'est moi qui ai insisté pour le revoir. Qu'il n'a pas eu besoin de me manipuler et que de toute façon il n'aurait jamais fait une chose pareille. Que toutes ces histoires à propos des Juifs malfaisants et comploteurs ne sont que des absurdités inventées de toutes pièces. Mais quelque chose m'arrête. Je dois penser aux conséquences. Il ne faut surtout pas que Tomas se doute de ce que je ressens pour Walter.

— Mais...

Il bat nerveusement le sol du bout de sa semelle.

— Je veux être certain que tu n'es plus sous son emprise... Tu vois ce que je veux dire ? Si c'est le cas, j'oublierai ce que j'ai vu. Tu n'auras rien à craindre de moi. Mon but n'est pas de t'attirer des ennuis.

— Tu l'as déjà fait en parlant à Karl.

Je n'ai pas pu m'empêcher de le lui reprocher, mais, tactiquement, c'est une erreur. *Calme-toi. Respire.*

— Tu avais le droit, bien sûr… Mais il se méfie de moi, à présent, et ça nous a éloignés l'un de l'autre.

Il cesse de battre le sol avec son pied.

— Qu'est-ce que tu racontes ? Je n'ai rien dit à Karl.

— Tu ne lui as pas parlé ?

— Non, Hetty. Je n'ai parlé de rien à personne, je te le jure.

— Ah…

Mon esprit tourne à toute allure. J'essaie de me souvenir de cette horrible conversation dans la cuisine. Karl n'a pas prononcé le nom de Walter. Moi non plus. Peut-être qu'il ne sait pas, après tout. Si Tomas ne lui a rien dit, il ignore que mon mystérieux amoureux est un Juif. Il n'a que des soupçons, tout au plus.

— Je devrais dénoncer le salaud qui a osé te salir, je le sais…, ajoute-t-il en prenant un air torturé. Et ce n'est pas l'envie qui m'en manque. Pour qu'il soit puni comme il le mérite. Mais je ne vois pas comment le faire sans te mouiller aussi.

— On ne pourrait pas oublier tout ça, Tomas ? C'était juste un baiser. Un geste idiot. Un moment d'égarement. Je ne sais pas ce qui m'a pris… Je te promets que ça ne se reproduira plus.

— Tant mieux, Hetty. Tant mieux.

Il ne cesse de hocher la tête et de battre le sol avec la semelle de sa chaussure – tap-tap-tap.

— Parce que je ne supporte pas l'idée qu'on puisse t'arrêter. J'ai envisagé de dénoncer anonymement ce salaud de Juif, sans mentionner ton nom. Par exemple en écrivant au journal de ton père, pour dire ce que j'avais vu. Mais, bien sûr, il aurait tout simplement nié.

Il se penche en avant.

— Ou alors il t'aurait dénoncée en échange d'une peine moins lourde. Je ne pouvais pas prendre ce risque.

Nous nous jaugeons du regard de part et d'autre de la table durant un instant. À travers les épais verres de ses lunettes, ses pupilles noisette paraissent énormes. Je déglutis péniblement. Qu'est-ce que je peux répondre à ça ?

— Merci, dis-je seulement.

Je bois une gorgée de café en essayant de maîtriser le tremblement de mes mains. Je devrais être soulagée, mais une nouvelle angoisse vient de s'insinuer au creux de mon ventre.

— Mais si tu ne le vois plus, parlons d'autre chose, déclare Tomas en s'animant soudainement.

L'exaltation se peint sur son visage.

— Hetty, j'ai une grande nouvelle à t'annoncer. J'ai signé pour m'engager dans la Wehrmacht, dès que j'aurai terminé mon apprentissage. L'armée aura besoin de mécaniciens qualifiés comme moi. J'aurai un travail stable, pour la vie. Qu'en penses-tu ?

— Je pense que c'est génial, vraiment génial.

Je lui souris derrière ma tasse de café, mais ce n'est pas à la Wehrmacht que je pense.

Qui a bien pu parler à Karl de mes rendez-vous du dimanche, si ce n'est pas Tomas ?

10 février 1938

Quand je quitte la maison pour aller en cours, le jour se lève à peine. Dehors, il fait sombre et humide. La neige a fondu, mais un brouillard épais s'est abattu sur Leipzig durant la nuit. Les bruits habituels de la ville me parviennent comme étouffés, les phares des voitures paraissent flous. La silhouette fantomatique d'un cheval émerge lentement de la brume, accompagnée d'un clip-clop de sabots qui semble étrangement détaché de la scène.

Dans cette atmosphère trouble et vaporeuse, mon imagination a tendance à s'emballer. Je me dis que ce brouillard est propice aux agressions, je crois voir des monstres dans tous les recoins, je sursaute au moindre bruit. En resserrant autour de moi les pans de mon manteau, j'accélère le pas pour remonter Kirchplatz, vers Gohliser Strasse. Un tramway gronde et grince en prenant son virage, noyant tous les autres sons. Soudain, une silhouette surgit devant moi, enveloppée dans un manteau, le visage dissimulé par une écharpe et un chapeau. Je pousse un cri de terreur.

— Pour l'amour de Dieu, ne hurle pas comme ça ! C'est moi !

— Walter ? Mais qu'est-ce que…

Il me saisit le bras et m'entraîne avec lui. Le tramway s'éloigne. Les gens que nous croisons gardent la tête baissée à cause du brouillard, c'est tout juste s'ils nous voient. Juste avant Nordplatz, nous prenons par Prendelstrasse, dans la direction opposée à celle du lycée.

—Walter, tu m'emmènes où ? Je dois être en cours dans dix minutes.

—Pas de cours ce matin, déclare-t-il d'un ton qui n'admet pas de réplique. Tu viens au zoo avec moi.

—Mais tu es fou ! Et s'ils préviennent mes parents de mon absence ? Pourquoi es-tu venu me chercher ? C'est dangereux de se montrer ensemble. Il s'est passé quelque chose ?

Je tente de sonder son expression, mais je ne vois de son visage que sa pommette, entre son écharpe noire et son chapeau de feutre gris.

—Assez de questions, répond-il. Chaque chose en son temps.

Il tourne la tête vers moi et j'aperçois enfin le bleu de ses yeux. Ça me fait un coup au cœur.

—Mon absence ne passera pas inaperçue au lycée, Walter. Certaines filles n'y vont presque plus, mais ça n'est pas mon cas. Mes parents seront prévenus.

Il me fait traverser la rue et s'arrête devant une cabine téléphonique.

—Entre là-dedans et appelle le lycée en te faisant passer pour ta mère. Dis que Herta ne se sent pas bien et qu'elle n'ira pas en cours.

—Je n'y arriverai jamais !

—Bien sûr que si.

Il me regarde fixement et je pousse malgré moi la porte de la cabine, tandis qu'il me glisse quelques pièces dans la main. La bouche sèche, je décroche le combiné et insère les pièces, puis demande à l'opératrice de me passer l'administration du lycée. À travers la porte, Walter m'encourage d'un sourire et d'un signe de tête, les mains dans les poches.

J'entends sonner à l'autre bout de la ligne. Puis il y a un déclic.

—Bonjour, répond une voix féminine sèche et vaguement agacée.

Ensuite c'est le silence. Elle attend que je lui communique l'objet de mon appel. C'est à moi de parler. Je vais tenter d'imiter les douces inflexions de maman, en espérant que la friture sur la ligne m'aidera à être convaincante.

—Bonjour. J'appelle pour vous informer que ma fille, Herta Heinrich, est souffrante aujourd'hui. Je pense qu'elle a de la fièvre. Elle ne pourra pas assister aux cours.

—Merci de nous avoir appelés, Frau Heinrich, répond la femme. Dites à votre fille de bien se soigner.

—Je n'y manquerai pas. Merci et bonne journée.

Un déclic. Elle a raccroché. Je repose le combiné. J'ai du mal à croire que j'ai osé faire une chose pareille.

—Ça a marché !

Nous avons toute la matinée devant nous. Je me jette au cou de Walter.

—Sans toi, je n'aurais jamais eu le courage ou l'idée de faire un truc pareil, dis-je en riant.

—Moi aussi je deviens imprudent quand il s'agit de te voir. L'amour nous fait faire des folies, pas vrai ?

Je ris. Mon haleine forme un petit nuage qui reste suspendu dans l'air froid.

Il a dit « l'amour »...

Il baisse les yeux vers moi et plonge son regard dans le mien. À cet instant, je sens à quel point nous sommes liés. Je le suivrais n'importe où. Au bout du monde, s'il me le demandait.

Arrivés devant le zoo, nous nous cachons dans des buissons pour nous embrasser. Quand ils ouvrent enfin les portes, Walter paie nos entrées et nous pénétrons dans l'allée centrale, bras dessus bras dessous.

— C'était dur de rester sans nouvelles de toi, dis-je en lui jetant un bref regard. J'étais très inquiète.

— Tu m'avais demandé de ne pas te contacter, alors j'ai obéi. Sans compter que j'étais tellement perturbé que ma mère s'est doutée de quelque chose. J'ai dû lui expliquer ce qui m'arrivait et elle était furieuse. Bien sûr, je ne lui ai pas donné ton nom, rassure-toi. Elle m'a obligé à me cacher dans le grenier, parce qu'elle craignait qu'on ne vienne m'arrêter. J'y suis resté enfermé plusieurs jours, en pensant à toi, fou d'inquiétude. Mais personne n'est venu me chercher, alors j'ai fini par quitter le grenier. J'ai du mal à le croire, mais on dirait bien que Tomas ne nous a pas dénoncés.

Nous nous serrons l'un contre l'autre pour nous réchauffer.

— Ensuite je t'ai guettée dans la rue sur le chemin du lycée. Je t'ai aperçue plusieurs fois, mais tu n'étais jamais seule et je n'ai pas pu t'aborder. C'était insupportable de t'avoir presque à portée de main, sans pouvoir te parler ou te serrer dans mes bras. Ces deux mois sans toi m'ont paru longs et éprouvants. Je n'en pouvais plus.

— Moi non plus, murmuré-je. Et pour Tomas, tu as raison : il ne nous a pas dénoncés. Je crois qu'il a un faible pour moi.

— Tu es un génie, commente-t-il en m'adressant un clin d'œil.

— Quand même… Nous devons rester extrêmement prudents.

— Je sais, répond-il en reprenant son sérieux. Nous avons été imprudents. Il va falloir se montrer plus malins, varier l'endroit et l'heure de nos rencontres. On passera par Lena pour communiquer. On peut lui faire entièrement confiance.

— Mais pourquoi te protège-t-elle ?

— Tu n'es pas la seule à avoir des admirateurs, tu sais, répond-il en m'adressant de nouveau un clin d'œil.

Nous marchons à présent dans la section des oiseaux, entre deux rangées de volières. Dans l'une d'elles, je repère une chouette chevêche ; dans une autre, de petits oiseaux qui volettent un peu partout ; dans une troisième, quelques échassiers se tiennent au bord d'un point d'eau creusé dans le sol en béton.

Malgré moi, je jette de temps à autre des regards par-dessus mon épaule. Je ne peux pas m'empêcher de penser à la mise en garde de Karl. J'ai peur qu'on nous voie.

— Détends-toi, Hetty, murmure Walter. Il n'y a personne ici. Et puisque Tomas n'a pas parlé, nous n'avons pas à nous inquiéter, assure-t-il en glissant son bras sous le mien.

J'acquiesce d'un signe de tête, mais sans parvenir à me débarrasser de l'impression pénible que des ennemis se cachent dans le linceul informe du brouillard.

Nous poursuivons notre visite, en nous enfonçant un peu plus loin dans le zoo. Nous sommes les seuls visiteurs.

Les gardiens distribuent à manger aux loutres et aux castors d'Amérique du Nord, un couple de bisons aux longs poils mange du foin près de sa clôture. Nous nous arrêtons un instant devant deux ours qui font les cent pas dans leur enclos. Ils se croisent et se recroisent sans même se jeter un regard et leurs énormes pattes ne font aucun bruit. De temps à autre, ils reniflent l'air en levant un museau pointu et humide. Ils sont magnifiques et ça me fait de la peine de les voir enfermés dans ce petit espace, amputés de leur liberté. Leur place est dans une forêt, parmi leurs pairs.

Le brouillard commence à se dissiper ; un rayon de soleil le traverse en le teintant d'une douce nuance ambrée. Walter a peut-être raison. Ici nous sommes seuls. Je devrais profiter de sa compagnie sans me poser de questions, pour une fois que c'est possible.

Ma tension se dissipe peu à peu, en même temps que le brouillard.

— Tu sais que tu es la plus belle fille du monde, quand tu souris ? dit-il, tandis que les ours continuent à aller et venir devant nous.

Je lui donne un petit coup de coude dans les côtes.

— Ne te moque pas de moi.

— Je ne me moque pas. C'est la vérité. Je l'ai souvent remarqué, mais je n'ai jamais osé te le dire. Mais bon, je crois que si je ne le fais pas maintenant, il se pourrait bien que je n'aie plus jamais…

— Chut, dis-je en posant un doigt sur ses lèvres. Ne dis pas ça. Ne le dis pas.

— D'accord. Mais tu ne m'empêcheras pas de te dire à quel point tu comptes pour moi, ni combien je te trouve belle.

Je me sens rougir sous l'intensité de son regard.

— De ton côté, ne te gêne pas pour me dire que je suis beau, intelligent, et que tu adores mes blagues…

Je pouffe. Nous nous remettons à marcher.

— D'ailleurs, c'est le bon moment pour une blague, dit-il.

Il marque une pause, puis enchaîne.

— Göring a épinglé une flèche au bout de la rangée de médailles de sa tunique. On peut y lire : « La suite au dos ».

— Tes blagues sont vraiment horribles.

Il sourit.

— On est comme ça, nous les Juifs. Je suppose que c'est notre façon de tenir le coup.

Il jette un coup d'œil derrière lui, puis m'entraîne brusquement derrière un grand arbre. Quand il est bien sûr qu'on ne peut pas nous voir depuis les allées, il me prend par la taille. Et soudain nous sommes en train de nous embrasser furieusement, pressés l'un contre l'autre, avec son sexe qui durcit contre moi. Il me désire. J'ai la sensation d'avoir sur lui un pouvoir merveilleux – bien qu'un peu effrayant.

Je voudrais bien céder à son désir, mais j'ai peur de perdre du même coup une partie de mon pouvoir.

Quand nous nous séparons enfin, nous demeurons un moment front contre front, avec nos souffles qui se mêlent dans l'air glacé.

— Tu as déjà pensé à le faire ? demandé-je tout bas.

— Tu veux rire, Hetty ? Il faudrait plutôt me demander s'il m'arrive de ne pas y penser…

Il me serre plus fort.

— Est-ce que tu voudrais ? demande-t-il.

L'air est calme et tranquille. De l'eau goutte des feuilles trempées.

— Je ne sais pas…, murmuré-je.

Mais je sais. Je le veux. Désespérément.

Notre union impossible. Sa peau nue sur la mienne. La caresse de ses mains. L'abandon total.

Le mélange de nos sangs.

— Hetty, on n'est pas obligés. Je ne vais pas insister si ça te fait peur.

Ensuite nous n'en parlons plus. Il me tient simplement dans ses bras et je le respire.

13 mai 1938

Je sais que je devrais te quitter, Walter. J'aurais dû le faire depuis longtemps. Plus j'attends, plus c'est difficile, mais il va bien falloir que je m'y résigne. Tomas ne me laissera pas une seconde chance et je suis terrifiée à l'idée qu'il me surprenne avec toi. Il m'appelle régulièrement pour me proposer un film ou une promenade. Parfois, je trouve le moyen de refuser, mais la plupart du temps j'accepte. Pour te protéger. Heureusement, les journées de travail sont longues en usine et Tomas a très peu de congés.

Aujourd'hui, pourtant, j'ai apprécié ta présence sans arrière-pensées et sans angoisse. Parce que nous étions loin de Leipzig. Mes parents étant invités à l'anniversaire du maire, nous avons profité de leur longue absence pour prendre un tram jusqu'à la forêt alluviale. Il faisait beau, le soleil brillait, la nature était en fleurs. Tu m'as dit que tu m'aimais, que tu voulais de moi pour la vie. On n'arrêtait pas de s'embrasser. Je pourrais passer des journées entières à t'embrasser.

Mais à présent, de retour dans ma grande maison triste, j'ai le cœur lourd et plein d'un sentiment doux-amer.

Quand j'ai fini de m'épancher, je cherche une nouvelle cachette pour mon journal, plus sûre : au fond de mon placard, il y a une latte du plancher qui se soulève. Je range le journal dessous, puis recouvre la latte d'une pile de draps et de couvertures.

Personne ne viendra le chercher ici.

J'erre ensuite dans la maison, un peu désœuvrée. Il est encore tôt. Papa et maman ne sont pas encore revenus de leur anniversaire.

Dans le petit salon, je tombe sur le *Leipziger* et feuillette la section des nouvelles. On y trouve plusieurs articles sur le taux de chômage qui est à zéro et sur les succès industriels du pays. Je les parcours sans vraiment m'y arrêter. Il y a aussi la chronique hebdomadaire de papa, sa fameuse *Croisade morale*. Cette semaine, il commente l'arrestation d'un certain nombre d'« asociaux » notoires, coupables d'odieuses turpitudes morales. Il en a parlé à la maison et je sais que ces asociaux ont fini dans le camp de concentration de Buchenwald. Les mots « camps de concentration » font tellement peur que les gens ne les prononcent qu'à voix basse, comme s'ils craignaient que cela ne suffise à les y envoyer pour de bon. Les camps sont installés dans des endroits isolés, à l'abri des regards, et cela les rend d'autant plus mystérieux et effrayants.

Papa assure que les rumeurs à propos des camps viennent des journaux étrangers et de leurs articles mensongers faisant état de prétendus témoignages d'anciens prisonniers qui se seraient échappés. Pour lui, ce que l'on raconte sur les camps relève d'une propagande étrangère destinée à attiser la haine contre le peuple allemand. Mais maintenant, je me pose des questions. Surtout quand je pense au père de Tomas. Et si les rumeurs sur les camps n'étaient pas que des rumeurs ?

Je lâche le journal sur la table. Il y a quelques années, papa nous a emmenés visiter les bureaux du *Leipziger*. Il a toujours rêvé de confier un jour à Karl la direction du journal et voulait lui montrer à quel point le journalisme était passionnant. Je me souviens d'avoir été très impressionnée par l'agitation qui régnait dans la salle de presse – les téléphones qui sonnaient sans discontinuer, les allées et venues, les employés qui s'échangeaient des nouvelles en hurlant. Papa nous avait expliqué que tout le monde jouait la course contre la montre pour publier chaque jour des articles illustrés de photos. Il nous avait ensuite montré les presses et c'était encore plus impressionnant. Pour imprimer un journal, il fallait d'abord l'écrire au moyen de lettres métalliques placées dans des cadres, mot par mot, phrase par phrase, page par page. C'était un travail colossal, dans des conditions pénibles de chaleur et de saleté. Nous avions demandé à papa à quoi bon se donner tant de mal, puisque la plupart des gens le lisaient distraitement, avant de le mettre à la poubelle.

Il avait pris un air outré.

« La presse, avait-il rétorqué d'un ton passionné, est un des meilleurs outils d'éducation d'une nation. C'est avec les mots qui s'impriment ici que nous la façonnons. Une nouvelle ne se réduit pas à des faits. Selon la manière dont elle est présentée, elle peut transmettre des messages très différents. »

Ses yeux brillaient de fierté.

« C'est moi qui choisis ce qui doit être mis en avant et comment : une tâche de première importance qui me donne un pouvoir immense. »

Mais cela n'avait rien changé à la décision de Karl : il voulait piloter des avions. Quant à moi, je n'avais pas vraiment saisi la portée de cette déclaration. À présent, je comprends. Je pense à ce que vit Walter. À ce qu'endurent les « ennemis » du Reich. À ce que j'endure parce que je suis amoureuse d'un Juif. Combien y en a-t-il comme nous ? Combien de couples ne peuvent vivre librement leur amour parce qu'ils ne sont prétendument pas de la même race ?

Ma colère enfle, face à cette injustice. Il n'y a rien d'inférieur chez Walter. Ni chez aucun autre Juif, en fait. Nous sommes tous des êtres humains. Et je vois enfin le journal de papa pour ce qu'il est. Pas comme un outil au service de l'information, mais comme un instrument de manipulation et de propagande.

— S'ils tardent trop à revenir, la viande de porc sera carbonisée et bien sûr on va me le reprocher, marmonne Bertha à Ingrid.

La table de la salle à manger est dressée. Ingrid a déjà mis le vin à décanter. La délicieuse odeur de porc rôti qui émane de la cuisine fait gargouiller mon estomac.

— Plus c'est croustillant, mieux c'est, lui dis-je. En tout cas, je meurs de faim. Et si on commençait à manger sans les attendre ?

— Vous n'y pensez pas ! proteste Bertha, les mains sur les hanches.

Elle gonfle les joues.

— Que dirait votre mère ?

— Vos activités de la journée vous ont ouvert l'appétit, mademoiselle Herta ? demande Ingrid avec un sourire ironique.

— Que voulez-vous dire ?

Je me sens devenir rouge comme une tomate.

— J'ai fait un pique-nique avec Erna…

— Un pique-nique… Si c'est comme ça que vous voulez l'appeler…

— Ingrid ! l'interrompt sèchement Bertha. J'ai remarqué des fleurs défraîchies dans le couloir, dans le petit salon et dans la salle à manger. Il faudrait les changer. File chez le fleuriste avant que ça ferme.

Elle se détourne rageusement et entreprend de frotter le buffet, munie d'une brosse trempée dans l'eau savonneuse de l'évier.

J'ai envie de la serrer dans mes bras pour avoir remis Ingrid à sa place.

— Tout est sens dessus dessous ces jours-ci, commente-t-elle dès qu'Ingrid a quitté la pièce. Et surtout la hiérarchie. Avant, c'était clair. Il y avait les parents et les enfants. Les maîtres et les domestiques. Les patrons et les ouvriers. Les classes supérieures et les classes inférieures. Maintenant, c'est n'importe quoi.

Elle fait couler de l'eau sur la surface chaude de la cuisinière, laquelle grésille. Puis elle se met à frotter, appuyée de tout son poids sur la brosse qu'elle tient à deux mains.

— Tout le monde dénonce tout le monde. On essaie d'avoir prise sur les gens. Les enfants surveillent leurs parents. Les domestiques surveillent leurs maîtres. Ce n'est pas bien.

Elle renifle fort et je me demande si elle pleure.

— Je ne faisais rien de mal aujourd'hui, Bertha, je…

Elle se tourne lentement pour me faire face.

— Je ne veux pas savoir où vous étiez ni avec qui, Fräulein Herta, dit-elle.

Il y a de la peur dans son regard.

— Ce que vous faites de votre temps ne regarde personne d'autre que vous. Ingrid ferait bien de ne pas l'oublier. Mais elle se croit tout permis parce que Karl lui prête une oreille attentive.

— Karl ?

C'est donc Ingrid qui a parlé à Karl ?

Bertha me lance un regard désolé.

— Celle-là, elle ne se gêne pas pour faire des commérages, dit-elle. Tout pour qu'on s'intéresse à elle. Qu'on la remarque. Qu'on lui fasse des compliments. Mais je sais par expérience…

Bertha agite la brosse, puis la dépose dans l'évier.

— … que ce genre de comportements, ça finit toujours par attirer des ennuis. Malheureusement, à part lui conseiller de se taire, je ne peux pas l'aider…

Elle secoue la tête et fait la moue.

— Quant à vous, vous ne devriez pas…

Avant qu'elle ait eu le temps de finir sa phrase, la porte d'entrée claque et les voix de papa et maman résonnent dans le couloir. Bertha s'affaire alors pour servir le repas et notre conversation en reste là.

Je l'observe en silence, en me demandant envers qui elle serait loyale, si on lui demandait de choisir. Hitler et l'Allemagne, ou bien nous, la famille pour laquelle elle travaille tellement dur ? Parfois il me semble que Bertha notre cuisinière nourrit une sorte d'affection secrète pour les exclus de la révolution aryenne. Et pour cela, je la respecte.

7 octobre 1938

Nous sommes devant l'université, un vieux bâtiment classique plutôt massif qui semble là depuis toujours. Je lève mon visage vers le soleil ; une brise légère comme une plume me caresse la peau. Un regard discret par-dessus mon épaule m'assure que Walter est toujours là, sur le trottoir d'en face – pour plus de discrétion, nous avons décidé de marcher à une centaine de mètres l'un de l'autre. Il me répond d'un imperceptible mouvement de tête. Chaque fois que nous communiquons, un flot d'adrénaline se déverse dans mes veines – un mélange de peur et d'excitation, à égalité.

Je pénètre à présent dans le petit parc situé au-delà des bâtiments de l'université, dont l'accès est interdit aux Juifs. Dieu merci, Walter ayant les cheveux blonds et les yeux bleus, personne ne songera à l'arrêter. De toute façon, il n'y a pas grand monde. Un jeune homme passe sur son vélo, avec un gros sac rempli de livres qui tape sur sa cuisse. Au loin, un vieil homme qui marche péniblement en s'appuyant sur une canne. Il n'y a personne d'autre en vue. On ne peut pas rêver plus tranquille. Je m'assieds, adossée au tronc d'un arbre. Quelques minutes plus tard, Walter me rejoint.

— Bonjour toi, dis-je en l'accueillant avec un baiser. Je n'ai qu'une heure de libre.

— C'est tout ?

Ses épaules s'affaissent.

— Je suis désolée, j'aurai plus de temps la semaine prochaine.

— Ce n'est pas ça…

Sa voix faiblit. Il a l'air misérable.

— Walter ? Qu'est-ce qui ne va pas ?

Je lui touche l'épaule. Il me regarde et déglutit.

— Alors quoi ? Même pas une blague, aujourd'hui ?

Il secoue la tête. Il est d'une pâleur mortelle.

— Je dois te dire quelque chose.

— Oui, je t'écoute…

Il s'éclaircit la voix.

— Mon père a finalement admis il y a quelques semaines que la vie ici était intolérable et qu'Hitler finirait par tout nous prendre, que nous restions ou non. Du coup, il a décidé qu'il valait mieux partir, quel qu'en soit le prix. Il a alors commencé à faire la queue dans les ambassades pour nous obtenir des visas. Mais comme je l'avais prédit, c'est trop tard. Il aurait dû faire ça beaucoup plus tôt. Plus personne ne veut des Juifs, nous sommes partout des indésirables.

Ces mots m'arrachent une grimace.

— On est tous coincés ici, poursuit-il. Enfin, presque tous…

— Oui… J'avais compris. Comment faire ?

— Il y aurait un moyen pour moi, soupire-t-il. Mais… je ne suis pas sûr de pouvoir aller jusque-là.

— Pourquoi ? S'il y a un moyen, tu ne dois pas hésiter.

Mon cœur se serre quand je pense qu'il va peut-être m'abandonner, mais sa sécurité passe avant tout. Je dois donc l'encourager à partir.

— Il faudrait que je laisse derrière moi mes parents, ma grand-mère, toute ma famille, avoue-t-il enfin d'une voix morne en évitant mon regard. C'est dur pour moi…

Il serre les poings.

— Mais le pire, ce serait de vivre sans toi.

— Pourquoi devrais-tu les laisser ?

Il prend une longue et profonde inspiration.

— Nous avons de bons amis en Angleterre. Un médecin et sa famille qui ont quitté l'Allemagne en 1933. Ils ont une fille, Anna. Elle a un an de plus que moi.

— Et ils peuvent vous aider ?

— Ils pensent que je pourrais obtenir un visa…

Il déglutit de nouveau.

— … s'ils m'accueillent en tant que membre de leur famille et promettent de me soutenir financièrement.

— Comment ça, s'ils t'accueillent en tant que membre de leur famille ? Tu n'es pas de leur famille. Je ne comprends pas…

— Hetty, je… Merde !

Il contemple un instant le ciel, puis cherche mon regard. C'est seulement à ce moment-là que je remarque qu'il pleure.

— Je dois me fiancer avec Anna. C'est le seul moyen…

Je le fixe.

— Quoi ?

— Oui, tu as bien entendu…

— Mais ce serait juste pour le visa, c'est ça ?

— Non. Je serais obligé de me marier pour de bon. On ne peut pas faire semblant, les autorités là-bas vérifient tout. Mais je n'ai aucune envie d'épouser quelqu'un d'autre que toi, Hetty.

— Tu épouserais la fille de ce médecin ?

Je me sens au bord du malaise.

— Pour elle non plus, ça ne doit pas être facile. On lui en demande beaucoup : elle ne me connaît pas et elle a peut-être… quelqu'un d'autre. C'est très généreux de sa part d'accepter.

Généreux de sa part… Sans doute… Moi je trouve surtout qu'elle a beaucoup de chance.

Mon cerveau est comme engourdi. Je n'arrive plus à formuler un traître mot.

Walter s'empresse d'enchaîner, comme s'il ne supportait pas le silence entre nous.

—Mes parents me poussent à dire « oui ». D'autant plus qu'Anna est le genre de fille qu'ils rêvaient de me voir épouser...

Je m'écarte brutalement de lui, prise d'une soudaine colère.

—Pour moi aussi, c'est dur ! s'exclame Walter d'un ton fervent en me prenant les deux mains. En plus de te quitter et d'épouser quelqu'un que je n'aime pas, je dois laisser toute ma famille en sachant ce qui l'attend. C'est ce qui me fait le plus mal. J'ai d'abord refusé. J'ai dit que je tenais à rester pour affronter avec eux ce qui se passe ici. Mais mes parents n'ont rien voulu savoir. L'espoir de me donner un nouveau départ ailleurs, c'est la seule chose qui les fait tenir debout, à présent.

Il a les joues ruisselantes de larmes. C'est la première fois que je vois un homme pleurer.

J'acquiesce, la gorge nouée, et enferme ses deux mains entre les miennes. Notre couple n'a jamais eu la moindre chance...

—Je t'aime, Hetty. Je t'aimerai toujours. Mais il n'y a pas d'avenir pour nous. Pas ici.

—Je m'étais sottement imaginé qu'un jour nous trouverions le moyen de vivre ensemble. Dans un autre pays, très loin, là où personne n'aurait prêté attention à ce que nous sommes...

—Je sais.

Comme je renifle, il me tend son mouchoir. Je ne le lui rends pas, il me restera au moins ça de lui.

—Tu partirais quand ?

—Rien n'est fixé pour le moment. Je n'ai pas encore de visa britannique, ni même la permission de sortir du territoire, puisqu'il faut d'abord payer cette fichue taxe et que nous n'avons pas un sou. Donc je ne sais pas du tout quand... Ça pourrait être dans quelques semaines. Essayons de nous voir aussi souvent que possible d'ici là.

Je contemple son visage à travers mes larmes.

— Mais ça ne sera plus pareil, Walter.

La situation m'apparaît maintenant dans toute son énormité.

— Tu vas te marier avec une autre.

— Je n'ai pas le choix.

Un cri silencieux. Quelque chose s'effondre en moi.

Il m'attire tout contre lui.

— Je suis vraiment désolé. S'il y avait un autre moyen, tu sais bien que…

— Mais il n'y a pas d'autre moyen et de toute façon, nous deux, ça ne pouvait plus durer, pas vrai ?

J'ai envie de hurler. De le frapper. Je voudrais qu'il sache à quel point j'ai mal, mais à quoi ça servirait ? Je me lève. Il est temps de partir.

— Le mieux, c'est de se séparer maintenant, dis-je sèchement.

— C'est vraiment ce que tu veux ?

Il court vers moi et tente de me prendre dans ses bras, mais je le repousse.

— Non, Walter, ce n'est pas ce que je veux. Je n'ai rien voulu de tout ça. Mais c'est inévitable, non ?

J'essaie de ne pas craquer.

— Je dois m'en aller. Bonne chance pour ta nouvelle vie en Angleterre. Et bonne chance avec Anna.

— Hetty ! Tu es injuste ! On ne va pas se quitter comme ça.

— Ça vaut mieux. Tout ça est trop pour moi. Je t'en prie, Walter. Laisse-moi partir.

Je m'éloigne, en état de choc, consciente de son regard sur moi, et sors du parc sans me retourner.

Je marche lentement dans l'ombre projetée sur le trottoir par les bâtiments de l'université. Je ne sais pas où je vais, mais peu importe.

Tout ce qui compte, c'est de mettre de la distance entre Walter et moi. Quand je sais qu'il ne peut plus me voir, je m'effondre contre un mur pour pleurer toutes les larmes de mon corps, comme si l'on venait de m'annoncer que ma vie allait s'arrêter. Comme si elle s'était vraiment arrêtée.

Je devrais rentrer chez moi, mais je ne me sens pas capable de faire bonne figure devant mes parents. J'erre longtemps dans les rues avec cette seule idée en tête : « Il va en épouser une autre. » Je savais qu'il devrait tôt ou tard s'éloigner temporairement pour sa sécurité. Mais ça… Anna…

Comment vais-je faire pour l'accepter ?

Il se passe quelque chose de grave à la maison.

Je le sens à l'instant même où je franchis le seuil. Ingrid, qui a dû m'entendre arriver, apparaît dans l'entrée, le visage défait.

— Fräulein Herta, vous voilà enfin ! Il faut que vous alliez tout de suite au petit salon. Vos parents vous y attendent.

Pendant que j'enlève mes grosses chaussures, elle reste là, à me tourner autour. Elle ne manifeste pas l'ironie méchante dont j'ai l'habitude. Bizarrement, ça m'inquiète.

Je m'empresse d'aller dans le petit salon, où je trouve papa debout près de la fenêtre, sa silhouette à contre-jour. Maman est sur le canapé. Elle lève vers moi un visage trempé de larmes. Elle a les yeux rouges et gonflés.

— Oh, Hetty…

Elle porte une main à sa bouche et se remet à pleurer, avec de longs sanglots profonds et déchirants.

— Je suis désolée de rentrer si tard, je ne voulais pas vous faire peur.

Je jette un coup d'œil du côté de l'horloge de la cheminée. J'ai dû perdre la notion du temps.

Papa secoue la tête.

— Ça n'a pas d'importance.

Il vient vers moi. Il est livide.

Maman laisse échapper un autre sanglot. Elle a peut-être découvert l'existence de Hilda Müller et de la petite fille ? Ou alors c'est grand-mère qui est morte. Ou bien ils savent pour Walter et moi.

— C'est Karl…, murmure papa.

Il ne parvient pas à finir sa phrase et me regarde avec des yeux désespérés.

— Karl ?

— Il a eu un accident.

Il tient un télégramme au bout de son bras ballant.

— Il est mort.

À travers le fin papier brun du télégramme, je devine les contours de l'aigle de la Luftwaffe ; et dessous des lettres qui forment des mots. Des nouvelles. Des nouvelles en style télégraphique.

L'image du télégramme se brouille et un bourdonnement aussi fort qu'un essaim d'abeilles m'emplit les oreilles.

— Ce n'est pas possible, murmuré-je. Maman ?

On ne meurt pas à dix-neuf ans. Quand on déborde de vie et d'énergie. Quand on est beau et fort. Quand on s'appelle Karl. Quand on est mon frère.

C'est une erreur. Il faut que ce soit une erreur.

Maman continue à sangloter, la main sur la bouche, et tout son corps est secoué de hoquets. Papa va vers elle et la prend par les épaules. Il a un regard vide et une expression tellement abattue que ça me fait mal de le regarder.

— S'il te plaît, papa… Dis-moi que ce n'est pas vrai.

— C'est vrai, confirme maman à travers ses larmes. Karl est mort.

— Ton frère…, commence papa.

Puis il se tait et secoue la tête.

Un engourdissement s'empare de moi.

Je suis assise sur le canapé et je regarde papa. Je veux qu'il dise quelque chose. Quelque chose qui arrangera tout.

Quand j'étais petite, je ne connaissais personne de plus grand ou de plus fort que mon papa. Avec lui, j'étais à l'abri de tout, en sécurité. Dans mon univers, il avait le pouvoir d'un dieu. Mais aujourd'hui sa grande silhouette est toute ratatinée. Face à la mort, il demeure impuissant, comme tout le monde.

— Que s'est-il passé ?

Je suis sonnée. Je tremble.

Papa lâche les épaules de maman et se plie en deux, comme s'il n'avait plus la force de se tenir droit.

— Pas Karl, sanglote-t-elle en s'essuyant les yeux avec un mouchoir trempé. Pas mon fils.

— Mais qu'est-ce qui lui est arrivé ?

Soudain, je suis en colère.

— Pourquoi vous ne voulez pas me dire ce qui lui est arrivé ?

Quelqu'un me glisse dans la main une tasse et une soucoupe.

— Buvez, ça vous aidera à surmonter le choc.

C'est la voix de Bertha, pleine de gentillesse et de douceur.

— Allez, buvez, insiste-t-elle.

J'obéis, mais ma main tremble tellement que je peux à peine porter la tasse à mes lèvres.

— J'ai parlé avec le Hauptmann Winkler, il y a quelques minutes à peine, dit papa.

Il a la voix chevrotante d'un vieil homme.

Il prend une gorgée de whisky, ou de brandy, ou de ce qu'il a dans le verre que vient de lui donner Bertha, et adresse un signe de tête à maman pour qu'elle boive le sien. Elle le vide et tousse.

— C'est arrivé ce matin, pendant un exercice de préparation à un examen de voltige.

Les traits de son visage s'affaissent, comme tirés vers le bas par un poids.

— Le temps était clair et bien dégagé. Il y avait quelques rafales, mais Karl avait déjà volé dans des conditions plus difficiles. Au début, il s'en est très bien sorti, puis il a mal évalué la vitesse d'un piqué et n'a pas redressé à temps. Son avion s'est écrasé au sol.

Papa prend une profonde respiration.

— Ils l'ont sorti de la carlingue avec de multiples blessures, notamment à la tête. Il est arrivé à l'hôpital dans le coma. Les médecins n'ont pas pu lui sauver la vie.

— Son avion s'est écrasé…

Je répète la phrase plusieurs fois, comme si j'avais du mal à la comprendre. Mes oreilles bourdonnent de plus en plus fort. Une enclume pèse sur ma poitrine.

— Pourquoi était-il seul dans cet avion ? demande maman, d'une voix qui frôle l'hystérie. Il n'avait aucune expérience. Pourquoi ont-ils fait ça ?

— Chut, ma chérie… Essaie de te calmer…

La grosse main de papa se pose sur le délicat genou de maman.

— Il volait depuis plus d'un an. C'était un avion monoplace. Un Heinkel HE 51. Selon Winkler, il l'avait déjà piloté plusieurs fois et avait fait forte impression sur ses supérieurs. Winkler m'a vanté ses louanges au téléphone. Il a dit que Karl aurait eu un brillant avenir en tant que pilote et que c'était tragique de voir sa vie ainsi écourtée. D'un autre côté, il serait probablement resté lourdement invalide s'il avait survécu à ses blessures et c'est sans doute mieux qu'il soit mort.

— C'est ce que t'a dit Winkler ? hurle maman avec un regard de folle. Qu'est-ce qu'il en sait ? C'est sa faute si Karl est mort et il se permet ce genre de commentaires ?

— Hélène ! l'interrompt papa d'une voix forte. Tu ne sais plus ce que tu dis. Le Hauptmann Winkler était dévasté. Je l'ai senti à sa voix. Tu crois que ça lui fait plaisir de perdre un de ses meilleurs éléments dans un accident stupide ? Bien sûr que non.

— Oh, Franz…, gémit maman. Comment je vais faire pour…

Ses yeux se remplissent à nouveau de larmes.

— Pas Karl…

Papa se lève au ralenti. Il semble vidé de ses forces.

— Je vais appeler le médecin pour qu'il te donne un sédatif, commente-t-il en se dirigeant vers la porte. Occupe-toi d'elle, Herta.

Je m'installe à côté de maman et prends sa petite main délicate comme la patte d'un oiseau. Je la presse, mais elle reste toute molle, je n'obtiens aucune réaction. Maman continue à regarder dans le vide, tandis que les larmes roulent sur ses joues.

— Je vais prendre soin de toi, maman, dis-je en essayant de ne pas penser au cadavre de Karl allongé quelque part sur une dalle, dans une morgue glaciale.

L'enclume qui pèse sur ma poitrine m'écrase les poumons et le cœur.

Je suis avec Karl, dans notre cabane dans les arbres. Je sens les effluves de son eau de toilette, propre et fraîche, mêlée à son odeur à lui, chaude et âpre. Quand il sourit, je vois ses dents blanches. Quand il plisse les yeux, ça lui fait de petites rides. Il a un teint bronzé et lumineux. Il se détourne légèrement. Je vois le léger duvet de sa nuque.

— Jouons aux soldats romains, propose-t-il en me tendant une épée de bois. Celui qui gagne sera l'empereur et l'autre devra obéir à ses ordres toute la journée.

— Ce n'est pas juste, dis-je d'un ton boudeur.

— Pourquoi ? demande-t-il avec un grand sourire.

Il sait très bien pourquoi, mais il veut me l'entendre dire.

— Tu es plus grand que moi, alors tu gagnes tout le temps.

— Tu n'as qu'à te battre plus fort et plus intelligemment. Ce sont les plus intelligents qui gagnent, assure-t-il, en se jetant sur moi, son épée en avant.

Je veux lui rendre le coup, mais impossible de l'atteindre car il est à présent aux commandes de son bombardier. Moi je suis derrière lui, mais il n'a pas l'air conscient de ma présence. Je voudrais crier son nom, l'appeler. Aucun son ne sort de ma bouche. L'avion est violemment secoué. Karl est en sueur, il a visiblement du mal à contrôler l'appareil, qui se met à descendre en vrille après plusieurs sursauts. Nous perdons de plus en plus d'altitude. Les moteurs rugissent. Je hurle un cri silencieux. Ça sent l'huile, l'essence et le métal chauffé. La sueur. La mort. Le sol vient vers nous, puis c'est un effroyable fracas de tôle écrasée.

Je me réveille en sursaut, trempée, les yeux écarquillés, le souffle court.

J'allume ma lampe de chevet et regarde l'horloge. Trois heures quinze du matin.

Karl est mort. Quand j'étais enfant, il était le centre de mon univers. La dernière fois qu'on s'est vraiment parlé, c'était pour se disputer, ce matin-là, dans la cuisine. Nous avons eu un échange plein de méfiance. Comme vais-je pouvoir vivre en restant sur cet horrible adieu ?

Mes larmes gouttent sur l'oreiller. La pièce est tellement calme et silencieuse qu'on pourrait croire que le temps s'est arrêté, que le monde a cessé de tourner.

Mais l'horloge de la cheminée fait toujours entendre son tic-tac.

Je cherche du regard le portrait d'Hitler suspendu au-dessus du manteau. Il me toise d'un air suffisant, par-dessus sa petite moustache.

Pourquoi avoir laissé mourir mon frère ?

Il soutient mon regard, avec ses yeux noirs comme du charbon – froids, arrogants et narquois.

« C'est ta punition, femme de Juif. Voilà ce qui arrive à ceux qui prennent le mauvais chemin, à ceux qui fraient avec l'ennemi. »

Mais Karl était un fils du Reich. Il vous aimait, il vous avait tout donné. Et vous avez pris sa vie. C'est lui que vous avez puni, pas moi. C'était moi, qu'il fallait tuer.

« Quand on fait un pacte avec le diable, c'est lui qui décide du prix à payer… »

À présent, il a un petit sourire ironique.

Et soudain, je ne supporte plus de le voir. J'ai choisi mon camp. Walter va bientôt partir pour épouser cette Anna et je ne le reverrai sans doute jamais, mais je ne peux plus ignorer ni oublier ce que j'ai appris et compris grâce à lui.

Vous mentez, Herr Hitler. Et Karl est mort pour vous. Vous n'êtes qu'un salaud.

Je me lève d'un bond et arrache violemment le portrait du mur, emportant du même coup le clou qui l'attachait et un morceau de plâtre. Puis je le jette à terre et piétine rageusement le visage du Führer, en visant bien les yeux avec mes talons.

Je te déteste. Je te déteste. Je te déteste. Je te déteste.

Cet homme-là ne nous a pas été envoyé par Dieu : c'est un messager du diable.

Une fois ma fureur apaisée, je m'empresse de faire disparaître le portrait saccagé dans mon placard.

8 octobre 1938

Le lendemain matin, papa s'enferme dans son bureau pour passer des tas de coups de fil. Maman dort tard, en raison du sédatif prescrit la veille par le médecin. Je m'installe sur ma banquette devant la fenêtre. Kuschi vient se blottir près de moi. Le contact de son petit corps noir et poilu contre mes cuisses a quelque chose de réconfortant.

Dehors, dans la rue, la vie continue. Je vois passer des voitures. Un garçon à vélo. Un couple se promène bras dessus bras dessous sur le trottoir. La femme a des cheveux mi-longs recourbés aux pointes, dont la teinte me rappelle ceux d'Erna.

Erna.

Mon ventre se noue. Je dois prévenir Erna.

On frappe doucement à la porte. C'est Ingrid, pâle et défaite.

—Avez-vous besoin de quelque chose, mademoiselle ? demande-t-elle. Vous n'avez pas pris votre petit déjeuner…

—Je n'ai pas faim.

—Je comprends. C'est… c'est un choc terrible.

Elle est là, plantée devant moi, visiblement émue. L'espace d'un instant, j'ai l'impression qu'elle va me prendre dans ses bras, mais elle se contente de presser ses deux mains l'une contre l'autre, si fort que je vois blanchir ses articulations.

—Il ne pouvait rien arriver de pire, dis-je.

—Je… je sais. Je suis vraiment désolée. Bertha et moi, nous sommes bouleversées.

Je prends le temps de bien la regarder. Droit dans ses yeux gris pâle, pour tenter de sonder son âme. Je n'aime pas cette femme. Je n'aime pas ses commentaires sarcastiques et ses manières hypocrites. Je n'aimais pas les sourires qu'elle lançait à Karl, ni qu'elle flirte avec lui. C'est probablement elle, qui lui a parlé de Walter. Et maintenant elle ose prétendre qu'elle comprend ce que je ressens ? Mais pour qui se prend-elle ?

—En quoi êtes-vous concernée ?

Elle fait un pas en arrière.

—Pardon, murmure-t-elle en rougissant. Je ne voulais pas vous offenser…

—Vous n'avez pas répondu à ma question, insisté-je. Pourquoi ça vous touche à ce point ?

—Karl a toujours été bienveillant avec moi, bégaie-t-elle. Et puis, il est… était… si beau, et gentil. C'était un garçon attentionné, capable d'écouter les autres. Il a pris le temps de me parler et d'apprendre à me connaître, comme si j'avais de l'importan…

—Apprendre à vous connaître *comment* ?

—Je ne vois pas ce que vous voulez dire, murmure-t-elle en secouant la tête avec un air misérable. Qu'est-ce que vous insinuez ?

Elle rougit.

Je me lève. À présent, mes yeux sont à hauteur des siens.

—Rien. Je n'insinue rien du tout.

Nous nous regardons fixement.

—Je ne veux pas manger, dis-je enfin en me détournant. Tout ce que je veux, c'est être seule.

— Je voulais vous manifester ma sympathie, dit-elle d'un ton pincé. Rien de plus.

J'entends le déclic de la porte qui se ferme derrière elle. Je devrais parler à papa. Trouver le moyen de faire renvoyer cette vipère pour lui apprendre à m'avoir espionnée. D'un autre côté, si elle *sait*, ça pourrait la pousser à parler. Comment réagirait papa si elle lui disait tout ?

Wissen ist macht. Savoir, c'est pouvoir. Elle sait trop de choses. Je ne peux rien contre elle.

J'appuie ma tête contre le volet et ferme les yeux.

J'ai perdu mon grand frère. La vie ne sera plus jamais la même.

C'est en fin d'après-midi que je me rends chez Erna. L'air est glacial. L'automne est arrivé sans que je m'en aperçoive. Mais peut-être qu'aujourd'hui le froid vient surtout de mon chagrin, de mon vide intérieur et de la faim qui me ronge le ventre – je n'ai rien pu avaler de la journée.

Erna m'accueille en bas de son immeuble avec un sourire de bienvenue.

— Oh, Erna.

Je prends ses deux mains pour empêcher les miennes de trembler.

— J'ai une terrible nouvelle.

— Quoi ? Que s'est-il passé ?

Ses bras entourent mes épaules. Ses chaleureux yeux verts fouillent les miens. Je me mets à pleurer. L'étau qui enserre ma poitrine s'étend à tout mon corps jusqu'à le broyer et le détruire, cellule après cellule. Karl ne reviendra plus jamais à la maison.

— Viens, on parlera tranquillement dans ma chambre, dit-elle en m'entraînant dans l'escalier qui mène à son appartement.

Ses parents ne sont pas au courant de sa relation avec Karl, je suppose. Je préfère lui parler avant d'entrer chez elle.

— C'est Karl, dis-je d'une voix étranglée. Il a eu un accident.

Elle se fige. Dans la pénombre du couloir, je vois grandir le blanc de ses yeux.

— Il est mort hier matin.

— Mon Dieu, non, murmure-t-elle. Ce n'est pas possible…

Comme moi, elle n'arrive pas à y croire.

Nous allons droit à sa chambre mansardée, sans échanger un mot de plus.

— Dis-moi ce qui s'est passé exactement, me demande-t-elle enfin, les yeux pleins de larmes.

Je lui rapporte la conversation de papa avec le Hauptmann Winkler. J'ai vécu les vingt-quatre dernières heures comme dans un rêve. S'il y a eu d'autres détails sur l'accident, je n'en suis pas informée.

Elle m'écoute en silence, allongée sur son lit, les yeux humides, en triturant le mouchoir qu'elle a dans la main.

— Oh, Hetty…

Nous tombons dans les bras l'une de l'autre.

— J'ai mal pour toi aussi, gémit-elle. Je sais combien vous comptiez l'un pour l'autre.

Nous sommes allongées côte à côte, ma tempe contre son épaule. Ses cheveux auburn forment un halo autour de nos deux têtes.

— Ça n'a aucun sens, dit-elle après un long silence. Aucun sens.

— Maman en veut au Hauptmann Winkler. Papa en veut aux Juifs. Il jure de se venger.

Erna remue pour me regarder.

— Comment peut-il rendre les Juifs responsables de la mort de Karl ?

— Il dit que c'est à cause d'eux que nous devons armer notre pays. Mais je reconnais que sa logique est un peu tirée par les cheveux.

Je soupire.

— Il faut bien qu'il trouve un exutoire à sa colère.

Je ne lui dis pas que les divagations de mon père me rendent malade. Que de voir maman se traîner comme une loque dans toute la maison me donne envie de hurler et de la secouer. Je ne lui dis pas que je ne vois vraiment pas comment nous allons survivre à cette catastrophe.

12 octobre 1938

Les membres de notre famille arrivent les uns après les autres. Plus ils sont nombreux, plus l'absence de Karl devient criante, car c'était lui qui mettait de l'ambiance à nos fêtes. Tout le monde se déplace à pas feutrés en chuchotant et en prenant des airs tragiques, comme si le fait de parler fort ou de sourire risquait d'offenser le mort. Ça me rend folle. Je pense à notre enfance avec Walter, quand on jouait sans se soucier de rien. Quand aucun de nous ne connaissait l'angoisse, la mort, les amours interdites. Mais on ne peut pas revenir en arrière.

Je referme mon journal et vais le cacher à l'endroit habituel, dans mon placard. On est au beau milieu de l'après-midi, papa et maman font la sieste. Ces derniers jours se sont déroulés dans un tourbillon de préparatifs funéraires, au milieu d'un flot ininterrompu de visiteurs indésirables. Notre famille est encore là, c'est comme à Noël, avec la joie en moins. Pour l'instant je n'ai pas à aller en cours, car ce sont les vacances d'automne, mais je ne pense pas reprendre à la rentrée. Je ne m'en sens pas la force.

Je décide d'aller chercher un peu de réconfort auprès de Bertha dans la cuisine et la trouve en train de farcir un poulet pour le repas du soir.

— C'est vous, Fräulein Hetty, s'exclame-t-elle. Je vous ai à peine vue, ces deux derniers jours. Vous tenez le coup ?

— C'est difficile.

— Venez, asseyez-vous. J'ai fait des biscuits et un gâteau aux pommes. Vous devez manger pour garder des forces.

Elle fait claquer sa langue.

— Tout cela est affreux.

Elle se lave les mains, pose le gros gâteau sur la table et nous en coupe une tranche à chacune. Puis elle s'assied lourdement et soupire.

— Je ne me plains pas, mais, bonté divine, avec tous ces gens dans la maison… Ingrid et moi, nous n'arrêtons pas.

— Ils vont bientôt partir, dis-je, en ramassant quelques miettes.

Le gâteau est à la fois sucré et épicé.

— Et la maison sera de nouveau vide et calme.

— C'est affreux, quand on y pense… Cette jeune vie gaspillée…

Bertha secoue la tête.

— Et ce ne sera pas la dernière. On aurait dû tirer les leçons de la Grande Guerre. Mais non… On envoie de nouveau nos jeunes en Espagne et Dieu sait où.

Elle fait de nouveau claquer sa langue.

— Vous avez perdu quelqu'un à la guerre, Bertha ?

— Si j'ai perdu quelqu'un ?

Elle ricane.

— J'ai perdu mes deux frères et mon fiancé.

— Oh, je suis vraiment désolée. Je l'ignorais.

— Ce n'est pas grave. Comment l'auriez-vous su ? Si je vous en parle maintenant, c'est uniquement pour vous dire que je vous comprends.

— Vous étiez fiancée ?

— Oui. J'avais à peu près votre âge quand mon fiancé s'est engagé, en 1915. Il avait vingt et un ans. Il était fils de fermier. Il était gentil, avec une étincelle coquine dans les yeux. Vous aurez sans doute du mal à le croire, mais j'étais assez jolie, à l'époque.

Elle sourit à ce souvenir.

— Il n'est jamais revenu. « Disparu au combat », c'est le terme qu'ils ont employé. J'ai longtemps espéré le voir apparaître un beau jour sur le seuil de ma porte. Ça m'aurait été égal qu'il revienne sourd, aveugle, amputé d'un membre, ou les trois. Pourvu qu'il revienne.

Je presse sa main par-dessus la table. Elle me sourit tristement.

— Oh, c'est loin à présent. Il n'est jamais revenu, bien sûr. Et mes frères non plus.

— Vous n'avez pas rencontré un autre homme ?

— Non.

Elle secoue la tête et soupire à nouveau.

— Après la guerre, dans mon village, il n'y avait plus assez d'hommes pour que toutes les filles trouvent à se marier. La plupart étaient morts. De toute façon, j'avais le cœur brisé, je ne cherchais pas un autre fiancé. Aussi, quand mes parents m'ont proposé de rentrer au service d'une famille, j'ai sauté sur l'occasion. Je suis d'abord allée à Halle, mais ensuite la famille pour laquelle je travaillais a déménagé à Leipzig, alors je l'ai suivie.

— Où ça, à Leipzig ? demandé-je, plutôt par politesse qu'autre chose.

Je prends une bouchée de mon gâteau.

— Ici, répond Bertha d'un ton dégagé. Dans cette maison.

Le gâteau pèse à présent sur mon estomac comme une pierre.

— Avec les Drucker ? Vous étiez l'employée de la famille juive qui vivait ici avant nous ?

Elle hoche sa tête grise et détourne le regard.

— Je ne m'en doutais pas, murmuré-je.

— Je sais, répond-elle doucement.

— Mais… Est-ce que…

Je me retourne pour vérifier que nous sommes toujours seules dans la pièce.

— Comment étaient-ils ?

— Je suis restée de longues années avec eux…

Elle marque un temps d'hésitation et nous nous dévisageons. Je sens qu'elle réfléchit à ce qu'elle peut me dire – ou pas.

— Écoutez, Bertha… J'ai entendu certaines rumeurs. À propos de la manière dont mon père a obtenu cette maison. Mais je ne sais rien de ceux qui y habitaient. Si vous pouviez m'aider à me forger une opinion…

— Ça a été affreux, chuchote Bertha. Les Drucker étaient des gens bien, c'est tout ce que je peux vous dire. Je ne me mêle pas de politique, vous comprenez. C'est plus sûr. J'essaie d'expliquer à Ingrid qu'elle devrait en faire autant, mais elle est butée. Elle ne veut pas écouter une vieille femme comme moi. Elle s'enthousiasme pour ce qu'elle appelle la nouvelle Allemagne et pense que la jeunesse a tous les droits. Elle trouve normal de rapporter ce qu'elle a vu pour se faire bien voir de… certaines personnes.

Elle me regarde.

— Vous n'êtes pas comme les autres, Fräulein Hetty. Vous ne rejetez pas les gens qui comptent pour vous. Vous avez toujours défendu les opprimés, c'est bien, mais… Il y a des gens qu'il ne faut pas fréquenter en ce moment, si vous voyez ce que je veux dire. Je salue votre courage, mais je trouve que vous prenez trop de risques.

— De quoi parlez-vous, Bertha ? Ingrid raconte des trucs sur moi ?

Mon cœur bat deux fois trop vite.

Bertha renifle et s'essuie le nez et la bouche avec son mouchoir en secouant la tête.

— Elle raconte que vous avez quelqu'un et que c'est sérieux. Elle ne m'a rien dit de plus, ni de plus précis. Mais elle assure qu'elle a vu de ses yeux quelque chose qui pourrait faire… du bruit. Et qu'elle a des preuves. J'ai ma petite idée sur l'identité du jeune homme en question et je suis sûre qu'elle aussi. Jusqu'à présent, elle n'en a parlé qu'à Karl et à moi, mais il lui serait facile de vous causer des ennuis. Je l'ai mise en garde, mais elle n'écoute pas les gens comme moi. Faites attention, mademoiselle, c'est tout ce que j'ai à vous dire.

Ingrid nous a donc vus ensemble chez *Salamander's.* Mais ça, ce serait sa parole contre la mienne. Puisqu'elle parle de preuve, elle doit avoir plus. Quel genre de preuve ? Je me creuse la tête. Les messages échangés avec Walter par l'intermédiaire de Lena ? Les endroits où elle aurait pu nous voir ? Le portrait du Führer que j'ai saccagé ? Elle a dû remarquer son absence sur mon mur. Elle a peut-être même trouvé les morceaux dans le fond de mon placard. Je dirai à papa qu'il est tombé et qu'il s'est cassé. Je lui en demanderai un autre. Mon cœur s'emballe. Le *journal intime.* Et si elle l'avait trouvé ? La pensée de ses doigts tournant les pages, de ses yeux lisant avec avidité mes secrets les plus intimes, me donne envie de crier.

— Mais…

Je repose ma fourchette. Je n'en suis plus à essayer de faire semblant de déguster ma part de gâteau.

— Et vous ? Comment avez-vous su de qui il s'agissait ?

Bertha tripote son torchon.

— Je vous ai vus ensemble, il y a quelques semaines, à l'arrêt de tram. Lui, je l'ai reconnu tout de suite. N'oubliez pas qu'il venait très souvent ici autrefois et qu'il y était comme chez lui. J'ai toujours eu un faible pour lui. J'ai compris ce qu'il y avait entre vous aux regards que vous échangiez. Vous aviez l'air si heureux, perdus l'un dans l'autre. Ça m'a rappelé ce que j'avais vécu autrefois, il y a bien longtemps.

Pour la première fois, je la regarde vraiment. Elle a toujours été là, un peu comme les meubles, et je ne lui ai jamais prêté véritablement attention. Mais à présent je la vois telle qu'elle est, douce et ronde, simple et gentille. Elle a compris depuis longtemps, mais elle n'a jamais dit un mot. Dans ses yeux, je lis l'inquiétude et la lassitude. Comme si le poids de ce qu'elle savait était trop lourd. Une vague d'affection me submerge.

— Merci, Bertha. Il m'a sauvé la vie. Il y a longtemps. Vous le saviez ?

Bertha secoue la tête.

— De toute façon, il n'y a plus de raison de s'inquiéter puisqu'il doit quitter l'Allemagne. Il est peut-être même déjà parti.

Bertha hoche lentement la tête. Cette fois, elle pose sa main sur la mienne.

— Faites attention, mademoiselle Herta. Avoir ce genre de fréquentations, quand on a un père comme le vôtre, qui occupe une position aussi importante…

Elle hésite.

— Cela pourrait très mal finir, surtout pour lui.

— Mais Walter ne fait plus partie de ma vie, je vous jure. Il va vraiment partir.

Ça me fait atrocement mal de le dire. Presque physiquement.

— Je vais sortir Kuschi, dis-je en repoussant ma chaise.

Je disparais par la porte de derrière, en faisant un petit signe à Bertha. Toujours assise à la table, elle lève la main en guise de réponse.

C'est bon de me retrouver dehors dans le vent violent qui me fouette le visage. Peut-être parviendra-t-il à me vider du chaos de mes pensées et à emporter avec lui un peu de cet atroce chagrin qui ne me laisse plus aucun répit.

23 octobre 1938

Après les funérailles, maman part séjourner chez sa sœur, à Weimar.

— Ta mère a besoin qu'on s'occupe d'elle, m'explique papa d'un ton ferme. Et passer du temps loin des regards et des commentaires apitoyés l'aidera à guérir.

— Mais je peux m'occuper d'elle, je veux l'accompagner.

— Pas question, tu restes à Leipzig. Grand-mère Annamaria arrive cet après-midi de Berlin pour garder un œil sur toi et sur la maison. Demain, tu retournes au lycée. Il faut que tu reprennes une vie normale.

— Une vie normale ? Papa, il n'y a plus rien de normal dans notre vie…

La perspective de cohabiter avec ma grand-mère paternelle ne m'enchante pas du tout : c'est une femme stricte, une vraie Prussienne, toujours vêtue de noir de la tête aux pieds, le dos raide comme la justice, le visage fermé. Rien à voir avec la présence douce et parfumée de maman.

— Nous devons être forts, Herta. Pour ta mère et pour la patrie.

Papa regarde fixement dans le vide, comme s'il avait devant lui des visions de tout ce qu'il doit accomplir.

— Et moi je dois travailler. C'est la meilleure façon de faire face.

Il se dirige vers son bureau.

— Il se peut que je doive m'absenter un certain temps, alors sois gentille avec grand-mère et ne lui complique pas la vie.

Comme c'est commode… *Tu renvoies maman et tu t'installes chez ta maîtresse pour qu'elle te réconforte.*

Je me désole à l'idée de rester seule dans cette maison sans mes parents, quand on frappe à la porte d'entrée. Encore un visiteur.

Tomas est sur le pas de la porte, un bouquet de roses jaunes à la main. Je le fais entrer et dispose les fleurs dans un vase. Elles sont gaies et chargées d'espoir, comme le printemps.

Nous nous installons face à face dans le petit salon. Il semble mal à l'aise dans son fauteuil. Il a lissé ses cheveux en arrière, nettoyé ses verres de lunettes, mis sa plus belle veste.

— Merci d'être venu me voir. C'est gentil à toi.

— Ça fait longtemps que je voulais venir, mais ce n'était pas simple. J'ai des horaires très chargés. En plus, je n'étais pas sûr que tu aies envie de…

Il parle tout bas, presque en chuchotant, comme les autres. C'est insupportable, étouffant. J'ai du mal à respirer, comme si l'air s'était changé en eau.

— C'est vraiment terrible, ce qui est arrivé. Quel gâchis, merde !

Le changement de ton et de vocabulaire m'arrache un sourire.

— Tu veux du café ?

— Oui merci, je veux bien.

Je sonne pour réclamer à Ingrid du café frais. En entrant dans le salon, elle semble étonnée de me trouver en compagnie d'un jeune homme. Je devrais inviter Tomas plus souvent.

— Tu as l'air fatigué et tu as maigri, commente-t-il en me dévisageant, une fois qu'elle est sortie.

— Je dors mal et je n'ai pas d'appétit.

— Je vois… Comment va ta mère ?

— Elle est inconsolable. Elle est partie chez sa sœur à Weimar, le temps de remonter un peu la pente. Grand-mère, la mère de papa, va venir la remplacer. Elle est très stricte. Ce n'est pas réjouissant.

— Je suis vraiment désolé pour toi, Hetty. Si tu as besoin de quoi que ce soit, n'hésite pas à demander, d'accord ?

Tout le monde me propose son soutien. Mais personne ne peut rien pour moi.

— Ça me fait plaisir de te voir, Tomas, réponds-je.

Et je suis sincère.

Grand-mère est arrivée. Je l'aide à s'installer pour sa sieste, puis enfile mon uniforme de la *BDM*. Je suis tellement fébrile que j'ai du mal à boutonner mon chemisier. Je sais que je ne devrais pas chercher à voir Walter, mais j'ai trop besoin de lui. La voix de Karl résonne dans mon cerveau, nette et claire : *Ne t'approche pas de lui, Petite Souris. Ne t'approche pas de lui.*

— C'est bon, Karl, dis-je à haute voix dans ma chambre. Il va bientôt partir. Ce sera la dernière fois, je te le promets.

Une fois dehors, je prends la direction de l'entrepôt de son oncle. Dans le Brühl, il y a du monde : c'est l'heure où les gens reprennent le travail après avoir déjeuné. C'est une zone animée, avec de grands bâtiments de pierre, le cœur du quartier d'affaires juif. Ou du moins, ça l'était. De nombreux grands magasins, sociétés ou cabinets d'avocats ont désormais changé de main. Le quartier est de moins en moins juif, de plus en plus aryen. Le magasin de l'oncle de Walter, *Fourrures Keller & Co, depuis 1878*, se trouve au numéro 24. C'est l'un des rares qui soient encore gérés par les propriétaires d'origine.

Postée sur le trottoir d'en face, j'observe le va-et-vient des employés qui entrent et sortent du bâtiment. Au bout d'un moment, ne voyant pas passer Walter, je traverse la rue et tente de pousser la porte, mais elle est fermée. En collant mon nez à un carreau, j'aperçois un passage carrelé menant à l'arrière du bâtiment et, tout au bout, la forme d'une cage d'ascenseur. Il n'y a pas de lumière. Tout semble désert.

Je décide de tenter ma chance en empruntant une allée couverte qui contourne le bâtiment. Là, je tombe sur une porte avec une inscription : « Keller & Co ». Une entrée de service de l'entrepôt, sûrement… Je prends une grande inspiration et pose la main sur la poignée. Le battant s'ouvre doucement sur une grande pièce dans la pénombre.

— Bonjour, appelé-je prudemment depuis le seuil. Il y a quelqu'un ?

La porte s'ouvre en grand sur Walter. Il est là, devant moi.

— Hetty ! s'exclame-t-il.

Je lui trouve les traits tirés. Il est pâle.

— Je suis venue m'excuser. J'ai été horrible avec toi et…

— Tu n'as pas à t'excuser. C'était ma faute…

Il jette un regard inquiet à la ruelle derrière moi.

— Je peux entrer ?

— Oui, viens vite.

Il lève un bras pour me laisser passer et s'empresse de refermer la porte derrière moi. Il semble mal à l'aise.

— Je suis seul, j'étais en plein inventaire, explique-t-il. Mais c'est risqué, de venir ici.

Ma vision s'accoutume lentement à l'obscurité du vaste entrepôt. D'un côté, je distingue des tas, empilés jusqu'au plafond ; de l'autre, des formes sombres et inertes qui pendent, alignées. Il flotte une drôle d'odeur, un peu écœurante. L'atmosphère est étrangement calme, comme si l'air était figé, immobile.

— Il fallait que je te voie.

— Oh, Hetty… Ça a été dur de rester loin de toi. J'avais tout le temps envie de te parler, de te raconter ce qui m'arrivait.

Mes pensées, mes sentiments et mes doutes, c'est avec toi que j'ai envie de les partager.

— Je sais…

— J'ai essayé de te voir…

— C'est vrai ?

— L'autre jour, à la sortie du lycée, mais tu n'étais pas là. Alors je suis passé devant ta maison. Il y avait plein de gens qui entraient et sortaient. J'ai trouvé ça bizarre.

— Je n'étais pas au lycée. Walter, il nous est arrivé une chose terrible. J'avais besoin de t'en parler.

— Viens…

Il pose une main entre mes omoplates et m'entraîne vers un bureau vitré situé dans le fond de l'entrepôt, le seul endroit éclairé.

— Ce sont des peaux de lapin, explique-t-il en me montrant les piles de marchandises. Pour faire des chapeaux.

Puis il me désigne les formes qui pendent de crochets fixés au plafond. En dépit de la pénombre, je vois maintenant qu'il s'agit de peaux auxquelles sont toujours accrochés la tête, la queue et les pieds.

— Et ça ce sont des renards argentés et des visons. Une fois traitées, nous vendrons les peaux et elles serviront à faire des manteaux et des vestes.

L'odeur est vraiment envahissante. Elle me pique la gorge et me donne le vertige.

— Pourquoi ça pue comme ça ? demandé-je en me couvrant la bouche et le nez avec les mains.

Il pouffe, soudain plus détendu.

— C'est à cause de la naphtaline, explique-t-il. Pour tuer les mites.

— Comment peux-tu supporter ça ?

— On s'y habitue. Je ne sens plus rien.

Il se tourne vers les rangées de bêtes mortes.

— N'est-ce pas qu'elles sont magnifiques ?

Il caresse la fourrure blanc argenté d'une peau de renard.

— J'aimerais tant pouvoir t'offrir un beau manteau en renard argenté, soupire-t-il.

Je fixe la créature morte qui pend devant moi et tente de l'imaginer drapée sur mon corps. Ses quatre petites pattes pendent lamentablement et l'intérieur de la peau est encore taché de rouge ; les yeux sont d'un blanc terne et laiteux.

Pas très engageant…

Walter prend mes deux mains pour m'attirer à lui.

— Dis-moi ce qui t'est arrivé, Hetty. Tu as l'air vraiment épuisée.

— C'est Karl…

J'éclate en sanglots. Le visage de Walter disparaît, noyé derrière un rideau de larmes.

Nous nous tenons les mains par-dessus la table du bureau. C'est étrange d'être là avec lui, au milieu de tous ces cadavres de bêtes. L'odeur violente de la naphtaline me donne mal à la tête. Et aussi sans doute le fait de raconter une fois de plus ce qui est arrivé à Karl.

— Je suis désolé, dit-il enfin. Cela a dû être un choc terrible pour vous tous.

Il y a quelque chose de figé dans le pli de sa bouche, dans son regard. Il semble distant. Il reste assis en face de moi de l'autre côté de la table, alors qu'il devrait me prendre dans ses bras. Je m'attendais à plus d'empathie. Il a peut-être accepté l'idée d'épouser Anna. Peut-être même qu'il est impatient de le faire. Peut-être aussi qu'il se réjouit secrètement de la mort de Karl. Je retire mes mains des siennes.

— Il s'agit de mon frère, dis-je. J'ai l'impression que je ne peux pas exister sans lui.

Comment le lui faire comprendre ?

— Pendant qu'on discutait tous les deux de tes projets pour l'Angleterre avec ta nouvelle femme…

Je n'arrive pas à lui cacher mon amertume.

— Karl était emmené à l'hôpital en urgence et luttait pour sa vie. Mais on dirait que sa mort te laisse indifférent.

Plus je parle et plus je m'emporte. Intérieurement, je brûle de colère et cette colère sort par ma bouche en une vague brûlante.

— Tu es un salaud, tu n'as pas de cœur ! J'ai été bien naïve de venir ici en pensant que tu comprendrais ce que je traverse. Ça t'est complètement égal que je souffre.

— Tu te trompes, Hetty, ça me fait beaucoup peine, de te voir malheureuse.

Il essaie de prendre ma main, mais je croise les bras.

— Mais la mort de Karl ne te touche pas vraiment, n'est-ce pas ?

— Chut ! Ne crie pas ! On va t'entendre !

Maintenant, il est debout et se penche vers moi par-dessus la table.

— Karl m'a rejeté, ajoute-t-il, le visage crispé. Il m'a traité comme une merde. Son attitude m'a blessé et je lui en ai terriblement voulu, mais je n'ai pas souhaité sa mort. Je te présente sincèrement mes condoléances. Que voudrais-tu que je te dise de plus ?

— Tu lui en as terriblement voulu ? Il ne t'est pas venu à l'idée qu'il n'avait peut-être pas eu le choix, qu'il fallait qu'il fasse ce qu'on attendait de lui. Tu penses vraiment que tout est facile pour nous, tandis que toi tu souffres ?

Il se lève de sa chaise.

— Tu refuses de voir les choses en face, Hetty Heinrich. Bien sûr que Karl a eu le choix. Il y a toujours un choix. Tu as choisi, il me semble. Karl avait fait un autre choix que le tien, c'est tout.

Ce sont des paroles très dures. Il ne pardonne pas à Karl. Et ça me fait mal.

— Je te déteste, Walter Keller, sangloté-je. Je te déteste.

Je devrais m'éloigner de lui. Partir. Claquer la porte. Ne plus jamais le revoir. Mais mes pieds refusent de m'obéir et je reste assise là, à pleurer, les épaules secouées de sanglots. Avec mon cœur brisé qui me fait plus mal que jamais.

— Ce n'est pas vrai, dit enfin Walter. Je sais que tu ne me détestes pas.

Il y a une pause. Je me sens vaciller, comme au bord d'un gouffre, et ensuite, j'ignore comment, je suis debout, dans ses bras, à pleurer toutes les larmes de mon corps. Il me murmure « Chut, chut » à l'oreille en me caressant le dos, tandis que je ne cesse de répéter « Pardon, je te demande pardon », encore et encore, parce que j'ai tant besoin qu'il me pardonne.

— Moi aussi je te demande pardon. Tu sais bien que je n'ai aucune envie de te faire du mal. Je t'aime, Hetty Heinrich.

Nous nous laissons tomber ensemble sur une chaise et lentement tout s'apaise. Nous ne parlons pas, il n'y a pas besoin de mots. Il embrasse mes cheveux, ma joue, mon cou. Et ma bouche. Il prend ma bouche. Et soudain, j'ai incroyablement faim de lui.

Quelque part à l'étage au-dessus, des portes claquent. Nous échangeons un regard inquiet. Quelques instants plus tard, ça recommence. Puis ce sont des bruits de pas.

— Un contrôle, murmure Walter d'une voix à peine audible.

— Pour quel motif ?

— Les impôts, je suppose. C'est un prétexte, évidemment. Viens, ils pourraient descendre.

Il me prend la main et m'entraîne au fond de l'entrepôt.

— On ne ferait pas mieux de sortir ?

— On se ferait arrêter. Des hommes de la Gestapo sont probablement postés à l'extérieur. Dépêche-toi, suis-moi.

Il m'entraîne dans un interstice entre le mur et une longue pile de peaux de lapin. Nous avons juste de quoi nous faufiler.

À présent, la porte donnant sur l'extérieur s'ouvre bruyamment. Nous entendons des cris. Encore des bruits de pas. Tétanisés par la peur, nous attendons. Puis Walter me fait avancer tout au bout de notre espace entre les piles et le mur, dans l'obscurité totale. Sans doute espère-t-il que les lampes torches des hommes de la Gestapo ne pourront pas éclairer jusqu'au bout notre étroit couloir.

— Et s'ils nous trouvent ? murmuré-je.

— Chut... Il y a peu de chances. Mais il faut se taire.

Je suis littéralement coincée entre le mur et les peaux, tassée contre Walter. Des bottes résonnent sur le sol. Dans l'entrepôt, quelqu'un aboie des ordres. Sa voix se rapproche et s'éloigne de nous, puis se rapproche à nouveau. J'étouffe. La terreur me submerge. Walter cherche fébrilement ma main.

— Ça va aller. Reste calme.

On entend du métal racler le béton. Encore des bruits de pas. Tout près. Très près. Je tends l'oreille le plus possible. J'essaie d'arrêter de trembler, d'arrêter le bruit de mon cœur qui résonne contre mes tympans, de calmer ma respiration.

Des hommes sont maintenant entrés dans le bureau central. On les entend ouvrir et fermer bruyamment des tiroirs. Difficile de savoir combien ils sont. Une porte s'ouvre – pas celle donnant sur la rue. Il y a encore des bruits de pas et des voix. Près de moi, Walter se crispe.

— Mon père et mon oncle Josef, murmure-t-il.

Je me presse contre le mur pour ne plus avoir le visage dans les peaux de lapin. J'aimerais pouvoir me fondre dans la pierre, disparaître totalement.

— Laissez mon fils en dehors de ça.

Je reconnais la voix du père de Walter.

— Il n'a rien à voir avec tout ça. Ce n'est encore qu'un enfant...

— Quel âge ? aboie une voix.

— Dix-neuf ans, répond le père de Walter.

— Il est bien assez grand pour distinguer le bien du mal. On va vous arrêter tous les trois.

— Pour quel motif ?

C'est une voix plaintive à présent, sans doute celle de Josef.

— Je vous en prie. Ce n'est pas nécessaire de...

De l'agitation, un bruit sourd, un cri.

— À genoux, saleté de Juif.

— Je ne comprends pas... On a payé nos impôts...

Encore la voix de Josef.

— Tais-toi !

Le ton de l'homme de la Gestapo est lourd de menaces.

— Où est ton neveu ? On va commencer par confisquer ce stock, pour fraude à l'impôt...

— Non ! crie le père de Walter. C'est tout ce que nous possédons ! Vérifiez nos papiers et nos comptes. Tout est en règle. Tout est là-dedans...

Je l'imagine, montrant le petit bureau vitré. Je n'ai que le son, mais c'est comme si je voyais la scène. Je perçois chaque nuance, la moindre émotion.

— Tu me traites de menteur ? s'offusque l'homme de la Gestapo.

— Mais non, je ne...

« Craac ». Un claquement terrible. Un coup donné avec un objet métallique, on dirait. Un cri. Puis Josef :

— Bande de salauds ! Vous n'aviez pas besoin de...

— Tais-toi, porc. Et toi, dis-nous où est ton fils !

Un autre coup. Un autre cri.

Près de moi, Walter s'agite.

— Ils vont tuer mon père, s'ils continuent à le frapper, siffle-t-il entre ses dents. Il faut que je me montre.

— Non ! protesté-je en m'agrippant désespérément à son bras. Non, Walter, arrête. Ça ne servirait à rien. Ils nous tueraient aussi, c'est tout.

Quelqu'un gémit.

— Tu vois, il n'est pas mort ! Walter…

Je sens qu'il hésite. Je m'agrippe un peu plus à lui pour l'empêcher de sortir de notre cachette.

— Où est ton neveu ?

— Probablement à la maison, répond Josef.

Sa voix est ferme et posée. On voit qu'il cherche à calmer le jeu. Le père de Walter continue à gémir faiblement. Il doit être à terre.

— Vous n'avez pas besoin de mon neveu, reprend Josef. Il n'est pas mon associé.

— Nous devons l'interroger à propos d'une autre affaire. Il y a contre lui une grave accusation.

Ingrid a dû nous dénoncer à la Gestapo. Il ne peut s'agir que de ça. Je serre très fort les mains de Walter.

— Fouillez tout l'entrepôt, hurle l'homme de la Gestapo. Et toi, va voir à leur domicile.

Je sens Walter frémir et se crisper contre moi.

Seigneur, j'ai péché et je vous ai souvent oublié, mais je vous en supplie, sauvez-nous. Je vous promets de m'amender et d'aller régulièrement à l'église. S'il vous plaît, protégez-nous.

Je ne me suis pas adressée au bon Dieu depuis l'enfance, mais je répète inlassablement cette prière. C'est tout ce que je peux faire. Mes jambes sont tellement faibles que je ne tiendrais pas debout si je n'étais pas coincée entre le mur et cet énorme tas de peaux.

Les hommes de la Gestapo fouillent tout l'entrepôt. Durant un long moment, on entend leurs voix qui résonnent, leurs bottes qui claquent. Nous demeurons immobiles, à l'écoute des bruits sourds et des chocs, à guetter la lumière de leurs torches. L'un d'eux s'approche de notre cachette, mais il ne pense pas à nous chercher derrière le tas de peaux. Merci mon Dieu.

Enfin ils repartent, aussi soudainement qu'ils sont entrés. Les lumières s'éteignent. Une clé tourne dans la serrure. Le silence s'installe. Nous attendons un peu, puis nous quittons notre cachette en tremblant.

Walter se met à sangloter. Je le prends par les épaules.

— Sortons d'ici, dis-je.

— Qu'est-ce que je vais faire ? gémit-il. Ils me cherchent.

Il ne peut pas rentrer chez lui, c'est une évidence. Du moins pour le moment.

Mais je sais où le cacher.

Il règne sur le palier une obscurité épaisse comme de la mélasse. Je tends l'oreille, attentive aux moindres bruits. Cette soirée m'a paru d'une lenteur insupportable. Le dîner. Puis le café. Tout cela dans un silence pesant, à peine entrecoupé des rares mots échangés entre mon père, grand-mère et moi. À présent tout le monde est couché, mais la maison grince et craque. Il me semble qu'elle respire, qu'elle me surveille. Je demeure un long moment immobile à écouter et vérifie à plusieurs reprises qu'aucune lumière ne filtre de dessous les portes.

Je crois que je peux y aller.

Après avoir rassemblé des couvertures et de quoi manger – sans bruit, au ralenti –, je sors en fermant soigneusement la porte derrière moi et emporte le tout au pied de l'arbre qui abrite la vieille cabane de mon enfance.

— Walter ? appelé-je doucement en m'arrêtant devant le tronc. Tu es toujours là ?

— Oui. Tu peux monter. Viens.

Je soupire de soulagement. Il est là !

À ma grande surprise, la cabane n'est pas en trop mauvais état, toujours solide et étanche, bien que poussiéreuse et négligée – c'est encore un petit nid capable de protéger des prédateurs. Assis dans un coin, les genoux remontés contre la poitrine, Walter me regarde étendre au sol draps et couvertures. De temps en temps son corps est secoué d'un frisson. Il n'a pas dit un mot. Il dit qu'il ne peut rien avaler ce soir. Il mangera demain matin ce que je lui ai apporté.

— Viens t'allonger, Walter. Il faut que tu dormes un peu.

— Je ne vois pas comment je pourrais dormir, alors qu'on vient d'arrêter mon père et mon oncle. Ma pauvre mère doit être folle d'angoisse. Et si la Gestapo me trouvait ici, Hetty ?

— Personne ne pensera à te chercher chez moi. C'est l'endroit le plus sûr pour faire profil bas pendant quelques jours, crois-moi.

— Je te crois. Mais…

Dans l'obscurité, il cherche ma main.

— Je ne vais pas pouvoir m'éterniser dans cette cabane…

Il me presse les doigts.

— Tu devrais retourner dans ta chambre, avant que quelqu'un ne s'aperçoive de ton absence.

— Je ne risque rien tant qu'il ne fait pas jour et je refuse de te laisser seul toute la nuit dans cette cabane.

Il n'insiste pas et vient s'allonger près de moi, sur l'édredon qui nous sert de matelas. Je rabats les couvertures sur nous et il cesse peu à peu de trembler. Serrés l'un contre l'autre, nous nous procurons mutuellement chaleur et réconfort. Le vent agite le grand arbre et projette ses branchages contre les murs de la cabane, comme s'il voulait entrer pour nous séparer.

Mais dans notre cocon de duvet et de couvertures, à l'abri dans le vieux chêne de notre enfance, nous nous sentons protégés de la folie qui règne dans cette ville – dans ce pays troublé qui est le nôtre. Les yeux fermés, la tête dans le cou de Walter, je me laisse envahir par son odeur. Ils ne peuvent pas me l'enlever. Je ne les laisserai pas faire. Je dois le sauver.

À un certain moment, il bouge un peu et nos lèvres se joignent. Notre baiser est d'abord empreint de tristesse. De désespoir, même. Puis, insensiblement, quelque chose change. À présent, c'est le désir qui nous porte. J'ai envie de lui et lui de moi, je le sais. C'est donc ça, l'amour ? Savoir ce que l'autre ressent, sans même qu'il ait à le dire ? Il glisse sous mes vêtements une main qui explore lentement mon corps, sans hâte.

— Tu veux que je m'arrête ? demande-t-il à plusieurs reprises à voix basse, en me soufflant son haleine tiède dans l'oreille. Je ne sais pas si c'est raisonnable…

Dis-lui d'arrêter. Maintenant. Avant qu'il ne soit trop tard.

— Non, ce n'est pas raisonnable, dis-je dans un soupir.

Je me sens au bord d'un précipice, mais impossible de reculer, je suis attirée par le vide. Je devrais m'écarter de Walter, mais c'est trop dur, je n'en ai pas la force.

— Je ne veux pas que tu t'arrêtes. Jamais.

J'ai souvent imaginé cet instant, la nuit, seule dans ma chambre. Dans mes rêveries, la scène se déroulait dans un lit à baldaquin, je m'allongeais sur le dos, les cheveux déployés sur l'oreiller, vêtue de soie, comme une star de cinéma. Walter prenait la direction des opérations, il me disait quoi faire et j'obéissais. J'avais peur d'être maladroite, de le décevoir une fois nue. Ensuite, nous restions dans les bras l'un de l'autre, ma tête sur sa poitrine, souriants, ivres d'amour et de bonheur.

Mais la réalité n'a rien à voir avec mon fantasme. Je suis tout à coup une autre Herta. Une Herta qui n'a pas honte de sa nudité. Mon corps sait quoi faire et je n'ai pas peur d'explorer celui de mon amant. Avec mes mains. Avec chaque centimètre de ma peau. Je me livre sans pudeur et sans retenue. Contrairement à ce que j'ai vécu en imagination, nos ébats ne se réduisent pas à un échange entre deux corps. Ce que nous vivons est plus fort et plus grand que l'enchevêtrement maladroit de nos membres. Le désir fou que nous avons l'un de l'autre et que nous étouffons depuis des mois explose enfin. C'est une rencontre totale, crue, profonde. Il y a nos fluides, nos odeurs, mon sang, la douleur, le plaisir.

Nous sommes allongés, silencieux, plus proches que jamais. Près de mon oreille, le cœur de Walter bat très fort. Il caresse distraitement mon dos nu du bout des doigts – une caresse douce et légère comme une plume qui me donne le frisson. Je ne bouge pas, de peur de détruire la magie de l'instant. Je somnole longtemps ainsi, pendant ce qui me semble durer des heures.

Puis la réalité nous rattrape.

— Il va falloir que j'y aille, Walter.

— Je ne veux pas que tu partes, proteste-t-il en me serrant convulsivement contre lui.

— Il le faut.

Il reste encore du temps avant le lever du jour, mais je ne veux pas risquer de croiser Bertha ou Ingrid. À contrecœur, j'abandonne le corps tiède de Walter et regagne silencieusement ma chambre. Je sens au niveau de mon entrejambe les traces de notre union. J'ai l'impression que ça se voit, qu'on a fait l'amour. Ils vont tous s'en rendre compte. Ils vont sentir sur moi l'odeur du sexe. Ils vont savoir.

Seule dans mon lit, j'essaie de dormir, mais c'est impossible. Les événements de la soirée passent et repassent dans mon esprit. J'ai l'impression que je ne pourrai plus jamais dormir. Seigneur, mais qu'ai-je fait ?

Je sors mon journal et commence à écrire. Coucher mes sentiments sur le papier m'expose à être lue, mais c'est le seul moyen de calmer le tumulte de mon cerveau. Je trouverai une cachette où Ingrid ne pensera pas à regarder.

Que penses-tu de moi maintenant ? Après ce que nous avons fait ? D'après la loi, nous venons de commettre le pire des péchés. Nos deux corps enlacés, notre sueur et notre sang mêlés pour toujours… Ils disent que c'est la pire des trahisons. Et pourtant… C'était tellement beau, naturel, parfait… Je ne peux pas croire que c'est mal. Walter est un être merveilleux. Dans ses bras, je suis chez moi. Ceux qui ne veulent pas l'admettre se trompent. Ce sont eux qui sont dans l'erreur.

3 novembre 1938

— Ce serait bien que tu viennes à la collecte de fonds de la *BDM*, cet après-midi, me déclare Erna en sortant du lycée. Tu as besoin de changer de décor et de penser à autre chose qu'à Karl. Il me manque aussi, tu sais…

— Maman est revenue, je dois rester un peu avec elle. Une autre fois, Erna. Bientôt. Je te le promets.

Elle m'adresse un sourire attristé et je me dépêche de rentrer.

Maman est là depuis hier. Elle est d'une maigreur impressionnante, tout en angles, on dirait une brindille qu'on pourrait aisément casser en deux. Il y a désormais des mèches grises dans son beau chignon brun. Son regard est aussi terne que sa robe noire. Elle essaie de se comporter normalement avec moi – elle sourit, elle m'embrasse, elle m'assure que c'est bon d'être à la maison. Sauf qu'elle n'est pas vraiment à la maison. La mère que j'ai connue gît près de Karl au cimetière.

Après le déjeuner, nous décidons d'aller au coin de Hallische Strasse pour acheter des fleurs. Nous emmenons Kuschi, qui trottine à nos côtés.

Maman s'arrête longuement devant l'étalage coloré des fleurs, mais elle ne parvient pas à se décider.

— Celles-là ?

Je lui montre les bleuets. Ce sont ses fleurs préférées. Le bleu est sa couleur préférée.

— Trop gaies, répond-elle en secouant la tête.

Je contemple l'étalage. Une fleur triste, ça existe ?

— Puis-je vous aider, mesdames ?

Le propriétaire de la boutique s'approche de maman, un sourire radieux sous sa moustache raide.

Elle lui lance un regard noir.

— Je cherche quelque chose qui pourrait convenir pour la tombe de mon fils, lâche-t-elle.

L'homme efface son sourire et adopte une attitude de circonstance – tête baissée, visage triste, expression respectueuse.

— Toutes mes condoléances, dit-il. Laissez-moi vous aider. Je vous en prie.

Il sélectionne de petites gypsophiles, des roses crème, du saule blanc et des lys pâles légèrement teintés de rose, rassemble le tout dans un papier brun et présente le bouquet à maman.

— Oui, approuve-t-elle. C'est parfait.

Nous repartons jusqu'au cimetière pour déposer nos fleurs sur la tombe de Karl.

— Voilà, soupire maman.

Elle contemple rêveusement le bouquet dont les couleurs vives ressortent sur la terre noire et sur le gris de la pierre tombale de Karl. Il me semble que c'est dommage d'abandonner de si belles fleurs sur une tombe. Ici, sans eau, elles vont se dessécher et mourir.

Nous nous asseyons sur un banc, sous les branches d'un grand sapin et contemplons l'église, au-delà des tombes. Nous demeurons silencieuses, à écouter le vent qui soupire dans les arbres. De temps à autre, des notes d'orgue nous parviennent depuis l'église.

— Karl me manque aussi, dis-je enfin.

Elle me presse la main et éclate en sanglots. J'ai l'impression qu'elle ne se remettra jamais de la perte de son fils. J'attends que ses pleurs s'apaisent.

— Maman… Je suis censée participer à une collecte de fonds avec la *BDM* cet après-midi.

Elle me lance un regard distrait.

— Oui, oui, bien sûr, il faut que tu y ailles. Je vais rester encore un peu.

— Tu en es sûre ?

— Oui, ça va aller. Vas-y. Je te verrai au dîner.

Elle m'adresse un faible sourire, puis se retourne pour contempler la tombe de Karl.

Je m'éloigne discrètement.

Une fois sortie du cimetière, j'accélère le pas et prends la direction du petit bois près de la rivière. Walter sera-t-il là ? Je suis en retard, mais j'ai les jambes en coton et toutes les peines du monde à accélérer. Ce rendez-vous est peut-être un piège, j'y ai songé, et je pourrais bien trouver dans notre petit bois des hommes de la Gestapo prêts à m'arrêter pour crime contre la race. Cette perspective m'effraie tellement que j'ai un vertige. Le trottoir se met à tanguer et à rouler sous mes pieds. Je dois agripper une rampe en attendant que ça s'arrête.

Comme une passante me jette un regard méfiant, je me dépêche de repartir, cette fois d'un pas lent. Est-ce que cette femme a deviné que je me suis donnée à un Juif ? Trois nuits d'affilée ? Est-ce que ça se voit ? Un coup d'œil par-dessus mon épaule me rassure : elle s'éloigne, tête baissée contre le vent, elle m'a déjà oubliée.

Je sens dans ma poche le message que Walter a laissé pour moi au café de Lena il y a une semaine, après son séjour dans la cabane.

Mon amour,

Je pense sans arrêt à toi et à nos trois merveilleuses nuits. Parfois j'ai honte d'avoir vécu un tel bonheur, avec tout ce qui arrive à ma famille. J'ai plein de choses à te raconter. Il faudrait qu'on se voie dans notre bois, pour être plus tranquilles. Je t'y attendrai demain à 15 h 30, à côté de l'endroit où on a l'habitude de pique-niquer.

W.

Quand j'arrive, il est déjà là, à l'abri sous les arbres, le chapeau sur les yeux, au bord de la rivière, là où nous avons si souvent pique-niqué l'été – dans une autre vie.

— Dieu merci, tu as pu venir. Je m'inquiétais.

Il vient à ma rencontre.

— Moi aussi, je m'inquiétais, Walter. J'avais même peur qu'on ne t'ait arrêté.

— Eh bien non, tu vois. Je suis toujours là.

Il me prend la main et nous nous enfonçons dans les bois. Le sous-bois est très dense et il n'est pas facile de progresser. Il marche devant moi, écrase les ronces, retient les branches pour qu'elles ne me fouettent pas le visage.

Il bruine, mais c'est tant mieux. Quand il fait mauvais, les gens restent chez eux et il y a moins de risques de croiser des promeneurs.

Nous nous arrêtons dans une petite clairière et je prends enfin le temps de dévisager Walter. Il est pâle et fatigué.

— Qu'en est-il de ton père et de ton oncle ?

— La Gestapo les a gardés deux jours, mais elle les a relâchés.

— Mais c'est une excellente nouvelle !

Walter secoue la tête.

— C'est une bonne nouvelle qu'ils soient rentrés, évidemment. Mais ils ont payé le prix fort. Si tu les voyais, Hetty. C'est affreux.

Ils ont été battus et interrogés pendant deux jours et deux nuits. On les a affamés, on les empêchait de dormir. Le but était de les briser, c'est évident. Et bien sûr, ça a marché. Pour sortir de là, ils ont fini par signer les papiers qu'on leur présentait : leur société appartient maintenant au parti national-socialiste. Ils ont aussi une lourde amende à payer. D'ici à la fin de l'année.

— C'est vraiment infect, infect…

Ces nouvelles me dégoûtent. Je suis morte de honte. Dire que je suis dans le camp de ceux qui ont fait ça.

— Officiellement, ils vous reprochent quoi ?

— Fraude fiscale ! Des mensonges, bien sûr. Ils ont surestimé la société de mon oncle, qui est en réalité presque en faillite, et l'ont imposée sur des profits fictifs. Évidemment, il n'a pas pu payer la somme réclamée, un montant tellement surévalué qu'il représentait plus que le stock et la valeur nette réunis. Délirant… Josef et mon père ne peuvent plus se battre contre ça. Ces salauds ont eu la société, c'était ce qu'ils voulaient, ils vont peut-être nous laisser tranquilles, à présent. Mon père continue d'envoyer des lettres dans toute l'Europe pour trouver un point de chute, mais, depuis la Conférence d'Évian de cet été, aucun pays n'accepte plus de réfugiés. Pas même la Palestine. Notre crainte est que les nazis ne finissent par s'approprier aussi la maison de ma grand-mère. Si on n'a plus de toit, ça va devenir vraiment compliqué pour nous.

Quelque chose change dans l'expression de son visage. Il semble abattu. Comme s'il s'était déjà résigné à accepter le pire.

J'ose à peine poser la question qui me brûle les lèvres.

— Et toi ? Ils te cherchaient, à cause d'une dénonciation…

Il baisse les yeux et se dandine gauchement, comme s'il n'osait pas me dire ce qui se passe. Ça me fait peur. Il s'approche et prend ma main.

— Tu as bien fait de me cacher quelques jours.

Je vois bien qu'il fait des efforts pour prendre un ton dégagé.

— Parce qu'ils sont venus me chercher pour m'arrêter. Mais je n'étais pas là et ils ne sont pas revenus. Je ne sais pas trop pourquoi, mais ils me laissent en paix pour l'instant.

— Mais ils sont venus pour quoi ? Quel était le motif ?

Il me presse la main et me serre dans ses bras.

— Un motif grave, Hetty.

Il hésite.

— Il y a eu une dénonciation pour « traîtrise envers la race ».

— Non !

— Apparemment, quelqu'un nous a vus…

— C'est Ingrid, j'en suis sûre. Bertha m'a mise en garde…

— Comment ça, « mise en garde » ?

— Ingrid lui a dit qu'elle me soupçonnait d'avoir un amoureux et qu'elle avait la preuve de quelque chose qui ferait du bruit.

— Tu n'avais donc pas tort de penser qu'elle nous avait vus chez *Salamander's*…

— Je n'en suis pas certaine et le fait de nous avoir vus dans un magasin ne prouve rien. Donc… il y a quelque chose de plus… Walter… Il est possible qu'elle ait trouvé mon journal.

— Hetty, ne me dis pas que tu as couché tout ça par écrit ?

Comme je n'ose pas répondre, il me dévisage intensément.

— En mentionnant mon nom ?

— Oui, avoué-je dans un murmure.

Il enfouit sa tête dans ses mains et pousse un gémissement.

— Je suis désolée, Walter…

— Hetty, c'est d'une imprudence folle…

— Je vais le détruire. Dès que je rentrerai chez moi. Je te le promets.

— Il est encore en ta possession, elle ne l'a pas pris ?

— Non, elle ne l'a pas pris. Je l'ai caché un temps sous mon matelas, c'est peut-être là qu'elle a mis la main dessus. Ensuite, j'ai trouvé un endroit plus sûr.

— Donc elle n'a pas pu fournir de preuves de ce qu'elle avance. C'est pour ça que la Gestapo n'est pas revenue.

Il se ronge les ongles, tout en réfléchissant.

— Sans preuve, il faut ton témoignage pour me traduire en justice. La personne qui m'a dénoncé a dû retirer son accusation pour ne pas avoir à communiquer ton nom. Mais les hommes de la Gestapo ne lâchent pas un suspect aussi facilement et ils me font peut-être surveiller pour me prendre sur le fait. Ou bien ils se doutent que c'est toi et hésitent à te compromettre dans cette histoire tant qu'ils ne sont pas certains – vu la position qu'occupe ton père. Mais, s'ils mettent la main sur un journal intime confirmant tout...

Il me dévisage avec un regard affolé.

— Hetty, tu dois brûler ce journal, tu m'entends ? Ils pourraient s'en prendre aussi à toi. S'il te plaît, promets-moi de le brûler.

— Je te le promets.

J'essaie de ne pas céder à la panique. Autour de nous, les arbres sont humides et les feuilles détrempées. Une odeur de pourriture douce-amère se dégage de la terre. La menace se rapproche. Elle glisse silencieusement entre les arbres. De plus en plus près de Walter.

— Walter, tu dois partir le plus tôt possible pour l'Angleterre. Je t'en prie.

Il hoche la tête et me serre très fort.

— Le père d'Anna s'est porté caution pour moi et a garanti que je serais en mesure de subvenir à mes besoins et à ceux de ma future femme. Il a pu m'obtenir un visa.

Le mot « visa » sonne comme un glas.

— Ce qu'il fait pour moi est d'une générosité folle. Il a même fixé la date du mariage, pour prouver le sérieux de nos intentions. Ce sera en mars.

— Mars, répété-je en écho.

Quand je pense à l'avenir que me réserve cette Allemagne sans Walter et sans Karl, je vois une étendue morne, vide et désolée. Comme cette forêt. Je vais rester seule ici. C'est mon destin, malheureusement. La dure réalité. Mais c'est aussi un poison qui me rend amère.

— Walter… Tu sais bien que je pense avant tout à ta sécurité… Mais c'est insupportable pour moi de t'imaginer avec elle…

— Je sais. Ça l'est pour moi aussi. Mais je ne vois pas d'autre moyen. Je suis vraiment désolé, merde !

Il s'écarte de moi et prend de nouveau son visage dans ses mains.

— Il n'y a pas de mots pour exprimer ce que je ressens.

Il me saisit par les épaules et me dévisage intensément, avec des larmes dans les yeux.

— J'ai l'impression de t'abandonner, d'abandonner mes parents, l'impression de vous trahir. Je donnerais n'importe quoi pour t'emmener, Hetty. Quant à mes parents, une fois à Londres, je ferai tout pour qu'ils puissent me rejoindre. Je vais travailler comme un dingue, vingt-quatre heures sur vingt-quatre s'il le faut. Le seul moyen pour moi de supporter la situation, c'est de me dire que je pars en éclaireur, investi d'une mission de sauvetage.

J'appuie ma tête contre son torse.

— Je commence déjà à poser des jalons, poursuit-il. Je me suis mis en rapport avec des connaissances de mon oncle Josef. Nous avons enregistré une société, Keller & Co, basée à Londres. Les Britanniques encouragent la création de nouvelles sociétés, synonymes pour eux de création d'emplois. Si je peux faire démarrer rapidement une activité et convaincre ensuite les autorités que j'ai besoin de mon père et de mon oncle Josef pour la développer, ça devrait marcher.

Je sens à sa voix qu'il n'y croit pas lui-même.

— Quand seras-tu prêt à partir ?

Il faut qu'il s'en aille au plus vite. Avant qu'Ingrid ne décide de retourner à la Gestapo pour donner aussi mon nom.

— Je ne sais pas. Pour l'instant, on cherche à réunir l'argent pour la taxe à l'émigration. Ma grand-mère vend quelques tableaux précieux et des meubles. En dessous de leur valeur, évidemment, mais elle essaie quand même d'en tirer le maximum. Elle ne voudrait pas perdre sa maison. Elle loue depuis quelque temps les chambres de l'étage et c'est maintenant notre seule rentrée d'argent. Sans cela, nous n'aurions pas un sou.

Nous demeurons assis en silence, perdus dans nos pensées.

— J'aimerais pouvoir venir avec toi, murmuré-je enfin, en levant vers lui un regard suppliant. Walter ? Tu crois que ce serait possible ? Je ne me vois pas rester ici sans toi et participer à tout ça…

Je cherche les mots justes.

— Cautionner tous ces trucs de nazis auxquels je ne crois plus… Maintenant que j'ai ouvert les yeux sur ce qui se passe, sur tout le mal qu'ils font…

Walter me lance un regard désolé. Et résigné.

— Même si tu obtenais un visa, ce qui est quasiment impossible, on ne pourrait pas être ensemble, Herta, tu en as conscience ? Je ne peux aller en Angleterre qu'en tant que fiancé d'Anna et pour y rester je dois l'épouser pour de bon. Sans cela, on me renverra en Allemagne. Il ne s'agit pas que de moi. Je dois aussi penser aux membres de ma famille. Si tu me suivais en Angleterre, nous serions démasqués et cela réduirait leurs chances à néant. De plus, la Gestapo te chercherait pour te faire payer ta trahison. Les actes anti-allemands ou antinazis sont sévèrement punis. Tu es bien placée pour le savoir.

Les arbres se resserrent autour de nous ; les nuages s'abattent sur nos têtes ; la nature me semble morose et menaçante. Il essaie de m'embrasser, mais je détourne la tête.

— Hetty… regarde-moi s'il te plaît.

J'ai dans la gorge un nœud énorme et dur comme de la pierre.

— Tu vas me manquer atrocement, marmonné-je enfin.

— J'espère que cette folie finira par s'arrêter. Avec un peu de chance, l'Angleterre, l'Amérique et d'autres pays d'Occident se battront pour la liberté. Hitler ne s'arrêtera pas là, il faudra bien qu'ils réagissent. Nous devons garder espoir. Je vais partir et toi tu vas rester ici en faisant semblant de jouer le jeu pour sauver ta peau, comme tu l'as fait jusqu'à présent. Tu peux cacher ce que tu penses et rester fidèle à toi-même.

Il essuie doucement mes larmes du bout des doigts.

— Je t'aimerai toujours. Ne l'oublie pas. Je penserai à toi chaque jour de ma vie, quoi qu'il arrive.

Sa voix se brise. Tout est dit.

Ce soir-là au dîner, maman touche à peine à son repas, tandis que papa mange avec appétit. Je pousse ma viande de porc au bord de mon assiette ; tout ce gras me donne la nausée.

Ingrid apporte un assortiment de pâtisseries et un petit verre de vin de dessert. J'en bois la moitié en une gorgée, que je garde un instant en bouche pour me débarrasser du goût écœurant du porc – tout en contemplant rêveusement Ingrid et en essayant de sonder son visage. Est-ce elle, vraiment, qui nous a dénoncés ?

Possible, car elle évite soigneusement mon regard.

Papa s'éclaircit la voix et se tourne vers moi.

— Ta mère et moi, nous avons discuté à ton sujet.

Il me contemple d'un air grave. Je remarque qu'il a les yeux rouges et qu'il semble épuisé. La mort de Karl plane en permanence entre nous. Elle nous étouffe.

— Tu auras bientôt fini le lycée, il faut décider de ce que tu vas faire après.

— Je veux aller à l'université, papa. Pour étudier la médecine…

— Herta ! s'énerve papa. On en a déjà parlé. Ce n'est pas possible.

— Je pourrais aller à l'étranger.

Il a un ricanement méprisant.

— Pas question que tu ailles à l'université. Tu iras dans une *Hausfrau*, pour apprendre tout ce que doit savoir une femme au foyer.

— Quoi ? Non ! Je refuse d'aller dans cette école. On m'apprendrait des travaux d'aiguille, à me tenir pendant une réception ou à organiser un dîner pour douze personnes. Je n'ai aucune intention de me marier, donc...

— Ne parle pas sur ce ton à ton père, me réprimande maman. Tu es incroyablement grossière.

Ils me dévisagent sévèrement tous les deux et je ne dis plus rien. Mais à l'intérieur, je bous.

— Tu es devenue ingérable, commente sèchement papa. On t'a laissé trop de liberté, ça t'a complètement perverti l'esprit. Dois-je te rappeler que c'est l'individualisme, quand on le laisse proliférer, qui sonne le glas des civilisations ? Le devoir passe avant et par-dessus tout. Et tu te marieras, bien entendu. Je suis pour les mariages précoces. Il corrige la tendance des jeunes gens à se disperser et à partir dans tous les sens.

— Comment ça, « à partir dans tous les sens » ? Qu'est-ce que j'ai fait de mal ?

Aucun des deux ne me répond.

— Je fais mon devoir. Je ne comprends pas...

— Ton devoir est de te marier et de donner à notre Führer le plus d'enfants possible pour l'avenir de ce pays. C'est tout.

Papa est vraiment furieux, écarlate.

— Ton frère a fait son devoir. Il a donné sa vie pour l'édification de notre grand Reich. Mais toi, tu ne penses qu'à te distraire, à t'amuser, à tes petits projets personnels. Tu veux voyager, aller à l'université, travailler... Tu n'as que des sottises en tête.

Il frappe du poing sur la table. Maman et moi, nous sursautons.

— Ta mère ne te contrôle plus, poursuit-il. Je ne te reproche rien, Hélène… Avec tout ce qui nous est arrivé… Mais il n'est pas normal qu'une fille de ton âge ait autant de liberté, Herta. Toujours dehors, en train de faire Dieu sait quoi, avec Dieu sait qui, et sans frère pour te surveiller.

Je cherche Ingrid du regard, prête à lui lancer des poignards avec les yeux, mais elle a quitté la pièce. Le sang pulse à mes tempes. Ils ne peuvent pas m'empêcher de sortir. Quand je pense à ce que trafique papa de son côté… Bon sang ! Ce que j'aimerais pouvoir balancer ça, pour lui clouer le bec.

— Franz, tu as raison, je suis désolée, elle ne…

Ingrid revient pour débarrasser le dessert.

— Du café ? demande-t-elle d'une voix claire et joyeuse qui me donne à penser qu'elle a tout entendu et qu'elle jubile.

— Oui, Ingrid. Dans le salon, s'il vous plaît.

Elle quitte à nouveau la pièce, sans prendre la peine de fermer la porte.

Papa s'essuie la bouche avec sa serviette.

— Ta cousine Eva sort d'une très bonne école qui se trouve à Halle. Mais tu pourrais aussi aller à Dresde, ou à Berlin.

Une école pour femmes au foyer !

— Papa, je voudrais passer mon bac.

J'essaie de conserver un ton égal.

— S'il te plaît. Je suis une bonne élève… Je décrocherais sûrement une excellente moyenne.

— Le bac est une perte de temps, surtout pour les filles. Tu pourras étudier l'enseignement dans la *Hausfrau*, si tu tiens absolument à travailler. C'est le seul métier acceptable pour une femme.

Il pose sa main sur la petite main blanche de maman et soupire. Sa colère est soudainement retombée et il arbore à présent cette expression qui signifie chez lui : « Je suis un homme indulgent au cœur tendre, mais je ne cède pas pour autant à l'hystérie des faibles femmes. »

De son côté, maman s'est réfugiée dans sa coquille. Elle ne prendra pas ma défense. Si Karl était là, il saurait quoi dire. Il leur ferait entendre raison.

Je me tasse sur ma chaise. Les mots sont inutiles. Quoi que je dise, ils ne m'écouteront pas. Ils parlent maintenant d'autre chose. Autour de moi, l'air est de plus en plus lourd. Il m'oppresse, j'étouffe. Plus que jamais, cette maison me fait l'effet d'une prison trop petite, glaciale, coupée du monde extérieur.

Je *n'irai pas* dans cette école, papa. Je n'irai pas. Tout simplement.

De retour dans ma chambre, j'écarte le tas de linge au fond de mon placard pour avoir accès à la latte de plancher qui se défait. Je glisse la main dessous. Mes doigts effleurent le journal. Il est bien là. *Merci, mon Dieu. Merci, merci.* Je le sors et contemple un instant le patchwork de couleurs de sa couverture. Je revois la lueur de joie dans les yeux de Karl quand il a compris à quel point ce cadeau me faisait plaisir.

Et Walter voudrait que je le brûle ! Que je regarde ses pages noircir et se recroqueviller jusqu'à ce qu'il n'en reste que des cendres !

Je caresse la couverture avec tendresse. En plus d'être un cadeau de mon frère disparu, ce journal contient des souvenirs précieux. Si je le fais disparaître, peut-être que j'aurai tout oublié quand je serai vieille.

Je le glisse dans une taie d'oreiller et le remets dans sa cachette. Si Ingrid n'a pas trouvé mon journal jusque-là, il n'y a aucune raison pour qu'elle le trouve avant le départ de Walter.

Je ne le détruirai pas.

7 novembre 1938

Le concierge est allé prévenir Erna que quelqu'un l'attendait en bas de l'immeuble. J'ai préféré rester dehors. Les cheminées fument, des odeurs de feu de bois se mêlent à celle des feuilles mortes.

— Je suis tellement contente de te voir ! s'exclame Erna en découvrant que je suis sa visiteuse.

— Erna, j'ai besoin de ton aide.

Si je ne me jette pas tout de suite à l'eau, je n'aurai plus le courage de lui parler.

Elle glisse son bras sous le mien et nous nous mettons à marcher.

— Tout ce que tu voudras, dit-elle joyeusement.

— Ne dis pas ça, parce que je dois d'abord t'avouer quelque chose qui va te choquer. Peut-être que tu ne voudras même plus de moi comme amie.

— Eh bien, quel suspense ! J'ai hâte de savoir de quoi il...

— Erna, cesse de plaisanter ! C'est sérieux. Promets-moi d'abord de ne répéter à personne ce que je vais te confier.

— D'accord, d'accord... Pas besoin de t'exciter comme ça. Je n'en parlerai à personne, promis.

— Vraiment promis ?

— Mais oui, vraiment ! Pour l'amour du ciel, qu'est-ce qu'il y a, Hett ?

J'inspire à fond.

— Je… Je suis amoureuse. Pour de bon.

Respire…

Mon haleine chaude se mêle à l'air hivernal, puis s'évapore.

— Ouah… Eh bien, c'est merveilleux, commente-t-elle en souriant. Mais un peu inattendu. Brusquement, comme ça… Avec Karl et tout ça…

Elle prend un air gêné et se corrige aussitôt.

— Je ne veux pas dire que tu ne devrais pas. Au contraire, c'est une bonne chose, ça te fera du bien.

— Ce n'est pas récent. Ça dure depuis plus d'un an.

— Un an !

Elle s'arrête de marcher, mais, comme je continue, elle trottine pour me rattraper.

— Pourquoi tu ne m'en as jamais parlé ?

— Je sais ce que tu penses… Tu trouves que je ne manque pas de culot, vu la violence de ma réaction quand j'ai appris pour Karl et toi. J'ai été en dessous de tout, Erna. Je le sais et j'ai honte. Mais crois-moi, j'avais une bonne raison de ne rien dire.

Je n'ose pas la regarder et baisse les yeux sur le trottoir mouillé jonché de feuilles mortes.

— Oui, tu as été en dessous de tout, me lance-t-elle en riant. La plus nulle des amies. Mais si tu me dis qui c'est, je te pardonne.

Nous faisons encore quelques pas. *Dis-le maintenant.*

J'inspire profondément.

— C'est un Juif, Erna. Je suis tombée amoureuse d'un Juif.

— Oh là, Hetty… C'est une blague ?

— Non, c'est la vérité. Il s'appelle Walter Keller. Il était avec nous à l'académie. Tu te souviens du garçon juif qui a été humilié devant toute l'école, avec une fille qui s'appelait Freda ?

Erna ne sourit plus. Elle hoche la tête en silence.

— Avant… Avant *tout ça*, c'était un ami de Karl. Il venait souvent chez nous et je le connaissais bien. L'été dernier, je suis tombée sur lui par hasard, en promenant Kuschi. On est tombés amoureux, c'est comme ça, on n'y peut rien. J'ai essayé de résister, mais je n'ai pas pu. C'est un garçon formidable, tu sais. Je n'ai jamais rencontré quelqu'un comme lui. Ensemble, on se sent bien. C'est comme si on était faits l'un pour l'autre.

— Seigneur…, murmure Erna.

Nous arrivons sur Nordplatz. La vaste pelouse verte de l'église est face à nous. Maintenant que j'ai commencé à parler, je ne peux plus stopper le flot de mes confidences.

— Plusieurs fois, je me suis promis de cesser de le voir. Lui aussi, a essayé. Mais c'était plus fort que nous. Je sais très bien que si on nous surprend ensemble – ça a déjà failli nous arriver –, ce sera une catastrophe. Je serai aussi coupable que lui. Mais je l'aime tellement, Erna.

Le regard intense d'Erna scrute mon profil.

— Et pourquoi tu me dis tout ça aujourd'hui ?

— Quelqu'un nous a dénoncés. Il est possible que ce soit notre bonne, parce que je pense qu'elle nous a vus en ville. Je me méfie d'elle, elle me surveille. En tout cas, même si ce n'est pas elle, la Gestapo soupçonne Walter de *Rassenschande*, « traîtrise envers la race ». Il a obtenu un visa pour l'Angleterre et il devrait partir bientôt. Mais une fois là-bas, il devra épouser une Anglaise s'il veut pouvoir rester.

— Seigneur.

— Il a besoin de mon aide pour récupérer son passeport et pour payer la taxe à l'émigration. Et moi, j'ai besoin… d'une alliée.

— Ça fait beaucoup de nouvelles à digérer d'un seul coup, commente Erna.

Nous nous arrêtons près de l'église. Pratiquement à l'endroit où j'ai avoué mon amour à Walter, il y a bien longtemps déjà.

J'ose enfin regarder le visage d'Erna. Elle semble sous le choc, mais pas scandalisée, comme je le redoutais. Je plonge mon regard dans le lac profond de ses yeux verts.

Mon âme souillée contemple son âme pure et sans tache.

— Qu'est-ce que tu penses de moi, à présent que tu sais ça ?

Durant quelques secondes, elle ne dit rien.

— J'ai du mal à y croire, murmure-t-elle enfin.

— Tu m'as promis de ne rien dire, Erna.

— Je ne dirai rien, Hetty ! Jamais.

Elle me prend les mains.

— Je t'aime, espèce de pauvre idiote. Et encore plus depuis que je sais ça. Plus que jamais...

Je me sens brusquement submergée par la fatigue, tellement épuisée que mes membres pèsent comme du plomb. Comme si le fait d'avoir confié mon secret à quelqu'un me donnait enfin le droit de m'avouer qu'il me pesait.

— Hett...

Erna baisse les yeux.

— J'ai une confession à te faire.

— Quoi ?

— Mon père ne perd pas du tout la tête. C'est un vieux fou, à sa façon, mais c'est surtout un militant antinazi extrêmement actif. Il déteste Hitler et tout ce qu'il représente. Nous le détestons tous.

Elle balaie la place du regard et baisse la voix, même s'il n'y a personne.

— Nous sommes un petit réseau à Leipzig. Juste une poignée. Malheureusement pas assez. Tout le monde a trop peur.

Je secoue la tête, en réfléchissant à tout ce que cette révélation implique.

— Mon père m'a encouragée à entrer dans la *BDM* pour ne pas éveiller les soupçons. Il est convaincu que la Gestapo le surveille.

— Mais… Et Karl ? Pourquoi es-tu sortie avec lui ?

— Eh bien… ça fait partie de ce que je dois t'avouer. J'aimais bien Karl… Je le trouvais beau, il était gentil… Mais je n'étais pas vraiment amoureuse de lui. Parfois, quand je pense à lui, j'ai honte… Mais il fallait bien que je protège mon père. Tu l'as vu, tu sais à quel point il est parfois… imprudent. Sortir avec Karl, c'était donner un peu de respectabilité à notre famille. Ça me rassurait.

Le sol bouge sous moi, le monde se met à tourner.

Y a-t-il dans mon entourage quelqu'un qui ne triche pas ?

— Être proche de toi aussi, ça me rassure, poursuit Erna.

Ses paroles résonnent dans ma tête, mais je les entends à peine. Elle s'est servie de nous, de nous deux, de Karl et de moi, pour protéger son révolté de père. Je n'ai jamais rien représenté pour elle. Je me demandais pourquoi une fille brillante comme elle – belle, intelligente, pleine de charme et de personnalité – avait envie d'être mon amie.

Eh bien maintenant je suis fixée.

— Mais je ne suis pas venue vers toi uniquement pour protéger mon père, poursuit-elle, comme si elle avait lu dans mes pensées. Nous étions amies avant que j'aie l'âge de comprendre tout ça, Herta. C'est la vérité. Il faut que tu me croies.

Dois-je vraiment la croire ? Je lève les yeux vers le clocher de l'église. Sa flèche noire se détache à peine sur le ciel gris ardoise. Autrefois, je croyais en Dieu. Je me sentais bénie, j'avais une place dans son univers. Mais peu à peu je me suis éloignée de lui. Mes parents méprisent la religion et m'ont encouragée à croire plutôt en Hitler, en la vertu et la légitimité de notre glorieux Troisième Reich. Puis Walter, et maintenant Erna, ont fait trembler les fondements sur lesquels reposaient mes croyances. Karl est mort. En peu de temps, j'ai découvert que l'Allemand parfait dévoué au Reich n'existait pas. Que reste-t-il de ma foi ? Je suis à nue. Sans racines.

— On va être en retard au lycée, dis-je enfin.

C'est tout ce que j'ai trouvé à dire, tant je me sens démunie, incapable de mettre de l'ordre dans le chaos de mes sentiments.

— Hett, murmure Erna en me prenant la main. Je t'ai raconté tout ça pour te prouver à quel point ton secret serait bien gardé avec moi. Je ferais n'importe quoi pour t'aider. Je ne te juge pas et j'espère que tu ne me jugeras pas non plus. Karl et moi nous n'avons jamais… Nous ne l'avons jamais fait… Je l'avais convaincu d'attendre qu'on se marie et il avait accepté. Pour lui, il y avait les filles bien qui ne couchaient pas et les autres. Il m'avait classée dans la première catégorie. Nous avions une relation complice et paisible. J'ai tout fait pour le ménager et il ne s'est jamais douté que je ne l'aimais pas autant qu'il m'aimait. Il a été heureux avec moi.

C'est peut-être vrai.

Je serais prête à parier que Karl couchait avec Ingrid.

Mais ça, je ne vais pas le dire à Erna.

Oh, Erna, j'espère avoir eu raison de t'ouvrir mon cœur. Si vraiment tu as toujours détesté les nazis, tu le cachais bien. Aux réunions de la *BDM* comme au lycée, tu chantais plus fort que les autres, tu saluais avec plus de ferveur, tu menais le groupe comme une véritable patriote. Pour être aussi convaincante, il fallait que tu y croies au moins un peu. Ou alors tu es vraiment une grande comédienne. C'est probablement le cas et je n'ai pas peur que tu me dénonces. Mais je suis malheureuse, parce que je ne sais plus si tu es vraiment mon amie, ou si je t'intéresse uniquement à cause de mon père. L'avenir le dira. Pour l'instant, je vais t'accorder le bénéfice du doute.

8 novembre 1938

Dehors c'est la tempête. Une pluie battante martèle les fenêtres, des rigoles coulent le long des carreaux. De violentes rafales font ployer les branches du cerisier et les projettent contre la grille. Les portes tremblent et claquent. Toute la maison craque et gémit.

Maman est dans le salon, en train de boire un café. En dépit du vacarme, elle écoute la radio.

— Je vais au lycée, annoncé-je sur le pas de la porte en boutonnant mon manteau.

— Quelle journée, murmure-t-elle en regardant les arbres malmenés par le vent. Et je ne parle pas que du temps… Il y a ce terrible drame à Paris.

— À Paris ? Quel drame ?

— Tu n'as pas écouté les nouvelles ? Ton père pense que nous ferions mieux de ne pas sortir en ville ce matin.

Je fais un pas dans le salon et pose mon sac à terre.

— Ah bon ? Mais j'ai cours, moi ! Il faut bien que j'aille au lycée ?

— Ton père est en ce moment à une réunion des SS pour gérer l'urgence, poursuit maman, sans répondre à ma question. Il ne sortira rien de bon de tout ça.

— Mais de « tout ça » quoi, maman ? Tu parles par énigmes !

Elle désigne du menton le journal sur la table basse.

— Lis toi-même, déclare-t-elle en tournant le dos à la fenêtre et à la nature en furie.

Je prends le journal et l'ouvre en m'installant sur le canapé. La nouvelle dont elle parle fait évidemment la une.

8 novembre 1938
De notre correspondant à Paris.
UN DIPLOMATE ALLEMAND LUTTE POUR LA VIE!
Victime d'une tentative d'assassinat, Ernst von Rath, jeune et talentueux avocat employé à l'ambassade d'Allemagne à Paris, se trouve actuellement entre la vie et la mort dans un hôpital parisien. Le Führer a dépêché sur place nos meilleurs médecins pour tenter de le sauver. Von Rath a reçu hier cinq balles tirées à bout portant par un Juif polonais, un certain Herschel Grynszpan qui avait réussi à s'introduire dans l'ambassade en usant d'un subterfuge. Arrêté sur les lieux, celui-ci a immédiatement avoué son crime. On pense que son geste visait en fait l'ambassadeur, le comte Johannes von Welczeck.
Le porte-parole de l'ambassade décrit von Rath comme un travailleur acharné et honnête, avec un brillant avenir devant lui – un jeune homme qui a toujours fait la fierté de sa famille et de sa patrie. Selon nos informations, Grynszpan aurait été motivé par une vengeance personnelle. Ce crime affreux nous rappelle qu'aucun Allemand ne sera jamais en sécurité, tant que planera la menace du Juif n'attendant que l'occasion de nuire.

L'article cherche de toute évidence à jouer sur la corde sensible du lecteur. Je me souviens de la harangue de papa sur la manière de présenter les faits pour manipuler l'opinion.

— Tu crois que c'est vrai, cette histoire ?

— Bien sûr que c'est vrai. Pourquoi ça ne le serait pas ?

— Une de mes amies pense qu'il ne faut pas croire tout ce qu'on lit dans les journaux.

— Eh bien, tu ferais mieux de dire à cette amie de reprendre ses esprits. Comment ose-t-elle dire une chose pareille ?

Elle semble outrée, comme si elle se sentait personnellement insultée.

— Ton père sait ce qu'il faut écrire et je trouve un peu fort que tu doutes de ce que tu lis dans son journal, à cause des opinions d'une soi-disant amie qui ne connaît probablement rien au journalisme.

Maman est toujours prête à défendre papa, bec et ongles. Il ne mérite pas un tel dévouement. La colère fait un nœud dans mon ventre.

Je change de sujet.

— Bon, qu'est-ce que je fais, moi ? Je vais au lycée ou pas ?

— Je ne vois pas pourquoi tu n'irais pas, répond-elle d'une petite voix. Ton père n'a pas dit que tu ne devais pas y aller.

Elle se penche vers moi et plisse les yeux en baissant encore la voix.

— C'est le début. La conspiration. Les Juifs.

Elle a un regard de folle. Ses pupilles sont deux puits noirs sans fond. Elle sort une cigarette du paquet posé sur la table et la place délicatement entre ses lèvres. Ses mains tremblent.

— Ils complotent et planifient tout ça depuis des années.

Elle s'arrête pour allumer sa cigarette, éteint son allumette en la secouant et la jette dans un cendrier.

— Qu'est-ce qu'ils planifient ?

— La révolution ! Ils veulent dominer le monde.

— Maman, tu ne crois pas sérieusement que…

— Bien sûr que si, je suis très sérieuse, m'interrompt-elle.

Sa voix tremble d'émotion. Elle tire une longue bouffée de sa cigarette, ce qui semble la calmer un peu, mais son regard reste perdu dans le vide, quelque part sur ma gauche.

—Maman?

Ses yeux se posent de nouveau sur moi. Elle tire encore sur sa cigarette et souffle un panache de fumée du coin de la bouche. Elle a maigri. Ses pommettes trop saillantes et ses joues creuses lui donnent un air hagard.

—Si je dois aller au lycée, il faut que je parte tout de suite, dis-je en ramassant mon sac. Je suis déjà en retard.

Je ne veux plus entendre ce discours plein de haine.

Elle hoche la tête et se verse une tasse de café en en renversant dans sa soucoupe.

—D'accord. Mais je te demande de rentrer directement à la maison après les cours. Papa en saura plus après sa réunion. En tout cas, je peux te dire une chose : les Juifs l'ont bien cherché. Ils vont regretter d'être nés.

Le cours de littérature de Fräulein Schmidt est un de mes cours préférés, mais aujourd'hui je n'arrive pas à l'écouter. Je n'arrête pas de penser à maman et à notre drôle de conversation de ce matin. Mon cerveau est assailli de visions.

Un innocent Allemand sur les marches d'escalier d'un bâtiment parisien ; le sang jaillit de sa poitrine ; un air de stupéfaction se peint sur son visage.

Une armée de Juifs infâmes et malfaisants déferle sur notre ville.

Walter me regarde avec un petit sourire, parce que j'ai succombé à son charme. Je suis trompée, souillée à jamais.

Walter innocent, accusé à tort des pires crimes. Walter, le garçon que j'aime, traîné hors de chez lui par la Gestapo, jeté en prison, pourrissant dans une cellule.

J'ai les paumes moites. Mon cœur bat la chamade. Je vois bouger les lèvres de Fräulein Schmidt, mais je n'entends pas ce qu'elle dit. Elle écrit au tableau, mais ses phrases ne sont qu'une suite de mots sans signification.

À la fin du cours, elle ramasse un devoir à faire pour aujourd'hui. Comme d'habitude, plus de la moitié de la classe n'a rien à rendre. J'en fais partie, pour une fois.

— Désolée, madame, j'ai été trop prise par la *BDM*, je n'ai pas eu le temps de travailler, dis-je quand elle se présente devant moi, la main tendue.

Elle a un mouvement de surprise.

— Ça ne te ressemble pas, Herta, commente-t-elle d'un ton désapprobateur.

Je la regarde droit dans les yeux.

— La *BDM*, c'est plus important que le travail scolaire.

Elle ne prendra certainement pas le risque de me contredire. Nous nous défions un instant en silence, puis elle m'adresse un vague signe de tête et passe à l'élève suivante.

Quelques minutes plus tard, je me fraie un chemin à travers les groupes qui bavardent dans le couloir, tout en cherchant du regard la tignasse auburn d'Erna. Ne la trouvant pas, je me laisse porter par la marée humaine qui m'entraîne dans la salle de gymnastique, là où les filles passent la récréation quand il pleut.

Erna est là, elle m'attendait. Ignorant la pluie, nous descendons en courant les marches menant à la cour déserte. Pour éviter d'être totalement trempées, nous allons nous coller contre un mur. Je n'ose pas regarder Erna dans les yeux.

— Ce que je t'ai dit hier… à propos de Karl.

Elle marque une pause.

— Je suis désolée, si ça t'a fait un choc.

— Oui, en effet, c'était plutôt choquant.

— Walter et toi, c'était aussi un choc. Je n'ai pratiquement pas dormi cette nuit.

— Moi non plus.

— Hett…

— En fait, Erna…

Je rassemble mon courage pour soutenir le regard de ses beaux yeux verts.

— Quand on découvre que quelqu'un n'est pas ce qu'il prétendait être, on ne peut plus lui faire confiance. Toutes les deux, on se mentait tout le temps. On n'a jamais eu une relation honnête.

— C'est vrai, mais maintenant je te fais confiance, Hetty. Tu as entendu mon père pester contre le Parti, mais tu ne l'as pas dénoncé. Tu es amoureuse d'un Juif, je sais ce que tu penses du traitement que l'on fait subir aux gens qui ne sont prétendument pas de race pure… Nous sommes bien plus proches qu'avant. Tu pourrais rejoindre notre lutte…

— Oh, Erna… Je ne demanderais pas mieux, mais je ne vois pas en quoi je vous serais utile, avec un père qui ne cesse de grimper les échelons du Parti et une mère qui le soutient dans tout ce qu'il fait. Du moins, elle le soutenait. À présent, depuis Karl, elle est brisée et beaucoup moins active. Je ne sais pas si elle s'en remettra un jour. Et puis Walter m'a conseillé de faire profil bas et de prendre soin de moi. En espérant qu'un jour tout cela cessera et qu'on pourra être de nouveau ensemble. Je ne sais pas… Que pourraient faire deux filles comme nous sans argent ni pouvoir ?

— Tu as déjà fait beaucoup, Herta. En parcourant seule le chemin qui t'a permis de retrouver ta liberté de pensée.

— Je ne l'ai pas fait seule, Erna. Je suis tombée amoureuse. C'est tout. Sans Walter, je…

Sans Walter, je serais restée une fervente adepte de l'idéologie nazie, sûrement. Jamais je n'aurais osé remettre en cause tout ce qu'on m'avait inculqué. J'aurais continué à croire que mon destin était d'accomplir de grandes choses à travers les Jeunesses hitlériennes. C'est dur à admettre, mais je sais que c'est vrai.

— Je ne sais pas ce que je serais devenue, Erna.

— Peu importe, rétorque-t-elle. Ce qui compte, c'est ce que tu es maintenant. Tu peux nous aider. Participer à la résistance. Nous allons être de plus en plus nombreux, tu vas voir.

Elle pose une main sur mon bras.

— Ton père détient beaucoup d'informations. Tu dois sûrement entendre et voir des choses qui pourraient nous être utiles.

— Tu me demandes d'espionner mon père ?

Elle me regarde avec insistance.

— Tu veux aider Walter, sa famille et des milliers de personnes dans sa situation ? De plus en plus de Juifs et d'opposants politiques sont enfermés dans des camps sans le moindre procès. Les nazis étendent leur réseau, construisent de nouveaux camps. Ils veulent contraindre tous les Juifs à quitter leurs maisons et à entrer dans des ghettos. Et ce n'est pas tout. Leurs promesses de paix et de prospérité ne sont que des mensonges. Ils nous entraînent vers la guerre. Hitler veut son empire. Si nous ne faisons rien, où cela s'arrêtera-t-il ? C'est notre avenir, Hett. Nous sommes la jeunesse de ce pays. Nous devons nous révolter.

J'acquiesce d'un signe de tête, sans un mot. Je pense à Bertha, à Lena, à tous ceux qui ne partagent pas la vision d'Hitler pour ce pays, mais qui ont trop peur de le dire, trop peur pour se révolter. J'ai été aveugle. Je voulais tellement y croire que j'ai longtemps nié l'évidence.

Erna me regarde. Elle attend ma réponse.

— Je… Je ferai ce que je peux. Je vais essayer.

Je pense soudain à maman et à notre étrange conversation de ce matin.

— Qu'est-ce que tu penses de la tentative d'assassinat contre von Rath ?

— D'après mon père, Grynszpan voulait venger l'expulsion de ses parents, des Juifs polonais d'Allemagne. Récemment, deux mille d'entre eux ont été expulsés de Leipzig. On les a tirés du lit en pleine nuit pour les mettre dans un train à destination de la Pologne. Sauf que la Pologne n'a pas voulu d'eux et qu'ils sont maintenant bloqués à la frontière. Ils n'ont nulle part où aller. Grynszpan n'a pas supporté de savoir ses parents dans cette situation. Je ne cautionne pas complètement son geste, mais je comprends sa colère.

— Comment ton père sait-il tout cela ?

— Il a ses sources.

Elle m'adresse un clin d'œil.

— Mais ce n'est qu'un acte isolé que les journaux montent en épingle, poursuit-elle. Dans deux ou trois jours, dès qu'ils auront un nouveau scandale à étaler en première page, ils n'en parleront même plus.

Ce n'est pas l'avis de mon père, qui pense au contraire que cet acte isolé pourrait mettre le feu aux poudres.

— Je n'en suis pas si sûre, Erna. Il est possible au contraire que ça déclenche des réactions du côté des autorités allemandes. Je vais essayer d'en savoir plus.

— Merci, Hetty. Tu es une vraie copine, tu le sais ?

La fin de la récréation sonne. Nous échangeons un sourire et rejoignons les autres.

Pour la première fois depuis que je suis dans ce lycée, maman vient me chercher à la sortie. Ça me rappelle quand j'étais petite et que je la trouvais tous les jours devant l'entrée de l'école primaire.

Elle glisse son bras sous le mien et m'entraîne vers la vieille ville.

— Je ne pouvais plus rester à la maison sans rien faire, explique-t-elle. Je me suis dit qu'on pourrait déjeuner ensemble à l'hôtel Fürstenhof. Histoire de changer un peu d'ambiance. Oh, et puis, ton ami Tomas a appelé. Il voulait savoir si tu serais d'accord pour une promenade dimanche après-midi. Est-ce qu'il a des vues sur toi, Herta ?

— Non maman. C'est un ami. C'est tout.

Nous voilà donc parties. Sur le trajet, je ne remarque rien de particulier, tout semble normal. À l'hôtel, nous sommes accueillies par des serveurs en costume noir et tablier blanc. L'atmosphère est raffinée, mais glaciale. On nous sert de la viande froide et de la salade, puis des petits gâteaux et du café noir bien fort. Un pianiste joue des mélodies de Bach. La clientèle profite ici d'une ambiance chic et feutrée, sous le dôme en verre de la salle.

Maman mange avec appétit et prend même un *strudel* au dessert. Je la trouve beaucoup plus calme que ce matin.

— Papa t'a parlé de ce qui s'est dit à sa réunion ?

Elle se penche par-dessus la table, les yeux écarquillés.

— Figure-toi qu'aujourd'hui il a parlé directement à Himmler. Ton père évolue maintenant dans les plus hautes sphères.

— Ah bon ?

— Oui. Tu vois ce que je veux dire… Je ne suis pas politicienne, mais des gens importants l'écoutent, lui font confiance, s'appuient sur lui, donc…

Elle jette un regard autour d'elle et baisse la voix.

— … il ne va pas tarder à avoir une promotion. Peut-être qu'on va bientôt déménager à Munich, ou à Berlin.

Elle s'adosse à sa chaise.

— Ce serait très différent, un changement complet de décor. Tu sais, Herta, je pense qu'au fond c'est ce qu'il me faut. Il y a trop de souvenirs de Karl dans cette ville, dans notre maison… C'est trop dur de…

Sa voix tremble.

— De passer à autre chose.

— Et moi ? Qu'est-ce que je deviens, dans tout ça ?

— Tu vas bientôt quitter le lycée pour aller dans une école pour femmes au foyer, dit-elle d'un ton enthousiaste. Tu te marieras, tu pourras même travailler un peu au début, pendant un certain temps. Rien ne te retient ici, il me semble. Tu étais même prête à partir à l'étranger.

— C'est vrai, marmonné-je.

Si nous changeons de ville, est-ce que papa emmènera aussi sa maîtresse et son autre fille ?

Puis je pense à Erna et à la résistance. Je veux vraiment aider. Quand papa montera en grade, j'aurai sans doute accès à des informations plus sensibles, mais loin de Leipzig ce ne sera pas facile de les faire parvenir à Herr Bäcker par un moyen sûr. Aussi, si je veux me rendre utile, c'est maintenant que je dois agir.

Je termine lentement ma tasse de café.

Nous quittons le Fürstenhof à l'heure où les gens rentrent chez eux pour dîner. Les rues sont animées. La tentative d'assassinat du diplomate allemand fait la une de tous les journaux et occupe tous les panneaux d'affichage. On ne voit que ça en gros titre sur les présentoirs.

« VON RATH TOUJOURS ENTRE LA VIE
ET LA MORT ! »

« LE HÉROS ALLEMAND
S'ACCROCHE À LA VIE ! »

« LE JUIF AU CŒUR DE PIERRE, ÉCLABOUSSÉ DU
SANG DE NOTRE COURAGEUX COMPATRIOTE,
REVENDIQUE SON GESTE ! »

— Papa t'a reparlé de l'affaire ? demandé-je à maman.

— Je ne l'ai eu qu'au téléphone, donc il n'a rien dit de plus. Sans compter qu'il n'est pas censé commenter les affaires d'État avec nous.

Une affaire d'État ? J'essaie de me persuader que l'affaire en question n'est pas si importante que ça et que les journaux se jettent dessus pour faire grimper leurs ventes, mais impossible de me départir d'un sentiment de malaise.

— Je vais me reposer, déclare maman quand nous arrivons chez nous. Je dors mal la nuit, j'ai besoin de récupérer.

Elle ponctue cette déclaration d'un sourire attristé.

Je reste assise sur le banc du couloir, à écouter son pas léger dans l'escalier. La porte de sa chambre se ferme avec un petit déclic, puis le silence tombe comme un linceul sur la maison.

Soudain, j'entends un bruissement. Ça vient du bureau de papa, dont la porte est entrouverte. Je m'en approche. Il est assis, en train de consulter une pile de papiers.

Il repose les papiers et reste un instant le regard dans le vide, puis s'éclaircit la voix et décroche son téléphone.

— Opératrice, passez-moi le général Heydrich, s'il vous plaît. Sur sa ligne privée.

Une pause.

— Oui, il attend mon appel. Dites-lui que le lieutenant-colonel Heinrich est en ligne. C'est important.

Il y a une autre pause, plus longue. Puis :

— Mon général, merci de prendre mon appel. *Heil Hitler.*

Il s'est redressé sur son fauteuil et a affermi sa voix, mais le ton est plein de déférence. C'est la première fois que je l'entends parler avec autant d'humilité.

— Oui. Je vous fais mon rapport, comme vous me l'aviez demandé. Les unités sont prêtes à partir. Nous avons informé la police, le maire, les pompiers. Nous attendons vos ordres.

De nouveau il se tait, pour écouter. Ses yeux se tournent vers la porte. Est-ce qu'il peut me voir, par la fente ? Je recule lentement, le souffle court, mais m'arrange pour coller mon oreille au battant.

— Bien sûr, dit-il. Non, cela n'a manifestement pas marché… Absolument, il faut changer de stratégie… C'est en effet le parfait catalyseur… Le peuple allemand est prêt, vous avez raison. Quant à mes hommes, ils le sont aussi, vous pouvez me croire. Ils ont hâte de passer à l'action. Ces Juifs doivent comprendre que nous ne voulons pas d'eux… Certainement… Je n'attends que votre feu vert pour déclencher l'opération…

Il semblerait que l'affaire von Rath ne fasse pas seulement beaucoup de bruit pour rien.

Je sens les doigts de la peur grimper le long de ma colonne vertébrale.

Je dois absolument aller trouver Walter et le prévenir que quelque chose de terrible se prépare.

9 novembre 1938

Au lycée, je profite de la récréation pour rapporter à Erna la conversation téléphonique que j'ai surprise hier dans le bureau de papa.

— Il faut que je trouve un moyen de prévenir Walter.

— Qu'est-ce qu'il a voulu dire par « le peuple allemand est prêt » ? demande-t-elle. Prêt à quoi ?

Elle me regarde avec des yeux apeurés.

— Je dois en parler à mon père, dit-elle enfin.

— Je ne sais pas ce qu'il voulait dire, mais je fouillerai dans les papiers qui traînent sur son bureau pour tenter d'en savoir plus. Il faudrait aussi que j'aille au café de Lena pour faire passer un message à Walter. L'ennui, c'est que maman veut que je reste avec elle à la maison cet après-midi.

— Dis-lui que tu es invitée à dîner ce soir chez moi. Comme ça tu iras où tu voudras.

— Tu serais prête à me couvrir ?

— Oui, répond-elle en souriant. Si elle appelle pour vérifier, je trouverai quelque chose à lui raconter. C'est à ça que servent les amies, non ?

Plus tard, pendant que maman fait sa sieste, j'envoie Ingrid m'acheter du tissu et du fil pour un projet de couture de l'école. Bertha se repose dans sa chambre. La maison est calme. C'est l'occasion idéale pour aller regarder les papiers de mon père.

Je sors de ma chambre sur la pointe des pieds, descends au rez-de-chaussée et file directement dans son bureau. Une fois dans la place, je referme précipitamment la porte derrière moi et demeure un instant le dos collé au battant, la bouche sèche, à écouter les bruits de la maison, avec le silence qui grésille dans mes oreilles. Au bout de quelques instants, je me décide enfin à avancer. C'est la première fois que j'entre seule ici. Depuis que nous avons emménagé dans la maison, c'est un lieu sacré, le sanctuaire de papa – interdit en dehors de sa présence. Des frissons me parcourent la nuque.

Il va bientôt faire nuit, la pièce est lugubre. J'allume une petite lampe qui projette un rond de lumière jaune sur son bureau. Tout est propre, rangé, à sa place. Le grand carré de papier buvard bordé de cuir se trouve exactement en face du fauteuil, avec un pot d'encre dans un des coins supérieurs. Le stylo-plume attend près du buvard, tout comme le cendrier en marbre. Les papiers en cours sont rangés en deux piles distinctes, dans deux corbeilles.

J'ouvre avec précaution le premier tiroir du vieux bureau de chêne. Il craque. Je me fige. Aucun bruit de pas dans le couloir. Personne ne pousse la porte.

Expire. Inspire. Continue.

Dans le tiroir, je trouve plusieurs piles de lettres personnelles. Sur la première, je reconnais la belle écriture cursive de grand-mère, avec le cachet de la poste de Berlin. En dessous, pliées en deux, un tas de petites enveloppes, avec une adresse tracée d'une main féminine – celle de Hilda Müller, sûrement. D'un côté, je meurs d'envie de les ouvrir pour lire les secrets qu'elles renferment. De l'autre, je préfère encore ne pas savoir, tant ça me dégoûte.

Je referme doucement le tiroir. Ces lettres ne doivent pas me détourner de mon but. Je suis venue chercher des informations pour aider Walter.

Je passe au tiroir suivant. Un buvard de rechange, du papier à lettres, des enveloppes. Le tiroir du bas est vide. Je soupire et lève le regard. Sur le mur en face de moi, mon père a exposé ses récompenses et distinctions – soigneusement encadrées. Il y a aussi son certificat d'adhésion au parti nazi. Numéro 3235. Au-dessus des cadres, le portrait d'Hitler, à la place d'honneur. Nous nous défions du regard.

Je vous ai aimé, autrefois.

Ses yeux sont d'un noir perçant. Sa voix grave et sévère résonne distinctement dans ma tête. *Tu as commis le pire des péchés et tu en paieras le prix.*

Taisez-vous. Taisez-vous. Je me couvre les oreilles et ferme les yeux.

Je m'installe dans le grand fauteuil de papa et m'intéresse au contenu d'une des corbeilles. Les deux premières feuilles sont des notes de service destinées au personnel du journal, portant sur les horaires et le code de conduite des journalistes. Vient ensuite la facture d'une réparation de la voiture. Le reste est un mélange de factures et de correspondance pour le travail.

Je passe donc à la seconde corbeille. Sur le dessus de la pile, il y a un ordre de mission adressé à « tous les commandants SS régionaux et locaux » et portant la mention suivante : « TOP SECRET. EXTRÊME URGENCE. » Il est daté d'aujourd'hui, 9 novembre 1938, et signé par Herr Fischer, chef de l'antenne de la Gestapo de Leipzig. Il transmet apparemment des ordres directs de Heinrich Himmler, Reichsführer-SS. Je l'ouvre fébrilement.

Les opérations contre les Juifs, en particulier contre leurs synagogues, doivent commencer sans délai. Il est prévu de procéder à l'arrestation de vingt mille à trente mille Juifs dans toute l'Allemagne, en sélectionnant de préférence des individus de classe aisée. Pour ceux qui seraient trouvés en possession d'une arme, il n'y aura aucune tolérance ni indulgence. D'autres directives seront données au cours de la nuit. Les SS pourront intervenir en renfort pour l'ensemble des opérations. Dès que les événements le permettront, il faudra arrêter autant de Juifs que nos prisons peuvent en accueillir, mais l'opération d'aujourd'hui ne pourra concerner que des hommes en bonne santé qui seront arrêtés et emmenés dans des camps de concentration. Les camps doivent donc se préparer à recevoir un afflux de prisonniers et doivent être contactés en amont.

La pièce tourne. Que signifie cet ordre de mission ? Je remets soigneusement les papiers et les corbeilles en place, avec des mains tremblantes.

Vingt à trente mille ! Cela ressemble à la taille d'une armée. Serait-ce une armée de Juifs s'apprêtant à attaquer Leipzig ? Quelque chose dans la formulation ne colle pas avec cette hypothèse. Je récupère l'ordre de mission et relis. *Des opérations… contre leurs synagogues… sélectionner des juifs aisés… pour ceux qui seraient trouvés en possession d'une arme… aucune tolérance ni indulgence.*

Tout cela n'a aucun sens. Mon cerveau marche au ralenti, comme embrumé. *Des opérations contre leurs synagogues ?* Il ne s'agit donc pas de contrer une menace. De nouveau, je me demande ce qui se passe vraiment dans les camps de concentration. J'imagine une prison sombre et sordide, comme au Moyen Âge ; ou bien des groupes d'esclaves au travail, attachés par des cordes et fouettés s'ils ne travaillent pas assez dur, comme dans la Rome antique. Mon père assure que les conditions de détention décrites par la presse étrangère relèvent de la propagande malveillante. L'autre jour, la radio a déclaré que les détenus de nos camps en Allemagne étaient mieux traités que les femmes et les enfants incarcérés par les Britanniques pendant la guerre des Boers. Au moins, nous n'emprisonnons que les hommes. Qui dit la vérité ?

Je dois d'urgence aller trouver Erna. Et aussi Walter. Je m'apprête à remettre l'ordre de mission dans son bac, quand la porte du bureau s'ouvre à la volée.

— Franz ? appelle maman d'une voix ensommeillée. C'est toi ?

Elle se fige sur le seuil.

— Herta !

— Maman...

Je me lève lentement, en lâchant dans la corbeille le papier que j'ai toujours à la main.

— Qu'est-ce que tu fais dans ce bureau ? J'ai vu de la lumière sous la porte et...

Mon esprit marche à cent à l'heure.

— Je cherchais, euh... l'adresse de grand-mère. J'aurais dû lui écrire depuis longtemps et...

— Tu ne t'imagines quand même pas que je vais croire une chose pareille ? rétorque maman d'une voix qui n'est plus du tout endormie. L'adresse de grand-mère, tu aurais pu me la demander. Qu'est-ce que tu cherches dans le bureau de papa ?

Je prends un air contrit.

— Tu as dit qu'il allait se passer quelque chose d'important et j'avais envie de savoir quoi. Je n'aurais pas dû. Je t'en prie, n'en parle pas à papa.

Maman fait quelques pas dans la pièce.

— En effet, tu n'aurais pas dû. Ton père conserve dans cette pièce des papiers confidentiels auxquels je n'oserais pas toucher moi-même. Ce que tu as fait est très grave. Qu'est-ce qui t'a pris ?

— Je suis désolée. Je ne le ferai plus, promis.

J'éteins la lumière et m'écarte du bureau.

— Pardon, maman. Je sais que j'ai été sotte et indiscrète.

— Il ne suffit pas de demander pardon. Je ne peux pas fermer les yeux, c'est trop grave.

Elle me fait face, raide comme la justice, impitoyable.

— C'était de la simple curiosité, maman. S'il te plaît…

— Va dans ta chambre et n'en bouge plus tant que ton père n'est pas rentré.

Elle me pousse hors de la pièce.

— Maman, s'il te plaît. J'ai seize ans ! Je ne suis plus une enfant. Ne me prive pas de sortie, je suis invitée à manger chez Erna ce soir.

— Je t'interdis de me répondre. Tu n'iras nulle part. Ton père s'occupera de toi quand il rentrera à la maison. Et ne t'avise pas de me désobéir.

Elle est frémissante de rage, les joues creuses, la bouche pincée.

Je monte l'escalier, le visage brûlant, et claque la porte de ma chambre derrière moi. Comment ose-t-elle me traiter comme une enfant ? Comment ose-t-elle me garder prisonnière dans ma propre maison ?

Haletante, je m'approche de la fenêtre pour regarder par-dessus les branches dénudées du cerisier, vers l'angle de Fritzschestrasse. Le fantôme de Walter avance sur le trottoir en direction de notre maison, les mains dans les poches de son pantalon court, sacoche en bandoulière, sur le chemin de l'école avec Karl. *Procéder à des arrestations… Dans tous les quartiers Juifs…* Comment en est-on arrivés là ? Je ne peux pas rester les bras croisés en sachant que de tels événements se préparent. Il faut que je sorte.

J'ouvre la fenêtre et grimpe sur le rebord. De là, je peux atteindre les branches de l'arbre en tendant le bras. Malheureusement, elles ploient à la moindre pression et ne soutiendront jamais mon poids. Je pousse un cri de rage et referme violemment la fenêtre, puis me mets à faire les cent pas dans la pièce, en essuyant de mes poings mes larmes inutiles.

— Fräulein Herta ?

C'est la voix de Bertha.

— Oui ?

Elle entrouvre la porte.

— Je peux… ?

— Oh, Bertha !

Je me précipite vers elle et la fais entrer.

— Des choses terribles se préparent, dis-je en chuchotant.

Je me jette à son cou, pour chercher du réconfort auprès d'elle, comme si elle était ma mère. Elle reste d'abord figée, les bras le long du corps, puis elle m'attire contre elle et me tapote le dos, comme on le ferait avec une enfant qu'il faut consoler.

— Là, là, dit-elle d'un ton apaisant.

Elle est toute chaude, son corps est ferme et rassurant contre le mien. Je me laisse envelopper par le bien-être que me procure son étreinte.

Au bout de quelques instants, elle me saisit par les épaules et m'écarte doucement.

— Que se passe-t-il ? demande-t-elle en sondant mon visage.

Tout en gardant un œil inquiet sur la porte, je lui explique à voix basse que maman m'a surprise dans le bureau de papa. Je lui rapporte brièvement ce que contenait l'ordre de Himmler et lui explique que je dois absolument avertir Walter.

Elle m'écoute en secouant la tête et se mordille la lèvre inférieure.

— Non, mademoiselle Herta, dit-elle après un temps de réflexion. Tout ça est trop dangereux, vous devez obéir à vos parents et rester ici à l'abri. Ces choses-là vous dépassent, croyez-moi.

Elle a raison, ces choses-là me dépassent et je ne peux pas les arrêter. Mais si je peux faire, ne serait-ce qu'un tout petit geste, pour aider au moins la famille de Walter, alors je dois le faire. Il prendrait le risque pour moi, je le sais.

Je ne pleure plus. Je suis très calme.

— J'ai un plan, Bertha, mais il faut que vous m'aidiez. Il s'agit de deux petites faveurs. Vous m'aiderez ? Je vous en prie…

Je griffonne un mot à la hâte.

Ma chère Erna,

L'affaire dont nous avons parlé hier est beaucoup plus importante que nous ne le pensions. Les gens doivent être avertis que c'est pour ce soir et qu'ils ne doivent pas essayer de se défendre s'ils ne veulent pas être abattus. Je ne peux pas t'en dire plus pour l'instant. Préviens ton père.

Bien à toi,
Herta.

Bertha promet de faire parvenir le message à Erna et accepte à contrecœur ma seconde requête.

Papa me fait appeler dans son bureau dès son retour. Il se verse un premier whisky, qu'il boit en quelques gorgées, avant de se resservir.

— Je ne sais vraiment pas ce qui t'arrive, Herta, dit-il enfin. Ta mère est très contrariée de savoir que tu as osé me défier. Je te donne une chance de t'expliquer. Que se passe-t-il ?

— Rien du tout, papa.

Je soutiens le regard de ses yeux clairs. Il s'agite et se lève pour arpenter la pièce.

— Je suis désolée d'avoir fouillé dans tes papiers. Mais on ne me tient jamais au courant de rien. J'ai eu envie de savoir ce qui se passait.

Il fait volte-face vers moi, le visage rouge de colère.

— Ce que tu as fait est impardonnable. Il y a des secrets d'État, dans cette pièce.

Je pense à la petite pile de lettres, soigneusement attachée avec un ruban. Il y a aussi dans cette pièce ses petits secrets personnels.

— J'ai entendu une rumeur à ton sujet, dit-il. J'avoue que j'ai du mal à y croire, mais si c'est vrai…

Le téléphone sonne sur son bureau.

— Qu'as-tu entendu ?

Je me prépare à affronter l'accusation qui pourrait tout faire basculer. Celle que je redoute le plus.

Il contemple le téléphone, décroche le combiné d'un geste brusque, écoute attentivement, puis répond :

— Je pars immédiatement. Je serai là dans quinze minutes.

Il se tourne de nouveau vers moi.

— Les événements se précipitent, je n'ai pas de temps à t'accorder, dit-il en reposant le récepteur. Nous reparlerons de ça demain matin. Bien évidemment, je t'interdis de remettre un pied dans cette pièce. Et en attendant qu'on se soit expliqués tous les deux, tu as également interdiction de quitter cette maison. C'est bien clair ?

Son visage est grave et sévère.

— Von Rath est mort. Notre nation a été attaquée et nous devons agir maintenant pour éviter le pire.

J'ai le ventre noué à l'idée des risques que court Walter, mais je n'ose pas poser de question et emboîte sans un mot le pas à mon père qui quitte déjà son bureau. Dans le couloir, maman est là. Elle écoutait notre conversation, probablement.

— Prends soin de toi, Franz, dit-elle d'une voix tremblante d'émotion. Sois prudent, je t'en supplie.

— J'ai été choisi pour accomplir l'œuvre du Führer, rétorque-t-il en haussant les épaules. Si Himmler me fait confiance, tu n'as pas le droit de douter de moi. Ne m'attends pas pour dormir, ajoute-t-il avant de sortir.

Il part, en laissant derrière lui des effluves de whisky. Maman et moi, nous échangeons un regard.

—Le repas est prêt, Frau Heinrich, annonce Bertha en apparaissant sur le seuil de la salle à manger. Dois-je servir la soupe ?

Durant tout le dîner, Kuschi reste couché sur mes pieds comme pour me protéger. Ensuite, je vais dans le petit salon avec maman. Elle se met à tricoter, fébrilement, les lèvres pincées, le front plissé. J'ai un livre à la main, mais impossible de lire une ligne, je bous d'impatience. Bertha ne me fera pas faux bond, j'en suis sûre, mais j'ai hâte de savoir ce qui se passe en ce moment dans les rues de Leipzig. Il me semble que le danger augmente pour Walter à chaque seconde qui passe.

Ne tenant plus en place, je vais me poster devant la fenêtre et scrute la rue sombre et déserte. Si seulement il pouvait apparaître brusquement sous le cerisier, nonchalamment adossé au tronc, le chapeau profondément enfoncé. Mais bien sûr il n'est pas là et je finis par retourner m'asseoir. Cette maison est décidément lugubre. La désolation gagne peu à peu toutes les pièces et j'ai de plus en plus l'impression de vivre avec les fantômes des anciens propriétaires juifs. Les aiguilles de maman cliquettent. J'ai envie de hurler pour lui demander d'arrêter de faire tout ce bruit.

Bertha arrive enfin avec le café et me jette un long regard appuyé, le front barré d'un grand pli. Mon projet la terrorise, mais elle va tenir parole.

Elle pose précautionneusement les tasses de café sur la table.

—J'ai conseillé à Ingrid de rentrer dormir ce soir chez ses parents, annonce-t-elle à maman. Elle était trop angoissée, vous la connaissez. Elle me dérangeait, à tourner sans cesse autour de moi, et n'était plus bonne à rien.

—Vous avez bien fait, Bertha, soupire maman sans lever les yeux.

—Mais c'est bientôt la Saint-Nicolas, poursuit Bertha en me lançant un regard entendu. Je voulais faire ce soir la maison en pain d'épice… J'ai pensé que Herta pourrait peut-être m'aider.

Maman lève les yeux de son tricot.

— Oui, dit-elle. Bonne idée. Une tâche domestique lui fera du bien. Herta, sois gentille de mettre un disque sur le gramophone avant d'aller à la cuisine. J'aimerais bien du Wagner. Ça me semble approprié pour ce soir.

— Oui maman.

Je choisis un disque et place en tremblant l'aiguille sur le sillon. Maman se cale dans son fauteuil et me congédie d'un geste de la main.

J'emboîte le pas à Bertha jusqu'à la cuisine. Elle claque la porte derrière moi.

— Seigneur, ayez pitié, je ne sais même pas pourquoi j'ai accepté, commente-t-elle à voix basse, tandis que la sueur perle à son front. Allez avertir ce garçon. Dans une heure, j'irai chercher les tasses de café et je dirai à votre mère que vous êtes couverte de farine et ne pouvez pas vous présenter dans le salon. Ça vous laissera un peu plus de temps. Mais elle passera sûrement dans la cuisine avant de monter se coucher. Arrangez-vous pour revenir avant. Je risque gros dans cette affaire, j'espère que vous en avez conscience, ajoute-t-elle sèchement.

— Oui Bertha, j'en ai conscience et je ne vous oblige à rien. Si vous avez trop peur de…

— Filez avant que je change d'avis. Et, pour l'amour de Dieu, soyez de retour dans une heure, deux au maximum, où je vous écorche vive…

Elle essuie les paumes de ses mains sur son tablier et sort du placard un grand bol à mélanger, de la farine et du beurre.

Je sors par la porte de derrière. La question est maintenant de savoir où aller pour trouver rapidement Walter.

Je commence par me rendre au café. Lena est en train de prendre une commande à l'une des tables. Elle se tourne vers la porte quand je fais irruption en courant dans la salle et ouvre de grands yeux en me reconnaissant.

— Suivez-moi, dit-elle en passant près de moi avec un plateau.

Elle se doute que je ne me serais pas déplacée s'il ne se passait pas quelque chose de grave.

Elle me fait passer derrière le comptoir, puis entrer dans une petite cuisine où s'affaire une dame âgée, probablement sa mère. La voix de Zarah Leander s'échappe d'une radio posée dans un coin – elle chante *Eine Frau wird erst schön durch die Liebe.* Après avoir traversé la cuisine, nous pénétrons dans un salon. Un garçon brun qui doit avoir une douzaine d'années fait ses devoirs à une table, ses livres étalés autour de lui. C'est sûrement le fils de Lena, celui qui jouait les messagers entre Walter et moi.

— Il n'est pas là…, commence-t-elle.

— Est-ce que vous pensez qu'il peut être chez lui ? Je dois le trouver rapidement. Il… pourrait être en danger…

Ma voix se brise. Lena acquiesce.

— Mon fils va aller vous le chercher, dit-elle.

Elle se penche vers lui et lui parle doucement à l'oreille en lui pressant l'épaule. Il hoche la tête d'un air agacé, lâche son crayon et disparaît par la porte de derrière.

— Cela vaut mieux, assure Lena. Personne ne remarquera un enfant. C'est plus sûr que d'y aller vous-même.

Elle secoue la tête et soupire.

— Désolée, mais je dois retourner au café. Vous pouvez attendre ici.

— Merci…

Je choisis d'aller m'asseoir sur le canapé vert calé contre un mur au fond de la pièce. Un tapis élimé recouvre le sol devant la cheminée noircie. La porte donnant sur l'arrière du bâtiment est restée ouverte et laisse entrer un courant d'air. De la cuisine me parviennent un cliquetis de casseroles et la voix de la chanteuse crachotée par la radio. Lena a un enfant, donc elle a aussi un mari. Où est-il ? Elle semble en tout cas bien jeune pour être mariée, et encore plus pour avoir un enfant. Jusque-là, je voyais uniquement en elle la jeune fille qui jouait les intermédiaires entre Walter et moi. Aujourd'hui, je prends conscience qu'elle doit avoir peur aussi pour ses proches : pour le garçon que j'ai vu assis à cette table, pour sa mère qui travaille dur dans la cuisine. Peut-être devrais-je lui dire ce que je sais ? Je lui dois au moins ça pour avoir envoyé son fils dans la rue pour moi. L'espace d'un instant, je me sens coupable d'avoir mis cet enfant en danger. Puis je me reprends. C'est grotesque. Personne ne s'en prendrait à un enfant, tout de même.

Après la chanson, la radio diffuse un bulletin d'information. Entre la friture à l'antenne et les bruits de casseroles, je ne distingue que le bourdonnement d'une voix. Je contemple l'ongle cassé de mon pouce. Je croise les jambes. Je les décroise.

Soudain, une bouffée d'air glacé arrive jusqu'à moi. C'est le garçon qui revient, hors d'haleine, comme quelqu'un qui a couru longtemps. Je me lève, en m'attendant à voir arriver Walter. Mais l'enfant secoue la tête.

La vieille femme apparaît sur le seuil de la porte, une cuillère en bois à la main, quelques mèches grises échappées de son chignon. Le garçon lui murmure quelque chose à l'oreille. Elle acquiesce et pose une main sur son épaule.

— Il dit que Walter n'était pas chez lui. Il est sorti en ville avec son oncle et son père. Il y a eu des problèmes. Des magasins juifs attaqués par des jeunes extrémistes. Ils sont allés aider des amis à défendre leurs biens.

Elle secoue la tête, les lèvres pincées.

Je me lève d'un bond.

— Ce n'est sûrement pas fini et le pire est à venir, dis-je. Prenez soin de vous tous. Et rentrez chez vous le plus tôt possible.

Je n'ose pas en dire plus.

C'est le ventre noué que je prends un tramway pour le centre-ville. Le temps joue contre moi et je viens de perdre vingt bonnes minutes. Depuis mon wagon, les trottoirs paraissent sombres et étrangement calmes.

Je vous en prie, mon Dieu, faites que je le trouve, sain et sauf.

Aux abords de la vieille ville, il commence à y avoir du monde. On entend au loin des cris et des pleurs. Est-ce que ça aurait déjà commencé ? À un arrêt, quatre ouvriers grimpent en courant.

— Qu'est-ce qui se passe, alors, Wilhelm ? demande l'un d'eux. Qu'est-ce qu'on t'a dit ?

— Il y a des émeutes, répond le dénommé Wilhelm en haussant les épaules.

Un autre rajoute un commentaire que je ne comprends pas, mais qui fait rire ses camarades. Je saisis au passage le mot « Juif » et me crispe. Puis le tramway amorce un virage en grinçant et je n'entends plus rien. Arrivée à l'arrêt tout en haut du Brühl, j'hésite : dois-je descendre ici ? Walter pourrait être absolument n'importe où dans cette zone. Je décide d'attendre. Les ouvriers sortent. Le tram repart vers Dittrichring.

Je descends à l'arrêt suivant, où il y a cette fois une véritable foule. Comme je me dirige vers l'église Saint-Thomas, je croise un groupe de jeunes marchant d'un pas décidé dans la direction opposée à la mienne, vers Gottschedstrasse. Prise d'une impulsion, je fais demi-tour pour leur emboîter le pas. L'air devient soudain chargé d'une odeur piquante. Mes poumons commencent à me brûler.

De la fumée !

Arrivée à l'angle de Gottschedstrasse et Zentrastrasse, je découvre un bâtiment en flammes et reconnais la synagogue où Walter m'a emmenée le jour où nous sommes allés en ville ensemble. Je me souviens de l'avoir attendu à l'extérieur, pleine de honte et de colère. Je revois son visage quand il est sorti, le Kafka sous sa veste, fier et joyeux, rayonnant d'amour. Un sanglot m'échappe. Des gens se retournent pour me regarder fixement.

Le brasier dégage une intense chaleur qui me brûle le visage. Les flammes rugissent et s'élèvent vers le ciel. Elles sortent par les fenêtres et de dessous le toit. Le feu est en train de consumer tout l'édifice. Une foule s'est rassemblée pour observer le spectacle. Il y a bien un camion de pompiers sur les lieux, mais les hommes n'interviennent pas et se contentent de regarder le spectacle, tranquillement adossés à leur véhicule.

— Pourquoi n'interviennent-ils pas ? demandé-je à un badaud.

— Parce qu'ils ne sont pas là pour sauver la synagogue, répond-il. Uniquement pour empêcher que le feu se propage à des bâtiments allemands.

— Mais il y a peut-être des gens piégés à l'intérieur, dis-je. Où est le rabbin ? On ne devrait pas faire quelque chose ?

L'homme hausse les épaules.

— Vous gênez pas si ça vous chante, ricane-t-il.

Le Kafka que Walter m'avait apporté avec tant d'amour, et que j'avais d'abord refusé, est en ce moment dévoré par les flammes. C'est idiot, mais cette idée me désole.

En m'écartant du groupe de badauds, je remarque que des hommes sont en train de mettre le feu à un tas de livres et de papiers. Un peu plus loin, un petit garçon s'insurge :

— Pourquoi ils brûlent nos affaires ? C'est pas à eux !

Personne ne lui répond.

Je me détourne et repars vers la vieille ville. Dans les petites rues que je traverse, tout paraît normal, les gens se promènent et prennent du bon temps dans les bars et les restaurants. Comment peuvent-ils rester indifférents à ce qui se passe ?

Je cours tellement vite que j'ai l'impression que mon cœur va exploser.

Au sommet du Brühl, je ralentis et me remets à marcher, en aspirant de grandes goulées d'air. Je rencontre des groupes d'hommes en civil. On entend des cris.

Je commence par raser les murs, mais ne tarde pas à me raviser : le plus sûr est encore de marcher sur la chaussée, pour ne pas me heurter aux groupes en civil venus briser les vitrines, enfoncer les portes, piller les boutiques. Ils prennent sans discernement tout ce qui leur tombe sous la main, en hurlant de joie. Le verre brisé fait scintiller les trottoirs. Les policiers sont là, mais ils regardent tranquillement et ne font pas un geste pour mettre fin à l'hystérie collective.

Soudain, je vois surgir devant moi deux hommes qui sortent en courant d'un passage couvert. Ils viennent probablement de l'arrière-boutique du tailleur devant laquelle je me trouve. La vitrine a déjà volé en éclats et des gamins de moins de quatorze ans sont en train d'emporter les piles de tissus qui se trouvent à l'intérieur. Les deux hommes passent en criant devant moi et se précipitent pour tenter de sauver leurs biens. Je me blottis contre le mur d'en face, tandis qu'ils se font encercler par un autre groupe d'émeutiers venu en renfort. Ces hommes sont déchaînés. Ils ont abandonné le vernis de civilisation qui cachait leur vraie nature et se comportent comme des bêtes sauvages.

Quant à moi, je regarde ce qui se passe sans vraiment comprendre, les pieds rivés au trottoir comme par de la glue. Je m'étais attendue à trouver dans les rues une armée de Juifs prêts à en découdre avec les défenseurs du national-socialisme. Mais pas à cela. Pas à des voyous saccageant les commerces des Juifs pour le simple plaisir de détruire.

C'est trop dangereux de traîner dans le coin, mieux vaut partir, d'autant plus que Walter n'est pas là.

En revenant sur mes pas, je tombe sur une pancarte indiquant la direction des entrepôts Keller & Co. Il y a vraiment peu de chances pour que Walter y soit, mais, ne sachant pas où le chercher, je dois essayer. Je me fraie donc un chemin dans la foule qui encombre la petite rue indiquée par la pancarte. Sur le chemin, on brise devant moi une vitrine avec des cris de victoire. Il y a de plus en plus de fumée. L'air est brûlant et pratiquement irrespirable.

Prise de nausée, je me demande soudain ce que je fais ici, dans cet enfer, au milieu de ces hommes ivres de violence et de destruction. Il serait plus raisonnable de rentrer chez moi. De rejoindre la pauvre Bertha, qui risque gros en me couvrant. Même si je trouve Walter, que pourrai-je faire ?

Une silhouette attire mon regard. Un jeune homme. Cette allure dégingandée, cette façon de se tenir un peu courbé...

Tomas.

Je reconnais avec lui des garçons de son unité des Jeunesses hitlériennes. Pourquoi ne sont-ils pas en uniforme ? Il hurle un ordre et le groupe attaque la vitrine d'un grand magasin à coups de pioche. Puis, comme s'il avait senti ma présence, il se tourne dans ma direction. Il m'a vue et hurle quelque chose, mais je n'entends pas ce qu'il dit et reste clouée au sol, incapable de réagir. Il lâche sa pioche pour courir vers moi.

— Hetty ! Mais qu'est-ce que tu fais là ? Il faut rentrer. C'est dangereux, ici.

Je hoche la tête sans un mot.

— Ton père sait que tu es dans les rues ?

— Non ! Enfin, oui. J'étais sortie avec des amies, mais j'ai entendu toute cette agitation et je suis venue voir...

— Viens, je vais te raccompagner chez toi.

Il me prend par les épaules et m'entraîne. Je le suis sans résistance, en m'appuyant à lui. Je me sens soudain faible et molle, j'ai du mal à soutenir mon propre poids.

— Qu'est-ce que tu fais là, Tomas ? Qu'est-ce qui se passe ? Pourquoi tu n'es pas en uniforme ?

— Ce sont les ordres.

Il met un doigt sur sa bouche, histoire de me faire comprendre que c'est top secret.

— Détruire ou être détruit, Hetty. C'est comme ça. Il faut que j'y retourne, mais je veux d'abord te savoir chez toi en sécurité, ou au moins dans un tram…

Le verre brisé craque sous nos pas. J'ai la gorge irritée, les yeux me brûlent. Sur notre gauche, on crie. Juste devant nous, deux hommes mal habillés font sortir de force un vieil homme en costume de son magasin.

— Allez vous faire foutre ! Allez tous vous faire foutre ! hurle le vieil homme.

Il parvient à libérer un bras et, rapide comme l'éclair, atteint d'un coup de poing le visage d'un de ses agresseurs.

— Espèce de salaud, proteste celui-ci.

Les deux acolytes se mettent alors à rosser copieusement leur victime. Les coups pleuvent littéralement. Le vieillard pousse des cris stridents et désespérés, des cris de bête traquée qui me prennent au ventre. À présent, il est à terre et se débat sur le trottoir. Ils continuent à coups de pied.

— Ne regarde pas ! dit la voix de Tomas à mon oreille.

Mais je ne peux pas détourner les yeux.

Les hurlements du vieux ne sont plus que des gémissements.

Ils vont le tuer, s'ils continuent comme ça.

— Stop, hurlé-je. STOP ! Fais quelque chose !

Je me tourne vers Tomas, mais il ne manifeste pas la moindre intention d'intervenir.

— Ils sont en train de le tuer !

Tout devient noir autour de moi. Comme à travers le zoom d'une caméra, je ne vois plus que la silhouette teintée de rouge du vieil homme et ses deux agresseurs qui lui bourrent le ventre de coups de pied. Je tente de me précipiter vers eux, mais deux bras puissants me retiennent. Je hurle et me débats. Pendant ce temps, les deux hommes continuent, encore et encore, jusqu'à ce que le vieil homme ne gémisse même plus.

— Ne te mêle pas de ça, Hetty, me dit Tomas à l'oreille.

Il m'écrase le bras, ça me fait mal.

Les deux hommes se sont arrêtés. Ils sont haletants, à bout de souffle.

— Emmène-la, disent-ils à Tomas. Elle nous gêne. Ce n'est pas un endroit pour une fille.

Et ils s'en vont, laissant derrière eux un corps inerte et ensanglanté, gisant dans la poussière, les bris de verre, le chaos de la rue.

Tomas me prend fermement par les épaules et me fait passer devant le mort pour m'extirper de cet enfer.

À la station de tram où nous attendons, tout est comme d'habitude. Le calme de ce petit abri de bois éclairé par la faible lueur d'un unique lampadaire paraît presque irréel. J'aimerais pouvoir oublier ce dont je viens d'être témoin, mais je sais que ça me hantera à jamais. Toute cette violence. Cette volonté délibérée de tuer. Les appels au secours désespérés du vieil homme agonisant dans la poussière. Ces images passent et repassent dans mon esprit.

Je n'ai rien fait. Je suis restée là, à regarder cet homme agoniser sans même lui offrir le réconfort que l'on doit à un mourant. Est-ce que ça fait de moi une complice de son meurtre ?

Et soudain je repense à Walter. Je ne l'ai pas trouvé. Où est-il ? Peut-être que des brutes sont en train de le battre à mort en ce moment même. Peut-être que son corps tuméfié gît quelque part dans un caniveau. Je laisse échapper un gémissement.

Tomas baisse les yeux vers moi.

— Tu vas tenir le coup ?

— Oui, ça va.

Je mens. Je dois serrer les dents pour les empêcher de claquer.

Je jette un coup d'œil à ma montre. J'ai l'impression d'être dans ce chaos depuis une éternité, mais cela fait seulement une heure que je suis partie de chez moi. J'ai encore le temps de rentrer sans mettre Bertha en difficulté.

Le tram apparaît au loin, ses phares approchent, perçant la nuit.

— Merci de t'être occupé de moi, Tomas, mais ça va maintenant, je t'assure. Tu peux me laisser.

— Promets-moi que tu vas rentrer directement chez toi, dit-il en jetant un regard vers le Brühl.

— Je n'ai aucune envie de traîner dans les rues, dis-je en essayant de rire. Je serai à la maison dans cinq minutes. Ne t'en fais pas.

Des wagons passent lentement devant nous, puis le tram s'arrête en grinçant.

— Tomas...

Je dois faire appel à tout mon courage pour le regarder droit dans les yeux.

— Merci d'avoir pris soin de moi, dis-je en me forçant à sourire et en le saluant de la main. Tu peux rejoindre tes camarades. On se voit bientôt, promis.

Il reste sur le quai à regarder mon tram s'éloigner, bien campé sur ses jambes, déchiré entre le désir de me protéger et le devoir qui l'appelle. Puis il se décide à partir et se détourne, avec un signe de la main.

Je me laisse tomber sur un banc, la tête sur les genoux. J'ai la nausée. Le vertige.

Walter. Reste en vie, je t'en supplie.

Je n'arrête pas de trembler. Je revois le corps déformé et éclaboussé de sang du vieil homme. Sa tête écrasée, face contre terre. Il avait peut-être une femme. Des enfants. Des petits-enfants. Des gens qui l'aimaient et à qui il manquera.

Peu à peu, le visage de Walter remplace le sien et je suis prise de haut-le-cœur impossibles à maîtriser. À mi-hauteur de

Hindenburgstrasse, je dois descendre du tram pour vomir sur le bord du trottoir. Encore et encore. À la fin, je ne me sens pas vraiment mieux et je tremble toujours autant, mais je décide de reprendre mes recherches. Le quartier où habite la grand-mère de Walter n'est pas très loin à pied de cet arrêt de tram. Peut-être est-il tout simplement en sécurité chez elle.

Ici, c'est plus calme que dans le centre-ville, mais ça sent fortement le brûlé et la fumée. C'est comme si la guerre avait éclaté en pleine ville, au cœur de la civilisation. J'ai l'impression d'évoluer dans un atroce cauchemar dont je ne parviens pas à me réveiller.

Arrivée dans la rue de Walter, je trouve une maison en feu – qui ressemble fortement à celle de sa grand-mère, d'après la description qu'il m'en a faite. Comme devant la synagogue, il y a des pompiers, mais ils se contentent de surveiller.

Les flammes proviennent de l'intérieur et lèchent déjà la façade. L'angoisse qui me noue le ventre augmente d'un cran.

Je me fraie un chemin au premier rang des badauds.

— Où sont les gens qui habitent là ? demandé-je à une femme qui contemple les flammes avec deux jeunes garçons.

— Ils ont détalé en couinant comme des rats, répond-elle avec un rictus méprisant et une expression aussi aigre que ses paroles. Cet idiot de Schloss a recueilli les femmes, ajoute-t-elle en désignant l'épicerie de l'autre côté de la rue. Les hommes, eux, ont été arrêtés par la Gestapo.

— Les hommes ont été arrêtés par la Gestapo, répété-je en écho. Où les ont-ils emmenés ?

Serais-je arrivée trop tard ? J'avale la bile qui me monte dans la gorge.

— J'en sais rien, répond-elle en ricanant. Tout ce que je sais, c'est qu'il était temps Ça fait des mois que je me plains de leur présence. Avoir des Juifs parmi nous, comme ça, ce n'était pas rassurant. J'ai vécu dans la peur, vous savez, c'est horrible. J'ai dit à Schloss qu'il avait tort d'aider ces gens et qu'il cherchait les problèmes, mais il ne m'écoute pas...

J'en ai assez entendu. Je me détourne et me fraie un chemin jusqu'à l'épicerie.

Pourvu que cette horrible femme se trompe. Pourvu que la Gestapo n'ait pas arrêté Walter.

Herr Schloss est sur le seuil d'une petite porte latérale de son magasin, en train d'essayer de calmer un groupe de jeunes gens en colère.

— Vous ne valez pas mieux que ces vauriens, si vous les cachez chez vous, dit l'un d'eux.

— Mettez-les dehors, crie un autre.

— Ce sont des femmes et des enfants terrorisés, rétorque fermement Schloss. Je ne vais pas les mettre dehors pour vous les donner en pâture.

— Dans ce cas, on va casser vos carreaux pour les faire sortir nous-mêmes, répond le premier, en agitant sa batte.

— Du calme, du calme, proteste Herr Schloss en levant les mains. Soyez raisonnables. Vous n'avez rien contre ces pauvres âmes. Écoutez, je n'ai pas l'intention de les héberger chez moi, je peux vous l'assurer. Mais leur maison brûle et ils n'ont nulle part où aller ce soir.

Il montre du doigt le bâtiment en feu.

— Je les mettrai dans la rue demain à la première heure. Et vous n'avez rien à redire à ça.

Les garçons échangent des regards.

— Ils seront partis à la première heure demain matin, je vous en donne ma parole, répète Herr Schloss.

— Ils ont intérêt, grogne l'un des garçons. Nous reviendrons demain matin et, s'ils sont encore chez vous, attendez-vous au pire.

Il se détourne et s'éloigne. Les autres le suivent.

Herr Schloss recule à l'intérieur, je me précipite vers lui.

— S'il vous plaît ! crié-je en glissant mon pied dans l'embrasure de la porte. S'il vous plaît ! Je veux vous aider.

Il m'attrape par le bras, me tire vers lui et claque la porte derrière moi. Puis il attend que je m'explique, en me dévisageant fixement, un sourcil levé.

— Je suis une amie de Walter Keller. Est-ce qu'il est là ?

Une femme apparaît en haut de l'escalier. Je reconnais aussitôt la mère de Walter. Elle est plus mince et plus âgée que dans mon souvenir. Elle descend lentement les marches, l'air complètement déboussolée. Elle porte des vêtements sales et tachés. Des larmes roulent sur ses joues en traçant un chemin sur la suie qui les recouvre. Une autre femme, plus vaillante, la suit avec trois enfants. Les cousins et la tante de Walter, sans doute.

— Tout va bien, Herr Schloss, dit Frau Keller d'une voix douce. Qui êtes-vous ? ajoute-t-elle en me dévisageant.

— Je suis Herta Heinrich.

Elle a un mouvement de recul, sans doute à cause de mon nom de famille.

— Walter était autrefois un grand ami de mon frère, dis-je précipitamment. J'ai croisé Walter il y a quelques mois et…

— Je sais, m'interrompt-elle. Je sais tout et croyez-moi, j'aurais préféré qu'il ne vous rencontre pas… vous et votre famille.

— Peu importe ma famille, Frau Keller. Je suis là pour Walter. Est-il en sécurité ?

Elle secoue la tête.

— Non, il a été arrêté. Par les SS.

Le rictus douloureux de sa bouche me rappelle celui d'un chien acculé prêt à mordre.

— Ils ont aussi emmené mon mari et son frère. Ils seront sûrement transférés au camp de concentration de Buchenwald dès demain matin.

Tout devient noir. Je l'ai abandonné. Le monde bascule. Je dois m'agripper à la rampe pour ne pas tomber.

— Je voulais plaider leur cause au quartier général de la Gestapo, mais on ne m'a pas laissée entrer. Ils n'ont rien fait de mal, pleure-t-elle en enfouissant son visage dans ses mains. Mon Walter ! Il devait partir en Angleterre pour commencer une nouvelle vie, se marier, avoir une chance d'être heureux. Et maintenant ? Comment les faire sortir de là ?

Mes jambes ne me soutiennent plus, je m'effondre sur la première marche.

— Je ne sais pas, murmuré-je.

Mes forces m'abandonnent. J'aurais dû venir plus tôt, dès que j'ai lu cet ordre effroyable, trouver un moyen. J'enfouis ma tête dans mes mains. Derrière mes paupières closes, je vois le visage de Walter, son sourire, ses yeux. Je sens presque son odeur ; et ses paumes douces et chaudes contre ma peau.

— Les enfants sont terrifiés, poursuit Frau Keller.

Je lève les yeux vers elle.

— Nous n'avons nulle part où aller. Demain matin, nous irons nous réfugier dans une colocation juive. Nous n'avons plus rien à part les vêtements que nous portons. Même si Walter était libéré, nous ne pourrions plus payer la taxe à l'émigration, donc il ne pourrait pas partir. Nous avons tout perdu. Tout.

Sa voix se brise. Les enfants se mettent à pleurer et me regardent avec des yeux désespérés.

— Je suis désolée, murmuré-je.

Je ne me suis jamais sentie aussi impuissante.

Je consulte machinalement ma montre. Il est tard… Cela fait deux heures que je suis partie de la maison. Le temps que je rentre, j'aurai été absente trois heures. C'est beaucoup trop.

— Je dois y aller.

Personne ne me répond. Je passe devant Herr Schloss. Il m'ouvre la porte d'entrée.

— Je ne suis pas comme mon père, leur dis-je en sortant. Absolument pas.

Pour rentrer chez moi, je passe par la porte de derrière, que j'ouvre en essayant de ne pas faire de bruit. Le petit couloir est éteint. L'espace d'un instant, j'ai l'espoir que tout le monde soit couché et que personne ne remarque mon retour tardif. Mais soudain une silhouette apparaît et la voix de maman résonne fortement dans le silence.

— Où étais-tu passée ?

Elle marche vers moi et me prend par les épaules. Ses longs doigts fins se referment sur moi avec une force surprenante.

— Tu es une écervelée ! me hurle-t-elle au visage en me secouant violemment. On t'avait interdit de sortir. J'ai fait le tour de toutes tes amies, personne ne savait où tu étais.

Elle est en rage, c'est à peine si elle parvient à reprendre son souffle.

— J'ai laissé un message à ton père et j'étais sur le point d'appeler la police...

Elle m'entraîne dans le hall d'entrée, où j'aperçois Bertha, dévastée, le visage trempé de larmes. Ses mains tremblent. La honte me submerge.

— Je suis désolée, dis-je d'une voix rauque.

Ma bouche est comme du papier de verre. Je me laisse tomber sur le banc. Walter est parti, Bertha a des ennuis et bientôt j'en aurai aussi, quand papa saura tout.

— Regarde dans quel état tu es ! Tu es couverte de suie, et de boue... et... mais c'est du sang, ça ? Hetty, tu empestes la fumée ! Mais où étais-tu ?

Elle me gifle. Un coup soudain et cinglant sur ma joue. Je porte ma main à mon visage, là où elle a frappé.

— Hetty ?

Dans sa voix, l'inquiétude se mêle maintenant à la colère.

Il faut que je boive.

— J'ai besoin d'eau.

— Bertha… Je vous prie.

Les mains de maman sont sur mes genoux. Elle s'accroupit pour tenter de sonder mon regard, mais je m'efforce d'éviter ses yeux.

— Je ne comprends pas, dit-elle. Pourquoi tu me fais subir ça ? J'ai déjà perdu un enfant, je ne peux pas te perdre aussi.

Elle me serre convulsivement contre elle.

Bertha arrive avec un verre d'eau, que je bois à petites gorgées. C'est rafraîchissant, un véritable baume pour ma gorge irritée par la fumée. Puis elle me tend un chiffon chaud et humide pour essuyer mon visage noirci par la suie.

— Vous pouvez disposer, lui ordonne froidement maman. Je m'occuperai demain de votre cas. Je ne me sens pas capable de gérer ça ce soir.

— Oui, Frau Heinrich, renifle Bertha en prenant la direction de l'escalier.

— Pourquoi tu t'en prends à elle ? demandé-je à maman quand Bertha ne peut plus nous entendre.

— Parce qu'elle t'a envoyée chercher du gingembre en face, chez Frau Weber, sous prétexte que nous n'en avions plus. Ensuite, ne te voyant pas revenir, elle s'est inquiétée et est venue me voir. Mais enfin, c'est fou, elle n'aurait jamais dû te demander de sortir. Ce n'est pas parce qu'Ingrid n'est pas là… Tu n'es pas censée remplacer la bonne.

— Elle cherche à me protéger. C'est moi qui lui ai menti en disant qu'on n'avait plus de gingembre et qui l'ai suppliée de me laisser sortir pour aller en chercher. Elle ne voulait pas, mais j'ai insisté parce qu'il me fallait une excuse pour quitter la maison. Ce n'est pas sa faute, maman. Je suis la seule responsable.

— Mais pourquoi tu as fait ça ? demande-t-elle d'un ton incrédule.

Elle me contemple un instant, sous le choc.

— Ton père a raison, tu es devenue ingérable, dit-elle enfin. Si Karl était là… J'aurais dû mieux te surveiller…

— Non, maman, ce n'est pas ta faute.

Je triture mon mouchoir.

— Je ne supporte pas d'être enfermée dans cette maison, je veux participer à l'édification de notre grande Allemagne. Ce n'est pas juste que ce soient les garçons qui aient tout le plaisir.

Elle me jette un regard écœuré.

— C'est tout ? C'est pour ça que tu es sortie ? Bertha a risqué sa place pour que tu ailles te battre comme un gamin stupide ? Papa t'avait interdit de quitter la maison. Tu as délibérément ignoré ses ordres, Herta. Qu'est-ce qui t'arrive ?

Ses yeux sont à nouveau pleins de colère.

— Va te laver et te coucher. Ton père décidera à son retour des sanctions à prendre.

Je m'enferme dans la salle de bains et me frotte à en avoir la peau presque à vif. Une fois seule, l'énormité des événements de la soirée me submerge avec la force d'une vague. La mort de cet homme. Tous ces actes de violence et de destruction dans Leipzig. Je n'ai rien fait pour aider Walter et il est maintenant entre les mains des hommes de la Gestapo, avec sur le dos une accusation de traîtrise envers la race. Je revois les visages désespérés de sa mère et de ses jeunes cousins. Et si papa apprenait où je suis allée ? Que va devenir la pauvre Bertha ? Autour de moi, c'est la catastrophe. Je détruis tout ce que je touche. J'ai un rire amer. Quand je pense que je me croyais au-dessus de la mêlée, destinée à de grandes choses. Quelle folie… Pour l'instant, j'ai surtout fait du mal.

Plus tard – beaucoup plus tard –, je grimpe au dernier étage. Un rai de lumière filtre de sous la porte de Bertha. Je frappe doucement. J'attends un peu. La porte s'entrouvre et son visage apparaît dans l'entrebâillement.

— Je suis vraiment désolée, dis-je tout bas.

— Oui, répond-elle sèchement.

— Ils l'ont emmené dans un camp de concentration.

— Alors je suis désolée pour lui.

Nous nous regardons à travers la porte à peine entrebâillée.

— Allez vous coucher, Fräulein Herta.

Je ne sais pas si je pourrai dormir un jour. Les images de cette horrible soirée ne cessent de me hanter. Comment des hommes peuvent-ils faire subir de telles atrocités à leurs semblables ? La nature est parfois cruelle, mais seul l'homme est capable d'une telle cruauté gratuite. Peu importe notre religion, notre race, ou nos origines. Peu importe la couleur de notre peau, de nos cheveux ou de nos yeux, la forme de notre nez. Nous sommes tous des êtres humains, avec les mêmes joies et les mêmes peines, les mêmes espoirs, les mêmes rêves.

Walter, où es-tu ? Chaque fois que je ferme les yeux, c'est toi que je vois, battu à mort, abandonné, brisé, pourrissant sur la terre dure et froide.

Reste en vie, je t'en prie. Reste en vie.

10 novembre 1938

Je somnole toute la nuit. Le moindre bruit me réveille en sursaut et mon cœur s'emballe à l'idée que c'est peut-être mon père qui rentre. Mais à l'aube, il n'est toujours pas là. Bien sûr, j'aurais dû m'en douter : il a passé la nuit dehors pour veiller à la bonne exécution des ordres venus d'en haut. Mon père a couvert, voire orchestré, les horreurs dont j'ai été témoin hier.

Mais tout de même, ce doit être fini à présent…

Donc, s'il n'est pas là, c'est qu'il est…

Je m'assieds dans mon lit, totalement réveillée. Et totalement lucide, en dépit du manque de sommeil.

Ingrid fait irruption dans la salle à manger alors que nous avons déjà commencé le petit déjeuner, visiblement très agitée, en nouant son tablier à la hâte.

— Pardon d'arriver seulement maintenant, Frau Heinrich, halète-t-elle. Le bus avait du retard et ensuite il a mis un temps fou à traverser la ville. Je n'ai même pas eu le temps de prendre mon petit déjeuner.

Elle sourit. Elle a les joues rouges et le visage encadré de mèches folles.

—Heureusement que je n'ai pas à faire ce trajet tous les jours. C'est tellement plus pratique de vivre sur place et...

Maman l'invite à s'asseoir avec nous à la table. Cela lui arrive parfois quand papa n'est pas là.

—Merci beaucoup, répond Ingrid. Je vais me servir...

Bertha ne s'est pas montrée ce matin, mais elle a tout préparé sur le buffet. Ingrid remplit son assiette et nous rejoint. Elle est écarlate et ses yeux dardent de tous côtés. Elle est tellement surexcitée qu'elle a du mal à reprendre son souffle.

—Vous avez entendu parler de ce qui s'est passé hier soir ? demande-t-elle.

Elle n'attend pas la réponse.

—Tout le monde en parlait dans le bus. Ils ont rassemblé tous les Juifs de Gohlis, hommes, femmes et enfants, et les ont emmenés près du zoo. Ensuite ils les ont chassés vers la Parthe ! Vous vous rendez compte ? En novembre, en pleine nuit !

Elle s'arrête pour respirer et en profite pour mordre dans son pain beurré, qu'elle mastique nerveusement.

—Ils les ont poussés dans l'eau comme un troupeau de moutons et les ont obligés à y rester plusieurs heures.

—Bonté divine ! s'exclame maman en se versant un autre café.

Elle écrase sa cigarette dans un cendrier et en allume une autre.

—Dans le bus, certains disaient que c'était bien fait pour eux. Que les Juifs répandent le mal dans le monde entier et qu'ils méritent de mourir de froid dans l'eau boueuse d'une rivière.

Elle prend une autre bouchée de son pain, tout en posant sur moi un regard appuyé.

—Et ensuite, que s'est-il passé ? demande maman.

—Après quelques heures dans l'eau, les femmes et les enfants ont pu rentrer chez eux, mais les hommes ont été arrêtés. Il paraît qu'ils vont être acheminés vers un camp. Mais quand même, c'est fou. Rassembler les gens en troupeau et les pousser dans une rivière... Qui aurait pu imaginer un truc pareil ?

—En effet, murmure maman.

Elle se lève et allume la radio ? qui se met à crépiter. Ingrid en profite pour se pencher vers moi avec des airs de conspiratrice.

—J'ai aussi entendu dire que ceux qui seraient surpris à *fraterniser* avec un Juif finiraient aussi dans les camps ! Qu'en pensez-vous, Fräulein Herta ?

—Je...

Heureusement pour moi, la voix de la radio couvre la mienne.

« ... Le mouvement populaire qui s'est déclenché spontanément dans toutes les villes d'Allemagne montre à quel point notre peuple est à bout de patience. Hier soir, il a enfin réagi, dans une véritable explosion de fureur, à de longues années de souffrance. Les Juifs sont allés trop loin et cette erreur va leur coûter cher. Dans tous les sens du terme. Ils ont déjà payé de leur personne, mais ils devront aussi rembourser les dommages matériels dont ils sont responsables : une amende d'un milliard de marks. De leur côté, les assurances chiffrent à six milliards la destruction des magasins, des synagogues et des maisons, mais les criminels juifs ne percevront pas un centime. Par ailleurs, vingt mille d'entre eux sont en ce moment emprisonnés pour réfléchir à leurs méfaits. »

J'en ai assez entendu.

—Je vais au lycée, annoncé-je.

—Tu rentres tout droit à la maison après les cours, Hetty, c'est compris ?

—Oui maman. Promis.

J'attrape mon cartable, enfile mon manteau et me dépêche de sortir de la maison.

À 7 h 55, postée dans la rue face aux bureaux du *Leipziger*, je vois arriver la réceptionniste, emmitouflée dans un manteau de fourrure. Elle déverrouille les doubles portes et pénètre dans le bâtiment. Quelques instants plus tard, les lumières clignotent au rez-de-chaussée. Peu après, les membres du personnel commencent à arriver les uns après les autres.

Au bout de cinq minutes, j'entre à mon tour. La jeune réceptionniste, une jolie blonde, me fixe avec ses grands yeux bleus. Elle n'a pas encore fini de s'installer à son poste, face aux portes d'entrée.

— Bonjour, dis-je d'une voix forte et assurée.

— Puis-je quelque chose pour vous ?

— Oui, je cherche mon père.

Elle m'adresse un sourire indulgent.

— Et ce serait qui, votre père ?

— Herr Heinrich.

— Oh !

Son expression change.

— Je suis désolée, Fräulein Heinrich, mais je crois bien qu'il n'est pas encore arrivé.

Elle passe quand même un appel dans le bureau de papa pour vérifier. Je la sens fébrile.

— Non, confirme-t-elle. C'est bien ce que je pensais. Il n'est pas arrivé.

— Vous en êtes absolument certaine ?

— Je viens de parler avec sa secrétaire.

Elle repose le récepteur et m'adresse un sourire nerveux.

— Il lui a laissé un message pour l'avertir qu'il arriverait au bureau après le déjeuner.

Elle hésite :

— Pardonnez-moi, mais… s'il est encore chez vous, vous devriez le savoir… Vous ne venez pas de chez vous ?

— Bien sûr que si, mais…

Je me penche par-dessus le comptoir pour lui chuchoter :

— Il est parti en mission avec les SS et… Pourrais-je parler directement avec sa secrétaire ? C'est une urgence.

— Bien sûr, répond la réceptionniste en décrochant à nouveau le téléphone.

La secrétaire de mon père filtre ses appels. Elle est forcément au courant pour sa deuxième famille.

Une femme d'âge moyen et portant des lunettes ne tarde pas à descendre me rejoindre. Nous nous écartons de la réception pour parler plus tranquillement.

— Il faut que je trouve mon père, dis-je. C'est important.

— L'ennui c'est que j'ignore où il est, soupire-t-elle. Je le préviendrai de votre venue dès son arrivée. En attendant, tout ce que je peux faire pour vous, c'est vous appeler une voiture pour vous raccompagner.

Sa voix est douce et compréhensive. Elle n'est pas mon ennemie.

— Écoutez, insisté-je posément. Je sais que mon père a une maîtresse et ça m'est égal. Il est probablement chez elle. Je dois lui parler d'urgence. Donnez-moi l'adresse de cette femme.

Elle se fige et me regarde fixement.

— Je ne dirai pas que ça vient de vous et vous n'aurez pas d'ennuis. Il faut que je le voie, je vous en prie, c'est important.

Comme elle continue à me dévisager sans un mot, il me vient soudain à l'esprit que je me suis peut-être complètement fourvoyée et qu'elle ne sait rien.

— Elle habite au 17 Schmiedestrasse, appartement 3, lâche-t-elle brusquement. C'est de l'autre côté du parc König Albert, à côté de Plagwitz.

Respire.

Tu as surmonté le premier obstacle, mais le plus dur est à venir.

Tu vas y arriver. Pour Walter.

Le 17 Schmiedestrasse est un immeuble neuf sans beaucoup de personnalité, comme d'ailleurs tous ceux de cette rue. Il n'y a pas de portier, mais un dispositif moderne qui permet de communiquer directement avec les appartements – un interphone. Je prends une longue inspiration et appuie sur le bouton de l'appartement 3. J'entends un grésillement, plus rien, puis une voix :

— Oui ? Allô ?

C'est bien elle.

— Bonjour, Fräulein Müller. Je suis Herta Heinrich. Je dois absolument parler à mon père.

Il y a une longue pause.

— C'est une urgence, ajouté-je dans l'appareil qui continue à crépiter.

— Il n'est pas là, répond-elle d'un ton sec. Je ne sais pas ce qui peut vous faire croire que…

— S'il n'est pas là, il ne va pas tarder à arriver, n'est-ce pas ? Puis-je monter l'attendre chez vous ?

Encore une pause. J'appuie des deux mains contre le battant. Après un bourdonnement, il cède sous ma poussée. Elle m'a ouvert.

— Merci, dis-je.

— Premier étage, me répond-elle par l'interphone.

Elle m'accueille devant sa porte d'entrée. Elle est exactement comme dans mon souvenir, avec de petites oreilles roses, des lèvres charnues, des cheveux châtain clair, des tresses fixées en couronne autour de son crâne. Elle est jeune. Moins de trente ans. Plus proche de mon âge que de celui de mon père, c'est-à-dire trop jeune pour lui. Nous nous dévisageons un instant, puis elle me fait signe d'entrer.

— Votre père a passé la nuit dehors, dit-elle. Mais il ne va pas tarder à arriver.

L'appartement est plus grand que je ne le pensais. Il est clair, bien rangé, meublé dans un style moderne et simple. Rien à voir avec les volumineuses antiquités qui encombrent notre maison. J'observe la silhouette massive de Hilda Müller, tandis qu'elle me conduit dans le salon. Qu'est-ce que papa peut bien lui trouver ? Elle n'arrive pas à la cheville de maman et n'a pour elle que sa jeunesse.

Je m'installe sur le bord du canapé à motifs, mais elle reste debout et évite mon regard. Il y a un malaise entre nous, même si nous restons polies – comme un chien couché à vos pieds, mais qui ne cesse de s'agiter.

— Puis-je avoir un verre d'eau, Fräulein Müller ? demandé-je enfin.

— Bien sûr, j'aurais dû vous le proposer. Et appelez-moi Hilda, je vous prie.

Elle disparaît dans la cuisine.

Sa fébrilité me donne de l'assurance. Après tout, c'est elle qui est dans son tort, pas moi. Je me sens soudain calme et maîtresse de la situation. Un peu comme si j'étais une adulte face à une vilaine petite fille qui a fait une bêtise.

Elle revient avec un verre d'eau, que je vide d'un trait.

— Vous aviez vraiment soif, commente-t-elle avec un demi-sourire. Vous en voulez un autre ?

Avant que j'aie eu le temps de répondre, une enfant fait irruption dans la pièce, vêtue d'une ample chemise de nuit rose. Un halo de fins cheveux blonds et bouclés encadre son visage. Elle se frotte les yeux, comme si elle venait de se réveiller. Elle a grandi depuis le jour où je l'ai aperçue à la gare. Elle doit avoir trois ou quatre ans, à présent. Vu la laideur de sa mère, elle est étonnamment jolie.

Elle s'arrête net et ouvre des yeux ronds comme des soucoupes exprimant la surprise autant que la méfiance.

— C'est qui, maman, cette dame ? demande-t-elle en me dévisageant.

Hilda s'assied et la prend sur ses genoux.

— C'est Herta, répond-elle, en lui caressant doucement les cheveux. Elle est venue me voir. Elle va attendre ici…

Elle me lance un regard de biais.

— … l'arrivée de Herr Heinrich.

La petite fille pousse un cri de joie.

— Papa va venir ? Ce matin ?

Je reçois une décharge électrique.

Elle l'a appelé « papa ».

La petite fille lève les yeux vers sa mère pour l'interroger du regard. Hilda lui fait « oui » de la tête, en contemplant fixement le tapis. Elle remue sur son siège, visiblement gênée. Elle ne sait pas que je les ai déjà vus tous les trois ensemble à la gare.

— Oui ! s'exclame l'enfant.

Puis elle se tourne vers moi.

— Bonjour. Je m'appelle Sophie. Tu veux bien jouer avec moi au Berceau du chat ? J'adore, mais c'est difficile. Je viens d'apprendre. Tu vas voir, c'est très drôle.

Elle se tortille pour descendre des genoux de sa mère, court chercher de la ficelle et revient avec un grand sourire.

Je secoue la tête.

— Désolée, dis-je. Je ne sais pas y jouer.

— Je peux te montrer, insiste-t-elle d'une voix forte, en agitant la ficelle sous mon nez. C'est facile, on fait passer la ficelle de cette main à cette main, en l'accrochant aux doigts, et ça fait un berceau pour le chat.

— Je n'ai pas envie de jouer, réponds-je fermement.

— N'embête pas Herta, Sophie, intervient Hilda. Tout le monde n'a pas envie de jouer le matin au réveil. Je vais aller faire du café, ajoute-t-elle en repartant dans la cuisine.

Sophie se met à sautiller d'un pied sur l'autre devant moi, en agitant sa ficelle comme un drapeau.

— On joue à autre chose, alors ? demande-t-elle.

— Non, je n'ai pas non plus envie de jouer à autre chose, Sophie. Désolée.

Elle fronce les sourcils, puis file à l'autre bout de la pièce pour remettre la ficelle sur une étagère.

Je l'observe. Depuis l'épisode de la gare, l'image de cette enfant n'a cessé de me hanter, mais elle n'avait pas vraiment de substance. Aujourd'hui elle est devant moi, en chair et en os. Elle veut jouer avec moi. Elle a un nom : Sophie.

Elle est devenue réelle. Et elle m'inspire une franche hostilité.

C'est ta sœur !

Je ne veux pas de sœur.

Je voudrais réfléchir à ce que je vais dire à papa, mais la présence de Sophie me perturbe et m'en empêche. Je cherche en elle une ressemblance avec moi, ou avec Karl. Les yeux, peut-être. À présent, elle m'ignore et jacasse pour faire dialoguer sa poupée avec un chien en peluche. Je la voyais comme un démon malfaisant cherchant à détruire ma famille, mais ce n'est qu'une enfant innocente.

Tout comme moi, elle ne peut pas être tenue pour responsable des fautes de ses parents.

— Non, non, vilain chien, dit-elle. Si tu te sauves encore, je vais te punir et tu ne pourras pas jouer au parc avec tes amis.

Elle lève les yeux vers moi et me surprend à l'observer.

— Tu aimes les chiens, Herta ? demande-t-elle en souriant.

— Je…

L'interphone bourdonne, nous sursautons. Hilda apparaît et me jette un regard anxieux.

— C'est papa ! hurle Sophie en lâchant chien et poupée pour courir vers la porte.

Hilda et moi demeurons figées, à attendre que la massive silhouette de mon père s'encadre dans l'embrasure de la porte. Il nous regarde sans un mot, avec de grands yeux.

— Papa, dit Sophie en le tirant par la main. C'est Herta. Elle est très gentille et je veux lui apprendre à jouer au berceau du chat.

Je m'attendais à voir l'horreur, la colère ou la honte sur le visage de papa, mais non, il n'y a rien. Son expression est aussi neutre qu'une feuille blanche. Il a simplement l'air vieux et fatigué.

Après avoir habillé Sophie, Hilda attrape son chapeau et un panier. Elles sont prêtes à sortir.

— Viens, Sophie. On va à la boulangerie. Au retour, on pourra nourrir les canards, à condition de ne pas s'arrêter trop longtemps.

En traversant le salon, elle échange avec mon père un regard chargé de sens qui me rend jalouse. Il y a entre eux une grande complicité. Je n'ai jamais vu un tel regard entre mes parents.

Enfin, nous restons seuls.

— Comment m'as-tu trouvé, Herta ? demande-t-il dès que la porte d'entrée se referme. Comment tu as su ?

Il s'allonge sur le canapé et se pince l'arête du nez, entre les deux yeux.

— C'est ça que tu cherchais dans mon bureau ? L'adresse de Hilda ?

Je reste debout, à lutter contre l'envie de l'agresser physiquement. Le bonheur domestique qu'il s'est construit ici, avec Hilda et Sophie, me rend folle de jalousie et de colère. J'ai pitié de ma pauvre mère.

— Ça fait longtemps que je sais, dis-je. Des lustres. Je t'ai vu une fois dans la rue avec Fräulein Müller et la petite fille. J'ai vu que... Bref, j'ai compris...

— Pauvre Herta.

Il me regarde.

— J'aurais préféré que tu l'apprennes autrement. J'ai toujours eu l'intention de te le dire, et aussi à Karl. Mais j'attendais le bon moment. Je veux que tu aies des liens avec ta demi-sœur. Et Hilda attend un deuxième enfant. Rien ne remplacera Karl, mais ce sera bien pour toi d'avoir des frères et sœurs.

Karl est mort et Hilda attend un enfant. Et tu penses que c'est bien pour moi ?

— Viens, dit-il d'une voix lasse. Assieds-toi.

Il tapote le coussin près de lui, mais je ne bouge pas. Je croise les bras. Je reste à distance. Je maîtrise le feu qui fait rage en moi.

— J'ai quelque chose à te demander, papa. Une faveur.

Je ne dois pas flancher.

— Hier soir, on a arrêté beaucoup de Juifs.

— Et alors ?

— Parmi eux, il y avait des amis à moi. Ou plutôt un ami et sa famille.

Mon cœur bat la chamade.

— Je veux que tu les aides. Il s'agit des Keller. Walter était très proche de Karl, avant… Tu sais bien… Walter a été transféré à Buchenwald avec son père et son oncle. Je veux que tu les fasses libérer.

Il me dévisage.

— Comment sais-tu qu'ils ont été…

Il ne termine pas sa phrase, mais je vois à son expression que son cerveau traite l'information.

— Pour quelle raison devrais-je céder à cette requête ? demande-t-il enfin d'un ton aigre.

— Parce que ce garçon était l'ami de Karl. Et aussi parce qu'il m'a sauvé la vie, la fois où j'ai failli me noyer.

Il se redresse et pivote sur son siège pour me faire face. Il ouvre la bouche, la referme. Secoue la tête. On dirait qu'il a du mal à mettre des mots sur ce qu'il pense.

— J'ai toléré bien trop longtemps la présence de ce garçon à la maison. C'est en partie à cause d'Hélène, qui le trouvait touchant.

Il me regarde droit dans les yeux, quelque chose change dans son visage.

— Qu'est-ce qu'il représente pour toi ? demande-t-il.

Sa voix est chargée de menaces.

— Karl a essayé de m'avertir, mais je n'ai pas voulu le croire.

Il prend un air rêveur et son regard se perd un instant vers la fenêtre, puis revient se poser sur moi.

— Ingrid a fait un signalement à la Gestapo, mais elle s'est rétractée le lendemain. Elle a eu peur des conséquences… C'était à propos de toi et de ce garçon ?

Tu n'es qu'une vipère malfaisante, Ingrid.

— Il n'y a jamais rien eu entre ce garçon et moi, dis-je fermement. Karl et Ingrid se sont trompés. Mais je l'ai vu plusieurs fois par hasard, oui. Et quand Karl est mort, je suis allé le prévenir.

— Pour quoi faire ?

— Ils étaient les meilleurs amis du monde. Ça m'a semblé normal.

— Normal ? C'était stupide et dangereux. Petite idiote !

Il n'y a plus aucune douceur en lui. Il se lève d'un bond, fou de rage.

— Je suis désolée, murmuré-je. Je ne pensais pas que…

— Tu peux être désolée, en effet. Tu imagines, si ça se savait ?

Il se met à déambuler dans la pièce.

— Ma fille, fraternisant avec un Juif? Tu as pensé à ma réputation, Herta ?

Il plante son index dans sa poitrine et répète :

— *Ma* réputation !

Son pas s'accélère.

— Comment as-tu pu être aussi inconséquente ? Ce sale Juif t'a fait tourner la tête. Je savais que tu avais trop de liberté. Il s'est produit *exactement* ce que je redoutais. Et tu voudrais que je fasse sortir cette vermine d'un camp ?

Il est moite, gris. La haine déforme son visage.

—Aucune chance. En ce qui me concerne, ce garçon peut pourrir en enfer.

Je m'efforce de respirer lentement et de me contrôler pour ne pas prononcer les mots qui hurlent dans ma tête. *Tu te trompes ! C'est toi la vermine, pas eux ! Comment oses-tu parler comme ça d'un être humain ?* Mais je me souviens de l'avertissement de Walter. Je dois cacher ce que je pense, surtout si je veux l'aider.

—Il a un visa pour l'Angleterre. Si tu le fais sortir et que tu t'arranges pour qu'il n'ait pas à payer la taxe à l'émigration, il s'en ira. Cette famille n'a plus rien. Leur maison a brûlé...

Papa fait les cent pas, tremblant de colère.

—Il faudrait d'abord qu'il me passe sur le corps.

Cette conversation ne prend pas la tournure que j'avais espérée.

Papa s'arrête devant la fenêtre et contemple l'immeuble d'en face.

—Sais-tu qu'Ingrid va bientôt nous quitter ? demande-t-il d'un ton soudainement calme.

—Ah bon ?

—Oui. Elle s'en va après Noël. Avec ma bénédiction. Elle veut participer au grand Reich à sa façon.

—Et pourquoi tu me dis ça ?

—Elle va dans un foyer de l'association *Lebensborn*. Tu sais ce que c'est ?

Je secoue la tête. Je n'ai pas envie de parler de cette ordure d'Ingrid, bien que je sois ravie d'apprendre qu'elle s'en va.

—Il s'agit d'un programme de l'État pour fournir au Führer des enfants de pure race aryenne. Ils seront éduqués pour seconder Hitler dans sa guerre contre les Juifs. Ingrid a dû faire des analyses et passer par une recherche généalogique prouvant qu'elle est bien de sang pur et n'a pas de maladies héréditaires. C'est une femme qui a de la trempe. Elle sera jumelée à un officier SS de son niveau. Ils feront un bébé ensemble et ensuite elle le laissera à l'association pour qu'il devienne un enfant du Führer, avec d'autres comme lui. C'est un grand geste, un cadeau désintéressé à la nation. Elle pourra ensuite revenir travailler pour nous. Ou bien se marier. Ce sera à elle de choisir.

Je me sens brusquement glacée à l'intérieur.

— Pourquoi tu me dis ça ?

Il fait quelques pas vers moi.

— On devrait peut-être envisager de t'inscrire à ce programme. Tu n'as malheureusement pas la couleur de cheveux idéale, ni la charpente osseuse de nos solides Aryennes, mais ils feraient sûrement une exception pour toi parce que tu es ma fille.

Je ravale la bile qui me monte à la gorge.

— Je suis trop jeune. Tu ne peux pas m'obliger à ça.

Il m'adresse un sourire glacial. Aussi glacial que son regard.

— Tu essaies de me faire peur, papa ?

Il ne répond pas. Il me menace à mots couverts et il ne pense qu'à sa réputation. Je suis en rage.

— Pourquoi tu as une deuxième famille avec Hilda et Sophie ? Maman ne te suffisait pas ? Et moi non plus ?

— Ne sois pas stupide, Herta. Ça n'a rien à voir avec maman, ni avec toi. J'aime énormément ta mère et elle ne doit jamais savoir pour Hilda. Elle ne serait pas capable d'encaisser, surtout depuis que Karl… Mais parfois, un homme a besoin de plus. Tu es une jeune femme, tu ne peux pas comprendre. Nous, les hommes, nous avons… des besoins. Des besoins que les femmes n'ont pas.

Tu n'es pas une femme, donc tu ne sais rien de mes besoins, ni de ceux des autres femmes, espèce de grosse brute.

— Et puis l'Allemagne manque d'enfants, poursuit-il. C'est le devoir d'un homme d'en avoir le plus possible avec des femmes de bonne lignée. Il est trop tard pour maman, mais Hilda est jeune. J'espère qu'elle me donnera des fils. Je sais que c'est un choc pour toi, mais un jour, peut-être, tu comprendras.

Je soutiens son regard.

— Tu as raison, papa, maman serait dévastée si elle l'apprenait. Mais avec moi, ton secret est bien gardé.

Il parvient à m'adresser un faible sourire.

— Je ne dirai rien au sujet de ta maîtresse et de ta fille si tu fais libérer Walter, son père et son oncle.

— Je t'ai déjà dit qu'il n'en était pas question.

— Quand même, ce serait très malvenu si je me mettais à faire courir le bruit que moi, ta fille, je me suis compromise avec un Juif – la fille de celui qui mène une Croisade morale dans le *Leipziger*. Ce serait une fausse rumeur, mais la rumeur, quand elle est lancée…

Il me transperce d'un regard glacial, presque haineux. Mais je tiens bon.

— C'est du chantage, dit-il enfin, en devenant écarlate. Ma propre fille me fait chanter. Il y a eu quelque chose entre ce Juif et toi !

Je meurs d'envie de tout lui dire, rien que pour voir le choc et l'horreur se peindre sur son visage.

— Non, réponds-je posément. Je viens de te l'expliquer.

Je fais des efforts surhumains pour maîtriser ma voix et ne pas trahir mon désarroi.

— De plus, il a une fiancée qui l'attend en Angleterre. Mais tu ne m'écoutes pas. Tu ne penses qu'à me punir en m'envoyant dans un établissement de cette association… la *Lebensborn*. Je suis bien obligée de me défendre. Ils ne voudraient pas de quelqu'un qui s'est compromis avec un Juif, non ? Pour me protéger, je n'hésiterai pas à m'inventer une histoire avec ce Juif, ou à parler de ton secret à maman et à la Terre entière.

— Tu sais ce qu'ils te feraient, Herta, s'ils pensaient que tu as eu des relations avec un Juif? Ils te raseraient le crâne et te feraient défiler à travers la ville. Ils t'enfermeraient dans une cellule et ils jetteraient la clé. C'est ce que tu veux?

— Bien sûr que non.

Je serre les dents et les poings.

— Mais toi non plus, tu ne veux pas ça, papa. Pense un peu à maman, qui attend ta promotion pour changer d'air. En échange de mon silence, je ne demande qu'une seule chose. Libère les Keller et arrange-toi pour leur faire quitter l'Allemagne. Et j'oublie tout.

Il vient vers moi, ses yeux rivés aux miens. Dans le gris pâle de ses iris, derrière ses pupilles noires pas plus grandes que des têtes d'épingle, il me semble voir une lueur d'inquiétude. Une faiblesse, en tout cas. Il est sur le point de capituler. Je fais un pas vers lui.

— Je ne lèverai pas le petit doigt pour le père et l'oncle, dit-il enfin. De toute façon, s'ils n'ont pas de visa, je n'aurai aucune excuse pour les libérer. Mais pour le garçon, je vais voir.

Son visage exprime le plus intense dégoût.

— De ton côté, tu dois me promettre de ne plus jamais me faire chanter, c'est bien compris?

— Tu as ma parole, papa.

— Autre chose… Une fois que ce Juif sera sorti du camp, ne t'avise pas de le voir. Si tu me désobéis, Herta, je ne te protégerai pas, je ne te soutiendrai pas. Tu ne seras plus ma fille. Et sache bien que…

Il me jette un regard plein d'ironie méchante.

— … on aura de toute façon un jour ou l'autre la peau de ce Juif, comme celle de tous les autres.

Nous n'avons plus rien à nous dire, je repars sans un mot et descends l'escalier, lentement, car mes jambes flageolent. En quittant le bâtiment, je croise Hilda et Sophie. Une bouffée de colère m'envahit.

— Comment pouvez-vous accepter cette situation, Hilda ?

C'est plus fort que moi, je n'ai pas pu m'empêcher de lui cracher mon mépris à la figure.

— Pourquoi acceptez-vous d'être avec un homme qui appartient à une autre ?

Elle me regarde avec des yeux tristes.

— Je ne m'attends pas à ce que vous compreniez, ni à ce que vous me pardonniez, murmure-t-elle. Mais votre père et moi, nous nous aimons.

Et, là-dessus, elle attrape fermement la main de sa petite fille et l'entraîne vers les marches de l'immeuble, la tête haute.

17 novembre 1938

Je sais que je devrais détruire ce journal, mais je ne parviens pas à m'y résoudre. Il signera peut-être un jour mon arrêt de mort. Tant pis. Pour le moment il me permet de me confier à Karl et aussi à toi, Walter, mon amour. Ces derniers jours, j'ai à peine croisé papa. Il me montre qu'il m'en veut et quitte une pièce aussitôt que j'y entre, comme si le simple fait de me voir lui était insupportable. J'attends qu'il me dise où il en est de ta libération, mais il me laisse volontairement dans l'ignorance et ça me torture. Je me retiens de le questionner, car cela ne ferait que le braquer. Quand maman m'a demandé s'il y avait un problème entre nous, j'ai répondu qu'on s'était vaguement disputés au sujet des écoles Hausfrau et elle n'a pas insisté. Elle est tellement accaparée par son chagrin que l'atmosphère tendue de la maison ne l'atteint pas. Le dimanche matin, Erna, Tomas et moi, nous allons au cinéma, ce qui nous permet de voir les actualités. Heureusement, papa ne me l'a pas encore interdit. Mais je supporte de moins en moins les films de propagande. Je ne comprends pas comment une nation qui se prétend civilisée peut sombrer à ce point dans la violence et la délinquance. Notre prétendue grande Allemagne, tout en revendiquant l'honnêteté, la vérité, la paix et la morale, ment ouvertement à son peuple sans que personne ou presque comprenne ce qui se passe.

Après des jours d'attente, papa me fait enfin venir dans son bureau. Je reste debout face à lui, comme une élève convoquée par le directeur qui attend d'être sermonnée. Il évite mon regard. Le dîner pèse comme une pierre sur mon estomac.

— Tout est réglé, dit-il d'un ton morne.

J'en suis tellement bouleversée que je dois m'appuyer des deux mains au bureau.

— Réglé… Tu veux dire que Walter va être libéré ?

Il a allumé un cigare et crache une longue bouffée de fumée à l'odeur sucrée et écœurante.

— J'ai dû faire jouer mes connaissances.

Sa voix est amère.

— Mais tu as de la chance, il y a trop de monde dans les camps et ça a servi ta cause. Ceux qui ont un visa de sortie doivent partir rapidement. Ta pourriture de Juif peut s'en aller, mais, comme je te l'avais dit, ça ne vaut pas pour le père et l'oncle.

Nous nous défions du regard de part et d'autre du bureau. Il n'y a pas d'amour. Il se contrôle, mais je sens toute la rage contenue qui frémit en lui.

— Il sera parti avant la fin du mois, poursuit-il. Mon ami le juge Fuchs lui a obtenu les documents nécessaires : passeport et affidavit confirmant qu'il a payé sa taxe à l'émigration.

Il fait tomber sa cendre dans le cendrier et boit une gorgée de whisky.

— Fuchs me devait une faveur. Je lui ai évité un scandale dans la presse lors d'un regrettable incident qui aurait grandement compromis sa carrière – avec un jeune homme. Nous commettons tous des erreurs…

Il tire quelques bouffées de son cigare, sans quitter mon regard.

— Papa, merci, je ne…

— Assieds-toi.

Je tire un fauteuil et m'y installe. Mes mains tremblent.

— Sais-tu, Herta, que les seuls Allemands à avoir été punis après les émeutes de la Nuit de cristal sont les SA qui ont violé des femmes juives ?

Je secoue la tête. Il se penche vers moi, en devenant écarlate.

— Parce qu'ils ont commis un crime plus grave que le meurtre. Et sais-tu lequel ?

Je secoue la tête sans un mot.

— Tu ne sais pas ? Eh bien je vais te l'expliquer : ils ont violé la loi interdisant des relations sexuelles entre les Aryens et les Juifs. Ils ont mis en péril notre bien le plus sacré : notre pureté raciale. Nous n'avons rien de plus précieux et de plus important que notre sang. C'est pour cela que nous nous battons chaque jour. Ces hommes sont des traîtres, des demeurés, des irresponsables. Ils ont été immédiatement expulsés du parti national-socialiste et les sanctions ne s'arrêteront pas là.

— Et ceux qui ont commis des meurtres ?

— Ceux-là ont été relâchés. Ils ne faisaient qu'obéir aux ordres.

J'attends qu'il en dise plus, mais il se tait. Il boit une longue rasade de son verre.

— Pourquoi tu me racontes tout ça ?

— Je crois que tu le sais. On se comprend, n'est-ce pas ?

Il arbore à présent un sourire victorieux. Il croit avoir le dessus sur moi. Cette harangue était un avertissement et il est persuadé que j'en tiendrai compte.

L'espace d'un instant, Karl flotte entre nous. *Fais attention, Petite Souris. Je ne peux plus te protéger.*

Je deviens écarlate.

— Oui, papa, on se comprend.

— C'est fait, dis-je plus tard à Erna.

J'ai de nouveau l'autorisation d'assister aux réunions de la *BDM*. Mes parents ne craignent plus que je m'éclipse pour aller me compromettre avec un Juif et ils m'encouragent à fréquenter Erna, qu'ils considèrent comme une jeune fille convenable. S'ils savaient...

— Merci, mon Dieu, soupire Erna en me pressant la main. Je n'arrive pas à croire que tu aies réussi.

Nous attendons dans le salon de Fräulein Ackermann que toutes les filles de notre groupe soient là. La réunion de ce soir concerne un concert précédant Noël : notre section doit jouer avec celle des Jeunesses hitlériennes locales, c'est-à-dire avec des garçons, ce qui ajoute un certain piquant à une activité par ailleurs banale – toute occasion de rencontrer des membres du sexe opposé étant accueillie avec enthousiasme. La salle résonne du bourdonnement des conversations et des rires. Erna et moi nous tenons un peu à l'écart, près d'une fenêtre.

— Je marche quand même sur la corde raide, dis-je à Erna. Papa ne me fera plus confiance.

Elle acquiesce.

— Walter sort quand ?

— Dans quelques jours. Papa m'a interdit de le voir.

— Je m'en doutais.

— Mais je le verrai quand même.

— Je m'en doutais aussi, commente Erna en souriant. Et je serais heureuse de te servir d'alibi.

L'émotion me noue la gorge. C'est bon d'avoir une véritable amie.

— Merci.

Fräulein Ackermann entre dans la pièce avec un plateau de sandwichs et des pichets de jus de fruits.

— Il me semble que tout le monde est là ou presque, dit-elle. On va pouvoir commencer.

Elle balaie la pièce du regard et nous fait signe d'approcher.

— Vous deux, mettez-vous là, sur le tapis, devant, ordonne-t-elle en s'adressant à Erna et à moi.

Nous obéissons docilement.

— Commençons par une chanson, propose-t-elle une fois que tout le monde a trouvé une place.

Elle feuillette les pages du *Wir Mädel Singen*, le recueil de chansons pour les filles de la *BDM*.

— Nous commencerons par *Le peuple en armes*.

Il y a un brouhaha de pages que l'on tourne et quelques filles s'éclaircissent la voix.

Vois-tu briller à l'Est
L'aurore, flamme de liberté ?
Restons unis, vivants ou morts
Quoi qu'il advienne.
Pourquoi douter encore ?
Plus d'hésitation
Un sang allemand coule dans tes veines
Peuple au fusil ! Peuple au fusil !

Les paroles m'écorchent la bouche, au point que je m'arrête en plein milieu du chant. Erna me rappelle à la réalité en me donnant un violent coup de coude dans les côtes et secoue imperceptiblement la tête, les sourcils froncés. À contrecœur, je reprends donc le dernier couplet :

Jeunes et vieux, tous les hommes
Prennent la croix gammée pour bannière.
Citadin, paysan, ouvrier,

Brandissent l'épée et le marteau pour Hitler,
Pour la liberté, le travail et le pain.
Allemagne réveille-toi et mets fin à ton supplice !
Peuple, au fusil ! Peuple, au fusil !

Plus tard, alors que nous rentrons ensemble à la maison, j'avoue à Erna à quoi je pensais en chantant ces affreuses chansons.

— Quand Walter sera parti, j'entrerai dans la résistance. Je veux être dans le groupe de ton père. S'il te plaît, dis-moi comment faire.

Elle glisse son bras sous le mien.

— C'est trop dangereux pour toi, vu ce qui s'est passé.

— Je n'ai pas peur de prendre des risques. Plus maintenant.

— Ce n'est pas ce que tu crois, soupire-t-elle. Il n'y a pas vraiment une organisation à laquelle tu pourrais te joindre. En ce moment, nous n'avons que quelques connexions éparses. La Gestapo a des yeux et des oreilles partout. Au moindre murmure contre le gouvernement, ils procèdent à des arrestations. Les gens ont trop peur.

— En quoi consiste l'action de ton père, dans ce cas ?

— Il a quelques contacts. Un réseau clandestin où les gens ne se connaissent pas tous, par sécurité. Comme ça, si quelqu'un est arrêté, il ne peut pas donner tout le réseau. D'après ce que j'ai compris, ils se transmettent des informations. Ils essaient d'aider des gens à quitter l'Allemagne et proposent des endroits sûrs où se réfugier. Surtout pour les enfants.

— Quoi que ce soit, je veux aider. Faire tout ce qui sera à ma portée.

Nous rentrons en silence, perdues dans nos pensées.

22 novembre 1938

Je commence à m'attacher au petit salon plein de courants d'air à l'arrière du café de Lena, avec son tapis usé et son vieux canapé vert. C'est étrange… Ici, parmi des étrangers, j'ai l'impression d'être à l'abri. Alors que je me sens vulnérable et exposée à tous les dangers dans ma propre maison.

Aujourd'hui, j'attends Walter pour un ultime adieu avant son départ pour l'Angleterre.

La porte donnant sur la petite cour intérieure est restée entrouverte et j'aperçois l'abri à charbon, les toilettes, les poubelles. Un discret tintement de vaisselle me parvient depuis la cuisine. J'entends aussi le bourdonnement des voix des clients du café.

Mon cœur bat la chamade. Je n'ai pas encore vu Walter depuis qu'il a été libéré.

Soudain, le fils de Lena entre. Perdue dans mes pensées, je ne l'avais pas entendu arriver. Il est accompagné d'un homme à la silhouette décharnée, aux pommettes saillantes, aux yeux enfoncés. Sa tête glabre est couverte d'ecchymoses et de croûtes rouge sombre. Il a une main bandée. Il peine à se tenir droit. J'ai d'abord un mouvement de recul. Puis nos regards se croisent.

Qu'est-ce qu'ils t'ont fait ?

— Je ne pensais pas te revoir, dit-il.

Je me lève pour aller vers lui et caresse du bout des doigts ses joues creuses et son crâne où l'on sent déjà le duvet d'une repousse.

Je l'entraîne sur le canapé sans un mot. Lena, qui vient d'entrer dans la pièce, porte une main à sa bouche pour étouffer un cri. Sa mère la suit de près. Elle nous apporte un alcool fort dans des gobelets. J'en bois une gorgée et frissonne en sentant le liquide brûlant couler dans ma gorge.

— Sers-lui quelque chose à manger, ordonne-t-elle à Lena.

— Non, proteste-t-il d'une voix rauque.

Il porte le gobelet à ses lèvres d'une main tremblante et le vide d'un trait.

— Resservez-moi plutôt un peu de ça, s'il vous plaît.

— Va chercher le cognac de cuisine, Lena. Felix, viens, on doit s'occuper du café.

Ils sortent tous les trois de la pièce et nous restons seuls.

— Walter. Qu'est-ce qui t'est arrivé ?

Je n'ose pas le toucher, tant il me paraît fragile.

Il secoue la tête, les yeux humides de larmes.

— Ce n'est pas juste, dit-il finalement. Ce n'est pas juste que je sois sorti et que mon père et mon oncle croupissent encore dans cet… cet… enfer.

— Dis-moi ce qu'ils t'ont fait, murmuré-je en lui caressant le bras.

Il me regarde et s'essuie la bouche du revers de la main.

— Je ne peux pas, Herta. Il n'y a pas de mots pour raconter ce que j'ai vécu là-bas.

— Je te demande pardon d'avoir douté de ce que tu me disais, Walter.

J'attrape sa main valide et la presse doucement. Après seulement dix jours dans les camps, il n'est plus que l'ombre de lui-même. L'émotion me noue la gorge. Qu'est-ce qu'ils ont bien pu lui faire pour le mettre dans cet état ?

— J'ai essayé de faire sortir ton père et ton oncle.

Ces quelques mots d'excuse sonnent lamentablement.

— Je sais, répond-il. Je sais aussi que c'est toi qui m'as sauvé. Avant de me relâcher, ils m'ont dit que je devais ma libération à des amis haut placés. Je te remercie. Mais ça ne les a pas empêchés de me donner une dernière raclée.

Il soulève sa chemise et me montre son corps meurtri.

— Vingt-cinq coups de fouet pour la route.

— Seigneur, dis-je en me mordant le poing.

Lena revient avec la bouteille de cognac et en verse dans le gobelet de Walter. Puis elle repart, les traits tirés, les yeux pleins d'horreur.

— Qu'est-il arrivé à ta main ?

Il ne répond pas et se contente de boire son cognac. La sueur commence à perler à son front. Peu à peu, l'alcool l'apaise. Sa respiration se calme, il cesse de trembler.

Je le regarde à présent à travers des larmes silencieuses. Un flot de honte et de pitié.

— Le camp…

Il secoue la tête.

— Dis-moi. Dis-moi tout.

Il contemple l'épais pansement qui recouvre sa main gauche, prend une autre gorgée de cognac et se met à raconter d'une voix basse et monocorde que je reconnais à peine.

— Le jour de mon arrivée, le 11 novembre, on a été emmenés en camion devant le camp. Là, on nous a fait descendre et passer les grilles d'entrée entre deux rangs de SS armés de gourdins et de barres de fer qui nous cognaient au passage. À la porte, ça ralentissait et beaucoup essayaient de passer le plus vite possible pour éviter les coups. J'ai été bousculé et j'ai voulu m'appuyer à un mur pour ne pas tomber. Une brute m'a frappé la main avec une barre de fer et m'a écrasé trois doigts. Mon annulaire était complètement pulvérisé. La douleur était… atroce. Je me suis évanoui et quand j'ai ouvert les yeux, ils étaient en train de me battre pour que je me relève.

Sa voix tremble comme celle d'un vieil homme.

— Mais pourquoi ? Où sont ceux qui les commandent ? Quand leurs supérieurs sauront ça…

J'essaie de me persuader moi-même qu'il ne peut s'agir que des exactions de quelques exaltés hors de contrôle, mais je repense à la lettre sur le bureau de papa ; à l'homme que j'ai vu battre à mort dans la rue… Et je me tais.

— Leurs supérieurs ne leur reprocheront rien, car en nous maltraitant, ils ne font qu'obéir aux ordres.

Il déglutit, puis reprend d'une voix qui n'est plus qu'un murmure, les yeux rivés sur le tapis élimé.

— Rien que le jour de notre arrivée, un prisonnier a perdu une oreille, un autre a été aveuglé par un coup de barre de fer à l'œil. Une fois qu'on a tous été dans le camp, ils se sont aperçus qu'il n'y avait pas de place pour tout le monde. J'ai appris depuis qu'ils avaient eu plus de dix mille prisonniers supplémentaires en quelques jours seulement. Comme on ne savait pas où nous mettre, on nous a fait rester debout deux jours d'affilée, sans eau et sans nourriture. C'était très éprouvant physiquement et beaucoup se trouvaient mal. Je ne sais pas si mon oncle et mon père ont tenu le coup, parce que j'étais déjà séparé d'eux à ce moment-là.

Il marque une pause pour boire encore un peu d'alcool. Je lui frictionne doucement les bras et les jambes, en prenant soin d'éviter ses ecchymoses et sa main blessée.

— Le troisième jour, certains d'entre nous ont été installés dans une sorte de baraquement, si on peut appeler ça comme ça.

À présent, il a la voix légèrement pâteuse, à cause de l'alcool.

— C'était plutôt une étable, sans fenêtres, sans lumière ni chauffage, sans plancher. C'était glacial et ça puait. Nous étions couverts de boue. Il y avait des rangées de lits superposés en bois, sur quatre niveaux. Pas de latrines à proximité. Mais le pire, c'était le froid, Hetty. Un froid mordant comme je n'en ai jamais connu. Parfois, nos gardiens nous faisaient aligner dehors, sans raison, la nuit, le jour – comme du bétail, pire que du bétail. Ils nous obligeaient à rester debout pendant des heures sous un déluge d'insultes. Ils nous traitaient de porcs et de traîtres aux Aryens.

Il s'arrête pour aller se servir un autre verre et titube légèrement en venant se rasseoir. C'est un miracle qu'il soit encore en vie. Je pense aux articles du *Leipziger* ; à Herr Metzger énumérant les péchés des Juifs ; à certains passages de *Mein Kampf* ; aux mises en garde de maman contre la race maléfique des Juifs : *« Hetty, tiens-toi à distance de ces gens-là, ne fréquente que des gens bien, comme nous »* ; à la violence de la nuit des émeutes. À Hitler, prêchant la haine dans ses discours.

Voilà à quoi tout cela a abouti.

J'ai un goût de vomi dans la bouche. Je suis submergée de culpabilité, je ne peux que répéter « chut, chut », parce que aucun mot de réconfort ne me vient à l'esprit. Parce qu'il n'y a pas de mots.

— Ils ne savaient pas quoi inventer pour nous humilier, reprend Walter. Un jour, le sergent SS responsable de notre baraquement a trouvé amusant de nous obliger à partager une soupe au chou dans un bol en fer-blanc sans cuillère. Une autre fois, il nous a fait rester debout, puis assis, pendant plus de vingt-quatre heures au même endroit, sur un sol humide et boueux. Nous avons dû manger et dormir dans notre urine et… et tout le reste. Mon père ne survivra pas à ces traitements. Il n'est pas assez fort. Je ne suis resté que dix jours dans ce camp, Hetty, et déjà je suis brisé.

Il se tapote le torse.

— Je ne sais même plus qui je suis.

Une rage brûlante monte en moi.

Je prends son visage entre mes mains et plonge mon regard dans le sien.

—Moi je sais qui tu es, dis-je avec ferveur. Je sais que tu es quelqu'un de bien. Tu es même l'être le plus merveilleux que je connaisse. Tu vas partir en Angleterre et reprendre ta vie en main. Tu ne dois pas t'avouer vaincu. Tu es fort. Tu vas t'en remettre.

Pour l'instant, cela lui paraît impossible, mais, derrière l'homme blessé, humilié et traumatisé, je sens que mon Walter est toujours là.

Ce que je vois aujourd'hui me confirme ce que j'avais déjà compris la nuit du 9 novembre : il se passe dans mon pays des choses terribles. Des hommes et des femmes ordinaires se sont laissé emporter par quelque chose qui les dépasse. Peu à peu, insidieusement, ils se sont laissé dominer par la peur et la haine. Et à présent plus rien ne les retient d'accomplir les pires atrocités.

—Je m'inquiète beaucoup pour ma famille, gémit Walter. Que va-t-il arriver à ma pauvre mère, à mes cousins, à ma grand-mère ? Je ne sais même pas si mon père et mon oncle sont encore en vie.

Il me jette un regard égaré.

—Dans le camp, certains n'ont pas résisté aux traitements qu'on nous a fait subir. J'ai vu mourir deux hommes dans mon baraquement, et ils ont laissé pourrir leurs cadavres sur place, avec les vivants...

—Oh, Walter...

—Il faut que tu les aides, supplie-t-il en commençant à s'agiter. Tu dois tout faire pour qu'on les libère. Et ensuite tu dois les aider à quitter le pays. Il le faut, Hetty.

—Oui, oui, Walter. Je vais les aider.

Je ne sais pas comment je vais m'y prendre, mais je promets. Je promettrais n'importe quoi pour qu'il arrête de souffrir.

—Je trouverai un moyen de les faire sortir, je t'en prie, calme-toi, ça va aller. Et puis tout ça finira par se calmer. Le bon sens finira bien par reprendre le dessus.

Je n'y crois pas moi-même. La situation dans ce pays a pris un tour qui me dépasse. J'en suis malade, mais je me sens totalement impuissante.

— Je ne pense pas que ça se calmera, Hetty, dit-il en secouant violemment la tête. Si tu avais vu ce que j'ai vu…

— En tout cas, je ferai tout ce que je peux pour vous aider, toi, ta famille et ton peuple. Tu dois me croire. Je te le promets, Walter. Je te le promets.

Ces paroles semblent le calmer. Il ne dit plus rien et porte lentement son gobelet à ses lèvres d'une main tremblante, pour boire en silence. Je l'observe sans un mot. J'ai du mal à croire que cette créature décharnée est tout ce qui reste de mon Walter.

— Merci, dit-il enfin en s'adressant de nouveau à moi. Je sais que tu vas essayer de nous aider. Demain, je prends le train pour l'Angleterre. C'est très dur pour moi de les abandonner ici, mais je me dis qu'une fois là-bas je serai peut-être en mesure de les faire venir. En tout cas, c'est leur seule chance.

Est-ce que ça va être dur de me laisser aussi ? J'aimerais tant partir avec toi. Loin de cet endroit. Loin de papa, de sa maîtresse et de leurs mensonges. Loin de ma vie qui s'effrite. Tout ce que je voudrais, c'est rester près de toi pour te guérir, mon amour.

— Je ferai tout ce qui est en mon pouvoir, répété-je dans un sanglot.

— Je sais.

— Je ne suis pas aussi courageuse que toi, Walter. J'ai très peur de ne plus te revoir…

Je déglutis.

— Il me semble que je ne pourrai pas supporter de…

Il me prend dans ses bras, enfin… Je m'agrippe à lui comme si ma vie en dépendait.

— On ne sait pas ce que nous réserve l'avenir, murmure-t-il à mon oreille. Mais j'ai compris une chose : le simple fait d'être en vie est déjà une bénédiction. Un jour tu trouveras le bonheur, j'en suis certain. Et ça me suffit de le savoir. Je te garderai toujours une place dans mon cœur. Tu m'as sauvé la vie, Hetty Heinrich, et je ne l'oublierai jamais.

Toi aussi, Walter Keller, tu m'as sauvé la vie, autrefois.

Et aujourd'hui tu m'as ouvert les yeux.

23 novembre 1938

La tête au creux de son cou, je savoure pour la dernière fois la douceur de sa peau. Il est si maigre que je sens ses côtes à travers ses vêtements. Je respire son odeur et tente de la fixer dans ma mémoire. Il a ses bras autour de moi. Nous demeurons ainsi un long moment, les yeux fermés, perdus l'un dans l'autre.

— Je dois partir, dit-il enfin en s'écartant. Ma mère et ma grand-mère m'attendent sur le quai, elles vont s'inquiéter, si je reste trop longtemps aux toilettes, ajoute-t-il en souriant.

J'acquiesce d'un signe de tête, sans me résoudre pourtant à le lâcher. Nous nous sommes réfugiés derrière la gare, dans un coin, loin de l'agitation de la foule des voyageurs. Je ne pouvais pas le laisser partir sans un dernier adieu.

— Prends soin de toi, me chuchote-t-il en me dévisageant.

J'avale le nœud que j'ai dans la gorge.

— Toi aussi, réponds-je en lui pressant la main. Pars, maintenant. Il est temps.

— Oui…

Il attrape sa valise.

— Je t'écrirai de là-bas. Pour te dire que je suis bien arrivé.

— À l'adresse d'Erna.

— Oui. Et ne t'en fais pas pour moi. Tout ira bien.

— Fais soigner ta main.

— Là où je vais, je serai bien soigné.

Et déjà il s'éloigne, en m'envoyant un baiser. Comme il va disparaître derrière un pilier, je lui crie un dernier adieu :

— Je t'aime, Walter Keller.

Je le suis de loin, jusqu'au quai où son train attend en crachant un nuage de vapeur. Il embrasse sa mère et monte dans un wagon. Quelques instants plus tard, il passe la tête à une fenêtre, je le reconnais à son chapeau. Quand le sifflet retentit, il salue de la main les deux femmes qui assistent à son départ, dans les bras l'une de l'autre. La locomotive crache un jet de vapeur, le train démarre lentement. Ses yeux sondent la foule, je sais que c'est moi qu'il cherche. Je voudrais qu'il me voie, mais n'ose pas lui faire signe. Enfin, nos regards se croisent. J'essaie de mettre dans le mien tout ce que je ressens pour lui.

Mon beau Walter est parti pour toujours, je ne le reverrai plus, mais au moins il est sauvé. Il va se rétablir peu à peu, ses cheveux vont repousser. J'espère qu'il retrouvera l'usage de sa main. De tout cela, je me réjouis. Mais en regardant son train qui s'éloigne, je mesure aussi à quel point c'est dur de le perdre. Il emporte avec lui tout ce qui comptait pour moi, tous mes espoirs – ils vont voyager avec lui jusqu'à Munich, puis à Zurich, et aller là-bas, en Angleterre, là où l'attend sa nouvelle vie.

Sa vie avec Anna.

Debout sur ce quai désert, je les imagine. Il court vers elle. Ils se sourient en se regardant dans les yeux. Ils se tiennent la main. Ils plaisantent. Ils dorment dans le même lit. Je vois les mains de Walter sur le corps d'Anna. Il lui fait ce qu'il m'a fait à moi. Je les vois tous les deux, riant sous la pluie (car il pleut toujours à Londres) ; je les vois complices, devant une vitrine, en train de choisir la robe de mariée d'Anna.

Et soudain, je la déteste, cette fille sans visage qui m'a volé mon avenir.

Je quitte précipitamment le quai désert et rentre à pied chez moi. Le temps est rude et humide, ce matin. Je pense à ceux qui sont encore incarcérés à Buchenwald, sur la colline glaciale et solitaire de l'Ettersberg. En ce moment, ils sont peut-être alignés dehors dans le froid, ou assis dans la boue, tandis que j'ai les mains bien au chaud dans les poches fourrées de mon manteau. Je me sens soudain atrocement coupable de ne rien faire alors que je sais. Walter n'a passé que dix jours dans un camp et il n'était plus que l'ombre de lui-même. Qu'en est-il de ceux qui sont toujours là-bas ? Que puis-je faire pour eux ? Les autorités, le gouvernement, la police, la loi… tout est du côté des geôliers. Je pense à des solutions extrêmes : envoyer des lettres anonymes à des gouvernements étrangers pour que leurs journaux en parlent, plaider la cause des prisonniers auprès de papa ou de ses acolytes, organiser une marche jusqu'au siège du Parti pour protester. Mais rien de tout cela ne ferait flancher le gouvernement. Tout ce que je gagnerais, c'est qu'on m'enfermerait moi aussi dans un camp. Je me sens affreusement inutile.

Une fois à la maison, je dis à maman que j'ai fait demi-tour sur le chemin du lycée parce que je me sentais mal. Elle me suggère de rester allongée aujourd'hui. Dans ma chambre, je sors mon journal de sa cachette, installe des coussins sur ma banquette de fenêtre et me mets à écrire, avec Kuschi lové à mes pieds.

Tu viens de partir et déjà je t'écris, car je dois t'avouer une chose. Quand je t'ai promis l'autre jour d'aider ta famille, j'étais sincère. Mais à présent que tu n'es plus là, je me demande comment je vais m'y prendre et je suis bien obligée d'admettre que je ne tiendrai probablement pas ma parole. Je n'ai plus aucun moyen de pression sur mon père et ma simple vue l'insupporte. En intervenant pour toi une première fois, je me suis discréditée à ses yeux, pour ne pas dire déshonorée. Mais au moins, il te croit sorti de ma vie. Si je tente à nouveau quelque chose pour toi ou ta famille, il me mettra dans un foyer de la Lebensborn pour donner des enfants au Führer et je ne pourrai même pas m'y opposer.

Une jeune fille comme moi n'a aucun pouvoir et je ne peux me soustraire à son autorité. J'ai entendu dire que les camps avaient libéré quelques prisonniers, alors j'espère que ton père et ton oncle en font partie. Pour ta mère, ta tante et tes cousins, j'irai supplier Herr Bäcker de les aider à quitter l'Allemagne, mais c'est tout ce que je peux faire. Lorsque je repense aux premiers jours du Reich, à la joie et à l'excitation qui nous animaient à l'idée de tout le bien qui allait en résulter, je me demande comment on a pu en arriver là en quelques années. Nous avons libéré un monstre sans le savoir. Nous l'avons laissé grandir et maintenant il est incontrôlable, impossible à arrêter.

Walter, je sais à présent que je n'ai rien d'exceptionnel et que je n'ai jamais été destinée à de grandes choses. Je suis simplement une jeune fille comme tant d'autres, totalement insignifiante.

Troisième partie

20 décembre 1938

Aujourd'hui, il fait si froid que je n'ai pas eu envie de sortir. Je me morfonds dans ma chambre, quand on m'annonce qu'Erna est en bas dans l'entrée.

— Comment vas-tu ? me demande-t-elle quand je la rejoins.

— Je crois que tu t'en doutes.

Mon haussement d'épaules lui arrache un sourire.

— Je n'ai pas le temps de rester, dit-elle en me tendant une enveloppe.

— C'est ce que je pense ?

— Oui.

— Merci, murmuré-je dans un souffle, en m'empressant de glisser l'enveloppe dans la poche de ma jupe.

— Viens me voir dès que tu peux, propose-t-elle en reboutonnant son manteau. Tu as besoin de t'aérer.

Je promets de passer plus tard.

Dès qu'elle est partie, je vais chercher Kuschi à la cuisine, enfile mon manteau et me dirige vers la rivière qui coule près des jardins ouvriers – l'endroit le plus approprié pour lire une lettre de Walter. L'herbe qui borde la rive est gelée, mais ça m'est égal. Je m'y assieds et sors lentement l'enveloppe. Je la caresse un instant du plat de la main. La belle écriture de Walter y a tracé l'adresse d'Erna. Ça me fait un coup au cœur de la reconnaître, un peu comme s'il venait d'apparaître devant moi. Il me faut quelques instants avant de me décider à lire :

Mon amour,

Ça y est. Je suis arrivé. Me voilà désormais en sécurité. Je devrais m'en réjouir, mais je n'y arrive pas. Mes parents me manquent terriblement et ton absence a laissé en moi un vide terrible – un grand vide en forme de Hetty que je ne comblerai sans doute jamais.
Le moins que l'on puisse dire, c'est que cela me fait tout drôle de me retrouver ici. Comme tu le sais, mon anglais se résume à quelques mots. Je vais devoir apprendre vite, c'est un véritable baptême du feu. Anna et sa famille ne parlent qu'anglais à la maison – ils sont tellement désireux de s'intégrer que l'allemand est interdit chez eux. Ils sont vraiment très accueillants, absolument adorables. Le père a voulu que l'on s'occupe en priorité de ma main, qu'il fallait opérer. On m'a amputé d'un doigt, mais deux autres ont été sauvés. Pour l'instant, j'ai encore la main bandée. Il va falloir que j'apprenne à me débrouiller avec un doigt en moins, mais ce n'est pas grave. Cela aurait pu être bien pire.
Comme je suis sûr que tu te demandes à quoi ressemble ma vie ici, je vais tenter de te la décrire. Je me trouve dans une petite ville au sud de Londres. Les habitants s'habillent un peu bizarrement – dans un style à la fois excentrique et quelque peu négligé. Ils sont différents de nous, plus chaleureux, et j'ai dû apprendre à ne pas claquer les talons et à abandonner certaines attitudes un peu rigides, pour ne pas les choquer. Ils applaudissent facilement, se serrent la main, hochent la

tête et sourient à tout bout de champ. Je ne comprends pas toujours leurs réactions, mais la barrière de la langue n'y est sans doute pas pour rien. En tout cas, ils sont plutôt amicaux dans l'ensemble et c'est le plus important, même si je me sens parfois décalé et complètement découragé. Dans ces cas-là, je pense à toi et ça me remonte un peu le moral.
J'ai rencontré un homme qui va pouvoir m'aider, un certain Herr Gunther, un grand nom local du commerce de la fourrure. Il me soutient dans les démarches que j'entreprends auprès des autorités pour monter ma société et faire venir mes proches. Il est même allé jusqu'à m'offrir une aide financière et s'est porté officiellement garant de la réputation de ma famille. Mais il y a tellement de Juifs dans ma situation, qui veulent entrer dans ce pays... Le gouvernement britannique reçoit plusieurs milliers de demandes par semaine et pour l'instant il ne veut plus accueillir de réfugiés.
J'ai entendu parler d'un programme anglais qui offrirait l'asile à des enfants juifs, en attendant qu'ils rejoignent plus tard leurs parents en Palestine ou en Allemagne. J'ai pensé à mes cousins. En ce moment, ma grand-mère, ma mère, ma tante et ses trois enfants partagent une chambre dans une Maison pour Juifs sur Humboldstrasse et leurs conditions de vie sont très pénibles. Les enfants de ma tante ont quinze, douze et huit ans. Je crois que les Anglais n'acceptent que les enfants de moins de quinze ans, donc seuls les deux plus jeunes seraient concernés – oui, c'est horrible de morceler ainsi une famille. Pourrais-tu te renseigner de ton côté, Hetty ?
Tu te demandes sûrement comment ça se passe avec Anna... Eh bien, ce n'est pas facile. Il y a entre nous une grande gêne, surtout quand nous sommes seuls, car je ne sais pas quoi lui dire. Elle met ma réserve sur le compte des épreuves que j'ai traversées et je me sens coupable de lui cacher que mon

cœur t'appartient. C'est une gentille fille, pleine de délicatesse, que je ne voudrais surtout pas faire souffrir. Mais j'ai du mal à être le mari qu'elle mériterait. J'ai l'impression de jouer un rôle dans une pièce absurde qui n'aura pas de fin. Tout cela me perturbe beaucoup. Je m'efforce de ne pas trop penser et me jette à corps perdu dans le travail pour ne pas réfléchir. Le pire, c'est la nuit, quand je suis seul, car mon esprit se met à vagabonder. À ce moment-là, mon chagrin devient tellement insupportable que je me demande à quoi bon continuer à vivre.

Nous avons fixé la date de notre mariage. Ce sera le 15 mars. J'hésitais à t'en parler, mais je ne veux rien te cacher. Je sais que ça va être dur pour toi, mais je t'en prie, essaie d'être heureuse, mon amour. Je le veux vraiment. Tu as tant fait pour moi. Et avec tant de désintéressement. Tu dois chercher le bonheur avec un autre. Et pour cela, il faudrait sans doute que nous cessions de communiquer, comme prévu. Sans compter que ce serait dangereux pour toi de rester en contact avec moi. Si tu y tiens absolument, tu peux m'écrire à l'adresse postale que je t'indique à la fin de ma lettre. Anna n'est au courant de rien pour nous deux. Je lui parlerai de toi plus tard, pour l'instant je ne peux pas, ça fait trop mal. Tu devras aussi utiliser cette adresse en cas d'urgence – par exemple si tu as des informations importantes concernant ma famille à me communiquer.

Nous finirons par nous habituer à vivre loin l'un de l'autre, Hetty.

Avec tout mon amour et ma gratitude,
Walter.

Je suis son passé. Anna est son avenir. Il ne reviendra jamais. Il ne m'écrira plus.

Cette lettre sera sans doute la dernière que je lirai de lui et ça me fait l'effet d'un coup de poignard dans le cœur. Je caresse le papier qu'il a touché. Je le respire pour chercher une trace de son odeur. Mais l'odeur que je sens, c'est celle de sa nouvelle vie. Et s'il parvient à faire sortir sa famille de Leipzig, il ne restera plus rien de lui dans sa ville natale.

— Vous avez raté le café et le gâteau ! s'exclame Bertha quand je rentre de ma promenade.

La lettre est toujours dans ma poche, je la sens sous mes doigts.

— Ce n'est pas grave, je n'avais pas faim, dis-je en détachant la laisse de Kuschi.

Il se précipite vers son bol pour laper bruyamment de l'eau.

Bertha s'empare d'un torchon et commence à essuyer la vaisselle qu'elle vient de laver, tout en m'observant attentivement, la tête légèrement inclinée, une lueur d'inquiétude dans ses yeux gris.

— Tout va bien, Fräulein Herta ? demande-t-elle.

J'ai la gorge tellement nouée que je ne parviens pas à répondre.

— Asseyez-vous, ordonne-t-elle. Je vais vous préparer un chocolat chaud.

— Merci, Bertha, marmonné-je en me laissant tomber sur le banc de la grande table en chêne.

Je la regarde verser du lait dans une casserole et mettre le cacao dans un pot. Elle ne me parle pas de ma sortie de l'autre soir. Apparemment, il n'y a pas eu de représailles pour elle.

— Je suppose qu'il vous manque, dit-elle.

— Il m'a écrit. On dirait qu'il s'habitue à sa vie à Londres.

— C'est une bonne chose, non ? Ici, il n'avait aucun avenir.

— Je sais. Il mérite d'être heureux…

Elle me jette un regard entendu.

— Vous aussi, Fräulein Herta, vous méritez d'être heureuse.

— Même après les risques que je vous ai fait prendre ?

— Tout est pardonné, Fräulein. Oublié.

Elle retire la casserole du feu et verse le lait sur le cacao, sans cesser de remuer.

— Il va se marier, dis-je. Il est obligé, pour obtenir un visa.

Elle prépare un plateau avec le pot de chocolat chaud, le sucrier, une tasse, une soucoupe.

— Je ne suis qu'une paysanne inculte, mais je m'y connais un peu en amour, répond-elle enfin. Et je sais une chose : vous ne pouvez pas vous accrocher toute votre vie au souvenir de Walter. Il est sauvé et c'est tant mieux. Mais il n'est plus là, il est parti pour toujours. Vous devez passer à autre chose et trouver quelqu'un d'autre.

— Mais vous, Bertha, vous n'êtes pas passée à autre chose…

Elle dépose le plateau devant moi et me regarde droit dans les yeux.

— Et c'est pour ça que je suis bien placée pour vous dire que ce n'est pas la bonne solution. Walter et vous, c'est fini. Par bonheur, vous vous en êtes sortis tous les deux et c'est une grande chance. Vous êtes jeunes. Vous avez l'avenir devant vous.

Elle me presse doucement l'épaule et retourne devant l'évier pour continuer à essuyer la vaisselle.

Je verse du chocolat dans la tasse et la prends à deux mains. Heureusement que j'ai Bertha pour me réconforter…

Oublier Walter. Passer à autre chose. Reprendre le cours de ma vie.

Je vais essayer, chère Bertha. Je vais essayer.

Plus tard, j'attends que tout le monde soit endormi pour allumer ma lampe de chevet. Calée contre mes oreillers, j'écris une réponse à Walter. Je donnerai la lettre à Erna, qui se chargera de l'envoyer. Pas question d'aller à la poste pour risquer d'être dénoncée par cette vipère d'Ingrid – ou par quelqu'un d'autre.

Mon amour,

C'est un grand soulagement pour moi de savoir que tu es arrivé sain et sauf à destination et que tu as été bien accueilli – même si ce n'est pas tous les jours facile et que tu te sens encore dépaysé. J'espère que tu pourras construire dans ce pays la vie que tu mérites et que l'idéologie nazie ne se propagera pas jusqu'en Angleterre.
Tu ne peux pas savoir à quel point je suis seule depuis que tu n'es plus là. C'est comme si on m'avait arraché le cœur. Tu dis que j'ai laissé un vide en forme de Hetty… Mon vide à moi a la forme d'un Walter. Vu nos tailles respectives, le mien est plus grand que le tien. Oui, je sais que ça va te faire rire.
Heureusement, il y a Kuschi pour me réconforter. Ainsi qu'Erna, qui est devenue mon principal soutien, pour ne pas dire mon pilier. Maintenant que tu es parti, mes parents me laissent un peu plus de liberté et je participe de nouveau aux interminables réunions de la BDM. J'ai de plus en plus de mal à supporter cette ligue, mais je suis bien obligée de faire semblant. Chaque fois que je peux, je me noie dans le travail scolaire, en espérant décrocher au bac des résultats suffisants pour étudier un jour à l'étranger. Je n'ai pas tout à fait renoncé à mon rêve de devenir médecin.
Pour tes cousins, je vais demander aux Bäcker de s'en occuper. On peut compter sur eux pour faire le maximum et, s'il y a la moindre chance de les envoyer en Angleterre, ils y arriveront. De mon côté, j'ai les mains liées car mon père me surveille de près. Il ne m'a pas pardonné et se méfie de moi.
Si seulement nous avions pu quitter l'Allemagne ensemble… Mais c'était impossible. C'est pourquoi, même si cela me fait atrocement mal de l'écrire, je dois admettre qu'il est

préférable que nous n'ayons plus de contacts. Ce ne serait pas loyal envers ta future femme et ça nous ferait tous souffrir. Tu dois commencer correctement ta nouvelle vie avec celle qui sera ta compagne. De mon côté, je ne veux pas du rôle de la maîtresse, de celle qu'on cache.

Je ne sais pas si je surmonterai un jour tout ça, mais je vais essayer. Sache que je ne t'oublierai jamais.

Avec tout mon amour, pour toujours,

Hetty.

31 décembre 1938

La pièce résonne du tintement des flûtes de champagne et du discret brouhaha des conversations. De temps en temps, un rire se fait entendre. Le gramophone diffuse une musique de fond – Bruckner, je crois. Nous fêtons le Nouvel An discrètement, avec des membres de la famille et quelques amis proches dont la présence nous procure un peu de réconfort. Après la mort de Karl, il n'était pas question d'organiser une grande fête.

Postée près de la cheminée, le dos au feu qui me réchauffe agréablement, j'observe nos invités. Grand-mère, vêtue de noir, trône au centre de la pièce dans le fauteuil de papa, ses chevilles enflées sur un pouf, en sirotant du sherry. Maman, vêtue d'une robe rouge qui fait ressortir ses cheveux noirs, circule dans la pièce, un faible sourire peint sur son visage pâle. Ma pétillante tante Adèle est venue avec sa fille Eva, une petite maigrichonne accompagnée de son fiancé, un bel officier SS blond, souriant et attentif, comme doit l'être un fiancé. Il y a aussi le maire Otto Schultz, sa femme et leurs grands enfants, installés près du juge Fuchs et de deux autres hommes, dont Josef, le rédacteur en chef du journal ; la secrétaire de papa et quelques amies de maman sont venues avec leurs maris. De mon côté, j'avais droit à deux invités. J'ai choisi

Erna et Tomas, qui parlent en ce moment avec Eva, son SS de fiancé et ma tante Adèle.

En ce qui me concerne, je n'ai envie de parler à personne. On m'a servi une coupe de champagne pour porter un toast à cette nouvelle année pleine de promesses, mais je n'y ai pas encore touché.

Papa, resplendissant dans sa veste de velours, fait irruption dans la pièce.

— Chers amis et invités, c'est l'heure ! Nous allons écouter le discours du Nouvel An de Goebbels.

Il allume la radio et repose le bras du gramophone sur son socle. Goebbels a déjà commencé à parler.

« … 1938 a été une année miraculeuse. L'Anschluss a réuni en un seul grand Reich quatre-vingts millions d'Allemands. Dix millions de plus, c'est un bel accomplissement dont nous pouvons être fiers. Il reste encore parmi nous des sceptiques, venus d'une minorité riche et éduquée, qui n'écoutent que le froid raisonnement de l'esprit et demeurent imperméables aux arguments du cœur vaillant des masses. Ils vivent beaucoup dans le passé, un peu dans le présent et pas du tout dans l'avenir. Ils n'ont pas suffisamment d'imagination pour entrevoir la future grande Allemagne. Aussi, laissons gémir ces faibles incapables d'affronter les problèmes. Ne cherchons même plus à les rallier à notre cause. Réjouissons-nous plutôt de ce qui a été accompli et envisageons avec confiance et courage l'année 1939… »

Tomas est soudain tout près de moi. Il me sourit, puis se penche pour murmurer à mon oreille :

— J'ai moi aussi de grands projets pour l'année à venir.

— Oh, dis-je. C'est bien…

Mais je ne lui demande pas de quels projets il s'agit et m'écarte un peu de lui.

Il a une drôle de manière de boire son champagne, probablement parce que c'est la première fois de sa vie qu'on lui en sert. Comme je lui souris, il se redresse de toute sa hauteur. Ce soir, il est rayonnant de bonheur et d'optimisme.

Le discours de Goebbels est terminé. Papa frappe dans ses mains pour attirer l'attention.

— Comme vous le savez, nous venons de traverser une rude épreuve, mais nous avons réussi à garder la tête hors de l'eau, en partie grâce à vous tous, nos amis et nos proches. Espérons que 1939 nous apportera la paix. Nous sommes en tout cas résolus à l'aborder avec courage, constance et détermination, car il nous faut poursuivre la grande mission du Troisième Reich. À la patrie, *Heil Hitler* !

Les applaudissements fusent dans la pièce et tout le monde boit à la nouvelle année.

Erna et moi, nous échangeons un regard. Elle sait que je pense en cet instant à Walter et que je n'ai aucune envie de porter un toast à la patrie qui a mis entre nous un océan de désespoir. Elle envoie Tomas remplir son verre auprès d'Ingrid.

— Hetty, dit-elle, dès qu'il s'est éloigné. Tu es pâle comme un fantôme. Qu'est-ce qu'il y a ?

Depuis quelques jours, je suis rongée par une inquiétude qui… Mais je préfère ne pas y penser ce soir et ce n'est pas de cela que je veux parler à Erna. Je l'entraîne dans un coin reculé de la pièce, là où personne ne risque de nous entendre.

— Je suis tracassée par une promesse que j'ai faite à Walter…

— Quelle promesse ? demande Erna en se penchant vers moi.

— Celle d'aider sa famille. Pour commencer, je dois faire sortir son père et son oncle du camp.

— Mais Hetty… Tu sais bien que tu ne peux pas…

— Ce qui leur arrive est tellement horrible, Erna. J'ai rencontré récemment la mère de Walter dans le café de Lena et elle m'a fait tellement de peine… Elle n'a cessé de pleurer et de me supplier de les aider comme si j'étais le dernier et unique espoir de son mari et de son beau-frère. Honnêtement, je me demande s'ils sont encore en vie.

—Mais tu ne peux rien faire pour eux, Hetty. Rien ! Qu'est-ce qu'elle pense que tu…

—Voilà !

Tomas est de retour et tend une flûte de champagne à Erna. Il en renverse un peu.

—À votre santé ! lance-t-il en souriant avant de porter la flûte à ses lèvres.

—Bois plus doucement, Tomas, proteste Erna. Ce n'est pas de la bière. Et sinon… tu veux bien nous laisser encore seules quelques instants, Hetty et moi ? S'il te plaît…

Le regard de Tomas passe d'Erna à moi, il m'adresse un clin d'œil.

—Pas de problème. Mais je vais revenir.

Un frisson me parcourt le dos.

Il se dirige en titubant vers l'officier d'Eva. Son attitude vulgaire et son rire bruyant m'arrachent une grimace.

—Je n'aurais pas dû l'inviter.

—Mais non, il ne fait rien de grave, répond Erna avec un geste dédaigneux de la main. Tu disais ?

—Je connais la mère de Walter depuis longtemps. La première fois que je l'ai vue, elle nous avait invités pour le thé. Je n'avais que six ou sept ans, mais je me souviens d'elle. C'était une femme joyeuse et pleine d'assurance. Ça m'avait frappée, parce qu'elle était très différente de maman, qui s'en remettait à papa pour tout. Mais elle… Elle était toute petite et délicate, mais vibrante et pleine d'énergie. La personne que j'ai rencontrée au café n'avait plus rien à voir avec cette femme-là. Je l'ai trouvée affaiblie, diminuée, pitoyable. Elle ne s'était même pas lavée. On voyait qu'elle était pauvre et désespérée. J'ai compris que quand on traite un être humain comme un chien, il en devient un.

— C'est affreux, Hetty, vraiment. Mais tu ne peux rien faire. C'est un problème qui te dépasse.

— Je le sais. Je m'en rends compte à présent. Mais il y a peut-être un moyen d'aider les enfants. Walter m'a parlé de trains spéciaux affrétés par les Anglais pour accueillir des enfants qui seront confiés momentanément à des familles. Il s'agit d'une opération baptisée *Kindertransport*. Ton père sait peut-être comment faire pour y inscrire des enfants.

— Possible. Je vais lui demander. Mais promets-moi d'être prudente et de ne rien tenter de ton côté. N'en parle à personne. Tu pourrais tout gâcher. Si ton père a le moindre soupçon de ce que tu mijotes…

— Il faut au moins que j'essaie. J'ai promis à Walter de faire quelque chose, tu comprends… Il y a dans cette pièce un certain nombre d'hommes importants qui se vantent des grandes réalisations et des victoires du Reich, mais oublient de parler du revers de la médaille. Je suis tentée de m'exprimer et de leur extorquer des promesses pour la famille de Walter. Je ne me vois pas retourner dans ce café et regarder la mère de Walter dans les yeux en lui disant que je n'ai rien tenté.

Erna ouvre des yeux ronds.

— Hetty, tu n'as pas les idées claires. Tu as déjà aidé Walter et ça a failli te coûter très cher. Si tu oses dire quoi que ce soit contre Hitler ou le gouvernement, tu seras complètement grillée et tu ne pourras plus agir en tant que résistante. De plus, ça mettrait ma famille en danger.

Comme Tomas revient, elle se tait.

Je regarde les invités autour de nous. Mon père. Ma mère. Comment puis-je me sentir à ce point étrangère dans ma propre maison ?

Il est trois heures et demie du matin. Otto et sa famille sont les derniers à quitter la fête. Une fois la porte d'entrée refermée, je reste seule avec mon père dans le hall. Maman est couchée depuis longtemps. Ingrid termine de ranger le salon avec Vera, la fille qui la remplacera bientôt. La maison est silencieuse.

— Eh bien, dit-il d'une voix rauque. C'est l'heure d'aller au lit.

Je l'arrête quand il passe devant moi.

— Papa…, dis-je en lui prenant le poignet.

Il sursaute, comme si le contact de ma main le rebutait.

— Quoi ?

Les conseils d'Erna et de Bertha résonnent dans mon esprit. Je devrais me taire. Oublier Walter. Passer à autre chose. Mais les images de Walter blessé et brisé me hantent. Je ne cesse de penser à ce qui pourrait arriver à sa mère, à ce que vivent son oncle et son père dans ce camp.

— Quoi ? répète-t-il d'un ton rogue, le visage dur et impatient.

— Je suis… Je suis désolée pour tout. J'espère que tu finiras par me pardonner.

— Eh bien, ça va dépendre de ton comportement.

— Je ferai de mon mieux, papa.

Il se redresse de toute sa hauteur et me regarde droit dans les yeux.

— Je suis prêt à considérer que c'est du passé, mais pas à oublier. Tu ne te promèneras plus en ville n'importe où, sans que ta mère sache où tu es. Plus question de frayer avec des… indésirables. Tu seras la fille que je mérite. Rien de moins.

— Oui papa, chuchoté-je.

— Va te coucher, Herta.

Je le regarde grimper l'escalier de son pas lourd. Inutile d'essayer de lui parler. Plutôt que de supplier pour obtenir une faveur, je pense maintenant à une autre façon d'agir. Quoi qu'il en soit, je ne plierai pas devant ses menaces. Je vaux mieux que ça.

8 janvier 1939

Ça recommence. J'ai une boule à l'estomac. J'essaie de me détendre, mais ça ne sert à rien. C'est impossible à maîtriser. Je me lève d'un bond et cours vers les toilettes, où je vomis une bile jaunâtre dans l'eau claire de la cuvette. Quand il me semble que c'est fini, je tire la chasse. Puis je m'asperge le visage d'eau fraîche.

Dans la lumière glauque du petit matin, mon reflet dans le miroir est d'une pâleur fantomatique, mon regard terne et fatigué. J'ai des frissons et des sueurs froides. Cette nausée est la première de la journée, mais probablement pas la dernière, si je me fie à mon expérience.

De retour dans ma chambre, j'ouvre mes volets et contemple la rue déserte à travers le brouillard grisâtre de l'aube. Les branches du cerisier nues et couvertes de verglas lui donnent l'aspect d'un arbre mort, mais à l'intérieur de son large tronc palpite une vie qui attend le printemps pour se répandre dans ses branches et donner des bourgeons.

En moi aussi, il est possible qu'une vie palpite.

Car j'attends toujours mes règles.

Seigneur. Faites que je ne sois pas enceinte.

— Où est Bertha ?

Je trouve maman dans la cuisine, en train de touiller le contenu d'une casserole qui chauffe sur la cuisinière.

— Partie.

— Partie ?

— Ton père et moi étions tombés d'accord sur le fait qu'on ne pouvait pas la garder après ce qu'elle avait fait.

— Quoi ? Ne me dis pas que vous avez renvoyé Bertha à cause de la nuit où je suis sortie.

Maman évite mon regard.

— Il est indispensable d'avoir confiance dans le personnel. Et une fois que cette confiance est brisée, on ne peut pas la restaurer…

— Mais je t'avais expliqué que Bertha n'y était pour rien ! Que j'étais la seule fautive. Et pourquoi tu ne m'as rien dit ? Je n'ai même pas pu lui dire au revoir.

— On aurait voulu la renvoyer plus tôt, mais c'était affreusement compliqué de la remplacer avant Noël, ajoute maman en versant dans un plat les œufs de la poêle. Nous étions convenus avec elle qu'elle resterait jusqu'à ce qu'on trouve une autre cuisinière convenable. Mais maintenant, c'est fait, la nouvelle commencera lundi prochain. D'ici là, il va falloir faire sans, mais je pense m'en sortir. Après tout, autrefois, je cuisinais pour toute la famille.

Elle quitte la cuisine en emportant son plat.

— Le petit déjeuner est servi, lance-t-elle par-dessus son épaule.

Je suis outrée que mes parents aient jeté Bertha dehors comme une malpropre. Et je suis blessée qu'elle ne m'en ait pas parlé. Elle comptait beaucoup pour moi. J'ai du mal à imaginer ma vie sans elle dans cette maison. Je lui confiais Kuschi. Elle était toujours dans la cuisine quand j'avais besoin d'elle, prête à m'écouter ou à me réconforter avec un gâteau et du café. C'est seulement aujourd'hui que je me rends compte qu'elle m'a entourée durant des années d'une affection discrète, pleine de tendresse et de compréhension. Et c'est à cause de moi qu'on l'a renvoyée. Je suis écrasée par la culpabilité.

— Où est-elle partie ? demandé-je en suivant maman dans la salle à manger. Tu dois me le dire, c'est la moindre des choses. Je veux m'excuser auprès d'elle. Lui faire proprement mes adieux.

— Je crois qu'elle a trouvé une place comme cuisinière dans une pension de famille. Nous lui avons fourni d'excellentes références et un mois de salaire en indemnités. Nous avons été plus que généreux. Le sujet est clos.

Elle sort une enveloppe de sa poche.

— J'allais oublier…

Mon cœur fait un bond. Mais non, ce n'est pas Walter, je ne connais pas cette écriture.

— Qu'est-ce que c'est ?

— Une lettre de Tomas, me lance-t-elle par-dessus son épaule en retournant dans la cuisine.

Ma chère Hetty,

Comme je n'arrive pas à trouver le courage de te parler, j'ai décidé de t'écrire. Je voudrais te demander la permission de t'accompagner le dimanche quand tu sors ton chien. Ça me ferait réellement plaisir.
Je serais également très honoré si tu voulais bien être ma cavalière à la soirée dansante organisée par ma section des Jeunesses hitlériennes, dans trois semaines, samedi. Il y aura d'autres filles de la BDM, notamment Erna.

Respectueusement,
Tomas Köhler

Oh Tomas, que puis-je te dire ? J'ai besoin de toi comme ami, mais rien de plus. Peut-on expliquer cela à un garçon sans l'offenser ?

Walter et Bertha m'ont tous les deux conseillé de chercher du réconfort auprès d'un nouvel amoureux. Cela me semble impossible pour l'instant, mais pourquoi ne pas essayer, après tout ? Je ne pense pas à Tomas, bien sûr. Mais si je rencontrais une âme sœur à cette soirée ? Il faut au moins que j'y aille avec cette idée en tête, pour me laisser une chance de passer à autre chose.

C'est entendu, Tomas, je serai ta cavalière dans trois semaines. Mais en tant qu'amie. Uniquement en tant qu'amie.

— Je dois assister à une réunion mercredi à Munich, nous annonce papa ce soir-là après le dîner. Ça y est, Hélène.

Il semble enthousiaste et plein d'allant. C'est la première fois depuis la mort de Karl.

— Je vais être promu chef de régiment.

— Comment le sais-tu ? demande maman d'un ton ému.

— On me l'a dit. Officieusement.

— Oh, Franz, c'est une merveilleuse nouvelle.

— Il y a de plus en plus de recrues dans les SS. Il faut mettre aux postes clés des gens comme moi, qui ont prouvé leurs qualités de meneurs, afin d'assurer l'ordre et l'autorité.

Il se cale dans son fauteuil. Boit une gorgée de café.

— J'ai montré que j'étais fiable et dévoué. Surtout pendant les émeutes de novembre. Nos hommes se sont comportés de façon exemplaire…

Sous la table, je plante mes ongles dans mon bras, jusqu'à en avoir mal.

— Nous allons devoir déménager ? demande maman.

— Pas pour l'instant. Mais si tout se passe bien pendant les six premiers mois, j'accéderai au grade supérieur, l'équivalent de général, c'est-à-dire que je dirigerai non seulement ma section de SS, mais une section de police. Ce sera une nouvelle organisation hiérarchique qui permettra de superviser tout ce qui se passe dans un même district au sein des SS, de la police, du renseignement et de l'administration. C'est Himmler qui a eu cette idée géniale. Ainsi, les SS auront l'autorité sur l'ensemble des forces de l'ordre, pour une meilleure coordination de leurs actions et pour éviter une concurrence qui ne pourrait que nuire à leur efficacité respective.

— C'est formidable, Franz. Mais je suis un peu déçue qu'on ne prenne pas un nouveau départ dans une autre ville…

— Je vais devoir abandonner le journal, poursuit papa avec un froncement de sourcils. J'aurai trop de responsabilités au sein des SS pour continuer à l'assumer. Je pense nommer Josef Heiden à ma place. Il fait déjà une grande partie du travail quotidien et j'ai entière confiance en lui. Et aussi, ma chérie…

Il se penche vers maman et lui tapote la main.

— Je me demandais si on ne devrait pas acheter une maison de campagne, maintenant qu'on en a les moyens ? Histoire de s'échapper le week-end de temps en temps. On pourrait inviter des amis et organiser des soirées. Qu'en dis-tu ? Ça compenserait un peu le fait de ne pas avoir déménagé.

J'imagine une jolie maison de campagne, avec des cheminées qui fument, un grand jardin, peut-être quelques poules et des chevaux. Est-ce qu'il prévoit d'y emmener aussi Hilda Müller et sa deuxième famille ?

J'ai la nausée, je sens monter la bile, mais parviens à la ravaler.

— Vera ? appelle maman en entendant des pas dans le couloir.

— Oui, Frau Heinrich ?

— Vous sortez ?

Vera apparaît dans l'embrasure de la porte. Elle a enfilé son manteau.

— J'ai oublié d'aller chercher le linge tout à l'heure…

— Dans ce cas, attendez, j'ai du courrier à poster.

Maman quitte la pièce pour aller chercher les lettres qu'elle veut confier à Vera.

— Alors, Herta, qu'est-ce que tu penses de tout ça ? me demande papa une fois que nous sommes seuls. Ton père est maintenant tout en haut de l'échelle.

— Je pense que tu pourrais profiter de ta position pour réfléchir sérieusement à la politique menée contre les Juifs.

C'est sorti tout seul, malgré moi.

Sa chaise grince lorsqu'il se penche vers moi, les yeux aussi froids et durs que du verre.

— Ne dis plus jamais une chose pareille, menace-t-il d'une voix grinçante. Je n'oublierai jamais ce que tu as fait. Ni que tu as osé me faire chanter. Chaque fois que j'y pense...

Il se mord la lèvre inférieure et serre les poings.

— Si cette histoire se savait, ça mettrait en péril toute ma carrière. Les enjeux sont plus importants que jamais.

Comme maman revient dans la pièce, il se tait.

Mais mon cœur bat toujours la chamade.

Le lendemain à 15 heures précises, Tomas frappe à notre porte. Ingrid nous regarde en silence quitter la maison ensemble en emmenant Kuschi. Elle n'a pas besoin de parler, son petit sourire en dit assez. Heureusement qu'elle s'en va bientôt. Dans quelques jours, elle partira pour son établissement de la *Lebensborn*, afin d'accueillir la semence d'un parfait spécimen d'officier SS. Rien que pour ça, elle se sent en tout point supérieure à la pauvre fille que je suis. J'ai hâte qu'elle disparaisse, surtout avec ce qu'elle sait de moi. Je prie pour qu'elle choisisse de ne pas revenir.

Le parc Rosental est désert. Tomas et moi marchons côte à côte, Kuschi trottine devant nous en reniflant fébrilement le sol. Il neige un peu, mais pas assez pour déposer une couche sur le sol détrempé.

— Il fait un froid de canard, commente Tomas avec une grimace, en enfonçant un peu plus son menton dans son col.

Son haleine tiède dépose de la buée sur ses lunettes.

— Désolé de t'avoir proposé une promenade glaciale, conclut-il.

— On est en janvier, Tomas. Tu t'attendais à quoi ?

Il hausse les épaules.

— Ce n'est pas très agréable, c'est tout.

— Ça ne me dérange pas.

Il me sonde un instant du regard, puis son visage s'illumine.

— Ça t'a fait plaisir, que je t'écrive ?

— Oui, mais Tomas, tu n'avais pas besoin de m'écrire pour…

— Et tu viendras à la soirée dansante ?

— Oui, mais…

— J'avais vraiment peur de te le demander. C'est pour ça que c'était plus facile d'écrire.

— Peur de me le demander ? Tomas, on se connaît depuis toujours.

— Oui, mais les choses ont changé… Je ne suis plus celui que j'étais autrefois, quand j'étais enfant, tu sais… Je ne voudrais pas que tu continues à me voir comme un pauvre gamin sans intérêt…

Il règle le rythme de son pas sur celui de son discours, lequel est de plus en plus précipité.

— Je ne t'ai jamais considéré comme un pauvre gamin sans intérêt.

— C'est pourtant ce que j'étais. Un minable. Je me faisais tabasser tout le temps. Maintenant, c'est moi qui tabasse. Je suis devenu fort, tu sais. Quand j'aurai terminé à l'usine, je m'engagerai dans la Wehrmacht et tu verras de quoi je suis capable. J'ai de l'ambition, j'ai hâte de gagner des galons au combat.

— Arrête, Tomas, s'il te plaît. Tu n'as rien à me prouver… Surtout après, eh bien tu sais, cette horrible affaire avec Walter.

Il marche un peu en avant de moi à présent, et je ne suis pas sûre qu'il ait entendu. J'avais soigneusement planifié ce que je devais dire pour lui éviter de nourrir de faux espoirs, mais il me regarde à peine et poursuit son monologue.

— Je sais que je ne suis pas encore à la hauteur, mais je te promets de l'être un jour. Je n'aurais jamais imaginé que... Mais après tout, les miracles, c'est possible, non ? Il y a plein d'exemples autour de nous. Et je sais que je vaux bien plus que tous les crétins sans cervelle qu'on m'oblige à côtoyer à l'usine. Franchement, Hetty, tu serais choquée par leurs conversations. Depuis que j'ai dénoncé aux autorités ce porc de Bruno pour ses propos déplacés, plus personne n'ose parler devant moi. Mais je sais que ça continue dans mon dos.

Il s'arrête pour respirer, le souffle court.

— Tomas, c'est bon, je sais que tu n'es pas comme eux... Tu n'as rien à me prouver.

Il secoue la tête.

— Tu es gentille de me dire ça, mais je sais que j'ai encore beaucoup à te prouver.

— Et pourquoi donc ? Tu ne cherches pas à prouver quoi que ce soit à Erna. Donc, ça devrait être pareil avec moi.

Cette fois, il s'arrête pour me dévisager fixement à travers ses lunettes embuées. Puis il acquiesce, les bras le long du corps, tout raide.

— Bon, d'accord, je vois... Changeons de conversation... Comment va ta mère ?

— Euh... Bien. Elle va bien.

Je ne suis pas certaine qu'il ait vraiment compris le message. J'espère que oui.

— Bien, bien. Tant mieux.

Il consulte sa montre.

— Tes parents n'aiment pas que tu restes dehors trop longtemps... On rentre ?

Nous sommes au bout de la pelouse du parc, à l'entrée du bois. Malgré moi, je frissonne.

— D'accord, rentrons. Je t'invite à boire quelque chose de chaud à la maison.

Il acquiesce, visiblement ravi de la proposition.

— Kuschi ! On s'en va !

Le chien ne se manifeste pas, aussi nous restons là, à scruter les bois.

— Kuschi ! appelé-je à nouveau, plus fort cette fois.

Sa silhouette noire et poilue apparaît enfin entre les arbres dénudés. Il vient vers nous ventre à terre, les oreilles aplaties, la queue au vent, comme s'il avait le diable à ses trousses.

C'est toujours aussi difficile de vivre sans toi, mon amour, et je me demande si cela changera un jour. Le 15 mars, le jour de ton mariage, se rapproche de plus en plus. J'aurais préféré ne pas savoir. J'ai lu et relu ta lettre, au point de la connaître par cœur. Parfois, ma détermination faiblit, je prends un stylo et du papier pour t'écrire. Mais si je commence, je ne m'arrêterai jamais. Je dois rester forte et me contenter de te parler à travers ce journal. Je sais que tu as été en contact avec Erna. D'après ce qu'elle me dit, tu te fais du souci pour moi, tu penses à moi, tu as besoin de savoir que je vais bien. Alors je l'ai chargée de te dire que j'allais bien et que la vie avait repris son cours, même si je me doute que tu ne la croiras qu'à moitié. Le père d'Erna a rencontré un Anglais qui est venu chercher des enfants juifs en Allemagne, mais le programme de rapatriement étant submergé de demandes, il n'a pas réussi pour l'instant à obtenir un passage pour tes cousins. Je me sens inutile, découragée. J'aimerais remonter le temps et me réfugier dans tes bras. Je nous imagine, marchant le long de la rivière, avec Kuschi qui court joyeusement à nos côtés.

J'imagine ce que tu me dirais : « Hetty, ensemble, on peut tout faire. » Mais non, on ne peut pas tout faire. Tu n'existes plus que dans mon esprit. Tu fais désormais partie de mes souvenirs.

4 février 1939

La soirée dansante bat déjà son plein quand nous nous présentons devant la porte du local. Avant de nous laisser passer, deux grands gaillards des Jeunesses hitlériennes vérifient que mon nom et celui de Tomas figurent sur la liste des invités.

À travers la pièce enfumée, nous nous frayons un chemin en direction du bar. L'odeur de la fumée de cigarette est tellement insupportable qu'elle me donne la nausée. J'aperçois Erna au milieu d'un groupe de filles de la *BDM*. Elle me fait signe et nous parvenons à la rejoindre. Tomas nous apporte un verre de sherry. J'en avale aussitôt une grande gorgée, en espérant que son goût amer apaisera mon envie de vomir. Je remarque que les garçons qui nous entourent me remarquent à peine et n'ont d'yeux que pour Erna – évidemment, la belle Erna.

Pas étonnant que Karl soit tombé amoureux d'elle. Mon pauvre Karl…

Mais Erna se montre totalement insensible à l'intérêt qu'on lui manifeste et reste avec moi sur le bord de la piste pour observer les danseurs. Ce soir, pas de danses américaines susceptibles de choquer les officiers de la Gestapo qui nous surveillent. Après avoir vidé mon verre, j'ai tout à coup très chaud et la tête me tourne un peu, mais au moins je n'ai plus la nausée. De son côté, Tomas s'est éloigné pour parler à un garçon vêtu de l'uniforme gris de la Wehrmacht, son béret vissé sur le crâne. Il me demande si je veux un autre verre et je lui réponds par signe que oui.

Il nous rejoint bientôt, avec son camarade. L'orchestre entame une nouvelle chanson. La piste de danse se remplit.

— Viens, dit-il en me tendant sa main. On va danser.

Il me prend par la taille et m'entraîne sur la piste en zigzaguant entre les couples. Nous avons du mal à trouver notre rythme et je n'arrête pas de me cogner contre lui. Quelle différence avec Walter, dont le corps et les pas s'accordaient si bien aux miens. Par-dessus l'épaule de Tomas, j'aperçois Erna dans les bras du beau garçon de la Wehrmacht. Il a ôté son béret et ses cheveux blonds sont tout ébouriffés. Je sens sur moi le regard appuyé de Tomas qui cherche le mien et m'efforce de l'éviter.

J'ai un vertige. À cause de l'alcool, de cette atmosphère enfumée, de tous ces corps en sueur. À cause de la musique, des bavardages, des rires. Soudain, je n'en peux plus. C'est trop. J'étouffe. Je vais me trouver mal.

— J'ai besoin d'air, chuchoté-je à Tomas en m'appuyant à lui.

— Bien sûr. Sortons.

Il me prend la taille et le bras pour me guider vers la porte. Dehors, l'air frais me fouette le visage et me remet aussitôt d'aplomb. Nous nous éloignons des couples qui flirtent près de l'entrée et allons nous adosser un peu plus loin contre un mur. Après plusieurs grandes inspirations, je commence à mieux respirer.

— Merci, dis-je à Tomas en souriant.

— Viens, dit-il. On peut rester un moment dehors et aller s'asseoir au calme si tu veux.

Il me regarde intensément.

J'acquiesce, parce que le grand air me fait du bien et que je suis soulagée de ne plus être au bord de l'évanouissement. Il m'entraîne dans un petit parc de l'autre côté de la rue, juste en face du bar. Nous nous installons sur un banc entre deux arbres. C'est sombre et paisible, à l'écart des lampadaires et du bruit de la soirée.

Et brusquement, sans préavis, Tomas fond sur moi, me coince contre l'accoudoir du banc et plante dans ma bouche une langue rugueuse et insistante. Il pue la bière et le tabac. Son corps est lourd et dur contre moi, l'accoudoir me rentre dans le dos. J'en reste saisie, paralysée de surprise. Les caresses de Walter étaient douces et enveloppantes, celles de Tomas sont brusques et implacables. Je sens son sexe qui enfle sous son pantalon. Puis il se met à le frotter contre ma cuisse.

Je veux qu'il me lâche. Je tente de le repousser, mais il résiste et se presse encore plus fort contre moi. Il glisse sa main dans mon décolleté, m'empoigne un sein, écarte mes jambes avec un genou. La panique m'envahit. Je ne veux plus de cette langue dans ma bouche et tente de détourner la tête. Il m'a bloqué les bras. Il me fait mal au sein et son genou cherche à avancer entre mes jambes. En même temps, il fait remonter ma robe, puis sa main se referme sur ma cuisse. *Non, non, non. S'il te plaît, ne fais pas ça.* Je lutte de plus belle contre son corps musclé. Il tire sur ma culotte et me griffe en tentant de la faire descendre.

Folle de panique, je me débats et hurle dans sa bouche. Pendant quelques secondes encore, il résiste. Puis soudain, il me lâche et se redresse, hors d'haleine.

Nous nous jaugeons du regard. Je me recroqueville, les genoux sur la poitrine, les bras autour des genoux.

—Merde, murmure-t-il en glissant un peu plus loin le long du banc. Merde.

—Qu'est-ce qui t'a pris ? Tu m'as fait mal.

Je sanglote.

J'essaie de réfléchir, de passer en revue ce que j'aurais pu faire ou dire pour qu'il se sente autorisé à…

Il pose ses coudes sur ses genoux. Sa tête dans ses mains. Il tremble.

—Je suis désolé, Hetty. Je me suis laissé emporter. Je ne voulais pas te faire mal…

Je m'essuie la bouche d'une main tremblante.

Est-ce moi qui… ?

—Merde, merde et merde. J'ai trop bu. Pardonne-moi, s'il te plaît. Est-ce que tu peux me pardonner ?

—Je… Oui, Tomas… D'accord.

—Merde… C'est parce que tu me plais tellement… Je veux dire… Si tu savais comme je tiens à toi. Comme je t'aime. Depuis si longtemps. Je n'aurais pas dû, mais…

Je ne cesse de trembler et serre un peu plus mes genoux contre moi. Je n'y peux rien, s'il s'est fait des idées.

—Ne recommence plus jamais, dis-je.

—J'en ai envie depuis longtemps, et puis je me suis dit : « C'est maintenant ou jamais… »

—Maintenant ou jamais pour *quoi* ?

Je tire sur ma robe. Mon dos me fait mal, là où l'accoudoir du banc a appuyé. Mon sein est douloureux. J'aimerais cesser de trembler. Retourner dans ce bar. Rentrer chez moi.

Je croyais te connaître, Tomas. Mais on dirait que je me faisais des idées.

—Eh bien pour… pour franchir le cap. Parce que, avant, j'étais trop lâche pour ça.

—Mais de quoi tu parles ? On était amis.

—Oui, mais j'y ai réfléchi et j'ai compris que je n'avais pas été assez direct. J'avais besoin de te montrer à quel point je te désire, et je pensais que c'était le genre de chose que tu voulais. Tu sais, après t'avoir vue avec lui… Ce… Cette vermine…

Il a les poings serrés, la mâchoire crispée.

—Ça me hante encore, Hetty.

La colère me monte à la gorge, comme de la bile.

—Que pensais-tu que je voulais, Tomas ? Tu me prends pour qui ?

Il est fou et imprévisible, il faut que je le tienne à distance. Je me lève d'un bond et m'éloigne du banc.

Il me court après et me saisit le bras.

—Attends ! Écoute, je suis désolé, d'accord ? Je me suis trompé. Complètement. Je ne sais pas m'y prendre avec les filles. Je ne peux pas m'empêcher d'être jaloux, parce que c'est toi que je veux, depuis toujours. Tu vaux mieux que toutes les autres. Mais tu étais toujours hors d'atteinte. Tu vivais dans une grande et belle maison. Tu étais intouchable. Un peu comme un ange. Même quand on était enfants, tu n'étais pas comme les autres. Tu ne m'humiliais pas, tu me respectais, mais tu restais quand même à distance, un peu comme si tu t'intéressais à moi uniquement par gentillesse, parce que je te faisais pitié. Si les autres ont fini par cesser de me harceler, c'est grâce à toi. Tu m'as sauvé, mais je n'étais pas assez bien pour toi. J'aurais fait n'importe quoi pour attirer ton attention. J'ai tout fait pour t'impressionner. Tout en sachant que c'était sans espoir, qu'une fille comme toi ne voudrait jamais d'un garçon comme moi.

Il s'arrête pour reprendre sa respiration et cogne contre le sol avec la pointe de sa botte.

J'ai la tête qui tourne. Je crois que je vais encore être malade. J'en ai marre d'entendre ses jérémiades.

—Ce n'est pas vrai, Tomas, dis-je en soupirant. Je t'ai toujours apprécié en tant qu'ami et jamais je n'ai eu pitié de toi.

—Mais ensuite, cet horrible matin, quand je t'ai vue avec *lui*...

Une grimace de dégoût déforme son visage.

—Quand je vous ai surpris, ce jour-là, j'ai compris que tu n'étais pas parfaite. Toi aussi, tu avais tes failles, comme nous tous. Et du coup, ça me laissait une chance. Ce Juif t'avait lavé le cerveau, ça je le savais, et donc je pouvais te pardonner, parce que ce n'était pas ta faute. Je n'ai raconté à personne ce que j'avais vu. J'ai gardé le silence et j'ai été sacrément patient... Alors, je mérite quelque chose en retour, non ?

Je le regarde. J'ai un goût amer sur la langue.

Je ne serai la récompense de personne.

— J'ai encore envie de le cogner, déclare Tomas en repoussant ses lunettes sur son nez.

— Eh bien tu ne risques pas, dis-je froidement. Il a quitté le pays, il n'est plus une menace.

— Tant mieux, soupire-t-il.

Puis il me prend la main et me regarde d'un air penaud :

— Pardon pour tout à l'heure, dit-il d'une voix légèrement pâteuse. Je ne recommencerai pas. Hetty, je t'en prie, il faut que tu acceptes de sortir avec moi. Je vais devenir fou si tu me repousses.

Tomas m'a raccompagnée jusque chez moi. Il n'est pas très tard et il y a des amis de papa dans le salon.

— Herta, c'est toi ? appelle-t-il.

Je n'ai qu'une hâte : grimper l'escalier, me réfugier dans mon lit, disparaître dans le noir oubli du sommeil.

— Oui, papa. Je rentre de ma soirée dansante.

« Quoi qu'il arrive, reste toi-même. » Ce sont les paroles de Walter. Je m'y accroche. Elles sont la ligne de flottaison qui m'empêche de sombrer dans un océan de désespoir.

Dans le salon, il y a un homme que je reconnais pour avoir vu sa photo dans le journal. Il s'agit de Theo Gratz, chef de la Gestapo à Leipzig. Il y a aussi le maire de la ville, Otto, et deux autres hommes qui me sont inconnus.

— Entre, Herta, ma chérie, entre. Viens ici, que je te montre à ces messieurs !

Papa a les joues rouges, comme quelqu'un qui a trop bu et trop mangé. Il me fait signe d'approcher et m'ouvre les bras. Ses invités se lèvent comme un seul homme pour me saluer d'un signe de tête.

—Ma charmante fille, annonce-t-il en me prenant par les épaules. Dix-sept ans. En plein développement.

Les hommes rient.

—N'est-ce pas qu'elle est jolie ? insiste-t-il.

J'ai envie de partir en courant le plus loin possible, mais n'ai pas d'autre choix que de rester là, exposée à leurs regards comme une poulinière, tandis qu'ils me jaugent de haut en bas.

Papa me caresse les cheveux en ricanant.

—Elle est un peu trop fougueuse, mais un petit séjour dans une *Hausfrau* devrait lui faire le plus grand bien. Une fois matée, elle fera une excellente épouse.

Les hommes acquiescent avec un petit sourire.

—Où est maman ? demandé-je dans un murmure.

—Elle est déprimée, elle est partie se coucher, me répond-il tout bas.

Puis il ajoute, tout haut cette fois, de façon à être entendu par ses amis :

—Elle nous a laissés entre hommes.

—Je voudrais rentrer, dit Gratz en consultant sa montre. Je dois envoyer un rapport à Dresde avant 9 heures demain matin. Pourrions-nous terminer ?

—Bien sûr, répond papa d'un ton grave. Va te coucher, ma chérie, tu as besoin de te reposer.

—Bonne nuit, papa. Bonne nuit, ajouté-je en m'adressant à ses invités.

Dans le couloir, je m'assieds lourdement sur le banc pour enlever mes chaussures. Comme j'ai mal partout, je m'accorde un instant de repos, adossée au mur, à contempler mes pieds. Par la porte entrouverte, j'entends la conversation des hommes dans le salon.

— … estimé à environ mille cinq cents rien que pour les gangs de Leipzig. C'est clair que nous n'avons pas réagi avec suffisamment de fermeté. La résistance s'est étendue à toutes les villes de Saxe. Dresde ne connaît que trop bien…

Je crois reconnaître la voix de Theo Gratz et me concentre pour mieux écouter.

— Et vous savez d'où viennent ces poches de résistance ?

C'est papa, à présent.

— En premier lieu des zones ouvrières – Plagwitz et ses environs. Il y a des groupes très politisés, des communistes. Et aussi de simples fauteurs de troubles. Ils sont en tout cas suffisamment nombreux pour que l'on s'en inquiète. Le plus gênant, c'est qu'ils sont majoritairement très jeunes. Ils se battent avec nos Jeunesses hitlériennes, qu'ils traitent d'« élitistes » et de « snobs ». Ils cherchent sans cesse l'affrontement avec eux.

Ils se taisent à présent. Mon cœur bat la chamade. Herr Bäcker appartient peut-être à l'un de ces groupes ? Il n'est pas jeune et ne fait pas partie de la classe ouvrière, mais il est bel et bien en contact avec des résistants. Apparemment, leur présence inquiète les responsables nazis. C'est presque bon signe…

— Faites savoir à Dresde que nous allons prendre des mesures décisives dans les plus brefs délais, commente de nouveau papa. On ne peut pas laisser la dissidence se développer. On dira que la répression s'exerce contre les marxistes, mais ça nous servira d'excuse pour éliminer aussi les autres. Il faut frapper vite et bien. Nous devons faire un exemple… Ne serait-ce que pour décourager d'autres tentatives.

Un murmure approbateur lui répond.

Quelqu'un s'éclaircit la voix.

— Je dois vraiment partir, Franz. Merci pour votre aimable hospitalité…

Il est temps de disparaître. J'enlève précipitamment mes chaussures et grimpe l'escalier sur la pointe des pieds, pour me fondre dans l'obscurité de l'étage.

5 février 1939

La conversation que j'ai entendue hier soir au sujet des gangs antinazis de Leipzig me trotte dans la tête. J'y pense dès mon réveil, en me demandant ce que je dois faire.

Je déambule dans les pièces du rez-de-chaussée, Kuschi sur mes talons. Il faut que je fasse passer cette information à Herr Bäcker. Il connaît peut-être des chefs de gang qui devraient être avertis. Comme l'année dernière avant la Nuit de cristal, je sens que quelque chose se prépare.

Dans la verrière, mes yeux tombent sur un exemplaire du *Leipziger* posé sur la table basse. Il date de deux jours. Le récent discours d'Hitler au Reichstag y est imprimé dans son intégralité. Il occupe plus d'une double page. Je m'installe dans un fauteuil pour le lire.

> *… quand des nations prétendent que l'Allemagne menace d'autres peuples par un chantage aux forces armées, c'est uniquement sur la base de faits grossièrement déformés. L'Allemagne a gagné le droit à l'autodétermination de dix millions d'Allemands sans avoir recours à la force, contrairement à ce que prétendent les articles mensongers de la presse*

étrangère. Dans ce domaine, ni les Anglais ni les autres nations occidentales n'ont leur mot à dire. Le Reich ne représente une menace pour personne, il s'est simplement défendu contre les tentatives d'intervention de tiers… Nous ne tolérerons pas que des États occidentaux se mêlent de nos affaires…

… Quelle est la raison de nos difficultés économiques? Tout simplement la surpopulation de nos terres! Le peuple allemand survit avec cent trente-cinq habitants par kilomètre carré, et pourtant le reste du monde pille l'Allemagne depuis plus de quinze ans. Le peuple allemand n'est pas ennemi de l'Angleterre, de l'Amérique ou de la France, et désire vivre calmement, dans la paix, mais des agitateurs juifs et non juifs s'obstinent à susciter l'animosité de ces peuples contre le peuple allemand… L'Allemagne ne sera pas détournée de son devoir envers les Juifs. C'est un spectacle honteux de voir la manière dont les démocraties suintent de sympathie pour le pauvre peuple juif souffrant, tout en clamant: « Nous ne sommes pas en situation d'accueillir les Juifs. » Pourtant, ces puissances mondiales n'ont pas plus de dix habitants au kilomètre carré! Ils oublient que l'Allemagne a eu la générosité d'accueillir ces éléments depuis des siècles, avec leurs maladies infectieuses, politiques autant que physiques. Aujourd'hui, nous rétribuons ce peuple comme il le mérite, rien de plus.

… L'Europe ne peut se stabiliser tant que la question juive n'est pas résolue. À l'époque de ma lutte pour le pouvoir, le peuple juif accueillait mes prophéties par des rires, quand je disais que je prendrais un jour la direction de l'État et que, entre autres, je réglerais le problème juif. Ils riaient aux éclats, mais je crois que depuis quelque temps le rire leur reste coincé dans la gorge.

Aujourd'hui, je serai encore une fois prophète: si la juiverie financière internationale, en Europe et au-dehors, devait encore réussir à plonger les nations dans une guerre mondiale, le résultat en serait non pas la bolchevisation du monde et la victoire de la juiverie, mais l'annihilation de la race juive en Europe !

Je repose le journal. Et s'il y avait une autre guerre ? Si cette guerre se propageait jusqu'en Angleterre et que Walter ne soit même plus en sécurité là-bas ? Si cette chose se propageait dans le monde entier ? Je pense aux gangs antinazis : si nous ne combattons pas l'idéologie nazie ici et maintenant, alors elle va grandir et se répandre dans toute l'Europe et au-delà. Il est temps que j'oublie mes petits problèmes personnels et ma sécurité. Temps que je tienne la promesse faite à Walter.

Je mets mon uniforme de lycéenne, mais file droit au café de Lena. Je n'y suis plus allée depuis cette affreuse journée de décembre où j'y ai rencontré Frau Keller. La sonnette annonce mon arrivée. Lena semble surprise de me voir.

— Hetty !

Elle vient à ma rencontre. Il y a pas mal de clients à cette heure-ci : des travailleurs qui ont terminé leur quart ou boivent un dernier café avant de l'entamer. Ça sent la sueur, le tabac et la saleté.

— Venez, allons derrière, me dit-elle.

Sa mère travaille dans la cuisine. Elle me semble plus âgée que dans mon souvenir, plus voûtée, plus terne. Sa robe flotte au niveau des épaules, comme si elle avait maigri récemment. Lena semble elle aussi amaigrie : elle a les joues creuses, le front marqué de plis profonds, des rides autour de la bouche que je n'avais pas remarquées l'autre fois.

— Comment allez-vous ? demandé-je.

Elles échangent un regard. La mère de Lena se détourne vers la cuisinière et jette une lamelle de beurre dans une poêle, puis des pommes de terre et du bacon.

— On s'en sort, murmure Lena en s'essuyant le front du revers de la main.

J'acquiesce d'un signe de tête. Un silence gênant s'installe.

— Je comptais sur vous pour transmettre un message à Frau Keller.

J'hésite.

— Ça peut vous intéresser aussi. Pour votre fils.

— Oui ?

— Les Britanniques organisent un transfert d'enfants juifs en Angleterre, où ils seront pris en charge par des familles d'accueil jusqu'à ce que leurs parents ne soient plus en danger. Une de mes connaissances essaie de trouver une place dans un train pour les enfants Keller. C'est difficile car il y a énormément de demandes, mais il a de bons contacts. Est-ce que ça vous intéresse pour votre fils ?

Elle hoche à nouveau la tête.

— J'en ai entendu parler, dit-elle. Il paraît qu'un politicien américain tente de mettre en place un programme similaire pour les États-Unis. S'il réussit, il y aura beaucoup plus de places.

Son visage se ferme.

— Il faut vraiment qu'on soit acculés, pour être prêts à confier nos enfants à des étrangers dans un pays lointain.

Je lui prends les mains.

— Ne perdez pas espoir, Lena. Nous devons tous combattre… *tout ça*… comme nous le pouvons.

Ses yeux se remplissent de larmes et elle détourne le regard, gênée.

— J'ai cours, il faut que j'y aille, dis-je. Mais j'essaierai de revenir bientôt. Avec de bonnes nouvelles, j'espère…

Je quitte le café avec une sensation de bien-être que je n'ai pas ressentie depuis des semaines. Tout à l'heure, je trouverai un moment pour raconter à Erna ce que j'ai entendu au sujet des gangs antinazis afin qu'elle en informe son père. Je me sens enfin utile. Mon rôle se borne à transmettre quelques informations, mais ça pèsera peut-être dans la balance.

Wissen ist macht. Savoir, c'est pouvoir, après tout.

Je hâte le pas vers l'arrêt de tram.

1er mars 1939

Je n'ai toujours pas mes règles, mais les nausées ont cessé, donc je ne m'inquiète plus. J'ai entendu dire qu'un choc psychologique, par exemple un gros chagrin, pouvait stopper les menstruations. C'est probablement ce qui m'arrive. Si c'est ça, tant mieux. Ça m'arrange de ne plus avoir des crampes dans le bas-ventre une fois par mois.

Je suis en train de rassembler mes livres quand j'entends Kuschi aboyer dans le couloir. Le facteur doit être là. Je trouve maman dans sa chambre. Fait inhabituel depuis la mort de Karl, elle est déjà habillée pour sortir, bien qu'il soit très tôt. Installée devant sa table de toilette, elle termine de fixer son beau chignon.

— Bonjour, maman. Tu as un rendez-vous ?

J'ai du mal à lui dissimuler mon étonnement. Elle me sourit dans le miroir.

— Il est temps pour moi de me reprendre. Aujourd'hui, je vais m'occuper de mes œuvres de bienfaisance. Le besoin d'orphelinats se fait de plus en plus sentir. Honnêtement, Hetty, je n'ai pas le cœur à ça, mais le médecin insiste pour que je m'occupe l'esprit. Il dit que si je ne réagis pas, je pourrais bien rester toute ma vie dans cet état de prostration. Et je ne suis pas sûre de pouvoir supporter ça toute une vie, conclut-elle avec un frémissement dans la voix.

Je place une main sur son épaule et la presse doucement.

— Le médecin a raison, dis-je. Rien ne fera revenir Karl. Ton fils voudrait sûrement que tu sois heureuse, maman.

Elle hoche la tête et me tapote la main.

On frappe à la porte.

— Entrez, dit-elle en glissant une dernière épingle dans ses cheveux.

Vera apparaît.

— J'ai une lettre pour Fräulein Herta, annonce-t-elle en me remettant une enveloppe.

Je reconnais aussitôt l'écriture de Tomas.

Chère Hetty,

Depuis la soirée dansante, je n'ai cessé de penser à toi. Jour et nuit. J'espère que tu accepteras de répondre à ce message. J'ai besoin de savoir que tu m'as pardonné et que tu acceptes de considérer mon moment d'égarement comme une preuve de la force de mes sentiments. Sache en tout cas que ton silence ne les a pas altérés. J'ai été beaucoup trop brusque avec toi et je comprends maintenant à quel point j'ai eu tort. Même si c'est un peu démodé d'attendre, c'est au fond plutôt sain. Donc j'attendrai. Le temps qu'il faudra. Tu n'as plus rien à craindre de moi. Aussi, je t'en prie, accepte de venir te promener avec moi dimanche. Et aussi de voir un film un de ces jours.

Ton dévoué,
Tomas

Je replie lentement la lettre et la range dans l'enveloppe. Il n'a pas perdu espoir, mais il n'a vraiment aucune chance avec moi.

Chaque fois que je l'imagine en train de se pencher sur moi ou de m'embrasser, j'en frissonne de dégoût.

— Qui t'écrit ? demande maman en fixant son chapeau au moyen d'une épingle à tête perlée.

— Tomas.

— Que veut-il ?

— Il voudrait qu'on se promène ensemble le dimanche et m'inviter de temps en temps au cinéma. Du moins c'est ce qu'il dit. Ce qu'il veut vraiment, c'est être mon petit ami, mais je ne suis pas intéressée.

— Dans ce cas, réponds-lui carrément non. Tu es trop bien pour lui, il devrait s'en douter.

Elle inspecte son reflet dans le miroir et vérifie que ses cheveux sont bien lisses sous son chapeau, que sa robe est impeccable, que son pendentif – une sobre pierre d'ambre autour de son cou délicat – tombe bien droit sur son décolleté. En la regardant, je prends la mesure de notre impuissance à nous, les femmes. Elle ne vit que pour papa et ne pense qu'à lui plaire, mais il en aime une autre, à qui il fait des enfants. De mon côté, je voudrais repousser un soupirant indésirable, mais il sait sur moi des choses qui m'obligent à le ménager.

— Papa était d'un milieu social inférieur au tien, maman. Et pourtant tu l'as épousé.

— Ne sois pas stupide. Regarde ce qu'il a accompli dans la vie !

— Peut-être, mais quand tu l'as connu, il n'était que le fils d'un pauvre ouvrier agricole sans perspectives d'avenir.

— Non. Quand je l'ai rencontré, il était déjà apprenti au journal.

— Mais quand même…

— Peu importe… Avec ton père, j'ai fait le bon choix, non ?

— D'accord, mais je pourrais laisser une chance à Tomas, non ? Il a de l'ambition. Il va rejoindre la Wehrmacht en septembre. À ce moment-là, il sera peut-être plus convenable pour moi.

— Herta…

— Je vais lui dire qu'on est simplement amis, maman, ne t'inquiète pas. Mais je n'ai pas envie de le repousser trop brutalement et je voudrais l'autorisation de sortir de temps à autre avec lui.

— Si tu mets bien les choses au point, oui. Après tout, vous vous connaissez depuis longtemps.

Elle se lève et prend son sac.

— Merci, dis-je en soupirant.

Tomas est plus coriace que je ne le pensais et ça va être compliqué de me défaire de lui. Mais je trouverai un moyen. Ça prendra juste un peu de temps.

Avant de partir, j'embrasse la joue que me tend maman.

J'ai décidé d'aller chez Erna. Dehors il fait très froid, un vent violent me fouette le visage. Tout en marchant d'un bon pas, je repense à Tomas. J'ai plaidé sa cause auprès de ma mère, mais l'idée de me retrouver seule avec lui me répugne. D'un autre côté, si je le rejette, il peut décider de se venger en dénonçant ma relation avec Walter. Avec Ingrid qui serait prête à confirmer son témoignage si l'occasion s'en présentait, je ne peux pas me permettre de prendre des risques. J'ai l'impression que ces deux-là sont une menace dont je ne pourrai jamais me défaire.

— Je m'inquiète pour toi, Hett, déclare Erna en me jetant un regard de biais tandis que nous avançons contre le vent en direction de l'école. Je te trouve bizarre. Et tu as mauvaise mine.

— Ce n'est rien. Je suis juste un peu inquiète. L'ambiance chez moi n'est pas au beau fixe. Papa ne m'a toujours pas pardonné. Il est glacial avec moi, sauf quand il y a des invités. Si je disparaissais de sa vie, ça lui serait complètement égal.

— Je suis sûre que tu te trompes. Il est pris par ses nouvelles fonctions. Avec le temps, il oubliera tout ça.

— Walter se marie dans deux semaines. C'est dur d'accepter l'idée que…

Je ravale la boule que j'ai dans la gorge.

— C'est donc ça qui te tracasse, murmure Erna.

Nous traversons la pente herbeuse de Nordplatz, en plein vent. Erna passe son bras sous le mien. Nous devons nous courber encore plus pour avancer.

— Tu as besoin qu'on te remonte le moral, crie Erna pour se faire entendre par-dessus les rafales. Tu dois tourner la page et te trouver un nouvel amoureux. La semaine dernière, au dernier rassemblement filles-garçons des Jeunesses hitlériennes, j'ai rencontré un garçon très séduisant. J'ai regretté que tu ne sois pas là. Il était trop petit et trop intellectuel pour moi, mais il t'aurait plu, je suis sûre…

Je lui donne un coup de coude dans les côtes et ris pour la première fois depuis des jours.

— Je n'ai pas besoin d'un amoureux, Erna, vraiment pas.

— Oh si, tu en as besoin. Un nouvel amoureux, c'est la meilleure façon de se remettre d'un chagrin d'amour. Crois-moi, j'ai l'expérience de ces choses-là.

Elle m'adresse un clin d'œil et sourit.

— En plus, ce serait la couverture parfaite. Le moyen de convaincre ton père que tu es de nouveau sur la bonne voie. Viens au bal de la Wehrmacht samedi soir, s'il te plaît.

— Je n'ai aucune envie d'y aller.

— Pourquoi ?

Elle s'arrête à l'écart des élèves qui attendent devant la porte du lycée.

— Je ne comprends pas.

— En fait, Erna, je… je ne peux pas aller à un bal parce que je sors plus ou moins avec Tomas.

— Quoi ? Tu plaisantes…

— Non.

— Tomas ! Je savais qu'il avait le béguin pour toi, mais je ne pensais pas que… Hett, je l'aime bien, mais… tu pourrais trouver beaucoup mieux…

— Il s'est montré… persuasif. Il m'écrit. On va sortir Kuschi ensemble le dimanche après-midi. Il veut m'emmener au cinéma.

— Mais tu n'as rien fait avec lui, n'est-ce pas ?

— Non, rien. Il a essayé une fois, mais je lui ai fait comprendre qu'il n'en était pas question et il m'a promis de ne plus avoir de gestes déplacés.

— Hetty, si tu ne partages pas ses sentiments, il faut le lui dire.

— Oui, je sais. Mais sans le froisser et quand ce sera le moment.

— N'attends pas trop. Ça sera de plus en plus dur.

Je devrais lui avouer que Tomas a un moyen de pression sur moi, mais elle me répondrait que j'ai tort de céder au chantage et que je devrais raisonner Tomas. Sauf qu'elle ne sait pas à quel point il est buté : il prendrait comme un affront le fait que je le repousse alors que j'ai accepté de sortir avec un Juif, ça le mettrait hors de lui et ça aggraverait mon cas.

Je dois le laisser dans le doute le plus longtemps possible.

Je décide de changer de sujet.

— Et le *Kindertransport* ? Il y a du nouveau ?

Elle s'anime aussitôt.

— En fait oui. Il y a même une bonne nouvelle. Le gouvernement britannique est en train de modifier l'âge légal des participants au programme. Les enfants jusqu'à seize ans sont maintenant concernés. Normalement, les cousins de Walter vont pouvoir partir ensemble d'ici quelques semaines.

Une expression inquiète s'affiche sur son visage.

— L'inconvénient, c'est que la liste d'attente est très longue. De plus, l'Amérique n'a finalement pas adopté le projet équivalent. La femme du président Roosevelt elle-même a déclaré que vingt mille enfants juifs, c'était charmant, mais qu'un jour ils deviendraient de vilains Juifs adultes.

— C'est horrible, de dire une chose pareille.

— Oui, soupire-t-elle. Écoute, Hetty, à l'impossible nul n'est tenu. On va faire de notre mieux. Essaie de ne pas trop… t'impliquer.

— C'est toi qui me dis ça ? Il me semble que tu t'impliques, pourtant…

— Oui, mais sans exagération. Les cellules de résistance ont été violemment réprimées et démantelées. Les meneurs sont en prison. Mener une quelconque action de résistance est de plus en plus difficile et dangereux.

Je repense à ce qu'a dit papa à propos des gangs antinazis. Elle a raison. Nous sommes impuissantes. Je me sens soudain vidée de mes forces.

— Je sais, dis-je.

Elle me tapote gentiment le bras et nous entrons ensemble dans le lycée.

15 mars 1939

C'est aujourd'hui que ça se passe. Je ne sais pas quand exactement, sûrement plus tard dans la journée. Je n'ai pas réussi à me lever ce matin et j'ai dit à maman que j'avais de la fièvre. Elle m'a crue sur parole : ça lui est complètement égal que je sèche les cours. Elle considère qu'une fille doit avant tout se marier et faire des enfants, alors le bac... Ou alors elle est encore tellement enfermée dans son chagrin que plus rien ne l'émeut.

Il est déjà midi. Des taches de soleil éclaboussent le tapis près de mon lit. Je roule sur le dos et fixe le plafond.

Aujourd'hui, l'amour de ma vie en épouse une autre.

Ma main se pose sur le discret renflement de mon ventre. Sous mes doigts, je sens un frémissement, comme un battement d'ailes de papillon. Je me tourne sur le côté, le frémissement cesse. Je reviens sur le dos, il reprend. J'ai l'impression qu'un insecte est enfermé là-dedans et qu'il tape et tape pour demander à sortir.

C'est le cadeau que m'a laissé Walter.

Il est en ce moment à des milliers de kilomètres, sur le point de se marier. Et moi je porte son bébé.

Car je suis bien obligée à présent de mettre des mots sur ce qui m'arrive. Impossible d'ignorer que mes seins gonflent et que mon corps ne cesse de s'arrondir. Je suis enceinte de quatre mois et demi.

Je sors la lettre de Walter. Je la conserve entre les pages de mon journal, soigneusement pliée, mais je l'ai tant manipulée que le papier est déjà tout froissé. Tout en bas, il a noté une adresse postale où je peux lui écrire en cas d'urgence.

Il ne pensait sûrement pas à ce genre d'urgence quand il l'a notée.

Aujourd'hui, c'est pour lui un grand jour. Il a tout juste vingt ans, il est à l'aube de sa vie et il se marie. Il doit être triste que sa famille ne soit pas là. Aura-t-il une pensée pour moi ? Il a Anna, à présent. Cette rivale sans visage qui va partager sa vie avec lui. Elle va sûrement porter une belle robe, elle sera bien coiffée, belle, rayonnante. Son ventre est encore plat, mais pour combien de temps ? Bientôt, elle aussi sentira en elle le battement d'une vie. Elle sera au comble du bonheur. Auprès de Walter.

Je palpite de haine. Et de peur.

Je m'extirpe du lit avec des gestes lents. Pour m'habiller, je prends mes vêtements les plus amples et surtout une jupe large, avec des plis qui camouflent l'arrondi de mon ventre.

Pour l'instant, ça suffit à cacher mon état. Mais ça ne va pas durer…

Qu'est-ce que je vais faire ?

— Pourquoi tu n'es pas venue en cours aujourd'hui ?

Erna est sur le seuil de ma porte, une expression tendue sur le visage. Elle ne sourit pas.

— Je ne me sentais pas très bien, c'est tout.

— Tu n'avais prévenu personne au lycée, mais ce n'est pas grave, j'ai réussi à te couvrir.

— De toute façon, ils se fichent que je sois là ou pas.

— Possible… Bon, tu me fais entrer, Hett, ou je vais devoir te faire la conversation sur le seuil ?

Sans un mot, j'ouvre le battant en grand et entraîne Erna dans ma chambre. Dès que la porte s'est refermée sur nous, j'éclate en sanglots. C'est un flot de larmes ininterrompu. J'ai l'impression de porter toute la misère du monde.

— Qu'est-ce qui se passe ? demande Erna en me prenant dans ses bras. Hetty, qu'est-ce qui ne va pas ? S'il te plaît, qu'est-ce qu'il y a ?

Mes sanglots m'empêchent de parler, je me contente de secouer la tête.

— C'est…

Mais je n'ai pas de mots pour exprimer ma honte, ni pour décrire le sentiment d'horreur qui me submerge quand je pense à ce fœtus juif dans mon ventre – la preuve irréfutable de mon crime. En souillant la pureté de mon sang, j'ai commis ce qui est considéré comme la pire des trahisons.

— Ne pleure plus, murmure Erna. Quoi qu'il se passe, ça ne peut pas être si grave que ça !

Elle tente un petit rire, m'entraîne vers la banquette de fenêtre, me caresse les cheveux. Peu à peu, je cesse de hoqueter et mes larmes se tarissent, mais je suis tellement vidée que je peux à peine articuler.

— Le mariage, c'était aujourd'hui, murmuré-je.

— Oh, Hett…

— Et je dois me débarrasser de Tomas. Il est censé venir dimanche et je ne veux vraiment pas le voir. J'ai peur de lui, Erna. Si je le rejette, il va me dénoncer à la Gestapo. Il m'a vue avec Walter. Je ne te l'ai jamais dit, mais il a de l'emprise sur moi à cause de ça.

— C'est pour ça que tu as accepté de te promener avec lui le dimanche ? Parce que tu as peur qu'il te dénonce ? Oh, Hetty, il ne parlera pas. Il n'oserait pas. De plus, ce serait sa parole contre la tienne. Quant à Walter, il n'est plus là, il ne risque rien.

De nouveau, elle essaie de rire.

— Voyons, ce n'est pas si grave que ça. Qui croiraient-ils, à ton avis ? Oublie ça.

Elle soupire.

— Je sais que tu es malheureuse à cause du mariage de Walter, mais tu ne peux rien y faire, tu dois passer à autre chose. Tu as perdu Karl, Tomas te harcèle… ça fait beaucoup.

Elle se redresse.

— J'ai une idée, dit-elle fermement. Je viens de trouver une excuse pour tenir Tomas à distance, au moins pour un temps. Et une fois qu'il aura rejoint la Wehrmacht, tu ne l'auras plus sur le dos.

— Je ne vois pas quelle excuse pourrait le tenir à distance… On dirait que tu ne le connais pas.

Je m'essuie les yeux et me mouche. La tête me lance.

— Je vais lui dire que tu n'es pas remise de la mort de Karl, que tu as besoin d'être seule et qu'il doit te laisser souffler quelques semaines, voire quelques mois. Ça permettra de l'éloigner en douceur. Qu'est-ce que tu en dis ?

Je hoche lentement la tête. Au moins, ça me donnera un peu de temps pour réfléchir à la manière de régler mon autre problème. Si seulement je pouvais faire une fausse couche… En attendant, tant que je continue à m'arrondir, il vaut mieux que j'évite de voir Tomas. Il m'observe toujours avec attention et serait sûrement un des premiers à remarquer quelque chose.

Et il n'aurait aucun doute sur l'identité du père.

— Merci Erna. Tu es une véritable amie.

— Je t'en prie…

Elle me presse la main.

— Ne me remercie pas. Je le fais parce que j'ai besoin de te voir sourire.

Après le départ d'Erna, je m'installe devant la fenêtre avec mon journal, confortablement calée contre des coussins. Kuschi vient se coucher en rond près de moi en remuant la queue. Je le caresse un instant, puis me mets à écrire.

Tu es maintenant un homme marié Walter, mais ça ne m'empêche pas de continuer à t'aimer. Cette journée a été une torture, mais à présent je me sens calme, apaisée, comme si ma vie était tout simplement à l'arrêt. Je suis heureuse de te savoir définitivement à l'abri du danger et je tiens à ce que tu le restes. C'est pourquoi j'ai pris la décision de ne pas te parler de ce qui m'arrive. Pour être sûre que tu ne prendras aucun risque. Mon amour pour toi passe avant tout le reste. Je vais prier chaque jour pour que mon problème se règle de lui-même. Pour l'instant, je m'accroche à cette idée, car je préfère ne pas songer à ce qui se passera si… Parfois je repense au soir où Tomas a tenté de me violer sur ce banc. Si j'avais su alors, je l'aurais laissé aller jusqu'au bout et je lui aurais fait endosser la paternité de mon enfant. Mais maintenant c'est trop tard. Beaucoup trop tard. Personne ne peut m'aider.
Mon Dieu, si vous m'entendez, facilitez-moi la tâche. Faites que cette chose disparaisse.

16 mars 1939

— J'ai besoin de documentation pour un devoir que nous a donné le professeur Metzger.

La bibliothécaire du lycée acquiesce et me fait signe de la suivre jusqu'à la section biologie.

— Quel est votre sujet ? demande-t-elle.

— Les maladies héréditaires et l'avortement, réponds-je d'un ton dégagé.

Elle sélectionne pour moi quelques livres et les dépose sur la grande table au centre.

— Si ça ne suffit pas, n'hésitez pas à revenir vers moi.

— Merci, dis-je avec un sourire, en rentrant mon ventre le plus possible.

Elle retourne à son bureau, face à moi, et continue à référencer la pile de livres qui se trouve devant elle.

Je feuillette les manuels, mais n'y trouve pas grand-chose d'utile. Il est facile de se faire avorter, semble-t-il, si la mère est porteuse d'une maladie héréditaire, ou si elle est d'une race inférieure. Sinon, c'est presque impossible. Je contemple longuement les quelques illustrations qui accompagnent les explications de la procédure – fils métalliques, cathéters, substances toxiques. L'hémorragie est la complication la plus courante. Je me rends compte que je garde la main posée sur mon ventre.

Depuis son poste, la bibliothécaire lève la tête.

— Vous trouvez ce que vous cherchez ?

— Oui, lui réponds-je. Merci beaucoup. C'est très utile.

Durant le cours suivant, j'entends vaguement la voix de Frau Schmidt, mais ne prête aucune attention à ce qu'elle dit. Les illustrations sur l'avortement m'ont fortement impressionnée. Elles m'ont aussi permis de prendre conscience du fait que je n'ai aucune envie de mettre fin à cette vie qui grandit en moi. Mon instinct me commande au contraire de la protéger.

— Allez, Hetty, plus vite ! me crie Erna, en tendant la main pour attraper le relais. Qu'est-ce que tu fiches ?

Je fais tout ce que je peux pour accélérer. Normalement, je fais partie des plus rapides à la course, mais aujourd'hui mes jambes pèsent des tonnes et j'avance comme un escargot. À l'amorce du premier virage, je suis dernière et déjà à bout de souffle. Après un dernier effort, je passe enfin le relais à Erna en trébuchant. Elle s'en saisit et part comme une flèche. Je la suis du regard. Elle a de longues jambes et une bonne foulée. Elle peut encore rattraper mon retard et…

Mes oreilles se mettent à bourdonner, ma vision se brouille. Puis tout devient noir…

— Herta ? Herta ? Vite, allez chercher l'infirmière.

Quelqu'un me soulève la tête. On me place en position de sécurité, sur le côté. Instinctivement, je me recroqueville. J'ai mal au crâne.

On me secoue l'épaule.

— Lâchez-moi, dis-je faiblement. Laissez-moi tranquille.

Je repousse la main qui tient mon épaule et me recroqueville un peu plus pour cacher mon ventre.

— Hett, ça va ? Hetty, tu m'entends ?

C'est la voix d'Erna. Lointaine.

— Elle s'est évanouie !

— Elle ne s'est pas fait mal ?

— Ça ne lui est jamais arrivé.

Des voix, fortes, tonitruantes.

— Écartez-vous d'elle, laissez-lui de l'espace, ordonne une voix autoritaire. Herta Heinrich ? Vous m'entendez ?

J'ouvre les yeux en battant des paupières. Le visage de l'infirmière de l'école se dessine devant moi. Je les referme. *S'il vous plaît, non. Elle va s'en rendre compte.*

— Oui, m'entends-je dire. Je vais très bien.

Je rassemble toutes mes forces pour m'asseoir. Un pouls cogne toujours dans mon crâne. Je tremble de façon incontrôlable.

— N'en faites pas toute une affaire, dis-je au groupe qui m'entoure. Je ne sais pas ce qui s'est passé, je me suis juste sentie un peu…

— La tête entre les genoux, m'ordonne l'infirmière.

Je fais ce qu'elle me dit, en serrant bien les genoux pour cacher mon ventre. Je sens son regard qui me sonde.

— Vous avez vos règles ? me demande-t-elle.

Sa voix est assurée, très professionnelle.

— Oui, oui, réponds-je en hochant la tête, le cœur battant.

Le vertige s'estompe peu à peu, je relève lentement la tête.

Quelqu'un me tend de l'eau et un biscuit. Je ne m'étais pas rendu compte que j'avais à ce point la bouche sèche.

— Je me sens beaucoup mieux, dis-je après avoir bu.

Ce n'est qu'un demi-mensonge.

— Cela arrive fréquemment aux jeunes filles, déclare l'infirmière. Rentrez chez vous et reposez-vous.

— Je vais la raccompagner, propose Erna en m'aidant à me lever. Pardon de t'avoir engueulée parce que tu ne courais pas assez vite, s'excuse-t-elle.

— Ne sois pas bête. Tu ne pouvais pas savoir.

Elle contemple ma main posée sur mon ventre. Je m'empresse de l'enlever.

— Tu as des crampes ? murmure-t-elle.

J'acquiesce, en pinçant la bouche pour lutter contre l'envie de pleurer.

— C'est un signe de fertilité, les crampes, assure l'infirmière.

— Viens, je te ramène chez toi.

Les autres filles se désintéressent de mon cas et s'éloignent. Erna m'aide à me lever et à rentrer dans le bâtiment de l'école.

Je m'en suis tirée de justesse. Mais combien de temps vais-je encore pouvoir tromper ceux qui m'entourent ? La catastrophe est imminente. Elle pèse déjà sur moi. Je me sens prise au piège, coincée, enterrée vivante. J'ai beau me débattre et me tourner dans tous les sens, je ne vois aucune issue.

11 avril 1939

Chère Hetty,

Cela fait maintenant un mois qu'Erna m'a demandé de te laisser tranquille pour que tu puisses faire ton deuil. À présent, il me semble que tu as passé suffisamment de temps enfermée à te morfondre : tu dois trouver des activités qui apportent un peu de joie dans ta vie et rechercher la compagnie de ceux qui te font du bien. Je passerai te voir dimanche. J'ai économisé de l'argent pour t'inviter à déjeuner et cette fois je n'accepterai pas un refus. Je sais que je peux te rendre heureuse et je compte bien m'y employer.

Ton dévoué,
Tomas

Tout en grimpant l'escalier qui mène à l'étage, je roule le message en boule et le fourre négligemment dans ma poche. Une fois dans ma chambre, je commence par dégrafer ma jupe. Je suis tellement pressée de me libérer de ce carcan que mes doigts dérapent. *Inspire. Calme-toi.* Je défais les crochets un à un. Je les ai cousus moi-même il y a quelques semaines, quand les boutons n'atteignaient plus les boutonnières.

Dès que c'est fait, un immense soulagement m'envahit. Dieu que c'est bon… Je laisse tomber ma jupe à terre. Mon ventre peut enfin prendre toute son ampleur. C'est affreusement douloureux de le comprimer et de le rentrer toute la journée à l'école. Je contemple mon abdomen enflé et la marque rouge imprimée par la jupe au niveau de ma taille. J'en suis à cinq mois et demi de grossesse, le bébé commence à donner des coups de pied, je ne vais plus pouvoir cacher longtemps mon état.

Des larmes roulent sur mes joues et je les essuie rageusement avec mes poings. J'ai déjà beaucoup pleuré. Ça ne résout rien.

Je vais m'installer sur ma banquette de fenêtre en culotte et soutien-gorge, le dos bien calé contre des coussins, les jambes étendues devant moi. Le cerisier est à nouveau en pleine floraison. Cette année, il est tellement chargé que les délicates extrémités de ses branches semblent s'incliner sous le poids de ses fleurs blanches tachetées de rose. J'aimerais être cet arbre. Pour vivre comme lui dans une ignorance paisible de tout ce qui m'entoure. Pour ne pas entendre les bottes allemandes en marche vers l'Europe de l'Est. Papa assure qu'il faut s'attendre à une guerre – une guerre pour anéantir les Juifs.

Chaque fois que ça remue dans mon ventre, je me dis que je porte en moi l'être qui signera peut-être mon arrêt de mort : un bâtard au sang juif. Quand je pense que je méprisais Hilda Müller parce qu'elle était une maîtresse cachée et une voleuse de mari. Ma situation est pire que la sienne : non seulement le père de mon enfant est marié, mais je ne suis même pas sa maîtresse, il n'a rien à offrir, à moi ou à mon bébé – ni appartement, ni argent, ni amour. Au moins, Hilda Müller a quelqu'un pour la soutenir matériellement et l'aimer.

J'aimerais que Walter soit là. Je ferme les yeux et convoque son image de toute mon âme. Je vois son visage, ses cheveux, son sourire. Je sens le contact de sa main, l'odeur de sa peau. Je dérive dans ses bras. Autour de nous, il y a une eau déchaînée. Mais je n'ai pas peur. Avec lui, je suis à l'abri.

La porte s'ouvre. Je sursaute et ouvre les yeux. Maman est dans ma chambre. Elle me parle, elle s'avance vers moi. La scène se déroule comme au ralenti.

— Ça fait trois fois que je t'appelle, pourquoi tu ne réponds pas ?

Elle s'arrête net. Ou plutôt ses yeux s'arrêtent sur mon ventre. Mon ventre exposé aux regards.

Mon cerveau se remet en marche. Tout s'accélère. Je rassemble mes genoux contre ma poitrine, les entoure de mes bras. Mais c'est trop tard. Maman est maintenant figée comme une statue, la bouche ouverte comme si elle allait parler, sauf qu'aucun son ne sort de sa bouche. Elle a les yeux grands ouverts, écarquillés, fixes.

L'air est chargé d'électricité. Le temps s'arrête.

— Herta ?

Sa voix n'est plus qu'un murmure rauque.

— Est-ce que… ? Est-ce que tu as un… problème ?

Le temps redémarre. Tic-tac. Et quelque chose se libère. Comme de l'eau qui trouve enfin une voie de sortie, toute ma souffrance s'écoule librement et abondamment. Les larmes viennent.

— Oui, j'ai un problème… Et même un énorme problème.

Enfin. Quelqu'un d'autre que moi le sait. C'est un soulagement infini.

Je suis assise, les jambes repliées sous moi, calée dans un des fauteuils du petit salon. Enveloppée dans ma robe de chambre, je tiens à deux mains une tasse de chocolat chaud.

Maman a dit à Vera et Margot, nos deux nouvelles employées de maison, que j'étais malade. Elles arborent toutes les deux une expression ostensiblement inquiète, mais je sais bien que ma santé les indiffère au plus haut point. *Bertha, comme je voudrais que tu sois là.*

Maman arpente nerveusement la pièce en battant des paupières. Quelques mèches rebelles se sont échappées de sa coiffure habituellement lisse et nette. Elle porte une robe moulante qui met en valeur sa taille fine et dont les plis se balancent au rythme de sa marche en caressant ses cuisses élancées. J'ai du mal à imaginer qu'elle ait pu être enceinte. Deux fois.

Avec des gestes saccadés, elle attrape au passage son paquet de cigarettes, puis les allumettes posées sur la table basse. Elle se remet ensuite à faire les cent pas en fumant, un bras crispé autour de sa taille. Je ne l'ai pas vue dans un tel état d'agitation depuis ce jour maudit de septembre dernier qui a brisé nos vies à jamais.

Elle s'arrête devant moi et s'assied sur l'accoudoir du canapé.

— Pour l'amour du ciel, Herta. Pourquoi ? Après tout ce qu'on a traversé, comment as-tu pu nous faire ça ?

— Pardon…

— Idiote, petite idiote, tu n'es qu'une idiote.

Elle martèle l'accoudoir de son poing.

— Maman, je regrette, dis-je entre deux sanglots. Vraiment, si tu savais à quel point je regrette…

— Ça ne sert à rien de regretter, rétorque-t-elle durement. Il va devoir t'épouser. Il le sait, n'est-ce pas ?

— Qui ? dis-je dans un souffle.

— Le foutu père, crache-t-elle. Qui d'autre ? Quelle honte ! Tu aurais pu trouver tellement mieux pour toi. Tomas… Parce que je suppose que c'est lui… Ce n'est pas l'homme que ton père et moi avions en tête pour toi. Papa va être très déçu. Mais c'est trop tard, à présent. Oublie ton rêve de travailler. Tu peux aussi oublier ton bac. Tu t'en rends compte, je suppose ?

Sa main tremble quand elle porte la cigarette à sa bouche. Elle aspire une longue bouffée, les yeux plissés.

— Je ne sais pas qui est le père, dis-je doucement.

— Quoi ?

Elle vient s'asseoir près de moi et me dévisage comme si j'étais devenue folle.

— Seigneur… Comment ça, tu ne sais pas? Je pensais que Tomas avait… Tu as couché avec combien d'autres garçons? Espèce de traînée!

Sa voix est de plus en plus aiguë. On la sent au bord de l'hystérie.

— Ce n'est pas ça du tout, maman. En fait, je le sais, mais je ne veux pas le dire.

— Seigneur. Qu'est-ce que c'est encore que cette lubie?

— Ce n'est pas une lubie. Je voudrais pouvoir le dire, mais…

— Tu vas écrire tout de suite au père pour l'avertir. Ça va lui faire un choc. Mais bon…

Elle a un rire amer.

— … il n'avait qu'à réfléchir aux conséquences de ses actes. Les hommes sont décidément des crétins sans cervelle. Ou plutôt ils ne pensent qu'à une seule chose…

Elle secoue la tête. L'une de ses jambes est agitée d'une sorte de tremblement.

J'enfouis mon visage dans mes mains sans répondre.

— Herta, insiste-t-elle. Tu dois me dire qui est le père.

— Je ne peux pas.

— Cesse un peu de faire l'enfant. Tu vas devoir épouser ce garçon, c'est très sérieux. Tu ne comprends donc pas?

— C'est toi qui ne comprends pas. Je ne peux vraiment pas dire son nom.

La jambe de maman arrête de trembler.

— Mais enfin, pourquoi donc? hurle-t-elle en se penchant vers moi, le visage écarlate. Tu as pensé à la réaction de ton père, quand il saura?

Elle va me frapper. Je m'écarte d'elle. Jamais je ne l'ai vue dans cet état. Nous nous défions du regard un instant, puis elle pousse un hurlement de frustration et se lève d'un bond pour recommencer à arpenter la pièce.

Je fixe le sol. Les motifs géométriques du tapis sous la table basse se fondent l'un dans l'autre. Ocre rouge. Vert olive. Orange brûlé. Ocre jaune.

— S'il te plaît. Hetty. Je ne peux pas t'aider si tu ne me dis rien. Sois raisonnable…

Elle a pris un ton cajoleur et suppliant, à présent. Elle change de tactique.

— Je ne peux pas.

— Alors dis-moi au moins pourquoi tu ne peux pas donner son nom.

Je secoue la tête, les yeux pleins de larmes. Une expression horrifiée se peint soudain sur son visage.

— Herta, murmure-t-elle. Ce n'est quand même pas un homme marié ?

— Non, maman.

En fait oui, il est marié. Mais ce n'est même pas ça le plus grave.

Et puis j'en connais un autre, d'homme marié avec une deuxième famille. Papa est parti pour Dresde pendant plusieurs jours, soi-disant en mission pour les SS. Mais je crois plutôt qu'il est en compagnie de sa maîtresse et de leur bébé.

Notre vie est bâtie sur des mensonges. Un jour, tout pourrait bien s'écrouler.

16 avril 1939

En rentrant ce matin-là de ma promenade du dimanche avec Kuschi, j'entends des voix filtrer depuis la porte entrouverte de la salle à manger. Papa est rentré. Je m'attarde dans le hall pour écouter.

— Je t'assure, Franz, je ne vois pas du tout qui ça peut être. Je ne comprends pas pourquoi elle réagit comme ça. Refuser de me dire le nom du père… Elle le protège… J'en ai déduit qu'il était marié.

Il y a une pause.

— C'est ma faute. J'aurais dû mieux la surveiller. Mais j'étais déstabilisée par la mort de Karl…

Elle se tait.

— Non, Hélène. Ce n'est pas ta faute. Je sais très bien pourquoi elle refuse de te donner le nom du père de son enfant.

Il y a dans la voix de papa une violence inouïe qui me donne le vertige.

— Tu as une idée de l'identité du père ? demande maman d'un ton plein d'espoir.

— J'ai ma petite idée, oui. Et c'est bien pire que ce que tu imagines.

— Pire qu'un homme marié ? Dis-moi qui c'est, Franz !

Papa pousse un grognement exaspéré. Je ferme les yeux et m'adosse au mur, terrorisée, le souffle court, avec l'impression de tomber en chute libre. Derrière mes paupières closes, Walter vient vers moi. Sa présence me fait du bien. Je reprends des forces.

— Pour l'amour du ciel, dis-moi ! supplie maman.

— C'est ce Juif, gronde papa d'une voix basse et menaçante. Ce salaud qui était tout le temps fourré chez nous. On s'est montrés gentils avec lui, tolérants… Et voilà comment il nous remercie.

Maman pousse un cri étouffé. L'image de Walter disparaît. J'ouvre les yeux.

— Karl m'avait mis la puce à l'oreille, poursuit papa. Mais ensuite Herta m'a juré qu'il n'y avait rien eu entre eux… J'ai même aidé ce porc à quitter le pays. S'il était encore en Allemagne, je l'aurais tué de mes propres mains. Je ne peux pas supporter l'idée qu'il l'ait violée. C'est… c'est…

Je prends une grande inspiration et pousse la porte.

Ils se tournent vers moi et demeurent un instant saisis. Maman a les yeux hors de la tête, le regard fixe d'une poupée de chiffons. Papa aussi me regarde.

Papa… Tu vis dans le mensonge et la dissimulation… Et tu oses me juger ?

Je soutiens son regard plein de haine, la tête haute. Et soudain, il lâche toute sa fureur contre moi et elle me heurte avec la force d'un ouragan.

— Espèce de dégoûtante pourriture… Comment as-tu pu faire une chose pareille ? Tu es ignoble… Tu me donnes envie de vomir… Au risque de causer la perte de toute la famille !

Il se jette sur moi. Je recule, mais trop tard, il me frappe si fort au visage que je vacille et perds l'équilibre. En tombant, ma tête heurte le coin de la table à manger. J'atterris à quatre pattes et me roule en boule pour protéger mon ventre.

Le visage marbré de rouge, il se penche sur moi ; ses yeux sont deux minuscules trous bleu-noir dans les sillons de sa peau flasque. Maman l'attrape par le bras.

—Arrête, arrête, supplie-t-elle. S'il te plaît, Franz…

—Ce n'est pas Walter, hurlé-je. Il ne m'a jamais touchée, je le jure !

—Je ne te crois pas, petite salope de menteuse.

D'une secousse, il libère le bras que maman tente de retenir.

—Tu es devenue comme eux ! Tu manipules, tu complotes. Tu fais chanter ton propre père ! Regarde-toi… Tu n'es qu'une sale pute…

Il tente de me donner un coup de pied, mais je parviens à rouler hors de sa portée.

Il va s'en prendre à mon ventre ; il veut tuer mon bébé.

—Qu'est-ce que c'est que cette histoire de chantage, Franz ? s'écrie maman. Tu as perdu la tête ?

Elle tente de nouveau de maîtriser mon père, cette fois en le ceinturant.

—Lève-toi, Hetty, et sors de cette pièce, me dit-elle. MAINTENANT.

Papa tente de lui échapper, mais elle s'agrippe à lui comme si sa vie en dépendait. Je me relève en me tenant à la table. Ma tête me lance. J'avance en titubant vers la porte. Sur le seuil, il y a quelqu'un. Vera ? Elle nous espionnait ? Elle aussi est une vipère, comme Ingrid ? Elle va raconter dans tout le quartier ce qu'elle a vu et entendu. Demain, tout le monde sera au courant.

Mais cette grande silhouette ne peut pas être Vera. C'est un homme. Il fait un pas en avant et je le reconnais. Cette allure dégingandée. C'est Tomas. Il a tout entendu, il va dire tout ce qu'il sait. Il ne va pas se gêner pour confirmer les soupçons de papa.

Ça ne pourrait pas être pire. Je voudrais mourir.

J'attends, résignée, tandis qu'il me dévisage longuement. Il porte son beau costume du dimanche. Jamais il ne m'a paru aussi dangereux.

— Herr Heinrich, Frau Heinrich, dit-il enfin en se tournant vers mes parents pour saluer. *Heil Hitler*... Pardon de faire irruption chez vous de la sorte, mais la porte d'entrée était ouverte et personne n'est venu quand j'ai sonné. Je passais chercher Hetty pour l'emmener déjeuner...

Il me regarde. Je dois avoir l'air pitoyable, avec mes vêtements en désordre, mes cheveux défaits et le sang qui coule derrière mon oreille.

— Comment ça va, Hetty ? demande-t-il.

Papa se calme aussitôt. Il s'effondre sur le canapé, la tête dans les mains.

— Je suis à bout, marmonne-t-il.

Maman se tourne vers Tomas.

— Je suis désolée... Vous arrivez au mauvais moment. Herta s'est mise dans une situation compliquée et...

Elle ne parvient pas à finir sa phrase.

Le regard de Tomas se pose sur mon ventre. Il bat des paupières, puis me regarde dans les yeux avec une expression indéchiffrable. Je sais ce qu'il pense. Et qu'est-ce que ça change, de toute façon ? Mon sort est déjà scellé.

— Elle refuse de dire qui est le père, bégaie maman en se tordant les mains.

Elle jette un coup d'œil du côté de papa, comme pour lui demander la permission de tout dire à Tomas. Mais papa reste muet, la tête toujours enfouie dans les mains.

Il y a un moment de silence et je touche délicatement la bosse qui enfle sur ma tempe. C'est poisseux. Je saigne. Tomas s'avance vers moi et me prend le bras.

— Tu peux leur dire que je suis le père, ma chérie, dit-il posément.

Papa lève la tête. Nous demeurons tous les trois sous le choc. Les rayons de soleil qui entrent dans la pièce me semblent soudain plus brillants. Tout se fige. Papa et maman ne disent plus rien.

Je cherche le regard de Tomas, mais lui, c'est papa qui l'intéresse. Il attend sa réaction, le rose aux joues. Ses lunettes ont glissé au milieu de son nez et il les remonte d'un geste vif, comme autrefois, quand il était gamin. Il déglutit et je vois sa pomme d'Adam qui remue. Je remarque sur ses joues des petits boutons blancs d'acné. Il n'a rien d'un prince charmant, mais, en cet instant, c'est mon prince et je n'en imagine pas de plus doux et de plus beau.

— Je regrette que vous l'ayez appris de cette façon, Herr Heinrich, dit-il. J'aurais vraiment voulu que ça se passe autrement. Nous nous marierons dès que possible, bien entendu. N'est-ce pas, Hetty ? J'ai aussi tous les papiers pour prouver mon ascendance aryenne. Je n'ai pas une goutte de sang juif dans les veines et notre mariage sera sûrement autorisé, je ne m'inquiète pas pour ça.

Il se tourne enfin vers moi.

— J'avais prévu de te demander en mariage pendant le déjeuner, ma chérie.

Papa et maman n'ont toujours pas dit un mot. Ils échangent un regard, maman laisse échapper un rire nerveux.

— Mais je t'ai demandé si c'était Tomas et tu m'as affirmé que non, s'étonne-t-elle. Pourquoi tant de cachotteries ?

Tout va trop vite. Je n'arrive pas à réfléchir.

C'est Tomas qui répond pour moi.

— C'est ma faute, dit-il. Je lui avais demandé de ne rien dire. Être père à dix-sept ans ne faisait pas partie de mes projets, ça m'a fait un choc, j'avais honte. Mais finalement, j'ai réfléchi et j'ai décidé d'assumer, car c'est la seule chose à faire. Je peux même dire que je suis heureux. J'aime sincèrement votre fille, Herr Heinrich.

Ça au moins, ça doit être vrai.

Papa, qui écoutait d'un air vague, comme perdu dans ses pensées, semble soudain se réveiller. Il se lève pour venir serrer la main de Tomas, le sourire aux lèvres. Du coup, maman sourit aussi.

— Eh bien ! s'exclame-t-il. C'est une excellente nouvelle. Je me suis inquiété pour rien, tout s'arrange. Je vais intervenir pour réduire le délai de votre autorisation de mariage. Il faudra que tu voies un médecin, Herta, mais puisque Tomas affirme être le père, ce sera une simple formalité. Ma fille se marie et donnera bientôt son premier petit Aryen à la patrie. On va fêter ça en buvant un verre. Il n'est pas encore midi, mais dans une circonstance pareille... Tomas, qu'est-ce que vous prenez ?

Je tremble tellement que je suis obligée de m'asseoir sur le canapé. Maman s'installe à côté de moi et me frictionne le dos. Puis elle sonne Vera pour lui demander de la glace, des chiffons et de l'iode, afin de nettoyer ma blessure.

Papa et Tomas allument un cigare et portent un toast avec du champagne.

Le futur beau-père et le futur gendre.

Des images d'une vie que je n'attendais pas me traversent l'esprit, totalement surréalistes, comme dans un rêve. Un petit appartement avec Tomas. Moi, femme au foyer. Un bébé. Le bébé de Walter. Un peu de lui. Je pose la main sur mon ventre. Pour la première fois, j'entrevois un avenir où ce nouvel être en moi sera à l'abri. Hetty et Tomas. Tomas et Hetty. Ça sonne faux. Et pourtant...

Il tient vraiment à moi à ce point ?

En m'épousant, il me donne une chance de vivre heureuse avec le bébé de Walter. Je m'accroche de toutes mes forces à cette idée pour ne pas sombrer.

Maman a insisté pour que nous restions déjeuner avec eux à la maison, plutôt que de sortir. Papa est à présent d'une humeur enjouée, notamment grâce au champagne et au vin.

— Vous savez, jeune homme, j'ai eu des débuts modestes, dit-il en se penchant vers Tomas. Il n'y a pas de honte à ça. Vous avez montré que vous étiez un bon Allemand et un patriote intègre, malgré les… difficultés causées par votre père. Cela prouve que vous avez de la détermination et un certain courage moral. Je suis sûr que vous réussirez dans la Wehrmacht. Nous avons grand besoin de jeunes gens comme vous. J'ai la chance d'être aisé, ajoute-t-il en montrant d'un large geste la pièce qui l'entoure. Je vous aiderai à payer le loyer de votre premier appartement, jusqu'à ce que vous ayez les moyens de vous débrouiller seul. Avec une femme et un enfant à charge, vous en aurez besoin. Et maman t'aidera à t'occuper de ton bébé, ajoute-t-il en se tournant vers moi. Cela lui fera une saine occupation. Quelque chose de positif dans sa vie.

Après le déjeuner, Tomas propose de m'emmener au parc Rosental. Je ne peux pas refuser, même si je redoute de me retrouver seule avec lui. C'est tellement étrange, ce qui nous arrive. Nous cheminons côte à côte sans un mot. Pour les passants, nous sommes un sympathique jeune couple se promenant main dans la main. Deux amoureux avec un bébé en route. La parfaite petite famille allemande.

S'ils savaient.

— Il fait plus chaud que je ne le pensais, dis-je pour meubler le silence. J'aurais dû prendre un châle, pas mon manteau.

Tomas ne répond pas.

— Les arbres ont déjà des feuilles, tenté-je de nouveau. Tu crois qu'il va faire chaud, cet été ?

Je parle, je parle, je ne dis que des banalités.

Nous nous asseyons sur un banc face au lac. Nous n'avons pas encore abordé le sujet qui nous préoccupe. Mais il est là, qui plane entre nous.

Saleté. Traînée. Tu es fichue. Tu as souillé le sang de ta race. Une voix que j'avais fait taire depuis longtemps se manifeste à nouveau.

Tomas se penche pour ramasser un caillou qu'il se met à tourner et retourner dans sa main, en caressant sa surface lisse. Il semble plongé dans ses pensées.

— Je sais combien je t'ai blessé, Tomas, dis-je, bien décidée cette fois à briser le silence. Et j'en suis désolée. Je te promets d'être une bonne épouse et de te rendre tout le bien que tu m'as fait. Mais j'ai besoin de comprendre ton geste.

Il expire longuement, avec force, en serrant le galet dans sa main.

— Je dois te sauver. Tu es un ange déchu.

Il lève son regard vers le ciel, comme s'il contemplait des anges en train de descendre des nuées.

— Tomas, arrête, c'était une question sérieuse.

Il contemple le caillou dans sa main et le caresse du bout des doigts.

— J'ai tout fait pour t'oublier, reprend-il. Vraiment. Mais je n'y arrive pas. Quelque chose me pousse à t'aimer et à te sauver.

— À me sauver de quoi ?

— Du Juif. Il t'a violée. Je sais que tu n'étais pas consentante. Je comprends. Je vais te protéger. Il ne t'arrivera plus rien de mal.

Il lève le bras et lance son caillou, qui atterrit dans l'eau en soulevant une gerbe. Mon cœur se met à battre la chamade.

Il se frotte le visage. Remet ses lunettes en place.

— Tu n'as pas à me remercier, parce que je fais ça par amour, déclare-t-il d'une voix douce et égale. Par contre, je vais te demander quelque chose en échange, mais je pense que tu sais déjà quoi.

Ma gorge se noue.

— Il faut se débarrasser du bébé. Je ne veux pas de cet enfant maléfique. Ça sera peut-être dur pour toi au début, mais ensuite tu me remercieras.

Il baisse les yeux vers mon ventre et une expression de dégoût se peint sur son visage.

Je sens venir la nausée.

— M'en débarrasser ? Mais pourquoi ?

— Tu ne t'attendais quand même pas à ce que j'élève un bâtard de Juif ? Pour que je me souvienne d'où il vient chaque fois que je poserais les yeux sur lui ? Ce n'est pas sérieux, Hetty.

— Mais tu as dit… Tu as dit à mes parents que ce bébé était le tien et que tu allais m'épouser pour réparer. Pourquoi avoir dit ça, si tu ne veux pas de l'enfant ? Je n'y comprends plus rien.

Une ombre tombe sur moi.

— J'ai dit ça pour te protéger et pour calmer ton père. Pas pour l'enfant. D'ailleurs, pourquoi voudrais-tu le garder ? Le mieux, tu en conviendras, c'est de mettre ce… mauvais souvenir… derrière toi et de te donner entièrement et totalement à moi. Des enfants, tu en auras d'autres. Avec moi.

Il prend ma main dans la sienne et la presse. J'ai la gorge tellement nouée que je n'arrive plus à respirer.

Le sol se dérobe, je ne vois plus rien. Rien qu'un trou noir.

— Hetty ?

Le lac réapparaît devant mes yeux.

— Est-ce que ça va ?

Le long visage de Tomas est maintenant dans mon champ de vision. Derrière ses lunettes mal essuyées, son regard est plein de sollicitude.

— Chut, dit-il. N'essaie pas de parler. Respire profondément.

Je fais ce qu'il dit.

Peu à peu, mon rythme cardiaque ralentit et je parviens à respirer de nouveau.

— Que veux-tu que je fasse du bébé ? dis-je enfin.

J'ai envie de hurler, mais je sais que je dois rester calme.

— Comment vais-je m'en débarrasser, une fois qu'il sera né ? Il est question d'un bébé, pas d'une portée de chatons. Tu ne veux quand même pas que je le mette dans un sac pour le noyer dans la rivière ?

Tu n'es pas mon sauveur. Tu es un tordu complètement taré, comme les autres.

—Non, bien sûr que non, dit-il en riant. Mais tu trouveras un moyen, peu m'importe lequel. Il y a bien des orphelinats, non ? Pour les gosses non désirés.

—Mais qu'est-ce qu'on dira aux gens ? Tout le monde va savoir que j'attends un enfant. Comment allons-nous expliquer la disparition d'un bébé ?

—C'est secondaire.

Sa voix est dure, tout à coup.

—Tu n'auras qu'à dire qu'il est mort. Ça arrive, que des bébés meurent à la naissance. D'ailleurs, avec un peu de chance, ça se produira pour de bon.

—Comment peux-tu dire une chose pareille ? bredouillé-je. Il s'agit d'un bébé. D'un innocent. Et entre Walter et moi, ça ne s'est pas passé comme tu le dis. Walter est quelqu'un de bien. On s'aimait. Ce qu'on a fait, je l'ai voulu autant que lui.

Je ne peux plus prononcer un mot, ma gorge s'est comme refermée et ne laisse plus passer aucun son. Je contemple Tomas avec horreur. J'attends qu'il parle, qu'il me dise que cette histoire de se débarrasser du bébé, c'était une blague horrible et cruelle. Il ne peut pas être sans cœur à ce point-là.

Mais il ne dit rien et évite de me regarder. Un pli amer déforme sa bouche. Ses lunettes glissent le long de son nez.

Il me dégoûte.

Tout a un prix.

Ce bébé était le prix à payer pour avoir aimé Walter.

Le perdre, c'est le prix qu'exige Tomas pour me secourir.

Je n'ai pas le choix. Je suis condamnée si j'accepte et condamnée si je refuse.

La perspective d'être la femme de Tomas, de partager sa vie et son lit me remplit de crainte et de dégoût.

Je contemple ce lac où j'ai failli me noyer autrefois. Aujourd'hui, je regrette que Walter m'ait sauvé la vie.

19 avril 1939

— Pourquoi tu m'évites, Hett ? Dis-moi ce que je t'ai fait. Si j'ai dit quelque chose qui t'a blessée…

Je soupire. Erna ne comprend pas que je l'évite en ce moment. Évidemment, elle ne peut pas deviner ce qui m'arrive. Mais je ne peux tout de même pas le lui dire au téléphone.

— Mais non, Erna, tu te fais des idées.

— Je t'en prie, Hett. Arrête de faire comme s'il ne se passait rien. C'est encore pire.

— Tu ne m'as rien fait, Erna. Je n'ai rien contre toi, je t'assure.

— Alors pourquoi tu m'évites depuis trois semaines, Hetty ? Tu ne viens plus en cours. Je suis passée chez toi, mais tu n'es pas sortie de ta chambre. Tu te conduis comme une pestiférée.

— Ce sont les vacances de printemps, Erna.

— Et alors ? D'habitude, les vacances ne nous empêchent pas de nous voir.

Je tripote le fil du téléphone.

— D'accord… Viens cet après-midi à 16 heures, dis-je après un temps de réflexion. Maman fait sa visite mensuelle aux grands blessés de guerre, elle ne sera pas là.

Je repose le récepteur. Maman a écrit au lycée pour annoncer que je ne reprendrais pas les cours après les vacances.

Autant l'annoncer tout de suite à Erna.

Elle arrive à 16 heures, c'est Vera qui la fait entrer. Je l'entends qui monte l'escalier, puis qui traverse le couloir à grands pas décidés. Je me suis placée face à la porte, afin qu'elle voie tout de suite le renflement que mes vêtements ne dissimulent plus. J'ai peur de sa réaction. Je retiens mon souffle.

— Hetty ?

Elle s'avance vers moi, en fixant mon visage du regard. Mais comme je pose mes mains sur mon ventre, elle baisse les yeux.

— Seigneur ! s'exclame-t-elle.

— Oui.

— C'est pour ça que tu évites tout le monde ?

— Oui. Comme tu peux voir, ce n'est pas beaucoup mieux que la peste.

— Oh, Hetty... Mais comment... ? Qui est le père ?

— Tu as vraiment besoin de poser la question ?

— Walter ?

J'éclate en sanglots. Elle passe un bras autour de moi et je hoquette sur son épaule. J'ai l'impression que je ne pourrai jamais m'arrêter.

— Pourquoi tu ne m'as rien dit ?

— Je n'ai pas pu. J'avais tellement honte. J'espérais sottement que ça s'arrangerait tout seul. Que je perdrais le bébé...

— Mais... Tu es à combien de mois ?

— Presque cinq et demi.

— Mais c'est fou, Hett. Comment as-tu fait pour le cacher jusque-là ?

— Je ne le sais pas moi-même. L'énergie du désespoir, je suppose.

Elle se laisse tomber sur le lit et me regarde.

— Tu aurais dû me le dire, murmure-t-elle. J'aurais pu t'aider.

— Comment ? Qu'est-ce que tu aurais pu faire ? Je suis condamnée. Il n'y a rien d'autre à dire.

— Comment ça, condamnée ?

Je me lève pour aller chercher un mouchoir propre dans le tiroir de ma commode et viens m'installer près d'elle sur le lit.

— Quand papa l'a appris, j'ai cru qu'il allait me tuer. Je t'assure. Il m'a frappée si fort…

Je lui montre ma bosse. Il y a encore une croûte.

— C'est horrible, murmure-t-elle.

— Je crois qu'il m'aurait tuée pour de bon, si Tomas n'était pas entré dans la pièce.

— Tomas ? Mais qu'est-ce qu'il venait faire chez toi ? Je lui avais demandé de te laisser en paix.

— Il l'a fait pendant un temps, mais il venait justement de m'écrire pour m'annoncer qu'il avait assez attendu, que j'avais besoin de m'aérer et qu'il passerait me chercher le dimanche suivant pour m'emmener déjeuner. Il se trouve qu'il a débarqué en plein drame familial et qu'il a calmé le jeu en annonçant qu'il était le père du bébé.

— Quoi ? Mais qu'est-ce qui lui a pris ?

— Je lui ai posé la question. Figure-toi qu'il me voit comme une sorte d'ange déchu. Il est persuadé que sa mission est de me sauver. Bien entendu, en tant que père de mon enfant, il a proposé de m'épouser. Sur le moment, j'étais soulagée et j'ai vraiment cru qu'il était mon sauveur… J'étais prête à faire des efforts pour que ça marche et pour qu'on vive comme une famille.

Je déglutis. Je respire.

— Mais il veut que j'abandonne le bébé. Dans un orphelinat. Il dit qu'il ne supportera pas de l'élever.

Je me remets à pleurer.

— Je le hais, Erna. Je le hais et je vais devoir l'épouser.

— Pas du tout. Tu n'es pas obligée d'épouser qui que ce soit, Hetty. C'est à toi de décider de ce que tu vas faire.

Elle me reprend par les épaules.

— Mais justement, Erna, j'ai décidé. Il faut bien que je sauve ma peau. J'abandonnerai mon bébé, mais au moins on sera en vie tous les deux. Si je refuse la proposition de Tomas, papa me reniera et je devrai me débrouiller seule. Je n'aurai plus d'argent, aucun moyen de subvenir à mes besoins, aucune aide de personne car je ne peux pas prouver que le père est de sang allemand.

Inutile d'en dire plus. Elle sait ce que ça veut dire.

Elle me serre convulsivement dans ses bras, puis me lâche et va se poster devant la fenêtre, le regard perdu au-dehors, à contempler la pluie. Je m'adosse à la tête de lit, calée contre mes oreillers. Mon ventre, ferme et rond comme un petit melon, forme une protubérance sous ma robe.

Elle se tourne vers moi.

— Il faut en parler à Walter. Si tu lui avais dit plus tôt. Avant que…

— Avant qu'il ne se marie ? Pour quoi faire ? Pour gâcher sa vie et la mienne ? Je ne lui ferai pas ça, Erna. Il fallait qu'il reste en Angleterre et qu'il épouse Anna. Toute autre solution aurait signifié mettre sa vie en péril, ou au moins gâcher ses chances d'avoir une vie normale. Ma décision est prise, c'est non.

— C'est très noble de ta part, Hetty, mais tu oublies qu'il s'agit aussi de son enfant. Il a le droit de savoir.

— Je ne veux pas qu'il remette en question tout ce qu'il essaie de construire.

— Tu ne crois pas que tu devrais au moins lui laisser le choix ? Et te donner une chance d'y réfléchir ? Il y a peut-être des solutions intermédiaires. Le rejoindre en Angleterre, par exemple.

— Pour former un ménage à trois ? Walter et ses deux femmes ? Pour l'instant, il habite avec la famille de sa femme et dépend totalement de son soutien pour rester en Angleterre. Cette proposition est grotesque.

— Peut-être que les Anglais accepteraient de laisser entrer son enfant sur leur territoire, et toi aussi, puisque tu es la mère. Au moins, vous seriez tous en sécurité.

— Arrête, Erna. Ça ne marchera jamais. Même si Walter me proposait d'aller en Angleterre, je refuserais. Par contre, je dois trouver un moyen de sauver ce bébé et je veux bien que tu m'aides. Il n'est pas question que je l'abandonne dans un orphelinat.

— La mère de Walter pourrait s'en occuper. Ou bien sa tante, qui est plus jeune.

— J'y ai pensé aussi, mais elles vivent dans de telles conditions de précarité que je ne me vois pas leur confier un bébé. Le leur laisser serait le vouer à un terrible destin. Sans compter que rien ne dit qu'elles seraient d'accord.

— Et toi ? Il faut aussi penser à toi.

— Je vais devoir épouser Tomas. C'est clair que je n'ai pas le choix. Une fois qu'on sera ensemble, il changera peut-être d'avis pour le bébé.

L'expression de son visage me confirme ce que je sais déjà.

Cet enfant, avec le sang juif qui coule dans ses veines, est condamné avant même sa naissance.

10 mai 1939

Quand on n'a rien de spécial à faire, le temps semble affreusement long. Sans mes cours, sans mes activités de la BDM, les minutes, les heures et les jours s'étirent indéfiniment et deviennent une interminable attente. Depuis la fenêtre de cette chambre où je cache ma honte, je contemple le monde extérieur. Mes parents savent maintenant que je ne garderai pas mon bébé après sa naissance. Papa n'est pas complètement naïf et il a vite compris qui était le vrai père. Mais la discrète solution de Tomas lui convient parfaitement, donc il l'aide, avec maman, à planifier la disparition de mon bébé.

— Pour le bébé, c'est moi qui vais m'occuper des formalités, m'annonce brutalement maman un beau jour en entrant dans ma chambre. Ton père ne veut pas s'en mêler, pour des raisons évidentes. Il ne faudrait pas que quelqu'un fasse le lien avec lui.

— De quelles formalités tu parles ?

— De l'orphelinat. C'est… tout à fait dans mes cordes. Étant donné que j'en patronne un.

— Il va aller dans *ton* orphelinat ?

Si c'était le cas, je pourrais lui rendre visite. Tous les jours. Discrètement. Une bouffée d'espoir gonfle ma poitrine.

— Bien sûr que non, répond maman en me jetant un regard sévère. Mon orphelinat est réservé aux enfants racialement purs. Ton enfant, euh… Ton enfant ne répond pas aux critères d'admission.

— Mais alors, où…

Je n'arrive pas à terminer ma phrase.

— Il y a un orphelinat juif à Berlin. J'ai pris contact anonymement. Ils sont prêts à accepter l'enfant en échange d'un don important.

Elle prend un air méprisant.

— Ils feraient n'importe quoi pour de l'argent, commente-t-elle durement. Mais pour une fois, ça nous arrange. Pour accoucher, tu iras dans un foyer pour mères célibataires de Berlin, j'ai déjà arrangé ça aussi. Il n'est pas question de faire appel à une sage-femme de Leipzig.

— Mais maman, s'il te plaît… Tu ne peux pas m'obliger à faire ça. C'est mon bébé.

— C'est un bébé juif.

— Et alors ? Quelle différence ? C'est un bébé. Je t'en prie, maman…

On frappe à la porte du salon et elle lève la main pour m'intimer le silence, avec un regard d'avertissement. Je me tais. Vera passe la tête dans l'embrasure.

— Tomas est ici pour mademoiselle Herta, annonce-t-elle.

J'expire, histoire d'évacuer ma tension.

— Dites-lui que j'arrive tout de suite, Vera, parvins-je à répondre. Merci.

Maman s'adresse à Vera, mais je n'entends pas ce qu'elle lui dit. Je pense à mon bébé, à l'orphelinat juif, j'essaie de ne pas pleurer. Je reste assise encore un peu, le temps de rassembler l'énergie nécessaire pour ne pas craquer, puis je descends l'escalier.

Le visage de Tomas s'illumine quand il me voit.

— Qu'est-ce que tu voudrais faire aujourd'hui, ma chérie ? Tu vas t'étioler, à rester toujours enfermée, il faut prendre un peu le soleil. Je te préfère solide et vigoureuse.

— D'accord, dis-je en enfilant mes bottines d'extérieur.

Je conserve un ton calme et mesuré, mais au-dedans je fulmine. L'animosité que Tomas déclenche en moi, je ne l'ai jamais ressentie pour personne.

— Je suppose que c'est cette chose, dit-il en baissant la voix. Ce parasite dans ton ventre, qui sape toutes tes forces.

— Ça suffit, Tomas.

C'est insupportable, je ne peux pas le laisser dire ça.

— Je suis en parfaite santé, Tomas. Mais ma mère vient de m'annoncer que mon bébé a été *vendu* à un orphelinat juif à Berlin…

— Tais-toi, la bonne risque de t'entendre, m'interrompt-il en posant un doigt sur mes lèvres.

Je repousse violemment sa main et sors sans l'attendre.

— J'ai toujours admiré ton tempérament de feu, commente-t-il en riant quand il me rattrape.

Il me saisit fermement le bras et m'entraîne dans Fritzschestrasse.

— J'ai de bonnes nouvelles pour toi.

— Ah oui ?

Mon pouls s'accélère. Je le regarde. Peut-être a-t-il changé d'avis au sujet du bébé ? Je ne peux pas m'empêcher d'espérer.

— La date de notre mariage est fixée ! On a nos certificats d'aryanité et on peut se marier tout de suite. Ton père voudrait que ce soit fait le plus vite possible et discrètement, je pense que tu comprends pourquoi. Il faut à tout prix éviter les ragots ou le scandale. Qu'est-ce que tu dirais de samedi en quinze ?

Espèce de salaud. Il n'a pas changé d'avis. Je n'ai droit à aucun sursis. L'homme que je suis contrainte d'épouser n'a pas une âme de rédempteur.

— Tu veux vraiment m'épouser, dans l'état où je suis ?

Il va me vouloir dans son lit pour la nuit de noces.

Il laisse échapper un petit rire.

— C'est sûr que j'aurais préféré t'épouser dans un autre état, mais on n'a pas le choix, c'est pour ton père. De plus…

Il me dévisage intensément.

— J'ai hâte de t'avoir pour moi seul.

— Mais on vivra où ? On n'a encore discuté de rien.

— Eh bien, justement, je voulais t'en parler.

Nous bifurquons dans Berggartenstrasse. C'est une magnifique journée. Le soleil est haut dans le ciel, une odeur de jasmin flotte dans l'air. J'inspire profondément. J'ai toujours en tête le mot « parasite » et je suis toujours furieuse. C'est comme si Tomas avait gratté une allumette et que le feu ne voulait plus s'éteindre. Il faut absolument que je me calme.

— Tes parents m'ont gentiment proposé de venir habiter chez vous, jusqu'à ce qu'on trouve un endroit qui nous convienne, poursuit Tomas. Il y a de la place dans votre maison. On cherchera un appartement en août. Après… enfin, tu sais. Et avant que je rejoigne la Wehrmacht en septembre.

— Je vois que vous avez tout arrangé dans les moindres détails et que je n'ai pas mon mot à dire. On m'envoie accoucher dans un foyer à Berlin, où je dois abandonner mon bébé à des étrangers. Et ensuite je reviens ici, pour jouer la parfaite épouse ? C'est un peu trop facile. C'est non, Tomas. Je ne peux pas, je n'abandonnerai pas mon enfant.

Mon changement de ton le fait sursauter.

— Tu crois avoir le choix, Hetty ? Tu as mis en jeu la réputation et la carrière de ton père. Si ce que tu as fait s'ébruite, tu seras envoyée en camp de concentration. Tout cela est ta faute – et surtout celle de cet ignoble Juif. En tout cas, ce n'est pas la mienne. Moi, je suis ton sauveur. Et je fais ça par bonté d'âme. J'aide une vieille amie très chère. Quand cet enfant ne sera plus qu'un mauvais souvenir, on oubliera tout et on pourra commencer notre vie de couple.

Le feu se propage. Je brûle littéralement de toute la rage que je m'efforce de contenir depuis des semaines.

— Mon sauveur ? Tu fais ça par bonté d'âme ? Ne te raconte pas d'histoires, Tomas. Tu fais uniquement ce qui t'arrange. Tu te débarrasses du problème et tu me gardes. Et si je refusais de me plier à tes décisions ? Si je disais non ?

Je m'arrête net. Et là, au beau milieu du trottoir, en pleine rue, je déverse enfin tout ce que j'ai sur le cœur :

— Je ne suis pas comme toi, Tomas. Et ce n'est pas la faute de cet ignoble Juif si je suis enceinte. Il ne m'a jamais forcée à quoi que ce soit. J'ai fait l'amour avec lui de mon plein gré parce que j'en avais envie et que je l'aimais. Walter est un être merveilleux. Les Juifs sont des êtres humains comme les autres. Ils ne complotent pas pour dominer le monde. Tout ça, c'est des mensonges. Le seul qui cherche à dominer le monde, c'est Hitler et…

— Tais-toi !

— Non, je ne me tairai pas. Pour une fois, je vais te dire le fond de ma pensée…

Il me prend par les poignets pour me secouer. Mais je ne peux plus m'arrêter.

— Parce que, oui, c'est ce que je pense. Je pense qu'Hitler est un être maléfique et qu'il nous ment. Il n'y a pas de race supérieure, les Aryens ne sont pas supérieurs aux Juifs. Tous les êtres humains sont égaux, d'où qu'ils viennent. Juifs, Aryens, Africains… Tous…

— Boucle-la ! hurle Tomas en me secouant plus fort. Comment oses-tu… ?

— Je vais garder ce bébé ! Pour me l'enlever, il faudra me passer sur le corps.

Il me tord les poignets, si brutalement que je hurle de douleur.

—Assez, ordonne-t-il, sans me lâcher.

J'ai le souffle coupé, les joues trempées de larmes.

—Tu as fini, avec ton petit coup de théâtre ?

Comme je ne réponds plus et me contente de pleurer en silence, il me lâche. Nous nous défions du regard, puis il se met à rire et me saisit par la taille en penchant son visage vers le mien.

—Je consens à oublier cette horrible conversation, Hetty, dit-il fermement. Mais toi, n'oublie pas qui tu es et ce que tu as fait. Je suis ton seul espoir. Et n'aie pas peur, je ne t'approcherai pas tant que cette chose ne sera pas sortie de ton ventre. J'attendrai, j'ai l'habitude. Et quand tu seras prête, je purifierai ton corps et ton esprit. Et tu seras toute à moi.

Il m'attire contre lui et m'embrasse sur la bouche.

J'ai un haut-le-cœur et tente de le repousser. En vain, car il a beaucoup plus de force que moi.

Mais au moins, tout est clair dans mon esprit.

Tomas, tu penses m'avoir sous ta coupe, mais tant que je vivrai, tant que j'aurai un souffle de vie, je ne t'aimerai pas, parce que mon cœur appartient à un autre.

Tu ne purifieras ni mon corps ni mon esprit.

Après que Tomas m'a ramenée à la maison, j'attends cinq minutes, puis je file chez Erna. Heureusement, elle est là. Je tremble tellement que je n'arrive pas à parler. Elle m'offre un grand verre d'eau et attend que je me calme.

—Erna, je ne vais pas supporter ça ! Je ne peux pas les laisser me prendre mon bébé ! Ils ont déjà tout prévu !

Je suis complètement paniquée. Un étau me serre la gorge, je ne peux pas respirer. Des étoiles noires dansent devant mes yeux.

—Ils vont le mettre dans un orphelinat pour les enfants juifs…

—Mais Hetty, tu as toujours su que…

— Je n'y croyais pas vraiment. J'espérais que Tomas changerait d'avis. J'ai prié pour qu'il me laisse mon bébé. Ce serait tellement plus simple et ça contenterait tout le monde. Je serais heureuse d'avoir mon enfant avec moi. Tomas serait heureux de m'avoir comme femme. Papa serait heureux parce que sa réputation serait à l'abri. Maman serait heureuse d'avoir un petit-fils.

Je me laisse tomber dans un fauteuil et tente de reprendre mon souffle.

— Hetty, c'est ton point de vue, pas celui de Tomas, soupire Erna. Il t'a dit dès le début qu'il ne voulait pas de cet enfant.

Ces paroles me font l'effet d'un coup de poignard.

— Pour lui, cet enfant est odieux. Ce serait comme… accueillir l'ennemi, le diable dans sa propre maison…

— Tu prends sa défense, à présent ?

Je m'en étrangle.

— Comment peux-tu dire une telle chose, Erna ?

— Non ! Je ne le défends pas ! Mais il faut être réaliste. Pour lui, il n'y a aucun avantage à garder ce bébé. Il veut à tout prix l'écarter de votre vie. Il ne te le laissera pas, Hetty.

Elle se met à arpenter la pièce, comme si elle réfléchissait.

— Tu as raison, Erna. J'ai été stupide de me bercer d'illusions. Ma docilité leur a facilité la tâche.

Je me redresse.

— Je vais dire à Tomas que je ne l'épouserai qu'à condition qu'il me laisse garder le bébé. Je vais menacer mon père d'aller voir la presse pour parler aux journalistes de sa maîtresse et de l'enfant juif que porte sa fille.

Erna a l'air consternée.

— Tu ne peux pas faire ça. Tu sais ce qui se passerait ?

— Eh bien quoi ? Qu'est-ce qui se passerait ?

Je pose la question par pure provocation, mais je connais la réponse : je finirais dans un camp, en entraînant mon père dans ma chute. Pour avoir tenté de cacher que je porte l'enfant d'un Juif, il perdrait sa position, sa maison et le journal auquel il tient tant.

— Ils tueraient ton enfant, Hetty, poursuit Erna, le visage sombre. Il serait étouffé à la naissance.

— Tu te rends compte où on en est arrivés ? À étouffer des bébés parce qu'ils…

Ma colère s'est soudainement envolée, remplacée par un écrasant sentiment de faiblesse et de désespoir.

Erna hoche la tête, les larmes aux yeux.

— Ils le feraient, Hetty. Je suis vraiment désolée de te dire ça, mais ils le feraient.

Elle vient vers moi et me regarde droit dans les yeux.

— Tu dois absolument jouer le jeu et faire profil bas. Je vais t'aider. Je trouverai une solution pour ton bébé, je te le promets.

20 mai 1939

Mon mariage, c'est aujourd'hui. Ma robe est jaune pâle, elle m'attend sur le fauteuil près de mon lit. C'est un amas de plis et de replis, conçus fort intelligemment par maman pour détourner l'attention de mon ventre. Pourtant, ce mariage ne me paraît pas réel. Je suppose que tu te demandes comment je vis ça... Eh bien... Disons que je suis résignée. Ce n'est pas ainsi que j'avais imaginé le jour de mes noces. On est loin du conte de fées, des paillettes, du beau prince charmant et de l'amour pour toujours. Je pense à toi. Je devrais être jalouse de ton bonheur et furieuse d'avoir été abandonnée, mais au contraire je suis heureuse que tu aies pu fuir – et encore plus d'avoir contribué à ta fuite pour sauver ta peau. C'est même la seule pensée qui m'aide à supporter cette journée. Il me reste maintenant à sauver notre bébé. Pour le moment, je fais mine d'accepter les scandaleuses conditions que l'on m'impose, mais j'attends un miracle.

La salle de l'hôtel *Sachsenhof* sur Johannisplatz est décorée de violettes et de gerbes de gypsophiles blanches qui créent une ambiance légère, presque lumineuse. Pour la cérémonie civile, on a disposé des rangées de chaises en bois à l'assise couleur crème.

À l'opposé, une longue table est dressée pour les rafraîchissements qui seront servis ensuite. C'est une cérémonie intime, avec très peu d'invités.

Tomas porte un nouveau costume brun clair et une cravate à motifs – jamais je ne l'ai vu aussi élégant. Il est également passé chez le coiffeur. Il s'approche de moi en affichant un large sourire, avec la démarche arrogante du bon élève qui vient de remporter le premier prix.

— Tu es… radieuse.

Il s'arrête devant moi et me prend la main. Son regard glisse subrepticement vers mes seins, puis il se reprend et porte ma main à ses lèvres en m'adressant un clin d'œil. Mon cœur se soulève de dégoût.

— Tu te souviens de ma mère, Hetty… ?

Il m'entraîne vers une grande femme corpulente, aux cheveux courts et grisonnants. Elle porte une robe bleu foncé plutôt mal coupée qui lui donne un air gauche et a le visage marqué d'une femme qui s'est battue seule pour survivre avec sept enfants.

— Ravie de vous revoir, dis-je.

Mon timide sourire s'efface devant son expression glaciale. Je lève un regard interrogateur vers Tomas, ne sachant trop comment me comporter. Il ne m'a pas invitée une seule fois à la rencontrer avant notre mariage et elle croit sans doute que je la méprise. J'aurais dû insister pour aller la voir, mais j'étais tellement absorbée par mes problèmes que cela ne m'est pas venu à l'esprit.

— Eh bien, nous y voilà, lâche-t-elle.

Elle me toise de haut en bas.

— C'est une chose sérieuse, le mariage, vous savez. Ensuite viennent les enfants. Les responsabilités.

— Nous en avons conscience et nous sommes prêts à assumer, dis-je en m'agrippant à la main de Tomas.

— Bien sûr, renchérit-il d'un ton conciliant. Je te l'ai dit, maman : Hetty fera une épouse et une mère parfaite. Elle est douée pour ça.

Elle laisse échapper un drôle de bruit. Quelque chose entre le grognement et la toux.

— Vous n'aurez pas la vie facile à laquelle vous êtes habituée, dit-elle en plissant les yeux. Sans bonne, sans cuisinière et sans nourrice pour faire tout le travail domestique. Quand on passe la nuit debout avec un bébé qui pleure ou un enfant malade, et qu'il faut quand même préparer le petit déjeuner le matin, laver par terre, faire les lits, la lessive et les courses… Les courses avec un porte-monnaie presque vide parce que votre mari aime trop la bière…

Elle s'arrête pour reprendre son souffle.

— Eh bien, je vous prie de croire que la romance a tendance à s'effilocher.

Ce discours plein d'amertume me prend au dépourvu. Tomas, qui a dû sentir mon désarroi, passe un bras protecteur autour de mes épaules.

— Ce n'est pas cette vie que je veux pour Hetty. Et dans notre nouveau Reich, plus personne n'aura ce genre d'existence miséreuse.

— Oui, je sais que c'est ce que vous croyez, bande d'imbéciles. Les jeunes s'imaginent toujours qu'ils vont changer le monde.

Elle a un rire amer.

— Sauf que rien ne change jamais. Et ce sera pareil pour vous. Vous avalez toutes les fausses promesses.

— N'oublie pas à qui tu parles, l'interrompt Tomas sur un ton d'avertissement.

— Oh, ne t'en fais pas, je ne l'oublie pas, rétorque-t-elle en le défiant du regard. Tu crois que je peux l'oublier ? Je parle à la fille de celui qui a signé l'arrêt de mort de mon mari en l'envoyant dans un camp.

— Tais-toi ! Je n'aurais jamais dû te laisser venir. Je t'avais pourtant dit de ne pas aborder le sujet.

Il la menace du doigt et l'oblige à reculer d'un pas.

— Un mot de plus et tu suivras les traces de ton mari. Plus vite que tu ne le penses.

Il me saisit le bras et m'écarte d'elle.

— Désolé. J'ai essayé de te protéger de son amertume et de son venin, mais cette grosse vache…

— Tomas ! Tu ne devrais pas parler de ta mère comme ça. C'est normal, qu'elle ait du ressentiment.

— Non. Elle devrait au contraire être reconnaissante qu'on l'ait débarrassée de son traître de mari, mais elle ne voit pas plus loin que le bout de son nez. Et puis j'en ai assez… Je ne veux plus entendre parler de ça…

Il devient écarlate et serre les dents.

— Comment ose-t-elle gâcher notre mariage ?

— Elle ne l'a pas gâché…

Il me regarde. Son visage se détend.

— Non. Tu as raison. Elle ne l'a pas gâché parce qu'elle ne le peut pas. Ça va être le plus beau jour de ma vie. Et dès qu'il n'y aura plus que nous deux, je serai l'homme le plus heureux de la Terre.

La pièce tangue.

— Je crois que j'ai besoin de m'asseoir, Tomas.

Je me laisse tomber sur une chaise. Tomas s'éloigne pour aller parler à papa, lequel s'est réfugié dans un coin de la pièce avec l'air de celui qui préférerait être n'importe où ailleurs. La mère de Tomas me tourne à présent le dos et chuchote quelque chose à l'oreille d'un de ses fils.

La porte s'ouvre sur Erna, la seule personne que l'on m'ait autorisée à inviter. Le simple fait de la voir apporte une bouffée de fraîcheur dans cette lugubre assemblée. Elle me cherche du regard et vient s'asseoir près de moi, le sourire aux lèvres, avec ses cheveux bien tressés, des taches de rousseur sur le nez à cause du soleil.

— Tu tiens le coup ? demande-t-elle en me dévisageant d'un air inquiet.

Je déglutis.

— Ne perdons pas de temps à parler de mes états d'âme. On a cinq minutes seules, profitons-en pour parler. Tu as réfléchi à une solution, pour le bébé ?

— Je… j'ai contacté un ami et j'attends sa réponse.

Elle s'arrête et hésite.

— C'est compliqué, Hetty… Mais on avance.

— Quel ami ? Qu'est-ce que vous comptez faire ?

— Je ne peux pas t'en dire plus pour l'instant. J'espère avoir bientôt des nouvelles.

— Mais je n'ai pas le temps d'attendre, Erna !

Des mains invisibles me griffent la gorge.

— Dans deux semaines, je pars à Berlin, où je resterai jusqu'à l'accouchement. On dira à tout le monde que je vais passer deux semaines dans une *Hausfrau*. Papa a hâte que je m'en aille, ma vue l'insupporte.

— D'accord, d'accord, dit-elle en levant une main pour m'arrêter. On fait de notre mieux, tu sais.

— Pardon.

Je suis au bord des larmes.

— Ne pleure pas, Hetty, murmure Erna. Pas aujourd'hui. Je te promets que j'aurai bientôt des nouvelles. Fais-moi confiance, on va trouver.

— Herta, c'est l'heure, appelle maman.

Elle se précipite vers moi pour arranger ma robe et mes cheveux.

Les invités prennent place. Tomas est déjà avec les officiels qui attendent avec des visages solennels que je veuille bien m'approcher. Les bavardages cessent, le silence tombe sur nous.

La cérémonie peut commencer.

2 juin 1939

Je suis sous la véranda avec ma mère, quand on nous annonce la visite d'Erna. Maman est en train de tricoter des chaussons ; moi, un petit bonnet. C'est assez déplacé, vu que je dois abandonner mon bébé. Mais on ne parle pas de ça.

— C'est gentil d'être venue, déclare maman en levant les yeux de son tricot quand Vera fait entrer Erna.

Au premier regard que nous échangeons, je comprends qu'Erna a des choses à me dire à propos du bébé – bonnes ou mauvaises, je n'en sais rien. Je voudrais que ma mère s'en aille, mais elle continue à tricoter et interroge poliment Erna sur les examens, sur ses parents, sur ses projets d'avenir.

Soudain, je n'y tiens plus.

— Maman, tu m'autoriserais à sortir le chien avec Erna ?

Elle suspend son geste.

— Il était entendu qu'à partir de maintenant ce serait Vera qui sortirait le chien. Jusqu'à ce que tu… rentres de Berlin.

— Je sais, mais j'ai besoin de prendre l'air. Rien qu'une petite promenade, maman. Pas longtemps. Ça ne peut pas poser de problèmes.

Elle soupire.

— Je suppose que non. Ne vous éloignez pas et restez dans des rues tranquilles.

Ce qu'elle veut dire, c'est que nous devons éviter les endroits où des connaissances pourraient me voir. Moins il y aura de gens au courant de ma grossesse, moins nous aurons à nous expliquer sur la disparition du bébé.

— Ne t'en fais pas pour ça, maman. Je connais les règles.

Dehors, je me sens tout de suite mieux. Sentir l'air frais sur mes joues, ne plus être enfermée entre quatre murs, c'est déjà énorme. Depuis que Tomas vit avec nous dans cette maison, l'atmosphère est devenue tout simplement irrespirable. Il a emménagé dans l'ancienne chambre de Karl. C'était une idée de papa et j'ai bien vu que maman se crispait quand il l'a suggéré. Il y avait d'autres pièces disponibles, pourquoi justement la chambre de Karl ? L'argument de papa, c'est qu'elle est à côté de la mienne. Personne en tout cas n'a osé proposer qu'il dorme avec moi, comme si c'était indécent.

Maman n'a pas émis d'objection, mais je vois bien que la présence de Tomas la dérange. Tout comme elle me dérange. Quand il rentre, il sent l'usine, parfois la bière et la cigarette en prime. Ce n'est pas pour longtemps, m'assure-t-il. Encore quelques semaines et il en aura fini avec ce travail. Il faudra alors que je m'habitue à être femme de soldat.

— Dieu merci, elle t'a laissée sortir de la maison, commente Erna dès que nous avons mis un pied dehors. Viens chez moi, mon père veut te parler, il va tout t'expliquer.

— Vous avez un plan ?

Elle sort une enveloppe de sa poche.

— C'est pour toi. De la part de Walter.

Je la prends. Ma main tremble, tant je suis émue de reconnaître son écriture. Mon nom tracé par ses doigts.

— Erna… Tu ne le lui as quand même pas dit ?

— Lis d'abord…

J'attends d'être arrivée chez Erna avant d'ouvrir l'enveloppe. Elle me laisse seule dans sa chambre avec Kuschi.

Mai 1939,
Ma chère Hetty,

Tout d'abord, je t'en prie, n'en veux pas à Erna. Je sais que tu voulais me cacher ton état, pour ne pas gâcher mon bonheur. Mais elle m'a tout dit et elle a eu raison. Ça me fait mal de penser que tu as assumé cette grossesse toute seule depuis le début.

Je ne chercherai pas à te décrire les états par lesquels je suis passé en l'apprenant. Je suis atterré et je m'en veux terriblement de ne pas avoir fait plus attention. Je ne me pardonne pas de t'avoir abandonnée au moment où tu avais le plus besoin de moi. Tu sais que mon vœu le plus cher serait de vivre avec toi et d'élever nos enfants. Rien ne pourrait me rendre plus heureux. Mais en parler ne sert à rien. Nous savons tous les deux que c'est impossible.

Erna m'a exposé les faits essentiels de ton horrible situation. La grossesse est un secret et, une fois l'enfant né, ta mère s'est déjà arrangée pour qu'il entre dans un orphelinat juif. Hetty, l'Allemagne cache encore ce qu'elle réserve vraiment aux Juifs, j'en suis persuadé. Dans un orphelinat juif, notre bébé serait en grand danger. J'ai bien réfléchi et je ne vois qu'un seul moyen de lui offrir une vie décente.

J'ai dû parler à Anna de nous deux et du bébé. Ça n'a pas été facile. Je ne vais pas entrer dans le détail. Tout ce que je peux te dire, c'est qu'après avoir beaucoup pleuré, elle a finalement accepté de prendre le bébé avec nous – si tu es d'accord, bien sûr. Elle s'engage à l'élever comme son propre enfant, à l'aimer et à lui donner tout ce dont il aura besoin. Je ne te cache pas qu'elle a peur que tu ne viennes un jour le réclamer et que tu en profites pour me reprendre aussi. J'ai fait de mon mieux pour la rassurer, mais une part de moi t'appartiendra toujours et elle le sent. Ça ne simplifie pas les débuts de notre vie de couple.

T'écrire tout ceci et t'imaginer en train de le lire est pour moi une torture. Je veux que tu saches que je suis prêt à remuer ciel et terre pour t'aider. Notre priorité doit être de faire sortir ce bébé d'Allemagne le plus tôt possible. C'est fou de penser que quelqu'un puisse faire du mal à un enfant qui vient de naître, mais après ce que j'ai vécu dans le camp, je m'attends à tout. Au cours des six derniers mois, j'ai vu le pire et le meilleur de ce dont l'humanité est capable.

Herr Bäcker se démène pour obtenir le passage de notre bébé, ainsi que celui des trois enfants de Josef, du fils de Lena et de plusieurs autres, dans l'un des kindertransports au départ de Berlin. Car Anna a aussi accepté d'accueillir mes cousins et le fils de Lena. Nous allons donc devenir une famille de sept personnes, sans transition. Ça risque d'être rude. Je n'ai aucune idée de la manière dont nous allons nous débrouiller, mais avec l'aide des parents d'Anna, nous ferons en sorte que cela fonctionne. Ce programme kindertransport est extraordinaire, Hetty. De nombreuses familles anglaises proposent d'héberger temporairement ces pauvres gosses traumatisés, de parfaits étrangers pour eux, jusqu'à ce qu'ils puissent rejoindre leur famille dans un endroit sûr.

Je t'écris à la hâte pour te demander si tu accepterais notre proposition. Penses-y et réponds le plus vite possible.

Avec tout mon amour, maintenant et pour toujours,

Walter.

Je termine la lecture de cette lettre dans un flot de larmes. Me serais-je montrée aussi généreuse à la place d'Anna ? Anna, tu m'as pris l'homme que j'aime et tu vas bientôt me prendre mon enfant. Je devrais te haïr encore plus.

Mais au lieu de cela, tu ne m'inspires qu'amour et gratitude.

On frappe doucement à la porte. Erna entre avec un plateau chargé d'une théière et d'une part de tarte aux pommes. Elle le pose sur la table de chevet et s'assied en souriant sur le lit.

— Alors, qu'en dis-tu ? me demande-t-elle.

— Oh, Erna… Je dis oui. Mille fois oui.

J'essaie de ne pas penser au moment où je vais devoir me séparer de ce bébé qui remue en moi. Comme s'il avait senti mon angoisse, il me donne des coups de pied. Instinctivement, je pose une main sur mon ventre pour le rassurer. Mon cœur se serre. Je ne dois pas penser à notre séparation, mais au moment où nous pourrons nous retrouver, quand toute cette folie aura pris fin. Quand je pourrai revoir Walter, même s'il est marié à une autre. Pour la première fois, j'essaie de me mettre à la place d'Anna.

— Tu dois dire à Walter que j'ai dû me marier, moi aussi. C'est bien que sa femme le sache. Elle acceptera mieux le bébé si elle ne me considère pas comme une menace pour son couple. Dis-lui que je suis heureuse. S'il te plaît.

Après une brève hésitation, Erna acquiesce d'un signe de tête en me pressant la main.

— Bien. Comme Walter est officiellement d'accord pour accueillir ton enfant et ses neveux, mon père est pratiquement certain de leur obtenir une place dans un *kindertransport*. Le problème c'est qu'il ne faudrait pas que l'accord arrive avant la naissance du bébé. Heureusement, il y a beaucoup de demandes et les délais sont assez longs. Ça devrait aller.

— Comment va-t-on s'organiser, concrètement ? Je dois partir pour Berlin dans quelques jours. Je serai prisonnière dans une maternité…

— On y a pensé. Mes parents pensent que tu dois venir accoucher ici, chez nous. On connaît un médecin juif qui pourra t'assister. Mais il nous faut la complicité de ta mère. Tu vas devoir la convaincre.

— Vous seriez prêts à m'accueillir ? C'est un risque énorme.

Mon air surpris la fait sourire.

— J'espère que tu comprends enfin à quel point tu comptes pour moi, Hett. Oui, nous sommes prêts à prendre le risque. Parce que c'est toi et parce que nous voulons agir. Ce qui se passe ici est affreux, contraire à toutes nos valeurs, et il n'y a rien de pire que de rester assis sans rien faire. Aider quelqu'un, ce n'est qu'une goutte d'eau dans la mer, mais ça reste un beau défi et ça nous fait du bien.

J'admire son courage. Il lui aurait été tellement plus facile de me tourner le dos.

— Oh, Erna, comment pourrai-je te remercier ?

— Inutile de me remercier.

Je me ronge les ongles.

— Je vais avoir du mal à convaincre ma mère de ne pas m'envoyer à Berlin.

Elle me dévisage intensément. Ses grands yeux verts brillent.

— Tu peux la mettre de ton côté, j'en suis certaine. En attendant, on va envoyer un télégramme à Walter pour lui annoncer ta décision.

9 juin 1939

Dans le silence du petit matin, je sors la lettre qu'Erna m'a remise hier et que je ne cesse de relire.

Ma très chère Hetty,

Je viens d'apprendre par un télégramme d'Erna que tu étais d'accord pour envoyer notre bébé en Angleterre et je t'écris sous le coup de l'émotion. Je te suis infiniment reconnaissant de me le confier, mais je souffre pour toi car cela doit être terrible de renoncer à lui. J'espère que tu le suivras un jour en Angleterre et qu'il pourra profiter de ses deux parents. Il faut y croire, Herta. Erna m'a également annoncé que tu avais épousé Tomas. Pour être honnête, j'ai eu du mal à l'accepter. Elle m'a assuré que personne ne t'y avait contrainte et que Tomas s'était montré très bon pour toi. Si tout cela était vrai, je pense que je pourrais sincèrement me réjouir que tu sois tirée d'affaire. Mais je n'y crois pas. Je trouve étrange que Tomas accepte une femme qui attend l'enfant d'un autre et je te connais suffisamment pour savoir que tu ne t'es pas donnée à lui de gaieté de cœur. Comme moi, tu as été contrainte, ballottée par les événements. Aucun de nous deux n'a vraiment choisi la situation dans laquelle il se trouve aujourd'hui.

Je tiens, par ailleurs, à ce que tu saches qu'Anna est une femme bonne et généreuse qui donnera à notre bébé tout l'amour et la tendresse dont il aura besoin. En d'autres circonstances, vous auriez pu être amies.

N'oublie pas que je te garderai une place dans mon cœur jusqu'à mon dernier souffle.

À toi pour toujours,
Walter.

Papa et Tomas sont en train de prendre leur petit déjeuner en lisant les journaux du matin quand j'entre dans la salle à manger. Maman n'est pas encore descendue. Ça me fait toujours un choc de voir Tomas occuper la place de Karl à table.

Dès que j'arrive, papa replie son journal et vide d'un trait sa tasse de café.

— Je dois partir, dit-il en repoussant sa chaise. J'ai une journée chargée.

Ne t'inquiète pas, papa, dans quelques jours je ne serai plus là pour polluer l'atmosphère et t'imposer ma présence.

Tomas m'accueille d'un « Bonjour ma chérie », tandis que je me sers du jus de fruits et du pain. Comme je m'assieds en face de lui, il caresse ma main par-dessus la table. Je m'empresse de la lui retirer et commence à beurrer mon pain.

— Pendant que tu seras à Berlin, je chercherai un appartement pour nous, dit-il. Ça m'occupera sainement. Plus que sept semaines dans cette saloperie d'usine. J'ai hâte d'en finir. Je commence mon entraînement militaire à la mi-septembre, ça nous laissera un peu de temps pour nous. Durant mes douze premières semaines à la Wehrmacht, je serai près de Leipzig. Ensuite, impossible à dire… Il y a des rumeurs…

— Quelles rumeurs ?

— Que l'Allemagne va prendre la Pologne.

— Comment ça ?

— Nous manquons de territoires. Et les Polonais…

Son visage se ferme.

— Je les déteste.

Maman entre dans la pièce, visiblement pressée.

— Mon Dieu, j'ai trop dormi ce matin ! Ça ne m'était pas arrivé depuis…

Elle laisse sa phrase en suspens, lisse machinalement ses cheveux qui n'en ont pas besoin, puis sa robe.

Tomas replie le journal et tapote la première page.

— Tu vois ça ?

Il me montre des photos de vétérans de guerre exhibant fièrement leurs médailles :

« RETOUR TRIOMPHANT D'ESPAGNE POUR CINQ MILLE SOLDATS ALLEMANDS. »

« GÖRING DECERNANT DES MEDAILLES DU MERITE. »

— Un jour j'aurai une médaille, et tu seras fière de moi.

Maman nous tourne le dos, mais je la vois tressaillir. Elle pense comme moi que cette hâte d'aller se battre montre qu'il ne sait pas de quoi il parle.

— Mais pour l'instant, je dois me contenter d'en rêver, soupire-t-il en se levant.

Il dépose un baiser sur mon front avant de partir.

Enfin, me voilà seule avec maman. J'attends qu'elle ait bu sa première tasse de café, fumé sa première cigarette. Elle semble à présent totalement détendue et déplie son journal. Il est temps d'engager la conversation, avant qu'elle ne soit totalement absorbée par la lecture des nouvelles.

— Maman, il faut que je te parle.

Elle me jette un regard intrigué. Il est important que je trouve les mots justes, mais l'angoisse me vide la tête.

—Je t'écoute.

—C'est à propos de mon départ samedi pour Berlin…

—On en a déjà parlé un certain nombre de fois, Hetty.

—Je sais, mais… Je t'en prie, j'ai quelque chose à te demander. Écoute-moi jusqu'au bout avant de répondre.

—Quoi que tu dises, ça ne changera rien à ce qui est prévu. Je me doutais bien que tu reviendrais à la charge. Plus l'échéance approche et plus…

Elle est droite et raide comme la justice. Déterminée. Intraitable.

—Je t'en prie, maman. Écoute au moins ce que j'ai à te dire.

Elle hausse les épaules et allume une autre cigarette. L'odeur de la fumée m'incommode. Il m'arrive encore d'avoir des nausées.

—Je sais que vous me voyez tous comme un problème. Je sais aussi à quel point vous rejetez… mon bébé. Mais je m'adresse à toi en tant que mère. Tu as donné deux fois la vie, tu dois savoir ce que l'on ressent pour un être que l'on a porté neuf mois dans son ventre.

Elle fait la moue et secoue la tête.

J'ai la bouche sèche, je bois une gorgée de jus de fruits.

—Je voudrais te proposer un compromis raisonnable. J'ai bien compris que je ne pouvais pas garder ce bébé. Mais je ne peux pas me résoudre à l'abandonner dans un orphelinat. Quelqu'un… une amie… a trouvé une solution intermédiaire. Il s'agirait d'envoyer l'enfant à son père, en Angleterre, où on s'occupera bien de lui et où il sera en sécurité. Je veux qu'il soit aimé et qu'il ait un bon départ dans la vie…

—Non ! Herta, c'est hors de question. J'ai passé beaucoup de temps à trouver une solution, tu ne peux pas attendre de moi que je change…

— Maman, s'il te plaît.

— Tu es vraiment exaspérante ! J'ai dit non. Il n'en est pas question. Et si quelqu'un l'apprenait ? Tu te rends compte que la carrière de ton père serait fichue ? Sa réputation doit être sans tache, sinon il perdra tout, tout ce que nous avons, tout ce pour quoi il a travaillé tellement dur. Il m'est impossible de prendre ce risque. Notre arrangement est le meilleur et le plus sûr. Il y a pour l'instant très peu de gens au courant et je paie une fortune à ces porcs de Juifs qui gèrent l'orphelinat pour qu'ils se taisent.

Elle ouvre de grands yeux.

— Qui est cette amie qui t'a aidée à trouver une autre solution ? On t'avait dit de n'en parler à personne.

— Ne t'en fais pas, maman. Le secret est bien gardé. Je t'assure que…

— Quand deviendras-tu raisonnable, Herta ? Tu n'en fais qu'à ta tête !

— Maman…

— Tu sais que je n'agirai jamais contre la volonté de ton père. Je tiens à être loyale envers lui. Cette discussion est totalement inutile.

— Tu tiens à être loyale envers lui ? Et lui, tu crois qu'il est loyal envers toi ?

Je hurle, de colère et de désespoir. Il est temps qu'elle apprenne la vérité sur son merveilleux mari. J'ai gardé trop longtemps le sale secret de mon père, ma mère ne mérite pas que je la ménage et je suis prête à tout pour lui faire changer d'avis.

— Je sais des choses sur lui. Des choses qu'il ne voudrait pas que j'ébruite. Des choses qu'il ne veut surtout pas que tu apprennes…

Elle lève la main.

— Arrête tout de suite, ordonne-t-elle. N'en dis pas plus.

Nos regards se croisent. Et brusquement, je comprends.

— Seigneur… Tu es au courant, c'est ça ?

— Bien sûr que je suis au courant. Tu me prends pour une idiote ?

Elle balance sa jambe, comme chaque fois qu'elle est bouleversée, de haut en bas, comme un piston.

— Mais pourquoi tu acceptes ça ?

— Tu crois que j'ai le choix ? J'accepte et je supporte parce qu'il le faut bien. Et parce que j'aime ton père.

Ses yeux se remplissent de larmes.

— Sans lui, je ne suis rien. Alors, j'occupe mon temps au maximum, pour ne pas penser à ça. Et on continue. Il fait comme s'il ne se passait rien et moi aussi. C'est ainsi, Hetty, nous avons tous notre part d'ombre. Ton père. Moi. Tout le monde. Et toi aussi, tu devras accepter des compromis, dans ta vie. Ne t'imagine pas que tu pourras y échapper.

— Oh, maman…

Elle se tamponne les yeux et se verse un autre café.

— Tant qu'il pensera que je ne sais pas, tout continuera comme avant. Et c'est très bien.

Il y a du désespoir dans sa voix, comme si elle s'accrochait à cette contre-vérité sans vraiment y croire. Mais je m'en fous. Tout ce que je vois, c'est que je dois la convaincre. Mon cerveau tourne à plein régime.

— Dans ce cas, maman, tu comprends ma situation encore mieux que je ne le pensais. Tu sais ce que c'est, de perdre l'amour de sa vie et son enfant.

— Oui, dit-elle en me regardant droit dans les yeux. Je crois que je le sais, en effet.

— Alors aide-moi. Tu ne veux pas que je souffre autant que toi, n'est-ce pas ? Papa ne le saura jamais. Il s'agit de ton petit-fils ou de ta petite-fille, maman. Walter m'a sauvé de la noyade, tu dois m'aider à sauver son enfant. Fais-le pour moi. Pour lui. Pour toi.

Elle me dévisage un long moment en silence, puis elle se décide :

— Qu'attends-tu exactement de moi ? demande-t-elle.

24 juillet 1939

On dirait que maman m'aime toujours, après tout. Sans doute aussi est-elle la seule à me comprendre, parce qu'elle a perdu un fils. Elle a accepté que je vienne ici. Papa et Tomas me croient à Berlin, terrée dans un orphelinat pour attendre l'arrivée imminente du sale bâtard. Mais en vérité je ne suis qu'à quelques rues de la maison, chez les Bäcker – que je ne remercierai jamais assez de ce qu'ils font pour moi. J'occupe une pièce à soupente voisine de celle d'Erna, une petite chambre meublée très simplement, avec un lit à une place, une armoire et une commode. De ma fenêtre, j'ai une vue magnifique sur Leipzig.

On frappe à la porte. Je referme mon journal d'un coup sec et le cache derrière moi. Un réflexe.

—Oui ?

Frau Bäcker passe sa tête dans l'embrasure.

—Je venais voir si tout allait bien, dit-elle en me jetant un regard inquiet.

—Mais oui, tout va très bien, réponds-je en souriant.

—Vous êtes sûre ? Vous n'avez plus de contractions ?

— Un peu. Mais c'est très supportable, je vous assure.

Elle hoche la tête.

— Bon… Si vous avez besoin de quoi que ce soit, n'hésitez pas. Ou si vous voulez que j'appelle le médecin.

Elle plisse le front.

— Je devrais l'appeler maintenant, avant que la soirée ne soit trop avancée.

— Non, vraiment, ce serait prématuré, je vous assure. Si les contractions augmentent, je vous préviendrai.

Elle me sourit et sort de la pièce en fermant la porte derrière elle. J'attends que son pas se soit éloigné dans l'escalier avant de me remettre à écrire.

Ça fait déjà plusieurs jours que j'ai des contractions, mais ce n'est pas vraiment douloureux, simplement désagréable. Je ne sais plus trop comment me tenir. Je suis énorme, mon ventre est tendu et enflé. Frau Bäcker a fait appel à un médecin juif à la retraite, le docteur Kaufman, pour s'occuper de moi. C'est un monsieur très gentil, avec une barbe grise et des yeux tristes et larmoyants. Il connaît la famille qui a accueilli Walter en Angleterre et a servi d'intermédiaire entre nous pour le bébé. Il fait également le lien entre les Bäcker et des groupes d'une Maison pour Juifs.

Je pose mon stylo. Cette contraction-là est un peu plus que désagréable. Je me mets à faire les cent pas dans ma chambre, tout en frictionnant mon dos douloureux et en m'efforçant de contrôler ma respiration comme on me l'a appris. *Inspire, expire, inspire, expire.* Soudain, une violente douleur me plie en deux, comme une morsure dans le bas-ventre. Ma main se crispe sur le mouchoir que Walter m'a donné pour essuyer mes larmes le jour où il m'a annoncé qu'il allait partir en Angleterre et se marier ; je le garde toujours dans ma poche, ça me fait du bien de le toucher, ça me rassure. Quand la contraction est passée, je retourne m'asseoir sur mon lit et me remets à écrire. Il ne reste plus qu'une page vierge dans mon journal intime et je me suis fixé pour but de la remplir avant mon accouchement.

Walter m'a dit une fois qu'il pensait que tous les peuples – allemands, juifs, nordiques, africains, slaves, américains – pouvaient basculer d'un côté ou de l'autre de la barrière qui sépare le bien et le mal. En ce qui concerne les individus, il pense que certains sont meilleurs que d'autres, mais considère qu'il y a du bon et une part d'ombre en chacun de nous. Il se trompe. Certaines personnes sont au-dessus du commun des mortels, prêtes à se dévouer pour les autres, quitte à mettre leur vie et leur sécurité dans la balance. Elles sont faites de l'étoffe des héros. Elles possèdent cette indépendance d'esprit et ce courage qui poussent à choisir le bien et la justice, quels que soient les circonstances et le prix à payer.
Les Bäcker en font partie. Je ne connais personne qui leur arrive à la cheville, ce sont des êtres d'exception. J'espère trouver un jour le moyen de les remercier.

Cette fois, la contraction est si violente que je lâche mon stylo en poussant un cri. Dès qu'elle est passée, je ramasse le stylo et le range dans le tiroir de ma table de chevet avec le journal, sur la pile des lettres que Tomas m'envoie à Berlin – et que maman dépose discrètement dans une boîte postale de Leipzig pour qu'Erna les récupère.

La contraction suivante ne tarde pas et elle est encore plus forte. Je commence à transpirer. J'ai du mal à respirer.

— Frau Bäcker ?

Frau Bäcker apparaît aussitôt au pied de l'étroit escalier qui mène au grenier.

— Ça empire, lui dis-je. Il faudrait…

Ma voix se brise. Je me plie en deux sur le palier.

— Tout va bien, murmure-t-elle d'un ton apaisant. J'ai déjà appelé le docteur Kaufman. Hermann ! crie-t-elle à son mari. Fais bouillir de l'eau et va chercher des serviettes propres dans le placard à linge. Dépêche-toi ! Erna, tu montes avec moi.

Tout mon être est assujetti à la douleur, je suis son esclave – c'est elle qui décide quand je marche, quand je m'allonge, quand je m'assieds, ou quand je dois me balancer d'avant en arrière pour supporter ce qu'elle m'inflige.

Pourquoi faut-il qu'une telle souffrance résulte de l'amour entre deux êtres ?

J'essaie de me souvenir de mes bons moments avec Walter. De nos promenades sans fin au bord de la rivière. De ses baisers. De la lueur dans son regard quand il plongeait ses yeux dans les miens. De ses mots, de ses mains, de la chaleur de son corps. De son beau visage tant aimé.

Oh, Walter, comme tu me manques.

Et la douleur me submerge une fois de plus.

On m'a rasée et on m'a fait un lavement. Le docteur Kaufman me demande de m'allonger sur le lit, mais je refuse. En position allongée, le poids du bébé m'écrase le dos. Je continue donc à arpenter la chambre, mais à quatre pattes. Je suis trempée de sueur et chaque nouvelle contraction m'arrache des gémissements. La nuit tombe peu à peu. Je crie de plus en plus fort. C'est étrange, mais je crois que crier soulage un peu ma douleur.

— Je n'ai pas pu me procurer de sédatif, s'excuse le docteur Kaufman. C'est compliqué pour moi d'obtenir des médicaments.

— Faites de votre mieux, répond Frau Bäcker en se tordant les mains. De notre côté, nous avons stérilisé tout ce que nous pouvions. J'ai fait bouillir les serviettes et les draps…

J'entends vaguement leur conversation, quand la douleur me laisse un peu de répit. J'ai perdu la notion du temps. Ça dure peut-être depuis des heures… Aucune idée. Je suis enfermée en moi-même, concentrée sur le processus en marche. Plus rien ne compte que ma souffrance. Je n'obéis plus qu'à mes instincts.

Mais pourquoi les gens veulent-ils des bébés ?

— Je dois écouter les battements du cœur de votre enfant, me dit doucement le docteur Kaufman. Pour vérifier qu'il va bien. Il faut absolument vous allonger sur le lit.

— Non, réponds-je fermement. Je ne m'allongerai pas.

— J'ai également besoin de savoir où vous en êtes du travail.

— Pas question ! Je ne monterai pas sur ce lit et vous n'allez pas m'examiner !

J'éclate en sanglots et me remets à marcher à quatre pattes.

— Ça fait des heures que le travail a commencé, explique le docteur Kaufman en s'adressant à Erna et à Frau Bäcker. Le bébé est peut-être mal positionné, mais pour le savoir, il faudrait que je procède à une palpation. De plus, elle se fatigue, à déambuler comme ça dans la pièce. J'aurais préféré qu'elle garde de l'énergie pour pousser le moment venu.

— C'est grave, si le bébé est mal positionné ? demande la voix angoissée d'Erna.

— Tout dépend… Il peut avoir le cordon autour du cou, ou se présenter par le siège. Ou avoir une grosse tête qui rend le passage difficile. Votre amie est jeune… Un premier accouchement est parfois difficile. Malheureusement, seul et sous-équipé, je ne peux pas faire grand-chose en cas de problème. J'ai des forceps, mais…

— Très bien, très bien, dis-je. Je vais monter sur le lit.

J'essaie de me lever, mais je suis prise de vertige et une contraction me plie en deux. Je m'effondre à terre et me mets à pleurer.

— Je ne peux pas, je ne peux pas.

On me prend par les aisselles pour me soulever. Un liquide coule le long de mes jambes.

— Je suis désolée…

— Ce n'est rien, vous perdez les eaux, c'est bon signe, déclare le docteur Kaufman.

Erna s'active autour de moi pour nettoyer mes saletés. Du moins il me semble.

Depuis le lit, je vois par la fenêtre la lumière grise de l'aube. On est déjà le matin ? Je n'avais même pas remarqué que la nuit était tombée.

Le docteur Kaufman se penche sur mon ventre pour écouter le bébé avec son stéthoscope. Il fait la grimace. Je cherche son regard.

— Qu'est-ce qu'il y a ?

— Rien de grave, mais… Son rythme cardiaque est trop rapide. C'est peut-être mauvais signe. Il est possible que le cordon… Nous devons faire sortir votre bébé. Laissez-moi vérifier la dilatation du col.

Il écarte mes genoux et je grimace à cause de l'inconfort de la position.

— Herta, annonce-t-il d'une voix grave et solennelle. Je dois faire naître cet enfant le plus vite possible. Vous allez être courageuse, rester sur ce lit et faire ce que je vous dis.

Je suis tellement épuisée que j'ai juste envie de dormir. Puis soudain, l'envie de pousser devient irrésistible. J'ai l'impression que je vais me fendre en deux.

Le docteur Kaufman écoute à nouveau avec son stéthoscope, mais il secoue la tête et fait claquer sa langue. Il crie des ordres à Erna et à sa mère, lesquelles s'agitent à présent pour rassembler des serviettes et de l'eau, tandis qu'il m'asperge entre les jambes d'une solution de Lyson. Je le vois sortir de sa sacoche de longs ciseaux effilés, mais c'est seulement quand il se met à couper mon périnée que je comprends à quoi ils servent. Je hurle et tente de me débattre, Erna et Frau Bäcker interviennent pour me tenir les jambes et m'empêcher de remuer le bassin. À présent, le médecin a un autre instrument à la main, plus gros que le précédent, mais je n'ai même pas le temps de me demander de quoi il s'agit. Un violent élancement dans le bas-ventre me fait pratiquement perdre connaissance.

Quand je reprends pied dans la réalité, le médecin est en train d'insérer l'instrument entre mes jambes, tandis qu'Erna et Frau Bäcker bloquent mes genoux.

— Poussez, crie le docteur Kaufman. Allez-y, poussez !

Il tire vers lui. Je pousse de toutes mes forces. Et, d'un seul coup, le bébé glisse hors de moi, dans un flot sanguinolent.

L'espace d'un instant, tout se fige dans la pièce. Le docteur Kaufman a posé le bébé sur le lit entre mes jambes, le temps de couper l'épais cordon qui le relie à moi.

— C'est un garçon ! s'écrie une voix.

Puis c'est le silence.

Mon bébé ne pleure pas. Il est violacé, de la couleur d'un steak cru. Le docteur Kaufman lui donne d'abord de petites claques dans le dos. Aucune réaction. Il le place alors la tête en bas et lui essuie le nez et la bouche.

— Allez, allez, lui dit-il.

Tout le monde est suspendu au souffle de ce petit être.

Je ne supporte plus son silence.

Il tousse, remue faiblement, laisse échapper un gémissement. Et enfin c'est un vrai cri, un pleur de bébé. La tension dans la pièce s'allège d'un seul coup, tout le monde rit et pleure à la fois. Frau Bäcker tend au docteur Kaufman une serviette pour l'envelopper et on le dépose dans mes bras.

— Merci, murmuré-je. Merci. Merci.

Une fois que j'ai évacué le placenta, le médecin me nettoie et recoud mon périnée. Perdue dans la contemplation de mon petit garçon, c'est à peine si je m'en aperçois.

Jamais je n'aurais cru qu'on pouvait aimer autant.

1er août 1939

Sa tête est couverte d'un duvet roux presque transparent. Il sent le lait chaud et le biscuit. Ses yeux d'un bleu profond me fixent avec une telle intensité que j'ai parfois la sensation qu'il lit dans mon esprit, comme il me semble lire dans le sien. Une chose est sûre, il cherche à communiquer avec moi. Parfois, il me dévisage avec une attention touchante, en arrondissant la bouche en forme de « o ». Il agite alors bras et jambes en poussant de petits cris.

Je ne me lasse pas d'examiner chaque centimètre de son petit corps et ne cesse de m'étonner de tant de perfection. Sa main s'agrippe à mon doigt avec une force surprenante malgré sa petitesse – et ensuite il ne sait plus comment lâcher. Quand je le prends dans mes bras, il se recroqueville, comme s'il n'osait pas encore s'étirer, prendre toute sa place. Quand je le nourris, il m'agrippe le sein comme un chaton qui carde le ventre de sa mère.

C'est une pure merveille.

Je n'ai rien de plus précieux.

Mais le temps avec lui m'est compté. Chaque jour qui passe me rapproche de notre séparation. J'en ai tellement conscience que j'ose à peine dormir. Je veux profiter de chaque minute auprès de lui.

Si seulement nous pouvions rester pour toujours dans le nid sûr et douillet de cette chambre. Ici, les bottes qui martèlent les rues de Leipzig, de Berlin et de toutes les autres villes d'Allemagne ne peuvent pas nous atteindre.

Hélas, ce n'est qu'un abri temporaire.

Je dois trouver un nom à cet enfant. C'est important, car je ne ferai rien d'autre pour lui avant longtemps. C'est peut-être même tout ce qui lui restera de moi. Puisqu'il part en Angleterre, j'ai décidé qu'il lui fallait un prénom anglais. Je passe d'abord en revue les rois qui ont gouverné ce pays : George, Henry, William, Edward. Mais rien de tout ça ne me convient.

Quand j'avais sept ou huit ans, mes parents m'ont emmenée à Berlin. C'était l'été, il faisait très chaud, je me rafraîchissais avec le jet d'eau d'une fontaine craché par un monstre de pierre. Non loin de là, des Anglais étaient installés à une terrasse de café et leur petit garçon ne cessait de descendre de sa chaise pour venir jouer avec l'eau. Papa avait fait une remarque concernant le laxisme des Anglais dans l'éducation de leurs enfants, car sa mère avait beau appeler « Stanley » et le gronder – j'avais compris les mots « assis », « papa » et « tout de suite » –, l'enfant n'avait pas l'air impressionné et continuait à courir autour de la fontaine en riant, comme si toute sa vie n'était que joie et bonheur. Je me souviens que ça m'avait impressionnée. Jamais je n'aurais osé désobéir à mes parents.

Je baisse les yeux vers Stanley. Il dort dans mes bras. Je le dépose dans le tiroir de commode tapissé de couvertures et de coussins – son berceau. Je pourrais rejoindre Erna et ses parents au salon, mais je préfère rester avec lui dans notre chambre.

Je sors la dernière lettre de Walter. Je l'ai lue tant de fois que je la connais par cœur.

Ma chérie,

Je griffonne ce message à la hâte. J'ai reçu ce matin le télégramme d'Erna m'annonçant la naissance de notre fils. Je suis soulagé d'apprendre que tout s'est bien passé, mais aussi désespéré de ne pas partager ce moment avec toi. Tu vas bientôt devoir te séparer de ton bébé et ce doit être un déchirement. Toute la matinée j'ai marché dans les rues de Londres en pleurant. C'est terrible, ce que t'impose notre situation.
De mon côté, j'ai du mal à cacher en ce moment que je suis malheureux et Anna se doute bien que je pense tout le temps à toi. Si elle est jalouse, elle ne le dit pas. Je dois reconnaître qu'elle gère la situation avec beaucoup de courage et une grande force de caractère. C'est une femme admirable et je peux t'assurer qu'elle comblera d'amour notre bébé. Nous ferons de notre mieux pour qu'il se sente chez lui dans notre maison, ainsi que ses cousins. Je me doute que ce n'est pour toi qu'une maigre consolation, mais dis-toi qu'un jour tu le reverras. J'espère que ce sera le plus tôt possible. Je prie pour ça. Reste forte, ma chère Hetty. Tout finira par s'arranger. Sache que je t'aime plus que jamais et que je t'aimerai toujours.

Mon cœur t'appartient,
Walter.

— Hetty ? appelle Erna en passant sa tête à la porte. Est-ce que ça va ?

— Il dort, dis-je en repliant la lettre. Mais je veux rester près de lui.

Elle s'assied à côté de moi et contemple avec un sourire attendri le bébé dans son nid de couvertures, avec ses deux petits poings fermés au-dessus de la tête.

— Oh, Hetty, murmure-t-elle. Il est parfait.

C'est elle qui est parfaite. Elle m'a aidée quand je touchais le fond. Elle a assisté à mon accouchement. Elle a nettoyé mon sang. Elle risque sa vie pour moi. Comment pourrai-je un jour payer ma dette envers elle ?

— J'ai choisi son prénom, dis-je. Il va s'appeler Stanley.

18 août 1939

Durant plus de trois semaines, je ne sors pas de cet appartement où nous sommes à l'abri, mon fils et moi. Les jours se succèdent inexorablement. Le matin du vingt-quatrième, je me réveille à l'aube. C'est fini. C'était ma dernière nuit dans la chambre mansardée du grenier d'Erna.

Mon bébé dort encore, blotti contre ma poitrine. Sous ses fines paupières ourlées de cils noirs délicatement recourbés, on voit remuer ses yeux. Il respire paisiblement, les lèvres entrouvertes. Sa poitrine s'abaisse et s'élève doucement. De temps en temps, son petit front se plisse, comme s'il savait ce qui l'attend. Comme s'il essayait de comprendre.

Pourquoi tu te sépares de moi ?

Parce que je t'aime trop pour te garder.

Erna et sa mère seront bientôt là pour me le prendre. Nous sommes tombées d'accord pour qu'elles l'accompagnent sans moi à Berlin avec les enfants de Josef, le fils de Léna et cinq autres – dix enfants en tout, qui monteront seuls ensuite dans un train pour Hambourg. De là, ils se rendront à Rotterdam, puis à Harwich. Ils vont voyager avec plusieurs centaines d'enfants juifs qui quittent comme eux des parents désespérés, prêts à se séparer d'eux pour les savoir en sécurité. À Harwich, Walter viendra chercher son enfant, ses neveux et le fils de Lena. Il doit les prendre chez lui. Il leur offre un nouveau foyer.

Si seulement je pouvais partir avec eux et ne jamais revenir.

Si seulement je pouvais passer encore un peu de temps avec mon fils.

Mais l'étau se resserre de plus en plus sur les Juifs et l'Angleterre ne va pas tarder à fermer elle aussi ses frontières. Stanley doit partir maintenant. Et moi je vais devoir continuer ici et m'efforcer de survivre à tout ça.

J'ai accroché autour du cou de Stanley une étiquette avec son nom et celui de son père, comme s'il était un colis que j'envoyais par la poste. Ses papiers sont prêts, dûment tamponnés, ils attendent avec une petite valise qui contient des vêtements, des couches, du lait en poudre et des biberons. J'y ai aussi glissé un gilet à moi imprégné de mon odeur. Ça aidera à le calmer s'il pleure. L'aîné des cousins de Walter n'a que quinze ans et c'est lui qui va s'occuper de Stanley pendant le voyage. Est-ce qu'il saura s'y prendre ?

Je suis inquiète, mais je dois faire confiance et me dire que tout se passera bien.

Je n'ai pas le choix.

Il ne reste plus que mon journal intime à mettre dans la valise. Il est terminé, j'en ai rempli toutes les pages. Si le pire devait arriver et que je ne retrouvais jamais mon fils, son histoire est là-dedans. Tout. Le meilleur de moi-même comme le pire. Ce sera à Walter et Anna de décider s'ils veulent le lui donner à lire quand il sera en âge de comprendre.

On frappe à la porte.

— Entrez, dis-je sans quitter Stanley des yeux.

— Bonjour, Herta.

Erna s'approche de moi.

— C'est l'heure, dit-elle doucement.

Je hoche la tête, mais ne bouge pas.

— Mon père attend dehors. Si nous voulons prendre le premier train pour Berlin, nous devons être à la gare dans une demi-heure. Je suis désolée, Hetty, mais il faut faire vite.

— Laisse-moi encore une minute avec lui et j'arrive.

Elle hoche la tête et ferme la porte derrière elle.

— Tu vas partir, dis-je à Stanley. Je veux que tu sois heureux. N'oublie pas que je t'aime et que je t'aimerai toujours. J'espère qu'il n'y aura pas la guerre et que je te rejoindrai bientôt. Mais si la vie devait nous séparer, sache que je te retrouverai. Je te le promets.

Je le tiens un moment contre moi, le regard perdu sur les toits de Leipzig. De ma fenêtre, je vois les places et les arbres par-delà les toits. Le soleil n'est pas encore levé, mais le ciel se teinte déjà de rouge à l'est. Peu à peu, il vire au mauve, puis on distingue des nuages, d'abord roses et pelucheux, puis blancs. Et soudain une portion du disque solaire apparaît : une courbe brillante d'or chatoyant qui s'élargit à vue d'œil, avant d'embraser tout le ciel et de le transformer en mare de feu.

L'aube d'un nouveau jour.

Épilogue

Juin 1994

Mon cher Walter,

Tu ne t'attends sûrement pas à recevoir une lettre de moi après toutes ces années, aussi j'espère que ça ne sera pas pour toi un trop grand choc. J'ai mis près de cinq ans à retrouver ta trace. Pour être honnête, je compte aussi les deux premières années à hésiter et à me demander par où j'allais commencer. Ensuite, il y a eu un certain nombre de faux départs et d'impasses, mais j'ai persévéré. Finalement, grâce à une organisation caritative juive américaine – incroyable, non ? –, j'ai fini par obtenir une adresse où je pouvais t'écrire.
J'ai ensuite longuement et soigneusement réfléchi. Devais-je me manifester ? Reprendre contact avec toi et avec un fils que je n'avais connu que durant les trois premières semaines de sa vie, c'était courir le risque d'être éconduite, et donc terriblement déçue. Depuis le jour où on nous a séparés, j'ai pensé chaque seconde à notre enfant. J'ai vécu la plus grande partie de mon existence amputée d'une partie de moi-même, en espérant que mon fils était heureux en Angleterre. Aujourd'hui, je me sens

vieille et je ne voudrais pas entrer dans la tombe sans savoir ce qu'il est devenu – et toi aussi, mon cher Walter. D'où cette lettre.

Je ne vois pas trop comment te résumer ma vie rapidement. J'ai fait comme tout le monde, j'ai essayé de survivre au jour le jour. Je ne vais pas m'étendre sur les terribles années de guerre, ni sur celles qui ont suivi, avec le traumatisme de l'occupation russe. Je t'en parlerai une autre fois. Sache seulement que quand le plus dur a été surmonté, j'ai pu reprendre des études. Les communistes, contrairement aux nazis, accordaient aux femmes les mêmes chances qu'aux hommes, même si c'était plus par nécessité que par ouverture d'esprit.

C'était un peu tard pour devenir chirurgienne, mais j'ai réalisé en partie mon rêve – soigner les gens –, en devenant psychothérapeute pour enfants. Ce métier m'a obligée à surmonter mes propres angoisses et notamment ma peur panique de l'eau. J'ai même fini par apprécier la nage et je me suis souvent dit que tu aurais été fier de moi.

Je n'ai pas eu d'autre enfant. Mon mariage avec Tomas a été bref : il est parti au front avant notre première année de vie commune et n'a pas vécu jusqu'à son vingtième anniversaire. Je n'ai pas songé à me remarier, car j'ai dû me battre pour ma survie. Ensuite, j'ai été accaparée par mon travail. Ce n'est que beaucoup plus tard, alors que je croyais avoir renoncé au bonheur, que j'ai rencontré Max, un homme plus âgé que moi. Nous nous sommes mariés et il a su me rendre heureuse. Il est mort il y a douze ans.

En ce qui concerne les autres… Papa s'est suicidé lors de la chute de Berlin. Maman n'a jamais cessé de croire au rêve nazi, ni à la grandeur de son mari. Finalement, elle est morte elle aussi, le cœur brisé. Souvent je me dis que je suis contente que Karl n'ait pas vécu assez longtemps pour voir

toutes ces horreurs. Je n'ai jamais su ce qu'étaient devenus la maîtresse de mon père et ses autres enfants. Après la guerre, j'ai déménagé dans une petite ville loin de Leipzig.
Et les membres de ta famille, Walter ? Je pense souvent à eux. Je sais qu'ils ont été envoyés à Buchenwald et de là sans doute à Auschwitz ou à Theresienstadt. Je n'ose même pas penser à ce qu'ils ont enduré. Cela me hante encore aujourd'hui.
Je voue une reconnaissance éperdue à Erna et à ses parents, sans lesquels je ne serais pas aujourd'hui en train de t'écrire. Ils sont morts tous les trois dans un camp. Un jour, à l'automne 1942, je suis allée chez eux, mais j'ai trouvé leur appartement saccagé. On les avait arrêtés. Ils étaient probablement surveillés par la Gestapo depuis un certain temps. Ils ont payé le prix fort. Si je n'ai pas plongé avec eux, je pense que c'est en raison de la position de mon père…
Le jour où j'ai dû me séparer de Stanley est gravé pour toujours dans ma mémoire comme le plus funeste de ma vie. Mais je sais que je ne suis pas la seule à avoir dû abandonner mon bébé. Je pense souvent au désespoir des milliers d'autres mères qui ont confié leurs enfants à des étrangers pour les sauver. Et encore plus à celles qui n'ont pas eu la chance de pouvoir le faire.
Je n'oublie pas non plus que j'ai cru un temps à l'idéologie nazie et que c'est toi, Walter, qui m'as ouvert les yeux. Toi qui m'as appris que nous devons résister encore et toujours à ceux qui prêchent la haine. Je m'en veux de l'arrivée au pouvoir des nazis. Je m'en veux pour les camps. Je porte en moi la honte et la culpabilité du rôle que j'ai joué autrefois. Et cela me poursuivra jusqu'à la tombe.
Walter, j'ai besoin de savoir si mon fils est vivant et s'il va bien. Et je voudrais le rencontrer. Je sais que c'est beaucoup demander – à lui, à toi, à Anna. Peut-être ne lui as-tu jamais

parlé de son passé… Dans ce cas, si tu préfères que je garde mes distances, je respecterai bien sûr ton souhait.
Je n'ai pas pour l'instant les moyens de prévoir un voyage en Angleterre, mais ça me ferait très plaisir d'avoir au moins de vos nouvelles.

Avec tout mon amour et tous mes vœux,
Herta Roth (Heinrich)

Été 1995

Londres

Pour la troisième fois, je vérifie que l'adresse que j'ai notée correspond bien au numéro inscrit au-dessus de l'entrée. Pas de doute, c'est bien là.

Je prends une grande inspiration et pousse la porte. Une sonnette tinte. À l'intérieur, il fait bon et ça sent le café. Un homme et une femme sont assis dans le coin près de la vitrine. Un couple, sûrement, car ils se tiennent les mains. Un peu plus loin, un homme âgé consulte un journal dont il a ouvert les pages sur la table de bois. Je parviens à lire *Sunday Times* en grosses lettres sur la couverture. J'aurais dû faire comme lui. Apporter un journal. Ça m'aurait occupée et ça m'aurait donné une contenance. Et j'aurais pratiqué mon anglais.

J'ai quarante minutes d'avance. Mais c'est mieux que d'être en retard. J'avais tellement peur de ne pas trouver l'endroit, ou qu'un imprévu m'empêche d'arriver jusque-là, que je n'ai pratiquement pas fermé l'œil de la nuit.

Une jeune fille apparaît derrière le comptoir et me regarde avec l'air d'attendre quelque chose.

— Qu'est-ce que je vous sers ? demande-t-elle.

— Un café, s'il vous plaît.

Je m'exprime lentement, en faisant des efforts de prononciation.

— Rien d'autre ?

La vitrine du comptoir expose une grande variété de gâteaux et de pâtisseries dont la vue me fait saliver.

—Je prendrai aussi un gâteau comme celui-ci.

Je souris à la serveuse et lui désigne une pâtisserie torsadée extrêmement appétissante, saupoudrée d'amandes émondées, fourrée d'une crème onctueuse qui déborde au milieu.

—Et le prix, c'est combien ? demandé-je en faisant mine de sortir mon porte-monnaie.

J'espère que ma phrase est correcte grammaticalement.

—Vous paierez en partant, dit-elle. Asseyez-vous, on vous apporte tout ça.

Elle me désigne les tables d'un signe de tête.

C'est de la pure gourmandise de manger un gâteau pareil après le petit déjeuner. Mes longues années de privations ne sont plus qu'un souvenir, mais j'ai du mal à résister à une gâterie quand j'en vois une, comme si je craignais d'être de nouveau soumise au rationnement.

Et puis manger m'aidera à tuer le temps.

—Merci. Vous êtes très aimable, dis-je.

Elle m'adresse un sourire chaleureux. Les autres clients ne lèvent même pas la tête. Apparemment, mon accent allemand ne dérange personne.

Que je suis sotte ! Pourquoi devrait-il déranger ? La guerre, c'était il y a un demi-siècle. Le couple près de la fenêtre est trop jeune pour l'avoir connue. Le vieil homme, par contre… Je contemple son profil pendant qu'il lit, absorbé dans un article. Moi, je sursaute encore quand j'entends un accent russe. J'ai beau essayer, je n'arrive pas à effacer de ma mémoire tout ce qu'ils nous ont fait subir. Parfois je me demande pourquoi j'ai été aussi docile avec les soldats soviétiques. Pourquoi je n'ai jamais pris la peine de résister. Un réflexe de survie, sans doute. Pour avoir du pain, on accepte beaucoup de choses.

Londres, c'est une autre planète, un endroit différent de ce que je connais, à la fois merveilleux et terrifiant. J'ai vécu plus de quarante ans derrière le rideau de fer. Une fois les pires années passées, nous nous sommes installés dans une routine très supportable. Tant que nous avions de la nourriture et un toit au-dessus de nos têtes, nous étions satisfaits. On manquait un peu du superflu, mais on vivait dans un milieu sûr, cohérent, et tout le monde était logé à la même enseigne. Ici, la vie semble précaire et chaotique. Je comprends que toute cette agitation et cette liberté enthousiasment les jeunes gens d'aujourd'hui, mais, pour ma génération, les blocs socialistes sont plus sûrs et plus familiers, comme de vieilles chaussettes confortables. Hier, j'ai fait des kilomètres à pied dans Londres. J'ai vu de grandes tours scintillantes, toutes de métal et de verre, des maisons connectées, des magasins pleins de tas de *trucs*. Et des voitures… Tant de voitures… Grosses et chères. Cette abondance, ce bruit, cette agitation frénétique. C'est totalement déstabilisant.

Je bois mon café à petites gorgées et ne prends que de petites bouchées de mon gâteau, pour qu'il dure plus longtemps.

Mes mains tremblent. C'est l'émotion.

J'ouvre mon sac à main. Bien calée entre une pochette et le mouchoir de Walter – après toutes ces années, je l'ai encore, c'est mon porte-bonheur –, il y a l'enveloppe contenant la réponse à la première lettre que j'ai envoyée en Angleterre il y a plus d'un an. Je n'ai pas besoin de la sortir. Je la connais par cœur. Ce que je cherche, c'est mon rouge à lèvres et mon miroir. Je remets un peu de rose, referme le miroir et range les deux dans le sac.

La porte du café s'ouvre sur un groupe. En tête, une femme âgée aux cheveux gris rassemblés en chignon sur le sommet du crâne. Elle est toute menue, avec des yeux noirs et vifs, un long visage triangulaire. Je sais aussitôt que c'est elle. Anna.

Sous son bras elle tient un carnet avec une couverture à motifs géométriques que je reconnais aussitôt, même si les couleurs en sont délavées. J'ai la gorge nouée.

Derrière elle entre un homme d'âge moyen, légèrement corpulent. Il a un visage avenant, des cheveux châtains coupés court, les tempes grisonnantes. Comme il balaie la salle du regard, je remarque le bleu clair de ses yeux et ses pommettes hautes. Mon cœur fait un bond dans ma poitrine.

Mon fils.

Si je l'avais croisé dans la rue, je n'aurais pas su que c'était lui. J'ai du mal à retenir mes larmes. Toutes ces années perdues… Vais-je enfin pouvoir le connaître ? Le connaître vraiment ? Est-ce qu'il m'appellera un jour « maman » ? Est-ce qu'il me confiera ses problèmes ? Je ne crois pas. C'est un peu tard. Il nous manquera toujours une vie entière de souvenirs communs, ceux qui créent des liens. Cette vie, on me l'a volée. Mais au moins il est là, il est vivant, il a l'air heureux et bien dans sa peau. Au fond, c'est tout ce qu'une mère souhaite pour son enfant.

Il croise mon regard. Nous nous jaugeons. Je ne peux pas déchiffrer son expression, tout comme il ne peut sans doute pas déchiffrer la mienne. Nous sommes des étrangers l'un pour l'autre.

Cela fait quarante-sept ans que j'attends ce moment et pour moi le choc est rude. Pour lui aussi, sans doute. Je tremble de peur et d'émotion. Que pense cet homme de la fille du Reich qui l'a abandonné à sa naissance ? Enfin, il incline le menton et m'adresse un sourire chaleureux. Il ne me juge pas. Une bouffée de gratitude m'envahit. J'ai retrouvé mon fils. Cela nous prendra du temps de vraiment communiquer, mais nous y arriverons.

Il fait un pas de côté pour laisser entrer un garçon d'une quinzaine d'années, longiligne et gauche, qui le dépasse d'une bonne tête et cache son visage derrière un rideau de cheveux noirs.

Mon petit-fils ?

Et à côté de lui une jeune fille, sans doute la grande sœur du garçon. Elle balaie la salle du regard et ses grands yeux bleus rencontrent les miens. Elle porte un pull trop grand sur un jean déchiré et ses longues boucles sombres dansent sur ses épaules. J'ai l'impression de me voir à dix-sept ans. Ça me fait drôle de penser qu'à son âge j'avais déjà mis Stanley au monde.

J'aurais aimé que quelqu'un d'autre franchisse cette porte. Mais il n'y aura plus personne. Je le sais par la lettre qu'Anna a envoyée en réponse à la mienne et que je garde précieusement dans mon sac.

Très chère Hetty,

Je griffonne ce message à la hâte, pour le poster au plus vite, afin que vous n'ayez pas à attendre. Dans un jour ou deux, je vous écrirai plus longuement, en vous donnant plus de détails. Sachez tout d'abord que je suis heureuse de vous savoir en vie. Walter n'a jamais abandonné l'espoir de vous retrouver. Il vous a cherchée dès la fin de la guerre et s'est plus d'une fois retrouvé dans une impasse. De plus, communiquer avec l'Allemagne de l'Est était très compliqué pour un étranger. Nous avons fini par penser que vous n'aviez sans doute pas survécu. Aussi, vous lire a été un plaisir et une bonne nouvelle. Malheureusement, de mon côté, je dois vous annoncer que Walter est décédé il y a trois ans, soudainement, d'une crise cardiaque. Comme vous le savez, c'était le meilleur des hommes. Pendant la guerre, il s'est impliqué dans la lutte contre les nazis et, sans entrer ici dans les détails, je tiens à dire qu'il a fait preuve d'un grand courage. En famille, il a été un bon mari et un bon père – pour Stanley et ses cousins, ainsi que pour nos trois enfants. Il a réussi à subvenir à nos besoins en créant une société de fabrique de chapeaux – d'abord en fourrure, puis dans d'autres matériaux, pour suivre la mode de la haute couture pour femmes. Quand il nous a quittés, nous l'avons

tous beaucoup pleuré. Cela me déplaît de vous annoncer sa mort par lettre, mais il le faut bien.
Bien sûr, vous allez pouvoir rencontrer Stanley. Il est avocat, marié et père de deux grands adolescents, un garçon et une fille. Vous pouvez être fière de lui car c'est quelqu'un de bien et il faut absolument que vous veniez le voir en Angleterre. Il se propose de vous payer le voyage et de se charger avec moi de toutes les formalités nécessaires. Vous pourrez rester chez nous aussi longtemps que vous le souhaiterez. Je vous écrirai à nouveau bientôt.

Bien à vous,
Anna.

Anna vient vers moi. Je me lève. Elle s'arrête près de ma table. Nous nous dévisageons. Ses yeux bleus plongent dans les miens. Dans son regard, il y a de la tristesse, de la compassion ; et aussi autre chose, une lueur que je connais bien, l'étincelle qui m'a permis de résister à toutes les épreuves. L'espoir.

Puis elle s'avance. Anna, cette femme qui a si longtemps hanté mes rêves. Et elle me prend dans ses bras.

Note de l'autrice

Mon père vient d'une famille de Juifs ashkénazes originaires de Brody, ville d'Ukraine située à l'extrémité nord-est de la région historique de Galicie appartenant à l'Empire autrichien. Au cours du XIXe siècle, la famille Fein, comme beaucoup d'autres à Brody, vendait des cuirs et des peaux qui transitaient entre Brody et Leipzig, ville connue pour ses foires, l'un des centres européens du commerce de la fourrure depuis le Moyen Âge.

Des changements dans les lois en Saxe à la fin des années 1830 ouvrent la voie à l'installation de colonies juives. En mars 1870, la famille Fein prend la citoyenneté saxonne et émigre à Leipzig. Les Fein, famille ambitieuse et éduquée, s'intègrent alors pleinement à l'économie allemande et montent en 1904 une société d'import-export de fourrures dans le Brühl, au cœur du quartier juif. Ils possèdent alors cette société ainsi que des biens propres. Tout cela sera plus tard spolié par les nazis.

Mon père obtient un doctorat en droit en 1931 et établit son cabinet d'avocats au cours de l'été 1932. Mais le 30 juin 1933, en tant que Juif, il tombe sous le coup d'une interdiction d'exercer en Allemagne. Il postule alors pour des cabinets d'avocats dans toute l'Europe, mais en vain, l'antisémitisme étant en plein essor à travers tout le continent. Ayant lu *Mein Kampf* quelques années auparavant, mon père est conscient du danger que représente l'arrivée d'Hitler au pouvoir. Vers la fin de l'année 1933, il quitte l'Allemagne (sa jeune épouse, qui attend leur premier enfant, le suit quelques semaines plus tard) avec un visa temporaire pour l'Angleterre, statut dont il doit se contenter jusqu'en 1946, où il devient enfin citoyen anglais. Entre-temps, il réitère chaque année une demande de visa pour rester dans le pays. Ainsi, il peut subvenir à ses besoins et à ceux de sa famille grâce à son entreprise de fourrures.

Ses diplômes de droit n'étant pas valables en Angleterre, il monte une branche de l'entreprise familiale spécialisée dans le commerce des peaux de lapin pour la fabrication des chapeaux. Une fois à Londres, sa famille et lui ne parlent plus qu'anglais à la maison. En 1943, il reçoit l'autorisation de servir dans la Garde nationale ; il est également élu au comité de direction du groupe d'exportation de Londres et travaille en étroite collaboration avec la Chambre de commerce, un honneur pour un réfugié de l'Allemagne ennemie ; durant la guerre, il anime une émission de la BBC sur les diverses utilisations des peaux de lapin. En signe de gratitude envers le pays qui l'a accueilli avec sa famille et lui a permis de créer une entreprise prospère, mon père a totalement adopté le mode de vie des Anglais. Il m'a appris la valeur de la liberté et le respect de la démocratie que nous avons découverts en Angleterre.

Avant la fin des années 1930, d'autres membres de la famille Fein viennent s'installer à Londres ou à New York, où est établie une deuxième branche de l'entreprise familiale. Toutefois, certains ne quittent l'Allemagne qu'en 1938, au lendemain de la Nuit de cristal et d'un court séjour au camp de concentration de Buchenwald – un des oncles de mon père mourra après un séjour de trois semaines dans ce camp. Les autres membres de la famille réagissent trop tard pour partir et sont assassinés à Auschwitz et Theresienstadt.

Mon père, qui avait soixante et un ans quand je suis née, est mort quand j'en avais dix-sept. Jamais il ne m'a parlé de sa vie en Allemagne sous le régime nazi. Il a toujours refusé d'acheter des produits allemands et n'a jamais parlé allemand. Enfant, par une sorte d'osmose, j'avais le sentiment que le passé juif de mon père devait rester secret, comme si le révéler pouvait nous mettre en danger. Parfois, je me réveillais la nuit et imaginais ce que ce serait d'être enfermée dans un camp. Je planifiais des moyens d'évasion et des tactiques pour nous porter mutuellement secours. Cela fait seulement quelques années que je suis capable de parler ouvertement des racines juives de mon père.

Je ne me souviens pas du moment précis où l'idée d'un roman inspiré de son passé a germé dans mon esprit, mais je l'ai gardée en moi un long moment. Je savais si peu de choses sur sa vie à Leipzig que j'ai toujours envisagé une œuvre de fiction plutôt qu'un témoignage. Peu à peu, les idées sont venues, les personnages se sont imposés, j'ai commencé à lire et à faire des recherches. Mon roman, bien qu'inspiré par ce que je sais de la vie de mon père, ne parle pas de lui. En l'écrivant, j'ai surtout cherché à mettre en évidence les similitudes entre l'Allemagne du début des années 1930 et le monde occidental depuis le krach de 2008. Dans les années 1920, des difficultés économiques avaient conduit à la montée du nationalisme et de l'extrémisme. De nouveaux médias comme la radio et le cinéma permettaient de diffuser efficacement la propagande nazie au cœur des foyers. Grâce à eux, et en faisant taire les voix des mécontents, toute une population a pu être contrôlée et manipulée. Aujourd'hui, nous sommes potentiellement confrontés à une trajectoire similaire, avec la montée du nationalisme, de l'extrême droite, de l'extrême gauche, de l'extrémisme sous toutes ses formes : élection de dirigeants populistes, Brexit, appel à la fermeture des frontières et montée du sentiment raciste, réapparition de l'antisémitisme, notamment dans des partis politiques autrefois centristes. Les grotesques rumeurs d'une conspiration juive circulent à nouveau et les gens s'informent de plus en plus à travers les *fake news* des médias sociaux.

Avec tout ce qui se passe de nos jours, j'ai parfois eu l'impression de me livrer à une distraction égoïste et sans grande portée en écrivant un roman. Mais les histoires ont un pouvoir. Un bon livre peut jouer le rôle de passerelle et donner au lecteur la vision d'un monde dont il n'aurait rien su s'il ne l'avait pas lu. Il peut aussi l'impliquer émotionnellement, beaucoup plus qu'un simple article énonçant des faits. Les personnages d'un grand livre vivent dans l'esprit des lecteurs.

Mon projet initial était de faire de mon héroïne une Juive. Mais en effectuant mes recherches préliminaires, j'ai eu envie de me placer d'un autre point de vue. Pour tenter de comprendre comment un peuple civilisé vivant en démocratie avait pu se comporter avec autant de cruauté, se déshumaniser au point de commettre de telles atrocités, et à une telle échelle. Il m'a semblé en fin de compte que mon message serait plus percutant si j'arrivais à me glisser dans la tête d'une nazie. Si je racontais l'histoire d'une jeune fille comme une autre, mais nourrie d'une idéologie perverse, à qui l'on n'avait appris que la haine, et que je trouve le moyen de la faire changer de camp, d'aller à l'encontre de ce que véhiculaient sa famille et la société qui l'entourait.

Pour écrire ce roman, j'ai beaucoup lu, et des textes très différents : des romans, des témoignages, des lettres, des journaux intimes. J'ai également écouté des enregistrements et ai consulté des thèses de doctorat et des archives de famille. J'ai lu *Mein Kampf*, je suis allée à Leipzig. J'ai été secondée par ma sœur Kathleen, autant dans la recherche que dans la traduction.

À Leipzig, j'ai pu interviewer des gens qui m'ont été très utiles, notamment le professeur Thomas Töpfer, alors directeur du *Schulmuseum*, le professeur Andrea Lorz, historien allemand spécialisé dans l'histoire des Juifs de Leipzig; et enfin le professeur Hubert Lang, avocat à la retraite, auteur de livres sur l'histoire juridique juive à Leipzig. J'ai exploré toute la ville, y compris le quartier de Gohlis (mentionné dans ce livre), où vivaient mon père et sa famille. J'ai pu entrer en contact avec un Londonien, Peter Held, juif allemand entré en Angleterre à l'adolescence dans le cadre du *Kindertransport*, qui avait vécu à Leipzig, dans la même rue que les cousins de mon père, et qui se souvenait parfaitement de notre famille. Il avait quatre-vingt-quatorze ans quand je l'ai rencontré lors de l'été 2016 et est malheureusement décédé quelques semaines plus tard.

J'aimerais toutefois préciser que, ce livre étant une œuvre de fiction, j'ai modifié certains aspects historiques pour la cohérence de mon intrigue. Plusieurs personnages, discours, lieux et événements sont le fruit de mon imagination, ou inspirés de faits réels, mais librement interprétés. Une de mes inventions est la fameuse école *Hausfrau*, pour les femmes au foyer. Il existait en effet sous le Troisième Reich des écoles pour les femmes qui voulaient se préparer à être de bonnes épouses et apprendre à gérer un ménage, mais le contenu de l'enseignement variait selon qu'elles s'adressaient à des femmes de la classe ouvrière, de la classe moyenne, ou de l'élite – celles qui épousaient des SS. La *Hausfrau*, cet internat dont on menace mon héroïne, n'a jamais existé que dans mon imagination, bien qu'elle s'inspire des écoles pour futures femmes au foyer.

Écrire ce livre a été une véritable aventure à plusieurs niveaux. À travers les yeux de Hetty et de Walter, j'espère avoir donné à mes lecteurs un aperçu de cette période tumultueuse de l'histoire que fut la Seconde Guerre mondiale. J'espère aussi les amener à réfléchir à la fragilité de la liberté et des droits que nous tenons pour acquis. Et par-dessus tout, j'aimerais qu'ils comprennent à quel point il est important de ne pas oublier les leçons du passé.

Remerciements

Je dois tellement pour ce roman, et à tant de personnes… Leur exprimer ma reconnaissance me paraît bien dérisoire en regard de leur générosité, de leur soutien, du temps qu'ils m'ont consacré. À tous ceux qui m'ont aidée, j'espère pouvoir un jour rendre la pareille : ce livre est un peu le leur.

Tout d'abord, un grand merci à ma merveilleuse agente, Caroline Hardman, et à toute l'équipe de *Hardman & Swainson*, pour avoir cru en ce projet. Grâce à vous, mon rêve est devenu réalité.

Merci à Liz Stein et à l'équipe de *William Morrow*, ainsi qu'à Hannah Smith et à l'équipe de *Head of Zeus*, pour l'enthousiasme et la compétence avec lesquels vous m'avez aidée à mettre ce livre en forme. Ce fut un réel plaisir de travailler avec vous tous.

Merci au docteur Hubert Lang, au docteur Andrea Lorz, au docteur Thomas Töpfer du *Schulmuseum* de Leipzig, pour leur patience et leurs réponses détaillées à mes nombreuses questions dans tous les domaines. Merci d'avoir partagé avec moi vos inestimables connaissances. Merci à feu Peter Held, un grand monsieur de plus de quatre-vingt-dix ans, qui a accueilli à bras ouverts deux parfaites étrangères, ma sœur et moi, durant un merveilleux déjeuner que nous ne sommes pas près d'oublier. Merci à lui d'avoir puisé pour nous dans de douloureux souvenirs. Je regrette qu'il n'ait pas eu le temps de voir l'aboutissement de mon projet.

Merci à Russell Schechter, David Savill et Scott Bradfield, mes tuteurs de maîtrise, qui m'ont permis d'améliorer mon style et m'ont appris la valeur d'une critique sans complaisance. Un grand merci également à vous, mes merveilleuses amies du groupe d'écriture de maîtrise : Lara Dearman, Andy Howden, Jennifer Small, Magdalena Duke et Gwen Emmerson, pour vos judicieux commentaires, votre amitié, votre soutien indéfectible. Vous êtes géniales et je ne sais pas ce que j'aurais fait sans vous. Merci au groupe de collègues et amis des *Savvy Writers Snug*, dont je salue ici la solidarité, la générosité et le talent.

Merci à mes premières lectrices : Suzanne Miller, Karen Kelly, Brenda Fein, Julian Pike, Millie Pike, Josh Pike, Diane Pike, Jane Elliot, Shauna Bartlett, Shannon Monroe Ashton. Une fois de plus, vos commentaires et votre soutien m'ont été précieux. Merci à la fabuleuse Stephanie Roundsmith de *Cornerstones* qui est venue à mon secours à un moment où j'étais prête à mettre ce manuscrit à la poubelle. Sans toi, ce livre n'aurait pas vu le jour. Tu m'as énormément aidée, à tant de niveaux. Je te dois un verre ! Enfin, et surtout, merci à ma famille. Merci à ma formidable mère et à mon défunt père de m'avoir transmis l'amour de la lecture et une soif insatiable de connaissance. Merci de m'avoir donné confiance en moi. On ne peut pas rêver meilleurs parents que vous. Des remerciements particuliers à ma mère, devenue veuve alors que je n'avais que dix-sept ans. Ta constance, ton amour de la vie, ton désir d'apprendre, ton incroyable gentillesse et ton humanité ont fait de toi le meilleur des modèles.

Merci à ma sœur, Kathleen, pour son aide inestimable dans mes recherches, pour son enthousiasme et ses encouragements. Cette aventure avec toi a été magique. J'ai énormément gagné à t'avoir à mes côtés. Merci à mon autre sœur, Sarah, pour son oreille attentive et sa fidèle présence. Merci à ma belle-mère, Di, pour les discussions, les repas, la couture, le ménage, la gentillesse ; merci ! Merci à mon chien Bonnie, pour s'être allongé à mes pieds tous les jours quand je tapais mon texte et pour les promenades obligatoires qui m'ont aidée à dénouer certains nœuds de mon intrigue.

Et puis merci à mon cher mari, Julian, et à mes trois merveilleux enfants : Millie, Josh et Lottie. Vous êtes mon inspiration quotidienne. Je suis fière de vous et je vous aime. Merci pour votre confiance à toute épreuve. Merci de m'avoir encouragée à « foncer ». Vous êtes tout pour moi.

Aubin
IMPRIMEUR

IMPRIM'VERT
Votre imprimeur agit pour l'environnement

Achevé d'imprimer en mai 2021
par Aubin Imprimeur à Ligugé
N° d'impression 2102.0271
Dépôt légal, juin 2021
Imprimé en France
38122031-1